UN ROCHER
SUR L'HUDSON

New York, hiver 1921, Ira Stigman a grandi. Le petit garçon de *A la merci d'un courant violent* qui jouait avec ses camarades dans les rues de Harlem est devenu un jeune homme gauche et orgueilleux. A cause d'un vol, il est renvoyé du collège. L'humiliation est telle qu'il envisage de se jeter dans l'Hudson plutôt que de révéler la vérité à ses parents. Receveur d'autobus, vendeur de sodas sur les stades, apprenti plombier, Ira exerce divers petits métiers. Et à travers lui, c'est la description d'un monde en pleine effervescence qui prend corps : le New York du début du siècle où se mêlent les voix des foules qui viennent découvrir le Nouveau Monde, l'argot yiddish qui envahit les rues de l'East Side, les rêves et les désillusions de toute une génération d'émigrants.

Lorsqu'Ira réussit enfin à s'inscrire à l'université de New York, une autre vie commence : une « éducation sentimentale » marquée par son amitié profonde et intense avec un garçon de son âge, et la rencontre d'une femme qui va jouer un rôle capital dans sa vie. Traître à sa classe – celle des immigrants juifs de la première génération –, étranger à la bourgeoisie et à l'intelligentsia new-yorkaise qui l'attirent, Ira est déchiré. Mais tous ces tourments ne sont rien comparés à la culpabilité qui le torture. En effet, Ira mène une vie sexuelle clandestine, dominée par la passion incestueuse qu'il voue à sa jeune sœur.

Tel est le fil conducteur de ce livre épique d'une envergure peu commune et d'une surprenante modernité. Écrit par un homme de plus de 80 ans, sa crudité et sa précision lui donnent une énergie que rien n'arrête, et qui est comme sa signature : celle d'une vérité romanesque en train de se dévoiler.

Né en Galicie en 1906, Henry Roth est l'un des plus grands écrivains américains du XXe siècle. Lorsqu'il débarque à Ellis Island avec ses parents, Henry Roth a trois ans. Sa famille s'installe dans le Lower East Side, puis à Harlem, alors principalement peuplé d'Irlandais. Fils du ghetto transplanté en terre étrangère, il connaît une enfance violente et rêveuse. En 1927, il quitte à jamais ce quartier misérable et se fixe à Greenwich Village. A vingt-huit ans, communiste, il publie Call It Sleep, *un roman d'avant-garde. C'est un échec. Découragé, il exerce divers petits métiers, divorce, se remarie. En 1964, grâce à l'enthousiasme d'un éditeur,* Call It Sleep (L'Or de la Terre Promise, Grasset, 1968) *reparaît et se vend à plusieurs millions d'exemplaires. Il faudra cependant attendre trente ans pour que paraisse enfin l'œuvre monumentale qu'il portait en lui, et dont ce livre est le deuxième volume.*

Henry Roth

UN ROCHER
SUR L'HUDSON

A LA MERCI
D'UN COURANT VIOLENT, II

ROMAN

*Traduit de l'américain
par Michel Lederer*

*Ouvrage traduit avec le concours
du Centre National du Livre*

Éditions de l'Olivier

Ce livre est une œuvre de fiction. Bien que certains
de ses personnages soient basés sur des personnes réelles,
ce roman ne peut être considéré comme une autobiographie
au sens strict du terme.

TEXTE INTÉGRAL

TITRE ORIGINAL
Mercy of a Rude Stream, vol. 2
(A Diving Rock on the Hudson)

ÉDITEUR ORIGINAL
St-Martin's Press

© The Estate of Henry Roth, 1995

ISBN 2-02-033415-1
(ISBN 2-87929-064-3, 1ʳᵉ publication)

© Éditions de l'Olivier, septembre 1995,
pour la traduction française

Le Code de la propriété intellectuelle interdit les copies ou reproductions destinées à une utilisation collective. Toute représentation ou reproduction intégrale ou partielle faite par quelque procédé que ce soit, sans le consentement de l'auteur ou de ses ayants cause, est illicite et constitue une contrefaçon sanctionnée par les articles L. 335-2 et suivants du Code de la propriété intellectuelle.

À Felicia Jean Steel

*Avec ma profonde reconnaissance
pour le travail de Roslyn Targ,
mon dévoué agent, et de Robert Weil,
éditeur suprême.*

Note de l'éditeur

Il y a dans l'ensemble deux façons de prononcer les voyelles en yiddish. Le yiddish littéraire a adopté la prononciation « litvak » – de Lituanie –, tandis que le yiddish populaire a conservé le « galitsianer » – de Galicie polonaise.

Le glossaire indique le plus souvent la prononciation « galitsianer », car les principaux personnages de ce livre parlent le yiddish des gens simples de Galicie.

Nous remercions Myriam Anissimov qui, comme pour le volume précédent, nous a apporté une aide précieuse. Elle a bien voulu vérifier et unifier les termes en yiddish utilisés dans cet ouvrage, et assurer la mise au point du glossaire qui se trouve à la fin de ce livre.

*Dans le cri de chaque Homme
Dans le cri de peur de chaque petit Enfant
Dans chaque voix, dans chaque interdit
J'entends les menottes forgées par l'esprit.*

William Blake, « Londres »,
extraits des *Chants d'expérience*

PREMIÈRE PARTIE

STUYVESANT

CHAPITRE I

Au cours de l'hiver 1921, une fois terminée l'année scolaire dans leur nouveau collège, Ira Stigman et Farley Hewin entrèrent tous deux à Stuyvesant, une école située dans le centre de New York. Comme le nombre des inscrits dépassait de beaucoup les capacités d'accueil de l'établissement, on dut instituer deux sessions dont les horaires se chevauchaient : la première destinée aux grandes classes et la seconde, qui commençait à midi, réservée aux nouveaux et aux petites classes.

Ira empruntait la ligne de métro de Lexington Avenue qui venait d'être ouverte. Il montait à la 116e Rue, changeait à la 86e et prenait la ligne express qui le déposait à la 14e Rue d'où il ne lui restait plus qu'à marcher quelques blocs jusqu'au lycée. Quelle joie d'écolier Farley et lui éprouvaient quand, en fin de matinée, alors que chacun arrivait par un chemin différent et par un métro différent pris à des stations différentes, ils se rencontraient comme par magie au même coin de rue. Quel vent de bonheur soufflait alors sur Ira ! Bientôt il lui faudrait cependant partager ce trajet avec d'autres, car d'ici peu, le cercle grandissant des admirateurs de Farley ne le quitterait plus d'un pas. Pourtant, quel que fût le nombre de ceux qui l'entouraient, Farley ne manquait jamais d'attendre Ira aussitôt qu'il l'apercevait, et montrait ainsi de manière on ne peut plus claire qu'il l'avait élu pour copain. Ira, se sentant en sécurité, se complaisait dans cette certitude.

En effet, il avait l'impression de l'avoir pressenti, d'avoir influé sur le destin. La deuxième semaine de classe, après les exercices de gymnastique, on organisa une course, un 60 yards couru en diagonale de la salle. La première série fut remportée par un garçon trapu aux grosses cuisses, la deuxième, par un jeune Noir efflanqué. Quant à Ira, finissant comme d'habitude à la traîne, il ne sut même pas qui avait terminé premier de sa série. Puis ce fut au tour de Farley de s'aligner : il gagna haut la main. La sélection ainsi opérée, la finale réunit les vainqueurs des éliminatoires. Affichant un sourire béat à l'idée d'être le seul à savoir ce qui allait se passer, le cœur battant malgré tout, Ira regarda le destin s'accomplir. Le jeune Noir prit la tête, suivi du garçon aux grosses cuisses qui devançait Farley. C'est alors que se produisit le miracle que seul Ira espérait. Aux deux tiers de la course, martelant le sol, déployant ses foulées extraordinaires, Farley se porta à la hauteur des deux autres et se propulsa en avant pour franchir la ligne en vainqueur !

Il serait à peine exagéré d'affirmer que Farley devint une célébrité dès ce jour-là. Le même soir, après l'école, des admirateurs l'accompagnèrent jusqu'à la bouche du métro, et une partie de sa gloire rejaillit sur Ira, son ami le plus proche.

Dans les semaines qui suivirent, Farley fut dispensé des exercices de gymnastique habituels pour se consacrer à un entraînement intensif en vue du 100 yards. À la fin septembre eut lieu la première rencontre interscolaire dans l'Arsenal situé en haut de Manhattan. Farley y participa et obtint la médaille d'argent. On salua l'exploit de ce nouveau venu, de ce bizut sans expérience qui découvrait pour la première fois la tension de la vraie compétition en n'ayant derrière lui que quelques heures d'entraînement. Sa performance figura dans les pages sportives de tous les journaux de la ville. Le nouveau « Météore de Stuyvesant », ainsi le baptisèrent les journalistes sportifs.

Pendant ce temps-là, Ira, avec son indolence et ses tâtonnements coutumiers, et en dépit de la fierté qu'il tirait des prouesses de Farley, lui, qui était son meilleur ami, commençait à éprouver un vague mécontentement et à se rendre plus ou moins compte qu'il était malheureux à Stuyvesant : il ne se sentait pas fait pour cet établissement. Sa sensiblerie, sa maladresse avec les outils, son refus de la précision matérielle, son aversion pour tout ce qui était strict et mécanique – il n'était pas plus en mesure de définir ce qui le troublait qu'il n'était en mesure de définir un nuage. Il s'agissait davantage d'une forme que d'une pensée, d'une image ondulante, pareille au visage du professeur de travail manuel qui, l'air narquois, le regardait s'escrimer avec le tire-ligne sur un morceau de bois. Le professeur parlait de « dessin », et Ira entendait « destin ». Plus tard, il se serait peut-être essayé à une épigramme sur Protée rencontrant Procuste, mais c'eût été refuser de voir ce qui n'allait pas chez lui.

Il ne faisait guère de doute que son insatisfaction provenait de la totale incompatibilité de son caractère, de ses aptitudes et de son origine avec le genre de formation technique que Stuyvesant assurait. Son incapacité à s'adapter, sa lenteur à s'habituer à un nouveau régime, les horaires tardifs des cours, tout cela semblait donner corps à son sentiment d'avoir dérivé, de s'être écarté d'une voie semée de vagues promesses. Ses notes du premier mois furent catastrophiques, bien pires que celles de Farley qui, en comparaison, paraissaient presque correctes. Ira touchait le fond dans toutes les matières sauf l'anglais.

Mon Dieu. Ira, dans la huitième décennie de son existence, se rendit compte à quel point, sous maints aspects, l'adolescent dont il dressait le portrait, ou qu'il s'efforçait de recréer, ressemblait peu à un jeune garçon « normal » de cet âge et de cette époque. Les différences étaient trop nombreuses pour qu'on les examine, mais la plus importante, à moins qu'il ne se trompe, résidait dans la manière dont il rêvait des femmes.

Son esprit était déjà marqué au fer rouge, déjà cautérisé. Il n'avait pas besoin de rêver d'amour, de fantasmer avec tous les chichis qui, dans l'imagination des autres garçons de son âge, composaient les franges des passions adolescentes. Il n'en avait jamais connu – hormis, peut-être, au tout début du printemps fatidique de ses douze ans quand il avait éprouvé, pour un si bref instant, les premiers tressaillements d'un engouement diffus pour Sadie Lefkowitz. Elle avait pour frères deux délinquants, l'un qui fut abattu alors qu'il braquait une partie de *craps*, et l'autre qui faillit perdre la vie en tombant de l'auvent qui surplombait la grande boucherie allemande de la Troisième Avenue alors qu'il essayait de faucher tout ce qui se trouvait à sa portée. Sadie habitait un immeuble crasseux à trois portes du sien. Elle avait les joues roses et portait de longs sous-vêtements qu'elle glissait dans de grands bas noirs (la dernière fois qu'il la vit, elle était ouvreuse dans un cinéma et se vendait pour quelques pièces). Quoi qu'il en soit, ce fut elle qui devait lui fournir un aperçu des aspirations adolescentes.

« *Douce Adeline, mon Adeline* », chantaient le soir devant la vitrine éclairée de la pharmacie Biolov les jeunes Irlandais et les jeunes Italiens de son âge, comme en écho au grondement assourdi des trains qui passaient au-dessus. « *Chaque soir, je prie que tu sois mienne.* » Ira était beaucoup plus en avance que la plupart d'entre eux, beaucoup plus pervers, indiciblement pervers. Et qu'est-ce que cela lui valait de le savoir ? Eh bien, de se tenir à l'écart des joies ordinaires de la rue. « Allez, vas-y, l'encourageait Petey Hunt du coin des lèvres avec son dur accent irlandais, le poussant vers la petite Helen au visage ingrat couvert de taches de rousseur qui se tenait devant la porte de l'immeuble par un soir d'été. Vas-y, demande-lui. On l'a tous baisée. Elle te laissera la tringler.

– Non. » Ira se dérobait.

Déjà perdu. Et, sur le même écran couleur d'ambre, il

voyait se jouer le moment qui avait marqué le tournant irrévocable de son existence, le moment de ravissement indicible et ravageur qui avait à jamais déformé son être. C'était un peu comme l'expérience que Mr. Goldblum avait faite en 5ᵉ pour démontrer devant les élèves interloqués les effets de la pression atmosphérique. Le bidon étincelant de quatre litres s'était soudain affaissé – à jamais déformé lui aussi. On agissait et les conséquences survenaient : l'enveloppe si lisse et régulière s'était abîmée pour toujours.

Il avait connu une déviation anormale, contre nature et destructrice. C'étaient les Noirs qui lui avaient fait prendre conscience de sa maladresse, ceux avec qui il devait travailler en tant qu'ouvrier sur les grands projets de chantiers de l'administration. Lui-même se répéterait plus tard ce qu'il se disait alors. Dans le cours naturel des événements, dans la vie, la vitalité et la luxure des taudis, lorsque Mrs. G, une Juive abandonnée par un mari ultra-orthodoxe qu'elle ne pouvait plus supporter, s'appuyait sur son balai, vêtue d'une simple chemise, l'air triste, et le regardait par la fenêtre de son appartement d'en face, situé au premier étage, comme le sien. Un gamin noir de quinze ou seize ans, son âge à l'époque, aurait peut-être, lui, été frapper effrontément à sa porte sous prétexte de vérifier son intuition.

Mais c'était impossible, raisonnait Ira. Impossible. Pa lui aurait ôté toute velléité de courage.

Oui, mais quand s'était-elle produite, cette terrible déviation ? Pas avant que ses parents emménagent à Harlem en 1914. Après. Pourquoi en vouloir à Pa – ou à Pa seul ? Ma aussi avait contribué au désastre, au déclenchement du fléau.

Leur en vouloir à tous les deux ? Oui et non. Inutile de tenter de faire endosser la responsabilité à qui que ce soit, elle est trop fuyante. Le nœud du problème est ou était – nous y revoilà – la séparation d'avec les siens, la coupure d'avec cette homogénéité qui – avec ou sans les raclées infligées par Pa – aurait permis une issue multiforme, un accès multiforme à la diversité en harmonie avec le milieu environnant.

Dans son manuscrit original, datant de 1979, Ira avait tapé :
« La véritable figure de rhétorique avec laquelle je me débattais, que je rebattais, devrait-on peut-être dire, destinée à décrire la fonction de ce qui suit, est celle de la clé de voûte : sans elle, le récit s'effondre. Et pourtant, c'est bien cette clé de voûte que j'ai longtemps envisagé de remplacer par un expédient. Et que, en d'autres termes, je me suis refusé avec obstination à utiliser à cause de la révélation honteuse de la vraie nature du personnage de notre ami Ira Stigman qu'elle entraînerait.

« J'ai passé trois jours à m'interroger avant de finir par accepter. Cette décision, je crois, ne doit rien à l'incapacité de l'ingéniosité créatrice à trouver des expédients plausibles qui permettraient de préserver l'intégrité de la construction. Mais malheureusement, militant contre l'usage d'un tel subterfuge, il y a le fait que, dans le récit précédent, j'ai préparé l'introduction de l'article authentique, et cela avec tant de force en raison de l'importance accordée à mon ami intime Farley Hewin, mon joyeux et loyal refuge pour ma judéité en lambeaux, que, malgré mes récriminations, la logique de l'engagement ne supporte aucune entorse à la vérité. »

CHAPITRE II

En plus de ses mauvaises notes, littéralement désastreuses pour lui, Ira, dans sa nouvelle école, ne cessait de perdre des choses – ses affaires –, et toujours à cause de son inattention, de sa négligence, de son impuissance à surveiller ce qui lui appartenait. Dès que sa vigilance s'endormait, les objets disparaissaient, volés, empochés par d'autres. Tout le contenu de son cartable, la sacoche où il transportait ses affaires de classe, le cartable tout neuf en cuir de morse que *tanta* Mamie lui avait offert pour son diplôme et qu'il avait amoureusement rangé jusqu'à son entrée dans un « vrai » lycée, son cartable, donc, et son contenu, livres, cahiers, matériel à dessin, tout disparut. Il rentra à la maison en pleurant comme un veau à l'idée de la tempête de cris qui ne manquerait pas de l'accueillir. Ma et Pa se renvoyèrent à la figure la somme que cela allait coûter, de tout remplacer – sans l'épargner au passage. Il ne lui restait que ses chaussures de tennis pour la bonne raison que ce jour-là, comme il n'avait pas gymnastique, il ne les avait pas emportées. Et même après, les vols continuèrent. On lui prenait tantôt un rapporteur, tantôt un compas, tantôt une règle. Et puis, il perdait tout le temps ses stylos, ceux reçus pour sa bar-mitsva et même le Waterman, cadeau ultérieur de Max, un modèle unique doté d'une plume en or rétractable. Tout cela s'envolait à l'instant même où sa surveillance se relâchait.

L'école devint un univers semé d'embûches, parfois même cauchemardesque. Chaque heure, chaque jour renfermait son lot d'anxiétés, de recherches frénétiques, de soulagements teintés de rancœur – et, trop souvent, d'angoisses folles devant la perte constatée. Ses inquiétudes au sujet de ses affaires ne faisaient qu'accroître son manque d'attention, lequel paraissait devenir plus chronique encore, sorte de césure fatale de la conscience… maudit crétin, rêveur impénitent, toujours dans les nuages. Et comme si cela ne suffisait pas, toute son astuce conspirait à satisfaire les produits de son imagination. On aurait dit une ombre de plus en plus épaisse s'étendant sur la joie qu'il éprouvait à fréquenter le même établissement que Farley, une ombre éclipsant la gloire qui retombait sur lui en tant que copain de Farley. Il se mit à voler.

D'abord saisi d'une fureur vindicative quand, pendant l'interclasse, il s'était précipité dans la salle pour constater que son stylo qu'il avait laissé une minute plus tôt dans la rainure de son pupitre avait disparu ! Son dernier stylo ! Les salauds, les fumiers ! Il se vengerait. Il allait en piquer un autre. Qu'il crève, celui qui lui avait fauché le sien… Et puis, c'était du gâteau ! À la portée de n'importe qui. Plus besoin de s'inquiéter pour des stylos. Il fallait juste le courage de le faire une première fois, et ensuite on attrapait le truc. Au début du cours de gym, tout le monde quittait sa veste et changeait de chaussures avant d'entrer dans la salle et de commencer les exercices. Ira resta à la traîne et, frôlant comme par accident une veste accrochée à côté de la sienne, il entrevit l'éclat de l'attache d'un stylo dans la poche intérieure. Il ne lui fallut qu'une fraction de seconde pour s'en emparer, et, l'instant d'après, le stylo était à lui – glissé en sécurité dans la poche de son propre pantalon.

« Ainsi devint-il un prédateur. » Ira relut la phrase de son premier jet, la pelure jaune posée à côté de lui. Devint-il ! Il s'imaginait voir le rictus qui lui tordait les lèvres : ainsi devint-il un prédateur à dater de ce jour. Il ajouta : « Certes, me semble-t-il, et pas seulement dans le domaine des stylos, comme si leur vol était symptomatique de la métamorphose que l'entière psyché commençait déjà à subir. »

Ah ! oui ! la remarque que je m'apprêtais à faire, Ecclesias, et que j'ai oublié de faire, comme cela arrive souvent à l'écrivain, et sans doute plus souvent encore à l'écrivain âgé ; si bien que la digression voulue ressemble à un luxe, une satisfaction personnelle. Comme tu le sais, Ecclesias, j'ai écrit naguère un roman, lorsque j'étais jeune.

– Ah oui ?

Et le pauvre petit môme de neuf ans était victime de la société, des forces de son environnement, le *gentil* petit môme de neuf ans, aurais-je dû écrire.

– Il ne l'était pas ?

Si, bien sûr, dans le roman. Mais c'est une fausse image, quelque peu déformée.

– Peut-être. Mais permets-moi de te poser une question : pourquoi dis-tu ça ?

Parce qu'elle paraît fausse à mes yeux, aux yeux de celui que je suis et de celui que j'étais réellement.

– À l'époque où tu l'as écrit ?

À l'époque où je l'ai écrit, oui. C'est précisément le problème – je pense ici au Dedalus de Joyce et à Joyce lui-même –, avec un regard critique, comme d'habitude : essayer de formuler mon objection majeure et la soumettre à l'épreuve des faits. Ce que je trouve le plus choquant chez Joyce, le plus répugnant, c'est qu'il a poussé à l'extrême le divorce entre l'artiste et l'homme ; et pas simplement poussé à l'extrême, mais étalé, glorifié : l'iconographie de l'artiste séparée de son œuvre, niant la responsabilité morale de sa création, se faisant les ongles dans une indifférence divine. Joyce a coupé l'artiste de l'homme. Quelle bêtise !

Mais revenons au sujet. L'écrivain que j'étais alors imaginait, avec d'insignifiantes nuances de détail et de chronologie, qu'il se projetait et se représentait fidèlement immergé dans son milieu, non, non, plutôt en rapport avec son milieu. Tu me suis ? Le type croyait vraiment apporter la vérité, rendre compte de la réalité.

– Tu nies que l'écrivain était une victime ?

Pas de cette manière ! Il faisait partie du processus. Et le rôle qu'il a joué dans ce processus, il l'a inconsciemment supprimé, inconsciemment omis, et c'est pourquoi l'image est déformée. Je peux le formuler autrement. L'écrivain avait l'illusion de dépeindre la réalité, mais de fait, il se trompait.

– Et comment sais-tu qu'il ne se trompe pas aujourd'hui ?

Je ne le sais pas – en tout cas pas avec une certitude absolue, uniquement avec la certitude relative d'avoir au moins pris en considération et révélé un fait significatif jusqu'ici passé sous silence.

– Se pourrait-il que ce soit au détriment de l'art ? Tu ne réponds pas ?

Je l'ignore.

Le premier vol en amena un deuxième, puis un troisième. L'acquisition de ces stylos conféra à Ira quelque chose qui ressemblait à une nouvelle forme de liberté, une étrange liberté qui l'empêcherait de se laisser aller à des soucis plus graves, et pas seulement à cause du petit frisson d'inquiétude qu'il ressentait en se demandant s'il avait ou non pensé à emporter l'objet du délit au moment du changement de classe, ainsi qu'à l'idée du prix à payer pour sa négligence éventuelle (et même dans ce cas, il pouvait encore s'attendre à pire), mais aussi à cause de son manque de cœur, lequel effaçait la pensée d'avoir rendu malheureux celui qu'il avait dépouillé, puis se transformait en soif de pouvoir. Il était au bord de la dépravation.

Survint alors l'inévitable avec ses voies détournées. Survint le jour où, dans la poche intérieure d'une veste qu'il avait frôlée, brillait un magnifique stylo muni d'un capuchon en filigrane d'argent. D'argent ! Et tout en arabesques ! Il s'en saisit d'une main avide ; il était à lui.

À lui !

Longtemps, il conserva son trophée dans sa cachette favorite, le plancher poussiéreux sous le tiroir du bas de la penderie encastrée dans la chambre de Pa et de Ma, enveloppé dans un morceau de sac en papier brun et posé à côté de ses prises de moindre importance. Les boutons ronds du tiroir blanc sale, la bouche noire qui semblait vous regarder une fois qu'on avait ôté le tiroir, la poussière accumulée sur le sol où il dissimulait les stylos devinrent complices de ses larcins, instigateurs de ses crimes. Son précieux butin, le Waterman en filigrane d'argent, ne cessait d'étinceler dans son esprit, de s'enrouler autour de lui, pareil aux dessins ornant le corps du stylo.

Par un week-end ensoleillé de la fin mars, Farley et lui paressaient dans le salon funéraire à la moquette couleur sable – une fois de plus redevenu le salon familial des Hewin – et discutaient du meeting d'athlétisme auquel Farley devait participer le mois suivant. Il était sûr de terminer aux places d'honneur. À l'entraînement, il avait nettement amélioré ses deux points faibles : son départ et ses foulées. Il avait déjà été officieusement chronométré dans le temps impressionnant de 11'6 au 110 yards.

De temps à autre, Ira allait remonter le phonographe et mettre « Mavoureen » chanté par John McCormack, puis, ne prêtant qu'une oreille distraite à Farley, il se plongeait dans une douce rêverie, bercé par le charme du ténor irlandais et de ses accents mélodieux. Accroché dans la poche intérieure de sa veste, il y avait le stylo filigrané. Il l'avait pris avec lui. Pourquoi ? Eh bien, parce que le week-end, quand il n'y avait pas d'école, il pouvait le porter en toute quiétude, et personne ne serait susceptible de le réclamer. Et comme le stylo taraudait continuellement sa conscience, il se devait de le porter – même s'il ne le sortait pas. Ou alors, il fallait qu'il le donne. Ce n'était pas très drôle d'être obligé de le cacher.

Farley parlait de Hardy, le jeune Noir qui arrivait toujours deuxième derrière lui pendant les séances d'entraînement.

« Tu ne verras jamais quelqu'un bouffer les trucs qu'il bouffe, dit-il en riant. Tu sais, Irey, il est capable d'avaler un hot-dog avec moutarde et choucroute, et un cornet de glace par-dessus. »

Farley s'interrompit en voyant Ira tirer le stylo de sa poche.

« Hé ! il est drôlement chouette.
– Tiens, regarde-le », dit Ira en le lui tendant.

Farley le tourna lentement dans sa main pour en admirer le dessin. Et il le fit à sa manière, avec franchise, sans une ombre de jalousie, content de savoir que son ami possédait un objet si beau et si coûteux.

« Hé ! j'ai jamais vu quelque chose de plus chouette, Irey ! »

Alors, débordant d'émotion, le sang lui battant les tempes, Ira lui offrit le stylo. Oh ! non ! Farley voulut le lui rendre. Il ne pouvait pas accepter. C'était trop beau, trop précieux. Mais Ira insista ; il y tenait. C'était pour ça qu'il l'avait emporté aujourd'hui. L'un de ses oncles, un riche joaillier, inventa-t-il, le lui avait donné, et il tenait absolument à en faire cadeau à Farley. Il avait un Waterman ordinaire qui lui convenait très bien – il le lui montra. Pas besoin d'en avoir deux. Que Farley prenne l'autre. Il finit par le persuader d'accepter. La reconnaissance fit pâlir le bleu des yeux de Farley. À titre de plaisanterie, pour ritualiser l'échange, il remit à Ira un crayon jaune tout neuf qu'il prit dans les affaires de son père. Ira vécut cet instant comme dans un vertige : une joie immense dansait dans sa tête – une joie au milieu de laquelle se dressa soudain le spectre de l'appréhension, le plaisir que Farley manifestait devant ce cadeau lui réjouissait le cœur – mais dans le même temps, un sinistre pressentiment l'étreignait.

Dispensé des exercices et autres activités du cours d'éducation physique qui avait lieu trois fois par semaine, Farley avait été nommé « chef de classe » pour la gymnastique. Chaque élève occupait une place déterminée dans la salle, et Farley s'était vu octroyer le privilège – ou l'honneur – de vérifier la présence de chacun sur un tableau où figurait la liste des noms en fonction de la place assignée. Adressant un clin d'œil appuyé à Ira, qui le lui rendit, Farley parcourut la colonne des élèves pendant que le professeur, un homme tout râblé, aboyait le rythme de l'exercice. Farley cocha le nom d'Ira et continua... Une minute après, il revenait, le front creusé de perplexité, les yeux bleus assombris.

« Hé ! Irey, dit-il d'une voix étouffée. Y'a un type dans l'autre rang qui prétend que c'est son stylo. C'est bien le tien, hein ?
– Bien sûr, que c'est le mien. Il est cinglé ! » siffla Ira entre ses dents.

Farley s'éloigna. Quelques instants plus tard, il était de retour, l'air encore plus sérieux.

« Il dit qu'il va aller se plaindre si on le lui rend pas. Je lui donne ? »

L'univers d'Ira bascula soudain et s'effondra en une masse informe. Il sentit son être profond chanceler, privé de tout soutien, de tout centre de gravité. Il persista cependant, s'accrocha vaillamment à son mensonge, à l'intégrité du lien qui le liait à son geste d'amitié à l'égard de Farley.

Dieu tout-puissant ! Une espèce de désir irrationnel, impossible, s'empara d'Ira pendant qu'il tapait, et il eut envie de hurler : je te propose un marché. Je t'échange les prochaines dix millions de secondes, n'importe lesquelles parmi les dix millions de secondes de ma vie, contre dix petites secondes de lucidité, dix petites secondes de prudence, de bon sens ordinaire, à ras du sol. Comment peut-on être à ce point voué à faire toujours ce qu'il ne faut pas ?

« Non. Il est fou ! C'est mon stylo !
– T'es sûr, Irey ? » Tout dans la voix et l'attitude de Farley indiquait qu'il prenait loyalement le parti de son ami. « Je peux lui rendre, et on n'en parle plus. »

Il retourna auprès de l'autre garçon. Après une minute ou deux, le jeune prof de gym, qui était également l'entraîneur de Farley, coupait la file des élèves. Il tenait à la main le stylo en filigrane d'argent et précédait un grand adolescent au physique délicat, au regard franc et au teint olivâtre.

« Venez avec moi », dit le jeune professeur à Ira qui restait cloué sur place, l'esprit comme paralysé.

Tous trois quittèrent la salle de gymnastique pour se diriger vers le bureau du proviseur adjoint, Mr. Osborne. Après avoir expliqué ce qui les amenait, le professeur posa l'objet incriminé sur le bureau de Mr. Osborne, lequel le remercia d'un hochement de tête plein de gravité avant de le libérer.

Ira connaissait son sort, le malheur inexorable, irréversible qui allait s'abattre sur lui – et qu'il avait lui-même provoqué.

Le stylo, affirma tranquillement son camarade de lycée, lui avait été donné par son père à l'occasion de son diplôme de fin d'année. Même dans le vide privé de toute réalité qui semblait régner dans la pièce, sa bonne éducation transparaissait. Il pouvait faire venir son père à l'école et prouver qu'il ne mentait pas.

Et Ira, en proie à un terrible sentiment de culpabilité, malade jusqu'au tréfonds de son âme, saisi de la peur abjecte du félon démasqué, demanda à parler à Mr. Osborne en particulier. C'était un homme d'une cinquantaine d'années, gentil et sans prétention, devenu corpulent par manque d'exercice, le front large, pâle et intelligent. Il fit signe à l'autre élève de sortir et d'attendre derrière la porte.

Seul avec le proviseur adjoint – et avec les portraits des anciens administrateurs de l'école –, Ira s'effondra. Pauvre automate, pauvre imbécile, se moqua-t-il de lui-même. Il aurait pourtant été facile de réviser l'histoire. Il lui suffisait de dire qu'il avait trouvé le stylo par terre dans les vestiaires, dans le couloir, n'importe où, d'inventer n'importe quoi de plausible – et il s'en tirerait sans doute avec une simple réprimande pour ne pas l'avoir rapporté au bureau. Et comme il avait de surcroît impliqué dans l'affaire le sprinter le plus prometteur depuis la création de Stuyvesant, on serait probablement passé sur cette peccadille.

Mais non. Ira fondit en larmes et avoua tout. Il avait volé le stylo dans la veste de son propriétaire. Combien de vols de ce genre avait-il commis ? questionna Mr. Osborne. Trois ou quatre, mentit Ira. Il ne savait plus. Le proviseur adjoint médita un instant, puis sembla prendre sa décision. Il fit entrer l'élève qui attendait dans le couloir, lui rendit le stylo, puis le renvoya en cours de gymnastique. Ira, sanglotant, se trouva de nouveau seul en compagnie de Mr. Osborne qui, avec calme et avec patience, l'écouta raconter en pleurnichant comment on lui avait volé ses propres stylos, son cartable et tout son contenu, et puis tout ce qu'il laissait traîner sur son pupitre, y compris un petit cahier d'exercices. Quant au stylo, il l'avait offert à son meilleur ami.

Petit tas ramassé sur lui-même, pathétique et larmoyant, voilà comment Ira s'imagina plus tard que Mr. Osborne l'avait perçu. Il n'était par ailleurs guère difficile de deviner ce qui se passait dans l'esprit de celui-ci : comment régler au mieux le problème, comment déterminer la sentence la plus juste à prendre à l'encontre de cette lavette d'adolescent plaintif. Il finit par informer Ira qu'il était dispensé de cours – et d'école – et qu'il devait revenir le lendemain accompagné de son père, ici, dans le bureau du proviseur adjoint. Il leur ferait alors connaître sa décision. Entre-temps, Ira devait remettre les livres en sa possession au secrétariat situé juste à côté, et rapporter le lendemain tous ceux qui appartenaient à l'école. Il allait lui faire un mot pour lui permettre de récupérer ses affaires et de sortir de l'établissement. Il avait énoncé ses instructions avec un mélange de compassion et d'autorité.

Ira s'exécuta. Il réunit ses affaires dans le vestiaire du gymnase, changea de chaussures devant le secrétariat, puis alla déposer ses livres sur le bureau où l'attendait un laissez-passer. Après quoi, il enfila son manteau de printemps, et, tenant à la main son cartable anormalement léger, comme si tout son poids avait été soudain transvasé au-dedans de lui, il montra son laissez-passer au concierge, et déboucha dans l'atmosphère changeante de mars, dans la brise qui lui fouetta le visage. Au bout de la rue, dans le ciel entre les hauts bâtiments, une flottille de nuages étincelants vira dans sa direction.

Le jour du Jugement dernier. La ruine et la destruction. Dans la rue et sur les édifices, le drap noir du deuil, sur les véhicules, sur les piétons et sur les vitrines, et dans les bruits de la ville, le glas du destin. Dans chaque pas, dans chaque respiration, dans chaque battement de cœur. Escroc. Voleur. On l'avait pris. Trop tard à présent pour regretter ce qu'il avait fait ou n'avait pas fait : persister à cacher le stylo au lieu de l'offrir à Farley, ou peut-être le vendre à quelqu'un en dehors de l'école. Combien tu dis ? Cinq billets ? Non ? Trois, alors ? Tout en argent, tu vois. Et un dollar pour elle. Okay ? Quoi ? D'accord ? Se calmer, pas ça – et puis merde, laisse tomber ! Pourquoi ne pas avoir raconté qu'il l'avait trouvé ? Sous un banc de la salle de gym – n'importe où.

Trop tard, trop tard. Irrévocable. Balançant au bout de son bras le cartable presque vide, rappel amer de ce qui venait d'arriver, il se mit à marcher, à peine conscient de la direction qu'il empruntait, cherchant à chasser le remords par le mouvement, à le noyer dans le panorama fluctuant de New York. Où aller ? Le métro de Lexington Avenue le ramènerait à la maison – trop tôt, trop tôt pour broyer inutilement du noir dans la cuisine, trop tôt pour faire *shiva* à cause du malheur qui s'abattrait sur lui quand Pa rentrerait du travail. Ira était persuadé qu'on allait le renvoyer – sinon pourquoi lui aurait-on demandé de rendre ses livres et de rapporter le reste demain ? Et qu'est-ce que Mr. Osborne avait dit ? « Tu n'es pas un méchant garçon, mais ces histoires de vols entre élèves doivent cesser. » Renvoyé. Bon Dieu ! Si seulement il avait fait comme les autres après le cours moyen, travailler, dénicher un boulot, devenir *a proster arbeter* comme disait Ma. Et si seulement les ambitions qu'elle s'obstinait à manifester pour son avenir n'étaient pas si inflexibles. Ou lui si entêté, si incorrigible, si pourri. Déjà à essayer de tirer profit du dollar qu'il aurait pu produire. Et s'il travaillait pour le gagner ce dollar, comme Sid, Davey ou Jake qui habitaient dans sa rue ? Et alors ? Oh ! trop tard, trop tard. Pris à voler – un camarade de lycée. Il avait été pris, il avait avoué, et il allait être exclu. Ce n'était pas tout à fait la même chose que de voler dans le cadre de son travail. On vous foutait à la porte et vous trouviez un autre boulot. Là, c'était différent, le stylo n'appartenait pas à l'entreprise, il n'était pas à personne ; il était la propriété de quelqu'un, d'un autre. On ne se contentait pas de vous foutre à la porte. Ma allait s'écrier en yiddish : « *Oï ! vaï'z mir !* » Vous aviez gâché, brisé votre carrière. De plus, il avait menti à Farley, à son meilleur ami, et maintenant celui-ci le savait.

Ira s'engagea dans Broadway dont l'animation semblait rythmer les soubresauts de son cœur étreint par le malheur. Marcher sans but vers le haut de la ville. Bon, tu vas te faire virer. Pa aussi s'était fait virer. Après, il avait été à l'agence pour l'emploi, et puis au bureau du syndicat, à la Fédération du Travail, section locale des Serveurs de restaurant, numéro… quel numéro, déjà ? Ah ! oui, numéro deux. Prends le *New York World*, se dit-il. Et consulte les petites annonces, les offres d'emploi pour jeunes, tant qu'elles ne précisent pas chrétiens ou protestants exclusivement. Mais là, son renvoi du lycée, l'avenir suspendu à ça. Tu l'as senti vaciller la deuxième fois que Farley est revenu vers toi et a dit : le type prétend que c'est le sien. Un rien aurait suffi à faire pencher la balance de l'autre côté, un simple mot : oui. Tu n'aurais même pas eu besoin de confirmer que c'était le sien. Juste : oui. Mais il avait menti à son meilleur ami, et son mensonge le ligotait : « C'est un de mes oncles qui me l'a donné. » Non, non, non ! C'est le sien, il est à lui, Farley. Rends-le lui. Je t'expliquerai plus tard. Et comme Farley était une grande vedette du sprint ainsi qu'on le lisait dans les pages sportives des journaux, une fois le stylo rendu à son propriétaire, l'affaire aurait été passée sous silence, oubliée. Si facile. Ç'aurait été si facile. Seulement, il lui aurait fallu avouer : je t'ai menti, Farley. Le stylo, je… je l'ai trouvé.

Marcher.

Le long de l'avenue pleine de monde, bruyante, agitée, devant un panorama indifférent, le Flatiron Building, les carrefours trépidants, Herald Square, Times Square, continuer, à pas pesants, Columbus Circle, et le changement de physionomie du quartier, les entreprises, les magasins et les dépôts qui font place aux immeubles d'habitation, aux édifices hauts de plusieurs étages ornés de balcons. Au niveau de la 96e Rue, il quitta Broadway pour se diriger vers l'Hudson et prendre le viaduc qui surplombait la berge. En dessous, sur les chemins pavés, des mères et des bonnes d'enfants poussaient des landaus où les bébés, douillettement emmitouflés dans leurs vêtements colorés, semblaient protégés du vent cinglant qui soufflait du fleuve en rafales. Et puis, il y avait des promeneurs. Un homme qui tortillait sa moustache de la même manière que Ma tortillait le bout d'un fil avant de le passer par le chas de l'aiguille. Combien chaque son, chaque détail du paysage aurait été agréable s'il n'avait traîné derrière lui comme une chape de plomb. Les eaux de l'Hudson, si large à cet endroit, clapotaient, et le vent soulevait des moutons à la surface des flots gris et glacés.

Sur la rive opposée se dressaient les Palisades, avec la grande horloge publicitaire du sucre Domino sur la face de la falaise, dont les aiguilles géantes indiquaient l'heure : entre trois heures quarante-cinq et quatre heures. Il se représentait l'horloge sous la forme d'un immense fer rouge qui, à mesure que chaque minute passait, que chaque heure s'écoulait, marquait sa mémoire. Il avait marché jusqu'à ce que ses jambes deviennent lourdes, jusqu'à ce que ses mains s'engourdissent de froid cependant qu'elles continuaient à agripper la poignée du cartable presque vide et désormais inutile. Il s'assit un moment sur un banc de parc pour se reposer, et lorsqu'il se remit sur ses pieds, il sentit ses muscles raidis et ses articulations douloureuses. Il reprit péniblement sa marche. Le soleil déclinait et les falaises étaient envahies d'ombres, lesquelles paraissaient aiguiser la brise. Bientôt, on allumerait les lumières. Bientôt tomberait le crépuscule. Les allées pavées maintenant désertes composaient un sinistre réseau qui sillonnait les pelouses en pente séparant le fleuve abandonné et silencieux du trafic automobile sur le viaduc qu'Ira traversait à pas de plus en plus pesants. Comme s'ils attrapaient les dernières lueurs du jour, les rails des lignes de marchandises de New York Central étincelaient sur leur lit grisâtre de graviers, sortes de bandes métalliques délimitant la frontière entre l'eau et la terre, tandis que le fleuve léchait les gros blocs de granit jetés pêle-mêle qui soutenaient le terre-plein du chemin de fer.

Il y a deux ou trois ans, il était venu nager ici avec la bande des Irlandais, en toute innocence, en ces années d'innocence et de confiance. Par contre, ils ne voulaient pas des quelques autres gamins juifs de la rue.

« On veut pas de vous, les Juifs », lançait Grimesy d'un ton hargneux à Davey, à Izzy, à Benny.

Mais lui, ils l'acceptaient. Pourquoi ? Pourquoi le laissaient-ils les accompagner ?

Et après, une fois séchés et rhabillés, sur le chemin du retour, ils croisaient parfois un train de wagons à bestiaux. Les bœufs, parqués derrière les barreaux de leurs enclos roulants, beuglaient, en route vers l'abattoir. Ils leur jetaient des pierres, les Irlandais seulement, à ces bêtes assoiffées par un après-midi torride, qui se dirigeaient vers leur mort. Ira ressentait alors un pincement de cœur. La cruauté irréfléchie finissait toujours par ne pas être drôle ; la joie le fuyait comme s'il était lui-même la cible, la victime. Il ne pouvait pas s'en empêcher. Peut-être à cause de Ma, peut-être parce qu'il était juif.

Et voici le sentier, là, en amont, celui qu'il empruntait. Maintenant, on le distinguait à peine, qui serpentait et se perdait parmi les hautes herbes mortes, sous les arbres sans feuilles mais recouverts d'une espèce de duvet ; et un peu plus loin, il réapparaissait, traçant comme une balafre au pied de la pente raide qui montait vers le ballast. Oh ! il avait longé ce sentier des dizaines et des dizaines de fois, à neuf ans, à dix ans, à onze ans – quand avait-il eu une paralysie infantile ? Nager et mouiller les boules de camphre préventives que Ma glissait dans un petit sac qu'elle lui nouait autour du cou. Il aurait dû ne jamais vieillir. Les mots lui revenaient, maintes fois entendus en yiddish, avec leur fond de méchanceté : « *Zollstu shoïn nisht elter ver'n.* » Et maintenant, trop tard, il quitterait le viaduc pour prendre le même chemin : *Zollstu shoïn nisht elter ver'n...* Il était toujours là, tel qu'il l'avait connu à neuf, dix et onze ans. Le suivre... Le suivre à travers les hautes herbes, en bas de la pente, pas aussi à pic qu'elle le paraît, enjamber les rails brillants, bien nets, dont rien ne venait rompre l'ordonnancement, ni les traverses tordues, ni le gravier dérangé... crissant sous ses pas qui le conduisaient vers l'amas de rochers sur lesquels l'eau du fleuve avait tracé une marque plus foncée que le granit au-dessus. Le soleil allait disparaître, coupé en deux par les Palisades. Le sucre Domino. Quelle heure était-il quand il était arrivé ? Voici les petites flaques aux contours déchiquetés laissées dans les crevasses au milieu de l'enchevêtrement géant de rochers. Et puis le rocher d'où ils plongeaient. Recroqueviller les orteils autour du bord et faire un plat à la surface des eaux fraîches de l'Hudson. « Y'a pas de câbles, rien dans quoi tu peux te prendre », disait Feeny, et tous étaient d'accord. Qu'est-ce qu'il avait fait ? Qu'est-ce qui allait lui arriver ?

Il ne parvenait pas à penser, et c'était là tout son problème. Il allait donc être exclu de Stuyvesant ; sa réputation en serait à jamais entachée. On lui collerait l'étiquette de voleur, de *ganef*. Avant, il était le seul à le savoir, et maintenant, tout le monde le saurait... Et si ce qu'il savait par ailleurs, les autres aussi l'apprenaient, si on le surprenait à commettre quelque chose de pire, une véritable abomination ? Et c'était tout à fait possible, il suffisait d'une simple étourderie. Et maintenant, flanquer le cartable à la flotte. Prendre les devants : dans ce cas, il sauterait pour le récupérer. Et ensuite ? Il n'aurait plus à penser à quoi que ce soit. L'eau, couleur de gravier mouillé, était sûrement glacée. Ça mordrait. Mais s'il inspirait profondément, très profondément, comme à la suite d'une immense fatigue... dans l'eau... tout serait terminé... avant qu'elle pénètre à travers ses vêtements... son manteau d'occasion, sa veste d'occasion. Aucune raison d'avoir peur. Il ne sentirait peut-être même rien. N'importe qui pouvait glisser d'un rocher, même d'un rocher plat... comme ça... lancer le cartable dans les flots tumultueux qui moutonnaient jusqu'aux sinistres falaises des Palisades, le plus loin possible. Allez ! la nuit va tomber, et le courage lui manquer. S'il pouvait seulement penser. *Ysgadal veyiskadach shémé rabo*, la prière des morts, c'était bien ça ? Qu'est-ce que ça voulait dire ? Ça sonnait comme ça. Pa s'assiérait sur une caisse de bois, comme il l'avait fait à la mort de son père, quand il l'avait apprise par une lettre venue d'Europe, couper la boutonnière de son gilet avec une vieille lame de rasoir Gem et s'asseoir sur une caisse, faire *shiva*. Et Ma, Ma, Ma ! Non, attends...

Attends. À présent, il savait. Le fleuve venait de le lui souffler. Il n'avait pas assez de *seïkhl* pour le découvrir tout seul. Peu importe. C'était vrai. Non, ce n'était pas idiot ; c'était vrai. Et si ce n'était pas vrai, rien n'était vrai. Et si rien n'était vrai, quelle différence ? Il se tenait là, sur le rocher au-dessus de l'Hudson, son cartable à la main, prêt à le jeter à l'eau avant qu'il fasse nuit. Pourquoi serait-il là si rien ne comptait. Si rien n'était vrai ? Il y avait quelque chose de vrai : il était là, sur le point de mourir, à quelques minutes de se noyer.

Au bord du rocher, il pivota, tournant le dos au fleuve. Et maintenant, souffre. Subis tout. Les cris à la maison. Le renvoi du lycée. La honte. Et ce n'était que l'extérieur, le naufrage extérieur. Ce qu'il était, ce qu'il était déjà au-dedans de lui-même, il faudrait qu'il le supporte. Il ignorait ce que cela voulait réellement dire, mais il savait que le supplice serait pire. Il avait décidé de l'accepter, d'accepter les ravages à l'intérieur de lui-même, la seule vérité...

Il grimpa vers les allées désertes gagnées par la pénombre, passa sous le viaduc et se dirigea vers Broadway, vers le vacarme des moteurs, les vitrines éclairées, les phares des automobiles, les bruits des passants. Le chemin serait long jusqu'à la 119ᵉ Rue, jusqu'à Park Avenue. Mais ce n'était rien en regard de ce que l'avenir lui réservait. Juste une longue marche... une très longue marche – bien peu de chose comparé à ce qui l'attendait au bout... Oui, qu'était donc tout le reste comparé à ce qu'il était lui-même ?

CHAPITRE III

Une heure plus tard, Ira montait les escaliers de chez lui, la démarche lourde. Il faisait nuit, et il aurait dû être rentré de Stuyvesant depuis longtemps. Il s'arrêta un instant sur le palier éclairé par la faible lumière qui tombait de la fenêtre, puis il ouvrit lentement la porte de la cuisine de ses doigts gourds. Son regard engloba le triste rideau uni tiré devant la fenêtre au fond de la pièce, la toile cirée verte sur la table, le ridicule tablier rouge orné de petits dessins accroché à l'évier en fonte, le brûleur de la cuisinière à gaz allumé, la glacière verte avec le réveil et une boîte d'allumettes de ménage posés dessus, logée dans l'angle de deux murs verts dont la peinture s'écaillait, à côté de la porte de la chambre contre laquelle s'appuyait le manche à balai, et puis Pa, assis à la table, en train de dîner, qui leva ses yeux marron de chien où brillait une lueur d'inquiétude, et Ma qui s'écria en yiddish, furieuse et soulagée à la fois :

« Que la peste t'emporte, Ira ! Où tu étais depuis la sortie de l'école ? »

Et Pa d'enchaîner d'un ton sardonique :

« Hum ! Je vois à son air penaud qu'il a encore fait une bêtise. »

Les paroles s'étranglèrent dans la gorge d'Ira. Il traversa la cuisine, prit le manche à balai et, sans un mot, le tendit à son père.

« Tu es devenu fou ? » fit celui-ci en pâlissant.

Il fallait forcer les mots à sortir, confesser, sceller son alliance avec le fleuve :

« J'ai été surpris à voler un stylo. Le stylo d'un autre garçon. Le… (Il se prépara à recevoir son châtiment)… le proviseur adjoint demande que tu viennes demain à l'école avec moi. »

Mais au lieu de le corriger, Pa lança le manche à balai par terre. Il paraissait, il était – serait-ce possible ? – comme frappé au cœur, au bord des larmes. Sans même jeter un regard sur le manche à balai, il alla se réfugier dans la pénombre de la chambre. Chose étrange, Ira eut alors un début de révélation : Pa n'était pas aussi fort que lui. Il se montrait incapable d'infliger la punition que son fils était prêt à accepter. Tendre sous son apparente dureté, c'est ça ?

« Je crois que je vais être viré de l'école, dit-il d'une voix qui ne tremblait pas, campé sur ses jambes qui, elles non plus, ne tremblaient pas. On m'a repris mes livres, et on m'a demandé de rapporter le reste demain.

– *Oï ! a brukh oïf dikh !* s'exclama Ma, les joues toutes rouges, accompagnant sa malédiction d'un vigoureux hochement de tête. Va donc dans ta tombe ! Pour tous les chagrins que tu nous causes. Crétin ! Imbécile ! »

Pa réapparut aussi soudainement qu'il avait disparu :
« J'espère te voir mort !
– Ils me volaient mes affaires ! se mit à pleurnicher Ira. Ils m'ont volé mon cartable neuf, mes stylos.
– *Dumkopf !* Tu n'es pas assez malin pour surveiller tes propres affaires ? Qui tu essayes de tromper ? s'emporta Ma. Les autres aussi, ils ont des cartables, ils ont des stylos. Et je ne sais quoi encore. Et on ne leur vole pas ! Que tes excuses t'étouffent ! »

La rancœur alimenta la rage de Pa :
« Puisses-tu pourrir hors de ma vue ! Pourrir ! Cet enfant que j'ai nourri ? Que les flammes le réduisent en cendres ! Ce voleur que j'ai choyé ? » Il se tourna avec sauvagerie vers sa femme. « Tout ça, c'est de ta

faute. Tu as voulu l'envoyer au lycée ! Ha ! Moi, je l'enverrais – tu sais où je l'enverrais ? Creuser des trous dans la terre. Il est tout juste bon à ça. Et puisse-t-il creuser le sien et y rester !

– *Oï ! vaï ! vaï !* gémit Ma en se baissant pour ramasser le manche à balai. Stupide ignorant ! Veau ! Oh ! tu ne m'as valu que des soucis !

– L'envoyer au lycée ! À n'importe quel prix, elle voulait un fils instruit. Nah ! Et maintenant, tu l'as : aussi instruit qu'un chancre ! Je t'avais prévenue !

– Oui, tu m'avais prévenue. Et alors ? répliqua Ma, opposant sa propre angoisse à la fureur de son mari. C'est tout ce que tu trouves à dire ? Puisse-t-il connaître une année noire ! *Oï !* comme si je n'avais pas assez de chagrin ! » Puis, s'adressant à Ira : « C'est ça, reste planté là comme un piquet ! *Gott's nar.* Enlève ton manteau et ton chapeau, et assieds-toi. Comment ils ont découvert que tu étais un voleur ?

– J'ai pris le stylo en argent d'un élève riche, dans la poche de sa veste de riche. Et je l'ai donné à Farley. Il s'en est servi au gymnase. Tu sais, là où on fait les exercices. » Il continua sur un ton plaintif : « Au gymnase. Et le type, il l'a vu. Il l'a réclamé.

– Alors, pourquoi tu ne lui as pas rendu ?

– Je sais pas. J'avais dit à Farley que c'était le mien. Je lui avais donné.

– Un imbécile, intervint Pa. Tu vois ? Un imbécile qui n'aurait jamais dû naître. Un imbécile qu'on aurait dû piétiner ! Espèce d'abruti ! Qu'ai-je fait pour mériter ça ? Une femme et un fils pareils !

– *Gaï mir in d'rerd !* »

Ira éclata en sanglots.

« Et maintenant, tu pleures ? dit Ma avec amertume. Si seulement tes yeux, ils étaient tombés et tes mains aussi avant que tu voles le stylo. Et qu'est-ce qu'ils te veulent maintenant ? Le stylo, il a été rendu, non ?

– Ouais, mais je te l'ai déjà expliqué. J'ai avoué au proviseur adjoint que je l'avais volé. Il veut voir Pa.

– *Aï !* puisses-tu être réduit en bouillie ! » Pa, saisi d'un nouvel accès de rage, eut un rictus qui lui découvrit les dents. « Réduit en bouillie ! *Aï ! yi ! yi !* me faire honte ainsi ! Savoir que j'ai un étron pour fils ! Prendre sur mes heures de travail pour m'apercevoir que j'ai élevé un crétin et un vicieux pareil ! » Il écarta son assiette de compote d'un revers de main. « Tiens ! garde-la pour ton prochain mari !

– Comment oses-tu me dire ça ? s'écria Ma dont la gorge se couvrit de taches rouges sous le coup de la colère. Ne lui ai-je pas enseigné des milliers de fois les chemins de la vertu ? Ne lui ai-je pas montré comment devait se conduire un bon garçon juif ? S'il est possédé par le démon, je n'y peux rien. Alors, qu'est-ce que tu veux de moi ?

– Va ! Suffit ! Parle au mur. C'est ton fils, et ton fils, il reste. Il apprendra au moins une chose : ce que c'est de gagner son pain à la sueur de son front. Tous les jours, été comme hiver, aller travailler, trimer pour un patron, et tout ça pour un salaire de misère. Qu'il se débrouille tout seul. Il ne mérite pas mieux et il n'a jamais mérité tout ce qu'on a fait pour lui. Tu as engraissé un fainéant, et maintenant tu le payes. Enfin, qui sait si travailler ne lui mettra pas un grain de sagesse dans le crâne ? »

Un long silence suivit ces paroles, pendant lequel Pa, le visage sombre et tendu, fit un effort pour s'absorber dans son journal yiddish, poussant de temps à autre un soupir qui se terminait en grognement.

« Depuis quand tu n'as pas mangé ? finit par demander Ma.

– Moi ? Je sais pas. Depuis que je suis parti de l'école. Vers 10 heures. Le *bulkie* que tu m'as donné.

– Je vais lui donner à manger, moi ! s'écria Pa en faisant claquer son journal. Du chagrin haché menu, oui !

– Ce que tu vas faire, je le sais déjà, répliqua Ma.

– J'ai pas faim, dit Ira.

– Non ? bien sûr. Même tes lunettes, elles sont sales. Va laver tes mains et ta triste figure. Il y a du rôti avec de la sauce sur le feu. Les nouilles, elles sont déjà froides. » Les larmes lui vinrent aux yeux. Elle renifla et alla se moucher devant l'évier. « *Nou ?* Qu'est-ce que tu attends ?

– Faut que j'aille aux toilettes.

– Alors, vas-y. »

Il entra dans la salle de bains plongée dans l'obscurité, laissa la porte ouverte le temps de repérer le cordon de la lumière, et, avant de refermer, il entendit sa mère qui disait :

« Bon, c'est un imbécile. Mais aussi l'enfant de la misère. Et du chagrin. Et même s'il avait volé un stylo en or, ce serait toujours mon fils. »

Dans la salle de bains peinte en vert, adossée à un mur brillant et bosselé, se dressait une petite commode comportant une douzaine de tiroirs minuscules qu'Ira avait récupérée alors que Biolov s'apprêtait à s'en débarrasser ; contre l'autre cloison, il y avait la longue baignoire, également peinte en vert, encastrée dans son cercueil de planches rainurées. Ira souleva le siège ébréché des toilettes. À son étonnement, il n'urina que quelques gouttes ; après tout, il avait pleuré – cette idée bizarre lui vint soudain à l'esprit – durant toutes ces heures où il avait erré à travers la ville. Il tira la chasse, éteignit la lumière et retourna dans la cuisine.

« Et où tu as traîné pendant tout ce temps-là ? » Ma, vêtue d'une robe d'intérieur criarde en coton à fleurs toute chiffonnée, serrait la miche de pain de seigle contre son ample poitrine afin d'en couper une tranche à l'aide du grand couteau gris à la lame concave légèrement ternie qu'elle ramenait vers elle avec effort pour entamer la croûte épaisse. « Tout ce temps. À quelle heure tu as quitté l'école ?

– Je sais pas. On a gym en premier. J'ai pas assisté aux autres cours. » Il sentait son appétit renaître. « Peut-être vers une heure.

– Et tout ce temps-là à traîner ! Va te débarbouiller.
– Je voulais pas rentrer à la maison. » Il ôta ses lunettes, se savonna la figure, se rinça en s'aspergeant avec l'eau froide recueillie dans ses mains en coupe, puis il s'essuya, et nettoya ses lunettes. « J'ai marché, c'est tout.
– Où ça ?
– Pourquoi tu poses des questions stupides ? intervint Pa. Quand tu payeras le cordonnier pour ses chaussures, tu le verras.
– Oui. Et son père est un homme qui a des ressources. » Ma posa une grosse tranche de pain devant Ira qui se mit aussitôt à dévorer. « Attends, je vais te servir un peu de viande.
– Je savais pas où aller, c'est tout. » Ira mordit à belles dents dans le pain. « J'ai marché le long du fleuve. Sur Riverside Drive.
– Et pourquoi Riverside Drive ?
– Je sais pas. C'est au bord du fleuve.
– Ah ! je comprends. Tu as été au bord de l'eau.
– Au bord de l'eau, ricana Pa, ses yeux marron brillants d'animosité. Tout de suite, il saute sur l'occasion. Et la femme, elle avale toutes ses sornettes.
– Chaïm, laisse-moi faire, dit Ma calmement. Mon malheur, il n'est déjà pas assez grand ? Et toi, tu n'étais peut-être pas inquiet ? À qui tu voudrais le faire croire ? »
Elle le regarda dans les yeux – jusqu'à ce qu'il détourne les siens. Ensuite, elle piqua un morceau de viande dans la cocotte à l'aide d'une fourchette, le posa sur l'assiette, puis elle inclina la cocotte pour prendre une cuillerée de sauce qu'elle versa sur la viande avant d'ajouter les nouilles.
« Tiens, mange, dit-elle en mettant l'assiette devant Ira – et elle affronta à nouveau son mari. C'est mon enfant. Peut-être qu'il mourra à cause de son cerveau de golem et du chagrin qu'il me cause. Et toi aussi. Il tient ça de toi, après tout. Dis la vérité, le défia-t-elle.

Raconte comment tu as fait pour sortir de Galicie la première fois. »

Pa abaissa son journal et se tourna vers Ira, l'air surpris et un peu décontenancé.

« Voilà ce qu'elle va déterrer ! Qu'est-ce que ça a à voir ?

– Je t'ai posé une question.

– *Gaï mir in d'rerd !*

– Tu as chipé l'argent pour la traversée vers l'Amérique. Vrai ou pas ?

– Va mourir !

– À ton père. Dans son portefeuille.

– Crève !

– Tiens donc !

– Elle ose me jeter ça à la figure – la manière dont j'ai quitté la Galicie ! Comment j'aurais fait autrement ? Je n'avais pas d'argent. Mes frères, ils étaient déjà à Saint Louis. Je voulais les rejoindre.

– Et alors ?

– À qui il était l'argent ? Tête de cheval ! À mon père, non ?

– Mais tu l'as quand même volé.

– *Gaï mir vieder in d'rerd !* Sinon, où je l'aurais trouvé ?

– *Oï ! vaï !* soupira Ma. Et quand tu es revenu en Autriche, on t'a pendu pour ton méfait ? »

Pa secoua la tête avec irritation.

« Dieu fasse que je n'y sois jamais retourné ! C'est un démon qui m'a ramené en Galicie. Vers elle ! Vers toi ! Un coup du diable. Mais qu'est-ce qu'on y peut quand la chance refuse de vous sourire ? »

Ma semblait trop fatiguée pour se mettre davantage en colère.

« Crois-moi, si la chance elle ne t'a pas souri, à moi non plus, elle n'a pas souri. » Elle s'assit et reprit d'une voix posée. « Qu'est-ce qui serait arrivé si je ne t'avais pas convenu ? Je serais devenue une vieille fille. Ben Zïon aurait marié ses autres filles avant moi. Il n'aurait pas eu le choix. Tôt ou tard, le Seigneur m'aurait envoyé un Juif gras et prospère, un veuf avec une belle barbe, une grosse panse et toute une maisonnée d'enfants. Qu'est-ce que j'aurais raté ? Tu veux encore des nouilles, mon pauvre chéri ?

— Je voudrais du pain », dit Ira, la bouche pleine.

Ma se leva.

« Et à quelle heure ton père il doit être à l'école demain ?

— Vers dix heures, je suppose. C'est là que Mr. Osborne arrive. C'est lui le proviseur adjoint.

— J'aurai le temps de finir le service du petit déjeuner, dit Pa. Je m'éclipserai entre le petit déjeuner et le déjeuner. » Il hocha la tête et s'adressa à Ira : « Merci d'y avoir pensé. »

Et Ma, lui coupant une autre tranche de pain, ajouta : « Jette-toi à ses pieds. Implore son pardon. Dis-lui que tu es le pauvre enfant de parents dans la misère. Tu as vu le stylo en argent. Tu l'as pris. Tu ne pouvais pas résister. Jamais tu ne referas une bêtise pareille. Tu sais l'anglais. Alors, parle. Plaide ta cause.

— Comme s'il avait besoin d'un stylo ! dit Pa en plantant ses coudes sur le journal yiddish ouvert devant lui. Est-ce que je n'ai pas croisé des centaines de jeunes dans le métro, des étudiants du Talmud pâles et affamés allant à la *yeshiva* près de mon travail ? Et qu'est-ce qu'ils avaient à la main ? Une bouteille d'encre. Et un plumier. Il n'y a que ce petit monsieur à qui il faut un stylo. Sinon, il ne peut pas apprendre, il ne peut pas noter les sages paroles. Et pas seulement un stylo, mais encore un autre pour le donner. Tu m'écoutes ?

— *Shoïn ferfalen*, dit Ma. Assez de tourments. » Puis à Ira : « Si tu ne peux pas retourner à l'école, qu'est-ce que tu feras ?

— Je sais pas.

— Tu rentreras à la maison. »

Ira secoua la tête d'un air buté.

« Tu rentreras à la maison, répéta Ma. Personne n'a

besoin de savoir. Je ne veux pas que tu traînes dans les rues. » Elle se rassit et posa sur lui un regard méditatif voilé de tristesse. « Que Dieu t'assiste demain avec cet *adjoint proviseur*. Puisse-t-Il t'aider. Mais s'Il ne t'aide pas, si tu es mis à la porte de l'école, ce ne sera pas la fin du monde, tu m'entends ? Tu es un idiot, et tu as reçu une bonne leçon. Mais ne perds pas ta volonté de faire carrière.

— Faire carrière, reprit Pa en écho. Continue donc à lui bourrer le crâne avec ces absurdités ! Il a besoin d'une carrière comme moi d'un abcès. Sa carrière, Leah, tu la verras quand tu verras ta grand-mère morte.

— On peut toujours espérer, dit Ma. Quoi faire d'autre ? Tu es son père. Tu veux le voir complètement anéanti ? Devenir un rien du tout ?

— Il nous a déjà montré ce qu'on pouvait attendre de lui. Il t'en faut plus ? Je t'en prie, épargne-moi tes questions. » Il détourna le visage, de nouveau en proie à un déchirement intérieur. « Je peux t'assurer que c'est un crétin intégral.

— Peut-être, mais qui avait un stylo en argent et qui n'en avait pas ? L'autre, il avait besoin d'en voler un, lui ?

— Oh ! c'est très malin ! Tu t'imagines que l'autre est un idiot comme lui ? Chez lui, ce soir, tu peux me croire, ses parents, ils sont en train de se réjouir. Et ils ont raison : non seulement, ils ont récupéré un trésor, mais leur fils a fait preuve d'intelligence, de jugement. Il n'allait pas laisser échapper l'occasion de récupérer son bien. Voilà un fils.

— Imbécile, dit Ma à Ira. Puisses-tu souffrir comme je souffre. Un peu de compote ? Je sais que tu aimes la compote de poires.

— Ouais. Et encore une tranche de pain. »

CHAPITRE IV

Ira savait où il voulait en venir. Il libéra le flot de ses souvenirs : ô ces premières années dans la campagne du Maine, à Montville avec sa famille, M si jeune et belle, les deux garçons, dans la deuxième moitié de la décennie 40, à la fin de la Deuxième Guerre mondiale. La tranchée qu'il avait creusée pour les tuyaux de cuivre destinés à amener jusqu'à l'évier de la cuisine l'eau de source abondante, précieuse et véritablement – comment dire – sylvestre qui formait un petit bassin à flanc de colline. Le demi-bâton de dynamite au bout de sa pioche, enfoncé de travers et sans danger sur la pointe. Assez. Assez. Les épreuves, surtout pour M, le côté irréalisable, quasi romantique. Mais ils étaient ensemble, relativement jeunes, encore qu'il eût déjà quarante ans à l'époque. Mais ensemble ! La colline, couronnée de robustes érables dénudés à l'approche de l'hiver, la montée de la sève, la fabrication du sirop. Pourquoi certaines choses du passé deviennent-elles tellement plus belles qu'elles ne l'étaient en réalité, tout comme le laid devient hideux ? Il faut fermer la porte de l'écluse pour ne pas être emporté par le torrent des souvenirs.

Ira n'avait pas bien dormi la veille. Il avait avoué à son ami et rhumatologue, le Dr. David B, que pour surmonter la douleur et l'apathie provoquées par les rhumatismes articulaires, il devait souvent prendre un demi-comprimé de Percodan, un puissant narcotique. Le Dr. B lui fit remarquer qu'il ressemblait en cela à Charles Swinburne, lequel avait également besoin de drogues pour nourrir sa muse. Sans oublier De Quincey et Coleridge, naturellement, qui devinrent tous deux dépendants de l'opium. Les effets du demi-comprimé, l'euphorie, l'amélioration de son humeur, étaient brefs mais suffisants pour vaincre son inertie et, en général, lui permettre de continuer. L'une ou l'autre des marques de comprimés de caféine l'aidait par ailleurs à combattre l'assoupissement qui s'ensuivait parfois. Les millions de fantasmes, de « gestalts », qui surgissaient durant ces moments-là étaient eux aussi intéressants, songeait-il.

La sensation de réveil vint heurter le manteau matelassé du sommeil, rappels durs et tranchants de la réalité qui perçaient l'enveloppe de l'oubli pour atteindre la conscience et annoncer le matin. La fenêtre du puits d'aération encadrait un rectangle de lumière grise et cotonneuse. Pa était déjà parti travailler. Ira devait l'attendre vers dix heures devant l'école... Il s'habilla en silence, rempli d'appréhension, puis il mangea le petit pain beurré que Ma lui servit et avala son café au lait dans la sinistre cuisine. La lumière de la cour qui filtrait par le haut du rideau de la fenêtre permettait de distinguer dans le bleu du ciel morne de mars les poteaux gris soutenant les cordes à linge. Aubade cruelle et fanfare prémonitoire, préludes à la terreur à venir. Ignorant les recommandations de Ma qui ne parvenaient guère à pénétrer à travers les mailles serrées de sa peur, il fut prêt à partir bien trop tôt. Autant arpenter le trottoir devant Stuyvesant que rester à la maison en face de Ma et de son visage ravagé de chagrin. Il n'avait qu'un seul livre à rendre, celui de grammaire.

« Ne va pas traîner dans les rues, lui enjoignit Ma avant qu'il ne s'en aille.
– Quand ?
– Après. En cas de malheur.
– Mais, non. Tu me l'as déjà répété dix fois.
– Tu me promets ? Jure-le.

– Je te le jure. Bon Dieu ! laisse-moi un peu tranquille.
– Je t'en supplie. Tu sais que ça me détruirait.
– Mais non, je ne te détruirai pas. Je rentrerai à la maison.
– Aie pitié de ta pauvre mère, Ira.
– Ouais, ouais. Allez, au revoir. »
Il sortit...
À peine conscient du monde extérieur, il se dirigea vers la station de métro au coin de Lexington Avenue et de la 116ᵉ Rue. Il marchait comme un automate, véritable bloc d'anxiété, perdu dans un univers irréel, grumeleux et corrodé qui ne lui offrait qu'une seule voie : une succession de trois rues animées qui conduisaient à un quai de métro blafard, et de là dans le centre par l'intermédiaire d'un wagon à l'atmosphère confinée. Seuls les trains omnibus s'arrêtaient à la 116ᵉ Rue. Il monta dans le premier qui passa et resta jusqu'au bout, pour gagner du temps, pour soulager son sentiment d'oppression, le fragmenter grâce aux nombreux arrêts, aux changements de passagers qui secouaient la léthargie des voyageurs aux regards égarés. Et puis le trajet à pied entre la 14ᵉ Rue et Stuyvesant, suivi de l'attente fébrile. Il avait plus d'une demi-heure d'avance. Il fit les cent pas sur le trottoir presque désert devant les bâtiments de l'école.

Pa arriva enfin, en manteau de tous les jours, les traits sévères et tendus sous son feutre gris élimé, le nez couperosé comme lorsqu'il était parti pour Saint Louis. Ira lui adressa un pâle sourire mais, devant son regard furieux, il s'empressa de le ravaler, et il demeura un instant planté sur place, les bras ballants. Puis il précéda Pa dans l'école, Mr. Osborne lui avait demandé d'amener son père ce matin, expliqua-t-il au concierge.

Ils pénétrèrent dans l'univers scolaire, rendu très étrange par la présence de Pa, et longèrent des couloirs dont l'alignement se trouvait parfois brisé par la porte ouverte d'une salle de classe à travers laquelle on apercevait un instant des tableaux noirs et des mains qui tenaient un morceau de craie... une carte qu'on déroulait comme un rideau figurant un monde plat et coloré.

Le père et le fils montèrent l'escalier qui conduisait à l'étage cependant que leur parvenaient les bruits assourdis des activités du gymnase. Suivi de Pa qui grommelait : « Attends-moi », Ira s'arrêta devant le secrétariat et alla poser son livre de grammaire sur le bureau le plus proche. Après quoi, il frappa à la porte du bureau de Mr. Osborne situé juste à côté, et attendit sur le seuil, Pa derrière lui.

« Entrez, entrez ! »

Mr. Osborne se leva. Forte carrure, corpulent, bien en chair, le visage large, le teint pâle, l'expression empreinte de chaleur et de sympathie. Cordial, il tendit la main à Pa :

« Mr. Stigman, je suis très heureux de faire votre connaissance.

– Oui. Moi aussi, je suis. »

La nervosité faisait presque trembler sa voix. Il serra la main de Mr. Osborne.

« J'ai rendu mon autre livre », dit Ira en désignant le secrétariat.

Mr. Osborne hocha la tête et indiqua un fauteuil :

« Je vous en prie, installez-vous, Mr. Stigman. Débarrassez-vous de votre manteau.

– Non, non, j'ai pas besoin. Oui », dit Pa en prenant place tout au bord du siège.

Mr. Osborne s'assit à son tour. Toute son attitude, depuis ses larges mains croisées devant lui jusqu'aux plis de son front, respirait la modération.

« Je suppose que vous êtes au courant de ce qui s'est passé ?

– Je suis, répondit Pa avec une mine lugubre.

– Il m'est très... » Mr. Osborne ouvrit les mains, les souleva légèrement avant de les laisser retomber. « ... difficile, et très désagréable d'aborder avec un parent un sujet de cet ordre. Je suis persuadé que vous comprenez – j'ai moi-même des enfants. Mais il est de mon devoir de le faire. Votre fils a volé un bien appartenant à un autre élève. Un stylo, et un stylo de prix en l'occurrence. Si c'était la première fois qu'il cédait ainsi à la tentation, on pourrait… » Il baissa son auguste front comme sous le poids de la méditation, puis parut soudain avoir pris sa décision. « On pourrait envisager l'affaire différemment. Pardonner. Vous me comprenez, Mr. Stigman ? »

Comme Pa, les lèvres de plus en plus pincées, ne répondait pas, il reprit :

« Mais ce n'était pas le premier acte de ce genre, le premier vol délibéré que commettait Ira. »

Ses yeux se posèrent sur Pa, exprimant une douleur sincère.

Pa lança un regard noir à Ira. Lequel se mit à pleurnicher.

« Pourtant, ce n'est en aucune façon un criminel. En aucune façon. Je le vois à son comportement, au remords qu'il manifeste. Je le vois à son attitude, et à celle de ses parents. On lui a appris où était la différence entre le bien et le mal. Je n'en doute pas un seul instant. Il savait parfaitement qu'il faisait quelque chose de mal.

– Je ne recommencerai pas, Mr. Osborne, dit Ira en pleurant. Je jure que je ne recommencerai pas.

– J'en suis à peu près sûr, mon garçon.

– Alors donnez-moi encore une chance. S'il vous plaît ?

– C'est précisément ce que je ne peux pas faire. » Sa pondération accentuait la force de son refus tranquille. « C'est la raison pour laquelle je t'ai demandé de venir avec ton père. Je dois vous expliquer, Mr. Stigman, pourquoi il est dans l'intérêt de votre fils – dans l'intérêt d'Ira – de couper tout lien avec le lycée Stuyvesant et de s'inscrire ailleurs, dans un établissement où on ne saura rien de cette affaire.

– Du lycée, je vais lui en donner, dit Pa en hochant la tête d'un air menaçant. Il va en recevoir.

– Non, le punir ne servirait à rien, dit le proviseur

adjoint, appuyant ses paroles par des gestes contrôlés. Dieu sait, Mr. Stigman, qu'il s'est déjà puni lui-même. Non, ce que je m'efforce de vous expliquer n'a rien à voir avec le châtiment. J'espère parvenir à vous faire comprendre clairement pourquoi il ne peut pas rester dans notre lycée. C'est la raison essentielle pour laquelle j'ai tenu à vous rencontrer personnellement. Pour qu'il n'y ait pas de malentendu. Je ne me préoccupe pas de punir. Protéger Ira, protéger son avenir, est beaucoup plus important. Il a impliqué un autre élève dans cette histoire, un remarquable athlète, soit dit en passant. Le garçon à qui Ira a dérobé le stylo n'en ignore rien. La rumeur ne manquera pas de se répandre. Et tous ceux qui auront perdu quelque chose, et je puis malheureusement vous assurer qu'ils sont nombreux, soupçonneront aussitôt votre fils, et je vous laisse imaginer les conséquences que cela aurait pour lui. Sa position deviendrait vite intenable. Il ne peut donc pas rester ici. » Il se redressa pour délivrer sa sentence grave et irrévocable. « Il est dans son intérêt de quitter Stuyvesant.

– Oui, acquiesça Pa dont les yeux de chien rencontrèrent un instant ceux de Mr. Osborne avant de se poser sur Ira. *Geharget zollstu ver'n !* »

Avec leurs cravates bizarres et leurs cols cassés pareils à ceux que portaient Mr. O'Reilly et Pa le jour de son mariage, les anciens administrateurs de l'école semblaient contempler la scène, leurs traits à jamais figés sur la toile, tandis que leurs lourdes chaînes de montre ondulaient à travers les larmes d'Ira.

« Surtout, ne vous méprenez pas, reprit Mr. Osborne. Nous sommes là pour assurer l'avenir de tous les élèves. Y compris celui d'Ira.

– Oui, oui. Très bien, je comprends.

– Je ne peux donc que vous répéter qu'Ira, à partir de cet instant, ne fait plus partie des effectifs de notre établissement. En un mot – un mot cruel, Mr. Stigman, j'en suis navré – il est renvoyé. »

Ira éclata en sanglots.

« Quoi qu'il en soit, permettez-moi d'ajouter ceci, poursuivit le proviseur adjoint en jouant distraitement avec le tampon buvard au dessous vert posé sur son bureau. Afin que rien ne figure dans son dossier – en raison du bon garçon que, au fond, je suis persuadé qu'il est, et du père qu'il a – j'ai demandé à ce qu'on retire sa fiche des dossiers et à ce qu'on la détruise. Il n'aura pas à subir sa honte tout au long de sa vie. Heureusement, il n'est ici que depuis deux mois, et nous pouvons passer l'éponge – sans trop de dommages – sur son séjour entre nos murs.

– Oui. Vous êtes un homme bon, dit Pa en s'inclinant gravement. Merci. Et lui, il... ah ! *Aza leb'n oïf dir !* lança-t-il à Ira avec fureur et désespoir.

– Tu pourras t'inscrire dans le lycée de ton choix, s'interposa Mr. Osborne. Tu n'as pas besoin de mentionner Stuyvesant. » Il se leva, griffonna quelques mots sur un bloc et arracha la feuille qu'il remit à Ira. « Donne ça au concierge en sortant. » Puis il tendit la main à Pa qui s'était également levé. « Je n'ai pas besoin de vous répéter à quel point tout cela a été pénible – pour moi comme pour vous.

– Oui, merci. Plus, je ne sais pas dire. Je suis désolé d'avoir causé tant d'ennuis, d'avoir un fils comme ça. » Pa hocha soudain la tête. « Un... je suis un simple serveur. Un serveur dans un restaurant. Avec mes pourboires, j'ai voulu l'envoyer au lycée. Et voilà le résultat.

– Ne perdez pas espoir, Mr. Stigman. Nous ne sommes pas en face d'un délinquant. Votre fils n'est pas un criminel, dit Mr. Osborne comme tous trois se dirigeaient vers la porte. La manière dont toute l'affaire a été révélée le prouve amplement. De fait, c'est une histoire assez incroyable. » Il s'arrêta sur le seuil. « Au revoir, jeune homme. Je te suggère à l'avenir d'essayer de maîtriser tes impulsions. Tu comprends ce que je veux dire par là ?

– Oui, monsieur.

– Tu as déjà causé un immense chagrin à tes parents. Et également à toi-même. J'espère que la leçon te sera profitable.
– Oui, monsieur. »

Ils sortirent de l'école... marchèrent en silence, presque comme deux étrangers ; la tristesse qu'ils partageaient, la honte du fils et les reproches qu'il s'adressait, la colère et le mépris du père, tout cela contribuait encore à distendre le faible lien qui les unissait... Ils marchèrent ainsi jusqu'au petit parc, le Stuyvesant Square Park, situé sur la Deuxième Avenue, où leurs chemins se séparaient. Le restaurant de Pa se trouvait plus loin dans le centre et Ira, lui, n'allait nulle part.

« Merci, Pa, dit-il d'une voix chevrotante.
– Merci ! Quand je te verrai enterré ! » répliqua Pa en yiddish d'un ton glacial.

Image même du rejet, il tourna le dos à son fils et s'éloigna, petit homme frêle en manteau noir, ne daignant ou ne pouvant pas exprimer autre chose qu'une brouille définitive.

Seul, la terrible épreuve enfin terminée, la sentence prononcée, Ira sentit son esprit se libérer du carcan qui l'oppressait. Il s'assit sur un banc du parc pour réfléchir, étudier le paysage de sa liberté déshonorante. Elle lui parut infinie, ainsi qu'informe. Pour le moment, il ne parvenait qu'à en goûter la sensation. L'atmosphère était fraîche, changeante, éclairée par le soleil de la fin mars. Des effilochures de nuages se téléscopaient dans le ciel serein d'un bleu lumineux, surplombant des édifices aux fenêtres étincelantes et au pied desquels piétons et véhicules circulaient ou bien attendaient, immobiles.

Une étape de sa vie s'achevait, il en était sûr, mais qui pourrait la définir ? Pas lui, en tout cas. S'achevait comme si le destin pervers s'accomplissait. Hier, c'était la mort, et hier s'était achevé au bord de l'Hudson. Il pressentait que l'avenir lui réservait quelque chose, un remède à son angoisse. Mais lequel ? Comment se pouvait-il que la vie des autres, de Maxie, de Sid, suive une voie prévisible, logique, un avenir tout tracé, alors que lui, il ignorait quel chemin prendre ?

Les impulsions. Qu'est-ce que Mr. Osborne avait dit ? La maîtrise de soi. Il ne savait pas comment contrôler sa vie, lui donner un tour raisonnable. Et il le payait. Il n'avait pas voulu aller au collège, mais il avait écouté Mr. O'Reilly et était demeuré à l'école publique 24 – où il avait rencontré Farley. Et il n'avait pas voulu non plus aller à Stuyvesant, il aurait préféré un établissement d'enseignement général comme DeWitt Clinton – mais il avait suivi Farley. De fait, il ne savait pas ce qu'il voulait, voilà le problème.

Les autres, eux, le savaient. La plupart voulaient gagner de l'argent, réussir. Lui pas. Les autres garçons juifs de sa rue étaient ambitieux. Lui pas. Il errait dans un labyrinthe, et un caprice du destin avait fait de lui un *lemekh*, un raté, un monstre. Et maintenant, il lui faudrait apprendre à intégrer cette anomalie, à essayer si possible de vivre avec. Il avait parfois l'impression de se trouver dans une vaste pièce propre et bien aérée où quelque merveilleuse machinerie complexe tissait en secret les fils de son destin.

Sous les bancs d'en face, protégés par les lattes vertes des sièges, il restait encore quelques petits tas de neige. Le dernier refuge de l'hiver, semblait-il, terré sous les bancs verts dans l'attente du dégel et du printemps. Au-delà des dossiers tubulaires des bancs, la pelouse détrempée luisait, couverte de mottes inégales ; les arbres bourgeonnaient ; la brise fraîche paraissait rincer l'atmosphère. Les empreintes de pas des piétons maculaient les trottoirs. L'écorce mouillée des arbres prenait des teintes brunes et les toits des immeubles formaient une ligne continue. C'était le printemps. Et c'était lui, Ira Stigman, qui était assis là, viré de l'école. Il éprouva le désir soudain de noter l'événement dans son petit cahier de texte. Il le tira de sa poche en même temps qu'un crayon dont il humecta la pointe du bout de la langue pour inscrire en lettres violettes à la date du 23 mars 1921 : « Aujourd'hui, le diable a ri. »

Maintenant, il ferait mieux de se lever et de partir. De quitter le parc avant que quelqu'un se rendant aux cours de l'après-midi le voie. Il avait promis à Ma de rentrer directement une fois le désastre consommé. Il se leva et se dirigea vers la station de métro de la 14e Rue.

Pour qui avait-il souffert ? Et pourquoi ? Bon Dieu ! c'était drôle de penser qu'on pouvait souffrir dans un but déterminé. Il savait cependant qu'il avait souffert – parce qu'il n'était qu'un abruti. N'était-ce pas une raison suffisante ? Eh bien, non. C'était le message du fleuve, des flots gris qui lui avaient répété la même chose de leurs millions de petites langues frangées d'écume tout le long des Palisades sous la pendule du sucre Domino – répété ce qui lui avait sauvé la vie sur le rocher au-dessus de l'Hudson. Ce n'était pas une raison suffisante. Il ne souffrait pas uniquement parce qu'il était un imbécile. Il était en vie. Lui seul pouvait se faufiler parmi les milliers de gens qui léchaient les vitrines, déambuler devant les manteaux, les chapeaux et les mannequins dans les vitrines des magasins, parmi les personnes vivantes qui bavardaient, traînaient les pieds, dont les pas résonnaient sur le trottoir, en manteau et chapeau eux aussi, pareils à des mannequins en chair et en os, parmi les jupes qui tournoyaient, le vacarme des klaxons des automobiles et des cloches des tramways, et tout cela signifiait quelque chose. C'était sa réponse. Parce qu'il était en vie, différent.

Oui, en vie et différent, tout le long du chemin jusqu'à l'angle de Broadway et Union Square Park où le flic, le sifflet à la bouche, réglait la circulation à grands coups de moulinet des deux bras, en vie et différent, jusqu'à la bouche sombre du métro où il s'engouffra avec la horde des voyageurs. Il n'y avait jamais pensé, idiot qu'il était. Il tenait sa réponse. Ignoble, pourri, et différent. Pourquoi ? Voyez la manière dont son esprit pouvait s'étendre dans toutes les directions, loin de lui, et tout ramener, ramener la vie au-dedans de lui. Qui d'autre aurait pu le faire juste après avoir été foutu à la porte de Stuyvesant ?

CHAPITRE V

À l'origine, ce devait être la fin du volume 1 de *À la merci d'un courant violent*, ainsi qu'il l'avait indiqué sur la disquette où il conservait le synopsis des parties qui composaient son œuvre : par nécessité, compte tenu de la capacité de son ordinateur. Cela faisait quatre jours qu'il était rentré après l'intervention chirurgicale, comme on dit aujourd'hui (au lieu d'opération), consécutive à sa hernie. Il était presque entièrement remis, de corps et d'esprit, surtout grâce à M.

Comme il s'était émerveillé devant ce mystère, ce, oui, ce dévouement indéfectible dont elle faisait preuve à son égard, pendant qu'il se trouvait encore à l'hôpital à rouspéter, à se plaindre indûment de la personnalité colloïdale d'Américain moyen de son compagnon de chambre, ses goûts de bazar, de toc, son esprit borné, son penchant pour le clinquant, pour le doré et la dorure, nanti d'une femme qui lui ressemblait, sans compter la télévision qu'il ingurgitait comme une drogue.

Il les détestait au lieu de les prendre en pitié – c'était toute la différence, son défaut. Au contraire de M. Il les détestait parce qu'il n'était pas comme eux, supposait-il (il avait réfléchi à la question, des heures d'affilée). Il n'était pas comme eux. Il était un éternel Falasha ainsi qu'il l'avait écrit dans son journal. Eh bien, le miracle c'était que M l'aime comme il était, elle, la fille de cette même société dominante qu'il haïssait pour sa banalité et qui le lui rendait, il en était sûr, avec une intensité égale pour ses opinions opposées, son élitisme, sa réaction face à leurs valeurs jetables, leurs valeurs de production de masse. M l'aimait, s'intéressait à lui, le soignait, s'occupait de lui avec tant de sollicitude – et de sagesse. Elle n'était pas la seule dans le monde goy de la Diaspora occidentale qu'il respectait, ni même pour qui il éprouvait un profond attachement – en aucun cas –, il y en avait des dizaines, et pas uniquement des attachements intellectuels, non plus, mais elle, il l'adorait, « cet aspect de l'idolâtrie », avec autant de dévotion qu'une âme fluctuante et imparfaite pouvait adorer un autre être humain faillible, elle, sa compagne de si nombreuses années. Elle avait suscité en lui des assertions et des compassions qui dissipaient la léthargie due à son cynisme habituel, à son aliénation, et qui le rendaient à une plus large fraction de l'humanité, et puis sans doute d'autres choses encore. La constance et le dévouement de M avaient peut-être été le catalyseur spirituel de la transformation qualitative intervenue en lui. La régénération de son engagement personnel, de plus en plus profond : ses prises de position en faveur de son peuple en Israël. Avec une certaine ironie... car elle n'était pas juive...

Volume 1. Fini. Terminé. Il y avait pensé ce matin, pendant qu'il prenait sa douche, son petit déjeuner, et aussi un peu plus tard, et il aurait voulu pouvoir coucher sur le papier, ou plutôt formuler, la pensée telle qu'elle s'était présentée à lui, avec les mêmes termes et leur rythme virginal. Mais il était rarement capable de le faire, de se rappeler la forme exacte de l'avènement de la pensée, sauf lorsqu'il avait à portée de main les moyens, et qu'il obéissait à l'impulsion, de le noter sur l'instant. Ce qui n'avait pas été le cas. Donc, la pensée n'avait pas été enregistrée (pas de nouvelle expérience à l'usage des écrivains) ; il lui faudrait par conséquent tâtonner, pesamment, à la recherche d'une approximation de la formulation originelle. Il s'était dit, ou plutôt avait commencé à se dire, que ses jours « créatifs » étaient révolus – non, ce n'était pas tout à fait ça, parce que, ça, il le savait depuis longtemps. Le point capital, c'était que ce qui intéressait les gens, ce n'étaient pas ses tentatives d'innovation dans le domaine de la narration, ses efforts en ce sens avaient sans nul doute été beaucoup imités par d'autres – et surpassés. Simplement, il avait été en quelque sorte absent à ce moment-là. Les gens, les lecteurs, s'intéressaient à lui, dans une certaine mesure, non pas parce qu'ils espéraient encore de sa part une production littéraire exceptionnelle, mais parce que les vicissitudes – des vicissitudes frappées d'un côté insolite – qu'il avait subies les rendaient curieux.

Il aurait dû le savoir dès le début, mais, comme d'habitude, il avait été long à comprendre ; il lui avait fallu tout le volume 1 pour s'en apercevoir. Qu'était-il arrivé à l'auteur de ce classique anomal de l'enfance dans le Lower East Side, ainsi que l'avaient qualifié quelques critiques ? Tel était certainement le sens des fréquentes demandes d'interviews qu'il recevait de la part de journalistes, d'écrivains et autres. Ils reflétaient le degré de curiosité publique à l'égard de l'extraordinaire hiatus qui constituait le trait dominant de sa carrière littéraire. Ils réclamaient sur lui et de lui des informations sur lesquelles fonder des hypothèses leur permettant d'en déduire la cause. Il n'était préparé à en fournir aucune, puisqu'il était bien le dernier à être équipé de l'appareil intellectuel, philosophique et social nécessaire.

Sans oublier, quoiqu'il eût peut-être mieux valu, la lettre qu'il avait reçue hier de David S du *Washington Post,* une lettre très sincère, sollicitant une interview, et sa décision de ne pas l'accorder. Les interviews pesaient par anticipation sur son esprit, de crainte qu'elles ne révèlent l'étendue de sa méconnaissance de la littérature contemporaine, son absence de profondeur et l'insuffisance de ses facultés critiques. Elles exigeaient davantage de lui qu'elles ne le devraient, ou ne le mériteraient. En outre, il en avait déjà son content, largement, et, comme il se laisserait à le dire, on l'avait déjà assez cuisiné. Plus probablement, la raison principale qui l'avait conduit à refuser l'interview tenait à son désir de préserver l'intégrité du tour inattendu que son écriture avait pris, ou était sur le point de prendre, la reconnaissance inattendue du personnage qu'il avait été, et avec lequel il lui fallait encore vivre.

« Non, je vais mener ma propre interview, Ecclesias », marmonna Ira en sauvegardant la copie de travail qu'il venait de taper. Une idée vague mais prometteuse traversa son esprit vague et lointaine, mais à son âge (et même avant), les idées vagues et rares devaient être saisies tout de suite et enfermées hermétiquement, sinon elles se volatilisaient... La pensée insaisissable, évanescente n'aurait-elle pas été simplement que bientôt il ne serait plus que poussière ? Il ne savait pas. En tout cas, elle ne l'aiderait pas à se remettre dans la bonne voie. Mais comme il marchait à pas lourds ! Comme il traînait les pieds en longeant le couloir du mobile home qui conduisait à la cuisine où M, la tête baissée, ayant fini de travailler son piano, en tablier bigarré rose délavé sur sa chemise bleue, épluchait des légumes destinés à la cocotte de fonte en émail orange – que son haut front était beau sous ses cheveux gris ! Il avançait pesamment, lui qui naguère était pareil à – combien il répugnait à citer ce moucheur de Juifs snob et évasif – TSE-TSE. Non, songea Ira : comme le vieux Bert Whitehouse le disait, et à sa manière avec autant de pittoresque que T.S. Eliot, là-bas à Norridgewock dans le Maine où, en 1933, il écrivait son roman, il y a tant d'années de cela : « Autrefois, j'escaladais une clôture de quatre planches avec une seule main, et aujourd'hui, je trébuche sur une seule planche de deux centimètres d'épaisseur posée par terre. »

Et pourquoi le public en général s'intéresserait-il aux inventions qu'il avait maintenant à offrir ? Elles ne représentaient rien qui ressemblât aux configurations contemporaines. Elles dataient d'un demi-siècle. On vivait dans une époque différente qui exigeait – et nécessitait – de nouvelles interprétations et de nouveaux jugements émis avec un recul de cinquante ans. Et il faudrait encore un siècle ou plus pour s'apercevoir que le fossé apparent se réduisait en réalité à une quasi-contemporanéité.

De sa quinzième à sa dix-neuvième année, de son renvoi de Stuyvesant à sa première année à CCNY, l'université de la ville de New York, et peut-être au-delà. Les faits étaient clairs. Il savait qu'il se souvenait avec une relative précision de nombreuses facettes de son existence d'alors, certaines chargées d'une terrible signification, tandis que d'autres ne constituaient que des réminiscences divertissantes. Il était l'Éditeur. Le patron. Le petit train-train linéaire l'amènerait jusqu'au terminus provisoire, non, plutôt jusqu'à la gare de triage provisoire ou à un aiguillage, pour employer le langage des chemins de fer. Comment pourrait-il – nous y voilà – supprimer, raccourcir, condenser ? Devant quel dilemme était-il placé ?

Il avait écrit : « J'ai autant de mal à le coucher sur le papier qu'à me rappeler correctement la succession embrouillée des événements intervenus durant les mois qui ont suivi mon exclusion du lycée. Je suis retourné à l'école publique 24... »

Ira s'interrompit. Et secoua la tête. Ces semi-vérités avec lesquelles il était obligé de composer, avec lesquelles il s'obligeait à composer.

– Eh bien, qu'est-ce que tu es, en définitive ? Éditeur ou simple collaborateur ?

À la fois les deux et ni l'un ni l'autre, Ecclesias. Je sais que l'heure de ma perte a sonné, une douleur sourde me gagne et me glace. C'est l'heure. C'est l'heure. Tout le reste n'est que serpentins, n'est que franges et frondes...

– Pas tout à fait, pas tout à fait. Il y a aussi quelques épisodes qui ont déterminé le cours de ton existence.

Oui. Mais le plus important reste que c'est pendant ces années-là que j'ai rompu mes ligatures, mes ligatures psychiques, que je les ai tranchées de manière irréversible. Le ressort a joué au-delà de son élasticité intrinsèque, de sa constante, et n'a jamais repris sa forme initiale. Mon Dieu ! comme on peut se détruire, et être détruit. C'est inconcevable.

– *Alors, mon ami.*

CHAPITRE VI

Ira retourna donc à l'école publique 24. L'un de ses objectifs, il en était à peu près sûr, était de se procurer un double de son dossier du cours moyen, et surtout de sa première année de collège, puisqu'il allait devoir fournir des documents afin de poursuivre ses études. Ira Stigman avait été renvoyé de Stuyvesant pour s'être battu (cela devint son explication habituelle, et, chose étrange, personne ne la contesta) et son dossier avait été détruit. Or, il en avait besoin pour s'inscrire dans un nouveau lycée. Après quoi, il s'adressa à Mr. Sullivan, l'infirme à l'humeur faussement vindicative, pour la bonne raison que celui-ci avait eu très haute opinion de lui dans son cours d'anglais (et très mauvaise dans son cours de comptabilité), et lui demanda de l'aider à trouver du travail. Le professeur réagit à sa requête, ou plutôt, à ses mensonges, avec bonté, et même avec une certaine indignation devant ce qu'il considérait comme une punition excessive pour une faute aussi bénigne. Il lui écrivit une lettre de recommandation pour le responsable d'un petit cabinet juridique dont il assurait la comptabilité. Grâce à cela, Ira postula à l'emploi de garçon de bureau le jour même ou le lendemain – et fut embauché.

Mr. Phillips, son nouvel employeur, donnait l'impression d'être un homme raisonnable, d'humeur égale et réfléchie qui avait la manie de se caresser les ailes du nez, qu'il avait long et droit, entre le pouce et l'index. Il invita Ira à s'asseoir devant un bureau pour rédiger lui-même sa lettre de candidature. Il se montra satisfait, sauf sur un point. Ira avait écrit son nom avec un seul *l* au lieu de deux. Il faudrait qu'il soit beaucoup plus attentif dans l'avenir à ce genre de détails s'il voulait satisfaire aux exigences d'un cabinet juridique, souligna Mr. Phillips.

Seulement, comme garçon de bureau dans un cabinet juridique, Ira était nul. D'une nullité absolue, pour tout dire. Un zéro. Ridicule et lamentable. Il n'était même pas capable de prendre correctement un message au téléphone tant son angoisse et son appréhension l'empêchaient de bien entendre, de distinguer les mots prononcés par la personne au bout du fil. Et puis, rares et même rarissimes étaient les fois où il trouvait la bonne salle de tribunal et la bonne séance au bon moment. *Shlimazl !* Pa avait raison. Et si par quelque coup de chance il suivait correctement les instructions qu'on lui avait communiquées, s'il arrivait dans la bonne salle au bon moment, il se mettait à rêvasser et laissait passer l'annonce de l'affaire pour laquelle on l'avait envoyé dans le but exprès d'en demander l'ajournement ou le renvoi. Mr. Phillips caressa les ailes de son long nez deux ou trois semaines durant, tandis que son associé fulminait, manifestait sa désapprobation par de petits bruits de bouche et grommelait des chapelets de « crétin ». Quant à la secrétaire de Mr. Phillips, elle était saisie de fréquentes et inexplicables crises d'hystérie...

Le cabinet déménagea dans de nouveaux locaux plus spacieux. On en profita pour changer tout le mobilier : les vieilles et accueillantes armoires de rangement en chêne ainsi que les bureaux en chêne clair veiné cédèrent la place au métal lisse, couleur café. Ce changement s'accompagna d'un changement de garçon de bureau. À Ira succéda un jeune d'environ son âge, mais plus svelte, curieux, malin, légèrement amusé, un peu condescendant. Il lui rappelait vaguement le type à qui il avait fauché le stylo en filigrane d'argent. Mr. Phillips précisa que le nouveau venu remplacerait Ira dès la semaine suivante. Ira était un brave garçon, certes, mais il n'était pas fait pour travailler dans un cabinet juridique. Il était désolé, mais il devait se séparer de lui.

En vérité, Ira n'en fut pas trop malheureux. Il trouvait son travail ennuyeux, fade et monotone, dépourvu de toute la palette des couleurs et des trépidations citadines qu'il aimait. Mis à part le fait qu'il allait devoir rentrer à la maison et annoncer à Ma que la source de ses neuf dollars hebdomadaires venait de se tarir, il se sentait plutôt soulagé à l'idée d'avoir été viré. Il se savait trop lent pour un boulot pareil, pour pénétrer les abstractions qui, il le percevait déjà, en composaient la majeure partie.

Ainsi se termina sa brève incursion, ou excursion, dans le domaine du droit, des avocats et de la procédure. Il prit la décision de ne jamais retravailler dans un bureau, quel qu'il soit. Ça suffisait déjà d'être un crétin sans avoir besoin de connaître en plus l'humiliation de voir les autres s'en rendre compte.

Si seulement il n'y avait pas tant d'interruptions, songea Ira. Tant de distractions dans la vie du narrateur. Il pourrait alors passer d'un épisode à l'autre dans le cadre d'un récit mené de bout en bout de manière autonome. (Son vieux grief – était-ce un prétexte ou une légitimation ?) Les distractions étaient trop nombreuses, ou trop prenantes, ou alors il – sa volonté – était trop faible pour résister. Autrefois, il était assez fort, quand il avait écrit son seul et unique roman.

Il était parvenu à exclure les distractions et les problèmes pendant quatre ans, jusqu'à ce que l'œuvre fût achevée. Ah ! jeunesse – d'autant que les distractions et les problèmes étaient légion. Sexuels souvent, mais pas toujours : une liaison qui virait au cauchemar, et puis ce *pas de deux, de trois, de quatre*. Et la maladie qui avait également entraîné une interruption, mais là aussi pour une courte période. Il s'en était alors strictement tenu à son récit, ce qu'il n'était plus capable de faire. Et, cher lecteur, comme dirait Jane Eyre et une nuée d'autres narrateurs de fiction, dans le bon vieux temps, lorsque le scripteur se blottissait contre le lecteur, eh bien, cher lecteur, si ça ne te plaît pas, il faudra t'en arranger, quel que soit le sens qu'on donne à « arranger ». Cher lecteur. Il n'y aura peut-être même pas de lecteurs, chers ou pas, encore qu'il s'efforce à tout prix de préserver les moyens de communication qui l'unissent à eux, des moyens futurs : les disquettes où il s'adresse à Ecclesias. Cher lecteur.

Or, à l'époque, il ne passait pas comme aujourd'hui, ou plutôt ne perdait pas, une journée entière, se sentant détraqué – ou peut-être, devrait-il dire, qu'il en passait de trop nombreuses ainsi – à récupérer de diverses interventions chirurgicales ou à chasser les miasmes de son humeur et de son malaise, qui, tous ou la plupart, très probablement, constituaient le prix à payer, son châtiment pour ses lointains, très lointains excès. Seulement, et c'était peut-être là le pire, dans les jours anciens où il écrivait son livre de jeunesse, ce « classique de l'enfance dans le Lower East Side », il n'avait pas tenté de découper et de marchander des fragments du roman comme il le faisait aujourd'hui dans l'espoir de laisser une empreinte sur la modernité (et de grappiller quelques dollars au passage), et n'avait donc pas dû essuyer les rebuffades actuelles, sans doute méritées, de la part de plusieurs périodiques réputés.

Ses écrits étaient de l'histoire ancienne, et pour ce qu'il en savait, stéréotypés. Les refus le contraignaient cependant à admettre le fait qu'il était un vieil homme de soixante-dix-neuf ans et que sa production littéraire était celle d'un homme de cet âge, qui déclinait et s'inclinait, peut-être pathétique. Il serait préférable, plus digne, de se taire, de conserver une attitude réservée, car ainsi ses défauts demeureraient cachés. Excellente idée.

Enfin... Comme il l'avait écrit à son agent littéraire, il s'abstiendrait dorénavant de soumettre d'autres extraits de sa prose. Maintenant, c'était tout ou rien, et si ce devait être tout, ce serait posthume. *Eheu fugaces, Postume, Postume, labuntur anni...*

Traînant de nouveau du côté de la 14ᵉ Rue, près de Union Square Park, le long des façades ornées et des fenêtres cintrées des ateliers et des immeubles commerciaux de l'époque, il aperçut une annonce placardée sur une porte : RECHERCHONS JEUNE GARÇON – S'adresser à Acme Toy Company – 1ᵉʳ étage. Il venait donc une fois encore de tomber sur ce qu'il cherchait avec si peu d'enthousiasme, et qu'il craignait d'affronter : un entretien d'embauche. Le patron de l'affaire, rougeaud, le cigare aux lèvres, la respiration sifflante, installé derrière un bureau en désordre au fond d'une petite pièce encombrée, s'appelait Mr. Stein. Il paraissait approcher de la soixantaine. À côté de lui se tenait son fils, Mortimer, un grand jeune homme brun d'une vingtaine d'années qui étudia Ira à travers la fente de ses yeux marron hostiles.

Ils le pressèrent de questions tout en lui expliquant ce qu'ils attendaient de lui. Est-ce qu'il avait l'intention de reprendre l'école ? L'expérience lui avait enseigné ce qu'il fallait répondre dans ces cas-là. Oh ! non ! il avait quitté l'école pour de bon. Parce qu'ils avaient besoin de quelqu'un toute l'année. Quelqu'un qui apprenait vite, à la tête solide, car leur stock se composait de centaines de jouets différents rangés dans des casiers différents, et puis quelqu'un de vif, d'honnête et de soigneux. Ira leur donna Park & Tilford comme référence, insistant sur le fait qu'il avait très vite su localiser d'innombrables articles entreposés dans le sous-sol. La succursale du nord de la ville avait fermé et il était sans travail. Son histoire à moitié vraie pesa dans leur décision. Et puis, ajouta Mr. Stein, il leur fallait quelqu'un à qui le travail ne faisait pas peur. Oh ! pas à lui, pas à lui !

Le fils eut beau manifester un sombre scepticisme, le père engagea Ira :

« On va te donner une chance. »

Le salaire serait de huit dollars et cinquante *cents* par semaine, payables le samedi après-midi.

Son premier jour de travail, celui de son embauche, tombait justement un samedi. Ce qui suscita de nouveau en lui des interrogations contradictoires : le samedi était jour de paye, alors pourquoi ne l'avait-on pas payé ? Est-ce qu'il n'avait pas travaillé assez longtemps, ou bien aurait-il mal compris ? Il ne trouva pas de réponse à ses questions. Les quelques *cents* que Ma lui avait alloués pour sa chasse à l'emploi, maintenant qu'il en avait déniché un, il les dépensa pour s'offrir un maigre déjeuner. Et quand l'heure fut venue de se hâter de rentrer, il n'avait plus de quoi prendre le métro – et, comme d'habitude, il se refusa à demander. Pourquoi ? Trop profondément immergé dans le passé pour le sonder. Un *nickel*. Craignait-il un refus ? N'était-ce pas dans l'esprit du gamin trahir une faiblesse que de n'avoir pas gardé l'argent nécessaire au ticket de retour ? Cela ne diminuait-il pas son sentiment d'indépendance pour le ramener à sa dépendance d'écolier ? Dieu seul le sait.

Le gamin se tapa tout le trajet à pied, de la 15e à la 119e Rue, plus d'une centaine de blocs en ligne droite, soit près de huit kilomètres, et après une journée de travail presque entière ! La marche, bien entendu, ne le fatigua pas trop, et il alla vaillamment, porté par ses jambes souples d'adolescent qui ne le firent souffrir que vers la fin, pendant les dernières centaines de mètres qu'il franchit avec toute la résolution et l'obstination d'un pigeon voyageur regagnant son nid. Il s'imaginait dans le kaléidoscope de l'animation, dans l'ombre des immeubles illuminés par le soleil déclinant de la fin de l'été, le visage tendu au milieu d'une mer de visages et de silhouettes qui se découpaient un instant devant les entrées des magasins ou des immeubles, comme s'il longeait un jeu de glaces déformantes. Enfin, il tourna le coin de Lexington Avenue à la hauteur du dépôt de la Phoenix Cheese Company et s'engagea dans la 119ᵉ Rue, sa rue minable et familière, son abri, sa maison.

Pourquoi se rappelait-il surtout les incidents désagréables, les désastres liés à son travail ? Les mésaventures dont il n'était que trop souvent la cause ? Pourquoi s'acharnait-il autant à prouver qu'il était un *shlemil* ? Pour la bonne raison qu'il en était un. Pas à cause de sa tendance à trop protester : il était un *shlemil*, point final. Ah ! oui, merveilleux : *Ses ailes de géant l'empêchent de marcher.*

Qui le savait ? Fait étrange, ses bévues et les accidents dont il était responsable déclenchaient davantage la colère du jeune Mr. Stein que celle de son père. Ce dernier semblait toujours guetter avec un soupçon d'amusement la prochaine bêtise qu'il ne manquerait pas de commettre. C'est Mortimer qui lui rendait la vie infernale, qui le mettait tout le temps mal à l'aise au point de presque provoquer ses énormes gaffes qui, à leur tour, venaient alimenter la fureur de celui-ci. Ira cassait des poupées incassables. Il piétinait des cartons remplis de décorations de Noël fragiles. Et après, il entendait le père, dont la respiration sifflait de manière inquiétante, déclarer avec indulgence à son fils qui, supposait Ira, voulait le flanquer à la porte sur-le-champ :

« Les assurances, elles vont payer. Elles payent pas mes médicaments. Alors, le *yold*, il est mieux que les médicaments. »

Mais cela n'apaisait pas Mortimer. Un après-midi, après déjeuner, le moment où Ira était le plus apathique, on lui demanda d'aller aider Mortimer à décharger une grande caisse d'ours en peluche. Et, pendant que Stein junior se tenait en haut de l'escabeau, un pied posé dessus et l'autre sur le casier supérieur, Ira lui lançait les ours l'un après l'autre pour qu'il les range sur l'étagère la plus haute. Il visait plutôt mal, et Mortimer devait souvent à la fois rattraper son équilibre et l'ours en peluche. Soudain, comme Ira se baissait pour en prendre un dans la caisse, boum ! un ours en peluche lui atterrit sur le crâne. Pour provoquer un tel impact, il n'était pas simplement tombé – Ira en était persuadé. Il fallait qu'on l'ait lancé – délibérément et avec le maximum de force. Et bien que Mortimer, du haut de son perchoir, lui eût adressé un sourire conciliant accompagné d'un « Pardon » peu convaincant, Ira décida de quitter sa place. Ce qu'il fit le samedi même, et sans prévenir.

Ah ! qu'aurait été la vie, Stigman – Ira laissa sa tête pendre en arrière – sans le chancre, une vie ouverte à tout, sans qu'il eût conscience, ou à peine, de la pauvreté, de la pénurie et de la misère qui l'entouraient ? Qu'est-ce que le gosse savait, en dehors de ce qu'il percevait, de ce qu'il distinguait dans les limites des taudis qui composaient son environnement ? Eh bien, surtout ce que les livres lui apprenaient, l'univers trop souvent chimérique des bibliothèques, si éloigné du sien. Son esprit, cependant, s'ouvrait parfois sur des avenues littéraires, et certaines, qui se révélaient praticables, récompensaient parfois le voyageur qui les empruntait.

Nous ne prenons ce chemin qu'une seule fois, disait Thoreau – et lui, Ira, il avait déjà été jusqu'au bout de cette route. Cela restait néanmoins un privilège que d'être à même de la reconstruire, et sur un ordinateur. Pouvait-il encore étouffer ce qui ne demandait qu'à jaillir ? Non, impossible. C'était le résultat du demi-comprimé de Percodan, ce médicament qui tendait toujours à le rendre loquace. Millie M, la femme de Marcello, lui avait apporté *Jane Eyre* à lire, le premier et unique roman d'une des sœurs Brontë qu'il eût jamais lu – et il sentait la nature de sa prose transparaître dans la sienne. Elle vivait il y a cent quarante ans. Elle était morte en couches, mais, l'esprit toujours vivant, plein de vitalité, elle lui parlait aujourd'hui, attelée à la même tâche que lui, à travers les mots, avec une belle voix vibrante qui avait franchi la distance d'un siècle et demi, et elle lui disait ce que c'était de vivre à cette époque, parmi les préceptes religieux démodés, les invraisemblances gothiques, les fariboles surnaturelles, et, à travers Freud et la tombe, à travers les coutumes, la culture et son génie, elle communiquait au vieil homme qu'il était l'image d'une jeune femme de son temps. Et maintenant, regarde devant toi, se dit-il. Regarde dans cent quarante ans. Dis le *kaddish*, pas uniquement pour tes petits-enfants, mais aussi pour tes arrière-petits-enfants ; déchire tes vêtements, assieds-toi et prends le deuil, fais *shiva* – ce que tu n'as jamais fait pour les vivants –, en un mot, pleure ceux qui ne sont pas encore nés, les morts du futur.

Dans ce monde radicalement différent de 2125 et ses mœurs différentes, son atmosphère différente, sa conscience différente, est-ce que quelqu'un se souviendra de toi ? Quelqu'un appartenant à une humanité dont tu peux à peine deviner la nature, à un univers qui aura sans doute beaucoup, beaucoup plus changé que celui de Jane Eyre par rapport au tien. Néanmoins, pour se reporter au seul monde holistique possible, il faudra alors faire pareil, errer parmi les anachronismes absurdes et boiteux. Une année décalée, ça fera une sacrée différence, dans cent quarante ans. En tout cas, Ecclesias, si tu tiens à le savoir, on devrait se montrer reconnaissant de cette digression. Non seulement parce qu'elle soulage le cœur, mais aussi parce qu'elle éclaire la mortalité dans la continuité, ou la continuité dans la mortalité, et réconcilie l'âme, oui, un tout petit peu, l'âme humaine avec son destin. Donc, décidons d'un interlude d'une durée indéterminée…

CHAPITRE VII

Il avait gagné assez d'argent pour permettre à Ma de lui acheter de quoi s'habiller en vue de l'année scolaire à venir : quelques sous-vêtements à mailles serrées, des chaussettes, une paire de chaussures bon marché et assez de chemises, veste, manteau, etc., pour durer jusqu'à ce qu'il retravaille l'été suivant. Comme elle marchanda avec le fripier de la 114e Rue ! rouge d'indignation, brandissant à la lumière le fond du pantalon proposé pour en souligner l'usure – sans se soucier des dénégations du vendeur, ni des timides protestations d'Ira. Vêtu de pied en cap, il se sentit libéré jusqu'à l'année suivante de toute obligation matérielle. Être nourri et logé, il considérait cela normal. C'était du devoir de ses parents – ou plutôt celui de Ma, puisqu'elle tenait tant à lui donner de l'instruction. Il acceptait de même sans sourciller la *dime* qu'elle lui allouait chaque jour pour payer le métro jusqu'au lycée. N'avait-il pas suffisamment contribué aux frais lorsqu'il avait travaillé cet été ? Par contre, selon lui, il n'incombait pas nécessairement à ses parents de l'habiller, et il fallait donc de l'argent supplémentaire, de l'argent venu du dehors qu'il se devait de gagner. Et il en avait ramené assez pour acheter des habits d'occasion. Il avait donc accompli son devoir. Dès qu'il en arriva à cette conclusion, il se sentit justifié à quitter son emploi, puis à traîner, la conscience tranquille.

Ainsi, son maillot de bain enroulé dans une serviette pour former un petit ballot qu'il glissait sous son bras,

Ira longeait en se promenant le marché de la 125ᵉ Rue avec ses petits ateliers, passait sous l'El, le métro aérien de la Sixième Avenue, et continuait à suivre la rue sombre sous les piliers de la voie jusqu'à l'embarcadère du ferry St. George au bord de l'Hudson. De là, il prenait le ferry, qui, pour un *nickel*, le déposait sur la rive côté New Jersey, au pied des Palisades. Une route permettait d'accéder en haut des falaises, mais à mi-chemin, il tournait dans une avenue parallèle au fleuve qui traversait une zone résidentielle, bordée de belles maisons construites en retrait sur des pelouses en pente. Il marchait sur un étroit trottoir, à l'ombre des arbres au feuillage touffu en cette fin d'été. De temps en temps, au bout d'une allée pavée en courbe, se dressait une demeure plus cossue devant laquelle stationnaient des automobiles.

L'Amérique, prospère et florissante, où des femmes vêtues à la dernière mode, en capeline, tiraient sur leurs longs gants blancs en se dirigeant vers leurs automobiles. Presque sans le formuler, comme si ses pensées étaient des nuages chargés de sens, il songeait au fossé infranchissable qui le séparait de tout ce qu'il voyait – et qui l'enchantait –, qui le séparait, lui l'immigrant, des Américains de naissance, qui séparait le Juif du goy. Oh ! c'était plus que ça, remâchait-il. Pour être comme eux, il fallait avoir pour ancêtres des gens qui étaient comme eux depuis très, très longtemps. Toujours. Et pas des vieux Juifs avec leurs *payes*, pas Shloïme Farb avec sa barbe grise fourchue qui se raclait la gorge à profusion, penché sur les rouleaux de la Torah, Shloïme Farb en haut-de-forme pour *shabbes*, et puis pas de *heder*, aussi vague qu'en soit son souvenir, pas de voitures à bras dans l'East Side, pas de flots de yiddish, ni de *matses*, ni de gravure de Moïse qui, dans la *haggadah*, frappe le cruel surveillant égyptien. Ce monde-là ne comportait pas de chauds après-midis de Yom Kippour à déambuler devant la synagogue, pas de vieux Juifs fragiles enveloppés dans leurs châles, prostrés, en expiation – à vous donner des frissons. Il n'y avait aucun défaut dans la cuirasse de ceux qui habitaient ces maisons bien entretenues abritées sous les arbres. Et surtout, il en était sûr et certain, aucun chancre secret n'avait commencé à ronger la bonne santé satisfaite qu'ils semblaient afficher lorsqu'il les apercevait, occupés à tailler leurs haies autour de leurs belles pelouses en pente, ou à converser avec animation, installés dans des balancelles à rayures de couleurs gaies. Non. Leur cordialité, leur équilibre, tout les éloignait de lui.

Encore un ou deux kilomètres à flâner le long de l'avenue plantée d'arbres, et il arrivait à une flèche indiquant l'entrée d'un sentier qui descendait vers une plage de sable artificielle, une plage privée au bord de l'Hudson, équipée de cabines, de casiers à vestiaires et d'un plongeoir surplombant le fleuve. Le casier coûtait dix *cents*, sinon l'accès aux vestiaires était gratuit. Ira se changeait là, enfilait son caleçon de bain à bretelles, posait ses vêtements dehors, un peu à l'écart, puis marchait jusqu'à la plage pour aller nager dans les eaux « propres » et agréablement saumâtres du large estuaire de l'Hudson. Il était bon nageur. Son physique grassouillet qui le desservait si souvent pour les autres sports jouait ici à son avantage. Il nageait jusqu'aux coques rouillées des vieux bateaux qui avaient servi de transports de troupes durant la Grande Guerre et qui, maintenant, se balançaient paresseusement au bout de leurs ancres au milieu du courant. Des hydravions étaient souvent amarrés entre les bateaux et le rivage, ce qui permettait à Ira de s'accrocher à un câble ou à une corde pour se reposer. Un jour qu'il était perché sur un flotteur, une vedette de la marine s'approcha en soulevant des vagues, et un officier lui ordonna de descendre. Il s'empressa d'obéir, et, dans sa hâte, il plongea, et se cogna la tête contre quelque chose de dur. À moitié assommé, il réussit à faire la planche jusqu'à ce qu'il eût suffisamment récupéré pour regagner la berge.

Seul, si seul et si imprudent, et si souvent loin du rivage, loin de tout secours, il se serait sûrement noyé en cas d'accident ou de crampes. Et à chaque fois que, l'espace d'un instant, il était pris de panique en imaginant quelque Léviathan au-dessous de lui ou en luttant contre l'effet combiné du courant et de la marée, quand la terre ferme lui paraissait impossible à atteindre, il pensait à Ma : il partageait avec elle le chagrin inconsolable que lui causerait sa disparition.

« Je me demande bien pourquoi je te laisse y aller, lui répétait-elle si fréquemment que les mots demeureraient gravés dans son esprit insouciant. Je ne le sais pas moi-même. Je te laisse faire parce qu'il faut que tu apprennes ce qu'est l'Amérique. Et il faut que tu apprennes seul, parce que je ne peux pas t'aider. Ni moi ni ton père. » Elle avait un petit rire triste. « Mrs. Shapiro me gronde et me traite de goy. "Vous avez un cœur de pierre, un cœur de pierre comme une mère goy", elle me dit. Elle ne sait rien. Si je te perdais, je tomberais morte. Je ne vis pas jusqu'à ce que tu rentres. »

Comme le trimestre était déjà entamé, Ira s'inscrivit aux cours du soir – dans ce même vaste établissement aux murs gris devant lequel il passait et passerait encore si souvent sur le chemin de la station de métro de Lenox Avenue sur la 116e Rue. Son dossier scolaire du collège l'autorisait à s'inscrire en deuxième année d'anglais et d'espagnol, et en algèbre élémentaire. En quittant les classes étouffantes éclairées à la lumière électrique, il se promenait dans la 116e Rue, le long des rails du tramway et des commerces juifs, l'équivalent des commerces goy de la 125e Rue. Il déambulait en compagnie d'autres jeunes qui travaillaient, comme s'il était pareil à eux et non pas venu là pour un temps, par hasard, et ils plaisantaient, discutaient – de quoi ? De leurs études, de leurs cours, de leurs boulots.

Il se souvenait avec précision d'un échange de propos. Un élève goy – un jeune homme qui avait quelques années de plus que lui – le remit sèchement à sa place à la suite d'une remarque facétieuse qu'il fit au sujet du président Calvin Coolidge. Voulant s'insinuer dans ses bonnes grâces et, comme toujours avec les goys, dénigrant un peu les Juifs au passage, il raconta avec humour que ceux-ci surnommaient Coolidge « *Koïtik* », le terme yiddish servant à désigner le *khalè* rassis, le pain qu'on préparait pour shabbat, parce qu'il était si sec et sans saveur. Il s'attira de la part de son camarade de classe une réplique cinglante : les Juifs étaient bien les derniers à avoir le droit de se moquer de l'homme qui valait au pays de connaître une période de prospérité sans précédent. « Regarde comme les affaires marchent, déclara-t-il. Et qui en retire le plus de bénéfices ? Les Juifs. C'est ça l'ennui, avec eux. Ils ne se rendent pas compte de la chance qu'ils ont. » Sa condamnation était tellement sans appel qu'Ira ne répondit pas.

Les affaires florissantes. La prospérité commerciale, industrielle et financière. Précisément ce qui comptait le moins à ses yeux, ce dont il n'avait rien à foutre. Mais il n'aurait pas pu le lui dire, car ces valeurs-là étaient les siennes en tant qu'Américain et en tant que col blanc, en tant qu'employé de bureau qui se battait pour réussir. Il se serait senti outragé si Ira lui avait expliqué qu'il se moquait de la Prospérité, des Affaires et de la Bourse. Il l'aurait traité de rouge, de bolchevik, comme l'un de ces sales enragés aux épais favoris qui, dans les caricatures de la presse Hearst, se précipitaient sauvagement, brandissant une bombe ronde à la mèche allumée. Il lui aurait sans doute dit de retourner d'où il venait, ou de retourner en Russie.

CHAPITRE VIII

Depuis le jour de son renvoi de Stuyvesant, Ira ne cessait de songer à Farley. Qu'est-ce que celui-ci pensait de lui maintenant ? Ira pouvait-il faire amende honorable ? Comment reprendre contact avec lui ? Et l'oserait-il seulement ? Et puis, est-ce que Farley l'avait dit à ses parents ? Il mourait d'envie de le revoir. Après la fin peu glorieuse de son aventure consistant à ranger des jouets dans des casiers, un mois avant la fin de l'année scolaire, par un beau samedi après-midi de mai, Ira décida de se rendre à l'Arsenal, situé en haut de Broadway, où devait se dérouler une rencontre interscolaire d'athlétisme. Le meeting avait été annoncé dans les pages sportives de tous les journaux newyorkais, y compris le *World*, le quotidien où l'on trouvait le plus d'offres d'emploi pour les jeunes. Le nom de Farley était souvent cité comme l'un des sprinters capables de disputer la victoire à la star actuelle du 100 yards, un cadet du lycée Utrecht de Brooklyn du nom de Le Vine. Figure anonyme parmi les premières bandes de lycéens débouchant du métro sur Broadway, Ira prit le chemin de l'Arsenal. Il savait où il fallait se placer pour bénéficier de la meilleure vue sur la ligne d'arrivée de la course qui l'intéressait, à savoir tout au bout du stade couvert, dans les premiers rangs du balcon qui surplombait la piste.

Arrivé exprès de bonne heure, il paya les vingt-cinq *cents* d'entrée et grimpa les marches quatre à quatre pour s'installer au premier rang du balcon, juste devant la balustrade tubulaire en cuivre. Peu après, la foule colorée commença à envahir l'Arsenal, composée de jeunes lycéens exubérants qui hélaient leurs copains, agitaient des fanions et enjambaient les dossiers des sièges pour rejoindre leurs amis, insouciants – au contraire de lui –, sociables, bruyants, extravertis, tout ce qu'il n'était pas. Il restait caché dans son coin de crainte d'être reconnu par un de ses anciens camarades de classe et surtout, s'il était là, par celui-là même à qui il avait volé le stylo en filigrane d'argent pour l'offrir ensuite à Farley et qui, maintenant, devait se trouver en sécurité dans la poche de son propriétaire légitime. Non. Personne ne semblait conscient de sa présence. Il était tranquille, protégé par son insignifiance, son apparence ordinaire.

Il regarda vaguement les premières épreuves, le lancer du poids qui ébranlait le sol de l'Arsenal, le saut en hauteur qui se déroulait au milieu de la piste, le saut en longueur, puis, avec une neutralité qui lui procura une espèce de sentiment d'euphorie, le 220 yards haies, le 440 yards, remporté par un élève noir de DeWitt Clinton d'âge presque mûr, remarqua-t-il, et doté de cuisses prodigieusement développées, et ensuite le mile, gagné par un garçon au nom grec à la foulée classique qu'il se rappelait avoir vu au cours de la dernière rencontre d'athlétisme à laquelle il avait assisté. On annonça enfin les éliminatoires du 100 yards. Sur la ligne de départ, à l'autre bout du stade, Ira ne vit pas Farley. Le Vine, le médaillé d'or qui avait battu Farley lors de leur dernière rencontre, remporta facilement la première série. Il était peut-être juif, même si son nom s'épelait comme s'il était français ou qu'il eût été modifié pour le paraître. Svelte, brun, gracieux, la foulée élastique et triomphante, il disparut sous le balcon avec les autres concurrents après avoir franchi la ligne d'arrivée.

C'est dans la quatrième et avant-dernière série qu'Ira crut repérer Farley : cette démarche assurée, cette silhouette robuste sans nulle trace de tension, ces cheveux blond fade – et le grand S sur le maillot. Des acclamations jaillirent cependant que les concurrents se plaçaient en position de départ. Le pistolet du starter retentit. Les coureurs se redressèrent et s'élancèrent dans le même mouvement. Comme ils arrivaient vite ! Comme ils approchaient ! À mi-course, un concurrent se détacha, Farley. Au milieu du vacarme, des cris et des encouragements de la foule, il filait en tête, contrôlant ses foulées, les pieds semblant à peine effleurer les planches de la piste, les poings serrés, les yeux bleus fixés droit devant lui. Il gagna sa série – lui qui avait été un jour le meilleur ami d'Ira ! – aussi facilement, et peut-être même plus facilement, que Le Vine avait gagné la sienne. Ira, silencieux, attendit qu'il réémerge de dessous le balcon, accueilli par une véritable ovation ; puis, un petit sourire aux lèvres, inspirant profondément, il le vit retourner vers la ligne de départ d'un pas souple et léger.

Ensuite se coururent le 120 yards haies, puis la finale du 220 yards. Ira regarda sans grand intérêt. Et enfin, Le Vine, son maillot frappé d'un U orange vif, Farley ainsi que les autres finalistes du 100 yards commencèrent à s'échauffer au fond de l'Arsenal, à s'exercer à faire des départs, se ramassant sur eux-mêmes et jaillissant dans un martèlement de pieds. On les appela sur la ligne de départ. Ils s'accroupirent, penchés en avant comme si tout le poids de leur corps reposait sur le bout de leurs doigts. La foule se tut, et devint comme une mer de visages, de petits drapeaux et de silhouettes, une tapisserie suspendue tout autour de l'ovale du balcon. Le starter leva son pistolet – et un concurrent fit un faux départ. Les coureurs se relevèrent, sautillèrent sur place, tendus, tambourinant sur les planches. Puis, de nouveau : À vos marques ! Prêts ?… Partez !

Les sprinters s'élancèrent, déployant des foulées précises, disciplinées, surhumaines. À mi-course, ils semblaient être de front, puis ils commencèrent à s'éparpiller. Le Vine prit la tête avec aisance, il paraissait voler. Sur ses talons, légèrement en oblique, Farley. Une fraction de seconde plus tard, ils étaient sur la même ligne, Le Vine et Farley. Côte à côte. Et, comme si le dynamisme du cœur commandait, et pas seulement l'entraînement, ou l'inculcation, mais aussi la vigueur héritée de générations et de générations, Farley prit l'avantage. Plus que cinq, quatre, trois mètres avant l'arrivée, et Le Vine luttait avec l'énergie du désespoir contre les pistons de chair et d'os de son rival qui frappaient le sol juste devant lui. Il se jeta sur le fil. Trop tard ! Farley l'avait déjà coupé.

L'Arsenal trembla sous les rugissements de la foule. Ira sentit ses yeux se mouiller. Farley réapparut de dessous le balcon, la respiration haletante, affichant un sourire modeste, suivi des autres concurrents dont Le Vine, le souffle court, qui ne parvenait pas à masquer sa déception.

« Farley ! s'écria Ira, incapable de se retenir plus longtemps et essuyant d'un doigt en faucille les larmes sous ses lunettes. Hé ! Farley ! »

Farley regarda par-dessus son épaule, et s'arrêta net.

« Hé ! Irey ! » Il fit un pas vers le balcon. Il n'y avait pas à se tromper sur la joie qu'exprimaient sa voix et son expression. « Hé ! où t'étais passé ?

– Nulle part. »

Objet de la curiosité de ceux qui l'entouraient, Ira eut l'impression d'avoir été soudain projeté sur le devant de la scène. Farley était son ami, après tout, son copain, et son copain était le sprinter le plus rapide de tous les lycées de New York. Cela lui valait une part de l'admiration qui revenait à Farley.

« Descends ! cria celui-ci.

– Non.

– Allez !

– Maintenant ?

– Ouais.

– On n'a pas le droit avant la fin.

– Qui a dit ça ? Allez, viens. »

Farley disparut sous le balcon. En toute hâte, devenu le point de mire des spectateurs et provoquant leurs protestations comme il les dérangeait pour gagner l'escalier au milieu de l'allée, le cœur battant, dans une confusion de sentiments, Ira dégringola les marches qui conduisaient au niveau de la piste. Un policier en uniforme attendait – manifestement disposé à se montrer tolérant.

« Hé ! Moran, c'est lui », dit Farley.

Le visage du flic d'âge mûr s'illumina de plaisir en entendant Farley l'appeler par son nom. Les pensées et les images tourbillonnaient dans la tête d'Ira : les contrastes, uniforme bleu en laine épaisse, tenue légère du sprinter ; la solidarité des Irlandais ; la fierté des Irlandais ; l'admiration de la famille – la liberté, le naturel de ce vainqueur de seize ans qui se livrait à des exercices respiratoires pour reprendre son souffle.

« Hé ! arrive ! » Et, un instant plus tard : « Dépêche-toi. Faut que j'aille récupérer mon survêt.
– Où ça ?
– À l'autre bout. »

Ils s'étaient serré la main.

« Je peux pas y aller.
– Pourquoi ?
– Tu sais très bien. »

Farley comprit.

« Bon, dit-il en sautillant sur place. Dès que possible, je te retrouve devant cette porte. Elle donne juste à côté de Broadway. D'acc ? Je prends ma médaille et je file. Donne-moi une demi-heure, okay ? »

Il se dirigeait déjà vers la ligne de départ en trottinant.

« Tu veux remonter ou partir tout de suite ? demanda le flic à Ira.
– Je pars. »

Le policier ouvrit la lourde porte de la sortie de secours, faisant pénétrer à l'intérieur du stade un flot de lumière et le bruit de la rue, puis il surveilla les alentours le temps qu'Ira passe, et referma derrière lui. Seul dans un coin, heureux comme un condamné à qui on vient d'accorder sa grâce, Ira attendit près du bâtiment. Attendit... Mais en dépit de son bonheur – la certitude grandissait en lui au fil des minutes –, il se rendait compte que leur amitié ne serait plus jamais la même. C'était désormais du passé, mais il resterait une profonde affection, le souvenir de l'éclat de cette amitié. Et quelle joie de voir Farley, de le voir courir et gagner, de partager son triomphe !

Le voilà ! Le voir franchir en personne une porte à l'autre extrémité de l'édifice, le voir et l'entendre, qui marchait à grands pas, les yeux bleus, tête nue, qui balançait un petit sac de toile au bout du bras, et qui forçait un peu sa voix douce cependant qu'il approchait.

« Je me suis tiré en vitesse, hein ? Ils voulaient encore des photos de moi et de l'entraîneur, mais j'ai dit que je pouvais pas. Fallait que je file.

– Ah ouais ? » Ira rayonnait de plaisir.

« On va chez moi, d'accord ?

– Ouais, sûr. C'était super. Te voir gagner.

– Je savais que je le battrais ce coup-ci.

– Ils t'ont déjà remis la médaille ? demanda Ira. C'est vraiment de l'or ?

– Ouais. Tu veux la voir ?

– Tu parles, si je veux ! »

Farley, sans cesser de marcher, fouilla dans son sac parmi ses affaires et en tira un petit coffret en bois dont il souleva le couvercle sur le ruban de couleur et la belle médaille en or figurant un athlète qui tendait le bras pour cueillir une couronne de laurier.

« Waouh !

– Chouette, hein ? J'ai fait onze secondes deux.

– Waouh !

– Avec un aussi bon départ que lui, je parie que j'aurais fait onze juste. Peut-être même mieux.

– Onze secondes ! Waouh !

– Il part à la vitesse de l'éclair. Comme Hardy, le Noir

de l'école qui bouffe des hot-dogs et de la glace en même temps. Tu te rappelles ? Il démarre comme un lapin, mais je le rattrape à chaque fois.

– Ouais.

– Je m'entraîne avec lui, et l'entraîneur me demande d'essayer de le rattraper toujours plus tôt.

– Putain ! c'était formidable ! »

Ils parlèrent, infatigables, traversant rues après rues, se rendant à peine compte du chemin qu'ils parcouraient tant ils étaient absorbés dans leur conversation, tout à la joie de se retrouver. Ils parlèrent de tout, de tout ce qui s'était passé depuis leur séparation : de l'école et du cabinet juridique, de l'entraînement et des rencontres interscolaires, de leurs espoirs, de leurs intentions, de leurs attentes. Comme les événements et les nouvelles de ces deux mois écoulés se bousculaient sur leurs lèvres ! Farley avait failli débarquer chez Ira pour le chercher. Pourquoi il n'était pas venu le voir ? Non, il ne l'avait pas dit à ses parents.

« Pour qui tu me prends ? Je leur ai raconté que tu avais dû aller travailler.

– Alors, ils savent pas ?

– Mais, non. Personne sait. Juste O'Neil, mon entraîneur. Et puis deux ou trois autres. Les profs de gym. Et le type, bien sûr. Je le vois à chaque cours de gym. Marney, il s'appelle. Il en parle jamais. Pourquoi tu m'as pas dit que le stylo était pas à toi ? T'aurais pu t'en tirer sans problème, dit Farley, si prosaïque, si désinvolte, si indulgent. T'avais qu'à dire que tu l'avais trouvé.

– Comme si je ne savais pas !

– Qu'est-ce que le vieux Osborne t'a dit ?

– Il m'a dit que tout le monde... tout le monde le saurait. Que je devais quitter Stuyvesant pour mon propre bien.

– Peuh ! Personne le sait, personne de la classe. On n'en a jamais parlé.

– Il a dit qu'il y en aurait d'autres...

– D'autres quoi ?
– D'autres types qui avaient perdu des stylos.
– D'autres types ? Tu veux dire... » Farley tourna la tête, et une lueur de surprise passa dans ses yeux bleus. « Enfin ! qu'est-ce qui t'a pris, Irey ?
– Je sais pas. »

Or, il savait, ou croyait savoir, du moins en partie, mais tout était trop... trop embrouillé à présent, trop impossible à dire, oui, et pas seulement l'histoire du cartable volé, des stylos volés, des règles et des rapporteurs. Non, c'était allé trop loin... logé au plus profond de lui-même, lui, sans remords, cruel et incorrigible, et le vol des stylos ne représentait qu'un élément de l'interdit, du mal corrosif. Le vol, il était facile d'en surmonter la tentation ; il pourrait même ne plus jamais voler, ne plus jamais voler quoi que ce soit appartenant à qui que ce soit. Il avait la capacité de choisir. L'autre chose, en revanche, était incrustée en lui, fondue dans les transports du corps, avec un nom qu'on ne prononçait pas. L'autre chose, il ne pouvait pas la refuser.

Ira et Farley tournèrent le coin de Madison Avenue. Devant eux, se tenaient l'église et, une rue plus loin, l'entreprise de pompes funèbres Hewin.
« Allez, dépêche, j'ai faim. Pas toi ? dit Farley en faisant claquer ses lèvres. Et puis vachement soif. Un sandwich et un verre de lait ! »
Ira fit machine arrière :
« Je préfère pas.
– Je t'ai dit que je l'avais pas dit.
– Vrai ?
– Ils sont pas au courant, insista Farley. Ma mère a réclamé un tas de fois de tes nouvelles. "Qu'est-ce que devient ton ami juif, ce garçon si calme et si timide ?" Elle t'aime bien.
– Ah ouais ? Et qu'est-ce qu'elle a dit pour le stylo ?

– Parce que je l'ai plus, tu veux dire ? J'ai raconté que je l'avais perdu. Je te le répète, Irey. Allez, viens. »

Ils entrèrent ensemble par la porte du sous-sol, puis Ira, se sentant de plus en plus embarrassé, suivit son ami le long du couloir qui donnait dans la cuisine.

« On ne te voyait plus », dit Mrs. Hewin en l'accueillant.

Avec son air de nonne, toujours aussi triste et résigné, elle regarda Ira par-dessus ses lunettes cerclées d'or. Sa lèvre supérieure ornée d'un épais duvet s'étira sur un de ses rares sourires.

« Non, m'dame. Il a fallu que je travaille.

– C'est ce que Farley m'a dit. Mais tu ne travailles pas tout le temps, si ? Tu ne travailles quand même pas tous les jours ? »

Il n'avait pas compté sur l'esprit vif et perspicace des Irlandais.

« Non, m'dame. » Il se creusa la cervelle à la recherche d'une excuse plausible, et en trouva une, mais lamentable, tirée par les cheveux. « Je voulais pas... pas... déranger Farley. Je travaille, et lui, il va au lycée.

– Peuh ! Je n'ai jamais rien vu de tel déranger Farley. La seule chose qui le dérange, c'est qu'il ne puisse pas conduire l'une de nos limousines.

– Si, je peux, protesta Farley.

– Bien sûr que tu peux. Depuis l'âge de dix ans. » Elle se tourna vers Ira. « J'ai été désolée d'apprendre par Farley que tu avais dû aller travailler. Je sais combien tu désirais entrer au lycée. Ton travail te plaît ?

– Mon travail ? Non. J'ai commencé par être garçon de bureau dans un cabinet juridique, mais on m'a fichu à la porte. Jusqu'à la semaine dernière, je travaillais dans un magasin de jouets en gros.

– Ah bon ? fit Mrs. Hewin, manifestant un léger amusement qui ne rendait que plus voyant le duvet au-dessus de sa lèvre supérieure. Et pour quelle raison ils t'ont fichu à la porte ? Ils s'imaginaient que tu étais trop honnête pour faire un bon avocat ?

– Non, m'dame. Je... je suppose que je n'étais pas assez intelligent.

– Bah ! Et tu envisages de retourner au lycée ?

– J'y vais déjà, le soir.

– C'est vrai ? dit-elle sur un ton élogieux. Je suis ravie de l'apprendre. Quel dommage qu'il faille si longtemps pour obtenir un diplôme avec les cours du soir. Tu seras déjà un homme adulte quand tu auras fini.

– Peut-être que je vais me réinscrire.

– À Stuyvesant ?

– Non, m'dame. Dans un autre lycée.

– M'man, tu peux nous préparer un sandwich ? intervint Farley.

– On dîne bientôt, dès que Katy et Celia seront rentrées. Elles ont été à l'aquarium avec sœur Wilma.

– Mais j'ai faim, m'man. Et Irey aussi.

– Ah bon ?

– Ouais. Et puis, tu m'as même pas demandé comment ça s'était passé au stade.

– Oh ! je sais que tu as bien couru.

– Ouais, mais ce coup-ci, j'ai décroché la médaille d'or. Je suis arrivé premier. J'ai battu Le Vine.

– C'est vrai ? dit-elle, la main sur la poignée de la glacière.

– Tiens, regarde », dit Farley en ouvrant son sac pour en tirer le petit coffret en bois.

On entendit des pas dans l'escalier.

« Montre-la aussi à ton père.

– Hé ! p'pa, qu'est-ce que tu dis de ça ? » s'écria Farley comme Mr. Hewin entrait dans la cuisine, la moustache en bataille.

Il s'arrêta, jeta un coup d'œil sur la médaille reposant sur son coussin de satin blanc, puis reprit sa marche vers l'évier.

« Tu l'as gagnée ?

– Ouais. J'ai terminé premier, p'pa. »

Levant les sourcils pour marquer qu'il avait bien entendu, Mr. Hewin tourna le robinet et se lava les mains. Il devait être en train d'embaumer un cadavre au rez-de-chaussée, car il ne s'attarda pas et, après s'être essuyé les mains, il se contenta d'adresser à son fils un regard à la fois approbateur et préoccupé avant de remonter.

Les parents de Farley, si peu démonstratifs ! Ira pensa à la manière dont Ma et Pa auraient réagi en de pareilles circonstances – s'il avait ramené à la maison une médaille d'or remportée pour n'importe quoi. Tous les *mazl tov*, les bénédictions et les louanges adressées au Seigneur. Et même Pa, le visage illuminé par les reflets dorés de la médaille : « *S'iz take gold ? Azoï ? A bis'l nakhès !* » Comme les choses étaient différentes ! Et puis, qu'est-ce que les parents de Le Vine avaient dit ou fait pour le consoler de sa défaite ? Juif, sûrement, avec cette grimace de déconvenue, mais pas juif de Galicie comme lui. Les parents de Le Vine devaient être déjà américanisés, au contraire de Pa et Ma, *gans gelernt* comme aurait dit Ma : « mûrs » et non « verts » comme ces « greenhorns » fraîchement débarqués ; ils étaient acculturés, eux, tout comme, Ira en avait la certitude, ceux du type à qui il avait fauché le stylo en filigrane d'argent, ou comme ceux du petit malin qui avait pris sa place au cabinet juridique. Déjà tellement éloignés des siens !

Mrs. Hewin apporta un plat de viande – un grand plat de couleur claire sur lequel les manches des côtes saillaient de la viande rouge déjà découpée.

« On peut avoir du lait, m'man ? demanda Farley. Irey aussi se sent un solide appétit, pas vrai Irey ?

– Ouais... non... Juste un peu, je veux dire, bafouilla Ira, l'eau à la bouche.

– Je t'avais bien dit que je pouvais battre Le Vine, m'man, déclara Farley calmement. Il a fini deuxième cette fois-ci.

– C'était formidable, Mrs. Hewin, dit Ira en s'efforçant de refréner son enthousiasme pour se mettre au diapason des autres. J'étais assis devant la ligne d'arrivée. Je... waouh ! La course de Farley ! »

Mrs. Hewin qui préparait les sandwiches s'interrompit un instant pour regarder son fils.

« Je suppose que tu seras dans tous les journaux.
— J'ai parlé aux reporters.
— Ah oui ?
— Il y en avait un tas. T'as pas vu tous ces flashes crépiter, Irey ? O'Neil et moi ensemble ?
— Non, j'étais déjà dehors.
— Waouh ! merci, m'man.
— Oh ! merci, Mrs. Hewin !
— Tu crois que tu pourrais laver ta tenue de sport tout de suite ? demanda Mrs. Hewin en leur servant deux verres de lait. Ta tenue et puis toi en même temps, je veux dire. On t'a senti arriver de loin.
— On peut pas la laver, m'man, protesta Farley d'un ton plaintif.
— Eh bien, on va voir ça.
— Oh ! non. La chance s'en va si on la lave, m'man.
— Ce ne serait pas tout ce qui s'en irait. Et quand tu mets tes affaires dehors dans le jardin pour les aérer, la chance ne s'envole pas ?
— Elle s'envole pas comme ça, m'man.
— Ah non ? Enfin, le principal c'est d'y croire. Et s'il pleut ?
— On peut pas la laver, m'man, c'est tout ce que je sais.
— Et tes mains, tu peux les laver ?
— Je pense que oui. »

Mrs. Hewin rangea la bouteille de lait et le plat de viande pendant que les deux garçons se lavaient les mains à l'évier. Elle s'humecta les lèvres, semblant réfléchir à ce qu'elle allait dire.

« Je ne voudrais pas que tu perdes, déclara-t-elle en refermant la porte de la glacière.
— Je perdrai pas, m'man.
— Ah non ? »

Farley but une grande gorgée de lait.

« Je sais que non. Il suffit que je continue à m'entraîner, et je décrocherai la médaille d'or à chaque fois. »

Comme elle laissait transparaître peu d'émotions ! Juste une espèce d'expression songeuse et un léger gonflement de la poitrine tandis qu'elle contemplait son fils.

« Enfin, si tu vas chez ta tante Maureen à New Rochelle, tu pourras au moins te baigner avec, j'espère ?

– Oh ! m'man ! »

Plus tard, ils sortirent et se dirigèrent vers la rue éclairée près de l'église où les attendaient les copains de Farley. Quelques-uns d'entre eux avaient assisté à la réunion d'athlétisme et à son triomphe dans le 100 yards. Les élèves de l'Académie St. Pie, pour leur part, n'avaient pas obtenu la moindre place d'honneur, et pourtant, quand il exhiba la médaille d'or qu'il venait de gagner, même Malloy, le garçon aux yeux de hibou qui s'était montré si hostile auparavant, en oublia son ressentiment.

« Hourra pour les Irlandais ! » s'écria-t-il avec un enthousiasme sincère à la vue du trophée.

Maintenant absous, Ira bénéficiait de la gloire de Farley. L'absolution et la victoire. Pourtant, ce devait être la dernière fois que leur amitié prenait de nouveau un tour aussi intime. Certes, ils se retrouvaient après les meetings où dorénavant Farley remportait régulièrement sa course – sauf lors de la première réunion, après les vacances d'été qu'il avait passées à New Rochelle, à nager. « Ça m'a ramolli les muscles », expliqua-t-il. Mais dès la suivante, il battit Le Vine et ne connut plus la défaite de toutes ses années de lycée. Les journalistes sportifs l'appelaient « La merveille des écoles ». Une foule de nouveaux amis l'entouraient, parmi lesquels il ne manquait jamais de saluer gaiement Ira d'un : « Hé ! Irey ! »

Leur amitié, néanmoins, s'étiola, non pas en raison de la célébrité grandissante de Farley et du nombre croissant de ses admirateurs, mais parce que leurs centres d'intérêt n'étaient plus tout à fait les mêmes. Ils finirent inévitablement par diverger. Leurs rencontres se firent de moins en moins fréquentes et de plus en plus brèves : un simple échange de saluts suivi de félicitations pour des victoires devenues presque routinières. Ira commença à espacer ses visites au stade. Futur élève de DeWitt Clinton, il n'avait pas de raison d'aller assister à la performance d'un rival de son propre lycée, un sprinter de Stuyvesant qui, de surcroît, gagnait avec une régularité de métronome. Ira le lisait dans les pages sportives des journaux du lendemain. Il cessa d'y aller...

DEUXIÈME PARTIE

DEWITT CLINTON

CHAPITRE I

Lorsqu'il entra à DeWitt Clinton en septembre 1921, Ira avait perdu tout un semestre et ne pouvait donc plus espérer obtenir son diplôme à la cession de février 1924 mais à celle de juin. Au moins, se disait-il, il était de retour au lycée. Ce fut une période sombre, sans véritables camarades de classe, sans amis proches. L'épreuve de son renvoi l'avait assagi. Il se sentait humilié, de plus en plus conscient de ses insuffisances qui tournaient à la stupidité, de sa lenteur à comprendre par rapport à la plupart des autres élèves, et surtout de son incapacité à appréhender les abstractions, qu'elles fussent enseignées en classe ou bien imprimées sur la page d'un livre. Sans compter qu'il continuait à lutter contre ses désirs infâmes, auxquels il continuait à succomber, des désirs qui passaient avant ses études et nuisaient à sa concentration, des désirs qui entraînaient dans leur sillage terreur et anxiété, ainsi qu'une ombre perpétuelle qui, inexorablement, étouffait son entrain, ses appétits normaux, son envie de s'amuser et sa gaieté.

Une souillure, une tristesse, ressassa Ira. Et le pire, sur le plan psychologique, était encore à venir. Bientôt. Enfin, pas besoin d'anticiper. Cela arriverait en son temps, et le marquerait de manière indélébile, le déchirerait, de cette *petite fente à l'intérieur du luth,* songea-t-il en écho au vers de Tennyson. Qui contenait beaucoup de vrai, côté sardonique mis à part : une fissure de cinquante ans, par exemple, rendait la musique non plus muette mais sujette à caution. Doucement, doucement. La petite fente à l'intérieur du luth qui ferait de tout deuxième roman un tas de rouille. *Immobilité rouille*, comme n'a pas dit Rimbaud. Mais qu'en faire ? se surprit-il déjà à se demander. Il pensa qu'il pourrait supprimer des passages de ses écrits futurs, taper beaucoup, beaucoup de pages, puis les injecter dans une autre strate, comme une sorte de dyke. Non, cela ne marcherait jamais. Laissons cela tranquille. Le moment venu, tu agiras au mieux. Tu as déjà assez à faire avec ton récit sans avoir besoin de te livrer à des acrobaties. Tu n'es pas assez adroit.

S'il ne se fit pas de véritables amis à l'école, en revanche, il se rapprocha de ses connaissances juives, anciennes et nouvelles, de la 119ᵉ Rue. Le quartier avait changé au fil des ans depuis le jour de 1914 où ses parents et lui avaient emménagé – tout comme lui-même avait changé, étant passé de ce petit garçon juif batailleur de l'East Side à l'adolescent indécis de Harlem d'aujourd'hui. La rue était devenue en majorité juive – avec une épicerie juive au milieu, une boucherie kasher en face et un tailleur juif. Une nouvelle confiserie s'était ouverte depuis peu, à l'arrière de laquelle se déroulaient de bruyantes parties de *pinochle*. Au coin de Park Avenue et tout autour, on trouvait maintenant un marchand de légumes juif, une fromagerie juive, une quincaillerie juive, une mercerie et autres petits *gesheft'n* de cet ordre. Les familles irlandaises qui n'avaient pas quitté le quartier avant l'afflux des Juifs, et avaient choisi de rester vivre dans les immeubles sordides habités en majorité par des Juifs, s'étaient maintenant regroupées près de Lexington Avenue dans une rangée de petites maisons de trois étages en briques rouges divisées en appartements sans eau chaude, que les sinistres immeubles de cinq étages en briques grises et marron surmontés d'avant-toits imposants paraissaient écraser. En outre, elles étaient vieilles, et peut-être même les plus vieilles du quartier, à en juger par la fascinante étoile en fer qui ornait la façade de chacune d'elles et par les gros boulons décoratifs fixés à l'extrémité des énormes barres de fer logées entre les planchers et destinées à étayer les murs.

– Ah ! Stigman, Stigman ! Quatorze ans, tu as habité là ! Est-ce que tu n'aurais pas pu te borner à faire la chronique des changements survenus dans la rue ? Les vicissitudes du voisinage. En voilà un titre ampoulé ! Quatorze années passées dans le Harlem polyglotte comparées aux quelques années passées dans le milieu homogène du Lower East Side – que tu as en tout état de cause déformé par la masse neutronique de ton expérience ultérieure. Ah ! illustrer ce camaïeu de misère, de pauvreté : les perrons, les couloirs et les toits, les rues, les caves et les cours ; ceux qui vivaient là, et quand. Que te fallait-il de plus ? C'était une mine pour l'homme de lettres : pense aux gamins irlandais en costume de premier communiant, un brassard blanc autour du bras – c'était bien ça qu'ils portaient, non ? Pense à Veronica Delaney, belle et fière comme une princesse, avec sa démarche affectée et son grain de beauté au menton. Et puis les parties de balle au mur et de base-ball, les descentes dans les égouts à la recherche de la balle perdue, ou l'escalade d'un des piliers à entretoises du pont de New York Central, au risque de toucher le rail du milieu à seule fin de récupérer une balle en caoutchouc à dix *cents*.

– Et puis les bagarres de rues entre bandes rivales, faussement homériques, les querelles, les milliers et les milliers de soucis, de mauvaises passes et de situations difficiles. Mr. Malloney, un homme de plus de 120 kilos, qui montait lourdement l'escalier. Il était chef d'équipe des services de la voirie, et quand les locataires de l'étage du dessous faisaient trop de tapage, il cognait sur le plancher avec un marteau. Et la pauvre fille juive – Coucou-Loulou, l'appelaient les gamins irlandais – qui habitait au rez-de-chaussée et exhibait autour de son cou en plein mois de juillet un vieux renard tout mité de couleur rouille. Une fille facile, qui couchait avec tout le monde, au point que même toi, en prédateur, tu étais prêt à prendre ton courage à deux mains pour en profiter. Et tu en aurais profité, sauf que son père était atteint d'un mélanome déjà avancé et que son visage ressemblait à quelque horrible bloc de lave ou de ciment. Mais malgré cela, tu en aurais profité, sauf que Ma a perçu tes intentions – et pour la première fois, rouge de confusion, elle t'a mis en garde contre l'impureté des femmes et les terribles maladies qu'elles pouvaient transmettre à l'homme sans méfiance.

– Pauvre Ma, qui endossait toute la responsabilité, comme le font les femmes depuis Ève. Et tu te serais quand même laissé entraîner – Coucou-Loulou. Mais sa famille a déménagé subitement. Alors, à la place, tu as réfléchi aux ruses supplémentaires que tu pourrais employer pour tromper la vigilance de Ma.

« Oh ! Loulou avait un bébé
Jimmy Soleil elle l'a appelé.
Dans le pot elle l'a jeté
Pour lui apprendre à nager.
Tout au fond il a coulé
Et à la surface est remonté.
Loulou s'est énervée
et par le... l'a attrapé.
Oh ! quelle loulou loulou !
Morte et enterrée, elle est, Loulou. »

– Quelle finesse dans cette chanson interprétée par des gosses irlandais... Et toi, où étais-tu, Stigman ? Dans chaque escalier que tu montais, avec ses marches couvertes de lino éraflé, munies d'une barre de cuivre, il y avait des histoires (à prendre dans le sens que tu voudras), des centaines d'histoires, un esprit (d'escalier ?). Il existait même un journal local, une feuille de chou dirigée par un Irlandais assez âgé – le *Harlem Home News* – dans lequel, en faisant preuve d'un brin d'initiative et en te livrant à un minimum de recherches, tu aurais pu trouver de la « copie », des matériaux à exploiter : des volumes entiers de prose t'attendaient.

Inutile, Ecclesias. Tu sais parfaitement où j'étais.
– Hélas ! oui.

Ce fut une période où, quand il en éprouvait le besoin, Ira rechercha la société des jeunes Juifs de son âge dont les familles venaient d'emménager dans le quartier ou de ceux qui y habitaient depuis déjà longtemps comme Davey Baer. Celui-ci était sorti de l'école publique 24 en même temps qu'Ira, puis il avait commencé à travailler comme garçon de bureau ; selon la mode de l'époque, il portait un col blanc amidonné détachable qui serrait tant son cou maigre qu'il le plissait en accordéon. Son jeune frère, Maxie, le teint mat, mince, qui ressemblait beaucoup à son aîné et gagnait lui aussi sa vie, faisait également partie du groupe. Comme par défaut, de même que quelques autres jeunes Juifs de la rue ou du voisinage, ils devinrent les compagnons d'Ira durant cette traversée du désert. Il y avait Izzy (qui devait s'appeler plus tard Irving) Winchel, aux yeux bleu pâle, au nez crochu, qui rêvait d'une carrière de lanceur au base-ball. Totalement dénué de scrupule, menteur pathologique, plus faux qu'un billet de trois dollars, ses copiages et ses plagiats ne l'avaient pas empêché d'être mis à la porte de Stuyvesant. Il faisait de drôles de choses avec les mots : mayonnaise se transformait en magnognaise, trigonométrie en trigonomogie. Et puis Maxie Dain, petit, vif et alerte, bien informé, celui de la bande qui s'exprimait le mieux (peut-être parce que sa famille arrivait de l'Ohio), ambitieux, garçon de bureau dans une firme de publicité, et très capable, Ira en était persuadé. Son père, massif et affable, tenait la confiserie dont l'arrière-boutique servait de tripot où l'on jouait aux cartes. Et aussi Jake

Shapiro, tout menu et orphelin de mère ; son père, un homme de petite taille à la moustache cannelle qui venait de Boston, avait épousé en secondes noces Mrs. Glott, une veuve encore svelte avec des dents en or, mère de trois filles mariées et concierge du 112 Est 119ᵉ Rue.

C'est chez elle, dans l'appartement sur cour qui lui était réservé au rez-de-chaussée, que la nouvelle Mrs. Shapiro d'apparence si inoffensive monta une officine clandestine d'alcool – pas un bar, mais un dépôt où les Irlandais et autres *shikerim* du quartier pouvaient se ravitailler au prix fort. Et à plusieurs reprises pendant les week-ends, quand Ira se trouvait là, car c'était avec Jake qu'il s'entendait le mieux et dont il se sentait le plus proche en raison de son tempérament artiste, de robustes Irlandais entraient avec une bouteille vide. Puis, après que quelques billets verts eurent changé de main, et une fois la transaction conclue, on leur offrait un petit verre sur le compte de la maison.

Une nouvelle fois, le souvenir des occasions perdues lui donna le bourdon (le bourbon ? Ah ! non, assez de mauvais jeux de mots !) : la cuisine sinistre où tous deux parlaient d'art, des peintres favoris de Jake, bientôt dérangés par un coup frappé à la porte que Mr. Shapiro allait ouvrir au client. Accompagnées d'un minimum de paroles, réduites peut-être à de simples salutations dans la mesure où on savait très bien pourquoi on était là, les négociations se déroulaient comme un spectacle de mime ou de ballet : un *pas de deux* extasié entre un Mr. McNally et Mr. Shapiro – interrompu par la disparition de ce dernier et de la bouteille, laissant Mr. McNally interpréter un solo dans l'attente des « ivrognes de druides », qui se terminait avec la réapparition de Mr. Shapiro et de la bouteille remplie d'alcool. Nouveau *pas de deux* pour le paiement ? Il prenait tous les risques – Mr. Shapiro fut arrêté plusieurs fois, acquitta plusieurs amendes, mais réussit, grâce à des pots-de-vin et diverses astuces, à s'en tirer, et à la fin de la Prohibition, il avait amassé assez d'argent pour s'acheter une belle maison à Bensonhurst. Une *yiddisher kopf,* sans nul doute.

Jake était le plus petit de la bande, mais moins frêle que les frères Baer. Il avait un beau visage ovale, des cheveux auburn bouclés et un nez gras en trompette. Personne ne pouvait rivaliser avec son sens artistique et ses aptitudes physiques. Il était capable de retrouver des airs sur le vieux piano mécanique installé dans la salle à manger de ses parents. Il pratiquait le tango comme un maître à danser, et un jour, il fit tomber sur la tête la sœur d'Izzy Winchel, une fille plutôt laide, en voulant lui faire exécuter une figure arrière. Et puis c'était un as au billard, le meilleur de l'équipe, si doué que quand il lui arrivait d'être sans travail et d'avoir besoin d'argent, il réussissait à gagner sa vie en pariant sur ses propres chances. Ira l'accompagnait dans la salle de billard de la Cinquième Avenue, au premier étage d'un immeuble qui faisait le coin avec la 112e Rue, et le regardait jouer, son nez gras luisant sous les abat-jour verts. Et, bien sûr, Jake peignait. Des années durant, il travailla comme apprenti dans une entreprise de dessin publicitaire. Et pendant tout ce temps-là, Ira l'entendit parler de ses réalisations à la peinture au pistolet. De plus, il s'était inscrit de bonne heure à l'Académie nationale de dessin, et rapportait souvent des exemples de ses œuvres qu'Ira trouvait admirables par leur technique, des dessins au fusain d'après des sculptures classiques – jolis nus et dieux grecs barbus.

Ils allaient souvent ensemble au Metropolitan Museum. Jake, en professionnel, admirait le talent et le travail des peintres, la manière dont certains rendaient les armures ou autres objets métalliques, et parfois la composition d'un tableau. Il était rare, semblait-il, que la qualité esthétique, la puissance artistique ou l'« essence » d'un tableau impressionnent Jake, à l'exception des œuvres de certains peintres comme Thomas Eakins ou Winslow Homer. Curieusement, devait se dire à plusieurs reprises Ira, ce que lui-même regardait et admirait n'était pas tant le tableau que ce qu'il avait pu lire au sujet de son auteur : Léonard de Vinci, Andrea del Sarto, Raphaël, Titien, Rembrandt, Rubens. Et pourtant, Jake aussi admirait Rubens comme Rembrandt, attirait son attention sur Frans Hals, sur Vermeer. Ira songerait plus tard combien il était étrange qu'un artiste manquât à ce point d'intelligence, et, cherchant une raison plus profonde, il corrigerait aussitôt : qu'un artiste pût ne pas avoir conscience des idées même les plus rudimentaires. Jake avouait qu'il lui arrivait souvent de rester assis, parfois pendant des heures quand il en avait le loisir, pour s'apercevoir ensuite qu'il n'avait pensé strictement à rien.

Au cours de tous ces longs mois d'apprentissage dans le domaine de l'art commercial, avec le peu d'argent que sa belle-mère lui allouait sur sa paye pour ses frais de transport et de déjeuner, chaque jour, immuablement, Jake s'achetait de quoi manger à la cafétéria. Son menu ne variait jamais. Pour une *dime*, il prenait un petit bol de porc aux haricots accompagné d'un verre de lait.

Comme Ira hochait la tête, admiratif, devant le croquis au fusain d'un buste de Zeus que Jake avait rapporté de l'Académie, celui-ci dit :

« Tu sais ce qu'on nous a donné à faire ? Tous les élèves de la classe doivent dessiner une composition originale.

– C'est-à-dire ?

– Née de notre propre imagination. Pas une copie. Faut que ce soit quelque chose qu'on ait soi-même inventé.

– Dessine une partie de *pinochle* dans l'arrière-boutique de la confiserie du père de Maxie Dain, suggéra Ira en plaisantant. Non, je sais, la salle de billard.

– C'est pas de l'imagination.

– Mais t'es un crack au billard. Écoute, est-ce que que le chevalet forme pas une espèce de triangle avec la queue ?

– Si, mais ils diraient que c'est du dessin industriel. Non, tu sais à quoi je pense ? À un clochard du Bowery. Il est assis sur le pas d'une porte, et il rêve d'une chope de bière et d'un bretzel. Et y'a une sorte de nuage au-dessus de sa tête. Comme dans certains tableaux de saints au Metropolitan. »

Sa mémoire chancelante conservait le vague souvenir de quelques autres garçons. Sid Desfor, qui habitait le même immeuble que Jake, un adolescent dégingandé, fantasque et généreux, aîné d'une famille de trois enfants, qui entra en apprentissage dans un studio de photographie dès sa sortie de l'école. Le studio se trouvait de l'autre côté de la Harlem River, et Sid devait prendre l'El, le métro aérien, pour s'y rendre. Chaque fois qu'il passait au-dessus du fleuve, il était saisi d'une irrésistible envie de se soulager la vessie. Il aimait Milt Gross, le citait souvent, et découpait consciencieusement la page humoristique du journal pour la donner à lire à Ira. Son père était propriétaire de la boutique de tailleur située en face, et Sid, par deux fois, fit cadeau à Ira d'une pipe trouvée dans la poche d'un costume à retoucher.

Tous recevaient de l'argent de poche pour les week-ends sauf Ira qui, après avoir repris le lycée, n'avait que les quelques pièces qu'il parvenait à arracher à tanta Mamie. Chez Bobe, il arrivait de moins en moins à grapiller un peu de monnaie à mesure que ses oncles et tantes se mariaient et partaient vivre ailleurs, en général à Flushing. Cette période fut en réalité moins noire qu'elle ne l'était dans son souvenir. Il se rappelait en effet avoir passé de nombreux après-midi d'automne à jouer au football dans Mount Morris Park ou au stade du West Side. Il était devenu un excellent buteur et faisait preuve d'une certaine adresse pour rattraper le ballon avec lequel ils jouaient, plus gros et plus lent que celui utilisé pour les vrais matches, de sorte qu'on le choisissait toujours parmi les premiers lors de la formation des équipes – à l'inverse de ce qui se produisait pour le base-ball. Il devait donc avoir connu quelques joies durant les mois ayant suivi son entrée à DeWitt Clinton, dans l'abandon de la course et de la poursuite, dans les cris et les essais marqués.

Il avait cependant l'impression qu'il lui fallait évoquer les mauvais souvenirs pour se rappeler les bons. Le samedi soir, la bande se réunissait dans la salle à manger d'Izzy Winchel où, au son du Victrola, ils dansaient avec la sœur aînée d'Izzy et ses amies. Ira n'avait aucun talent de danseur, et il se refusait à essayer d'en acquérir. Il ne savait pas pourquoi. Paralysé, conscient de sa gaucherie, il détestait par ailleurs la musique que les autres adoraient, la banalité des mélodies, la mièvrerie presque gênante des paroles – sans toutefois être capable de l'exprimer clairement.

Le dimanche matin, le groupe se retrouvait en général dans la salle de billard au coin de la 119e Rue et de la Troisième Avenue, située au même niveau que la voie du métro aérien, ce qui permettait de rejeter la responsabilité d'une fausse queue sur le train qui passait en grondant. Atmosphère plus débilitante et plus lugubre que celle-là, Ira n'en connaissait pas. Sans argent, et de surcroît totalement nul au billard à poches, il s'asseyait sur une chaise contre le mur et écoutait le bruit des boules qui s'entrechoquaient, les bavardages des joueurs et leurs jurons, regardait ses copains se pencher au-dessus du tapis vert éclairé par des lampes électriques munies d'abat-jour verts et suspendues juste au-dessus, à hauteur des têtes, puis marquer leur score en faisant glisser une boule du boulier réservé à cet usage à l'aide de leur queue de billard.

Sombre, vide, sinistre. Il ne lui était même pas venu à l'esprit que ses compagnons par défaut formaient la première génération de Juifs nés en Amérique, le lien entre les immigrants miséreux arrivés d'Europe de l'Est et les Juifs américains que devinrent leurs enfants. Et son aversion pour leurs activités et leurs amusements prouvait déjà son rejet encore vague de la voie que la majorité d'entre eux suivait. Il n'avait conscience que de son propre malheur, de son inadaptation, de son isolement, de son ennui et de son dédain. Et pourtant, en dépit de la morosité, du mécontentement et de l'apathie qui le gagnaient tour à tour, il se rendait souvent compte qu'ils se montraient indulgents à son égard parce qu'il allait au lycée. Bien qu'il fût distant et intolérant, qu'il vécût ou cherchât à vivre dans un autre monde, ils faisaient preuve d'une générosité qu'il ne méritait pas. Sid, en particulier, qui contribuait à lui payer l'entrée au cinéma, puis le sandwich au pastrami qu'ils mangeaient à la delicatessen après la séance, et qui lui offrit même une demi-heure de billard pour lui donner une chance de s'améliorer.

Non. Comme il l'avait tapé sur la pelure jaune en pensant à eux des années plus tard, il n'avait pas été juste avec eux, et l'iniquité de son attitude d'antan lui apparaissait de plus en plus flagrante à mesure qu'il vieillissait.

Une merveille vint illuminer le morne paysage des distractions de ses amis : un disque phonographique. Il avait été livré avec le Victrola acheté par les parents d'Izzy ; sur une face, il y avait « Humoresque » et « La sérénade de l'ange », et sur l'autre « Le chant du concours » extrait des *Maîtres chanteurs*, dans une transcription pour violon, le tout interprété par Mischa Elman. La musique de la première face, Ira la trouvait transparente, facile à suivre et facile à apprécier. Quant à l'autre, elle le rendait perplexe. Elle paraissait désagréablement impénétrable. Pendant que ses copains jouaient au *pinochle* ou au poker dans la cuisine d'Izzy où Davey Baer abattait ses cartes en cognant le dos de sa main sur la table, un truc qu'il avait littéralement appris sur les genoux de son bon à rien de père, Ira, avec une ténacité née de son anomie, passait et repassait

« Le chant du concours »... jusqu'à ce qu'enfin, brusquement, il comprenne ! La cacophonie se transforma en sons organisés, harmonieux, uniques, avec des cadences qui, une fois assimilées, semblaient inéluctables et montaient à l'unisson. C'était donc ça qu'on écrivait sur Wagner quand on disait qu'il s'agissait non seulement d'un grand compositeur, mais aussi d'un innovateur. C'était donc ça, la grande musique. Après quelque temps, elle vous entrait dans la tête. C'était un air différent de tout, qui au début ne ressemblait à rien, mais qui, petit à petit, devenait familier, et alors, il chantait – selon son propre modèle, mais juste.

Pour être tout à fait fidèle au récit, cet aparté contemporain écrit sans doute vers la fin de l'année 79 devrait être supprimé, pensa Ira. Mais il donnait une image intime et même émouvante de sa vie avec M, lorsqu'ils habitaient encore Paradise Acres, un lotissement pour mobile homes dans la North Valley d'Albuquerque. Il l'avait rédigé peu après son premier « remplacement total de la hanche » – quand ses attaques répétées de polyarthrite avaient ébranlé tout son organisme.

Condamné à écrire, condamné à continuer... Après avoir décroché l'abreuvoir presque vide des colibris et concocté une nouvelle mixture d'eau sucrée teintée d'écarlate pour le remplir, M retourna à son piano. Trouvant prétexte à procrastination (pendant qu'elle travaillait son piano dans le séjour), je sortis en clopinant pour aller suspendre l'abreuvoir au crochet vissé dans l'auvent métallique au-dessus de la fenêtre de mon bureau.

« Quand vas-tu m'acheter un piano à queue ? » me taquina M lorsque je regagnai la maison.

« Tu peux avoir tout ce que tu désires. Et où le mettras-tu ? »

« Dans ton bureau. »

Le sien, qui mesurait à peine vingt mètres carrés, comportait déjà un canapé en cuir, deux fauteuils, un tourne-disque, une table basse, sans parler du petit Steinway, et cela occupait pratiquement toute la place.

« Un piano à queue laisserait beaucoup plus de liberté à mon corps rafistolé. »

« Eh bien, pourquoi pas ? » dis-je en rentrant dans mon bureau.

Je m'installai devant ma machine et, regardant autour de moi, je me mis à réfléchir à ce que cela impliquerait. Un piano à queue dans cette pièce, cela signifierait que le petit lit contre le mur devrait disparaître. De même que ce vieux bureau tout éraflé sur lequel j'écris et contre lequel sont coincés les classeurs métalliques. Et puis une ou deux petites bibliothèques. Et mon fauteuil pivotant en bois au passage. Comme ça on pourrait y mettre un piano à queue de taille raisonnable. À condition, bien entendu, que moi aussi je disparaisse. Je balançais entre les deux : l'envie de disparaître et le regret d'abandonner M.

Enfin... au-dessus de la fenêtre de mon bureau est accroché l'abreuvoir couleur de rubis. Déjà les premiers colibris planent au-dessus avec ardeur, et leurs ailes vibrent si vite qu'elles paraissent diaphanes. Buvez, espèces de pinces à linge agitées au bout d'un cure-dent. Allez ! buvez. Buvez à ma mémoire. Et à *memoriam harum rerum*.

CHAPITRE II

Peu après son entrée à DeWitt Clinton au début de l'automne, Ira se présenta de nouveau chez Park & Tilford. On le réengagea pour travailler dans une boutique située au coin de Broadway et de la 103ᵉ Rue, pas très loin de l'école par le métro. Pourtant, il n'y resta que quelques mois. Le quartier, les gens, tout était différent, de même que ce qu'on exigeait de lui. La décontraction d'autrefois, les manières traditionnelles avaient disparu – celles qu'il avait malgré tout mis si longtemps à apprendre. Il n'y avait plus de camions qui partaient livrer dans le haut de Manhattan et dans le Bronx. Ira ne sut d'ailleurs jamais si l'on faisait encore des livraisons par camion. Peut-être que toutes les activités se trouvaient maintenant regroupées dans le grand magasin P & T du centre-ville, comme l'avait suggéré Mr. Klein, son ancien mentor. Et il n'y avait plus de Mr. Klein, plus d'employé aux expéditions, mais à la place, un responsable du cellier qui s'occupait de tout et interdisait qu'on pût goûter, grignoter, *nosh'n*, chaparder. C'était un tyran aux cheveux prématurément blanchis, l'image même de la brute épaisse. Il s'appelait Yeager. Pour la première fois de sa vie, Ira se voyait confronté à quelqu'un qui semblait prendre plaisir à exercer un pouvoir cruel, une domination sans pitié, quelqu'un de bien pire que Pa. Chaque fois qu'Ira entendait prononcer le mot « tyran », le nom de Yeager lui venait à l'esprit. Il était à l'évidence d'origine allemande, mais l'antisémitisme paraissait jouer un rôle mineur dans ses colères et son despotisme, car l'autre commis qui, lui aussi, venait travailler après l'école, un goy plus jeune qu'Ira et handicapé par un bras atrophié, recevait le même traitement. Le premier jour, alors qu'on lui demandait de ranger sur une étagère un carton de boîtes de conserve, une tâche qu'il maîtrisait parfaitement, Ira se mit à siffloter.

« Arrête de siffler ! hurla Yeager d'un ton menaçant. Y'a pas de chiens ici ! »

Ah ! les vaines reparties arrivées soixante-cinq ans trop tard, à lancer à quelqu'un qui, sans nul doute, n'était plus que poussière :

« Ah bon ? Je croyais qu'il y en avait un », aurait-il pu répliquer.

Et les conséquences qui en auraient découlé, qu'on pouvait aisément imaginer :

« Qu'est-ce que tu veux dire ? »

« Vous le savez très bien. »

« Tu joues les petits malins ? »

« Comme vous. »

« Dis-donc, tu veux mon pied au cul ? »

« Essayez donc pour voir ! »

Et les représailles ! Les poursuites judiciaires. Ou une vengeance plus terrible, à laquelle Bill Loem, personnage d'un prochain volume, aurait eu (et a eu) recours à cet âge. La bouteille brandie à deux mains et abattue en traître, de toutes ses forces, sur le crâne de Yeager – et, pour terminer, une fois l'homme à terre, lui trancher la gorge avec le tesson de cette même bouteille. C'était le genre d'action que Bill n'aurait pas hésité à commettre.

Hélas ! il était lui-même un meurtrier dans l'âme : il ne pardonnait jamais... Repenser à cette histoire et sa réaction d'alors mettait en lumière son attirance pour Bill et l'emprise qu'il exerçait sur lui : il osait faire et faisait ce qu'Ira, et des millions d'autres, rêvaient seulement de faire.

Quelques jours plus tard, Ira vit la grosse brute arrêter au passage l'une des jolies employées du magasin venue chercher une marchandise à la cave, puis la coincer contre une étagère pour l'embrasser de force. Ses supplications – « S'il vous plaît, Mr. Yeager ! Lâchez-moi ! Mr. Yeager ! » – ne produisirent aucun effet, comme si Yeager, engoncé dans son tablier blanc, était bien l'effrayant golem de plâtre qu'il semblait être. Ira se sentit révulsé par ce golem en rut – pareil à celui du film. Tout ce qu'il aurait pu faire, c'est s'éclipser sur la pointe des pieds pour aller dénoncer ce salaud auprès du directeur… à condition d'en avoir le courage.

L'aventure Park & Tilford se termina lorsque l'autre garçon voulut prendre sous son bras un carton plus lourd que d'habitude. Rétrospectivement, cet épisode apparaîtra à Ira comme le seul de son enfance et de son adolescence qui renfermât un élément de rachat, et où il fit preuve d'un véritable courage. Le carton glissa, et, avec son bras atrophié, le garçon n'arriva pas à le rattraper. Le contenu se déversa avant qu'il n'eût eu le temps, à l'aide de son bon bras et de son genou, de l'empêcher de tomber par terre.

« Qu'est-ce qui te prend ? aboya Yeager. T'es infirme, ou quoi ?

– Oui ! il est infirme ! s'écria Ira. C'est pas sa faute ! »

L'air contrit, le garçon entreprit en silence de ramasser les boîtes de conserve qui avaient roulé au sol.

« Donne-moi ça, ordonna Yeager d'un ton bourru. Elles sont toutes cabossées. » Puis, s'adressant à Ira : « T'es sa nourrice ou quoi ?

– Non.

– Alors mêle-toi de ce qui te regarde. »

Ne serait-ce qu'à la voix et à l'attitude de Yeager, Ira se rendait compte qu'il était interloqué. Quant à lui, il se surprenait lui-même. Une fois calmé, et après avoir aidé l'infirme à remettre le carton sous son bras – sans avoir demandé la permission à Yeager –, Ira se sentit plus que surpris : effrayé. Car, l'espace d'un instant, il avait été sans le vouloir celui qu'il devrait être dorénavant si Yeager était bien tel qu'il le jugeait. Il lui faudrait faire front, et il en serait incapable : il tremblait à cette seule pensée. Il avait détecté une faille chez Yeager, et ce dernier le savait, son despotisme n'était qu'une façade. Et maintenant, Ira était vulnérable. Il devrait ramper devant quelqu'un dont il connaissait la véritable nature. Et il ne le pourrait jamais. Alors que faire ? Il ne lui restait qu'à partir.

Le samedi soir, après la paye, Ira quitta le magasin et n'y revint plus.

CHAPITRE III

Ira percevait les changements qui intervenaient en lui. En février 1922, il eut seize ans. Einstein était déjà célèbre, et son nom devenu familier représentait une source de réconfort pour les Juifs de tous les pays. On disait que seules douze personnes au monde étaient capables de comprendre ses théories abstruses de l'univers. Une *yiddisher kopf*, affirmaient les Juifs avec fierté. Sir Oliver Lodge, le physicien et spiritualiste de renommée internationale, s'était peut-être vexé de voir sa théorie sur le rôle d'un éther universel écartée sans plus de cérémonie. Ma glorifiait l'intelligence suprême juive : « *Aza kopf !* » s'exclamait-elle avec transport. À sa manière bouffonne et inimitable, la chorale de la police rendit elle aussi hommage au grand savant. Invités devant les élèves de DeWitt Clinton lors de leur rassemblement du vendredi, les flics entamèrent avec entrain :

« *C'est haut comment en haut ?*
C'est bas comment en bas ?
C'est vite comment doucement ?
Et c'est quand qu'on nous file notre argent ?
Quand c'est la nuit en Sicile,
On peut pas boire un verre dans le Massachusetts.
C'est haut comment en haut ?
C'est bas comment en bas ?... »

Le Dr. Paul, le proviseur du lycée, qui se tenait sur l'estrade avec les chanteurs, ne paraissait pas autrement amusé. La raideur de son maintien, la gravité de son expression, accentuée par la joue paralysée que lui avait laissée une légère attaque, tout indiquait qu'il ne considérait pas la chansonnette comme très édifiante. En revanche, naturellement, les élèves applaudirent et poussèrent des acclamations.

Oh ! il y avait des nébuleuses spirales dans le cosmos, des archipels d'univers éparpillés sur des années-lumière, des univers entiers et pas seulement des systèmes solaires, de lointaines Voies lactées. Tant de choses qui permettaient de se libérer de soi-même, de rêver, de s'enivrer des espaces infinis, conscient de sa propre insignifiance. Si seulement, oh ! si seulement il n'était pas prisonnier. Mais pourquoi l'était-il ? Pourquoi fallait-il qu'il le soit ? Si on le surprenait, il lui arriverait des choses bien pires que le jour où il avait perdu son cartable, et bien pires que le jour où il avait volé le stylo en filigrane d'argent. Oh ! l'acte indicible, abominable, quelle punition ne méritait-il pas ? Et pourtant, à quelles ruses, à quelles cajoleries, à quelles provocations, à quelles subornations, à quels opportunismes ne faisait-il pas appel et ne s'abaissait-il pas jusqu'à ce que les murs verts de la cuisine dont la peinture s'écaillait répercutent le consentement qu'il attendait. Incorrigible, sans scrupule, sardonique, perfide, jouant des consolations et des larmes, du réconfort et de la compassion pour saper les défenses. À quoi bon ses « plus jamais » sans cesse répétés ? Pareil à l'acier battant le silex, le remords faisait jaillir des étincelles de la peur, lesquelles venaient alimenter et enflammer le désir.

Oh ! oui, le monde changeait, s'embrouillait. Il y avait le scandale financier impliquant les puits de pétrole de Teapot Dome et Mr. Doheny, c'est ça ? Et puis les conférences sur le désarmement. Le « Péril jaune » contre lequel mettait en garde le *Journal American*, quotidien de la presse Hearst à sensation, chauvin et ultranationaliste, qu'Ira ne lisait jamais, sauf quand Pa le rapportait du restaurant. Oh ! et il y avait aussi Henry Ford et son

Dearborn Express qui accusait les Juifs d'être cupides et hypocrites, de se liguer contre l'Amérique, de répandre le bolchevisme et l'athéisme pour contaminer l'Amérique entière de leur virus matérialiste… Tout le monde était persuadé que Lénine et Trotski seraient bientôt renversés – d'ici un an au plus tard. Il y avait les raids policiers de Palmer, les chaînes de forçats, les vigiles, les membres du Ku Klux Klan avec leur robe et leur cagoule blanches, les foules de lyncheurs qui pendaient les nègres. Et puis William Farnum, l'acteur de cinéma aux sourcils si mobiles, et le formidable acrobate, l'inégalable Douglas Fairbanks, l'attendrissante Mary Pickford, Bull Montana – et le merveilleux, merveilleux Charlie Chaplin.

Sans compter la Normalité et le Coût de la Vie, ainsi, bien entendu, que la Prospérité. Pa travaillait. Ma économisait pour s'acheter un manteau d'astrakan. Les oncles d'Ira, Max et Harry, lequel n'avait même pas fini l'école, avaient abandonné leurs affaires, respectivement la fabrication de gants et la fourrure, pour rejoindre Morris et Sam dans la restauration : ils ouvrirent une cafétéria à Jamaica, dans le Queens, et prospérèrent au-delà de leurs espoirs les plus fous.

Ira, pour sa part, vivait une nouvelle expérience, une fantastique expérience scolaire qui dépassait la simple satisfaction, l'orgueil de réussir et même d'obtenir d'excellentes notes. Ennoblissante, aurait-il dit s'il n'eût craint qu'on se moquât de lui. Pourtant, c'est bien ce qu'il ressentait : il remontait dans sa propre estime, ravi et enfin doté d'une sphère de plénitude mentale. Pour la première fois de sa vie, il sentait non seulement qu'il comprenait une matière sous tous ses aspects, mais aussi les bases sur lesquelles elle reposait. Il s'agissait de la géométrie plane, qui devint pour lui une sorte d'unité salvatrice, une source de béatitude au sein de son existence sans but, profondément troublée, triste et timorée. La géométrie plane forgeait sans cesse de nouvelles vérités à partir d'anciennes, érigeait comme par miracle

un stupéfiant édifice de preuves enraciné sur quelques axiomes. On avait l'impression de refondre des truismes ternis pour en faire d'éclatants.
Au début, au tout début du trimestre de printemps, Ira avait cependant été saisi de panique. À quoi bon démontrer ce qui était déjà tellement évident ? Comment prouver ce qui était manifeste ? Les angles opposés étaient égaux ! Oui, ils l'étaient, c'est tout. Par quelle méthode, par quel procédé pouvait-on montrer qu'une chose manifeste était vraie ? Eh bien, il fallait farfouiller, chercher de l'aide auprès d'une modeste poignée de postulats qu'il avait à peine daigné remarquer au commencement tant ils paraissaient évidents. C'est comme ça qu'on procédait : les suppléments d'angles égaux étaient égaux... tout bêtement ! Il ne tarda pas à raffoler de la géométrie – au point de souvent négliger les autres matières. Les « Très bien » en interrogations au tableau, les « Très bien » en exercices devinrent bientôt de la routine.

Et maintenant, mon ami, et maintenant – Ira serra ses mains entre ses genoux – le moment approche, le moment critique.

– Tu contemples en moi ce moment de l'année,
Où des feuilles jaunies, quelques-unes à peine, pendent...

Oui. Mais pas encore.
– Ou que cette coupe s'éloigne de moi.
Oui. Mais c'était plus tard, Ecclesias. À l'automne, pas au printemps. Au deuxième trimestre de mon ravissement, avec Euclide qui regarde la beauté à poil, et pas au premier. Tu sais, Ecclesias, je peux te démontrer que Jésus lui-même a prouvé que Dieu n'existait pas.
– Je t'en prie, poursuis.
C'est un fait. Il a dit : « S'il est possible, que cette coupe s'éloigne de moi. » Et elle ne s'est pas éloignée. Donc, ce

n'était pas possible. Une déduction correcte, non, Ecclesias ? Puisque ce n'était pas possible, comment Dieu peut-il exister, pour qui tout est possible ? Ingénieux, n'est-ce pas ?
— Non. Tu oublies quelque chose. Jésus a ajouté : « Néanmoins qu'il en soit non selon ma volonté, mais selon la tienne. »
Dommage. Astucieux de sa part — de la part des trois, non ?

Quatre colibris se disputent l'abreuvoir en pépiant. Leurs menaces et fanfaronnades semblent se résumer à pointer leurs becs comme de minuscules rapières — cependant qu'ils planent sur place, soutenus par leurs ailes translucides. L'un d'eux, sans doute le mâle régnant, se perche sur un fil de fer barbelé, prêt à défendre leur pitance contre tout intrus. Je deviens un naturaliste... Et Henry Thoreau, à propos ? Il ne s'est jamais marié. Pourquoi ? Et pourquoi a-t-il écrit dans *Walden ou la Vie dans les bois* : « Quel démon m'a possédé pour que je me sois si bien conduit ? » Oui, pourquoi ? Et moi, quel démon m'a possédé pour que je me sois si mal conduit ?

On était au début de l'été 1922. Vers la fin de l'année scolaire, grâce en partie à ses excellents résultats en géométrie plane et à la fierté qu'il tirait à l'idée d'être enfin bon dans quelque chose, Ira avait commencé à se sentir en sécurité dans son nouveau lycée. Il s'y plaisait. Il y avait une piscine presque en face, où il pouvait satisfaire son amour des sports nautiques. Le souvenir de la piscine lui ramena en mémoire les images du quartier autour de l'école — à l'angle de la 59e Rue et de la Neuvième Avenue, à une ou deux rues de l'Hudson, les quais, les entrepôts et autres endroits qu'il n'avait pas explorés. Le coin était considéré comme trop dangereux. Était-ce bien au nord du quartier mal famé surnommé « Hell's Kitchen » ? Il ne connaissait aucun élève qui empruntât ce chemin pour rentrer chez lui.

Peut-être, au demeurant, n'y en avait-il pas, car le quartier était en majorité habité par des catholiques irlandais, et le peu d'enfants qui poursuivaient leurs études après l'école primaire fréquentaient les établissements paroissiaux. Il ne devait même pas être nécessaire de les mettre en garde. Il ne leur venait tout simplement pas à l'esprit de se promener par là.

Leur chemin – celui que prenaient la plupart d'entre eux – suivait la 59e Rue. Ils longeaient un groupe d'immeubles crasseux à moitié en ruines, certains occupés par des familles noires dont les enfants traînaient sur les perrons et sur le pas des portes. Pourtant, chose étrange, au milieu de toute cette misère tranchaient les bâtiments bien entretenus d'une clinique, d'une école de médecine et d'un hôpital.

On arrivait ensuite au carrefour de la Neuvième Avenue que surplombait le métro aérien. Sous la pénombre perpétuelle de la voie, pareille à un toit s'étirant à l'infini, les lampes à incandescence brûlaient à longueur de journée dans les vitrines des boutiques et des ateliers. Presque tous les élèves se dirigeaient ensuite vers Colombus Circle, où le métro de la Septième Avenue et de Broadway passait sous la Huitième Avenue au coin de Central Park. Et là, moulé dans le bronze, le Grand Navigateur en personne, Christophe Colomb, du haut de sa colonne de marbre, contemplait le tourbillon incessant et bruyant des piétons et des véhicules à moteur. Derrière lui, à l'angle de Central Park, une conductrice de char, également en bronze, semblait diriger son attelage de coursiers immobiles au sein de la circulation. De l'autre côté, à l'extrémité sud du parc, s'étendait une succession ininterrompue d'hôtels de luxe et de beaux immeubles devant lesquels des portiers en uniforme et gants blancs se précipitaient pour ouvrir les portières des taxis et des limousines qui s'arrêtaient devant les marquises frappées du numéro correspondant à l'adresse. C'était la dernière vue qu'on emportait, avec le brouhaha de la rue, avant de passer, en compagnie d'un flot d'autres élèves, de la lumière du dehors à la pénombre ambrée du métro.

Seuls les omnibus s'arrêtaient à la station de la 59ᵉ Rue, et, en général, Ira prenait le premier qui se présentait, quelle que soit sa direction, Lenox Avenue et la 116ᵉ Rue dans Harlem ou bien les stations de Broadway. Peu importait. Un lycéen en vadrouille.

Il descendait à la 116ᵉ Rue, sur Lenox, d'où il lui restait encore trois longs blocs à marcher – jusqu'à Park Avenue – puis trois rues à traverser. Il établit une carte des différents itinéraires possibles et, il en compta dix-huit. Des années plus tard, avec l'aide de Pascal, il calcula que, puisqu'il y avait dix-huit chemins différents pour aller du métro à la maison et dix-huit de la maison au métro, cela faisait trois cent vingt-quatre trajets possibles. Peut-être que pendant les trois années qu'il passa à DeWitt Clinton, à force de zigzaguer, d'emprunter telle ou telle rue crasseuse, il réussit à épuiser la totalité des combinaisons.

La vérité, la réalité frappe l'esprit. Il avait vécu à Harlem quatorze ans, dans ce quartier de taudis ! Des centaines et des centaines de fois il avait accompli le trajet jusqu'à la station de métro de Lenox Avenue (car même plus tard, après être entré à CCNY, l'université de New York, il lui arrivait encore de prendre cette ligne jusqu'à la 96ᵉ Rue où il changeait pour remonter Broadway). Où voulait-il en venir ? Avec toutes ces années, tous ces parcours, comment éviter d'être envahi par un découragement chronique : le sentiment de n'appartenir à rien, de refuser de s'intégrer, de ne vivre que sous la contrainte. Mais la psyché est une entité extraordinaire. Sans le savoir, elle convertit le méprisable et le funeste, l'abject, en exultation symétrique, et, à partir des mêmes composants, assouvit une fureur clandestine.

Mais je suis sorti du fond de mes abîmes. *Le bateau ivre*...

CHAPITRE IV

En cet été 1922, à la fin de sa première année à « Clinton » – bien qu'il eût rang d'élève de deuxième année – il n'avait encore que seize ans... L'annonce publiée dans le *New York World* semblait prometteuse – et surtout ne comportait pas la mention : « Réservé aux chrétiens. » Elle disait : « Recherchons receveurs pour nouvelle ligne d'autobus. Cinquième Avenue-Grand Concourse. Même sans expérience. Formation assurée. » Ira se rendit à l'adresse indiquée, au coin de la 130e Rue et de Madison Avenue, où se trouvaient les bureaux et le garage de la compagnie d'autobus. Il eut un bref entretien avec le responsable, un homme corpulent en chemise rayée rose et bleu qui se présenta sous le nom de Mr. Hulcomb. Questionné sur son âge, Ira eut la présence d'esprit de mentir : dix-huit ans. Et quelles références pouvait-il fournir ? Park & Tilford, toujours fiable, toujours respectable. Le magasin de Broadway, inventa-t-il, devait bientôt fermer, à en croire la rumeur, comme celui de Lenox Avenue où il avait travaillé auparavant, aussi il avait pris un jour de congé pour chercher autre chose. Le patron au physique imposant, le front luisant de transpiration, parut favorablement impressionné : Ira pouvait avoir le poste, et on assurerait sa formation, seulement... il fallait verser une caution de cent dollars.

Cent dollars ! Maintenant Ira comprenait pourquoi il n'y avait pas beaucoup de candidats. Cent dollars !

« Tu manipuleras notre argent, expliqua le gros type

en s'épongeant le visage. Et on tient à être sûrs que tu seras honnête, c'est tout. Tu récupéreras tes cent dollars le jour où tu quitteras ton emploi.
– Je ne pourrais pas payer un peu chaque semaine ? demanda Ira, lui-même surpris d'y avoir pensé.
– Non. On ne fonctionne pas comme ça. Pas question de commencer avant d'avoir déposé ta garantie. Le soir, tu peux très bien avoir jusqu'à trente ou quarante dollars en poche, la recette de toute la journée.
– Bien, Mr. Hulcomb, je vais voir. Si je les ai, je peux revenir demain ?
– Oui, bien entendu. Si tu apportes l'argent, le poste est à toi. On te le réserve jusqu'à demain, mais pas plus tard, tu comprends ?
– Oui, m'sieur. »
L'entretien s'acheva là-dessus. Et le soir, à la maison, en présence de Pa, Ira expliqua ce qu'on exigeait de lui :
« Je peux avoir un boulot payé vingt-quatre dollars par semaine à condition de laisser un dépôt de cent dollars. Le patron dit qu'on m'apprendra le métier de receveur de bus, mais qu'il faut d'abord que je leur verse la garantie. »
Il communiqua ensuite quelques détails supplémentaires.
« Comment se fait-il que j'ai été receveur de tramway sur la ligne de la Quatrième Avenue et de Madison Avenue pendant la guerre et qu'à moi, on ne m'a pas réclamé de caution ? interrogea Pa. Et pourquoi, ils en ont besoin ?
– Et d'autant d'argent ? ajouta Ma. *A gantser hunderter.*
– Il a dit que c'est pour être certain que je sois honnête.
– Tu aurais pu lui répondre que tu étais prêt à l'être pour moins, dit Ma. Quoi, une erreur d'un *nickel* et tu perds tes cent dollars ? Une belle bande de conspirateurs !

– Il n'a pas parlé d'erreur, il a parlé d'honnêteté, rectifia Ira.
– Mais tout une centaine de dollars ! *Gottenyou !*
– C'est juste une garantie.
– Et la garantie pour tes cent dollars ? Ils te signeront un reçu ? demanda Pa.
– Je suppose.
– Ah ! tu supposes. Sans reçu, je ne les donne pas.
– Non, bien sûr.
– Et quand est-ce qu'ils te les rendent ?
– Je te l'ai dit. Dès qu'on s'en va. Le patron me l'a expliqué.
– Tout l'été, et chaque semaine vingt-quatre dollars », réfléchit Pa à voix haute.

Les délibérations durèrent encore un bout de temps. Personne ne pouvait nier que ce fût une compagnie sérieuse. On voyait ses autobus sillonner la Cinquième Avenue… ils exigeaient une caution. Bon… et pourquoi les receveurs étaient-ils considérés *a priori* comme si fourbes et si malhonnêtes ? Est-ce que l'argent leur collait plus à la paume qu'à d'autres ? *Nou ?* Résultat de la discussion, conclue par maints conseils de prudence et maintes recommandations. Pa avancerait les cent dollars demandés.

« Et ne t'avise pas de chiper le moindre *nickel*, l'avertit Ma. Tu sais ce qui t'arriverait.
– Ouais. »

Et Pa, se souvenant de ses problèmes à l'époque où il était receveur de tramway, ajouta, presque en veine d'humour :

« Attrape la diarrhée, et tu pourras dire adieu à ta ligne d'autobus.
– J'attraperai pas la diarrhée.
– Et sois prudent avec les ivrognes et les voyous, lui rappela Ma. Une parole apaisante suffit souvent à éviter les querelles.
– Et la revoilà partie avec ses ivrognes et ses voyous ! s'écria Pa, piqué au vif. Tout ça parce que des années

auparavant, un fou, un marin ivre, m'a attaqué dans le tramway ? On aurait dû lui couper les mains, oui.
– En effet, acquiesça Ma, conciliante. Je voulais simplement dire qu'il devait éviter de répondre à un goy qui cherche la bagarre. Qu'il se laisse massacrer. Qu'il appelle le chauffeur à l'aide. Pour un *nickel*, ça vaut la peine de se faire agresser ?
– Je me ferai pas agresser. »
Ses cent dollars déposés, Ira se vit remettre une casquette à visière, pour laquelle, au demeurant, il dut laisser une garantie prélevée sur sa première paye, et une plaque numérotée qu'on accrochait à la casquette. Il fut « rodé » en une journée par un receveur expérimenté, un vétéran qui n'avait en réalité que quelques semaines de métier. Au cours des quatre aller et retour qu'il effectua ce jour-là, il mémorisa plus ou moins le trajet, ainsi que les principaux carrefours du Bronx, un territoire qui jusqu'à présent lui était peu familier. Il apprit les ficelles et les cordons du métier, lança-t-il plus tard en guise d'aphorisme, le nombre de fois où il fallait tirer sur le cordon de la cloche pour indiquer l'arrêt, le départ et l'arrêt d'urgence.

C'étaient des autobus à impériale – comme les autobus luxueux qui descendaient la Cinquième Avenue le long de Central Park. Mais là, le ticket ne coûtait qu'un *nickel* au lieu d'une *dime*, et les véhicules n'avaient rien de luxueux. Sa formation se déroula avec la deuxième équipe, durant les heures creuses, pour lui permettre d'apprendre le nom des rues, à localiser les principaux croisements, à se familiariser avec l'usage de l'« horloge », comme on appelait le compteur de *nickels*, à faire la monnaie avec calme mais précaution et à tirer le cordon de la cloche sans perdre un instant dès que les passagers avaient fini de monter ou de descendre.

Le lendemain, il était receveur en titre. On l'affecta aux mêmes horaires, du début de l'après-midi jusqu'au retour au garage aux alentours de minuit. Régnant sur la plate-forme arrière, officiellement investi de sa fonction, il prit confiance en lui et se félicita d'avoir déniché ce travail, même s'il devait de temps en temps se précipiter à l'avant pour se renseigner auprès du chauffeur afin de répondre à la demande d'un passager.

Vers minuit, au cours de l'ultime trajet – sur le chemin du dépôt où il devrait compter la recette de la journée –, le sentiment de tension, d'angoisse et de responsabilité qu'il avait éprouvé tout au long de la journée commença à peser lourdement sur lui, il dormait debout. Les lumières de la rue et des immeubles défilaient comme celles d'une ville étrangère, floues et lointaines. Il avait l'impression que l'autobus venait de nulle part et n'allait nulle part. À quelques rues de la Harlem River, un passager monta, le dernier de la nuit, qui glissa sa pièce de cinq *cents* dans le compteur avant de grimper l'escalier en spirale débouchant sur l'impériale. Le pont tournant de Madison Avenue au-dessus de la Harlem approchait. Ira avait pour consigne de prévenir les passagers de rester assis, car la superstructure du pont était si basse qu'elle rasait l'impériale. Il monta et, debout, attendit...

« Hé ! Hé ! le receveur ! Baisse-toi ! » Le cri d'avertissement venait de l'unique passager – demeuré assis. « Attention ! »

Heureusement, Ira réagit sur-le-champ. La superstructure effleura sa casquette.

« Bon Dieu ! à quoi tu jouais ? fit le passager solitaire. Tu voulais te faire tuer ? »

Ira apprit, lentement comme d'habitude, qu'à de rares exceptions près, les femmes – d'autant plus qu'elles étaient grosses et âgées – descendaient de l'autobus en faisant face à la plate-forme arrière. Un jour, une plantureuse matrone tomba à la renverse au moment où le bus redémarrait avec une secousse. Ira tira aussitôt la corde trois fois et sauta à terre pour aider la femme à se relever, tout en se répandant en excuses. Juive, et constatant qu'il était également juif, elle minimisa l'incident : « C'est *gurnisht*. Rien de rien. »

De jolies filles descendaient l'escalier en spirale avec coquetterie, et leurs robes tourbillonnaient, dévoilant des cuisses d'une blancheur de lis qui, lorsque l'occasion lui était offerte de lever les yeux, le plongeaient dans le ravissement et éveillaient son désir. Cloué sur place, et broyant trop souvent du noir, il entendait le chauffeur lui crier avec impatience : « Hé ! Ira ! Active un peu ! » Ou encore, arrivant au terminus de Kingsbridge en bordure du parc : « Bon Dieu ! Ira, un peu plus de nerf ! On va avoir le bus suivant sur les talons !
– Ouais. Okay. Je vais essayer de faire plus vite. »
Et pendant tout ce temps, il se lamentait parce qu'il ne pouvait et n'avait pas le droit de dire, comme d'autres garçons de son âge l'auraient fait, à la leste demoiselle qui descendait : « Attention à la marche, ma belle. » Puis, encouragé par un sourire, comme il en avait vu adressé à tant de don Juans effrontés et badins, demander : « Vous me donnez votre numéro de téléphone, ma belle ? Ou un rendez-vous, peut-être ? » Il n'avait plus accès à ce monde-là, mais demeurait frappé d'interdiction, pareil à une larve de moustique sous l'eau d'un fossé aspergé de pétrole. « À qui la terre et l'air sont proscrits et justement interdits », pensait-il en écho au *Prisonnier de Chillon* de Byron.

« Okay, je vais essayer de faire plus vite. »
Les bus étaient vieux, « plus vieux que les collines », disait l'un des chauffeurs. Des véhicules obsolescents rachetés à une compagnie de La Nouvelle-Orléans par Hulcomb pour une bouchée de pain, au prix de la ferraille, affirmait un autre. Ils bringuebalaient, grinçaient et fumaient. Tony Oreno, celui avec qui Ira faisait souvent équipe, de constitution fragile et sujet aux nausées, fut deux fois rendu malade par les gaz d'échappement. Il dut se garer le long du trottoir pour aller vomir sur la chaussée. Un troisième chauffeur, Colby, raconta qu'il avait dû bloquer son avertisseur et, penché par la portière, faisant de grands gestes, crier au flic qui réglait la circulation sur Fordham Road de ne pas arrêter les

automobiles roulant sur Grand Concourse, car l'autobus ne pouvait pas s'arrêter : les freins avaient lâché ! Par chance, le flic comprit le message désespéré et s'exécuta. Colby réussit à immobiliser le bus un peu plus loin.

Le paiement du prix du trajet s'enregistrait par l'intermédiaire d'un compteur manuel, une espèce de caisse enregistreuse remise à chaque receveur au moment de sa prise de service. On glissait dans une petite fente le *nickel* qui faisait tinter une petite cloche au passage et déclenchait le compteur digital, après quoi la pièce tombait dans la main du receveur. Il fallait que celui-ci ait un peu d'argent liquide afin de pouvoir rendre la monnaie en cas de besoin, et au début de chaque rotation, il devait déclarer la somme qu'il avait sur lui. À la fin du service, il était soumis à une singulière pratique : on lui demandait de vider entièrement ses poches. La recette de la journée indiquée par le compteur devait correspondre au *cent* près au montant de la pile de pièces que le receveur déversait sur le comptoir, et toute somme en plus se voyait aussitôt confisquée par la compagnie sous prétexte que cela prouvait la négligence de l'employé qui avait oublié d'enregistrer le montant du trajet. Et s'il manquait de l'argent, bien entendu, c'était également de sa faute, et on le déduisait de sa paye.

Ayant retenu la leçon à la suite de son renvoi de Stuyvesant, sans parler des cent dollars de Pa qui ne pouvaient que rendre plus terribles encore les conséquences d'une éventuelle malhonnêteté – et des « espions » de la compagnie contre lesquels on l'avait mis en garde dès le premier jour –, Ira se montra scrupuleux au point d'en être de sa poche. Son honnêteté qui se voulait au-dessus de tout soupçon le poussait même parfois à combler de son propre argent les petites différences constatées à la fin de la journée. Moins d'une semaine après son embauche, on l'affecta à la première équipe, celle du matin, qui commençait dès six heures, ce qui l'obligeait à parcourir à pied dans la fraîcheur du jour naissant la distance entre l'immeuble nauséabond, au coin de la 110ᵉ Rue et de la Cinquième Avenue, et le dépôt d'autobus. Détails hors de propos et souvenirs précieux : le coin de Central Park, les arbres et l'herbe, les rochers et le lac, le ciel de l'aube, indécis, d'un bleu fragile, et puis l'atmosphère humide et l'odeur de verdure…

Un après-midi qu'il attendait son tour de « pointer », traînant dans la petite pièce étouffante qui puait la cigarette et au sol jonché de mégots en compagnie d'autres receveurs, l'un d'eux, un type du nom de Collingway, qui avait près de quarante ans de plus que lui, au visage rébarbatif de dur à cuire, le prit à part :

« Eh ! p'tit, laisse-moi te dire un truc. Tu nous rends pas la vie facile. Tu sais ? Pas facile du tout.

— Moi ? s'écria Ira, bouche bée. Comment ça ?

— Tu nous fais du tort.

— À vous ? Mais qu'est-ce que j'ai fait ?

— Bon Dieu ! réfléchis un peu ! Tu leur refiles tout le fric. Personne t'a mis au parfum ? On se fait tous un p'tit bénef. Sauf toi. Alors, nous, on a l'air de quoi ?

— Ouais, mais y'a les espions.

— Tu les connais pas encore ? Foley et l'autre, qui rase les murs. T'as dû le voir dans le bureau d'Hulcomb — le mec à l'oreille en chou-fleur. Fitz, ils l'appellent.

— Ah ! çui-là ? Je l'ai vu dans le bus. C'est Fitz ?

— Ah ! vraiment ? fit Collingway très sarcastique. Tu l'as vu dans un autobus ? Continue comme ça, et Hulcomb va embaucher un autre genre d'espions, p't-être ben des privés venus d'une agence de détectives. Suffit qu'ils se trimballent une journée dans le bus, et la moitié d'entre nous se fait virer. P't-être qu'y en a déjà — à cause de toi. S'il était pas aussi radin, il l'aurait sûrement déjà fait.

— Mais personne me l'avait dit.

— Moi, je te le dis. Et puis, tu vas te faire mal voir des chauffeurs. On leur achète tous un p'tit quèque

chose : un sandwich ou à boire – tu leur as jamais rien payé, même pas un paquet de clopes ?
– Non. Personne m'a demandé.
– Raconte pas de conneries ! Tu sais ce qui va t'arriver ? demanda Collingway en secouant la tête de manière significative. Tu vas te ramasser un bon coup de poing dans le bide. Comme on en file aux vendus et aux salauds. Tu dégueules tout ton déjeuner, et après tu reviens plus. » Il se tut pour observer l'effet de ses paroles sur Ira. « Putain ! C'est facile. Le matin, t'as tous ces ritals qui montent, et tu laisses tomber le compteur C comme ça. » Il le fit tourner sur son index et le laissa pendre, la main en coupe. « Pigé ? La plupart sont au courant, y te glissent le *nickel* dans la paume. Ou alors, c'est une grosse bonne femme, une Juive p't-être. Pas de problème, bon Dieu ! tu devrais être capable de lui faire comprendre. Même un nègre, y pige. »

Ira n'en avait pas moins peur. Les cent dollars de Pa étaient en jeu. De plus, la seule pensée d'être pris réveillait en lui l'affreux souvenir de Stuyvesant, et il avait l'impression que ça s'était passé hier. « Ne t'avise pas de chiper le moindre *nickel* », l'avait averti Ma. Seulement, il y avait la menace de Collingway :

« Tu vas te foutre tout le monde à dos. Continue comme ça et tu verras. »

Inutile d'en parler à Ma ou à Pa. Il savait d'avance ce qu'ils diraient. À moins qu'il leur en parle quand même et qu'il quitte sa place ? Et qu'il récupère les cent dollars de Pa ? Ou alors qu'il continue comme avant à enregistrer chaque *nickel* ? Mais dans ce cas, sa recette restera supérieure à celle des autres – jour après jour. Il se fera casser la figure. Il s'imaginait l'un des chauffeurs le frappant au ventre au premier prétexte venu : la cloche. La cloche, c'était lui. « Je t'avais dis de t'activer, abruti ! » Au ventre. Où ça ne laissait pas de trace. Pa, lui, avait au moins récolté un œil au beurre noir. Mon Dieu ! Et puis, pourquoi il n'avait pas pensé à demander à Collingway combien il devait essayer de carotter. Un dollar ? Plus ?

L'autobus partait à l'aube de la 110ᵉ Rue, remontait la Cinquième Avenue et longeait Mount Morris Park jusqu'à la 120ᵉ Rue où il bifurquait pour emprunter le pont « tournant » qui traversait la Harlem River, puis, arrivé dans le Bronx, il s'engageait dans Grand Concourse… Et là, au croisement de la 149ᵉ Rue, dans l'ombre projetée par le métro aérien de Jerome Avenue, attendaient des hordes, des troupeaux de journaliers italiens qui formaient une masse confuse dans la lumière du petit matin. Pareils à une armée d'assaillants devant la brèche ouverte dans la muraille d'une cité médiévale, ils chargeaient l'autobus et s'engouffraient à l'intérieur en poussant des cris, agrippant des sacs en papier qui dégageaient des effluves d'ail, puis ils se précipitaient dans l'escalier en spirale, se bousculaient sur l'impériale, joviaux, tapageurs, et finissaient par s'entasser dans tous les coins. Ils inondaient Ira de pièces de monnaie qu'ils fourraient soit dans le compteur, soit dans sa main, ne pensant qu'à se dépêcher pour trouver une place assise ou même debout. Coincé à l'arrière du bus, Ira pouvait à peine bouger, comme assiégé par les ouvriers. Ils récoltaient eux-mêmes l'argent du trajet auprès des resquilleurs installés sur les marches de l'escalier ou dans les profondeurs de l'autobus devenues totalement inaccessibles à Ira. Ils tiraient sur le cordon de la cloche : « Allez, on roule ! » Ils hurlaient en chœur à l'intention du conducteur : « Allez, p'tit gars, fonce. Appuie sur le champignon ! » Pleins d'entrain, volubiles, l'accent chantant, toujours de bonne humeur, les jeunes aussi bien que les vieux aux cheveux grisonnants interpellaient bruyamment leurs camarades agglutinés aux carrefours qui faisaient des signes furieux pour réclamer l'arrêt des bus déjà bondés, signes qui se transformaient en gestes obscènes lorsque le chauffeur se contentait de poursuivre sa route.

Le bus, grondant, pétaradant et surchargé finissait par les amener à destination – au fin fond du Bronx où, le long de Grand Concourse, on assistait à un véritable boom immobilier, et où les structures en fer des tours d'habitation en construction dominaient le paysage. C'était le terminus, et la foule des Italiens, bavardant, braillant, agitant les bras et brandissant leurs sacs en papier odorants, se précipitait pour descendre et ébranlait l'autobus avant de déferler sur le trottoir – et ce fut là que, pour la première fois, Ira se retrouva riche d'une dizaine de *nickels* chapardés au passage.

Il attrapa vite le coup et devint un vrai spécialiste. Il ne se cantonna plus à la meute des journaliers et apprit bientôt à reconnaître les passagers « sûrs », les innocents qui montaient dans le courant de la journée : les jeunes qui tendaient leur *nickel* avant d'être installés sur la plate-forme, les mammas juives, les vieux bonshommes avec des cannes. Comme les autres receveurs, il apportait des rafraîchissements et des cigarettes au chauffeur, et il se gagna l'approbation de Collingway le dur à cuire, avec cependant une certaine réticence, car il estimait qu'Ira ne fauchait pas assez.

« De quoi t'as la trouille ? Tu peux piquer plus. On se fait tous au moins deux dollars. »

Ira pensait cependant avoir atteint ses limites. Un peu plus d'un dollar, ça faisait déjà un peu plus de vingt *nickels*, un peu plus de vingt passagers, un peu plus de vingt personnes dans le bus. Non. Il avait peur. Sans parler du calcul angoissant auquel il devait se livrer au cours du dernier trajet, avant de regagner le dépôt pour le changement d'équipe et le moment où il attendrait son tour de rendre des comptes à l'employé vigilant qui se tenait derrière le comptoir. Il fallait se rappeler combien d'argent liquide lui appartenant il devait déclarer, et combien il en avait déclaré avant de partir, combien le compteur indiquait, quelle somme il possédait réellement, puis effectuer la soustraction, et peut-être en indiquer davantage ou bien en garder une petite partie pour ne pas éveiller les soupçons à l'instant où il vidait ses poches devant le caissier. Il devait donc à la fois penser à tout cela et faire correctement son travail de receveur, car la première équipe finissait au début de l'après-midi, quand les voyageurs étaient encore nombreux. Ne pas se tromper au milieu des distractions et des fluctuations de la recette au cours de la dernière heure nécessitait un tas d'opérations compliquées, et Ira n'avait jamais été doué en calcul mental, d'autant qu'en la circonstance, il agissait sous la pression. Il refaisait sans cesse ses comptes frauduleux afin d'être sûr de ne pas se trahir – tout en empêchant un gamin de descendre avant l'arrêt, en recommandant à une *yente* de bien se tenir à la barre, en détournant le regard, pris de vertige, à la vue de jolies jambes blanches dans l'escalier en spirale, et en actionnant la cloche sans perdre un instant. Il finit par fort bien se débrouiller. Il prit l'habitude de se tromper de dix ou quinze *cents* dans un sens ou dans l'autre, manifestant de la surprise quand c'était « en trop » et du chagrin quand c'était « en moins », l'air d'un benêt à l'esprit un peu lent, rendu perplexe devant la preuve manifeste de sa maladroite probité.

Un matin de bonne heure, il se crut pourtant perdu. Il voyait déjà le patron le foutre à la porte, les cent dollars de Pa s'envoler. Devrait-il se mettre à chialer ? Essayer de bluffer ? Se cramponner à la première excuse venue ? *Oï ! gevald !* allait-on s'écrier à la maison. Pa allait hurler. L'incendier. Et Ma... !

Le premier trajet de la matinée, et le bus, bondé de travailleurs italiens, lancé le long de Grand Concourse. Et derrière, une berline anonyme. Et à l'intérieur, personne d'autre que Mr. Hulcomb, conduit par l'un des employés de la compagnie. Oh ! mon Dieu ! il a dû me repérer, se dit Ira, saisi de panique. Devenu habile, il avait détourné davantage que la somme habituelle – il était toutefois incapable de se rappeler combien, de calculer, mais c'était sans importance. Si on arrêtait le bus, si on faisait une enquête, on s'apercevrait tout de suite du décalage par rapport au compteur. Et comme par hasard, c'était justement aujourd'hui que ce vieil anarchiste de rital aux cheveux grisonnants et à la moustache en guidon de vélo, s'instituant receveur adjoint, Cerbère chargé de grogner après les resquilleurs, avait posté sa grande carcasse à côté d'Ira et collecté aux alentours le prix du trajet : « Allez, donne ça au gamin. » Avant de flanquer une poignée de monnaie dans la poche de la veste en alpaga d'Ira. Mon Dieu ! si Mr. Hulcomb n'avait pas vu ça, c'est qu'il était aveugle. Et, coincé à l'arrière de la plate-forme comme il l'était, inutile d'essayer de fourrer les *nickels* dans le compteur, on le verrait de la voiture. Et s'il tentait de le faire au moment où le bus stopperait, on entendrait les pièces tinter à une cadence folle. Ils sauraient aussitôt. Il était cuit !

« Hé ! toi ! le receveur ! Hé ! Stigman ! criait Hulcomb par la vitre de sa portière.

– Oui, monsieur ? » répondit-il d'une voix tremblante.

Si seulement il pouvait être emporté comme un fétu de paille, laisser tout le monde sur la plate-forme contempler la voiture lancée à leur poursuite et disparaître.

« Hé ! Stigman ! Tu m'entends ?

– Ouais. Quoi ? »

La torture : peut-être le troisième degré au poste de police, les aveux et le tribunal, peut-être un juge en robe noire, peut-être la prison, peut-être la liberté sous caution, peut-être...

« Va dire au conducteur qu'il roule trop vite. Il dépasse largement la vitesse limite. Dis-lui de ralentir ! Dis-lui que c'est moi qui l'ordonne.

– Oui, monsieur. Oui, monsieur Hulcomb. J'y vais tout de suite ! Hé ! laissez-moi passer, s'il vous plaît, demanda Ira aux passagers. C'est le patron.

– Qu'il aille se faire foutre, répliquèrent-ils en chœur, refusant de bouger.

— Faut que… » Tony ne l'entendrait jamais avec le boucan du moteur. S'il tirait trois fois la corde, il arrêterait le bus. Non, mauvaise idée. « S'il vous plaît ! supplia Ira de toute la force de ses poumons. Je vous en prie, messieurs ! S'il vous plaît, devant, dites-lui de ralentir, au chauffeur, je vous en prie. Le patron vient de me le dire. Hé ! Tony ! Il risque de perdre son boulot !

— Bon, bon. » Ils se laissèrent fléchir. « Hé ! Giovanni ! Hé ! Paul ! Dites au chauffeur qu'il a son putain de patron aux trousses. »

Et à l'avant, quelqu'un reprit d'une voix rauque :

« Hé ! *paisan* ! on veut pas que t'aies des ennuis. Le môme y dit de ralentir. T'as ton putain de boss au cul… Quoi ? Ouais ? ah ! ah ! Tu sais ce qu'y dit ?

— Qui ?

— Lui, le chauffeur. Y dit que le boss n'a qu'à aller se faire foutre.

— Ah ouais ?

— Y dit d'aller dire à ce gros porc de venir conduire lui-même son tas de ferraille.

— Ah ! ah ! ah ! T'as entendu ça, p'tit ? »

Néanmoins, le bus ralentit en cahotant. La voiture se laissa distancer et, dès qu'elle fut hors de vue, une clameur jaillit : « Vas-y ! Fonce ! », et le bus accéléra aussitôt. Jamais Ira n'avait éprouvé un tel soulagement. Il l'avait échappé belle ! Il en aurait dansé ou du moins sauté de joie, en dépit de la pression de la foule qui le coinçait contre la rambarde de la plate-forme. Waouh ! Maintenant, il allait devoir cesser. Même s'ils ne savaient pas qu'il les escroquait. Le jeu n'en valait pas la chandelle, c'est tout. Et puis, ça lui avait fichu une frousse de tous les diables. Il avait cru mourir sur place. Peu importe ce que Collingway dirait. Prendre ces foutus *nickels* qu'on lui avait mis dans la poche et les passer dans le compteur, point final. Le faire sonner. Ding, ding, ding. Payer au conducteur son soda, ses clopes et son sandwich avec son propre fric. C'était mieux comme ça. Ne communiquer à personne le montant réel de la recette, le diminuer de deux dollars. Toutefois, au regard en biais que lui décochait Collingway quand il prenait la parole, il voyait bien que celui-ci se doutait qu'il mentait. Est-ce qu'on allait le passer à tabac, ou quoi ? La troisième semaine d'août se termina.

Voilà l'un des exemples, songea Ira, l'une des diversions dont le récit pouvait très bien se passer, et qui, pourtant, ne manquait jamais, ou rarement, de recouper la vie réelle. Cela le frappa tandis qu'il méditait sur le passé. En effet, il se rappelait les matins d'été dans la rue, la 119e, les rayons obliques du soleil matinal qui effleuraient les avant-toits des immeubles et tombaient sur le trottoir, criblés de grains de poussière. La 119e Rue, crasseuse, misérable, moite dans l'été new-yorkais alors que le jour se levait à peine, les premiers rayons qui éclairaient les immeubles sordides bordant la rue encore silencieuse dans le petit matin.

Et puis voici Izzy Winchel, vaurien patenté et menteur invétéré, qui s'efforçait de persuader Ira de laisser tomber son boulot de receveur d'autobus pour quelque chose de plus lucratif et de plus excitant, une bonne combine, celle qu'Izzy avait dégottée : vendre des sodas au Polo Grounds pendant les matches. L'idée même lui donnait le frisson, la vente ambulante, crier le nom des différents parfums de sodas à tous ces gens, devant la foule des spectateurs, attirer l'attention sur lui, observé par des milliers de regards. Oh ! non ! Surtout pas.

« Tu peux te ramasser en deux jours ce que tu gagnes en une semaine dans ton autobus, tenta de le convaincre Izzy. Le week-end, les tribunes sont bourrées quand y'a deux matches. Ils sont tellement excités qu'ils te filent un billet de cinq dollars pour une bouteille de bière sans alcool et que tu leur rends la monnaie sur un dollar. Je l'ai fait un tas de fois.

– Non, je pourrais pas. J'ai pas assez de culot.

– Comment tu peux savoir ? Une fois que t'auras commencé, tu verras comme c'est facile. Si le type te rappelle, tu dis : "Oh ! excusez-moi, je me suis trompé." Le tout, c'est de te faire embaucher. Et là, je peux t'aider. Je connais Benny Lass – il est devant le stade, et c'est lui qui choisit les vendeurs. »

Pas moyen d'échapper à Izzy. Il était attaché à Ira pour des raisons que celui-ci ne comprenait pas – sauf, peut-être, parce qu'il allait au lycée et qu'Izzy avait abandonné ses études, parce qu'il était un crack en géométrie plane et qu'Izzy avait essayé de tricher aux examens de manière si flagrante qu'il s'était fait prendre et aussitôt flanquer à la porte, après quoi il avait laissé tomber le lycée, et peut-être aussi parce qu'ils étaient d'un tempérament si différent. Ira timide, Izzy effronté. Ira studieux, Izzy truqueur. Il ne savait pas. Peut-être qu'Izzy, tout fieffé coquin qu'il était, se sentait le devoir de protéger Ira avec son côté innocent et réservé.

« Allez, viens, insista Izzy. Je te ferai embaucher. Je te montrerai comment on fait. Va récupérer les cent dollars de ton père. Je sais ce que je dis. T'as intérêt à pas perdre de temps.

– Ah ouais ?

– On sait jamais ce qui peut arriver, c'est pour ça. Et puis, pour fourguer des sodas, t'as pas besoin de dépôt de garantie. On te file une veste blanche et un chapeau gratis. Je te parie que t'y seras pour les "World Series" de base-ball. Là, tu te fais une journée de salaire sans même t'en rendre compte. Et puis, oublie pas, tu vois les matches. Frankie Frisch, Babe Ruth, Gehrig, Ty Cobb, Walter Johnson, toutes les vedettes.

– Je raffole pas trop du base-ball, dit Ira, refroidissant l'enthousiasme d'Izzy avec un haussement d'épaules. Je suis qu'un amateur, tu le sais très bien.

– Dans ce cas, tu vendras encore plus, déclara Izzy, coupant court à toute nouvelle excuse. Mais t'aimes le football, pas vrai ? Y'a Notre Dame qui joue au Polo Grounds. Et aussi l'Armée. Et Cornell.
– Ah bon ?
– Et y'a aussi les combats de boxe. Tu te mets bien avec Benny Lass, et tu peux aller vendre au Madison Square Garden. Tu verras les champions : Benny Leonard, quel boxeur çui-là !, et puis Battling Levinsky, et p't-être même Dempsey. »
Le soir même, Ira annonçait :
« Je vais réclamer les cent dollars de caution.
– Uh-hum, fit Pa. Qu'est-ce qui se passe ? Pourquoi ? Il reste encore trois semaines avant l'école, non ?
– Tout le monde fauche – les receveurs, je veux dire, expliqua Ira, parangon de vertu. J'ai peur. Je ramène plus d'argent qu'eux.
– *Nou ?*
– Ça leur plaît pas. Y'en a un qui m'a dit, un salaud d'antisémite, si tu continues à attirer l'attention sur nous, t'as intérêt à faire attention à toi.
– *Azoï ?* fit Ma. *Zol er gehargert ver'n.*
– Ah ! ils parlent, ils parlent, se moqua Pa. Occupe-toi de tes affaires, et il ne t'arrive rien. Je les connais, ces grandes gueules.
– Pour les trois semaines de paye qu'il a encore à rapporter à la maison, inutile de lui faire courir des risques. Ils commencent comme ça, et après ils vont l'embêter encore plus. Je m'en passerai.
– Izzy Winchel m'a dit qu'il pourrait me trouver un travail au Polo Grounds.
– C'est quoi, ça ?
– Un stade, où on joue au base-ball.
– Base-ball ? Et quel rapport ? demanda Ma.
– On y vend des sodas, expliqua Ira avec irritation. Dans des bouteilles – tu sais donc pas ? Avec un tas de parfums.
– Ah ! tu vas faire le camelot.

– Pas le camelot ! On appelle ça des vendeurs ambulants.

– Va pour vendeur ambulant, concéda Ma. *Abi gesund.* Et cette fois, pas de bagarres, pas de vols. Que Dieu m'entende !

– Qu'il en soit ainsi, décréta Pa. Mais va d'abord récupérer mes cent dollars, et sans perdre une minute.

– Non, j'attendrai mon jour de congé. »

C'était jeudi. Il se présenta de bonne heure devant le guichet.

« Qu'est-ce que tu fais là aujourd'hui ? » s'étonna le plus jeune et le plus accommodant des deux caissiers, Lenahan, cheveux bruns, décontracté, en soufflant un filet de fumée.

Les deux receveurs en « renfort » qui demeuraient au bureau en cas de problèmes écoutaient d'une oreille distraite.

« Je quitte ma place. Je suis venu chercher mes cent dollars.

– Tes quoi ?

– Mes cent dollars de caution. C'est à mon père.

– Pourquoi tu veux t'en aller ? Tu te débrouilles très bien et on apprécie ton travail », intervint Hallcain, son collègue, un type mince qui dissimulait son regard vif sous une visière verte.

La question prit Ira au dépourvu. Pourquoi ne l'avait-il pas anticipée ?

« Je… »

Devait-il parler du stade ? Des sodas ? Ils pourraient essayer de le persuader de rester.

Derrière le caissier, Mr. Hulcomb, installé à son bureau, avait suivi la conversation. Ira percevait leur désapprobation qui frisait l'hostilité et pesait sur lui comme une menace.

« Je… je retourne à l'école », dit-il, saisissant la première excuse venue.

Le patron se leva pour prendre l'affaire en main.

« Qu'est-ce que tu dis ?

– Je retourne à l'école.
– Tu choisis bien ton moment pour nous l'annoncer ! grogna Mr. Hulcomb en fronçant ses épais sourcils noirs qui semblèrent se rejoindre sur son front plissé. Pourquoi tu ne nous l'as pas dit dès le départ ? On ne t'aurait jamais embauché. Tu nous as raconté des salades, hein ?
– Non. Je savais pas que j'allais y retourner. C'est ma mère qui veut. Moi, je voulais pas. »

Mr. Hulcomb ne tint aucun compte de ce qu'Ira venait de dire. Les lèvres pincées, il réprimait sa colère.

« Engagez des Juifs, et voilà ce que vous récoltez. Pas de préavis, rien. À chaque fois, ils vous laissent tomber du jour au lendemain.
– J'y peux rien. » Ira baissa la tête avec un air de chien battu, espérant seulement que Mr. Hulcomb ne s'apercevrait pas de son mensonge en lui rappelant que la rentrée scolaire n'avait lieu que dans trois semaines. « J'ai mon reçu. Vous m'aviez dit que je pourrais reprendre mon argent dès que je partirai. C'est pour ça que mon père a accepté de me le prêter. »

Il n'avait pas besoin de regarder autour de lui pour savoir que maintenant les deux receveurs en renfort assis sur le banc suivaient attentivement la conversation. Et Mr. Hulcomb aussi le savait. Presque comme si la consternation provoquait une petite tornade invisible qui les jetait les uns sur les autres, le patron et les deux caissiers se rapprochèrent pour se concerter à voix basse, puis parurent parvenir rapidement à une décision. Mr. Hulcomb retourna à son bureau.

« Très bien, Stigman. On n'est pas passés à la banque ce matin. Reviens cet après-midi, vers quatre heures, déclara Hallcain qui rajusta sa visière verte d'un geste qui se voulait rassurant. On aura ton argent. »

Ira lui-même avait compris, ou crut comprendre. À quatre heures, la première équipe aurait déposé sa recette, et la compagnie serait en mesure de lui rembourser ses cent dollars. Il préférait cependant ne pas se livrer à des hypothèses, ne pas s'interroger. Il se sentait déjà assez inquiet comme ça. Tout ce qu'il voulait, c'était récupérer les cent dollars de Pa.

Il attendit qu'il soit presque cinq heures afin de leur laisser le temps de réunir l'argent. Lorsqu'il entra dans la petite pièce malodorante, il n'y trouva que Hallcain, assis derrière le comptoir, ses mèches de cheveux blondasses clairsemés séparées par le bord de la visière. Allait-il lui dire de revenir demain ? Et marquer ainsi le signal de sa piteuse retraite, son retour à la maison, l'aveu de son nouveau fiasco à Pa, ses pleurnicheries, prélude à toutes sortes de malédictions, d'invectives, d'ennuis...

S'approchant du guichet, il produisit son reçu qu'il posa sur le comptoir à côté de son insigne. À son immense joie, qu'il s'efforça de dissimuler, il vit Hallcain compter cent dollars en billets de cinq et de dix, puis, l'expression à la fois sévère et péremptoire, pousser l'argent vers lui. La somme devait représenter une bonne partie de la recette. De toute façon, quelle différence, du moment que ça faisait cent dollars ! Ira prit les billets et remercia avec ferveur. Pour une fois, il allait pouvoir pénétrer fièrement dans la cuisine en déclarant : « Tiens, Pa, voilà ton argent. » Et pour une fois, cela se passa ainsi.

Ma le couvrit de bénédictions :

« *Zollstu gebensht ver'n.* »

Et Pa, comptant l'argent :

« Pour une nouveauté, c'est une nouveauté ! Quelque chose qui se termine bien, pour changer. Ça mérite une *shékhiouni*. Oh ! oui. On aura au moins vécu ce jour.

— Et en plus de ses vêtements pour l'année à venir, il a acheté un ballon dont il rêvait depuis... depuis des mois, dit Ma en se balançant pour marquer sa satisfaction. Et puis un maillot de bain avec un haut blanc en laine. *Nou.*

— Et largement contribué à accroître tes économies pour ton manteau d'astrakan, ajouta Pa d'un air railleur tout en rangeant les billets selon leur valeur dans son portefeuille noir. Et quel intérêt j'y trouve, moi ? Dix semaines, ou pratiquement dix semaines à vingt dollars dans ton tiroir-caisse ! Je devrais obtenir un petit rabais sur l'argent que tu m'extorques chaque semaine.

— Va te faire enterrer », répliqua Ma, visiblement froissée.

CHAPITRE V

Dès le week-end qui suivit la fin de sa carrière de receveur, Ira, poussé par Izzy Winchel, se rendit au Polo Grounds. Ils se retrouvèrent sur la 119e Rue vers neuf heures du matin, d'où ils partirent ensemble d'un bon pas en direction du métro aérien de la 116e Rue. Ils prirent le train du Bronx et, après avoir franchi la Harlem River, ils changèrent pour arriver au stade. Il devait donc y avoir à l'époque une correspondance qui permettait d'aller de la Troisième Avenue à la partie ouest du Bronx. Ils descendirent l'escalier donnant sur le trottoir en dessous de la station, rendu plus lugubre encore par la présence du mur gris du stade qui se dressait, sinistre et inquiétant le matin, alors que plus tard dans la journée, une fois les guichets ouverts, le soleil plus haut dans le ciel, les supporters faisant la queue en une foule compacte et impatiente, prêts à se ruer à l'intérieur pour occuper les meilleures places, cette première impression d'austérité se dissipait. Ira et Izzy se joignirent à une petite bande d'aspirants vendeurs qui lisaient le journal, affalés contre le mur, ou bien traînaient près de l'entrée sombre du stade devant laquelle était posté un garde en uniforme, un homme d'un certain âge, à la forte carrure et aux cheveux gris, dont le visage buriné n'exprimait rien sinon la gravité de celui qui attend patiemment son heure.

« C'est le vieux Rube Waddell, dit Izzy avec une trace d'admiration dans la voix.

— Qui ça ?

– Le gardien. Ils lui ont refilé ce poste quand sa carrière s'est brisée. T'as entendu parler de Rube Waddell ?

– Non. C'est qui ?

– Un lanceur. Et un sacré bon lanceur en son temps ! »

Les yeux bleu clair d'Izzy brillaient. Le nez crochu, le menton fuyant, hâbleur, il demeurait toujours imperturbable, même pris en flagrant délit de mensonge ; le base-ball et les lanceurs étaient le seul domaine où il manifestait une certaine sincérité. Il était également d'une effronterie sans égale qui, parfois, le servait. Quelques minutes après leur arrivée, Benny Lass, portant la veste blanche et la casquette blanche à visière des vendeurs, apparut, et se vit aussitôt entouré par la petite foule des candidats. C'était lui qui les choisissait et qui, plus tard, en tant que responsable des vestiaires, leur fournissait une tenue blanche identique à la sienne. Le verbe haut, juif, les traits anguleux, toujours l'injure à la bouche, violent et tyrannique, il retenait en premier les habitués, les « anciens » qui travaillaient à l'occasion de chaque match. En échange, ils devaient se présenter aussi bien pour les rencontres qui, on le savait par avance, n'attireraient pas grand monde, « pas un chat », que pour celles qui se jouaient à guichets fermés les jours fériés et les week-ends, quand se déroulaient deux matches à la suite ou bien des parties décisives.

Izzy, un vétéran du métier, assuré d'être engagé, se contenta de remorquer un Ira plutôt réticent.

« Hé ! Benny, c'est un copain à moi. Donne-lui une chance, d'acc ? Je réponds de lui. »

Benny jeta un regard perçant à Ira derrière ses lunettes, puis il se tourna vers Izzy :

« Tu réponds de lui, petit salopard ? Voleur ! Escroc ! Tu filouterais ta propre grand-mère, espèce de putain de voyou !

– Allez, donne-lui une chance, répéta Izzy qui avait essuyé toute la tirade sans sourciller. Il habite ma rue.

Je le connais. Il bossera dur. Tu vois bien qu'il est pas du genre à faucher. Allez, prends-le. »

Après avoir murmuré son assentiment accompagné de quelques obscénités bien senties, Benny, d'un geste du pouce, fit signe à Ira tremblant mais ravi – et surpris – d'entrer.

« Tu vois, j'te l'avais dit », fit Izzy en passant devant.

Ils s'enfoncèrent dans l'ombre sous les tribunes où chacune des sorties qui se présentaient à intervalles réguliers offrait un aperçu sur le terrain de base-ball, le diamant, comme on l'appelait, les gradins, l'herbe verte et un coin de ciel où flottaient les drapeaux.

D'autres vendeurs les rejoignirent. Ils accélérèrent le pas et finirent par déboucher dans une vaste salle humide et voûtée, une sorte de dépôt, de fait le dépôt principal, ainsi qu'Ira devait l'apprendre un peu plus tard, une immense pièce à usages multiples où la première chose qui frappait était l'odeur des cacahuètes grillées ou en train de griller. Ensuite on voyait une bande hétéroclite de futurs vendeurs – des jeunes pour la plupart – installés autour de grands paniers en osier remplis à ras bord de cacahuètes, qui ressemblaient beaucoup à ceux de Park & Tilford où l'on rangeait les produits d'épicerie avant de les charger dans les camions de livraison. Des hommes et des garçons, peut-être six ou sept, entouraient chaque panier et ne cessaient de bavarder tout en mettant les cacahuètes en sac.

Ira emboîta le pas à Izzy qui se dirigeait vers l'un des paniers autour duquel il y avait le moins de monde, puis il s'installa à côté de lui et s'efforça d'imiter ses gestes. De petits cylindres d'acier servant de mesure, des espèces de pelles, étaient posés sur le tas de cacahuètes fraîchement grillées. Une mesure par sac, telle était la règle, quoique certains vendeurs, « et puis merde ! » disaient-ils, afin de briser la monotonie, ajoutaient quelques cacahuètes pour voir combien on pouvait en mettre dans un sac tout en arrivant encore à le fermer. Les sacs étaient petits, de couleur marron, et une fois qu'on les avait remplis, on repliait le haut pour former deux petites « oreilles » de minuscules pointes de papier qu'on saisissait entre le pouce et l'index avant de faire tournoyer le sac pour le fermer. Après quelques minutes, Ira eut le bout des doigts irrité à cause du frottement.

On passait le temps à jacasser, entouré de cacahuètes chaudes (dont Ira commença bientôt à être écœuré, tant leur quantité paraissait inépuisable). On parlait des clubs et de leur position dans le championnat, des joueurs et de leur pourcentage de réussite à la batte, de balles tire-bouchon, papillon ou à effet, de balles rapides, du coup en bouteille de Heinie Groh, des *home-runs* de Babe et du bras de Meusel. Après, on se demandait quel serait le nombre de spectateurs, qui aurait la chance de vendre des cacahuètes ou des glaces, et qui serait une fois de plus condamné aux sodas – et quels parfums partiraient le mieux. C'était l'occasion pour Ira de regarder un peu autour de lui.

La salle était éclairée par la faible lumière qui tombait de plusieurs hautes fenêtres ainsi que par quelques ampoules électriques. Contre un mur, il y avait une longue cuve en métal habillée de bois et remplie de glace pilée dans laquelle s'entassaient des centaines et peut-être même des milliers de bouteilles de soda – de toutes les teintes, depuis l'orange jusqu'à l'acajou de la salsepareille. À l'extrémité de la cuve s'empilaient des plateaux métalliques où l'on rangeait les bouteilles de soda, divisés en petits casiers, semblables à ceux dans lesquels Pa livrait autrefois le lait. Alignés le long des murs, ou éparpillés dans la salle, on apercevait aussi différents ustensiles et équipements destinés à préparer la nourriture et les boissons pour les supporters. Il y avait des paniers étroits contenant à un bout une plaque rectangulaire nickelée. Une sorte de double bac où l'on conservait les hot-dogs au chaud, lui expliqua Izzy qui ajouta d'un trait, désignant le tas de paniers à provisions ordinaires jetés pêle-mêle à côté des autres :

« Ça, c'est pour les *shleppers* – quand ils ont fini de vendre les feuilles de marque à l'entrée. Et pour les mômes irlandais aussi, les chouchous à Harry M. Stevens, ceux de son église.

– Qu'est-ce que tu veux dire ?

– Leur boulot, c'est de la tarte, répondit Izzy en piochant dans le tas de cacahuètes avec la petite pelle. Y'a pas plus fastoche. Une centaine de sacs par panier, une *dime* le sac. Et ça pèse pas lourd du tout. Rien à voir avec vingt bouteilles de soda à quinze *cents* la bouteille. »

Il avait déjà prévenu Ira que, comme lui, il vendrait des sodas.

« Ouais, mais qu'est-ce que tu veux dire par *shleppers* ?

– C'est les vrais habitués. Ils débarquent de bonne heure le matin, expliqua Izzy. Tu vois, y'a pas qu'un seul endroit où tu peux te réapprovisionner quand t'as liquidé un plateau de sodas – je te montrerai plus tard. Y'en a un à chaque bout des tribunes, et aussi en haut. T'as pas vu les tribunes du haut ? Tu vas pas cavaler jusqu'ici chaque fois que ton plateau est vide. Je te ferai faire le tour tout à l'heure. Je te montrerai. Et puis les gradins aussi. C'est nul.

– Comment ça ?

– Les gradins, les places les moins chères. La plupart du temps, tu te fais pas un radis, sauf des fois, à force de rester en plein soleil, ils ont quand même soif. T'arrives à leur fourguer quelques bouteilles – hé ! quoi ? encore des cacahuètes ? »

Un cri général de protestation s'éleva :

« Dis donc ! je croyais que c'était fini !

– Le dernier, dit l'un des deux hommes qui avaient poussé la panière sur un chariot.

– Le dernier, mon cul, répliquèrent-ils en chœur. Pourquoi vous l'avez pas amené avant ?

– On vient juste de finir de les griller. »

Les manutentionnaires, des hommes d'âge mur, calmes et pondérés, paraissaient tous deux être juifs, et celui qui venait de parler avait même un accent yiddish. L'autre reprit :

« Qu'est-ce que vous voulez ?

— Putain de *shleppers*, dit Izzy. Tu vois ce que je veux dire ?

— Allez ! Allez ! Toi, toi et toi, aux paniers vides. » La voix de Benny Lass claqua comme un coup de fouet en désignant ceux qui devaient préparer de nouveaux sacs de cacahuètes. « Aucun de vous, bande de voyous, ne sortira d'ici avant que ce soit terminé – sinon, pas de veste blanche.

— Merde ! » protestèrent les intéressés qui, cependant, s'exécutèrent à contrecœur.

Il n'avait nommé ni Izzy ni Ira.

« C'est ça qu'ils font ? demanda ce dernier.

— Les *shleppers*, c'est les fidèles, répondit Izzy. Comme les manutentionnaires. Ils arrivent tôt et rangent les bouteilles de soda dans les cuves installées tout autour du stade, et après, ils les recouvrent de glace. *Shleppers*, tu sais ce que ça veut dire ? Des fois, quand y'a deux matches, ou pendant les "World Series", même nous on aide à *shleppen*. Mais ces salauds, c'est eux qui récoltent les feuilles de marque. Tu connais ? Avec le nom de tous les joueurs dessus ? Ça part comme des petits pains. Un *nickel* pièce, et ils en ont chacun des centaines quand les supporters font la queue aux guichets. Et après, y vendent les cacahuètes, et ça, c'est du billard ! Ou des cornets de glace. Les petits plateaux près de la porte. Y se crèvent pas le cul pour rien, fais-moi confiance ! »

Ira commençait à comprendre. Les petits plateaux près de la porte !

« C'est là-dedans qu'on met les glaces ?

— Ouais. Quinze *cents* chaque. Comme les sodas. Attends un peu de voir Moe à l'œuvre, dit Izzy avec un large sourire.

— Ah bon ?

— Ouais, avec ses glaces. Des fois, y fait les cacahuètes après les feuilles de marque, mais quand c'est les glaces, il... tu verras. Il est tout petit, avec un pif crochu et de grands carreaux bleus, reprit Izzy en pouffant de rire. Tout le monde le connaît.

— Tu parles de Moe ? intervint le vendeur occupé à ensacher des cacahuètes à côté d'Ira, un garçon au teint basané, vif et agile. Ce fumier, ce bouffeur de chattes, tu l'as déjà vu à la plage ? C'est toujours là qu'il est fourré quand y'a pas de match.

— Ah ouais ?

— Y nage jamais. Y reste allongé sur le sable. Putain ! pour en voir, il en voit des chattes à travers les maillots de bain !

— C'est du Moe tout craché, ça », confirma Izzy. Puis, se tournant vers Ira : « C'était un *shlepper*, et un pain de glace lui est tombé sur le pied. Il a toutes les veines. » Il reprit à l'intention de l'autre : « C'est un vrai champion avec les glaces, hein Steve ?

— Je comprends pas pourquoi Walsh lui en file. Il en ramène la moitié fondue, dit Steve en faisant tournoyer un sac de cacahuètes pour le fermer. Putain ! jura-t-il en lançant des regards mauvais autour de lui. Je croyais qu'on aurait déjà fini et qu'on aurait eu le temps de taper un peu dans la balle.

— Ils doivent espérer la grande foule », risqua Izzy.

Les vendeurs s'affairèrent autour des paniers et bientôt le travail fut enfin terminé. Ils étaient libres. Il était environ onze heures et demie. Ils se précipitèrent hors de la vaste salle en se bousculant.

« C'est là que tu dois revenir prendre tes jetons », dit Izzy en désignant le grand comptoir en zinc avec des tiroirs en dessous et une espèce de lourde herse devant.

Pendant toute l'opération de remplissage des sacs, Ira avait eu le dos tourné au comptoir qui était adjacent au passage par lequel ils étaient entrés.

« Des jetons ?

— Plus tard. Quand y t'appellera. T'attends devant, dit

Izzy comme ils débouchaient dans la pénombre qui régnait sous les tribunes. Je te montrerai. Maintenant, on va chercher notre veste blanche et notre casquette. Sinon, on peut plus rentrer. Tu piges ? »

Ira le suivit dans les vestiaires sur lesquels veillait Benny Lass. Les vendeurs, échangeant insultes et imprécations, s'agglutinèrent devant le comptoir cependant que Benny distribuait les uniformes. La casquette d'Ira était trop petite.

« Je vais aller te la changer, se proposa Izzy. Hé ! il lui faut du sept pouces un quart, Benny, dit-il en tendant la casquette.

– Pourquoi il l'a pas demandé ? Enfin, bordel ! il est muet ou quoi ? Tu parles d'un vendeur à la gomme ! T'as une langue, nom de Dieu !

– Je savais pas.

– La prochaine fois, tu seras servi le dernier », dit Benny en lui lançant une casquette blanche de la bonne taille.

Qu'est-ce qu'il disait à sa femme, déjà, à son épouse adorée ? Non, au contraire de ce qu'il avait cru en entendant tourner joyeusement la machine, elle n'était pas devant le lave-linge installé près de la porte de son bureau. Grâce à la technologie, les femmes n'avaient plus besoin de rester plantées à surveiller le déroulement des opérations. Les machines étaient informatisées et, une fois mises en route, elles entamaient leurs différents cycles de leur propre chef, rinçage, égouttage et puis arrêt.

Qu'est-ce qu'il lui avait dit ? Il faisait une digression. Bon, alors digressons au sein de la digression. Craignait-il de ne pas revenir au sujet principal ? Oh ! le passé était bien là, non pas une masse inerte, certes, mais encore malléable, quoique dans certaines limites. Après lui avoir dit ce qu'il lui avait dit, elle avait murmuré pour elle-même, enfin, presque pour elle-même : « Je ne supporte pas quand tu commences à être déprimé. Dans ces cas-là, je le deviens à mon tour. Je veux que tu sois heureux. » Ah ! épouse chérie… si imbriquée en lui, et lui en elle. Que feraient-ils l'un sans l'autre ? Elle était assez solide pour lui survivre. Et lui, comment réagirait-il en pareille circonstance ?

Il préféra ignorer la question, reconnue trop difficile, et penser plutôt au déjeuner composé de thé, de toasts, de beurre de cacahuètes et de marmelade de pommes. Ira avait dit :

« Pour ma rédaction de première année, celle du second semestre, j'avais écrit quelques pages sur mon expérience d'apprenti plombier. Le professeur les a jugées dignes de figurer dans le *Lavender*, le magazine littéraire de CCNY. »

« Quel âge avaient tes professeurs ? » demanda M.

« L'un, Dickson, devait approcher de la trentaine, je pense. Il m'a gratifié d'un "médiocre". Quant à Kieley, il était plus âgé, autour de la cinquantaine, peut-être. Mais aux cours de composition anglaise de deuxième année, tout a changé. Pour nos dissertations hebdomadaires, on nous demandait des descriptions, et mes notes se sont brusquement améliorées. Mr. Kieley – il me semble qu'il était spécialiste d'Edgar Poe, et peut-être qu'il avait aussi un faible pour la bouteille – se levait et déclarait : "Une fois de plus, la vedette de la classe nous a fourni un bel exemple de description." Il parlait de moi. Alors, explique-moi pourquoi ils n'ont pas encouragé l'étudiant que j'étais ? À dix-neuf ans, n'oublie pas combien j'étais encore proche de tout ça : le receveur d'autobus, le vendeur de sodas au stade. Et pour peu qu'on m'ait soutenu, stimulé, j'aurais pu trouver des centaines d'autres sujets pour mes dissertations, et peut-être même pour des saynètes vendables. »

« Les professeurs travaillent dur, dit M. Il ne leur restait peut-être pas assez d'énergie pour toi. »

« Non, je ne crois pas que c'était ça. Quand CCNY m'a remis la médaille Townsend Harris pour mes éminents talents – et pour une médaille, c'était une médaille ! –, j'ai dit que j'espérais qu'ils n'avaient pas laissé d'autres types patauger autant que moi. À cet âge-là, en général, on n'agit pas de manière autonome, on manque de confiance en soi ;

l'inverse n'est vrai que pour l'écrivain ayant acquis une certaine maturité. À cet âge, à moins d'être un prodige, on a besoin d'orientations, de thèmes définis, de projets. »

« À Chicago, on nous a appris une chose, dit M. Comment rédiger un exposé. Comment ordonner nos pensées et éliminer le superflu. »

« J'aurais été perdu, dit Ira. Je n'ai jamais appris ça. »

Ah ! De retour à son bureau, il rejeta la tête en arrière et se livra à quelques vocalises. Il ignorait pourquoi, un mélange de regret, une exclamation chargée des jours et des années passés, une protestation et une invective contre le temps, l'abstraction du passé.

Se sentant emprunté dans son uniforme blanc de vendeur, Ira entraîna Izzy hors du stade. Ils avaient une ou deux heures de liberté devant eux, que la plupart mettaient à profit pour déjeuner. À quelques rues de là se trouvait le restaurant que fréquentait la majorité des vendeurs. L'établissement comportait également un bar où l'on ne servait rien de plus fort que la « presque bière » alcoolisée à un demi-degré maximum. Il y avait des nappes blanches, des serveurs, une vaste salle de restaurant dont les murs s'ornaient de cornes de bison – ainsi que d'une grande reproduction de *La dernière bataille de Custer,* où le dernier carré des Tuniques bleues tentait en vain de repousser des hordes de guerriers indiens, torse nu ou vêtus de peau de daim à franges, qui, dans l'ivresse de la victoire, brandissaient leurs tomahawks ou arrachaient le scalp sanguinolent et trop réaliste de leurs ennemis tombés au combat. Custer, pour sa part, se tenait droit et fier, le pistolet et l'épée à la main. Les têtes scalpées ressemblaient à de gros morceaux de viande crue.

Ira commanda comme d'habitude un repas frugal, un sandwich au rosbif et un verre de presque bière. Après avoir fini, et laissé un *nickel* de pourboire, il retourna au stade avec Izzy, ou plus exactement en face du stade.

Le soleil maintenant haut dans le ciel donnait sur un terrain vague qui servait de parking. Vide pour une heure encore – moment où il leur faudrait de nouveau se présenter au stade –, il se prêtait à merveille à une partie de balle. Trop conscient de sa maladresse, Ira demeura à l'écart, alors qu'Izzy joua, de même que le type brun avec qui ils avaient préparé les sacs de cacahuètes, le nommé Steve, qui n'était pas originaire de Porto Rico mais des Philippines, comme le lui apprit Izzy. Ancien boxeur poids léger, c'était un vendeur agressif et digne de confiance, promu cette saison à la vente des cacahuètes. Il frappait la balle, ou courait après, avec la même pugnacité qu'il mettait en tout, que ce soit à préparer les sacs de cacahuètes ou à les lancer à un supporter au milieu d'une rangée de spectateurs – et avec la même concentration dont il faisait preuve pour attraper la *dime* qu'on lui lançait en retour. Ira se surprit à se demander ce qu'un Philippin seul, ou apparemment seul, pouvait bien fabriquer à New York. Il eut cependant assez de bon sens pour ne pas poser la question.

Sur le terrain où ils jouaient, on distinguait encore les vestiges de petits immeubles comportant ce type d'appartements très profonds qu'on appelait en « wagons de chemin de fer », et qui avaient été rasés pour faire place au parking. Le seul bâtiment qui restait, dominant les lieux, était un immeuble crasseux de cinq étages en forme d'haltère qui, maintenant isolé, présentait un mur de briques criblé de mortier presque en ruine, et aveugle à l'exception des quelques fenêtres dans les renfoncements des puits d'aération disparus. Et là, agglutinés devant les ouvertures, à chaque étage, des Noirs, hommes, femmes et enfants, contemplaient le spectacle qui se déroulait en bas.

Bien qu'Ira n'accordât que peu de signification à cet environnement, peu de signification sociale, et n'essayât pas, même consciemment, de se le remémorer, il demeurerait gravé dans son esprit, préservé par le contraste ou le pathétique infus – ou simplement par l'esthétique inhérente.

Le mur inégal, constellé de mortier, d'où les briques d'un mur adjacent avaient été à l'évidence arrachées, formait une surface nue d'une teinte rouge grisâtre. Ouvrant sur l'El, la rue et le stade, une rangée verticale de fenêtres occupées par des visages noirs s'élevait jusqu'au toit. Et en bas, dans la poussière du parking encore désert, les vendeurs ambulants de Harry Stevens, en uniforme blanc, jouaient au base-ball.

En face, sous la voie de l'El, les spectateurs faisaient déjà la queue devant les guichets. Les portes ne s'ouvriraient que dans une heure – moment où les vendeurs devraient arrêter de jouer pour rejoindre leur poste. De fait, ils se rassemblaient devant le comptoir où on leur donnait leurs affectations et leurs « jetons ». Ira suivit de nouveau Izzy vers la grande herse de bois, maintenant abaissée, derrière laquelle, le crayon à la main, un bloc de papier posé devant lui, trônait Walsh, l'Irlandais responsable des opérations, un homme d'une trentaine d'années dont le nez témoignait d'un passé de boxeur. Près de lui se trouvait Phil, son assistant, un Juif au teint cireux, fumeur invétéré, qui expectorait sans cesse, et avec bruit, un flegme jaunâtre qu'il crachait par terre. De l'autre côté, dans la pénombre qui régnait sous les tribunes, la bande de vendeurs en veste blanche, alignés en demi-cercle, attendaient les marchandises que Walsh et Phil leur confieraient pour la journée. On leur remettait également une grande carte-menu sur laquelle étaient imprimés en caractères gras les différents produits ainsi que leur prix ; chacun la fixait sur sa casquette, au-dessus de la visière. On leur distribuait en même temps un badge numéroté et une petite pile de « jetons », dix en tout, de petits carrés d'aluminium échancrés, estampillés « $1 » et maintenus par un élastique.

On commençait par ceux qui vendaient les articles les plus populaires et les plus demandés. En premier venaient donc les vendeurs de cacahuètes, pour la plupart des gamins irlandais, suivis par les vendeurs de glace et de hot-dogs. Les derniers servis, et qui formaient la majorité, étaient les vendeurs de sodas, les plus bas sur l'échelle de la profession. Et au sein de cette catégorie, on appelait d'abord les anciens les plus dynamiques, qui pouvaient ainsi remplir leurs plateaux avant les autres et se mettre au boulot un peu plus tôt. Izzy figurait à peu près au milieu, mais il attendit jusqu'au bout en compagnie d'Ira et de deux ou trois novices afin de se porter garant de son ami. Ira était maintenant équipé, sauf en courage, pour affronter le monde des supporters de base-ball en criant, comme Izzy le lui avait appris : « Boissons fraîches ! Boissons fraîches ! »

Il restait un quart d'heure avant l'ouverture des portes. Les sièges verts des tribunes, encore inoccupés, formaient une immense tache de couleur tout autour du stade, depuis les loges en bordure du terrain jusqu'aux gradins supérieurs. Après avoir choisi leurs rangées, Izzy et Ira rejoignirent les autres vendeurs en veste blanche dispersés le long du filet de protection pour regarder les Giants finir de s'échauffer. McGraw était avec eux – qui n'aurait pas reconnu sa silhouette boursouflée engoncée dans sa tenue comme si on l'avait injecté à l'intérieur ? « Bravo, Kelly ! » hurlèrent quelques-uns des vendeurs à l'adresse du joueur de première base des Giants. « Allez, les grands, expédiez-nous quelques balles par-dessus la barrière ! » Le cri fut repris par d'autres. On était bien, assis là à l'ombre alors qu'il faisait déjà chaud, et si proche des joueurs dans leurs maillots à rayures blanches qu'on pouvait observer leurs moindres gestes. Ira avait déjà vu évoluer de grandes équipes, mais jamais il n'avait été si près des vedettes pour admirer la grâce de leurs courses et de leurs lancers infaillibles – du receveur à la deuxième base, de la troisième base à la première. « Yeah ! » se risqua-t-il à crier, imitant les autres.

Une soudaine tension parut envahir le terrain ; les silhouettes sur le « diamant » s'immobilisèrent. Le regard mauvais, ses traits grossiers tordus par une colère qui semblait enfler à chaque pas, McGraw quitta ses joueurs et se dirigea vers la balustrade située devant les loges.

« On vous a sonnés ? Si vous la fermez pas un peu, les Juifs, j'vous fais foutre dehors. Et maintenant, fermez vos gueules ! »

Sur ce, il tourna les talons et rejoignit à grandes enjambées les joueurs restés près du filet. Ira n'oublierait jamais l'expression du jeune lanceur qui s'échauffait non loin. Les mots ne suffiraient pas à la décrire : un mélange d'embarras d'adolescent, d'excuse d'enfant, une attitude de respect contraint. Ira, Izzy et les autres demeurèrent quelques instants muets de stupeur avant de se lever pour aller ailleurs. Bien qu'abasourdi, couvant sa rancœur devant l'affront – et puis que l'entraîneur de la célèbre équipe des Giants s'exprimât comme un voyou ignorant issu des taudis, un dur de la 119e Rue ! –, Ira ne put s'empêcher de se demander ce que les gamins irlandais avaient pensé et ressenti en s'entendant traiter de Juifs pour la première fois de leur vie. Il essaya de s'imaginer l'impression de double rejet qu'ils avaient peut-être éprouvée. Ou l'identité indigne que l'épithète leur avait fait endosser l'espace d'un instant. Une chose au moins était sûre, il savait que tant qu'il vivrait il ne serait jamais un supporter des Giants.

Pour sa première journée de travail, il commença par charger son plateau en fer de vingt bouteilles de soda selon les indications d'Izzy : d'abord orange, puis citron, raisin, vanille, « root beer », salsepareille, des parfums qu'il choisit avec soin parmi l'amas de bouteilles enfouies sous la glace. Les vendeurs privilégiés, partis depuis un moment, revenaient déjà se réapprovisionner alors qu'il finissait à peine de remplir son premier plateau. Il paya le contrôleur posté devant la porte à l'aide de trois « jetons » de $1, et s'avança dans le tunnel d'un pas hésitant. Après l'obscurité étouffante qui régnait sous les tribunes, il déboucha dans le vaste crescendo de lumière illuminant le stade et les gradins où s'entassait une foule hurlante. Les yeux d'une multitude de spectateurs semblaient converger vers lui, devenu le point de mire de tous, et, paralysé par le poids de ces regards fixés sur lui, il ne parvint qu'à murmurer le plus faible des « Boissons fraîches ! », aussitôt emporté comme un pet sur une toile cirée, comme on dit. De fait, personne ne lui prêtait la moindre attention.

« Allez ! l'encouragea Izzy qui passait avec un plateau vide. Aie pas la trouille. Gueule ! Boissons fraîches ! Boissons fraîches ! » Il s'arrêta le temps d'effectuer sa démonstration, face à la foule, élevant hardiment la voix. « Sodas glacés ! Vite, vas-y, là-bas y'en a un ! exhorta-t-il Ira. Magne-toi avant que l'autre petit salaud soit descendu. Vas-y, cours ! cours ! »

Ira escalada les marches quatre à quatre.

« Quel parfum ? croassa-t-il d'une voix étranglée.
— Gingembre, t'as ?
— Non. Root beer, orange, vanille...
— Okay, va pour vanille. »

Il effectua donc sa première vente, décapsula la bouteille, demanda aux supporters du début de la rangée de la faire passer, récupéra un *quarter* par le même canal, et rendit de même la monnaie – ce qui déclencha la soif de certains des spectateurs assistant à la transaction, si bien qu'il vendit trois autres bouteilles.

Enhardi, pas tant par sa réussite que par la constatation que personne ne faisait attention à lui, il se mit à crier plus fort – ce qui, au demeurant, ne changea pas grand-

chose – jusqu'à ce que, de nouveau, un peu par hasard, au milieu de la foule, il entende :
« Hé ! t'as de l'orange ?
– Oui, monsieur. Oui, monsieur. »
Il avait beau s'égosiller, il constatait que les autres vendeurs possédaient en plus une sorte de magie dans leur voix, un élément qui forçait l'attention. Des supporters leur achetaient des bouteilles alors qu'il venait de passer dans leur rangée. Il était mou, il lui manquait quelque chose, mais quoi, bon Dieu ? Et Greeny (on disait qu'il allait à l'université), grand, maigre comme un clou, débordant d'énergie, qui semblait ne jamais se fatiguer, ni se décourager, ni se relâcher. Il avait liquidé quatre plateaux, tandis qu'Ira en était tout juste à son deuxième. La moitié des sodas de son premier plateau étaient déjà tièdes avant que le match ait commencé, et il avait dû retourner au dépôt, se les faire créditer à l'aide de jetons métalliques de moindre valeur, puis repartir avec un nouveau chargement de bouteilles fraîches, toutes perlées de rosée – ce qui accrut son assurance au point qu'il se sentit justifié à hurler son slogan. Proposer des boissons tièdes le gênait et l'intimidait. Un spectateur pourrait lui réclamer des explications. Les autres vendeurs, comme Izzy, se payaient d'effronterie et s'en foutaient royalement. Ils filaient dès qu'ils avaient encaissé l'argent. Lui, il n'avait pas le courage de se montrer d'une malhonnêteté si éhontée.

Car c'était une question de courage, se répétait-il, ou plutôt, c'était son manque de courage, et non les scrupules ou l'honnêteté, qui le retenait. De même que son manque d'agressivité, devait-il s'avouer, constituait le facteur essentiel de son peu de réussite dans le métier de vendeur ambulant. Il regarnissait son plateau avec des bouteilles fraîches au lieu de faire comme les autres et de fourguer les tièdes. Un vrai crétin, un lambin doté d'un bon naturel, voilà ce qu'il était. Et puis il traînassait, il était indolent. Il monta en haut des tribunes où se trouvaient le bar à bière sans alcool et le comptoir à hot-dogs, baissa les yeux sur les gradins remplis d'une masse compacte de supporters et, au-delà, sur le terrain de base-ball, la pelouse, et puis il s'éternisa, occupé à regarder, à écouter, à s'amuser, à rêvasser. Tout ce qu'il ne devait pas faire.

Mais il ne pouvait pas s'en empêcher. L'agitation et le tumulte, la façon dont la casquette de Frankie Frish s'envolait quand il plongeait sur la première base pour prendre le lanceur de vitesse, la façon dont l'arbitre jugeait la balle bonne comme s'il cherchait à intimider tous ceux qui se trouvaient à portée de voix, la façon dont une balle pouvait tomber juste entre le champ extérieur et le champ intérieur. Pas étonnant que ses sodas se réchauffent...

> Ira se gratta la tête d'un air méditatif. Il était parvenu à un point de divergence avec lui-même, une espèce d'embranchement sur le chemin de la narration. Pour clore le chapitre de son noviciat au Polo Grounds, il ne lui restait qu'à raconter ce qui était prévisible – et véridique.

À l'heure des comptes, presque à la fin de la partie, quand le plus résolu des vendeurs lui-même ne pouvait plus espérer trouver de clients, Ira avait vendu pour trente-six dollars de sodas, ce qui lui laissait trois dollars et soixante *cents*, à savoir dix pour cent de la somme, sa part pour la journée. Izzy, de son côté, en avait vendu pour plus de cinquante-cinq dollars, et Greeny pour près de soixante-dix, preuve de ce que la persévérance et la détermination permettaient d'accomplir, ou bien témoignage de la différence existant entre un bon et un mauvais vendeur (un seul avait fait moins qu'Ira, un gosse ayant sans doute préféré regarder le match). Après tout, Ira était un néophyte.

« Tu t'es pas si mal débrouillé que ça, dit Izzy pour l'encourager. Tu connais pas toutes les ficelles, tu

connais pas tous les endroits où tu peux te réapprovisionner. Y'en a aussi dans les gradins supérieurs, tu savais ? T'es grimpé là-haut, non ?
– Ouais. On pourrait dégringoler tellement c'est à pic.
– Des fois, t'arrives à te faire un bon paquet, là-haut », le rassura Izzy.

Ira avait donc gagné trois dollars et soixante *cents* pour sa première journée de travail, mais ce n'était pas tout. Ni lui ni les autres n'en avaient terminé. L'après-midi était déjà bien avancé, et il fallait encore ramasser les bouteilles vides dans les tribunes. Le match fini et les spectateurs partis, les vendeurs, chacun muni d'un panier, se virent assigner un secteur à ratisser deux par deux. Quant à Ira, il lui échut la tâche de collecter toutes celles abandonnées sous les sièges. Ce n'est qu'après qu'on l'autoriserait à quitter le Polo Grounds – si toutefois il voulait être réembauché le lendemain.

Ira eut l'impression d'être arrivé à l'endroit approprié pour clore ce chapitre, un endroit logique et satisfaisant. Il pourrait reprendre plus tard son documentaire sur l'expérience et la formation de vendeur débutant. C'était l'une des deux options ; l'autre était freudienne. Pour Ira, le choix paraissait simple : le freudien, son point fort, lequel avait sa préférence par rapport au social.

CHAPITRE VI

Ira se tenait dans l'allée tout en haut des gradins, d'où il observait les activités diverses qui se déroulaient en contrebas. Il repéra Izzy qui vendait ses sodas dans la tribune de gauche, Greeny qui escaladait les marches sur ses longues jambes grêles, et puis ce Juif rachitique, laid et désagréable, Moe, qui se voyait toujours octroyer une sinécure – les glaces ou les cacahuètes. Il commençait à se poser des questions. Pourquoi tant de Juifs ? Quel genre de symbiose pouvait-il bien exister entre eux et l'Irlandais, Harry M. Stevens, dont le règne seigneurial s'étendait sur tous les buffets du stade de baseball, du stade d'athlétisme et du champ de courses ? Eh bien, Harry M. Stevens avait sûrement appris depuis longtemps qu'il n'existait personne de plus entreprenant que les Juifs, ni personne d'aussi immunisé qu'eux contre la tentation de relâcher leurs efforts pour regarder le match.

Les affaires avant le plaisir, c'était ça. *Geld, geld*, l'argent, c'était ça aussi. Plus ils empochaient de commissions, plus Stevens s'engraissait. Il leur importait peu de savoir qui venait de marquer, qui avait triché pour toucher une base. Pourtant, comme toujours, il y avait l'exception, laquelle se nommait Eppie, diminutif d'Epstein, un homme de l'âge du grand-père d'Ira qui parlait encore avec un accent yiddish à couper au couteau, un *Litvak* qui se baladait tranquillement avec son panier à moitié rempli de cacahuètes. C'était un employé privilégié de l'entreprise Stevens, il venait quand ça lui chantait et n'avait de comptes à rendre qu'à Harry M. Stevens en personne. Selon la rumeur, il travaillait déjà avec Stevens lorsque celui-ci ne possédait qu'une modeste baraque devant le Polo Grounds à l'époque lointaine où, bien avant la Guerre, Christy Mathewson et Honus Wagner se trouvaient à l'apogée de leur gloire, où Walter Johnson pouvait expédier une balle rapide qui filait au-dessus de la plaque de but, pas plus grosse qu'un petit pois, et où les joueurs sautaient en douce par-dessus la barrière pour s'envoyer une bière.

Eppie était un supporter inconditionnel des Giants. Ce qui était difficile à croire : un vieil immigrant juif supporter des Giants ! (surtout après qu'Ira eut entendu McGraw insulter grossièrement les vendeurs !) Qui pourrait imaginer Zaïde dans la même situation ? Levant les yeux pendant qu'il était en train de *davenen*, de dire le *Mishnah* ou le *Minchah*, peu importe comment on appelait ça, pour s'inquiéter du dernier classement des clubs de base-ball ? Ira attendait plutôt ça de la part de la jeune génération de Juifs, la sienne. Il considérait normal qu'ils soient partisans de telle ou telle équipe, mais devant quelqu'un d'aussi vieux qu'Eppie, qui avait à peu près l'âge de Zaïde, il comprit avec un choc que le clivage, la séparation d'avec l'Orthodoxie, s'était produite des années auparavant. Et qu'un Juif de l'âge d'Eppie pût être un fan de base-ball, cela rendait le clivage plus spectaculaire, car on se rendait compte qu'il existait depuis longtemps et qu'il ne s'agissait pas d'un phénomène isolé et sans importance ainsi qu'il jugeait son propre refus, encore qu'assez vague, d'être juif. Il avait même cru être l'un des premiers – mais non ! ça durait depuis toujours.

Il vit Moe avec son gros nez qui s'avançait en boitant dans l'allée tout en bas, en réalité le passage entre les loges en bordure du terrain et la première rangée de sièges des tribunes. Il avait fini de vendre ses feuilles de marque. À chaque porte, les *shleppers*, parmi lesquels se trouvaient Benny Lass et Moe, avaient braillé à l'intention du flot de spectateurs qui entraient : « Qui a pas sa feuille de marque ? Sans feuille de marque, pas moyen de reconnaître les joueurs ! » Ensuite, Moe avait choisi les glaces. Il donnait l'impression de se cantonner à un secteur limité, comme s'il était tenu en laisse, quelques pas en boitillant sur la droite, une pause, puis retour vers la gauche, toujours en boitillant, le regard levé sous sa casquette blanche à visière. Ses lèvres formaient le mot « glace », mais on n'entendait rien au milieu du brouhaha, des cris, des acclamations et des sifflets, et, l'espace d'un instant, il resta comme figé au bout de sa laisse avant de s'en arracher et de s'éloigner.

Dans le soleil dont les rayons frappaient le plateau de glaces à la vanille, il paraissait osciller. Qu'est-ce qui n'allait pas chez lui ? À quoi rimait la plaisanterie qu'ils avaient lancée à son sujet autour du panier de cacahuètes ? Ira avait oublié de poser la question à Izzy. Moe, il s'appelait. Ça, il s'en souvenait. Curieux, et se sentant coupable d'avoir traîné si longtemps, Ira descendit les marches, proposa consciencieusement ses sodas, puis, arrivé en bas, se dirigea vers l'endroit des tribunes où Moe s'était attardé. Pourquoi ? Il n'avait rien vendu. Sans cesser de s'interroger, Ira effectua le même trajet que lui avant de revenir sur ses pas. Moe avait gardé les yeux levés. Il l'imita, et soudain, le vertige, le souffle coupé. La femme, pas très jeune, la quarantaine, pas très belle, plantureuse – est-ce qu'elle faisait exprès de rester assise les jambes écartées ? La chatte. Le mot lui vint involontairement à l'esprit. Une chatte rouge nichée au milieu d'une touffe noire, qui le submergea de désir, qui le plongea dans un abîme, au bord de l'évanouissement. Comme Moe, il crut qu'il ne pourrait plus s'en arracher, mais il le fallait, il le devait. Secret volé, regard furtif, le mal qui... il reprit son chemin, tête baissée, accablé, en proie à une espèce de fureur. Quoi ? là, au pied des tribunes bondées ! Voyez le genre de type qu'il était ! Où ça le conduisait, où ça l'entraînait, comme la manière dont tout avait commencé, le même sentiment qui s'y mêlait, pas comme faucher des stylos en argent, mais au-dedans de lui, comme sa volonté, la chose qu'il voulait. Comme ça, rôder, assaillir, oh ! mon Dieu ! pourquoi avait-il fallu qu'il entende parler de Moe, qu'il le voie faire ? Pourquoi toujours ce maudit malheur qui l'attirait, comme s'il y était condamné. Seigneur ! Mais que c'était excitant, que c'était excitant !

Moe s'approcha, boitant bas à cause de son pied infirme, son grand nez juif projeté en avant — et ses yeux, comme s'il souffrait, bordés de rouge, d'immenses cercles violets maladifs qui semblaient entourer une tristesse insondable. Les boules de vanille invendues, à moitié fondues, pareilles à des crachats, commençaient à dégouliner le long des cornets. C'était uniquement pour ça qu'il vendait des glaces, et qu'il vivait. Mon Dieu ! pauvre Juif laid et estropié. Mais tu es bien pire que lui...

« Hé ! p'tit ! T'as un soda au raisin bien frais ? »

La réalité, la bonne réalité tonitruante américaine le rattrapait, venue de trois rangées au-dessus.

« Au raisin ? Ouais. Hein ? Un soda au raisin ? »

CHAPITRE VII

Il retrouva avec plaisir la routine électronique de l'ordinateur, et enregistra la date, l'heure ainsi que le code d'impression sur quatre-vingts caractères. Ecclesias, son ami, et son « équipement de survie », l'aida à revenir du passé – c'est la manière la plus simple de le formuler –, à revenir de cette confusion complexe, de cette perte, de cette angoisse, de cette frustration des années d'avant M, et même d'après, de ces années, ces longues années de lourde dépression et de désuétude littéraire dans le Maine. Des années interminables d'immobilisme. Il y avait longtemps, des mois et des mois, qu'il n'avait pas ressenti cela, mais une nouvelle fois, comme si souvent par le passé, un ensemble de circonstances l'avait ramené à cet état d'esprit. Et puis il avait rêvé, presque toute la nuit, semblait-il, inquiet de ce qui l'attendait au matin, se demandant comment il allait se mettre au travail et faire le tri parmi les plans, les projets, les introductions. Non, en réalité, il avait envisagé de retourner au début : rédiger une préface pour son œuvre en cours, un avant-propos. Non, ça n'irait pas, un peu comme un ancien drogué – ou même un ancien fumeur – qui se dirait : maintenant que j'ai arrêté la drogue, ou le tabac, et juste pour montrer combien j'en suis libéré, je vais jouer avec la tentation, m'en moquer. N'importe qui, même le premier imbécile venu, sait que ça ne marchera pas.

Il avait envisagé de préfacer son travail de la journée. Ou bien, abandonnant l'idée de la préface et évitant les noms ainsi que l'exorde, de commencer *in media res* et de proclamer : non, James Joyce, le salaud, évoque un trou noir littéraire. On n'est pas censé continuer à écrire après cela, après avoir été en contact avec lui. Une fois qu'on a pénétré dans son phénoménal champ gravitationnel, on ne peut plus lui échapper ; on est perdu, pris dans le tourbillon de l'horizon des événements où le temps s'accumule pour s'arrêter bientôt. Et c'est ce qu'il a essayé de faire, ce Joueur de flûte de Dublin, arrêter le temps, dresser un barrage si colossal contre le changement qu'on ne pourrait plus aller nulle part, ni plus rien faire, sinon se tenir devant ses œuvres, son image, et l'adorer comme une icône – telle était la monstrueuse immensité de l'ego de cet homme. Et il retrouvait le même genre de ferveur soumise chez son exégète infatigable, Stuart Gilbert : chacun des défauts de son fétiche devenait un attribut consacré, chaque faiblesse, chaque esquive, chaque dérobade, un coup de génie…

Le mois précédent, Ira avait entrepris de lire les explications que Stuart Gilbert donnait à propos de l'*Ulysse* de Joyce, ce qui avait eu pour effet de le replacer sous l'empire du sorcier, celui qu'il avait répudié avec une violence et une brutalité frisant l'irrationnel. Le rejet brutal s'était produit le jour où Moira P, professeur de civilisation irlandaise, l'avait désigné invité d'honneur à l'occasion du festival Joyce qui devait se tenir à Albuquerque pour célébrer le « Bloomsday », et ce jour-là, le jour de Bloom, Ira, autrefois disciple de Joyce, avait atteint le point de rupture avec son maître. Et précisément le jour de Bloom, le jeune Juif joycien avait piqué sa rage. Et comment ! Drôle de moment pour décocher un coup de pied dans la fourmilière. Mais il le devait. Comme pour tous les changements révolutionnaires, les changements radicaux, que ce soit ceux de l'âme ou de la société – ou encore de la tectonique –, sa révision avait été déchirante, d'abord excessive avant de trouver ensuite une espèce d'équilibre. Il s'était mis en colère. Il en éprouvait un certain embarras, mais il n'y pouvait rien, ou plutôt, il ne pouvait pas revenir en arrière.

Pourquoi cette rupture ? C'était ça, l'important, bien plus que la forme qu'elle prenait, son immodération. Pourquoi cette rupture, donc ? À cause du besoin qu'il ressentait profondément de mettre fin à l'exil intérieur qu'il s'était imposé, de se confronter à la nouvelle réalité de son sentiment d'appartenance, d'identification et de réunion avec son peuple, Israël. Les vanités, les insanités de Joyce, du moins les voyait-il ainsi, en dépit de l'extraordinaire artifice, de la prodigieuse virtuosité, de l'entrelacement verbal – ou comment appeler ça ? –, les circuits, la complexité ajoutée à la complexité, les interconnexions incrustées, aussi incroyables dans leur finesse que le réseau d'une puce en céramique, tout cela servait à dissimuler le fait que l'élément humain, l'échange, l'inévitable confrontation de l'homme avec l'homme, de l'homme avec la femme, et surtout en ce qui concerne cette dernière où l'homme et la femme sont considérés comme égaux sur le plan intellectuel, mettant en jeu le respect pour leurs esprits de même que l'amour pour les rôles sexuels sans lesquels on ne peut ni éprouver ni décrire de véritable tendresse – n'était jamais traité dans *Ulysse*.

Il l'appliquait à tous sans exception, hommes et femmes, lui dont la fausse supériorité reposait sur une suprême virtuosité avec les mots, comme si ce fait à lui seul l'ordonnait grand prêtre de la beauté et de la vérité – et suffisait à le libérer de toute responsabilité envers ses semblables et envers son peuple, envers leurs aspirations, leurs siècles de souffrances et leurs luttes. Sa virtuosité empêchait tout sentiment de parenté. Oh ! il pouvait lancer une centaine d'accusations contre Joyce, et la lecture des flagorneries, des salamalecs et des courbettes de Stuart Gilbert en engendrait une bonne centaine d'autres. À chaque page, à commencer par le Juif nominal que le grand gourou imposait au lecteur, un Juif sans mémoire, sans angoisse désabusée, sans insécurité née de l'exil, non pas oublieux mais virtuellement coupé de son héritage. Sur le pogrom de Kichinev de l'année précédente, rien, sur Dreyfus, rien, et puis rien à dire non plus de Dlugacz, ou je ne sais plus comment il s'appelle, le boucher-charcutier hongrois, pas de boutade sur le rognon de porc : kasher ou pas kasher ? Aucune allusion, aucun rapprochement entre un journal proposant des terrains en Palestine et la présence possible d'une communauté juive à Dublin. Pas de souvenirs de bougies allumées le vendredi soir, pas de souvenirs de *matses*. Mon Dieu ! quel Juif ! même s'il s'était converti durant sa jeunesse – pas de *heder*, pas de *davenen*, pas de Yom Kippour, pas de *Pourim* ni de *khomentash*, pas de *brakha*, pas d'hébreu, pas de yiddish, ou à peine une trace. Et néanmoins, oser dépeindre le « flot de la conscience » juive, le courant intérieur de la psyché d'un Juif, un Irlandais, un quasi-marrane, en l'année 1904. Quel culot il fallait, et quel égotisme insupportable ! Le culot et l'ignorance ! Et madame Tweedy, fille d'une Juive espagnole. Joyce s'est-il seulement intéressé aux séfarades, au ladino, à l'Inquisition – sans parler, malgré son érudition tant vantée, du yiddish, de l'hébreu ou du chaldéen comme Milton, véritable érudit, lui, nommait l'araméen. Mamma non plus n'avait donc aucun souvenir à raconter à sa fille à moitié séfarade ? Pas un chandelier en cuivre, pas une *dreïdl*, un *khalé* le vendredi soir, et le martyre de 1492, l'expulsion ? Non. Tant que Mamma s'appelait Lunita, satellite de Gaia/Tellus sa fille, *shoïn genug, vunderbar !* Torquemada, le *quemadero*, l'*auto da fe*, connais pas ? Pensez, maître Juif-Joyce, à l'effet de l'altercation avec le Citoyen (quand Bloom se sentait le plus juif – et notez bien : *quand vu de l'extérieur*, de l'extérieur !), est-ce que cela ne vous aurait pas anéanti pour le restant de la journée, est-ce que cela n'aurait pas plané au-dessus de votre tête comme le spectre du malheur et de l'exil ? Voilà l'éternelle différence, la différence cruciale, entre votre personne de catholique irlandais, considérée en tant que Juif, et l'article véritable. S'il l'aimait, ou si elle l'aimait, ne serait-ce qu'un peu, Bloom serait retourné auprès de sa femme, même si elle le faisait cocu, afin de trouver le réconfort qu'elle pourrait lui offrir (elle était « en partie » juive, vous savez), il souffrait tellement, un paria au milieu des gentils, un Falasha, un étranger, et même si elle descendait d'un *converso* ? Si Molly avait été une vraie *shikse*, elle l'aurait consolé ; elle aurait déjà compris certains aspects de la condition juive – pas autant que M, la goy adorée d'Ira, mais après toutes ces années, au moins quelque chose de la triste situation des Juifs. Au lieu de se tourner vers elle, Bloom a fait ce que Joyce lui-même aurait fait : traiter sa femme comme un objet, un accessoire, vaguement irlandais, et ne plus y penser – le maître artisan de l'allusion, de l'entrelacement, de l'entrecroisement, jonglant avec les couleurs et l'orgonon, l'art, la rhétorique et le logos. À la place, le Juif est caricaturé (comme Pound l'a fait remarquer, traitant Joyce d'antisémite, un comble, venant de Pound !). À la place, la terre tremble quand Bloom s'enfuit en cab, et le séisme atteint une magnitude de 5. D'un seul coup, absurde, goy, gratuit, ben Bloom Elijah monte au ciel, projeté selon un angle de quarante-cinq degrés comme par une pelle. Et qui a dit ça ? Joyce en personne. Pourquoi ? Oui, pourquoi cette ingérence, pourquoi ce commentaire hors de propos sur sa propre histoire, et par le plus superbe artisan littéraire de son temps, et le plus conscient de sa valeur ? Et le plus notablement « tolérant » vis-à-vis des Juifs à une époque où régnait l'intolérance ? Oui, pourquoi ? Eh bien, tout d'abord par manque de courage, le courage de la sensibilité sans lequel, ainsi qu'Eliot l'a formulé en d'autres termes, il n'existe pas de grand art ; la lâcheté devant la violence, même quand on a physiquement peur, peu importe, et le tout justifié par l'appel à la prétendue stase aristotélicienne, alors qu'il ne voulait en réalité parler que de la peur de la violence, la violence à chaque étape de l'introduction du changement, du développement, quand on s'affranchit de l'ancien pour s'ancrer dans le nouveau – y résister jusqu'à ce qu'il finisse par se tisser une chrysalide, un linceul verbal appelé *Finnegans Wake*. La lâcheté qui déguise sa petitesse sous une bouffonnerie olympienne : au moment même de la vérité, retournant le couteau dans le Juif et ses problèmes, sa diaspora millénaire, avec un tremblement de terre gratuit et grotesque, une Ascension burlesque dans un chariot de feu, le tout au nom d'une fidélité au gigantisme, aux Cyclopes, à Polyphème. Bah ! Pound ne s'était pas laissé abuser,

Pound, bourru et secret, un homme en dépit de sa conception démentielle de l'économie politique et de sa vision de l'« usure » d'un antisémitisme forcené. Un homme digne de respect – et de compassion, pensait Ira – pour les tourments et les remords ahurissants que lui ont valu la prise de conscience de sa monumentale erreur. Un simple coup d'œil – si Joyce s'était autorisé, qu'il eût rassemblé le courage nécessaire à jeter un simple coup d'œil sur le Juif persécuté, paria et bouc émissaire de l'Europe entière – et le château de cartes homérique de l'auteur se serait effondré. Non, plus que ça : il aurait commencé à grandir, à se développer, à changer, et puis à acquérir l'état d'esprit d'un homme moderne. Il se serait libéré de la contrainte du mythe qu'il s'était lui-même forgé, de sa petite plaisanterie à la Procuste, et aurait recherché la réunion avec son peuple. Ce n'était pas du cauchemar de l'histoire qu'il essayait de se réveiller, il luttait au contraire pour ne pas se réveiller dans la lumière du présent.

Bon, il avait dit ce qu'il avait à dire, et rompu le charme du grand nécromancien. Il fallait qu'il eût voix au chapitre, ne serait-ce que de manière chaotique, sinon, attiré par la redoutable étoile noire, il n'aurait jamais été capable de continuer. Non. Il décida de ne pas poursuivre la lecture du livre de Gilbert sur *Ulysse*. En aucun cas. On ne jouait pas avec les vieilles habitudes, les vieilles drogues, les vieilles dépravations et précisément parce qu'elles étaient vieilles, profondément enracinées, elles ne mouraient ni ne disparaissaient jamais tout à fait. Enfouies en nous, elles attendaient, et incubaient, pareilles à un virus dormant. Eh bien, non. Ce cher acolyte, ce Mr. Gilbert allait retourner sur l'étagère, banni pour toujours, du moins en ce qui concernait Ira. Bloom était devenu sioniste, Stephen tendait des embuscades aux « Black and Tan », les soldats d'Albion. Et Ira, avec un sourire intérieur, ne put se défendre de penser une dernière fois au grand nombre de Juifs qui, tant sur le plan figuré que littéral, serreraient Joyce sur leur cœur parce qu'il appartenait à la très, très petite minorité d'hommes de lettres à ne pas être ouvertement antisémites. Joyce ne dépeignait pas Bloom sous les traits d'un Fagin cupide, avare et dénué de scrupules, d'un Shylock contemporain, du Cohn d'Hemingway qui prétendait à la culture et à la distinction occidentales à défaut de la virilité occidentale ou du sir Alfred Monde d'Eliot, sir Ferdinand Klein, Bleistein, ou du Juif accroupi sur le rebord de la fenêtre dans *Gerontion*. L'un des amis juifs d'Ira, judaïste et hébraïste de renom, insistait même sur la délicatesse dont le grand écrivain faisait preuve à l'égard de la sensibilité juive quand, sous sa plume, Bloom attribuait les infidélités de sa femme non pas à son sang juif mais à « son sang chaud espagnol ». Au diable Joyce et ses saintes écritures. Et Gilbert et ses génuflexions aussi. C'est auprès de M qu'Ira avait trouvé la voie vers l'âge adulte. Et auprès de M, la femme de son cœur, adulte, sensible et sage, admirablement intelligente, courageuse, créative, la mère de ses enfants, il se sentait en sécurité, et son âme s'épanouissait dans la fierté et l'admiration qu'il portait à son épouse chérie, ce qui avait fini par éveiller son sentiment d'identité avec son peuple, Israël.

Il était de nouveau libre, libre de retourner à son récit en employant la méthode de Joyce, quoique libéré de ses entraves. Certes. Mais pourquoi ? n'avait pu s'empêcher de se demander Ira l'autre nuit, lorsqu'il avait senti le démon joycien le gagner. Comme obsédé par le légendaire Vieil Homme de la mer, prisonnier de ses griffes impitoyables, alors qu'il dormait à moitié, il avait passé la nuit à se tourmenter, à parler tout seul dans un état de semi-léthargie, à imaginer qu'il enregistrait son discours confus – pourquoi avait-il rêvé d'Ida, Ida Link, sa dernière tante encore en vie, sa tante par alliance, la veuve d'oncle Moe, rêvé qu'elle lui donnait un sandwich composé de toute une livre de beurre entre deux tranches de pain ? Il l'avait grignoté, s'efforçant de dominer sa faim, sa femme, s'était-il dit.

En même temps, sa tante lui parlait de Moe, mais il ne comprenait pas un mot. Qu'est-ce que ça voulait dire ? Et puis des images si frappantes. Ensuite, elle lui montra l'établi de Moe, un truc étrange constitué d'une surface de travail en verre gris épais percé de fenêtres translucides semblables à celles qu'on voyait naguère sur les vieilles portes des salles de bains. Était-ce pour lui rappeler sa cousine Stella qui prenait son bain chez tanta Mamie et les frasques rabelaisiennes dont le récit suivra ? Ida ne cessa de faire tourner cet objet étrange jusqu'à ce qu'il s'encastre dans le mur décoré de papier peint. Pourquoi ? Des années auparavant, alors qu'elle tenait un magasin à Flushing pour « fondements » de femmes (Ida avait elle-même un tour de taille conséquent – juste ce qui convenait à Moe), après la mort de son mari, elle avait demandé à Ira de lui prêter, ou de renoncer, quel que soit le terme légal, aux mille dollars que son oncle lui avait légués. Il avait accepté – tandis que, comme M l'avait fait remarquer avec sagesse et discrétion : « Ta propre famille est dans le besoin et je porte durant des mois des jupons et des combinaisons rapiécés. » M chérie. Mais après ? Que signifiait le fait de manger ce sandwich gras à l'excès ? Que l'héritage depuis longtemps différé allait sous peu lui revenir ? Ce serait de l'oniromancie, pas du freudisme. D'un autre côté, le remboursement de cette « dette » tomberait bien, non qu'il ne souhaitât pas à Ida la maturité de la vieillesse que procure l'idée de mortalité, la maturité ainsi que l'excès de maturité.

Et peut-être – ultime aparté – *toute cette convergence du périphérique n'avait-elle pour seul but que de retarder l'horreur, la déchirure de l'âme, à venir bientôt, très bientôt...*

CHAPITRE VIII

Ira finit tant bien que mal par devenir un vendeur régulier, un peu apathique certes, mais au courant de la plupart des ficelles du métier, même s'il n'avait pas le culot de les mettre en pratique. Pour une raison ou pour une autre, Benny Lass le choisissait tout le temps lors de la sélection matinale qu'il effectuait devant le stade. Il gagnait rarement plus de cinq dollars par journée de travail, tandis qu'Izzy en totalisait neuf ou dix et l'infatigable Greeny douze ou plus. Oh ! il lui arrivait bien de bénéficier d'une aubaine. Quand ? Eh bien, durant les « World Series » ou les rencontres « cruciales » qui, à la fin de la saison, décidaient de l'issue du championnat. Et c'était sans doute en de telles occasions que Harry M. Stevens réunissait toutes les énergies disponibles – non chez les vendeurs qui étaient pléthore, mais chez les cadres, les chefs d'équipe, les guichetiers, domaines où le manque de personnel se faisait cruellement sentir.

Et là, derrière le comptoir, la poitrine pigeonnante, les cheveux teints au henné, tenant un long fume-cigarette en argent, trônait Mrs. Harry M. Stevens Jr., à qui il ne manquait qu'un face-à-main pour compléter son image d'élégante cependant qu'elle se dirigeait vers la caisse d'une démarche lente et majestueuse. Elle inscrivait sur un grand livre de compte le nombre de « jetons », les ronds de métal encochés que chaque vendeur prenait. Les affaires marchaient bien, et étaient même florissantes. Son mari, un homme de forte carrure, les cheveux roux lui aussi, se consacrait à d'autres tâches : il surveillait la cuve où l'on mettait les caisses de sodas à rafraîchir, s'assurait que la glace ne soit pas trop fondue, puis il se postait devant la porte pour récupérer les jetons que lui restituaient les vendeurs après s'être réapprovisionnés. Et leur fils lui-même, un garçon roux, replet et bien nourri, semblait vouloir se rendre gentiment utile en couronnant les cônes de glace de boules de vanille. Quant à Harry M. Stevens Sr., le célèbre propriétaire en personne, les cheveux blancs, toujours vaillant, seigneurial, il se plantait dans le souterrain reliant le dépôt aux tribunes et, un cigare à la bouche, houspillait ses vassaux : « Allez, dépêchez-vous ! C'est là-bas que ça se passe ! » Et à Ira : « Allez, petit, du nerf ! » – le tout prononcé sur un mode impérieux, à la manière d'un monarque irascible qui poussait ses sujets à entrer en lice (et pourtant, Ira le devinait, le grand manitou se rachetait par une touche de compassion, de sentiment irlandais)...

Sa bru, la svelte et digne Mrs. Harry M. Stevens Jr., se tenait donc derrière le comptoir de zinc. Ses gestes étaient méticuleux, un peu arrogants comme il convenait à l'héritière d'un empire de la restauration auquel elle consentait exceptionnellement à apporter son concours. En temps normal, c'était en effet Phil, l'acolyte juif chevronné et loyal, qui présidait aux destinées du dépôt principal, mais il était malade, cloué au lit par une sérieuse bronchite. Ira s'avança vers le comptoir.

Il avait déjà remarqué depuis longtemps, et avec un certain sentiment de gêne, que, en raison d'une espèce d'émanation perverse qu'il dégageait, ou d'une quelconque tendance naturelle, il lui arrivait souvent de flanquer la pagaille dans les rouages bien huilés du travail de bureau, de générer toutes sortes d'anicroches dans les mécaniques routinières, de dérapages dans les procédures établies et d'aberrations dans les formalités classiques. Peut-être parce que lui-même était si fréquemment absent et que, pareil à une bobine d'induction, il provoquait une absence d'attention correspondante ou réciproque chez son homologue, la personne qui, en l'occurrence, se trouvait de l'autre côté du comptoir.

Il posa deux coupures d'un dollar sur la feuille de zinc devant Mrs. Harry M. Stevens Jr., et demanda l'équivalent en *nickels*, car il commençait à être à court de monnaie. Et la dame, à la fois grave et très femme d'affaires, échangea les billets contre un rouleau de pièces. La transaction conclue, son long fume-cigarette à la main, elle rangea les deux dollars dans le tiroir et passa à autre chose. Mais Ira, serrant dans son poing le rouleau, sut aussitôt qu'un trésor venait de lui échoir ; il s'empressa d'empocher l'argent et de filer. Il se perdit parmi la foule des tribunes, grimpa tout en haut, puis emprunta l'allée qui montait aux gradins. Et là, comme par hasard, ou bien parce qu'il dut s'arrêter, soudain ébloui, il vendit en l'espace d'un quart de seconde une demi-douzaine de sodas. À présent fondé à se réapprovisionner, il se dirigea vers le dépôt annexe situé à l'arrière des gradins supérieurs et regarnit son plateau de bouteilles fraîches tout en se débrouillant pour obtenir un peu de monnaie supplémentaire. Il portait maintenant ses vingt bouteilles comme si elles ne pesaient rien, et il avait l'impression de marcher sur un nuage, soulevé par les bulles du soda. Une vraie bénédiction ! Elle lui avait donné *un rouleau de quarters* au lieu d'un rouleau de *nickels*, c'est-à-dire pour dix dollars de monnaie au lieu de deux ! Pour une journée de paye, ça allait être une journée de paye ! Huit dollars de bénef pratiquement sans bouger le petit doigt ! À l'heure des comptes, elle ne se souviendrait sûrement pas de lui, ni même de l'incident. Il lui manquerait – non, pas à elle, mais à la *caisse* – huit dollars. Un peu démontée, allait-elle hausser les épaules et combler la petite différence avec de l'argent puisé dans sa bourse rebondie ? Ou bien la dynastie Stevens allait-elle se livrer à des plaisanteries à son propos en sirotant des cocktails avant le dîner de ce soir ?

Peu de temps auparavant, il s'était acheté une petite pipe qu'il pouvait glisser dans la poche de son pantalon sans qu'on la remarque trop. Il sortit sa blague à tabac que, ce matin avant de partir, il avait remplie de Prince Albert pris dans sa boîte métallique, puis il en bourra sa pipe qu'il alluma. Il aspira la fumée avec exultation. Son coup de veine méritait bien qu'il s'accorde une chance... de se reposer. L'après-midi dégageait déjà une fraîcheur automnale.

De l'endroit où il se tenait, tout en haut des gradins, derrière la dernière rangée de sièges, il apercevait les nuages, le ciel et les toits du Bronx, ainsi que des traînées de fumée et, au loin, l'isthme bleu de l'eau. En dessous de lui, à la limite du toit des tribunes, il y avait la foule des supporters qui lui tournaient le dos. Il fumait sa pipe miniature – et après tout, pourquoi ne pas se reposer pour de bon ? Il avait déjà largement gagné sa journée. Il méritait plus qu'une minute de détente. Pourquoi ne pas regarder un petit bout de la rencontre, un ou deux batteurs sur la plaque de but ?

Au-delà de la tribune principale, derrière les piliers qui soutenaient le toit, on apercevait les zones déchiquetées de sièges vides. Il en connaissait la raison. Non seulement ils se trouvaient très éloignés du terrain – de là, on distinguait tout juste la plaque de but, et on suivait à peine mieux la partie que depuis les fenêtres des immeubles où s'agglutinaient les visages noirs –, mais de surcroît les piliers bouchaient la vue. Ce n'était qu'à l'occasion des World Series qu'ils étaient occupés par des spectateurs étourdis ou arrivés en retard, et encore étaient-ils peu nombreux.

Juste quelques instants, se promit-il. Deux ou trois bouffées, le temps de savourer pleinement la veine extraordinaire qui lui était tombée dessus : dix dollars en *quarters* au lieu de deux dollars en *nickels* ! Peu importe combien il avait de retard par rapport à Izzy,

Greeny ou les autres vendeurs de sodas, il était certain de terminer en tête à la fin de la journée. Avec un coup de pot pareil ! Huit dollars en plus !

Il tâta le rouleau dans sa poche. Comment cette grande dame avait-elle pu ne pas s'en rendre compte ? Même si ses doigts n'avaient pas identifié le cylindre lisse, compact et plus volumineux que formaient dix dollars en *quarters*, il restait le poids. Bon, c'était comme ça, inutile d'épiloguer, elle ne devait pas avoir l'habitude. Les riches... Qui était à la batte ? Ira tendit le cou derrière le pilier. Qui était-ce ? Il rajusta ses lunettes, plissa les yeux et étudia le batteur qui tapait sur ses chaussures à pointes avec l'extrémité de sa batte pour en ôter la terre...

« Tu veux bien te déplacer d'un siège ? »

Bizarre, la manière dont les mots lui parvinrent distinctement à travers les cris des supporters qui regardaient le batteur prendre de vitesse une balle mal lancée. Et bizarre aussi la manière dont il sut aussitôt qu'il s'agissait d'une voix de femme et, avant même de lever les yeux, de celle d'une Noire, et jeune par-dessus le marché. En revanche, il ne sut qu'elle était jolie qu'après avoir tourné la tête : la peau assez claire, couleur de mélasse ou de sirop d'érable, comme celui qu'il aidait à charger dans les grands paniers pour Mr. Klein à l'époque où il travaillait chez Park & Tilford.

« Oui, oui, bien sûr, dit-il en se levant. De toute façon, je suis pas censé m'asseoir. Faut que je vende mes sodas. Je savais pas que c'était votre place.

— Reste-là, si tu veux. Je vais m'asseoir à côté de toi. »

Ses genoux effleurèrent les siens. La jupe bleu ciel de son uniforme passa devant ses yeux. Il avait remarqué qu'il y avait des toilettes tout en haut des gradins, la plupart du temps vides et gardées par une femme à la peau très noire. Celle qui se trouvait près de lui, jolie, les traits réguliers, s'exprimait sur un ton amical avec un accent chantant du Sud. Le cœur d'Ira se mit à cogner dans sa poitrine. Mon Dieu ! Un mélange d'impulsions irraisonnées s'empara de son esprit. Ne pouvant pas parler, sinon du coin des lèvres, il s'efforça de prendre un air dégagé pour vérifier si quelqu'un s'intéressait à lui, à eux. La partie entrait dans une phase critique. Et pour être critique, elle était critique : le lanceur envoyait délibérément des balles molles au batteur suivant pour essayer de le mettre hors-jeu. La foule hua l'entraîneur et la tactique employée. Oh ! là là ! si un autre vendeur se pointait et le voie assis à côté de... de cette jolie métisse... Il ferait mieux de partir. Encore deux bouffées...

« Elle sent drôlement bon, c'te pipe. C'est quoi comme tabac ?

— Du Prince Albert.

— Hum, ça sent drôlement bon, répéta-t-elle en sortant une cigarette. Tu gagnes beaucoup en vendant des sodas ? » Elle le fascinait par ses seules paroles prononcées dans une langue musicale. « J'vous observe, z'êtes toute une bande. Vous vendez sans arrêt. J'vois des tas de fric passer entre vos mains.

— Ah ouais ? » Finalement, il n'y pouvait rien si elle était venue s'installer auprès de lui. Qu'est-ce qu'on pourrait lui reprocher ? Il prépara une excuse : il s'était assis pour une minute. « Ça a peut-être l'air de faire beaucoup d'argent, mais on nous donne juste dix pour cent de ce qu'on vend, expliqua-t-il sans trop oser la regarder. Dix *cents* pour un dollar.

— Oh ! fit-elle en levant les yeux sur la petite pancarte qui surmontait sa casquette. Et toi, tu t'es fait combien, aujourd'hui ?

— Je suis pas un très bon vendeur. »

Elle eut un rire aigu et mélodieux.

Il n'avait pourtant pas eu l'intention d'être drôle.

« Pas aussi bon que d'autres, je veux dire, reprit-il. Aujourd'hui, par exemple, j'ai dû vendre pour à peu près quarante-cinq dollars. Y'en a qui font au moins deux fois plus... »

Il s'interrompit parce qu'elle le frôlait en fouillant dans la poche de son uniforme...

« Vous voulez du feu ? proposa-t-il.

— Mmmm. J'ai des allumettes, mais je sais plus où.

— Tenez, prenez ma pipe, dit-il en la lui tendant. Ou bien vous préférez vos allumettes ?

— Mmmm. Non, non, ça sent bon. »

Elle inclina la tête et, écartant de son visage ses cheveux à peine frisés, alluma sa cigarette au fourneau de la pipe. Ira s'enflamma en même temps que rougeoyait l'extrémité de la cigarette. Son souffle s'accéléra, incapable de répondre aux demandes de son cœur qui battait la chamade.

« Qu'est-ce que... combien vous gagnez, ici ? balbutia-t-il, tétanisé, parvenant tout juste à indiquer les toilettes pour dames situées à l'extrémité de l'allée.

— Cinq dollars par jour plus les pourboires. Et les pourboires, y'en a pas lourd. Le type au bureau m'avait dit que je me ferais le double en pourboires, mais c'est à peine si j'ai réussi à me faire un dollar. C'est la première fois que j'viens, et c'est bien la dernière. Y vous racontent n'importe quoi, conclut-elle dans un grand éclat de rire.

— Peut-être que dans les tribunes on gagne plus, suggéra Ira, les yeux fixés droit devant lui.

— Je sais pas. Je sais seulement que j'ai besoin de cet argent. Regarde c'que mon petit chien a fait ce matin. Déchiré mes plus beaux bas avant que je parte travailler.

— Comment ça ?

— Regarde, y sont filés. »

Elle exhiba son mollet rond et musclé. La petite déchirure laissait voir un bout de peau satinée, couleur de miel.

Le sang lui martelait les tempes. Les tribunes bondées dansaient sous ses yeux au rythme de son pouls. Tout le monde devait d'ailleurs l'entendre, non ? Le sang qui circulait avec fracas dans ses veines, ça s'entendait jusqu'au terrain, jusqu'au batteur remplaçant qui s'avançait vers la plaque de but en balançant les deux battes qu'il tenait à la main, et même, il en était persuadé, jusqu'à l'arbitre qui apparut près du joueur pour enlever la poussière. Il se pencha, lâcha la poignée de son plateau de bouteilles – et effleura du bout des doigts la peau nue aux nuances caramel.

« Filés », répéta-t-il comme si sa langue était soudain animée d'une volonté propre – jamais il ne s'était senti aussi sûr de lui, en proie à une espèce de certitude animale. Pourquoi ? Qu'est-ce qu'il se croyait soudain devenu ? Parce qu'elle était noire ? Il ne savait pas. « Le stade, c'est l'endroit où tout le monde file. »

Ses pensées chaotiques avaient réussi à s'exprimer par des mots.

« Ça va ensemble, c'est vrai. » Elle rit brusquement de son rire flûté. On allait les regarder ! Mais non. Le batteur était à sa place et la foule hurlait, saisie d'un espoir insensé. « T'es mignon.
– Vous… toi aussi. » Il n'y avait plus rien à ajouter. Tout était dit. Les bavardages étaient inutiles. Sauf, peut-être : « Vous habitez par ici ? »

Sa main fine aux ongles à peu près du même rose que la peau d'Ira voleta vers ses longues boucles aux reflets cuivrés.

« J'habite Harlem.
– Où ça ? Moi aussi.
– Ah bon ? Et dans quel coin ?
– La 119e Rue Est.
– La 119e Rue Est ? Moi, la 137e Ouest. À l'ouest de Lenox.
– Est-ce que… est-ce que je pourrais venir te voir ? s'entendit demander Ira, ou plutôt entendit-il demander avec témérité une sorte d'automate effrayé logé au-dedans de lui.
– Oh ! tu veux plaisanter ! Tu blagues comme tous les autres.
– Non, non, pas du tout. »

Elle l'avait mis à l'épreuve, avait stimulé son amour-propre avant qu'il s'en rende compte.

« Comment je peux savoir ? »

Avec une audace qui l'étonna lui-même, il répondit : « J'ai eu un coup de chance, aujourd'hui. Je vais te montrer. » Il tira de sa poche le rouleau de *quarters* serré dans son poing. « Tu vois ?

– C'est quoi ?

– Des *quarters*. Y'en a pour dix dollars, dit-il en ouvrant la main.

– Mmmm ! c'est beau. » Son regard allait des pièces au visage d'Ira. « Tu viendras avec ?

– Oui, j'espère bien. Venir avec. »

Le rouleau de pièces lui évoquait déjà un sexe en érection cependant qu'il contemplait la fille. Comme une ombre brune sur une fente rose, la sienne, elle qui devait savoir que ça lui allait, avec les disques roses ornant les lobes de ses oreilles, une touche de rose sur son uniforme bleu, un rose moiré qui tranchait sur sa peau café au lait.

« Tu veux pas dire tous les dix dolla's ? » demanda-t-il en adoptant son accent chantant.

Un cri jaillit d'une multitude de gorges. Le batteur remplaçant ajusta son coup, rata, puis sautilla sur place pour reprendre son équilibre.

« Bon, faut que j'y aille. C'est combien, alors ? »

Elle rit, avec une légère trace d'embarras, et, après un instant d'hésitation, répondit :

« Trois dolla's.

– Je les ai là. Ça fait seulement douze *quarters*. À quelle adresse je vais ?

– Tu blagues ?

– T'as bien vu que j'avais le fric. » Il rempocha le rouleau de pièces, puis saisit la poignée de son plateau. « C'est juste que j'ai jamais été avec... tu comprends ce que je veux dire.

– Je le fais pas régulièrement. Je fais pas le trottoir.

– Bon. Alors, je vais où ?

– T'oublieras pas ?
– Non. Je le note tout de suite.
– Pearl Canby, dit-elle. 237, 137ᵉ Rue Ouest. À l'ouest de Lenox. Chambre 18. Tu te rappelleras ? »
Il répéta l'adresse, puis demanda :
« Le soir ?
– Oui. Vers neuf ou dix heures. Comme ça, je suis sûre d'être chez moi.
– C'est bien ça ? dit-il en répétant une deuxième fois ses indications.
– Chambre 18, corrigea-t-elle. Rez-de-chaussée. Mon petit chien aboiera en t'entendant, mais fais pas attention. Y mord pas. »
Une balle en cloche…
« Bon, d'accord. »
Ira se leva, posa le pied dans l'allée et réprima son « Boissons fraîches ! » habituel comme il se dirigeait vers le haut des gradins. La balle arriva sur Bob Meusel, un lanceur au bras phénoménal. Le joueur de la troisième base allait-il tenter de courir vers la plaque de but ou bien rester ? Ira n'osa pas regarder. Le nom et l'adresse de la fille prenaient le pas sur tout le reste. Pearl Canby. 237, 237, se répéta-t-il jusqu'au moment où il put enfin sortir son bout de crayon et, appuyé contre le muret de ciment derrière la dernière rangée de sièges, avec la foule hurlante devant lui, griffonner en hâte l'adresse au dos de la carte qui annonçait les parfums de ses sodas. Irait-il ? Non. Oui. Elle avait raison. Et déjà trois dollars de moins ! Eh ! là ! une seconde ! Il glissa la main dans la poche de son pantalon, tâta sa pipe tiède. Non, ça ne brûlait pas. Mais… ah ! oui ! ce rouleau glissant, glissant et raide. Bon Dieu ! c'était pour ça qu'il avait eu ce coup de pot. Trois dollars : douze *quarters* faisaient trois dollars. Dix dollars faisaient quarante *quarters*. Il était plein aux as ! Bon Dieu ! plein aux as ! Est-ce qu'il aurait le courage ? Dis donc ! elle était vachement mignonne. Couleur pêche, presque.

Tiens, et voilà McGraw, sur la plaque de but, les poings sur les hanches, la salope de barrique que Shakespeare appelait Falstaff, en train de discuter avec l'arbitre. Devinez un peu ? Le lancer de Meusel avait dû prendre le coureur de vitesse. Et regardez-moi ces visages noirs pressés contre la fenêtre du dernier étage percée dans le mur constellé de mortier au-dessus du parking en face du stade : les dents étincelantes, la peau foncée, le blanc des yeux. Excités, mêlés, joyeux. Seigneur ! être l'un d'eux. Rien que pour cette compacité, cette unicité...

Je ne peux rien en faire, Ecclesias.
– Non ? Et pourquoi ?
Tu sais fort bien pourquoi : le barrage que j'ai établi.
– Quelque chose qui n'existe pas peut difficilement être qualifié de barrage. Ou bien voudrais-tu parler de rage tout court ?
Oh ! non ! Le barrage, la barrière. Le tabou. Le non-dit. L'imprononçable. Tu as un conseil à me donner... Oui ou non ?
– Seulement que le non-dit et l'imprononçable doivent être dits et prononcés, et le tabou brisé et ignoré. Ça s'est passé durant des mois et des années.
Je l'ai parfaitement compris.

CHAPITRE IX

Ce n'étaient pas les ridicules deux dollars et vingt-cinq *cents* qu'il l'avait payée avant de baisser son pantalon, plus vingt-cinq *cents* pour le préservatif au détail. Tu parles d'un détail ! Toute l'affaire avait fini par provoquer comme une cassure dans son existence, rien de délirant, rien d'étonnant – oh ! non ! même le mot « sordide » ne convenait pas ; juste un peu sale, un peu minable, au mieux un mélange de fièvre et de quelque chose qui ressemblait diablement à du somnambulisme.

Après le dîner du vendredi soir, le dîner traditionnel, toujours le même. Pa, d'humeur détendue comme à l'accoutumée ce jour-là, reniflant en hâte du *khalè* afin d'atténuer l'effet du raifort fraîchement râpé qu'il venait de manger avec le *gefilte fish*. Et puis le poulet bouilli insipide. Bon Dieu ! tout le temps la même chose : *Fraïtug oïf der nakht iz dokh yeder yid a melekh* disait la chanson : le vendredi soir, tous les Juifs sont rois. Et quel Juif il faisait, lui, pas son père : un prince de Galles circoncis.

Incapable de se décider, il avait traîné, hésité... regardé la cire chaude couler le long des deux bougies, jusqu'à ce qu'elle déborde des bobèches en cuivre pour former comme des stalactites perlées. Et précisément elle s'appelait Pearl, perle...

Perles, petites perles de liquide séminal
Tu me fais bander comme un cheval.

Combien douloureuses sont les associations d'idées qu'on ne peut éviter, cette intrusion dans la conscience, comme lorsqu'on guette le bruit de la deuxième chaussure qui va immanquablement tomber. Le canal a déjà été foré dans l'esprit, et il n'est pas question de le remplir. Comment combler ce qui a été creusé, ce fossé ? Et voilà les associations d'idées qui se formaient de nouveau.

Ne pouvant se résoudre à rompre le charme ne serait-ce que d'un triste *shabbes*, il demeura longtemps assis là après que le dernier pétale de bougie eut fini de couler. Partir – oh ! s'il partait tout de suite, sans perdre un instant, il arriverait encore à temps. La station de la 135e Rue, traverser Lenox Avenue et prendre le métro qui longeait cette même avenue. Deux stations. Neuf heures et l'ouest de Lenox. Mais le pire, c'est que comme ça lui arrivait si souvent, alors que l'affaire semblait si bien engagée, Pearl n'était plus apparue dans les gradins supérieurs du côté des toilettes. Il avait en effet besoin d'être de nouveau encouragé, cajolé, stimulé. Mais elle s'était évanouie toute une partie de l'après-midi, et il n'avait pas pu lui reparler, ni se rasseoir tranquillement près d'elle comme auparavant. À sa place à lui, s'était installé un Noir corpulent, de peau aussi claire qu'elle, coiffé d'un panama en dépit de l'arrivée de l'automne, et vêtu d'un costume marron qui tombait à la perfection, coupé sur mesure, et qui avait badiné avec elle jusqu'à la fin des matches. Ira avait ressenti un pincement de jalousie. Et le lendemain, seule une grosse Noire avait occupé le siège de Pearl, et la même chose s'était reproduite à deux ou trois reprises avant que se terminent les « World Series ».

La 135e Rue. À laquelle, Ira le savait, on accédait également par le tramway, comme la 125e Rue, comme la 116e Rue juive : une rue de promenade, de lèche-vitrines, qui commençait peut-être à délimiter la séparation entre Blancs et Noirs. Il se rappelait le sentiment de Farley, qui dépassait la simple irritation, quand il disait qu'« ils » descendaient vers le centre-ville. « Ils » menaçaient la demeure familiale. La vieille et solide maison de grès brun donnant sur la 129ᵉ Rue et sur Madison Avenue ainsi que l'entreprise de pompes funèbres qui, ils en étaient persuadés, seraient bientôt englouties par la vague noire. Jamais il n'avait vu Farley si hostile, si déconcerté, comme si les soucis professionnels de son père s'étaient infiltrés en lui pour miner son sentiment de sécurité… Et Park & Tilford aussi, au coin de la 126ᵉ Rue et de Lenox Avenue, la boutique de luxe, disparue, envolée à jamais. Il n'était plus retourné dans ce quartier depuis des mois, des années, depuis l'époque où il écumait les bibliothèques dans l'espoir de découvrir de nouvelles collections ou de nouvelles séries de contes de fées, au cours de ces années marquées par les mythes et l'innocence – avant la Grande Guerre. Non, pas par l'innocence, par l'ignorance. Comment pouvait-on être innocent dans la 119ᵉ Rue ?

Pearl. Mulâtre. Octavonne. Jolie, café au lait velouté, jaune soyeux, la peau sous le bas filé, le prix, le coût, trois dollars, et il les avait, plus quelques *quarters* qui lui restaient. « Tu blagues », avait-elle dit en riant, en riant sérieusement, elle ne le croyait pas. Et alors ? Elle avait raison. Il ne devait pas vraiment y aller. Et puis merde ! Trois dollars, et une petite balade dans le Harlem noir. En outre, il n'avait jamais baisé une femme, une femme adulte avec des gros nichons. Peut-être que s'il le faisait, il… il… mais quelle différence ? Que personne ne faisait ça ? Ne faisait ce qu'il faisait, que c'était mal, doublement, triplement, quadruplement mal ? Horriblement mal. Indiciblablablament mal. Abominablement mal. Il était condamné à le faire. C'est ce que le fleuve lui avait dit quand il s'était tenu sur le rocher au-dessus de l'Hudson. Et maintenant, le délice café au lait, café au lit, allez au lit, l'attendait 137ᵉ Rue. La peau claire, couleur amande, presque. Question de pigmen-tentation, comparée à sa... son rose é-queue-rant. Ouaip !

La vaisselle finie, Pa et Ma se partagèrent le journal yiddish. Ils se mirent à lire. Et à lire quoi ? Tout ce qui touchait le monde immense de 1922, tout ce qui se passait en *Yiddishkeit*, en *Goyishkeit*, ici aux États-Unis sous le mandat du président Harding et de son Cal Koylitch de vice-président, là-bas en Russie avec Lénine et Trotski, et les centaines de milliers d'autres événements auxquels il ne prêtait pas attention : les « jaunes » tués pendant la grève des mineurs dans l'Illinois, Sacco et Vanzetti, les pauvres Italiens accusés d'avoir assassiné le trésorier-payeur et le gardien d'une usine de South Braintree dans le Massachusetts et emprisonnés simplement parce qu'ils étaient italiens et anarchistes. Et aussi comment, à travers toute l'Europe, les Juifs étaient de plus en plus persécutés. Ouvrir son livre d'espagnol, ou mieux, son livre de chimie, matière où il pataugeait lamentablement, avec ses moles, ses solutions molaires et normales, et ses poids moléculaires. Ou même son livre d'anglais : essayer d'élaborer un code secret – c'était son devoir pour le week-end –, un cryptogramme comme dans le *Scarabée d'or* d'Edgar Poe, mais il était nul pour ça. Sinon, il pouvait faire la critique d'un livre, mais pour ça aussi il était nul, les idées sous-jacentes, les personnages, la couleur locale, le suspense, brrr ! S'il s'y mettait maintenant, il parviendrait malgré tout à s'en tirer. Mais pas de géométrie plane, surtout pas. Il la gardait pour la fin, c'était le *tsimes*, le dessert. D'abord se débarrasser du reste...

Pearl. Perle. Dans son souvenir, son visage semblait devenir de plus en plus clair : les portes étaient des perles, pas mal, pas mal. Il pouvait encore y arriver, et sans courir... T'as assez de culot ? Fantasmagorie, disait Poe. Quel drôle de mot ! Fantasmagloire *in excelsis deo* sur le linteau de l'église. Le problème, c'est que Pa avait échangé ses dimanches avec les pompiers et les policiers catholiques et autres petits déjeuners et fraternités, Rotary Club et Tammany Hall à Coney Island pour des « extra djops » à l'occasion de banquets du soir pour les clubs des Élans et autres sociétés secrètes ou fraternelles. Pa se trouvait donc à la maison quand Ma partait faire les courses pour la semaine. Quel sacré manque de bol ! Ira avait espéré qu'après l'école, peut-être, mais bon Dieu ! non, rien à faire. Aucune chance d'abaisser ce maudit petit téton de cuivre qui condamnait la serrure. Il pensa à cette saloperie des saloperies, mais putain ! quelle exultation ! Lorsqu'il fermait la porte. Mais non ! rien à attendre. Plus moyen. Le samedi, ça ne collait pas, elle travaillait au bazar de Harlem. Et demain, il y avait un match de football universitaire où il devait vendre ses sodas. Il aurait quand même le temps... le dimanche, pas de saumon fumé de Park Avenue, pas de *baïgels* frais, pas de nouvelles de Bobe, de Zaïde, de Mamie, des oncles et des tantes, de qui était enceinte, de qui ne l'était pas, pas d'histoires à écouter après, il pourrait peut-être rattraper l'occasion perdue, même si ensuite il se sentait libéré de tous soucis, et heureux de ne pas être en proie à l'étreinte cruelle du doute au lieu de se croire pervers. Et d'abord, qu'est-ce que ça voulait dire, pervers ?...

Ça faisait une longue balade – non, non, un court trajet par le métro, allez ! hop ! en route pour Lenox Avenue.

Quand Ira se mit debout, Ma leva les yeux et Pa se contenta de jeter un regard en biais derrière son journal.

« Je vais faire un tour, dit Ira. Peut-être jusqu'à la confiserie d'en face.

– Tu as vraiment besoin de fréquenter tous ces joueurs ? demanda Pa en fronçant les sourcils. Tu vas finir par devenir comme eux.

– Non, je ne deviendrai pas comme eux.

– Ah bon ? Eh bien, continue à y aller, et tu verras.

– Crois-moi, intervint Ma. Si tu rendais visite à Zaïde et à Bobe, tu ferais une *mitsva*. Ils ne t'ont pas vu depuis je ne sais combien de temps.

– Et pourquoi ils voudraient me voir ?
– Va, et tu le sauras. Seulement hier, Bobe me disait encore : "Quand ton fils, il n'a pas d'argent, il vient nous voir. Maintenant qu'il travaille et gagne quelques dollars, il n'a plus besoin de nous." Tu sais, mon fils, reprit-elle, tu es un peu comme ton père.
– Ah ! s'écria Pa, redressant soudain la tête. Tout de suite, elle ramène le père sur le tapis !
– Ce n'est pas vrai ? Quand tu as besoin de quelqu'un, tu ne le cajoles pas, tu le caresses pas ?
– Leah, on est vendredi soir. Épargne-moi tes litanies et tes récriminations. »
Ira, impatient, éleva la voix :
« Je suis enfermé ici depuis que je suis rentré de l'école. J'ai besoin de sortir.
– Alors, sors. Mais pourquoi tu as besoin d'aller jouer aux cartes dans ce repaire de bandits ? demanda Pa d'un ton acerbe. Et perdre de l'argent avec ces tricheurs ? Tu te figures que je ne le vois pas à ta mine quand tu as perdu de l'argent ?
– Bon, je vais aller ailleurs. Me promener, dit Ira, changeant de tactique.
– Tu ne prends pas de manteau ? s'inquiéta Ma. Les soirées deviennent fraîches.
– Bon. » Il se tint un instant immobile, s'imaginant presque entendre ses pensées crépiter à la perspective de ce qui l'attendait sous peu. « Non… ça ira. Je vais mettre un petit pull sous ma veste. Bon, je vais me promener, dit-il avec une pointe de sarcasme en se tournant vers Pa.
– Ne traîne pas trop longtemps. Demain, tu travailles.
– Ouais.
– Oh ! il va se tuer à la tâche, dit Pa, railleur. C'est vrai, il travaille au moins une fois par semaine. Attends, tu verras, continua-t-il, délivrant sa sinistre prophétie. Un jour, il aura une femme et un enfant sur les bras. Il apprendra ce que c'est de travailler, ce que c'est de courir d'un endroit à l'autre pour trouver de quoi gagner

sa vie. Je dois attendre ici qu'on m'appelle ? ou je dois aller au bureau des extras ?

– Et pourquoi crois-tu que je me bats ? » demanda Ma – qui fit elle-même la réponse : « Justement pour l'empêcher de devenir un domestique comme ça.

– *Oïf maïne pleïtses.* »

Et c'était reparti, sur ses épaules.

« Pourquoi on a des enfants ? Vers qui tu te tourneras quand tu seras vieux ? répliqua Ma.

– Ah ! tant que je pourrai servir un client, tant que je pourrai me déplacer dans une salle à manger, je n'aurai besoin de l'aide de personne. Lui, m'aider quand je serai vieux ? Le jour où le Messie viendra, oui, fit Pa avec un petit rire désagréable. Et le jour où j'aurai besoin de son aide, que Dieu lui-même me vienne en aide ! Tu t'imagines que je suis comme ton père ?

– Et maintenant, c'est à mon père qu'il s'en prend ! s'écria Ma. Qu'est-ce que tu as contre mon père ?

– Rien. Pour trouver un Juif plus pieux que lui, il faut fouiller les moindres recoins d'Amérique. Mais est-ce qu'il a seulement travaillé une journée depuis son arrivée sur cette terre promise ? Et est-ce qu'il a seulement travaillé une seule journée de toute sa vie, même en Galicie ?

– Eh bien, ses études des Saintes Écritures, reconnut Ma, nous ont gagné, à sa femme et à ses filles, le droit d'entrer au paradis.

– Et tu crois ça ?

– Non. Mais alors, que Dieu me pardonne, c'est que je suis à moitié goy. »

Pa redressa le menton avec un sourire sardonique :

« À moitié goy ? Mais l'autre moitié, elle est juive, non ? Alors dans ce cas, laquelle des deux moitiés reconnaît ce vieil escroc dévot pour le tire-au-flanc qu'il est ? »

Renfrogné, Ira passa en silence son léger pull gris avant d'enfiler sa veste. La manière dont ses parents se disputaient lui faisait presque perdre tout intérêt à son aventure. Presque. Mais, bon sang ! c'était maintenant ou jamais. Ces boucles d'oreilles roses. Pearl, la perle aux boucles d'oreilles roses. Trois dollars sur un rouleau de dix en *quarters* qui ne lui avait rien coûté. Comment ça s'accordait, une allusion, quel était le mot exact ? une nuance, non, pas une nuance. Une suggestion. Osée, risquée... Ne reste pas planté là à tirer la langue. Va donc la trouver.

Il longea l'étroit couloir silencieux et étouffant du rez-de-chaussée, et frappa à la porte de l'appartement sur cour de Pearl. La femme qui lui répondit, qui vint lui ouvrir était... maigre, dépourvue de charme, et couleur café noir.

« Pearl ? demanda-t-il d'une voix rendue hésitante par la surprise. Excusez-moi, est-ce que Pearl est là ?
— La fille qu'habitait ici avant, tu veux dire ?
— Je sais pas. Ouais, je suppose. Elle m'a donné cette adresse.
— Elle s'est dégoté un homme. Paraît qu'elle est partie avec lui, si c'est bien celle-là.
— Pearl ?
— J'ai pas fait attention à son nom. » La lumière soulignait les angles de son visage foncé. « Entre. Tu vas pas rester comme ça dehors. C'est une fille qu'tu cherches ?
— Ouais, mais...
— Eh ben, t'as trouvé ce que tu cherchais. Viens, mon chou, dit-elle en ouvrant la porte en grand. J'm'appelle Theodora.
— Theodora ? répéta-t-il stupidement, comme cloué sur place.
— C'est ça. Et ici, c'est chez moi. »
Elle se tourna pour désigner son logement d'un geste du bras, l'allure efflanquée dans ses vêtements à l'aspect un peu négligé, un corsage blanc échancré qui couvrait sa poitrine plate, une jupe bordeaux qui tom-

bait sur ses pieds nus enfoncés dans des chaussons bleu ciel bordés de fourrure. Nerveuse, sous-alimentée ou simplement maigre ? Pas encore la trentaine. Mais comment savoir ? Sur un visage presque noir ? Demain, il ne la reconnaîtrait pas, ni même dans une heure, avec cette peau noire tendue sur l'ossature saillante du visage…

« T'entres pas ?
— J'ai dû me tromper. Je cherchais Pearl.
— Tu cherchais quelqu'un et elle est pas là. Moi, j'suis là. Viens, chéri, j'vais m'occuper d'toi. » Elle s'avança sur le seuil et lui entoura la taille de son bras. « T'es un brin timide, c'est ça ? » Elle l'attira à l'intérieur. « Faut pas. J'les connais, les garçons comme toi. J'les aime bien, mon chou. T'es pas le genre à frapper une femme au lit. Tu vas voir, j'vais t'faire plein de douceurs. » Elle referma la porte. « Tu t'es pas trompé, mon chou. La fille et son chien se sont tirés avec l'homme de l'agence de service.
— Qui ça ?
— L'homme qui la faisait bosser, un Noir çui-là aussi. Mais parlons d'aut'chose. J'vais te donner un peu d'amour, mon chéri. » Elle défit prestement l'unique attache qui retenait sa jupe bordeaux qu'elle tint un instant devant elle avant de la lancer sur le canapé. Et, comme si elle venait de déboucher de derrière un rideau, elle fut soudain devant lui, ses jambes fluettes se rejoignant sur une touffe d'un noir de jais en dessous de son corsage blanc. « Tu vois, chéri, ça, c'est du vrai.
— Ouais, mais je… » Un peu secoué, Ira regarda, détourna les yeux, regarda de nouveau, envahi par un reste de prudence. « Bon, d'accord. Combien… combien vous prenez ?
— Ça dépend de c'que tu veux, dit-elle, faisant onduler sa toison noire.
— Le… le normal.
— Alors, c'est deux dollars et vingt-cinq *cents*. » Son

attitude indiquait que le paiement s'effectuait à l'avance. « Et vingt-cinq *cents* en plus pour la capote. »

Il n'hésita qu'un instant, puis paya : un billet vert et le solde en *quarters*, plus un *quarter* pour le préservatif.

Et voilà ! Il savait depuis longtemps que ça se passait ainsi, mais pour lui, c'était la première fois. Elle le guida, ses jambes noires et maigres relevées pour le recevoir au plus profond d'elle-même, fourchue comme une dame de nage humaine en acajou. Comme elle godillait ! Comme il s'engloutissait en elle ! Il la chevauchait, elle roulait et tanguait sous lui. Et puis les eaux noires de son visage banal, jusqu'à ce que... comme il allait jouir, celui-ci se transforme en quelque chose de désirable, quelque chose de beau. Il l'étreignit et, bien que conscient que les mots d'amour prononcés par ses lèvres pleines fussent de pure circonstance, il aurait voulu les croire vrais. Il s'activa furieusement, atteignit l'orgasme... et tout fut terminé.

Dans la minute qui suivit, tandis qu'il reboutonnait son pantalon, pressé de s'en aller, il commença à prendre conscience de son environnement. Combien la pièce manquait d'air, toutes fenêtres fermées alors qu'il ne faisait pas encore trop froid. Et les draperies suspendues au mur, des *shmates* aurait dit Ma. Était-ce pour assourdir les bruits ? Qui avait mis le *shma* de *shmates* ? Bon Dieu ! comme pour une séance de spiritisme. Quand donc avait-il été chez une diseuse de bonne aventure ? Jamais. Peut-être un truc vu au cinéma, dans une comédie musicale, un sketch, un roman à suspense. Et tout qui baignait dans l'obscurité, comme assoiffé de lumière. Est-ce que c'était partout pareil, la maison entière faisait-elle office de bordel ? Après, elle se montra amicale, gentille, joyeuse, et même sympathique comme elle se tortillait en le regardant s'entortiller dans sa veste. Les sensations, voilà ce qu'il avait acheté. Décharger en elle. Oh ! rien d'aussi excitant qu'au Polo Grounds quand il avait effleuré la peau de Pearl sous la déchirure de son bas. Oh ! non ! Et rien de comparable non plus à la lourde chevelure aux reflets cuivrés de Pearl. La chatte et la tête de Theodora, quand il les avait caressées : rêches, des touffes rêches. Il se rappellerait longtemps le contact sur ses paumes, la surprise qu'il avait ressentie. À quoi auraient ressemblé au toucher les boucles souples et soyeuses de Pearl ? Enfin, on n'y pouvait rien. Pourtant, après, il n'avait pas pu résister à son impulsion – quelle chose étrange : l'embrasser sur le front, son front bombé, son front d'acajou brillant. Elle avait pouffé de rire. Il était idiot. Bien sûr. Mais il se sentait comme ça, plein de gentillesse. Et pourquoi ? Parce qu'elle était prévenante, qu'elle comprenait qu'elle avait affaire à un novice, ou quoi ? Parce qu'il éprouvait un sentiment de culpabilité ? Mais non. Il se trouvait stupide. Pas de transgression (il était cependant versé en transgressions). Non, simplement pour avoir forniqué à la faible lueur de la petite lampe rose, la fille qui avait relevé ses cuisses décharnées, et puis, oh ! oui !, la pénombre autour de sa chatte ombrée, et non pas le faible contraste d'un léger duvet, mais l'éclipse totale. C'était donc ça, aller chez les putes. Une baise tarifée, un orgasme, coût total, capote comprise, deux dollars et demi.

Et c'était si vite fini. Bon Dieu ! il avait juste limé quelques instants, et terminé. Voilà, c'était comme ça, pas autrement (troublé, il s'étonna de son ignorance – et de la simplicité de sa découverte). Oh ! il dressait des plans à présent, dès que – oh ! c'était un peu serré, un peu mou, mais ce serait plus facile que quand il avait essayé, à force de cajoleries, et qu'elle avait succombé. Les bruits qu'elle émettait, wouooo, wouooo, wouooo, cette seule et unique fois, waouh ! Waouuuh ! WAOUUUH ! Il allait lui dire, lui dire comment faire et ce qu'il fallait faire, maintenant qu'elle avait ses règles. Maintenant, il faut que tu… ouais. Oh ! la vache ! si jamais, mon Dieu, si jamais. Mais non ! C'était comme ça. Espèce de crétin. Tu avais vu les chiens – mais ça n'avait pas commencé comme ça. Bon sang ! il fallait que tu essaies. Dès que – lui dire que tu as trouvé ça drôlement différent. Peut-être la prochaine fois. Pas la peine de supplier. Oh ! Mon Dieu ! dès que l'occasion se présentera.

Il accéléra le pas dans cet espoir. La 119ᵉ Rue, plongée dans l'obscurité, devant lui, une bonne marche jusqu'à la voie ferrée, le pont au milieu des ténèbres, la façon dont elle était étendue sur le lit – il eut un petit sourire satisfait –, sa chatte réglisse enchâssée dans le chocolat noir.

Il traversa Park Avenue, grimpa sur le trottoir devant chez Yussel, comme ils appelaient l'immeuble massif de cinq étages en briques sales qui formait le coin à côté du pont, l'immeuble de Yussel, le propriétaire. Eh ! une seconde ! quelque chose n'allait pas. L'hiver, quand il n'y aurait plus de matches, il serait fauché et ne pourrait donc plus acheter de capotes. Il devrait faire attention. C'est tout. Très attention. Faudra qu'il lui dise. Oh ! il sera prudent. Ouais, ouais. Mais vaudrait peut-être mieux continuer à vendre des sodas, les combats de boxe au Madison Square Garden, les matches de catch quand il y avait Zbysko. Combien ça coûtait ? On ne demandait pas des capotes chez le pharmacien. On disait des préservatifs – quel était le nom inscrit sur la petite boîte qu'il l'avait vu sortir, déjà ? Le nom imprimé au-dessus du casque ? Troyens. C'était ça. Mais pourquoi Troyens ? Ils avaient perdu la guerre, non ?

CHAPITRE X

« Absolument, 'bsolument, 'bsolument », disait Mr. Fay, le professeur d'histoire d'Ira, quand il désirait insister sur un point. L'achat de la Louisiane, le compromis de Gadsden, Tippecanoe et Tyler, Henry Clay, le grand chef indien Tecumseh ou le général Grant à Cold Harbor. Ou encore Thomas Jefferson sur son lit de mort à Monticello, d'où il voyait le drapeau américain flotter en haut du mât, le vieux Thomas Jefferson déjà hanté par la prémonition du désastre qu'allait entraîner le problème de l'esclavage des Noirs – Mr. Fay, avec sa moustache grise, si digne, grand, maigre, américain, qui délivrait son cours d'histoire américaine.

« Bonjour, Mr. Fay. »

Ira, un sourire embarrassé aux lèvres, veste blanche et casquette blanche de vendeur surmontée du menu des saucisses, tenant devant lui le bac rempli de hot-dogs et de petits pains, salua son professeur d'histoire qui assistait au match de football entre Princeton et Columbia. Quel changement chez Mr. Fay ! Ce n'était plus le professeur rencontrant un de ses élèves ou de ses anciens élèves, le maître régnant sur sa classe, mais un amateur de football, venu avec son fils, supposa Ira, un supporter fidèle de son équipe à l'occasion d'un championnat universitaire. Voici donc face à face le professeur et son élève, vendeur de hot-dogs.

« Comment allez-vous, Mr. Fay ?

– C'est bien toi, Stigman ? Mais oui, mais oui. Alors, ça marche les affaires ?
– Oh ! comme ci, comme ça, Mr. Fay.
– Le temps devrait s'y prêter, il me semble.
– Oui, monsieur, en effet. »
Rire et cordialité.
On était début novembre, et le bord tranchant de l'automne – oh ! on le sentait même dans la ville, dans les rues de New York –, coupant, affilé, écharpait les ultimes lambeaux du doux été indien, tranchait les derniers liens qui unissaient une saison à la suivante. Ainsi se libérait l'automne, rêvassait Ira comme il rentrait à la maison par l'éternelle station de la 116e Rue et de Lenox Avenue. Il aimait bien le mot « automne », songea-t-il en levant les yeux sur les fenêtres du bâtiment gris de son ancienne école, l'école publique 24. Ça faisait combien de temps, depuis sa septième ? alors qu'il était encore gamin. Avec... tiens ! des citrouilles en papier devant la fenêtre, et des sorcières coiffées d'un chapeau pointu chevauchant des manches à balai. Et des dindons aux fenêtres les plus hautes, et puis d'autres citrouilles avec des triangles pour figurer les yeux et le nez. Halloween était passé et Thanksgiving s'annonçait. Un jour, cependant qu'il portait encore des pantalons de golf, d'autres gosses et lui s'étaient tapés dessus avec de longs bas noirs bourrés de farine – ou de cendres – pour Halloween qui restait une fête goy au contraire de Thanksgiving qui, maintenant, pouvait appartenir aux Juifs, à n'importe qui. « Tenksgivi. » Même Ma avait appris à le prononcer.

Il se disait... au fait, qu'est-ce qu'il se disait ? L'automne, le couteau entre les dents, un foulard noué autour de la tête, qui montait à l'abordage du brave vaisseau *Été* : quel genre de bateau ? un sloop ou un galion, une frégate, une goélette, une pinasse ? Quels drôles de noms ils portaient dans le temps. Et puis ils étaient si beaux. *Brigantine. Caravelle. Argosy*, comme

Antonio appelait les siens dans *Le Marchand de Venise*... en souvenir des Argonautes...

Ira continua son boulot de vendeur, mais pas seulement aux matches de football du samedi.

Il y avait aussi le Madison Square Garden et les combats de boxe ! « Mesdames et messieurs... ! » Joe Humphreys, le présentateur, au centre du ring, ôtait son chapeau de paille qu'il agitait en direction de la foule déchaînée afin de la calmer. Et d'une voix de stentor (eh oui, il connaissait le mot) : « À ma gauche, culotte violette, prétendant à la couronne des poids welter, Cyclone Mulligan, au poids de cent quarante trois livres... *eeeh... d'mi !* » Oh ! comme les spectateurs un peu frustes aimaient ce *eeeh... d'mi* que presque tout le monde reprenait en chœur avec Joe Humphreys et son faux accent d'intellectuel bostonien. Vendre ses sodas à la criée au Madison Square Garden, entre les rounds, puis, courbé en deux pour ne pas gêner les spectateurs, aller s'accroupir sur les marches, sinon, on risquait de se faire lyncher. De toute façon, les matches le fascinaient, et, les yeux écarquillés, il regardait Benny Leonard, ses cheveux noirs lissés en arrière toujours impeccables, passer un crochet droit tout en esquivant une gauche. Quels muscles ! et, tour à tour gonflés ou souples, comme ils luisaient sous la peau ! Quelques jours plus tard, il vendrait de nouveau ses saucisses au stade pendant les rencontres de football. Muni de son bac à hot-dogs et s'égosillant : « Chauds ! Chauds les chiens chauds ! » Et dans les gradins envahis par la fraîcheur, les chiens n'étaient bientôt pas plus chauds que... le bout de son nez.

Toutefois, quand il s'achetait un hot-dog pour lui-même juste en quittant le dépôt, il était encore bien chaud, et il pouvait l'accompagner de trois petits pains. En effet, on ne leur comptait que les saucisses. Ça lui faisait un repas : trois petits pains, une bouchée de saucisse, un peu de moutarde, plein de choucroute gratuite, et hop ! il engloutissait le tout – tapi près d'une sortie

– en admirant Kaw, le merveilleux coureur de l'équipe de Cornell. Ou bien les « Quatre Cavaliers », comme on appelait les joueurs des lignes arrière, quand Notre Dame rencontrait West Point : les élèves officiers portaient des uniformes gris, pareils à ceux de la guerre de 1812. West Point, ce rêve évanoui, et toutes ces jolies filles, des *shikses*, et ces bons Américains en manteaux de fourrure épais et douillets qui brandissaient des fanions colorés et bondissaient sur place pour encourager leur équipe. Mais Ira n'était pas dupe, voilà le problème. Il ne savait que trop bien combien c'était triste, faux et calamiteux. Oh ! oui !

Une fois par semaine, il se faisait donc quelques dollars pendant qu'il poursuivait ses études, et aussi de temps en temps le soir, au Madison Square Garden, après avoir bâclé ses devoirs, sauf le vendredi, et filé attendre Benny Lass à l'entrée principale...

Il était en troisième année, et ne brillait dans aucune matière, à l'exception d'une seule. Et là, il récoltait des « très bien » à tous les exercices au tableau, à toutes les interrogations écrites : c'était en géométrie plane, le dernier semestre de deuxième année, car il était en retard à la suite de son renvoi de Stuyvesant. Mais pour une fois, il se sentait maître de la situation, il percevait l'unité du sujet qu'il étudiait, la cohérence de chacune de ses composantes. Comme il détestait l'idée de devoir bientôt abandonner !

Ainsi, en ce début novembre 1922, à l'approche de ses dix-sept ans, élève de troisième année à DeWitt Clinton, bénéficiant cependant de quelques aménagements, Ira flânait le long de la 119e Rue en direction de chez lui et du pont grisâtre de Park Avenue, libre de tout souci, de tout souci déclaré, du moins. Avec un chancre à l'âme, certes, mais qu'il soignait en achetant de temps à autre une boîte de deux préservatifs, car il avait « récupéré » ses dimanches. En effet, Pa avait repris ses « extras » de petits déjeuners à Rockaway Beach. Il ne gagnait pas autant qu'avec les banquets du soir à Coney Island, mais là-bas il n'aimait pas du tout les marches qu'il lui fallait grimper pour accéder à la salle à manger. À Rockaway Beach, par contre, il n'y avait pas d'escalier entre la cuisine et le restaurant, ce qui valait bien le sacrifice d'un dollar ou d'un dollar et demi. Les dimanches matins d'hiver et d'automne, Ira pouvait donc rester au lit, en général réveillé, et guetter le moment où Ma prenait son sac à provisions en toile cirée noire pour aller faire les courses de la semaine au marché des voitures à bras sous la voie du métro aérien.

« Minnie ? Tu peux venir. »

Au début, elle proférait un tas de gros mots. Où les avait-elle appris ? Après qu'il lui eut montré combien c'était différent : « Baise-moi, baise-moi fort ! » Même si ça lui plaisait, il aurait préféré qu'elle s'en dispense. Parce que ça l'incitait, ça l'encourageait trop. Et même si, ensuite, ça lui arrachait un large sourire : si *prost*, comme on dirait en yiddish, si vulgaire : « Baise-moi, baise-moi fort ! » Ça le forçait à jouir trop tôt, bon, il savait qu'il devait faire vite, mais avec ses exclamations, ses : « Ah ! ah ! oooh ! waouh ! », il n'arrivait pas à se retenir. Néanmoins, il se sentait fier, et davantage encore quand elle poussait des cris de plaisir : « Oooh ! tu baises bien ! Encore ! T'en va pas ! » Mais il le fallait, tout de suite, dès que c'était terminé, sans perdre un instant, regagner son lit, ou bien s'habiller. Et il n'avait pratiquement plus besoin d'user de cajoleries. Aussitôt qu'il avait mis le loquet, elle était prête, et dans la seconde qui suivait le départ de Ma, il abaissait le petit téton de cuivre : ting-tang. Tout avec célérité, avec coordination. Presque. Elle sautait à bas de son lit pliant et se glissait dans le grand lit de Pa et Ma à côté duquel elle dormait pendant qu'Ira fouillait dans la poche de son pantalon à la recherche de la petite boîte en aluminium contenant deux Troyens pour le prix d'un *quarter*. Après quoi, la tête posée sur le gros oreiller, elle le regardait de ses yeux noisette de myope – ceux de Pa –, l'expression sérieuse, presque sévère,

UN ROCHER SUR L'HUDSON

La famille d'Ira Stigman

Arbre généalogique de la mère d'Ira

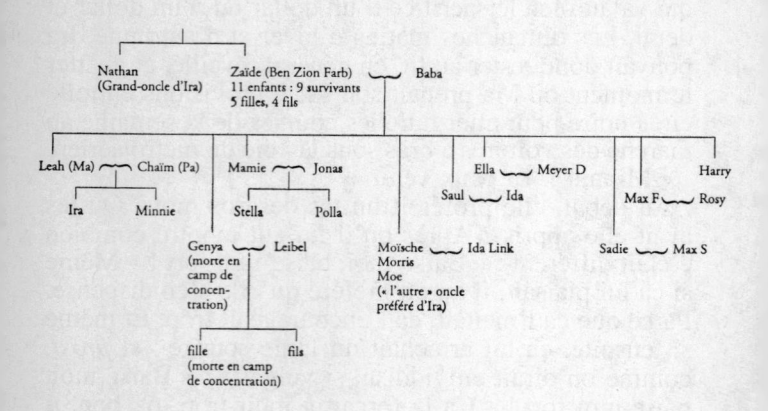

- Nathan (Grand-oncle d'Ira)
- Zaïde (Ben Zion Farb) — Baba
  - 11 enfants : 9 survivants
  - 5 filles, 4 fils

- Leah (Ma) ⌣ Chaïm (Pa)
  - Ira
  - Minnie

- Mamie ⌣ Jonas
  - Stella
  - Polla
  - Genya (morte en camp de concentration) ⌣ Leibel
    - fille (morte en camp de concentration)
    - fils

- Ella ⌣ Meyer D
  - Saul ⌣ Ida
  - Moïsche / Morris / Moe (« l'autre » oncle préféré d'Ira) ⌣ Ida Link

- Max F ⌣ Rosy
  - Sadie ⌣ Max S

- Harry

Arbre généalogique du père d'Ira

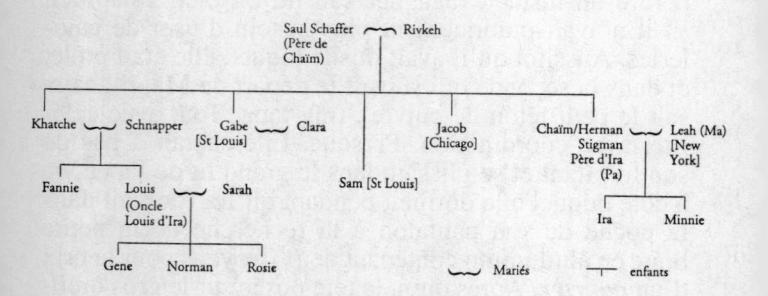

Saul Schaffer (Père de Chaïm) ⌣ Rivkeh

- Khatche ⌣ Schnapper
  - Fannie
  - Louis (Oncle Louis d'Ira) ⌣ Sarah
    - Gene
    - Norman
    - Rosie
- Gabe [St Louis] ⌣ Clara
  - Sam [St Louis]
- Jacob [Chicago]
- Chaïm/Herman Stigman Père d'Ira (Pa) ⌣ Leah (Ma) [New York]
  - Ira
  - Minnie

⌣ Mariés   ┬ enfants

enfiler un préservatif sur son sexe en érection, puis elle s'apprêtait à le recevoir comme il se précipitait vers elle, à lui ouvrir sa fleur. Et avec quelles paroles ordurières elle l'accueillait :

« Prends-moi comme une pute. Non, non, m'embrasse pas. Je veux pas. Juste baise-moi fort.
– Bon, bon.
– La capote, ça va ? Je veux pas de ce truc blanc dans moi...
– Oui, oui, je viens de les acheter... aah !
– Ooh ! Les mêmes que les autres ?
– Ouais. Des vrais Troyens. Allez, viens !
– Ooh ! Alors tu peux aussi me donner un dollar.
– Oui, oui. Plus tard. »

Ensuite, il lui arrivait même de marchander pour obtenir plus :

« T'as travaillé au Madison Square Garden, hier soir. Je veux une nouvelle ceinture, une large avec un nœud.
– Combien tu crois que je me suis fait ? À peine deux dollars et demi ! Toi aussi, tu gagnes un peu d'argent le samedi au bazar.
– Mais maman me donne rien. Tout est pour toi. Pour toi et pour son manteau d'astrakan. Moi, je compte pas.
– Dis donc pas de bêtises. »

Il devait régler l'affaire le plus rapidement possible dans la mesure où on ne savait jamais quand Ma pouvait rentrer. S'ils discutaient trop longtemps, jusqu'à son retour, il faudrait de toute façon qu'il lui glisse l'argent en douce, et en plus, se sentant flouée, elle ferait la tête. Et il valait mieux l'éviter. Un jour, comme elle les entendait se disputer, Ma avait eu l'air de se poser des questions.

« Bon, bon, je te donnerai un dollar et demi. Mais par pitié, n'en fais pas toute une salade ! »

– Oh ! horreur ! horreur !
En effet, Ecclesias. C'est pour ça que je me suis tourné

vers toi. Pour que tu joues le rôle de tampon contre mon démon, mon *dibbouk*, mon châtiment – n'ai-je pas changé ? *Omè, Agnel, come ti muti.*

– Ton toi faussement abstrus ?

Mais j'ai changé, n'est-ce pas ? Et pourtant, à cet instant même, je peux m'adosser dans mon fauteuil, lever les yeux vers la fenêtre, vers le rideau au-dessus du traitement de texte, au-dessus de ton toi imaginaire, Ecclesias, et souhaiter avec ferveur n'avoir jamais existé.

– Et tu ferais aussi bien. Mais que te vaut ton désir fervent ? Il est évident que quelque chose bloque l'acte lui-même. De quoi s'agit-il ?

J'entretiens l'illusion de devoir quelque chose à l'espèce, comme spécimen.

– Ton offrande a peut-être de la valeur, qui sait ? En tout cas, puisque tu as choisi ce mode d'oblation, choisi de vivre et d'exercer le métier de scribe, il n'est plus possible de défaire ce qui a été fait. On ne peut que le vivre, y survivre, avec un remords et un sentiment de culpabilité que le temps atténue. En ce qui te concerne, tu n'as pas d'autre choix. Et, bien entendu, il te reste toujours la possibilité d'essayer de mieux comprendre. Jusqu'où peut-on aller dans la platitude ? Quant à ton désir de n'avoir jamais existé, si ça peut te réconforter, il se réalisera bientôt.

Ce n'est pas, mais pas du tout, la même chose.

– On n'efface pas ce qui a été, on n'efface pas le passé, si c'est ce que tu veux dire. Comment pourrais-tu effacer ce qui a cessé d'être ? Le spectacle continue, comme on dit. Que reste-t-il d'autre ? Au pire – qu'y a-t-il de pire ? Les fantasmes érotiques sénescents. Au mieux, tu as abattu une puissante barrière au-dedans de toi et, sciemment ou non, tu l'as fait pour le bénéfice d'autrui. Si au cours de ta vie tu es parvenu à accéder à la réalité – pour lui donner un nom, et plutôt maladroit –, une modification bien tardive de ton point de vue qui se conforme davantage à la réalité, c'est la seule consolation qui puisse te rester à ce stade de la partie.

Was grinsest du mir, hohler Schädel, her ? dit Goethe, dit Faust (dit Ira ?) au crâne sur la table.
– Faust a vraiment dit ça ? Mais je ne vois toujours pas pourquoi tu cites Goethe.

Eh oui, il était content, et pourquoi ne le serait-il pas, quand il maîtrisait tout ? Ça ressemblait à une espèce de mini-famille secrète, objet d'un tabou, qu'il aurait découverte grâce à l'exploitation astucieuse d'un hasard, une petite enclave, quelque chose d'indicible, de vicieux, de mal, oh ! mal était beaucoup trop faible, le mal incarné, consommé, concentré, l'essence du mal, de la sauvagerie, qui le rendait si dépravé qu'il faisait sauter toutes les barrières. Méphisto enveloppé dans un drap devant le trumeau, avec espièglerie :
« Regarde, Minnie. Je suis un Romain en toge qui sort son Troyen en caoutchouc. »
Et elle avait pouffé de rire, mais juste un instant, pour ne pas retarder la suite :
« Arrête de faire l'idiot et dépêche-toi. »
Il en avait de la chance, non ?

Même à cette heure tardive où ton serviteur approche des quatre-vingts ans, tout ça évoque un homme qui a sniffé de la coke et n'est jamais redescendu des sommets de la béatitude ; le pire, c'était l'ambivalence du péché, si tu peux l'appeler ainsi, de la dépravation, l'amphi-balance, les jeux de perspectives d'Escher, l'illusion d'optique, le côté Dr. Jekyll et Mr. Hyde, la *fleur du mal*.

Quelle chance, quelle chance inouïe que Pa soit serveur et travaille de nouveau le dimanche matin, loin, à Rockaway Beach, pour ses « binquets » de petits déjeuners. De fait, ça ne se limitait pas aux dimanches matins. Bon Dieu ! non. À seize ans, presque dix-sept, débordant de vitalité, et Minnie, quatorze ans passés, qui fréquentait maintenant le lycée Julia Richmond. Elle sortait avec des garçons, allait parfois danser ; elle avait dû se faire dépuceler, et il en récoltait tout le bénéfice, car elle n'avait jamais saigné, même si elle ne le laissait pas la pénétrer. Le garçon lui avait peut-être fait mal. « Non, juste entre les cuisses. Je veux pas de ce truc blanc dans moi. »

Cependant, elle finit par céder, après qu'il lui eut parlé de Theodora et de la manière dont on faisait, dont il fallait faire, pour qu'elle connaisse de véritables sensations comme lui, puis expliqué qu'on ne risquait rien quand on prenait les précautions nécessaires.

Elle savait.

« T'en as ? demanda-t-elle.

– Ouais. »

La tête commençait à lui tourner.

Elle savait. Elle savait.

« Elle est bonne ? »

Les joues roses et blanches, les traits un peu sévères, froids, inexpressifs, même pour une fille de quatorze ans, des yeux noisette translucides. Elle fronça le nez sous sa frange rousse :

« Elle est toute neuve ? Elle est propre ?

– Bien sûr », protesta-t-il. Il reprit avec véhémence : « Qu'est-ce que tu crois ? Que j'en utiliserais une usagée ? Je vais te montrer. Tiens, regarde. »

Et, presque contre sa volonté, mais consumée de désir, le visage en feu, tandis que, impitoyable, il continuait à l'aguicher, elle se leva de la table recouverte de toile cirée verte sur laquelle elle faisait ses devoirs, puis elle se dirigea vers la chambre qui demeurait fermée maintenant qu'on ne chauffait que la cuisine.

« Bon, alors, viens. »

Quel bonheur, quelle surprise, et puis quels dividendes il touchait, même si elle se montrait tellement péremptoire, tellement sérieuse. Les murs verts et écaillés de la cuisine se mirent à danser une véritable sarabande –

et pourtant, elle ne remarquait rien, alors que lui, il remarquait tout : les murs se creusaient, tourbillonnaient et ondulaient tandis que le petit téton de cuivre libérait le loquet, sésame ferme-toi ! le loquet magique qui transformait les murs en riches draperies vertes chatoyantes. Et qui libérait les murs, qui le libérait, qui libérait tout le monde cependant qu'il allait faire le vrai truc avec elle, la glisser en elle, sa sœur, Minnie. Qui allait le recevoir en elle. Quel coup de chance d'avoir acheté la petite boîte, après… après Theodora. Un cri de joie silencieux. Youpi ! hourra ! Les murs qui font une danse écossaise, et que sais-je ? Youpi ! youpi !

Lui si délirant de joie, elle si terre à terre, comme si elle cédait à regret à un besoin élémentaire pendant une phase de son cycle œstral. Et puis tant pis, regret ou pas, il allait prendre ce qui était à prendre, la baiser là, au bord du lit, son lit à lui, dans sa chambre à lui, son lit en travers, à deux pas du puits d'aération, dans le froid qu'il ne sentait plus. Ne pas perdre une seconde avant le retour de Ma. Une minute dans Minnie, rien pour l'empêcher de se dépêcher, de pécher en elle. Vas-y, vite. Oh ! regarde ! regarde-la : carmin, les cuisses levées. Vite ! enfile ça, fourreau pâle sur son pieu dressé.

« C'était bien ? » demanda Ira comme ils sortaient de la chambre.

Il avait eu une veine formidable : la deuxième fois de la semaine. La première, ç'avait été dimanche, dans le lit des parents – drôlement bien. Il avait utilisé sa dernière capote, mais quel plaisir ! Elle avait fait tant de bruit qu'il avait eu presque peur. Si tôt le matin. Et un dimanche ! Avec tous les voisins à la maison. Mon Dieu ! si jamais ils devinaient qu'il faisait ça avec sa propre sœur. Il baisait sa frangine, diraient les mômes irlandais. Hé ! tu nous en laisses un morceau ? Oh ! il les connaissait.

« C'était bien ? » répéta-t-il devant le silence de

Minnie – encore qu'il soupçonnât qu'elle pensait le contraire.

« Arrête de poser des questions. Oui, c'était bien, dit-elle, l'expression plutôt maussade tandis qu'elle le suivait dans la cuisine. Des fois, tu deviens plus gros à la fin, se plaignit-elle en tirant sur son bas.

– Fallait que je me dépêche », expliqua-t-il.

En réalité, il se sentait tout penaud parce qu'il avait été pris par surprise. Son excitation avait été décuplée par le sentiment de faute, de transgression, la joie affreuse de la perpétration. Emporté par le flot de l'abomination, il l'avait à peine attendue.

« Tu veux qu'on réessaye ? proposa-t-il un peu tard. Je peux relaver la capote.

– Non, je veux pas, coupa-t-elle sèchement. La relave pas. Me demande rien... » Elle s'interrompit soudain. « Qu'est-ce que tu veux dire, la relaver ? T'avais dit qu'elle avait jamais servi. Elle était pas neuve ?

– Si, si », mentit-il avec conviction.

Il l'avait en effet lavée une fois.

« Alors, je veux plus en parler.

– Ah bon ? Dans ce cas, très bien », répliqua-t-il d'un ton brusque.

Qu'elle aille au diable ! D'abord, se rasseoir tout de suite à la table de la cuisine. Non, d'abord soulever le loquet. Tout remettre en place. Se débarrasser de la capote gluante... Il ouvrit la porte des toilettes, laissa tomber le préservatif dans le petit rond au fond de l'émail blanc sale, tira la chasse et la capote disparut, noyée dans un bruyant maelström.

De retour dans la cuisine, il s'installa devant ses livres de classe, l'air absorbé, ou peut-être même hostile comme souvent lorsqu'elle réclamait son aide en anglais et qu'il l'envoyait promener ou qu'il se moquait d'elle. Facile cette fois de se montrer renfrogné, d'autant qu'elle semblait furieuse. Conférer de l'authenticité aux tâches auxquelles ils se consacraient avec ostentation, se plonger dans leurs devoirs, s'ignorer mutuellement. Ça n'avait donc pas été bien. Elle n'avait pas supplié : Baise-moi, baise-moi fort. Pas de désirs animaux, pas de ooh ! aah ! ooooh ! Il l'avait baisée. Pris son plaisir. Bon, et maintenant, assieds-toi, tranquillement.

« Ça allait ? demanda-t-elle, sombre et circonspecte.
— Où ça ?
— Quand t'as été aux toilettes.
— Oh ! bien sûr ! » répliqua-t-il. Puis, méprisant : « Bon Dieu ! qu'est-ce que t'imagines ?
— Bah ! t'es tellement nul.
— Ah ouais ? Juste à cause d'une fois ? » Elle rabaissait sa performance, laissait entendre qu'il en avait tiré davantage de plaisir qu'elle. « Je t'ai expliqué que j'étais pressé.
— Maintenant, c'est fini ! Puisque t'es toujours si pressé.
— Mais dimanche matin, c'était…
— Le dimanche aussi. Fini !
— Bon, d'accord », acquiesça-t-il avec cynisme.
Il s'en passerait… jusqu'à la prochaine fois.
« *Brider'l*, si tu tiens à le savoir, t'es vraiment bon à rien.
— Va te faire voir ! Qu'est-ce que tu cherches ? Bon, j'étais trop excité. » Il s'aperçut brusquement qu'il avait peut-être des raisons de s'inquiéter. « Oh ! mon Dieu !
— Qu'est-ce qu'y a ? »
Il se leva d'un bond. Est-ce qu'il avait tiré la chaîne assez longtemps pour que cette saloperie de capote disparaisse définitivement ? Il se précipita vers la salle de bains.

« J'entends Ma », dit Minnie.

Raté, sinon Ma pourrait croire… croire qu'il ne fichait rien. Se rasseoir, se pencher sur son livre.

Et Ma entra, essoufflée d'avoir monté l'escalier, apportant avec elle une bouffée d'air froid, comme si elle l'avait emprisonnée dans son manteau, et aussitôt, elle posa son sac à main sur la table pour se diriger vers les toilettes.

Oh ! mon Dieu ! mon Dieu ! s'il avait oublié ! Pourvu que… Minnie avait raison, plus jamais, plus jamais ! Va voir Theo, Theodora, Theotorah, Theopute. N'importe qui. Il connaissait le chemin. À ses risques et périls, attraper une chaude-pisse, ou autre chose – Ira ferma les yeux, attendit. Non, non. La chasse d'eau ! Un gargouillis. Non, rien. Tout allait bien. Il s'en sortait. Naturellement. De quoi avait-il donc ainsi la trouille ?

Ma revint dans la cuisine.

« *Nou, kinderlekh,* vous devez avoir faim ? Quand Mamie va s'acheter un corset, elle est une pire *kushnirke* que moi. À côté d'elle, je suis une vraie dame. Elle a torturé ce pauvre marchand de la 116ᵉ Rue, elle l'a plongé en état de prostration avec ses : "Ah ! c'est horriblement cher. Vous faites trop de bénéfices, c'est scandaleux, le prix est purement exorbitant. Qu'est-ce que c'est ? De l'or massif ? Un corset, c'est quoi ? juste un peu de tissu et des baleines." Un sacré toupet, elle a.

– Ah ! c'est là que tu étais, dit Minnie. Je me demandais. Alors, elle l'a acheté ?

– Finalement, oui. "*Oï ! vaï ! vaï !*" s'est écrié le vendeur. *Frau,* je vous souhaite de le porter et de garder la santé, parce que moi, pour gagner ce que je gagne, la santé, je la perds." Et elle a répliqué : "Il faut bien se garder avant de desserrer les cordons de la bourse." Il a ri : "Hé ! hé ! hé !" un Juif malin, c'était. "Alors, gardez-le, et ne le serrez pas trop. Et puis qu'il vous apporte la santé." Après, je me suis dépêchée de rentrer. Un petit café avec du lait et un *bulkie* ? »

CHAPITRE XI

Oh ! Ecclesias ! J'aurais tant voulu qu'on m'épargne d'avoir à faire le récit de ces douloureux événements. Aurait-on pu croire que je n'avais jamais eu de sœur ? Non. Impossible de poursuivre sans cet aveu. Et je suis bien près de me foutre de la qualité littéraire, ami Ecclesias.

– Vraiment ? Il me semble que tu oublies quelque chose de beaucoup, beaucoup plus important. Tu as montré ta main.

Oui, je me suis laissé emporter. Comprends-le comme tu voudras.

– Je te le répète, l'inconstance n'est pas de mise. Tu te débats avec les plus formidables des difficultés.

Oui. Autant confesser ce qui a été tout le temps une sorte d'ombre au sein des profondeurs : les relations incestueuses d'Ira et de sa sœur Minnie.

– Le confesser ? Mais c'est évident. Et depuis un moment déjà. Maintenant que tu l'as introduite en tant que personnage, que vas-tu faire de l'effrayante révélation que tu tenais en réserve ?

Je ne sais pas. Peut-être couper ce qui vient après. M'arrêter avant. Abréger. Je le pourrais très bien, tu sais.

– Oui, je sais. Et tu pourrais aussi recommencer : introduire le personnage omis...

Non. Pas question. D'abord, il ne serait pas raisonnable de ma part d'espérer vivre assez longtemps – ou, pour mieux le formuler, d'espérer pouvoir puiser la vitalité nécessaire à accomplir ce que tu proposes. J'ai soixante-dix-neuf ans et demi. Je vais donc de nouveau l'ignorer.

– Ce n'est guère tenable.

Qui établit les règles ? C'est ça ou la chute. Ton ami et client Ira vit dans deux mondes, le visible et le caché, l'intérieur et l'extérieur, l'abyssal et le superficiel. Et pourquoi pas ? Joyce se divisait entre un vague Juif et un super intellectuel irlandais. Le premier cessait rarement de s'appesantir sur son instrument, et le deuxième s'y abaissait rarement. Il paraissait immunisé contre la luxure, mais quoi qu'il en soit, « avant que la pièce soit jouée » il fréquentait un bordel. D'où la soudaine infusion de sensualité ? N'y a-t-il pas de meilleur exemple pour illustrer le côté artificiel du procédé de Joyce, la séparation en deux d'une personne qui était fondamentalement une ? Et la personne en question n'était autre que Joyce lui-même. Toutefois, aussi osées que fussent ses innovations, celle-là, cet aveu, il n'avait pas eu le courage de le faire. Et c'est là que réside ce qu'on pourrait appeler le défaut capital d'*Ulysse*. Le type qui se masturbe à la vue d'une jambe à moitié nue, celui qui s'enfonce une carotte dans le cul, le voyeur qui jette un coup d'œil furtif sur les fesses de la statue, le type qui feint de souffrir à la pensée de son propre cocuage, mais qui, selon toutes probabilités, aurait souhaité être là pour assister à la chose, le type qui pollue le foie, eh bien, c'est Joyce lui-même. Je ne vais pas prolonger davantage mes réflexions, et inutile de préciser que je les estime pertinentes et sincères. Je ne suis ni un super manipulateur du verbe, ni un super créateur d'inconséquences, ni un super scolastique. Je m'efforce simplement de rendre un individu à lui-même. Je n'affirme pas explorer la forge de l'âme humaine pour la millième fois – puis reculer sur le seuil en sentant la fumée et la puanteur des sabots brûlés, après vous, m'sieur Bloom-Dedalus... Mais pourquoi – je devrais m'abstenir de poser la question, mais je ne peux pas – la sœur de notre ami James devenue nonne refusait-elle de parler de son célèbre frère ? « Latine-moi ça, élève de trinité, de ton sanscroit en notre eryan. » À commencer par le pontife Ellmann, qu'est-ce que tous ces Juifs érudits adorateurs du Maître ne donneraient pas pour connaître la réponse à cette question ?

CHAPITRE XII

Bombant le torse, il prit la 119ᵉ Rue en direction de Park Avenue tandis que le souvenir de la petite séance de l'autre jour amenait un sourire satisfait sur ses lèvres. Oh ! tout se passait pour le mieux. Il avait même acheté une boîte neuve afin de prévenir toute chicanerie à propos de la manière parcimonieuse dont il s'en resservait. Seulement, il devrait peut-être avoir de nouveau à la convaincre. Par des cajoleries, des câlins, encore des câlins, sale petit youpin, quelle tempête agite ton engin ! L'engin dans la frangine, pas mal, pas mal. Espèce de salaud, songea Ira. Il fallait que tu réveilles la bête en toi. La bête bestiale qui va étendre perfidement sur elle son rut prédateur comme un filet d'où elle ne pourra plus s'extirper. Et mon vieux, le plus marrant, c'est qu'elle a dit : « Je t'aime tant, et tu es tellement dégueulasse. » Elle l'aimait, et lui, hi ! hi !, il était dégueulasse. C'était comme la fois d'avant, l'autre jour, quand elle avait cessé de dire des grossièretés pour s'écrier : « Oooh ! oooh ! mon frère chéri, mon frère chéri ! » Vous savez, le mot lui revenait à l'esprit : une enclave douillette. Ha ! ha ! ho ! ho ! Robert Louis Stevenson et sa petite ombre. Il avait une petite enclave qui apparaissait et disparaissait en lui, une petite enclave dans la famille.

Était-ce sa faute ? Il avait volé le stylo en argent, là d'accord, c'était sa faute, mais pour le reste, ça s'était juste présenté comme ça. Personne ne pouvait le lui reprocher. Il avait volé le stylo après, non ? Et alors ?

Ils lui avaient piqué son cartable et ses stylos aussi. Jusqu'à dimanche prochain… Va donc à Mount Morris Park, se dit-il. Jouer un peu au ballon.

Oui, il allait le faire. Oublier cette chose-là, cette chose-là, cette chose-là. Grimper l'escalier, poser son cartable. Vite, pendant qu'il faisait encore jour. Tremper son biscuit… son *bulkie* dans une tasse de café, hop ! et en route pour Mount Morris Park…

La silhouette qui venait vers Ira se planta devant lui. Vieux pardessus violet spongieux bien qu'il fît encore doux, visage violacé comme par le froid. Qui était-ce ? Sur un ton de défi empreint de dureté, l'inconnu lança :

« T'es un foutu veinard, mon p'tit salaud.

– Ah ! c'est vous, Collingway. »

Ira reconnut son collègue receveur d'autobus de l'été précédent. Il paraissait si maigre, courbé en avant, l'air vindicatif, bien différent du type qui lui avait adressé ses menaces d'une voix rude lorsqu'ils travaillaient ensemble sur la ligne de Grand Concourse.

« Comment tu t'appelles, déjà ?

– Stigman. Ira Stigman. Vous vous souvenez ? Dites donc, je vous ai pas reconnu tout de suite. Vous paraissez… » Ira hésita, rentrant les épaules comme s'il se ratatinait.

« Ah bon ? Moi, j't'reconnais. T'es le même juif à qui l'a fallu que j'dise de faucher un ou deux dollars tous les jours pour qu'on nous soupçonne pas. »

La rancœur qui alourdissait sa voix et les postillons qui jaillissaient de ses lèvres violacées tordues de mépris donnèrent le frisson à Ira. Coupable, avec un fond de superstition, coupable de profiter de sa chance, de bénéficier d'un sort enviable : *kaïn aïn horè*, s'imaginait-il entendre dire Pa, ou Ma, en yiddish. Que le mauvais œil s'éloigne ! Ne pas avoir à travailler, à s'inquiéter, aller à l'université, tandis que l'autre devait passer ses journées sur la plate-forme d'un vieil autobus bringuebalant – avec l'hiver qui s'annonçait –, à percevoir le prix du trajet, à se ronger les sangs à cause de passagers trop lents ou trop décatis, ou encore, comme ça lui était arrivé, lors de cet horrible épisode, quand la voiture du patron les avait suivis et qu'il s'était cru perdu, lui qui redoutait à chaque instant de se faire pincer par un espion – pas étonnant que le type le toise avec tant de haine.

« En parlant de veinard, reprit Collingway. Nom de Dieu ! t'en es un sacré ! Avec le pot qu't'as, à ta place j'aurais jamais à m'faire de mouron.

– À cause de ça ? demanda Ira en montrant son cartable d'un air d'excuse. Parce que je vais à l'université ?

– Bordel ! non ! fit Collingway d'une voix grinçante en secouant la tête avec exaspération. Bon Dieu ! Tu lis pas ces putains de journaux ?

– Si, de temps en temps, répondit Ira, perplexe.

– De temps en temps ? » L'autre respirait le mépris. « Et qu'est-ce que tu lis ? Les bandes dessinées ? T'as vu des bus sur la Cinquième Avenue ces jours-ci ?

– Non… c'est vrai ! J'en ai pas vu. Qu'est-ce qui s'est passé ? Vous avez perdu votre boulot ? »

Collingway soupira profondément, puis il finit par dire :

« J'suis le roi des cons. L'a fallu que je casque pour avoir ce putain de boulot. Qu'est-ce que j'pouvais espérer à mon âge ? Payer pour avoir du boulot ! Et ce fumier… explosa-t-il en menaçant un personnage imaginaire.

– Qu'est-ce qui s'est passé ? insista Ira.

– J'ai paumé mon boulot, mais merde ! ça c'était encore rien. C'te putain de bande d'escrocs a fait faillite. Et tous les receveurs, on a perdu nos cent dollars !

– Le dépôt de garantie !

– Ouais, le dépôt de garantie. Y'en a pas un qui l'a récupéré ! »

Ira émit un sifflement.

« Juste toi, espèce de petit salaud de veinard, qu'es parti à temps.

– Je savais pas. Il fallait que je retourne à l'école. »

L'ancien receveur secoua la tête, rempli d'amertume.
« Ouais, tu peux toujours rigoler, sale veinard.
– Je rigole pas, protesta Ira. Je suis désolé. »
Après, ce serait sale veinard de youpin. Il le sentait venir. Bon sang ! Comme il aimerait rappeler à cette peau de vache l'argent qu'il avait volé à la compagnie d'autobus. Peut-être que si lui et toute la bande n'en avaient pas fauché autant, il aurait encore son boulot. Mais il n'allait pas entamer une discussion avec ce *farbissener hint*, comme dirait Ma. Ce chien enragé. Il ressemblait à un loup.
« T'es désolé, mon cul !
– Si, si, c'est vrai. Bon, faut que j'y aille. » Avec un geste convenu de la main, Ira s'éloigna sans laisser à Collingway le temps de réagir. « À un de ces jours. »
Va te faire foutre ! Il éprouvait un ressentiment de plus en plus vif cependant qu'il mettait un maximum de distance entre Collingway et lui. Bien fait pour toi, espèce d'ordure, obliger quelqu'un d'autre, un gosse, à voler, un gosse effrayé, effrayé parce qu'il avait retenu la leçon, l'obliger à voler pour qu'on ne s'aperçoive pas de ses propres larcins. Que le diable t'emporte ! Il y avait gros à parier qu'il s'était fait beaucoup plus de cent dollars au fil des années. Bien avant que la compagnie fasse faillite. Il avait dû payer pour obtenir ce poste ? Il était trop vieux ? prétendait-il. Et alors ? Ça ne signifiait pas qu'Ira lui devait cet argent. Voilà ce qu'il en pensait.
En arrivant devant le perron, l'ironie et l'absurdité de la situation le frappèrent, et un sourire éclaira son visage. Ces types escroquaient la compagnie d'autobus, laquelle les escroquait à son tour. Mais celui-là, il méritait son sort. Juste parce qu'un autre s'en tirait, il en voulait à tout le monde… Putain ! N'empêche qu'il avait quand même eu du pot… pour une fois. Peut-être que la chance commençait à tourner. Le rouleau de dix dollars en *quarters*. Oui, mais Pearl – oh ! en définitive ça c'était bien terminé. Theodora, même si elle n'était

pas très jolie, lui avait montré comment la fourrer au bon endroit. Et il était parvenu à convaincre Minnie de le laisser faire pareil. Ne deviens pas comme Pa, superstitieux. Sa chance avait tourné *avant* qu'il aille voir Theodora. Il avait d'abord reçu les dix dollars des mains de Mrs. Stevens, et ça, rien à voir avec le fait d'avoir parlé à Pearl et baisé Theodora. Il avait récupéré ses cent dollars de garantie *avant* le reste, *avant* même de devenir vendeur de sodas. Alors, peut-être que, pour changer, la chance lui souriait tout bonnement un peu. Deux fois dans la même semaine. Et peut-être qu'il en aurait également ce coup-ci. Avec une boîte neuve dans sa poche. Il allait lui dire : Écoute, aujourd'hui, je ne suis pas aussi excité.

Il grimpa quatre à quatre les marches de pierre du perron.

Après avoir constaté à travers les découpes que la boîte aux lettres en cuivre toute bosselée était vide, il pénétra dans le long couloir sinistre, monta l'escalier vétuste jusqu'au palier du premier étage faiblement éclairé par la fenêtre qui donnait sur la forêt de cordes à linge et de clôtures des cours voisines, puis suivit le corridor crépusculaire – avec la porte verte du monte-plats condamnée par des clous – en direction de la porte de la cuisine dont l'imposte, à laquelle adhéraient encore quelques dégoulinades de peinture, laissait filtrer la lumière blafarde de l'après-midi.

Il entra. Tout paraissait calme comme à l'ordinaire, rassurant. Ma, ses cheveux gris acier coupés court, vêtue de sa robe d'intérieur rouge vif aux motifs noirs, ses pieds enflés glissés dans des chaussons de feutre avachis, penchée au-dessus de l'évier noir, épluchait des oignons qu'elle mettait au fur et à mesure dans une grande jatte de bois posée sur la planche recouvrant la lessiveuse, et qui imprégnaient la pièce de leur odeur âcre.

« Ah ! Iraleh, mon trésor ! dit-elle en ramassant quelques pelures ocre. Je voulais aller à la fenêtre guetter ton retour. »

Et lui, stupide :

« Ah ouais ? Eh ben, me v'là, Ma.

– Alors, je peux continuer encore une minute. Quoi de neuf ?

– Je vais chercher mes chaussures de football dans la chambre et je reviens tout de suite. »

Il passa près de Ma en train de jeter les pelures dans le seau métallique servant de poubelle installé derrière le ridicule petit rideau rose accroché à l'évier qui dissimulait les produits de nettoyage et la poudre contre les cafards. Ce ne fut pas le rose du rideau qui lui rappela les boucles d'oreilles de Pearl, mais les pelures d'oignon brunes, translucides, lisses et chatoyantes. L'oublierait-il un jour ? Elle était si belle. Comment ç'aurait été avec elle ? Enfin, l'homme au panama à l'allure prospère le savait, lui. Autant en prendre son parti, comme on dit. Enfin… il restait toujours Minnie. Il tâtonna pour prendre ses chaussures dans le carton au pied de son lit, et noua les lacets afin de pouvoir les mettre sur l'épaule. Il entendit la porte de la cuisine s'ouvrir, la voix de Minnie, puis celle de Ma. Elle rentrait donc de l'école, elle aussi. Il retourna dans la cuisine éclairée.

Son cartable en cuir bourré à craquer déjà posé sur la table, elle finit de se débarrasser de son manteau bleu, puis, en corsage blanc à col marin fermé par un ruban bleu, elle pencha sa tête surmontée d'un casque de cheveux roux pour ouvrir le cartable. Le front plissé, visiblement tracassée, elle l'accueillit avec une expression revêche :

« Salut. Où tu vas ?

– Faire une petite partie de foot.

– Où ? À Mount Morris Park ?

– Ouais. Qu'est-ce qu'y a ? T'as l'air… » Il laissa sa phrase en suspens.

« Oh. » Elle s'accorda un long silence destiné à mar-

quer son mécontentement. « C'est le latin. T'as de la chance de pas être obligé d'en faire.
— De toute façon, je pouvais pas. Je pouvais seulement prendre espagnol.
— Je regrette de l'avoir choisi. Mais à Hunter, si tu veux enseigner...
— Je me demande pourquoi.
— Pourquoi quoi ? Qu'est-ce que tu crois ? C'est vachement dur. Et toi, tu peux pas m'aider.
— Non, c'est pas ce que je voulais dire. Pourquoi il fallait que t'en fasses ?
— Je te l'ai expliqué. Si tu veux devenir prof.
— Ah bon.
— Et tu peux même pas m'aider.
— Qu'est-ce que tu veux, j'en ai pas fait, j'en ai pas fait. »
Elle plia son manteau, et frôla Ira pour aller le ranger dans le placard de la chambre. Il la regarda quitter la cuisine. Bon Dieu ! Il ferait mieux d'y aller pour profiter des dernières heures de jour, mais il ne parvenait pas à se décider. Il avait noté une raideur inhabituelle dans l'attitude de Minnie. Il hésitait.
« Ma pauvre petite fille, dit Ma. *S'iz azoï shver.*
— Ouais.
— Un petit café léger et un *bulkie* ?
— Non. J'ai intérêt à me dépêcher. La nuit tombe vite. »
Il continua néanmoins à traîner. Quelque chose, quelque chose... qui ne tournait pas rond... d'inquiétant... mais quoi ?
En revenant, Minnie, cette fois, prit soin de l'éviter avant d'aller s'asseoir.
« Faut que je m'y mette tout de suite, dit-elle en sortant son livre de latin de son cartable. On a une interrogation écrite demain sur les conjugaisons des verbes de quatre groupes. Tu te rends compte, déjà quatre groupes !

— Ah bon ? T'as l'air de vouloir vraiment travailler, lança-t-il en guise de ballon d'essai.

— Qu'est-ce que tu t'imagines ? fit-elle en ouvrant son livre. Ma prof, c'est miss Robin, une vieille fille, et pour être *meshugge*, elle est *meshugge*. On sait jamais sur quoi elle va nous interroger. Elle dit que ce sera sur les verbes, alors tu potasses les verbes, et elle te donne une page entière à traduire. Tout le monde pense qu'elle est folle.

— Un petit café léger avec un *bulkie*, ma fille ? proposa Ma. On dirait que ton petit cœur a besoin d'un peu de réconfort.

— Non… je… euh… je vais très bien. Bon d'accord, un café, mais léger.

— Et un petit quelque chose pour tremper dedans ?

— Il reste encore de ce *rugelekh* ?

— Oui, oui. Il est juste un peu rassis.

— Je l'aime bien comme ça. C'est mieux pour tremper. »

Elle se plongea dans son livre.

Ira l'étudia un instant. Était-elle réellement en colère, et à propos de quoi ? Distante, en tout cas. L'interrogation écrite de latin, le fait qu'il ne puisse pas l'aider ? Heureusement. Oh ! oui ! heureusement qu'il n'avait pas pris latin, ça lui fournissait toujours une excuse pour ne pas l'aider – mais il s'agissait d'une excuse à double tranchant, et il pesa avec complaisance le pour et le contre, car ainsi il ne pouvait pas, comme dans le passé pour d'autres matières, lui extorquer la promesse d'une récompense en échange de ses services… Oui, mais à présent, il avait droit au vrai truc, et elle aussi, de sorte que ça n'avait plus autant d'importance. Malgré tout, il regrettait un peu de ne pas avoir étudié comme elle le latin (elle projetait d'entrer à l'École normale Hunter pour devenir professeur), ce qui lui aurait permis de récolter quelques dividendes supplémentaires. Et puis merde ! il passait son temps à corriger les choses rétrospectivement. Oui, seulement de petits événements de ce genre pouvaient engendrer de grandes différences. Cette saloperie de collège où il avait été, et ce grotesque pédé de Mr. Leonard qui enseignait l'espagnol. S'il s'était inscrit à DeWitt Clinton dès le début, il aurait sans doute fait du latin. Pour ceux qui suivaient un « enseignement général » en vue d'entrer à l'université, le latin s'imposait. Et elle était là, à peiner dessus. Bon Dieu ! jeter un regard sur son livre de classe, même maintenant, et demander – devant Ma –, insinuant : T'as besoin d'un coup de main ? Et après qu'elle aurait répondu oui, avec quelle feinte innocence il se serait empressé de dire sur un ton professoral, bon, d'accord, mais n'oublie pas, tu me dois une petite faveur. Quelle belle phrase à double sens ! *Amo, amas, amat*, l'avait-il entendu réciter. Il aurait essayé de la rattraper. Et ensuite, il l'aurait attendrie et calmée en lui apportant son concours – l'enfance de l'art, non ? Ouais, là, tout de suite, détourner la mauvaise humeur qu'elle manifestait contre lui – et pourquoi ? Qu'est-ce qu'il avait fait ? Ah oui, bien sûr, à cause de la dernière fois, ça ne pouvait être que ça. Juste parce qu'il avait joui trop tôt ?

Il accrocha les chaussures de football à son épaule. Putain ! elles étaient chouettes ! Avec le bout renforcé pour shooter et des crampons qui permettaient des démarrages et des crochets brusques. Il allait tourner la poignée de la porte quand il se ravisa – au moment où Ma ouvrait la fenêtre de la cuisine pour sortir la bouteille de lait du garde-manger. Peut-être qu'en passant une minute de plus à les régaler de l'histoire de sa rencontre avec son ex-collègue receveur qui s'était fait escroquer ses cent dollars par la compagnie d'autobus, il parviendrait à dérider Minnie tout en se gagnant les félicitations de Ma pour sa clairvoyance et sa *mazl*.

« *Azoï ?* » fit Ma qui, la main sur le bouton de la porte de la chambre, eut un large sourire lorsqu'il en arriva au côté piquant de l'anecdote : à savoir que le type était le pire *ganef* de tous. « Un instant, Mineleh, reprit-elle. Je prends le lait. »

Elle rit quand il acheva son récit, mais Minnie, elle, ne daigna pas lever la tête. Bon Dieu ! elle était encore furax. Ou alors, il y avait autre chose ? Quelque chose de plus sérieux ? Ma s'attardait pendant qu'Ira faisait de même, parce que l'air sombre de sa sœur laissait planer une mystérieuse menace.

« Qu'est-ce que t'attends ? demanda-t-elle d'un ton désagréable.

— Et toi, qu'est-ce que t'as ? répliqua-t-il de même.

— *Kinderlekh*, intervint Ma. Allons. Ah ! là là ! tout de suite, vous commencez à vous disputer. » Elle rit malgré elle. « Je vais me refaire une petite santé, Mineleh, poursuivit-elle en clignant des paupières en direction des oignons hachés qui emplissaient la jatte en bois posée sur la planche de la lessiveuse. Je vais adoucir mes yeux en regardant partir par la fenêtre mon si brillant fils. »

Elle entra dans la chambre et, avec son éternel soupir, ferma la porte derrière elle.

Il devait bien y avoir une raison à l'hostilité de Minnie. Ira attendit, guettant le moment favorable, après que les lourds bruits de pas de Ma eurent décru et qu'elle eut en principe atteint la fenêtre de la salle à manger.

« Qu'est-ce qui se passe ? »

Il ne risquait rien à poser carrément la question. Il entendit la fenêtre s'ouvrir.

« Tais-toi ! Rien.

— Faut que je parte. Quoi ? juste à cause de cette fois-là ? »

Ses traits de petite fille tordus de mépris derrière les lunettes qui lui mangeaient le visage, la voix chargée de ressentiment, elle répondit :

« Non. Ça, on s'en fout. J'ai pas eu mes règles. J'ai trois jours de retard. »

Si le ciel lui était tombé sur la tête ou que l'immeuble

se fût effondré sous lui, il n'aurait pas éprouvé pareil choc. Il ne put que lâcher, hébété :
« Oh ?
— Oui.
— T'es sûre ?
— Naturellement que je suis sûre. Qu'est-ce que tu veux dire, je suis sûre ?
— Putain ! » Assommé, il se tut. Son univers volait en éclats. « Faut que j'y aille, reprit-il enfin. Ma est à la fenêtre.
— Eh bien, vas-y. Tu voulais savoir, alors tu sais. J'aurais peut-être pas dû te le dire. » Chose étrange, d'un seul coup, elle ne parut plus du tout méchante, mais profondément troublée, presque angoissée. « Vas-y, c'est rien.
— Bon Dieu ! j'espère bien. Ça t'est déjà arrivé avant ?
— Oui, oui. C'est rien, je te répète.
— Trois jours ?
— Allez, va. Ma risque de se demander ce que tu fabriques.
— Bon, bon. Oh ! la vache ! »
Il sortit dans le couloir. Le dos voûté, il franchit le palier à pas pesants, descendit l'escalier. Ses chaussures de football semblaient lui scier l'épaule. Une fois passées la porte d'entrée et les marches de pierre du perron, il s'efforça de prendre une attitude naturelle. Putain ! pas facile de modifier son expression ! Sur le trottoir, comme s'il luttait pour écarter de puissantes mâchoires d'acier ou qu'il enfonçât des coins pour détendre ses traits tétanisés par la peur, il parvint à lever un masque souriant vers le visage rond de Ma qui, à la fenêtre, lui criait en yiddish :
« Amuse-toi bien. Et surtout n'oublie pas l'heure du dîner. Le maître sera là.
— Ouais, je sais. De toute façon, il fera nuit avant, dit-il, haussant la voix, mais incapable de regarder de nouveau le visage penché vers lui. Je serai rentré, t'inquiète pas, Ma.

– *Oï ! s'iz git kalt.* »
La fenêtre se referma avec un petit bruit sourd.
Oh ! mon Dieu ! le trottoir, la rue, les gosses, des piétons, traverser, grimper le perron de l'un des deux immeubles jumeaux en briques rouges où Davey Baer et sa famille habitaient toujours, et là, il y avait Mrs. McIntyre, *dos tsaïnd'l* ainsi que Ma la surnommait par charité et non par dérision, la petite dent, parce qu'il ne lui restait qu'une seule dent de devant, si voyante quand elle souriait. Et, de même que tant de femmes goy du quartier, elle adorait Ma qui, pourtant, parlait si mal anglais. Mrs. McIntyre rayonnait littéralement de plaisir lorsqu'elle bavardait avec Ma, comme si c'était une joie, un honneur. Oh ! Ma ! Qu'est-ce que ton fils avait fait ? Et toi, qu'avais-tu fait ? Une noble femme, disait Zaïde. Ne pas lui adresser de reproches. Juste à toi-même. Oh ! là là ! là là ! Il se contraignit à adopter un pas vif pour se diriger vers le sempiternel pont de Park Avenue.
Le sempiternel pont. La sempiternelle pénombre en dessous... souvent agréable, rafraîchissante pendant les grandes chaleurs, mais pas maintenant. La pénombre sous le toit de fer, puis déboucher dans la lumière déclinante de fin d'après-midi... traverser en direction de Madison Avenue, de plus en plus abattu. C'était là que Collingway l'avait accosté. Foutu veinard, tu parles ! Le goy lui avait donné le *git oïg*, aurait dit Pa. Le mauvais œil. Il aurait dû le conjurer : *Kaïn aïn horè*. Être superstitieux comme Pa. *Mazl*. Et il s'était imaginé avoir de la chance ! Il aurait préféré perdre ses cent dollars... les perdre cent fois, plutôt que de se retrouver dans un pareil pétrin. Mille fois, dix mille fois. Si bien que Pa l'aurait réduit en charpie quand il serait revenu à la maison sans le dépôt de garantie.
Une bricole comparé à ça. Trois jours de retard, elle avait dit. Trois jours ! C'est rien, elle avait dit. Alors pas la peine de se ronger les sangs – puisqu'elle avait dit que c'était rien, c'est que c'était rien. Putain ! il

aurait pas dû laver cette capote. La laver pour la réutiliser. Être radin comme Pa. Oh ! non ! mon Dieu ! non ! Et après, elle avait eu l'air parfaite, toute séchée, retournée et enroulée, aussi bien que la première fois quand elle avait dit que c'était si bon. Peut-être qu'elle avait crevé. Peut-être que c'était pour ça qu'il avait senti quelque chose de différent au moment de jouir. De plus chaud, de plus humide, de plus délicieux. Et il avait joui trop tôt. Un dollar, un cauchemar, un connard, oui, oui…

Pourquoi avait-il fallu qu'il rencontre Pearl, qu'il aille voir Theodora ? C'était bien sa veine. Bon, sois pas comme Pa. La chance. La cervelle. Pourquoi il n'était pas retourné chez Theodora ? Il connaissait l'adresse, et le prix. Aucun risque. Pas de pépins. Salut, et le chemin du métro. Deux stations jusqu'à la bonne vieille 116e Rue. Et la fois d'après, il aurait pu apporter ses propres capotes au lieu de les lui payer, et avec le *quarter* ainsi économisé, il en aurait acheté deux. Il était au courant maintenant, alors pourquoi ne pas être retourné la voir ? Parce qu'il était radin, comme Pa. Et pourquoi avait-il besoin de tringler sa sœur ? Parce qu'il avait commencé à le faire. Dans ce cas, pourquoi ne pas avoir continué comme avant ? Entre les cuisses, quand ça la chatouillait, quand elle ne voulait pas qu'il l'enfonce en elle. Là, il ne s'inquiétait pas. Oh ! ta gueule, ta gueule, ta gueule. Oh ! si jamais…

Arrivé sur Madison Avenue, il prit la 120e Rue jusqu'au coin de Mount Morris Park. Il n'avait pas la moindre envie de jouer au football. Faut, pourtant. Oublie. Faut que t'oublies, que t'oublies ce matin, que t'oublies, t'oublies, que t'oublies aujourd'hui. L'extinction des feux. Mais non, crétin, c'est pas l'extinction des feux, c'est le réveil. Marche. Marchons. Marchons. Chante la *Marseillaise*.

Devant lui, sur le terrain dénudé, des garçons jouaient au football. Il les entendait courir et crier. Mon Dieu !

Être comme eux. Ferme-la. Assieds-toi sur un banc et mets tes chaussures. C'est rien, elle a dit.

« Hé ! les mecs, on fait un petit match ? lança-t-il à peine eut-il franchi l'entrée de la 120ᵉ Rue.

– Hé ! Irey, rapplique. Tu joues avec nous. Ginsburg, en voilà un autre. Tu peux venir maintenant. »

Ira commençait à s'identifier trop à son récit, de même qu'à l'impasse à laquelle il était parvenu dans la recréation de sa sœur au sein du récit. L'idée de ne pouvoir étudier que son propre esprit, aussi dérangé fût-il, et non celui de sa sœur, ne laissait pas de l'inquiéter. Qu'éprouvait-elle ? Comment ses dépravations l'avaient-elles affectée ? Il se sentait incapable de le comprendre. Il ne possédait aucune réponse. Cependant, il pensait entrevoir une lueur de solution en revenant au rôle qu'il avait adopté pour lui-même au début du roman : celui de copiste – non, plutôt celui de correcteur de son premier jet.

Pourtant, le présent fit brutalement irruption sous forme d'événements épouvantables, d'atrocités commises par des fous et des fanatiques. Ce qu'on appelait la boîte noire, et qui était susceptible d'expliquer dans quelles circonstances s'était produite l'explosion ayant entraîné la mort de plus de trois cents passagers du 747 d'Air India, gisait au fond de la mer. On attribuait l'attentat aux Sikhs... Depuis plus d'une semaine, des Chiites détenaient à Beyrouth une quarantaine d'otages américains, et exigeaient en échange de leur libération celle de sept cents prisonniers chiites détenus par Israël (selon les dépêches, certains des otages avaient des noms juifs)... On avait déjoué un horrible complot fomenté par des terroristes irlandais qui projetaient de faire sauter des bâtiments dans plusieurs stations balnéaires... Au Japon, une bombe avait explosé parmi les bagages qui devaient être chargés à bord d'un autre appareil d'Air India, et plusieurs manutentionnaires avaient été tués. Quoi encore ? Où encore ? Partout. À la suite de fausses alertes à la bombe, des avions revenaient se poser à l'aéroport d'où ils venaient de décoller. Dans tous les médias on parlait de mesures de sécurité, d'actions à éviter, de réactions et de réactions excessives.

Et, pour couronner le tout, un de leurs amis débarqua pour la énième fois sans s'être annoncé, alors qu'Ira et M avaient expressément demandé à plusieurs reprises à l'ineffable effronté de téléphoner avant de venir. Mais pensez donc ! rien à faire ! Ira s'était retiré dans son bureau après avoir claqué la porte. Le pire, c'est que M avait cru que sa colère était également dirigée contre elle, car il avait refusé de répondre lorsqu'elle avait frappé à la porte, croyant qu'il s'agissait de l'insupportable butor qu'il fuyait, d'autant qu'avec le ronronnement du climatiseur, il n'avait pas reconnu sa voix.

Sa pauvre agnelle, bouleversée à cause de lui ! Mais franchement, pouvait-on imaginer pareil malappris refusant avec obstination de téléphoner avant de venir, alors qu'on le lui avait répété je ne sais combien de fois ? Et, en plus, arriver quand Ira rédigeait les dernières lignes où il s'efforçait de décrire, de recréer les instants de panique qu'il avait connus après la révélation de Minnie, le début des désastreuses déprédations que le prédateur devait subir !

Résultat, cette nuit-là, il fut incapable de s'endormir – pas avant d'avoir pris un Valium. Il était resté assis deux ou trois heures, puis il avait craint, s'il demeurait ainsi plus longtemps, d'avoir une nouvelle attaque de « chute d'adrénaline », ce choc provoqué par l'insuffisance d'adrénaline dont il avait souffert quelques mois plus tôt. On avait dû le transporter en ambulance à l'hôpital où il était resté deux ou trois jours. Pour éviter cela, il avala donc un tranquillisant.

Et il se réveilla le lendemain matin – une véritable épave. Mais c'est pendant qu'il n'arrivait pas à dormir, étendu à côté de M plongée dans un profond sommeil, qu'il avait eu comme une illumination, un souffle de grâce, une dispense qui l'autorisait à continuer d'explorer l'abîme de son passé. Il obtenait un sursis quant à l'amour que M lui portait, sa raison de vivre, son seul soutien. Eh oui, même lui, le plus odieux des égoïstes, avait fini par reconnaître que la manifestation de l'amour qu'il nourrissait à son égard passait avant ses écrits (qu'on les jugeât importants ou non). Tout le reste était accessoire. Qu'il ait pu atteindre ce stade, cela tenait du miracle. Il ne parvenait certes pas à dormir, mais cette « épiphanie » adoucissait l'insomnie. Jane Eyre et Elisabeth Bennet dans *Orgueil et Préjugés*, le livre de Jane Austen qu'il avait presque fini, apparaissaient au-dessus de la forme endormie auprès de lui, sa femme, laquelle était aussi bonne, aussi douce, aussi bien élevée, aussi fidèle, aussi aimante et aussi sage qu'elles, et également plus courageuse, plus compétente et plus douée qu'elles.

Et lui, le Juif, le plus minable des Juifs, le plus minable des hommes, elle le rachetait. Quelle était cette autre notion qui flottait à la périphérie de son esprit, confuse comme d'habitude ? Qu'Hitler avait détruit le cœur de l'orthodoxie juive, son noyau vital et fertile qui proliférait en Europe de l'Est, et qu'en restait-il en dehors d'Israël, hormis ces fossiles excentriques qui exhibaient leurs papillotes et leurs *shtraïmls* bordés de fourrure ? Ici, en Amérique, il n'existait plus que les vestiges d'une communauté juive rabbinique. Sous l'effet de l'assimilation, des mariages intercommunautaires, d'un taux de fécondité volontairement réduit, ils finiraient par s'éteindre sans douleur, à l'exception des praticiens professionnels, les rabbins, qui regarderaient péricliter leurs troupeaux. Et, comme dans une vision, il vit s'étioler les vastes diasporas, même celles d'Union soviétique, qui, tout en survivant en dépit d'une politique d'attrition, finissaient néanmoins par se résorber comme une mare d'eau stagnante. Le judaïsme ne pouvait se développer qu'en Israël, ne pouvait survivre et évoluer que dans son propre pays.

CHAPITRE XIII

Les heures et les jours, des jours entiers ! s'écoulaient dans la douleur, qui mettaient Ira à la torture, qui hurlaient en silence dans le vide de l'angoisse grandissante. Quand il rentrait de l'école l'après-midi, la pénombre qui envahissait de plus en plus tôt la cuisine, et formait un sinistre décor percé d'une unique fenêtre donnant sur la cour, devenait comme le dépositaire de ses inquiétudes : les poteaux et les cordes à linge qui, montées sur des poulies, partaient dans toutes les directions, émergeaient comme une menace du brouillard qui se levait – et à côté, on distinguait la petite maison à un étage où habitait naguère Leo Dugonicz et, avant lui, le barbier italien et sa famille. Au-delà de la clôture, au coin de la rue, se dressait, massive et sombre, haute de cinq étages, la forteresse sans eau chaude où vivait Yussel. Le moindre des fragments de privation et de pauvreté se métamorphosait en un lambeau d'angoisse secrète comme figée par le temps. À chacune de ses questions pétries d'anxiété, il recevait la même réponse, non, non, toujours non. Elle n'avait pas eu ses règles. Non. La nuit, il ne parvenait à s'endormir qu'en évoquant les images de la façade du Metropolitan Museum où, depuis sa neuvième année, il avait pris l'habitude de se rendre à pied... seul, ou en compagnie de Jake Shapiro, à partir de la sordide 119e Rue, direction Park Avenue, le coin de Central Park, puis le lac, les canots et, en face, le rocher de granit couronné de buissons et d'arbres. Un panorama familier. Ensuite, la belle promenade le long de la Cinquième Avenue jusqu'au musée. Il se rappelait en détail les marches, si hautes, qui menaient aux vastes ailes du bâtiment de part et d'autre de l'entrée. Combien y en avait-il ? Et les portes ? Et les noms célèbres au-dessus des portes, et les tourniquets faits avec des tubes en cuivre à l'intérieur du grand hall de marbre, et les gardiens en uniforme bleu ? C'était facile à se remémorer. Et les salles, superbes, somptueuses, dignes d'un palais, baignant dans une lumière majestueuse. En entrant, on remarquait en premier les tapisseries des Gobelins accrochées aux murs de marbre qui, s'il s'en souvenait bien, représentaient toutes sortes de scènes bibliques. Des souverains enturbannés et des martyrs, des soldats en cuirasse armés de lances et des femmes en costumes d'antan. Tu te rappelles ? La statue du Bien et du Mal, si monumentale, au bas de l'escalier de marbre : d'abord, tu avais cru qu'il se tenait sur elle, mais en fait *il* se tenait sur *lui*, tous deux du même sexe. On aurait dit un combat, un match de lutte, au cours duquel le mal était terrassé, et d'ailleurs le mal était toujours terrassé, sauf pour Ira. Maintenant, comme pour le cartable perdu et le stylo en argent volé, il allait payer pour le rouleau de *quarters* et pour Theodora qui, dans cette petite chambre étouffante, lui avait montré en échange de deux dollars et un *quarter* ce qu'on devait faire. Comment savoir s'il ne payait pas pour ça ? Elle lui avait appris, et il s'en trouvait puni. N'avait-elle pas pouffé de rire quand il avait essayé à sa manière ? Et lui d'expliquer, presque honteux : « C'est comme ça que j'ai fait avec... » Il s'était interrompu à temps. « ... ma première fille. »

Grimper l'escalier de marbre, rêvassait Ira. Le crissement des semelles sur les marches, les rampes de marbre pâle si lisses sous les paumes. Je me demande. On n'appelle pas ça de l'albâtre ? Oh ! mon Dieu ! ce n'était même pas terrible cette fois-là, même pas. Tais-toi, tais-toi. Qu'est-ce qu'il remarquait d'abord ? Le nouvel Hercule, Héraclès, on disait, au-dessus de la balustrade de marbre du premier étage, un pied contre le rocher, qui tendait son arc ? Probablement. Sinon, en haut de l'escalier, il y avait la Madone en bleu avec le petit Jésus. Marie. *Goy*. Il avait commencé par détourner le regard avant de finir par se décider à déchiffrer le nom inscrit sur le cadre doré tout tarabiscoté : Raphaël. Oh ! Raphaël, il connaissait. Et puis... et puis... et puis... la première inspiration profonde, profonde, profonde...

Pendant les heures de la journée qu'il passait à la maison, la géométrie plane le soutenait, auguste, apaisante, le seul univers pur à lui offrir un sanctuaire absolu, à le placer devant un problème ou une proposition, à partager avec lui son enchantement face à la solution toujours inéluctable, si merveilleusement simple et immaculée – et si ingénieuse, si aveuglante parfois. Qui aurait pu imaginer que l'angle entre deux tangentes ou deux sécantes tracées depuis un point à l'extérieur du cercle serait égal à la moitié de la différence des arcs de cercle interceptés ? Comment était-ce possible ? Pourquoi ? Et pourtant, c'était comme ça. Un monde fabuleux où tout s'emboîtait. Même quand on butait sur une formule, du moment qu'on savait qu'elle existait, on finissait par la démontrer, car, pour une fois, on savait comment un monde, un système, fonctionnait. Il exultait parce qu'il excellait en classe, aux interrogations écrites comme au tableau. Ses notes en géométrie plane frisaient la perfection – au détriment de ses autres devoirs qu'il se contentait de traiter par-dessus la jambe. Aucune autre matière ne possédait la faculté d'éloigner ses pensées de l'horrible sort qui l'attendait, du démon qui, chaque jour de plus en plus proche, allait venir réclamer son dû. Sa peur imprégnait tout le reste, s'insinuait dans l'anglais, l'espagnol ou l'histoire, comme si les lettres imprimées constituaient des pores, un filtre, un grillage. Elle n'avait toujours pas ses règles. Toujours pas.

Des jours et des jours. Quand, combien, combien de

retard, peut-être trois depuis qu'elle le lui avait dit, et puis vint le moment où il comprit qu'il atteignait la limite de ce qu'il pouvait endurer. Lorsqu'elle répondit de nouveau non, il sut. Il entrait dans la phase des hurlements, non, pas une phase, un univers, un univers de cauchemars, le royaume de l'insupportable. Les rouages du monde se grippèrent, le comportement normal, les facettes reconnues du bon sens, l'aspect raisonnable des choses, leurs causes et leurs effets, plus rien n'existait, ni ne s'appliquait. Tout partait à la dérive. Lorsqu'elle répondit non, il eut l'impression que des ligaments se déchiraient en lui, des ligaments de l'esprit, pareils à des brins de corde qui, dans son cerveau, se défaisaient et s'effilochaient sous la tension. Ils ne reprendraient jamais leur place, ne retrouveraient jamais leur solidité originelle, ne se ressouderaient jamais. Il les sentait se tordre irrémédiablement en lui. Ou se briser ? Quoi faire ? La tuer. S'il la tuait, quelque chose prendrait fin. La tuer. Comment ? L'étrangler ? La frapper ? La poignarder ? Une grosse pierre. La pousser par la fenêtre. Sans doute le meilleur moyen. En tout cas, la tuer. Le mot, le nom de la forme répugnante qui s'échappait de la terrible et irréparable déchirure qui s'était produite en lui. Il était un assassin. Il pouvait assassiner. Élaborer des plans, comment et quand tuer, mais tuer. Elle le tuait, alors il la tuait... Attends, attends, un dernier devoir. Attends. Non, ça ne servira à rien, ça n'apaisera pas ses angoisses. Attends, attends. Il ne fera que les devoirs qu'il a envie de faire, ceux marqués d'une étoile, au diable les devoirs ! Juste ceux marqués d'une étoile, lui qui était né sous une mauvaise étoile, rien que ceux-là, les plus difficiles...

Ses lugubres pensées arrêtèrent un instant sa main qui se tendait vers le livre de géométrie, et il lutta contre la sauvagerie qui le gagnait, cependant qu'il faisait glisser le livre vers lui. Là se trouvaient les vainqueurs, les exemples frappés d'une étoile. Quel était le problème au cœur de cette folie hurlante, l'exemple donné ?

Donné. Donné. La figure toujours si amicale, et qui, frêle silhouette, semblait toujours le considérer avec une petite lueur de défi, gisait morte sous ses yeux. Ma se tenait devant l'évier, qui lui présentait son large dos. Le Léthé. Le dernier plaisir. Les lignes droites qui se croisaient devant le Népenthès.

Il entendit Minnie ouvrir la porte de la chambre. Il leva la tête, non pas avec espoir, mais dans l'attente de la confirmation de la catastrophe. Il y avait pourtant quelque chose de différent dans son attitude. Oui, oui. Absolument. Une émanation, une onde de promesse, tout le contraire de ce qu'il attendait. Elle lui sourit, puis hocha la tête. Bouche bée, il la fixa du regard, mima une prière muette derrière le dos de Ma. C'est vrai ?

Et en réponse, elle lui adressa plusieurs vigoureux hochements de tête. Il ne pouvait plus s'y tromper. Elle se dirigea vers la salle de bains.

Ô gloire ! Ô béatitude ! Mais il ne tenait plus en place. Il fallait qu'il sache, qu'il ne reste plus l'ombre d'un doute. Il fallait qu'elle le lui dise. Qu'il l'entende de sa propre bouche. Il guetta le moment où elle sortirait des toilettes. Qu'est-ce qu'il pourrait lui demander ? Quelque chose de neutre, qui n'attirerait pas les soupçons de Ma.

« Ça va ? Tes devoirs ?

– Oui, oui, tout va bien », répondit-elle brièvement.

Ça ne lui suffisait pas. Il jeta un coup d'œil en direction de Ma, puis, scrutant sans pitié le visage de sa sœur, il osa former avec ses lèvres les mots chargés de lui ramener comme un grappin la preuve qu'il désirait :

« T'as tes règles ? »

Elle eut un brusque mouvement d'impatience avant de répondre :

« Oui ! »

Oh ! mon Dieu ! oh ! mon Dieu ! Chaque cellule de son corps chantait alléluia ! Plus question de rester à la maison. Il fallait qu'il aille dehors, danser et courir dans les rues, se réjouir, hurler comme un fou des couplets sans queue ni tête. Putain ! quel pot ! Il se leva, ou plutôt bondit sur ses pieds, et fonça vers la chambre en annonçant :

« Je descends. »

Il saisit au vol sa veste suspendue au portemanteau « Où vas-tu ? »

Qu'est-ce que Ma pouvait savoir ?

« Dehors. Dans la rue. Nulle part.

— Et le manteau ? Il fait froid, dès que la nuit tombe.

— Je serai rentré avant.

— Tu veux me rendre un service, puisque tu reviens de bonne heure ?

— Bien sûr, bien sûr, dit Ira, soudain plein d'empressement et de bonne volonté. Je suis prêt à t'acheter un éléphant kasher. Qu'est-ce que tu veux ?

— Gros bêta, dit-elle avec un sourire. Je vais te donner l'argent. Il me connaît, le crémier au coin de la rue. S'il a des œufs fêlés, tu en prends une douzaine. Dis-lui que j'étais chez lui ce matin et qu'il n'en avait pas.

— Okay. Des œufs fêlés, une douzaine, une douzine, une cousine, et tout le toutim. Le razine, le chazine, le coutzine, le schmoutzine. » Il esquissa quelques pas de danse impromptus. « Je file, Ma. Il reste à peine une demi-douzaine de minutines – *makh shnel !*

— Qu'est-ce qui te prend ? Ce garçon est fou », dit Ma, légèrement amusée.

Il glissa un coup d'œil vers sa mère, prit une posture de bouffon :

« Je viens juste de faire une découverte. *Vunderbar !*

— Il est cinglé, affirma Minnie sur un ton de désapprobation non feinte.

— *Nar*, dit Ma en lui tendant un *quarter*. N'oublie pas. Il me connaît, Mrs. Stigman, dis-lui : la dame de la 119ᵉ Rue pour qui il garde toujours des œufs fêlés – *oï ! gevald ! bist take meshugge !* »

Dans le même mouvement, Ira lui arracha la pièce de la main et ouvrit la porte de la cuisine.

« Ah ! di-euuuh ! »
Une seconde plus tard, il débouchait dans le couloir.
Se retenant à grand-peine de bondir et de gambader, il marcha, marcha le plus vite possible dans les rues où le soir tombait – pas étonnant qu'on dise avoir le « cœur léger ». « Tralala, tralala », chantonnait-il de temps en temps, alors qu'il avait envie de hurler, de trompeter, de claironner son soulagement. Non, plus jamais, jamais plus, jamais, jamais. Il allait foutre en l'air ces maudites capotes. Les gonfler pour en faire des ballons jusqu'à ce qu'elles éclatent. De grosses bulles. Oui, m'sieur, de toute façon il s'en débarrasserait. Il retournerait voir Theodora. Il connaissait le chemin. Le prix. Oui, oui. Absolument. Ou une autre. Peut-être plus jolie. Oh ! ouais, oh ! ouais, oublier, oublier. Espèce de sale menteur. Oh ! là là ! il était tout en... en iridescence, on disait, non, efflorescence, concupiscence. Ah ! ah ! ah ! Effervescence. Oh ! putain ! quelles autres essences existait-il encore ? Il était tout, tout ça à la fois. Des fils de la Vierge. De petites flammes duveteuses qui s'embrasaient et s'épanouissaient en langues de feu d'une splendeur triomphante. Comme les mots jaillissaient en lui ! Étaient-ce bien des fils de la Vierge, comme dans Coleridge ? Bon Dieu ! elle s'appelait VIE-DANS-LA-MORT avant, non ? Ils étaient juste deux à le savoir, Minnie et lui. Pas comme le type qui s'envoie une nana, et qui va le crier sur tous les toits : eh ! vous devriez voir la gonzesse que j'me suis fait l'aut'e soir... d'ailleurs, peut-être que c'était du baratin. Ou peut-être pas. Mais pour Ira, le silence, le silence total. Pas de vantardise, pas d'étalage, rien que la honte. Le génie dans la bouteille. La boîte de Pandore. La boîte de sa sœur ! Pouvait-on imaginer qu'il s'en glorifie ? Bon Dieu ! rien que d'y penser, le remords l'étreignait et l'obligeait presque à fermer les yeux. Eh ! les mecs ! j'crois que j'ai foutu ma frangine en cloque ! Oh ! la vache ! la trouille que j'ai eue ! Et puis tout ce qu'il les avait entendu raconter : enculer,

sucer, lécher, soixante-neuf, et tous ces trucs qu'il croyait inventés. Même si c'était vrai, personne n'avait jamais dit : j'ai baisé ma sœur. Bon, les petits Italiens disaient bien le cul de ta mère, le con de ta sœur – mais est-ce que ça comptait à côté du con de ma sœur ?

Recouvrant petit à petit ses esprits, il tourna sur Madison Avenue en direction du parc. Ils devaient profiter des dernières lueurs de jour pour terminer leur partie de football. Bientôt, il les entendit et les vit, mais il ne se sentit pas d'humeur à participer. Taper dans un ballon, c'était bien la dernière chose à laquelle il pensait. De toute manière, il n'avait pas ses chaussures. Non, non, pas envie. Un jour, il avait fait le tour du parc. Ça l'aiderait à finir de se calmer. Passer devant les endroits qu'il connaissait, l'hôpital ORL, le coin de la 124ᵉ Rue où il quittait le parc pour se rendre à l'école publique 24, un peu plus haut sur Madison Avenue. Ou chez Farley qui habitait aussi sur Madison. Mon Dieu ! même à lui qui avait été autrefois son meilleur ami il ne pouvait pas le dire. À personne.

Ensuite, longer le parc, le bâtiment gris de la bibliothèque comme tant et tant de fois auparavant. Puis les maisons de grès brun dans cette même rue où il avait livré des produits de chez Park & Tilford. Prendre Mount Morris Park Ouest bordée de petits immeubles où il aimait monter avec sa boîte d'épicerie sous le bras pendant que Shea gardait la camionnette Model T. Lequel était-ce ? Celui où on entrait par-derrière et où il y avait un ascenseur de service qu'on manœuvrait comme un vrai liftier : quelle affaire pour amener la plate-forme de la cabine au niveau du plancher de l'appartement. Encore quelques centimètres... trop haut. Un petit coup pour redescendre... ho-ho-hop ! Comme il s'amusait ! Et comme il s'amusait davantage à faire de vilaines choses, comme on disait. Avec Minnie quand elle n'avait encore que de toutes petites fesses bien rondes et blanches, pareilles à un ballon à un sou qui, dans son esprit, se transformait en un gros nuage projetant déjà une ombre envahissante. Mais il ne s'agissait alors que de ça, d'une ombre, et non de cette peur tangible. Tuer, tuer, la tuer.

Assez !

120ᵉ Rue. Plus on approchait de Madison Avenue, plus le quartier devenait crasseux. N'empêche qu'il y avait l'eau chaude et le chauffage urbain à la vapeur – on pouvait prendre deux bains à la suite. Pas étonnant. Les rails de tramway sur Madison Avenue, le coin de Mount Morris Park, de nouveau l'entrée. Il faisait maintenant trop sombre pour jouer au football. Les garçons étaient partis. Le terrain, désert et silencieux dans le crépuscule. Retour à la 119ᵉ Rue, donc. Et le morne trajet jusqu'à la maison dans le jour déclinant. Son allégresse était retombée. Il lui restait cependant quelque chose, comme une mise à nu, pas seulement le soi, le soi familier, comme avant, celui qu'il était avant. Non. Il aurait pu la tuer, lui, Ira Stigman, le lâche, il aurait pu tuer sa sœur, voilà comment il était au fond de lui. Et il percevait encore en lui la séparation, la déchirure. L'angoisse avait délogé quelque chose en lui. Il s'était trop inquiété, comme si le fait de forcer à sortir ce qui ne voulait pas venir d'un bloc, ce qui ne voulait pas venir correctement, avait créé une faiblesse, une vulnérabilité chronique au malheur. Mais non, ça finirait par disparaître. Comme n'importe quelle autre déchirure ou plaie de l'âme. Ça guérirait. Il s'en remettrait. Non, il ne guérirait pas, voilà le problème. Même le couteau à fromage avec lequel il s'était entaillé le pouce lui avait laissé une cicatrice blanche. Et celle-là, elle serait noire. Bizarre comme on sentait son anxiété se tordre, se débattre et refuser de céder. À quoi ça ressemblait ? Les mouvements d'horlogerie faisaient pareil, comme la fois où il avait ouvert la pendule Big Ben qui s'était arrêtée. Une roue dentée marquait chaque seconde, cran après cran. Quelque chose avait cassé. Ou lâché. Ou...

« *Nou*, les œufs fêlés ? demanda Ma lorsqu'il entra dans la cuisine.

— Zut, j'y vais tout de suite ! dit-il, s'apprêtant à redescendre.

— Non, ça ne fait rien. Rends-moi le *quarter*. J'irai demain. Tu n'as pas plus de tête que mon bol en bois.

— C'est bien vrai, approuva Minnie. Il a un petit pois à la place de la cervelle, mon frère chéri. »

CHAPITRE XIV

Au printemps de sa troisième année à DeWitt Clinton, entamée au cours de l'hiver 1923, un certain Bob S et sa mère divorcée emménagèrent dans l'immeuble de six étages au-dessus de la pharmacie Biolov, au coin de la 119e Rue et de Park Avenue (juste en face de la sinistre forteresse où habitait Yussel). Bob et Ira ne tardèrent pas à s'apercevoir qu'ils fréquentaient tous les deux la même école. Bob était en dernière année et aurait donc fini un an avant Ira. Juif, sûr de lui, d'une taille au-dessus de la moyenne, ses cheveux noirs et raides séparés par une raie au milieu, il portait sur l'arête de son nez pointu des lunettes à monture d'écaille qui rappelaient à Ira Benny Lass, le patron des vendeurs de soda, ainsi, bien entendu, que Harold Lloyd. Doué d'un esprit exceptionnellement vif et perspicace, membre de l'équipe de débats contradictoires et d'Arista, la société d'honneur de DeWitt Clinton, Bob était un élève brillant qui s'impliquait dans la vie de l'école. Son objectif, depuis longtemps arrêté, était de devenir avocat, ce qui, comme le reste, ne soulevait guère l'enthousiasme d'Ira : il avait travaillé une fois dans un cabinet juridique, et une fois lui suffisait amplement.

Cependant, ils habitaient la même rue, ne serait-ce que pour un temps. Ils prenaient le même métro pour rentrer et pour partir. Ils se lièrent donc plus ou moins d'amitié, avec certaines réticences de la part d'Ira, faute d'un ami plus sympathique qui ne s'intéresserait pas autant aux élections scolaires, au journal de l'école, et qui ne serait pas aussi fixé sur son avenir. Mais ce fut grâce à lui qu'il découvrit quelque chose qui le captiva, ou plutôt l'intrigua. Bob, en effet, faisait partie de l'équipe de tir à la carabine de DeWitt Clinton.

Ira adorait les carabines. Il n'avait jamais vu de près la moindre arme à feu à l'exception de la carabine à air comprimé qu'il possédait des années auparavant et qui, avait-il cru avec naïveté, lui permettrait de se débarrasser des rats qui pullulaient au fond du puits d'aération. Naturellement, il en parla à Bob, et lui raconta les déceptions et les mini-fiascos qu'il avait connus. Peut-être mentionna-t-il aussi les rares fois où il avait fait la folie de dépenser un *quarter* à la foire de la 125e Rue Est où, en plus des autres attractions comme les marionnettes gitanes grandeur nature qui disaient la bonne aventure et les guidons qui délivraient de petits chocs électriques, on trouvait des stands de tir où, pour un *quarter*, encore une folie, on avait droit à dix balles qu'on pouvait tirer soit sur des cibles immobiles qui tintaient quand on faisait mouche, soit sur des canards en fer qui défilaient et basculaient docilement quand on les touchait. Oui, Ira aimait beaucoup les carabines.

Bob ne tarda pas à inviter Ira dans la « cage », laquelle occupait un coin du gymnase et méritait tout à fait son nom. Il s'agissait en effet d'un petit espace clos protégé par d'épais fils de fer et dont la porte, composée du même matériau, ne s'ouvrait qu'à l'aide d'une clé que seuls détenaient les membres de l'équipe. À l'intérieur, une carabine calibre 22 ayant les dimensions et le poids réglementaires était accrochée à un bras de métal articulé, permettant une simulation de tir. La cible se trouvait de l'autre côté du gymnase, à environ vingt-cinq mètres, mais en réalité, il y avait dans la cage une autre cible de la dimension d'une carte de visite placée juste devant la mire. Quand on pressait la détente, l'impact s'inscrivait sur la petite carte sous forme d'une marque minuscule correspondant au trou que la vraie balle aurait percé dans la cible située à vingt-cinq mètres de là.

À titre de démonstration, Bob tira quatre ou cinq « balles », puis exhiba la petite cible sur laquelle figurait son résultat. Après quoi, il invita Ira à essayer. Son expérience, à condition qu'on puisse parler d'expérience, se résumait surtout à tenter d'exterminer des rats au fond d'un puits d'aération à l'aide d'une carabine à air comprimé, mais elle lui avait au moins appris quelque chose, ne serait-ce que par intuition, à retenir sa respiration pendant qu'il visait. Il se concentra et pressa la détente. En plein dans le mille. Se pourrait-il qu'il pensât encore à Minnie, avant la découverte rassurante, avant la révélation qui lui avait sauvé la vie ? Avec les quatre balles suivantes, il réussit un bon tir groupé.

Bob ne cacha pas sa satisfaction. Avoir mis la main sur un débutant si prometteur alors qu'il n'attendait rien de ce garçon indolent et myope habitant un appartement sans eau chaude dans la pouilleuse 119e Rue – il y avait en effet de quoi se féliciter ! De plus, Bob, qui entraînait l'équipe, devait quitter DeWitt Clinton cet été une fois ses études terminées, de même que le capitaine et un autre ancien. Il devenait donc impératif de trouver le plus vite possible des remplaçants à la hauteur. Bob garda la cible miniature pour la montrer au capitaine, et, sur la foi de sa performance, on invita Ira à essayer ses talents sur une véritable arme à feu. Il les suivit donc vers l'armurerie du centre-ville dans le sous-sol de laquelle était installé le stand de tir. Aucun responsable de l'université ne les accompagnait. L'équipe paraissait être totalement indépendante, élément d'une sorte de fraternité qui se donnait rendez-vous en ce lieu, des hommes en civil, en uniforme de l'armée, en uniforme de la police, qui s'exerçaient au fusil, au revolver ou au pistolet automatique.

On distribua à Ira une demi-douzaine de cartouches de 22 long rifle à tirer de la distance réglementaire, à savoir vingt-cinq mètres, sur une cible également réglementaire dont le centre avait à peu près la dimension d'une pièce d'une *dime*. Il tira deux balles couché, deux agenouillé et deux rapidement, presque sans viser. Son score fut jugé suffisamment impressionnant pour qu'on le nomme aussitôt remplaçant au sein de l'équipe.

À dater de ce jour, il participa aux séances hebdomadaires d'entraînement qui se déroulaient dans le sous-sol de l'armurerie. Ses scores s'échelonnaient de bon à médiocre...

Ses scores ? Oui, en effet. Ira se laissa aller à une espèce de rêverie tangentielle. Tes résultats ne dépendaient-ils pas de plus en plus de tes humeurs, selon que tu étais bien ou mal luné, relativement reposé ou très agité, après un bon sommeil ou un sommeil fiévreux ? Il haussa les épaules, qui diable pouvait établir la corrélation ? L'adolescent vivait sur deux plans, l'un ouvertement public, l'autre profondément secret. Quelle terrible torsion – ou distorsion – existait entre les deux, tour à tour champ de force chargé ou inerte, entre les deux plaques d'un condensateur, entre les feuilles d'une bouteille de Leyde – de Leyde, oui, *leyde* (ou *laid*) qui, en yiddish, signifiait souffrance.

Ira souffrait maintenant qu'il respectait le tabou – en dépit de tout, fou de désir à la pensée de ce tabou qui, quand il le brisait, l'emplissait d'un abject transport. Minnie elle-même s'en trouvait affectée malgré ses reniements passés, ses réticences cédèrent et elle s'abandonna dans les gémissements. Il la suborna, la pervertit. Oh ! que ces rares instants de fureur inattendue, lorsqu'ils étaient seuls l'après-midi, pressés par le temps, paraissaient meilleurs encore que les dimanches matin dans le lit de Pa et Ma. Les murs verts et cloqués de la cuisine tremblaient sous les assauts du mal, sous les vagues furieuses de la passion de Minnie : « Oui, viens. » Oh ! la suivre dans la chambre, rouler deux préservatifs ensemble pour la rassurer, un *quarter* à la fois ! Le ravissement du crime. Deux capotes l'une sur l'autre, et lui sur elle, plus lentement, sans risque, sûr, et lui arracher ce « o-oh ! mon frère chéri »…

Doublement protégé, doublement en sécurité, et pourtant, il continuait à s'inquiéter, incapable de s'en empêcher… même si elle n'avait qu'un seul jour de retard, rien à faire. Contrebalancer la folle extase par la folle panique : aussitôt la fissure en lui s'élargissait. La raison n'y pouvait rien. Baiser ta sœur, ta propre sœur – il ne parvenait pas à l'exprimer autrement. Mon Dieu ! si elle avait le ballon, s'il lui mettait un polichinelle dans le tiroir, dans la cage. Tu parles d'une plaisanterie ! Et, sans cesse, il se répétait : essaye de réfléchir, fais disparaître cette cage, comme celle dans le gymnase, ouais, la cage et le fusil. Il faisait le lien, le gamin des taudis dans l'équipe de tir du lycée, seul, non perverti – et s'il avait toujours été seul comme il aurait dû et pu l'être, il n'aurait symbolisé qu'un exemple supplémentaire de ces réussites que l'Amérique incarnait, le petit immigrant juif qui s'intégrait aux bons Américains, pour la plupart non juifs. Bonnar et son charmant accent du sud et, naturellement, Billy Green, fils d'ingénieur, qui plissait son petit bout de nez, inaccessible à la panique, incapable de se mettre en colère. Et il y avait aussi Corey Valens, dont le père était juge. Quels coéquipiers bien élevés, gentils et tolérants ils faisaient ! Des amis, des gens décents, oui, et normaux, équilibrés – et puis, quel était le mot, déjà… peu importe, en réalité c'est le fait qu'ils soient normaux qui rendait sa hideuse déviance plus insupportable encore…

À supposer que rien de tout cela ne se fût produit, pas de nouvelle école après le premier désastre, son renvoi de Stuyvesant, mais juste un emploi subalterne, un travail d'ouvrier spécialisé, se fondre dans la masse, qu'est-ce qui se serait passé ? Sans doute cela aurait-il pris le pas sur le reste. Sinon, et plus que probablement étant donné l'apathie qui le caractérisait, il serait devenu un flemmard, un type négligé. Et ensuite ? Tôt ou tard un paria, un dépravé puisqu'il lui suffisait de suivre sa tendance naturelle. Quelle horreur d'y penser ! Une boule dans la gorge, il eut du mal à avaler sa salive...

Après l'arrivée d'Ira, l'équipe de tir disputa sa première rencontre contre l'école Morris du Bronx. Et il fallut que ce jour-là le meilleur tireur, Granshaw en personne, un élève de dernière année, un compétiteur impassible, agressif et déterminé, eût un empêchement. On fit alors appel à Ira pour le remplacer. Ça se passait un vendredi après-midi où il se sentait bien, à juste titre, l'esprit libre, dégagé de tout souci à la veille du week-end. Il tira le nombre de balles requises dans les différentes positions. Résultat ? Le journal de DeWitt Clinton en fit sa manchette la semaine suivante :

LE TIREUR DÉBUTANT RÉUSSIT
UN SCORE SENSATIONNEL !

Et en dessous, on lisait :

IRA STIGMAN, MEILLEUR SCORE DE L'ÉQUIPE.

Conduisant l'équipe de DeWitt Clinton à une victoire écrasante sur Morris lors du match sur invitations de vendredi dernier, Ira Stigman, un nouveau venu, a marqué 188 points sur un maximum possible de 210. Le débutant aux nerfs d'acier n'a eu aucun mal à loger ses balles dans le centre de la cible. La tension résultant d'une première participation à une compétition semblait si peu l'affecter qu'on l'entendit à plusieurs reprises pouffer de rire en rechargeant...

Il ne parvint jamais à égaler ce score. De fait, au cours des rencontres interscolaires auxquelles participèrent l'année suivante tous les établissements de New York, alors qu'il était devenu un tireur confirmé, son score eût-il été ne serait-ce que moyen, et à plus forte raison « sensationnel » comme à l'occasion de son premier match, l'équipe aurait remporté plusieurs médailles d'or ou d'argent. Seulement, ses performances restèrent médiocres, plus mauvaises même que celles du débutant recruté depuis peu et considéré comme un pur novice.

Dans son premier récit rédigé à la première personne, il avait très certainement épargné au lecteur les détails de l'épisode avec sa sœur et avec l'équipe de tir, songea Ira. Et il avait bien fait. C'était toujours plus facile de parler de Farley, et de la course à pied. Oui, mais il n'exorciserait rien en parlant du 100 yards.

Après la séance presque orgiaque à laquelle il l'avait soumise le jeudi précédent, profitant jusqu'à près de minuit de l'absence de Pa et de Ma qui, en compagnie de Zaïde, de Bobe et de pratiquement tout le reste de la tribu, s'étaient rendus à la pièce donnée au profit de la « *Galitsianer Verein* », elle pleura, mais pour un motif qui n'avait rien à voir avec la peur ou l'insatisfaction :
« À cause de toi, je ne serai plus bonne pour un autre », balbutia-t-elle en sanglotant.
Et lui, cynique, exultant, sauvage et railleur :
« Mais non, mais non, on ne s'embrasse même pas. Tout ce qu'on fait, c'est ce que tu réclames : "Baise-moi, baise-moi fort", dit-il d'un air narquois.
– Ah ! tais-toi donc, espèce de salaud. »
La deuxième fois, il n'avait pas mis de préservatif et, pensait-il, s'était retiré à temps. Néanmoins, il n'avait pas besoin d'une raison précise pour commencer à se ronger les sangs. Pas la peine d'attendre qu'elle ait du retard pour s'inquiéter. Les fils tissant la trame du soi,

tels qu'il se les imaginait, après s'être défaits comme pendant la folle panique de l'année précédente, ne se ressouderaient jamais en dépit de tous ses efforts. Même lorsqu'il se croyait, et à juste titre, en sécurité, il persistait à se dire (bon Dieu ! t'as raison, t'es complètement cinglé) que les fils du soi une fois usés, le tissu s'effilochait malgré le courage et l'insouciance qu'on pouvait manifester. À supposer qu'il... qu'il ne vive plus à la maison, qu'il déménage, hors de portée de la tentation, de ces occasions qui se représentaient sans cesse, loin, très loin, est-ce que la peur (la peur de quoi ? l'angoisse, appelle ça l'angoisse, cette étrange tristesse diffuse, l'abattement, la désespérance) continuerait à le hanter ? Non, sûrement pas, n'est-ce pas ? Comment se pourrait-il ? Il fallait toujours une raison, cette raison-là. Quelque chose pour la déclencher, comme lorsqu'on appuyait sur la détente de la carabine. Tombé dans un traquenard, pris au trébuchet, tiens, le mot lui plaisait. Ce devait être ça, comme les mâchoires d'un piège en acier. Le poids du couvercle de l'assommoir qui retombe sur le lapin appâté. Combien existait-il de manières de le formuler ? Ou bien la peur s'insinuait-elle déjà ? En lui, en l'acte ? Cherche quelqu'un d'autre. Cherche. Est-ce que Theodora habite toujours au même endroit ? Sinon, une autre. Cherche, donc. Demande. Non. Qui, mais qui ?

Le reste de l'équipe s'était si bien défendu pendant la rencontre que, malgré l'exécrable score d'Ira, DeWitt Clinton avait remporté la médaille de bronze, mais seulement après la disqualification de l'équipe arrivée troisième, quand on constata qu'un de ses membres ne répondait pas aux critères de scolarité requis. Bon Dieu ! les trois équipes de tête se tenaient de si près que s'il avait seulement approché sa performance réalisée la première fois, ils auraient eu l'or ! Et en plus, ils ne reçurent même pas leurs médailles, car au moment où la disqualification fut prononcée, elles avaient déjà été remises aux autres et avaient disparu, comme emportées par le vent.

Ira se retrouva à essayer de ramener à une épigramme l'inanité d'une médaille de bronze jamais reçue, et obtenue en dépit de ses piètres résultats de tireur. Mais comme si souvent, sa tentative se solda non par une épigramme, mais par un jeu de mots éculé.

Quel titre, songea-t-il en tapant. Quel titre ça ferait – sous-entendu qu'on pourrait toujours le supprimer : *Le Premier Meurtrier dans Macbeth*. Quel titre, non, Ecclesias ? Et puis modifier légèrement la citation de l'épigraphe :

Je suis de ceux, seigneur,
que les coups bas et les gifles du monde
ont tellement courroucé que je me moque de ce que
je dis pour offenser le monde.

Et nous revoilà avec Baudelaire, pensa-t-il. Le dire au lieu du faire.

On continuait toutefois à le supporter – à cause de son appartenance à l'équipe de tir –, ce qui lui valait de vivre de précieuses histoires, des histoires américaines, pourrait-on dire. Elles l'étaient en effet davantage qu'avec Farley, parce que libérées du catholicisme irlandais implicite qui pesait sur son ancien ami et dont on prenait toujours conscience, et libérées aussi grâce à la tradition protestante de neutralité, donc dépourvues de préventions. Billy Green, le seul membre à part entière de l'équipe à ne pas quitter DeWitt Clinton l'année suivante, en devint le nouveau capitaine – et Ira, par défaut, le nouvel entraîneur.

Adolescent plus désarmant, plus modeste, plus lucide et plus placide que Billy, Ira n'en avait jamais connu. « Jeune » serait peut-être le mot qui conviendrait le mieux pour le décrire, mais « jeune » dans le meilleur sens du terme, le sens américain : indépendant, sportif, aimant la vie au grand air, aventureux et pourtant formidablement sain. À peu près de la taille d'Ira, qui, à l'époque, dépassait un peu la moyenne, il était musclé, trapu, doté d'une endurance et d'une résistance apparemment à toute épreuve, d'une patience, d'un courage et d'une bonne humeur tout aussi inépuisables. Il possédait en outre la physionomie ouverte du Yankee, des yeux marron et l'habitude de plisser son petit nez vers le haut pour indiquer toute une gamme de sentiments empreints de tolérance, depuis la volonté de minimiser les difficultés jusqu'au scepticisme et la désapprobation. Son père était veuf et exerçait la profession d'ingénieur hydraulicien pour laquelle il voyageait souvent. Billy habitait donc avec sa sœur aînée un appartement bien tenu situé dans l'Upper West Side de Manhattan. Une femme de ménage venait une fois par semaine, mais le reste du temps, il se trouvait presque toujours livré à lui-même. Il faisait son lit, prenait seul son petit déjeuner, aidait sa sœur à préparer le dîner, à laver la vaisselle et à ranger, toutes ces tâches quotidiennes que Ma assumait et qui, soudain, devenaient extraordinaires quand Ira s'imaginait les accomplir à son tour.

L'indépendance de Billy lui paraissait symboliser le pôle opposé de ce qu'il était, lui qui souffrait du sentiment croissant d'être affligé d'une infection perverse, d'une vulnérabilité dont il se sentait responsable, comme si son être tout entier était marqué par les traces sombres de sa judéité, alors que Billy semblait si libre, si sain, si dynamique. Et vivre avec sa sœur – là résidait toute la différence ! Certes, elle était plus âgée que lui, mais vivre avec elle, seuls tous les deux, nuit après nuit dans des lits séparés. Il devinait, il savait que rien ne s'était jamais passé entre eux. Oh ! mon Dieu ! être seul avec Minnie… avec Minnie ! La simple idée lui donnait le vertige, soulevait en lui un tourbillon de sentiments contradictoires de honte et de désir.

Billy possédait des clubs de golf, un ballon de football, des raquettes de tennis, des patins à glace et des cannes de hockey. Et même un canoë ! Avec des pagaies, un équipement de camping comprenant un réchaud et des ustensiles de cuisine ainsi que des sacs de couchage. Le tout se trouvait dans un club de bateaux dont il était membre, situé au bord de l'Hudson, non loin de l'endroit où il habitait. Ira aimerait-il venir faire du canoë ?

« Si j'aimerais ? Tu parles ! »

Ensemble, ils mirent la frêle embarcation à l'eau et, Ira assis à l'avant qui pagayait pour la première fois, ils s'éloignèrent de la rive. Quand il commença à se fatiguer, Billy, affichant un sourire déterminé, sans se laisser démonter, sans se plaindre, sans lui adresser le moindre reproche, ramena vaillamment le canoë vers la berge comme s'il s'agissait d'une espèce d'épreuve d'initiation. Plus tard, lorsqu'Ira se fut familiarisé avec le maniement de la pagaie, ils traversèrent le large fleuve, si seuls, si proches des eaux vertes de l'océan. Ils campèrent sur la rive opposée. Le souvenir précieux de certaines scènes demeurerait gravé dans son esprit : l'officier de police du New Jersey venant interroger les deux amis qui préparaient le petit déjeuner autour d'un petit feu de camp. Et devant Billy si sûr de lui, si candide et si naturel, ou bien au spectacle de ces deux adolescents installés le matin au milieu des rochers érodés par le fleuve près des eaux clapotantes de l'Hudson, quel Américain d'âge mûr ne se serait pas rappelé sa propre enfance avant de s'éloigner, un sourire aux lèvres ?

À mesure que la technique d'Ira s'améliorait, ils se permettaient des fantaisies insensées. Par exemple, suivre de près le gros bateau à roues ventru, le ferry de St. George, juste après qu'il avait quitté le quai côté Manhattan, et, dans son sillage tumultueux, ballottés par les vagues aux crêtes frangées d'écume, ils pagayaient de toutes leurs forces en hurlant de joie, à deux doigts d'être submergés, pendant que les passagers debout à l'arrière contemplaient avec effarement ou reproche les deux jeunes écervelés. Si seulement il pouvait renaître ! Depuis quelque temps, ce désir venait souvent buter sur la triste réalité. Si seulement, si seulement il pouvait renaître ! Sur le fleuve majestueux, pagayant dans le noir, seul sur cette vaste étendue d'eau, ou sur le rivage, dans le silence de la nuit, emmitouflé dans son sac de couchage, sous les falaises abruptes des Palisades plongées dans l'obscurité, il se répétait : si seulement cette chose-là… pourquoi fallait-il que ça lui soit arrivé à lui ? Pourquoi ? Eh bien, parce qu'il avait fait en sorte que ça arrive.

Pendant les vacances de Pâques, sur la rive du New Jersey où ils campèrent plusieurs nuits, Ira dévora pour la première fois, accompagnant le bacon frit et les haricots du dîner, des tranches de pain trempées dans la graisse du bacon. Qui aurait pu s'imaginer qu'il parviendrait à les digérer ? Autour d'un feu de bois, après une journée de canoë, n'importe qui digérerait n'importe quoi. Et le matin, inoubliables matins d'avril, ils faisaient la course jusqu'à l'eau. Ira n'avait jamais rien connu de tel, et il se disait qu'il ne renouvellerait sans doute jamais pareil exploit. Quand il revenait en pataugeant vers le bord, après avoir plongé tête la première dans l'eau glacée, il ne pouvait plus parler, il parvenait tout juste à respirer, et encore. Ses bourses s'étaient ratatinées, et ses testicules avaient disparu, remontées à l'intérieur de son corps. La brise qui, quelques secondes auparavant, avait paru si fraîche caressait à présent sa peau comme un doux zéphyr. Si seulement il pouvait renaître ! Dans la rue commerçante près de chez Billy, après avoir rangé le canoë dans le hangar à bateaux, Ira goûta pour la première fois de sa vie des frites toutes chaudes que son ami avait achetées. Quel divin parfum, quel croquant ! Des pommes de terre métamorphosées ! Son ravissement fit rire Billy aux éclats. Et une autre fois, comme ils descendaient Broadway pour se diriger vers la station de métro, portant à l'épaule leurs fusils rangés dans des étuis en toile, ils durent expliquer au flic les ayant arrêtés qu'ils étaient respectivement capitaine et entraîneur de l'équipe de tir de DeWitt Clinton...

Ô Amérique ! Amérique ! Il n'y a rien au-delà de la voix de l'affection que l'on a éprouvée, comme on se l'imagine lorsqu'on est jeune, car l'histoire ne tient pas ses promesses. Il aurait fallu qu'il soit différent. Tout comme il n'aurait jamais pu entrer sur un pied d'égalité dans ce milieu, chez ces gens expansifs, sûrs d'eux et créatifs – même s'il avait eu l'esprit sain et non pas corrompu. Grâce à son appartenance à l'équipe de tir et grâce à Billy Green, il avait néanmoins eu un aperçu de ce dynamisme et de ce ferment qu'était l'Amérique, ainsi que de la jeunesse saine et sportive. Les jeux innocents, quoique chers à son souvenir, étaient maintenant du domaine du passé, pour lui qui portait à présent une cicatrice indélébile, une blessure qui ne cessait de se rouvrir sous les coups répétés. Malgré tout, emporté par le flot de la nouveauté, sous le charme des feux de camp et du plein air, envahi par un sentiment d'indépendance, par une vigueur nouvelle, le sang fouetté par le vent frais de la nuit et l'ivresse de la liberté, il finissait par rentrer à la maison, débordant d'énergie, à la stupeur de Ma, de Pa et de Minnie. Puis, se lavant les mains et la figure pour se débarrasser de la sueur et de la saleté accumulées durant le week-end, il annonçait :

« Ça va faire de moi un homme neuf ! »

Ô Amérique ! Amérique, qui, l'espace d'un instant, apportait une bouffée d'air vif et pur dans l'atmosphère juive de cet appartement sans eau chaude de la 119ᵉ Rue dans Harlem.

Tout ça est complètement fou, Ecclesias. Pour un vieil homme, le sexe est une chose complètement folle.

– À quoi bon me le préciser ? Il ne s'est pas développé pour répondre à tes critères de rationalité, mais à partir de désirs différents et plus profonds, le désir de survivre, entre autres.

Des désirs dépourvus de remords.

— Oui, bien sûr.

La monotonie du cycle de la procréation est hypnotique. En tout cas, je le ressens comme ça. L'idée même que tout puisse se ramener au sexe me donne le vertige. Et en particulier, son côté contraignant.

— Si la contrainte était moindre, tu ne serais pas là.

Ah oui, tu m'en diras tant ! Je suis de ceux, Seigneur, que les coups bas et les gifles du monde… je me demande ce que M est en train de faire ? Elle est tellement silencieuse, elle écrit sans doute de la musique. J'ai plus ou moins pris la résolution de noter ses petits, tout petits travers, ses goûts et ses habitudes. Elle aime s'acheter de nouveaux vêtements, des *shmates*. La pauvre fille a été tellement privée durant son enfance au sein de cette famille nécessiteuse et stricte de pasteur baptiste où elle a été élevée, encore que pas aussi nécessiteuse que le prétendait sa mère à l'esprit calculateur, qu'elle ne résiste pas à la vue de nouveaux vêtements. D'autant que, plus tard, devenue l'épouse d'un homme peu réaliste et peu argenté, mère de deux garçons, institutrice dans le Maine avec un salaire d'institutrice de campagne, elle avait usé jusqu'à la corde combinaisons et jupons raccommodés et rapiécés. Et maintenant, elle adore s'acheter de temps en temps un corsage neuf de couleur gaie. Je relève également, Ecclesias, son habitude de rassembler les quelques mèches de cheveux gris qui se sont échappées sur son beau front pour, je ne sais pas, les dompter, les ramener docilement à la masse de sa coiffure à l'aide d'une barrette. Intéressant, non ? Je n'avais pas encore remarqué.

— Très intéressant.

C'est un fait, rien de plus.

CHAPITRE XV

À la rentrée, après les vacances de l'été 1923, Ira apprit que son professeur d'Élocution niveau 7, un cours destiné aux élèves de dernière année, serait miss Pickens, laquelle était pour le moment absente. On disait que son paquebot, parti d'Europe, avait été retardé par des tempêtes. Son frère aîné, l'auguste Dr. Pickens, doté d'une imposante crinière blanche, chef du département d'Élocution, pallia la défection de sa sœur en regroupant deux classes, si bien que la salle se trouva bondée et qu'on dut faire asseoir deux élèves sur chaque chaise, et que certains se virent même contraints d'improviser un siège à l'aide d'un livre posé sur un radiateur.

Par chance – ah ! la chance ! – la chaise qu'Ira choisit en hâte, et au hasard, était occupée par un adolescent d'aspect soigné aux cheveux noirs, lisses et soyeux bien peignés et séparés par une raie sur le côté, vêtu avec recherche d'une veste en tweed chiné et d'un pantalon au pli impeccable cependant que reposait à côté de lui son cartable en cuir marron patiné richement ciselé. Sûrement pas un Juif, se dit Ira en se glissant sur sa moitié de siège. Ses vêtements bien coupés, ses manières, ses traits réguliers, son teint, son assurance, tout annonçait le non-Juif. Et fortuné, de surcroît. Ira repensa au stylo en argent qu'il avait volé, des siècles auparavant lui semblait-il. Les parents du gosse devaient être riches, eux aussi, mais sans doute juifs. Comme la richesse des chrétiens était différente –

même chez les jeunes : grave, raffinée, réfléchie. Dans la rue, Ira l'aurait pris pour un jeune homme déjà entré dans la vie active, ou alors poursuivant des études supérieures...

Durant les instants de confusion provoqués par l'arrivée des retardataires qui se cherchaient un siège, ou plutôt un demi-siège, ou alors un bout de radiateur ou de rebord de fenêtre, Ira engagea la conversation avec son voisin. Il fit remarquer, avec son côté insidieux dès qu'il s'adressait à des non-Juifs, que les sièges convenaient admirablement aux petits culs. Après cette observation qui se voulait drôle, ils se lancèrent naturellement dans un jeu de reparties dont Ira ne se rappelait plus les détails, sinon qu'il faisait de son mieux pour amuser son compagnon de siège et que, dans ce but, sa meilleure arme était son esprit, à ras du sol et sarcastique. Il atteignit son objectif, il fut amusant, et son partenaire indulgent dans ses appréciations. Quelques minutes à peine paraissaient s'être écoulées qu'ils s'entendaient déjà comme de vieux amis.

Le Dr. Pickens s'installa et réclama le silence. Les deux nouveaux amis obéirent et se dispensèrent de toute nouvelle saillie. Mais pas pour longtemps, rien ne pouvait arrêter leur élan. Ira recommença à chuchoter, ce qui amena naturellement une réponse. Ils étaient trop plongés dans l'admiration mutuelle que soulevaient leurs traits d'esprit respectifs pour remarquer les regards courroucés que le Dr. Pickens jetait dans leur direction, jusqu'au moment où – alors qu'Ira murmurait du coin des lèvres :

« Ça va rien rapporter, tu sais...
– Le grand benêt, au troisième rang, levez-vous ! » tonna le Dr. Pickens en leur décochant des coups d'œil furieux.

Ira se souviendrait toujours avec admiration du courage dont fit preuve son compagnon de siège à cet instant critique. Tandis qu'Ira se tassait sur lui-même comme pour se protéger de la colère pédagogique, son camarade se leva courageusement.

« Pas vous ! » Léonin et théâtral, le Dr. Pickens déclenchait ses foudres. « Le grand benêt à côté de vous. Debout ! »

Larry, car tel était son nom, se rassit. Et Ira se leva. Il tremblait déjà de peur à l'idée de la punition qui l'attendait pour sa mauvaise conduite, manque absolu de respect devant l'auguste et imposante personne du Dr. Pickens, responsable du département d'Élocution, et cela sous les yeux de deux classes réunies !

« Votre nom ?
– Ira Stigman, répondit-il d'une voix blanche.
– Ainsi, vous vous permettez de bavarder alors que j'ai demandé le silence et que je suis en train de parler ? Vous êtes en dernière année ?
– Oui, monsieur.
– Et vous n'avez même pas la correction élémentaire de vous conduire comme il faut dans une situation exceptionnelle comme celle-ci ! Un élève de dernière année qui ne manifeste pas le respect dû à un professeur de DeWitt Clinton ! Où vous croyez-vous, espèce de grand benêt ? Vous ne méritez pas d'être dans cette école ! Vous ne méritez pas d'être dans cette classe !
– Je m'excuse, balbutia Ira.
– Sortez ! Sortez immédiatement ! Dehors ! » rugit le Dr. Pickens. Puis, agitant un doigt lourd de menace : « Venez me trouver après la classe. Et surtout n'oubliez pas !
– Non, monsieur. »

Avec un air de chien battu, le cœur étreint d'angoisse, Ira, évitant au passage les pieds et les cartables des élèves qui encombraient l'allée, quitta la classe. Refermant la porte derrière lui, il eut le temps d'apercevoir un garçon se glisser à bas du radiateur où il était perché pour venir occuper la place qu'il laissait libre. Il descendit l'escalier et entra en salle d'études attendre la fin du cours et la punition, la sentence qui allait le frapper. Une vague d'inquiétude telle qu'il n'en avait plus connu depuis la terrible épreuve de Stuyvesant déferla sur lui. Il n'avait certes rien volé, mais il s'était rendu coupable d'un grave affront à l'égard d'un responsable de département, et un homme très conscient de ses prérogatives par-dessus le marché. Le prix à payer pour sa faute serait terrible. Une terreur sans nom le rongeait, sourde aux exhortations du simple bon sens. Il se voyait déjà devant le doyen, Mr. Dotey, un homme maigre aux joues creusées de rides, draconien, et l'entendait délivrer son verdict, le pire de tous – non, non, pas tout à fait, le pire, Ira savait de quoi il s'agissait –, c'est-à-dire venir avec son père ou avec sa mère. Avoir à revivre ce cauchemar !

Installé près de la porte de la salle, il compta les minutes, les mains jointes devant lui, moites et tremblantes, jusqu'à ce que, bien trop tôt, résonnât la cloche. Se faufilant au milieu des élèves, il gravit à pas lourds les trois étages pour retourner dans la classe dont il avait été exclu.

Larry n'était plus là, mais Ira, glacé d'appréhension, ne pensait plus qu'à tenter d'obtenir son pardon.

« Vous m'avez demandé de revenir vous voir, Dr. Pickens. Je m'excuse.

– Très bien, parfait, dit le léonin Dr. Pickens en rassemblant ses livres et ses papiers. J'ai toutefois l'intention de faire part de votre comportement insultant et inadmissible à Mr. Dotey.

– Je vous en prie, Dr. Pickens. S'il vous plaît, je… je ne recommencerai plus, supplia Ira. Je vous en prie ! Vous pouvez demander à tous les professeurs, c'est la première fois que je fais ça.

– Je n'en ai nullement l'intention. De toute ma carrière d'enseignant, je n'ai jamais assisté à pareil étalage de mauvaises manières. Je ne vois qu'une seule façon de vous guérir de l'envie de recommencer, et c'est une visite au bureau de Mr. Dotey où nous allons nous rendre sur-le-champ. »

Les yeux d'Ira se remplirent de larmes. S'il l'avait osé, il aurait saisi la main du professeur.

« Laissez-moi encore une chance, Dr. Pickens. Une dernière chance.

— Pouvez-vous me donner une seule bonne raison, jeune homme, pour que je vous en accorde une ?

— Oui, monsieur.

— Oui, monsieur, quoi ? Vous avez une bonne raison ? J'en doute.

— Nous étions deux sur une chaise, et je n'ai pas pu m'en empêcher.

— C'est précisément la raison… » le doigt du Dr. Pickens décrivit un arc de cercle allant de lui à Ira « … la raison pour laquelle vous aviez l'obligation de vous dominer. Dans des circonstances aussi exceptionnelles, les bonnes manières s'imposaient d'autant plus. Et vous, un élève de dernière année, qu'avez-vous fait ? Exactement le contraire.

— Je sais.

— Alors, vous n'avez rien à dire pour votre défense. »

Ira était à bout d'arguments. Ses larmes se mirent à couler. Il lui faudrait maintenant prendre tous les risques, avouer la vérité et espérer qu'elle aurait autant de force auprès du Dr. Pickens qu'elle en avait auprès de lui-même :

« Je croyais avoir trouvé un ami. Il était riche, il n'était pas juif, et il m'aimait bien. »

Le Dr. Pickens sursauta comme si (pria Ira avec ferveur) il se trouvait confronté à quelque chose de grave et d'unique qui ne pouvait pas s'exprimer par des paroles. Ses yeux gris rapprochés scrutèrent le visage en face de lui avec une sévérité qu'accentuait encore son aspect léonin. Une seconde passa, puis deux, et il s'éclaircit la gorge.

« Je pense que vous dites la vérité.

— Oui, Dr. Pickens. Oui, c'est la vérité. C'est pour ça que j'ai agi ainsi.

– Bien, et ne vous avisez pas de recommencer dans ma classe.

– Non, monsieur ! Jamais ! Je ne recommencerai pas ! »

Le professeur feignit par principe de peser encore un instant sa décision, puis il conclut :

« Vous pouvez partir. » Le geste avec lequel il le congédia parut détonner étrangement par rapport au visage haut en couleur, marqué par l'âge et couronné d'une crinière blanche. « Vous pouvez partir, répéta-t-il en agitant deux doigts avec impatience.

– Merci, Dr. Pickens ! Merci beaucoup ! »

Le cœur léger, essuyant ses larmes, Ira courut rejoindre sa classe.

Maintenant que j'ai bu ma tasse de thé, Ecclesias, je suis seul dans mon bureau du mobile home. Le climatiseur à évaporation vibre dans mon dos, cependant que par la fenêtre je vois presque tous les tournesols incliner leur lourde tête épanouie. Je me dis qu'il est temps de reprendre le fil du récit où je l'ai laissé et d'oublier la rébellion kurde, Sadate et Begin, d'oublier les fourbes et les assassins, et regarde ! à cet instant précis, un oiseau coureur, le cou tendu, la queue dressée, l'air d'une bascule à plumes, s'arrête, observe les alentours, et file sur le sol craquelé en adobe claire avant de disparaître derrière les jeunes arbres récemment mis en jauge dans le bout de terrain du pépiniériste de l'autre côté de la barrière. *Io digo seguitando.*

Miss Pickens fut de retour pour le cours suivant d'Élocution 7, et les deux classes, naturellement, se séparèrent pour retrouver chacune leur salle. Ira était avec miss Pickens, et son sympathique compagnon de siège, heureusement ou malheureusement pour lui, avec le frère de celle-ci. Ils purent néanmoins lier davantage connaissance à la suite de brèves rencontres dans les couloirs pendant les interclasses, dans les escaliers et, une fois par semaine, quand leurs horaires coïncidaient, au réfectoire ensoleillé situé au dernier étage de l'école où ils déjeunaient. Leur camaraderie se développa jusqu'au moment où elle vint menacer l'équilibre avec les autres amitiés et centres d'intérêt d'Ira.

Par un bel après-midi d'octobre comme on en connaissait souvent au début de l'automne, Ira et Larry Gordon se rencontrèrent par hasard sur les marches devant l'école. D'habitude, Ira passait une heure ou deux après les classes dans la « tanière », une petite pièce de rangement où se retrouvaient les membres de l'équipe de tir, logée sous l'escalier qui montait à la salle de réunion. Là, ils discutaient des compétitions à venir, décidaient s'il fallait ou non envoyer des lettres d'invitation aux autres écoles et nettoyaient les carabines tout en parlant boutique et en plaisantant. Ce jour-là, Billy était absent, et Ira, qui possédait pourtant une clé de la tanière, s'était dit que peut-être... s'il rentrait directement à la maison, qui sait... En général, ses intuitions, toujours présentes et toujours synonymes d'espoir, le trompaient, mais il arrivait de temps en temps qu'elles se réalisent : la fois où Ma avait dû patienter des heures à la clinique ORL de Harlem dans l'attente qu'on la soulage des bruits terribles qu'elle entendait dans ses oreilles, et la fois où elle était restée chez Ella qui venait d'avoir un bébé, dans son appartement au coin de la 116e Rue et de la Cinquième Avenue, enfin... Bon Dieu ! on pouvait jamais savoir ! Mais voici Larry qui descendait les marches au moment même où Ira sortait au milieu d'un groupe bruyant d'élèves.

Les deux garçons se retrouvèrent avec plaisir et partirent ensemble du même pas.

« Il ne me semble pas que tu m'aies dit où tu habitais, dit Larry.

— Oh, c'est un taudis. Vraiment cradingue.

— Oui, ça, tu me l'as raconté. Tu as parlé d'un quartier dur.

— Et comment ! dit Ira qui se réfugia derrière l'une des blagues de Farley. Dans ma rue, ils sont si durs qu'ils jouent au jeu de puces avec des plaques d'égout. »

Larry eut un petit rire indulgent, mais il ne se laissa pas détourner de son but :

« Où exactement ? Harlem, ça je sais.

— Ouais, c'est bien Harlem. Le bon vieux Harlem des taudis. 108 Est 119ᵉ Rue.

— C'est où ?

— T'as déjà pris la ligne de New York Central ? demanda Ira avec un geste de la main.

— Le métro aérien ? Je le prenais de temps en temps avec mon père et ma mère, quand mes grands-parents vivaient encore. C'étaient de vrais Hongrois. Mon grand-père est né à Budapest. Il avait un petit magasin. À New Haven — tu sais où est Yale ?

— Non. C'était là ?

— Tu sais, Yale est un mot hébreu : *ya* pour *Jahveh*, et *El*, le Seigneur.

— Ah bon ? »

Ira leva les yeux sur Larry qui le dépassait d'une demi-tête, et l'étudia un instant. Comment savait-il ça, lui qui n'était pas juif ? Et il semblait même en savoir plus que lui. À cause de Yale, bien sûr.

« Mon père envisageait de vendre son affaire de tissus pour reprendre le magasin, mais mes trois sœurs et mon frère Irving ne voulaient pas quitter New York. Ma mère non plus, d'ailleurs. Et puis les affaires de tissus à Yorkville... tu sais, c'est un quartier allemand, et mes parents parlent tous les deux très bien l'allemand. On a donc vendu le magasin du grand-père Taddy. Et c'est mieux comme ça. New Haven n'est plus aussi bien qu'avant. On y allait à Noël. Personne n'avait d'école. À l'époque, Wilma et Sophie étaient toutes les deux à l'école normale Hunter.

— Ah ouais ?

— Je n'avais pas l'intention de changer de sujet, dit

Larry en souriant à Ira et en écartant les doigts de sa large main.
– C'est pas grave.
– Qu'est-ce que le New York Central a à voir avec l'endroit où tu habites ?
– À peu près tout. En regardant par la fenêtre quand le train passe à la hauteur de la 119e Rue, tu vois mon immeuble.
– De quel côté ?
– Vers l'est.
– Ah bon ? Tu sais, mon frère Irving vient juste de monter une fabrique de robes d'intérieur pour femmes dans la 119e Rue Est.
– Oh ? Où ça ?
– Dans un atelier, près de la Troisième Avenue.
– Vraiment ? 119e Rue ?
– Oui. Les robes d'intérieur, ça fait fureur. Les produits finis. Il a une centaine d'ouvriers.
– Waouh ! s'exclama Ira. Une centaine ! Eh bien, de chez ton frère, t'as qu'un bloc à marcher, et t'es chez moi.
– Pour une coïncidence, c'est une coïncidence.
– Ça, oui. Et toi, t'habites où ?
– 161e Rue, dans le Bronx. Un quartier très calme, agréable et pas trop prétentieux. Juste en face de la Harlem River. On est propriétaires.
– Vous avez une maison à vous ?
– Non, pas une maison. Un appartement dans un petit immeuble. Une famille par étage. On habite au premier.
– Ouais, nous aussi, dit Ira avec un grand sourire.
– Comment tu rentres chez toi ?
– Moi ? Je prends le métro de Broadway, et je change à la 96e Rue pour prendre la ligne de Lenox. Toi, tu prends le train de Bronx Park ?
– Non. Le métro aérien de la Neuvième Avenue.
– Sans blague ?
– Oui. Il me laisse à quelques rues d'où j'habite.
– Ah oui, c'est vrai, dans le Bronx.

– Oui. Juste de l'autre côté du fleuve. »

Ira s'aperçut que se promener en public avec Larry différait beaucoup des rencontres dans les couloirs ou au réfectoire où les discussions se cantonnaient en général à l'école, délimitées par le cadre scolaire. Dans la rue, il se sentait gauche en compagnie de son nouveau camarade. Et puis, l'apparence comptait davantage. Non seulement il était conscient du contraste existant entre les « riches » vêtements de Larry et les siens, tout froissés et élimés, mais il constatait que le physique, l'allure de Larry attiraient l'attention des passants, et en particulier des femmes, les jeunes comme celles (aux yeux d'Ira) d'âge mûr, ce que Larry semblait ne même pas remarquer, comme si c'était naturel. Il ne portait pas de lunettes et mesurait huit bons centimètres de plus qu'Ira. Les traits réguliers, la peau lisse et fraîche synonyme d'une enfance heureuse et protégée, il possédait en outre un corps bien proportionné, « régulier » était de nouveau le mot qui venait à l'esprit – à l'exception de ses épais sourcils qui faisaient comme des ailes au-dessus de ses doux yeux marron, de ses bras plus longs que la moyenne, presque trop longs, et de ses mains d'une largeur exceptionnelle. L'ensemble rappelait à Ira le moulage du *David* de Michel-Ange au Metropolitan Museum : les sourcils froncés, les grandes mains expressives, l'une sur le devant, l'autre s'apprêtant à prendre sa fronde derrière son épaule.

« Tu fais partie de l'équipe de tir ? demanda Larry.
– Ouais.
– Et ça te plaît ?
– Ouais, bien sûr. Et toi, tu pratiques un sport ?
– Je joue dans *Les Pirates de Penzance*. Dans le chœur. Je ne sais pas si on peut appeler ça un sport.
– Ah ! c'est vrai, tu me l'avais dit. Tu chantes.
– Tu viendras nous voir ?
– Non. Ça va coûter un dollar, et c'est le soir.
– C'est drôlement bien, et il y a une très bonne distribution. Je ne dis pas ça parce que j'y joue.

– Je sais. J'en ai vu un bout dans la salle des fêtes. Ça m'a bien plu.
– C'était notre avant-première. Pour la publicité. On a chanté "Quand un félon n'est pas à son affaire".
– Je me rappelle. C'était marrant. »
Larry eut un petit rire d'excuse, comme pour annoncer quelque chose de plus amusant :
« Quand le metteur en scène n'écoute pas, certains d'entre nous, dans le chœur, on chante : "Quand une félonne n'a pas ses affaires." »
Ira sourit avec gêne. Comme Larry prêtait peu attention à la foule des étudiants qui les entouraient, et dont certains tournèrent la tête pour écouter les quelques mesures de la chanson qu'il entonna avec naturel.
Sa voix s'éleva, belle et musicale :
« *Je suis le capitaine du* Pinafore, *et un sacré bon capitaine.* »

Ils approchaient de la Neuvième Avenue le long de laquelle s'étendait l'ombre noire de la voie du métro aérien. Là, pareilles à autant de phares éclairant l'obscurité et l'animation qui régnaient sous l'El, les lumières électriques de la boutique United Cigar brillaient déjà dans la vitrine.
« Tu fumes ? demanda Larry.
– J'avais une petite pipe que j'aimais bien, mais je l'ai laissée dans la poche de ma veste blanche quand j'étais vendeur de sodas.
– Tu vendais des sodas ? Ah oui, tu me l'as raconté, s'empressa d'ajouter Larry.
– Ouais. Alors, maintenant, je fume... » Il allait dire *yenems*, celles des autres, en yiddish, et Larry n'aurait pas compris. Il se borna donc à faire une grimace et à hausser négligemment les épaules.
« Moi aussi, j'aime bien la pipe, dit Larry. J'en ai une en bois de calebassier que j'ai achetée aux Bermudes, et une Dunhill, mais elles sont trop grosses pour que je

les emporte en classe. Sans compter qu'il faut aussi la blague à tabac. Tu fumes des cigarettes ?

– Oui, oui, bien sûr.

– Alors, arrêtons-nous ici. Je vais acheter un paquet de Camel, d'accord ? J'aime bien les Camel, pas toi ?

– Si. Mais j'apprécie pas trop les Lucky.

– Elles valent pas un clou.

– Non. Elles sont vachement âcres. Peut-être qu'on finit par s'y habituer. Mon grand-père fume des Melachrino, mais à peine une moitié à la fois. Elles sont très douces, mais qu'est-ce qu'elles coûtent cher ! Tu sais ce qu'il fait ? »

Ils étaient presque arrivés au coin.

« Il enfonce un cure-dent au bout ? essaya de deviner Larry, intéressé.

– Oh ! non ! il les met dans un fume-cigarette en papier et tire peut-être trois bouffées ou trois bouffées et demi, puis il les écrabouille.

– Il les écrabouille ? Il les écrase, tu veux dire ?

– C'est ça, il les écrase. »

Ils s'arrêtèrent au coin.

« Tu es juif, hein ? » dit Larry.

Et voilà ! L'inévitable question. Il l'avait peut-être provoquée, mais de toute façon, elle devait venir tôt ou tard. C'était toujours comme ça. Leur amitié n'irait donc pas plus loin, pas au-delà d'une petite plaisanterie échangée par-ci, par-là à l'école.

« Ouais, je suis juif, répondit Ira d'un ton aussi décontracté que possible.

– Je tenais juste à être sûr. Moi aussi. »

Il ne pouvait pas exister attitude plus généreuse et plus charitable de la part d'un non-Juif, une sorte d'onguent humoristique appliqué à l'endroit chroniquement sensible.

« Ah bon ? dit Ira d'une voix qu'il laissa traîner pour être certain que son incrédulité transparaisse.

– Mais c'est vrai ! s'écria Larry dont les sourcils touffus en forme d'ailes se rejoignirent. Qu'est-ce que tu croyais ?

— Allez, tu me fais marcher !

— Pas du tout ! »

Sur l'initiative d'Ira, ils s'étaient arrêtés au bord du trottoir, et se tenaient là, comme cloués sur place, tandis que tout autour d'eux les passants s'enfonçaient dans l'ombre ou bien traversaient l'avenue au milieu des tramways et du trafic automobile. Étrange pause. Pas uniquement une immobilité du corps, mais aussi comme une immobilité intérieure. Larry ne plaisantait pas, il ne pouvait pas plaisanter. Ce serait pousser la plaisanterie trop loin, et s'il avait été le genre de type à le faire, leurs relations n'auraient jamais atteint ce stade. Les farceurs, les pince-sans-rire étaient toujours goy, mais, bon sang ! il avait appris à les reconnaître de loin. Et il y avait aussi ceux qui, comme Billy, ne montraient jamais qu'ils avaient seulement conscience de la judéité d'Ira. La situation réclamait un réexamen, une analyse minutieuse. Larry se trouvait devant lui, le style chemises Arrow, presque, coiffé d'un feutre gris, en manteau de laine bleu marine par-dessus une veste en tweed assortie à sa cravate bleue tricotée. Le bon goût personnifié, on le sentait, même si on ignorait ce qu'était réellement le bon goût, le raffinement, enfin, merde ! Il ne pouvait pas être juif avec ce lustre, cette distinction ! Encore que... les lèvres étaient peut-être un peu trop épaisses, un peu trop ourlées, on croyait deviner une trace de mollesse juive, de commisération juive. Non, il paraissait impossible que Larry puisse feindre d'être à ce point sérieux. Il devait dire la vérité...

L'ajustement se produisit de manière presque physique, comme si les repères se remettaient en place avec une brusque secousse.

« Putain ! je me suis jamais fait avoir comme ça ! Sincèrement.

– Traversons, dit Larry en le poussant du coude. Qu'est-ce que tu t'imaginais que j'étais ?
– Un goy. Quoi d'autre ? Tu... t'as fait ta bar-mitsva, tout ça ?
– Bien sûr. Et j'ai aussi enseigné à l'école du dimanche.
– L'école du dimanche ! répéta Ira, incrédule. Mais c'est pour... »
Heureusement, le fracas du train qui passait au-dessus de leurs têtes vint juste à temps couvrir son ignorance.
« Au temple Beth El de la Cinquième Avenue. J'adorais les histoires de l'Ancien Testament. Et aujourd'hui encore elles comptent beaucoup pour moi.
– Vraiment ? Les histoires de l'Ancien Testament ? De la religion juive, tu veux dire ? C'est ça ? Tirées de la Bible, et en anglais ?
– Oui, en anglais, naturellement. Il n'y en avait pas beaucoup qui savaient ne serait-ce qu'un peu d'hébreu. J'enseignais les histoires que j'aimais moi-même écouter quand j'allais à l'école du dimanche. Tu dois sûrement les connaître : Saül, David et Absalon. Et puis Samson.
– Oui, oui, je les connais. Je les ai apprises en anglais moi aussi... pas en hébreu, je veux dire.
– Ah bon ? Je pensais que tu étais bien plus juif que moi.
– Nous, on ne les apprenait pas comme ça, au *heder*, je veux dire. Tu sais ce que c'est le *heder* ?
– Oui, oui, j'en ai entendu parler. Sam, mon beau-frère, me l'a expliqué. Il est avocat et il sait pas mal l'hébreu. Et il connaît aussi quelques mots yiddish. C'est là qu'on enseigne la religion, c'est ça ?
– Si tu veux. Ce *heder*-là était dans l'East Side, la partie juive de l'East Side. Et puis j'y ai été un peu à Harlem aussi. On apprenait à réciter des prières, tu vois ? À *davenen*. Tu comprends ?
– Ça veut dire prier, non ?
– Prier à la *shul*, à la synagogue. Tu te balances tout

le temps pendant que tu le fais », conclut Ira en mimant les Juifs en prière.

Mais Larry désirait en savoir davantage. Il eut un sourire hésitant :

« J'ai beaucoup perdu à ne pas y avoir été.

– Beaucoup perdu ? Tu sais, ça n'a rien à voir avec le temple de la Cinquième Avenue. Je le connais. Il est superbe. Nous, c'était plutôt des cabanes au fond d'une cour. »

Larry secoua la tête :

« J'ignorais que c'était si moche.

– Bon Dieu ! je les déteste !

– C'est vrai ? Et les thèmes bibliques, ça t'inspirait ?

– Non. Peut-être que... si je les avais appris comme toi. Mais on ne les a jamais abordés de cette façon.

– La Bible est une telle source d'inspiration. Tu vois, elle se rattache tant à la tradition américaine, plutôt à la tradition anglaise, en fait. Mais la tradition américaine est beaucoup plus significative. Tu sais que le roi Saül et Custer ont énormément de points communs ?

– Quoi ? Le général Custer ?

– J'écris un poème sur eux deux. Un roi juif et un général goy...

– Un poème ? T'écris un poème ?

– Oui, un long poème, à moitié narratif, à moitié lyrique, plus ou moins. »

Ira, les sourcils froncés, paraissait frappé de stupeur.

« Un poème ? Et tu n'es même pas à l'université !

– Peu importe. Des gens plus jeunes que moi ont écrit de grands poèmes. Et personne n'en a jamais fait sur ce thème. C'est passionnant, l'homme face à son destin. Il y a là un côté universel, que ce soit Saül au mont Gelboé ou Custer à Little Bighorn. »

Larry précéda Ira dans le bureau de tabac brillamment éclairé dont l'atmosphère dégageait de riches effluves. Avec élégance et décontraction, il commanda un paquet de Camel auprès de l'employé empressé à la moustache grise tout en continuant à s'entretenir avec Ira :

« Bien sûr, je ne parle pas yiddish, dit-il tout tranquillement tandis qu'Ira, se sentant très gêné, ne savait plus où se mettre – et en retournant avec naturel ses remerciements à l'employé cependant qu'il ramassait ses cigarettes et sa monnaie. Je parle juste un peu hongrois. Surtout grâce à Mary, notre bonne. Mes parents s'adressent de temps en temps à elle en hongrois, et j'ai retenu quelques mots par-ci, par-là. »

Ils sortirent de la boutique, et Larry reprit :

« Et des fois pendant les vacances quand on allait voir mes grands-parents à New Haven. Tu sais, toute ma famille vient de Hongrie.

– Ah bon ? Et t'as encore tes grands-parents ?

– Non. Je suis le petit dernier. Et toi ?

– J'ai encore un grand-père et une grand-mère.

– Ah bon ? Ils sont nés ici ?

– Bon Dieu ! non ! Même moi, je suis pas né ici !

– Oh ?

– Non, je suis né en Galicie. En Autriche-Hongrie. Tu sais, ça existait dans le temps.

– Oui, je sais. Avant la Grande Guerre.

– Alors on est presque des *landsleït*.

– Ce mot-là, je le connais. *Landsleute*. C'est le même en allemand. Je t'ai dit que je faisais de l'allemand ?

– Peut-être. Mais c'est yiddish aussi.

– Vraiment ? Je connais deux ou trois mots en yiddish. *Tsures*. J'ai entendu Sam le dire. Des soucis. Et puis *kaïn aïn horè*. C'est ce qu'il dit quand quelqu'un fait des compliments au sujet de ma nièce. En fait, je crois que je sais plus de mots en hongrois qu'en yiddish – j'ai passé pas mal de temps avec mon oncle Leon aux Bermudes. Il lui arrivait encore de parler hongrois. »

Gardant un silence irrité en raison de la confusion qu'il éprouvait devant le curieux réarrangement qui se produisait en dehors de lui, Ira regarda les grandes mains habiles de Larry déchirer le carré de papier d'aluminium en haut du paquet jaune de Camel qu'il tapota ensuite en expert pour en extraire quelques cigarettes. Il faisait tout avec tant d'assurance – et tant d'aisance.

« Une cigarette ? proposa-t-il en tendant le paquet à Ira.

– Ouais. Mais tu vas monter prendre l'El, non ?

– Oh ! on peut *shmues'n* un peu ici. J'espère que tu n'es pas pressé ? »

Shmues'n ! Comme s'il cherchait à marquer sa judéité du sceau de l'authenticité.

« Euh... non. »

De toute façon, Ma serait sans doute à la maison. L'idée, la mauvaise pensée, jaillit dans son esprit, lui parler de Larry à la première occasion, son nouvel ami, si beau. L'exciter comme ça. Ouais. Pourquoi pas ? Larry écrivait des poèmes, il lui dirait. Un poète. Un Juif, tu le croirais pas... mais quelque chose l'arrêta et, perplexe, il s'interrogea : quel genre de Juif ? Appartenant à quel univers ?

Ils se réfugièrent sous l'escalier du métro aérien. La manière dont Larry protégeait la flamme de l'allumette dans sa main en coupe, si blanche, provoqua l'admiration d'Ira.

« Raconte-moi comment tu as appris tes prières au *heder*, comme tu l'appelles. Tu les traduisais de l'hébreu ?

– Non, non, je t'ai expliqué. Le vieux avec ses favoris te filait une claque chaque fois que tu ne prononçais pas correctement. *Komets aleph, 'bo' ; komets beït, 'b' ; komets gimel, 'go'*. Dès que sa baguette venait pointer quelque chose sur la page, t'avais intérêt à garer ta tête. »

Larry, les lèvres entrouvertes, écoutait avec fascination, comme s'il voyait la scène se dérouler sous ses yeux.

« Ça se passait comme ça ?

– Ouais. On apprenait l'hébreu dans une espèce de cabane au fond de la cour, ou dans le sous-sol d'une boutique. Jusqu'à l'âge de huit ans et demi. Et je me débrouillais plutôt bien. Quand j'avais sept ans, le *melamed*, tu sais, le professeur, a dit à ma mère que je promettais. Mais après, on a déménagé à Harlem.

– Moi, j'ai pratiquement grandi aux Bermudes. Mon frère aîné et mes sœurs ont habité quelque temps Yorkville. Je n'y suis pas resté très longtemps, et maintenant on habite dans le Bronx, pas très loin de Manhattan. » Larry s'interrompit un instant pour tirer sur sa cigarette. « Je t'ai dit que j'étais le petit dernier de la famille ?

– Ah ! maintenant je comprends. Tu veux dire que t'as des frères et des sœurs plus vieux que toi, dit Ira en levant les bras. C'est pour ça.

– Mais je te l'avais déjà dit, non ? Deux sont mariées et ont des enfants, expliqua-t-il à travers un nuage de fumée. Et j'ai une sœur aînée, Irma, qui vient ensuite. Elle vit avec nous. Elle est secrétaire particulière. Mon frère aîné, je t'en ai parlé. C'est lui qui a une fabrique de robes d'intérieur. Il va bientôt se marier – avec sa secrétaire.

– Lui aussi, il habite avec vous ?

– Oui, bien sûr. Mon frère Irving. Il était dans l'armée. Wilma et Sophie sont toutes les deux enseignantes. Elles sont mariées et elles ont des enfants. Et moi, j'ai la plus adorable des nièces. » Le visage de Larry s'éclaira. « Sa façon de parler, ses gestes, tout me ravit. Tu sais qu'elle écrit déjà un opéra ?

– Oh ! un quoi ? » Ira, éberlué, se hâta de reprendre, « un opéra ? Mais elle a quel âge ?

– Quatre ans. Écoute ça, dit-il en se mettant à chanter. *"Il y a des gens qui aiment les banana split et autres sucreries, mais moi j'aime le soda au chocolat !"* C'est pas un bel air ?

– Si, si. » Ira ressentit une certaine gêne – et il ne trouva rien à ajouter, sinon : « Quatre ans, pas plus ? Moi, j'ai une cousine qui en a presque quatorze. Stella, elle s'appelle. La fille de ma tante Mamie. Elle ne ferait pas la différence entre un air et... », une image se forma dans son esprit, « … un trou dans le mur. Ouais, ouais. » Il inspira une bouffée de sa cigarette.

« Ta famille est très proche ?

— Qu'est-ce que tu veux dire ?

— Est-ce que ses membres sont très proches les uns des autres ? Est-ce qu'ils entretiennent des liens étroits, tu vois ? Est-ce qu'ils éprouvent de l'affection les uns pour les autres, pour toi ? Et toi, est-ce que tu éprouves de l'affection pour eux ?

— Oh ! non ! »

Larry étudia Ira, surpris par la violence de sa réaction.

« Ah bon ? fit-il en secouant la tête. Vous êtes tellement différents. Et sous un tas d'aspects, on dirait. Nous, on forme une famille très unie. Je ne sais pas pourquoi, peut-être l'influence hongroise. En tout cas, c'est comme ça. Mes deux beaux-frères aussi font partie de la famille. Comme je te l'ai dit, ma sœur Wilma a épousé un avocat : Sam, Sam Elinger. À propos, il a passé sa licence à CCNY. Tu parlais d'y aller après DeWitt Clinton.

— Ouais, c'est vrai.

— Et ma sœur aînée, Sophie, est mariée à un dentiste, Victor.

— Eh ben, mon vieux ! » Son instinct avertit Ira de ne pas dire ce qu'il s'apprêtait à dire tellement ça sonnait juif, mais, comme emporté par son élan, il ne put s'empêcher de lâcher : « Tes sœurs ont fait un beau mariage, alors ? »

Larry prit une expression un peu peinée et, pour la première fois, presque désapprobatrice.

« Je ne dirais pas qu'elles ont fait un beau mariage, mais un mariage heureux.

— C'est… c'est ce que je voulais dire. »

Ira se sentit puni, et confirmé dans ses inquiétudes. On ne disait pas « faire un beau mariage », se réprimanda-t-il. Ni *zeï hobn gemakht a gitn shidukh*. Ça ne se faisait pas. Un mariage heureux ? Ouais, ouais. Et qui avait fait un mariage heureux dans la famille de Bobe ?

« Et tes parents ? » demanda Larry.

Les lèvres d'Ira remuèrent pour délivrer une réponse muette : ça va. Il éprouva une soudaine tristesse. Il avait dit à Billy que Pa était serveur, ça n'avait pas d'importance pour Billy, et ça n'en aurait sans doute pas pour Larry non plus, juste une curiosité supplémentaire au sujet d'Ira qu'il trouvait si original, si intéressant, à l'image de sa provision de blagues glanées dans des centaines d'endroits. Ou alors… Et tout ça se passait dans son esprit pendant que des milliers de gens, des milliers de véhicules formaient de nouvelles configurations au milieu du tohu-bohu et que, au-dessus de leurs têtes, roulaient avec fracas les cercueils ambulants que constituaient les wagons du métro aérien.

Dans son esprit et dans l'instant, semblait-il, lorsqu'un instant s'allumait, il ne s'éteignait jamais, il durait pour l'éternité, s'embrasant avant de décroître, mais sans jamais disparaître tout à fait. Comment cela se pouvait-il ? Même cette jeune femme élégante, provocante, oh ! combien ! avec ses grands airs, son chapeau cloche violet, qui avait regardé Larry avec insistance, durait pour l'éternité depuis cet instant.

Ira, après avoir contemplé sa cigarette rougeoyante sous la cendre grise à un bout et maculée d'un cercle jaunâtre à l'autre, à l'endroit où il la portait à la bouche, leva les yeux et commença :

« Je vais… »

Puis il sourit – de ce sourire contre lequel Mr. O'Reilly l'avait mis en garde. Quand, déjà ? Et puis quand ça avait débuté avec Minnie – ah ! ce devait être la passerelle entre Larry et lui, le lien secret qui les unissait dans la folie, l'étrangeté ou il ne savait quoi, et qui lui avait même valu des ennuis avec le Dr. Pickens. Ses manières de cinglé, non, sa nature dissimulée, hantée par l'inquiétude, tout ça le rendait différent, de plus en plus différent, tout le temps, le marquait comme un être unique, convulsif en face de situations nouvelles, souvent fruste, un ultra, un ultra quelque chose que seul Mr. Sullivan, l'infirme, le difforme, avait percé à jour : ch'est chà, rends-toi ridicule chi tu y tiens...

« Mon père est un *lokshn treger* », dit-il, choisissant délibérément l'expression yiddish qui, il le pressentait, ne manquerait pas d'intriguer Larry, mais pourquoi ? Pourquoi présumer si souvent de l'effet qu'il pouvait produire sur les autres sans même savoir comment cela fonctionnait – avec Farley, avec Billy Green et même avec Eddy Ferry, le fils du concierge, il y avait si longtemps ? Et maintenant avec Larry. Un trait de caractère goy auquel il s'était adapté (il avait pris Larry pour un goy), ou bien propre au goy qu'il était en train de devenir ?

« Un quoi ? dit Larry en riant franchement. Il est quoi ? Un quoi *treger* ?

– Un *lokshn treger*, un porteur de nouilles.

– Un porteur de nouilles ?

– Un serveur. Mon père est serveur.

– Ah ! » Larry s'esclaffa de nouveau, avide de détails. « C'est comme ça que tu l'appelles – un serveur, c'est ça ? »

Ça marchait comme prévu. Drôlement malin, non ? Il avait détourné l'attention de Larry de la réalité vers le mot, puis du mot vers le rire.

« *Lokshn treger*, répéta-t-il. C'est du yiddish.

– Ah bon ? Je connais le verbe *tragen* ! Ça veut dire "porter" en allemand, dit Larry, ravi de sa découverte. Et en yiddish, *nudeln*, c'est *lokshn* ?

– Ouais. Une *loksh*, c'est aussi une nouille dans le sens d'idiot. J'ai inventé l'expression. T'en es où en allemand ?

– C'est ma troisième année. Mes parents le parlent un

peu. Tu sais, mes grands-parents aussi. Quand la Hongrie appartenait à l'Autriche-Hongrie. *Lokshn treger*. Porteur de nouilles, dit-il, amusé, savourant la formule. Si on prenait l'El ensemble ? proposa-t-il. On aurait le temps de discuter pendant le trajet.

– J'ai déjà en retard, refusa Ira en faisant exprès un solécisme. Bon, il ne me reste plus que quelques bouffées à tirer de mon mégot, ce qui signifie que l'heure du couvre-feu a sonné et que je dois rentrer. »

Son humour pesant et maladroit ne parvint pas à effacer la lueur de déception qui se lisait dans les doux yeux marron de Larry. Il souffla doucement un nuage de fumée qui hésita au bord de ses lèvres, puis qu'il inhala avant de reprendre :

« Bon, vendredi, on prendra l'El ensemble, d'accord ? On n'aura pas à se préoccuper des devoirs pour le lendemain.

– D'accord.

– Devant l'école, vendredi, okay ?

– Okay.

– Alors à vendredi.

– D'accord. À Plutarque.

– Quoi ? Ah oui, j'ai pigé. À Plutarque. »

Ils se separèrent. Larry jeta sa cigarette avant de monter l'escalier de la station tandis qu'Ira laissait tomber la sienne dans le caniveau. C'était vachement bizarre, et flatteur aussi, même si Larry n'était pas ce qu'il avait cru. Merveilleux, non ? Il était chrétien, et d'un seul coup il devenait juif. Comme par magie. Un truc qu'il aurait vu changer rien qu'en le regardant un moment : une illusion d'optique. Mais Larry ne pourrait pas changer de nouveau, revenir en arrière, ou alors si ? C'était pour ça que les Juifs étaient circoncis ? Quelle drôle d'idée. Heureusement qu'il ne savait pas que Larry était juif quand il avait imploré le Dr. Pickens le premier jour de classe. Il ne s'en serait peut-être pas tiré. Et si le Dr. Pickens l'avait su ? Putain ! quand on pense à tout ce qui n'est qu'apparence. Comme Jessica, la fille de Shylock, qui feignait d'être un garçon, qui se déguisait en garçon. Seulement, en réalité, c'était un garçon. Au temps de Shakespeare, leur avait appris leur professeur d'anglais, les hommes jouaient tous les rôles de femmes. Dans le cas de Portia aussi, et on se retrouvait à être soi-même sans être supposé l'être…

Ira se dirigea vers la 59ᵉ Rue, une rue bruyante et animée… Qu'est-ce qu'il allait raconter à Billy pour vendredi ? Eh bien, rien. Simplement ne pas venir. Billy l'attendrait dans la pièce des carabines… N'empêche que ce n'était pas si marrant, la façon dont Larry avait ri à propos du *lokshn treger*, le porteur de nouilles… comme si les histoires du monde pouilleux où vivait Ira l'amusaient. Certaines, en tout cas. Mais Billy, lui, ça ne l'intéressait pas. C'était un vrai chrétien, voilà toute la différence. Larry, pas. Est-ce qu'on pouvait être à moitié chrétien ? Un abruti de Juif qui servait à Larry des morceaux choisis de son univers pourri…

Putain ! il était riche ! Ses vêtements, sa veste de tweed. L'éclat de sa peau, élevé dans du coton. Le petit dernier de la famille, c'est pour ça…

Le ciel, l'espace dégagé de Colombus Circle s'ouvrirent devant lui… Les Bermudes, Larry y avait vécu. C'est pour ça qu'il parlait comme ça ? De pipes Dunhill et de pipes en bois de calebassier, qui coûtaient une fortune ? Et c'était quoi cette École de Culture éthique où il disait être allé ? Où il avait suivi des cours de théâtre et de ballet. Pas la danse normale, le two-step, le fox-trot, le shimmy, non, le ballet ! Merde ! où est-ce qu'il avait mis sa pièce de cinq *cents* pour le métro ?

La vie est réelle, la vie est sérieuse, Ecclesias. Non ? On ne peut donc jamais te divertir ?

– À l'occasion. Tu as sans nul doute réussi à éviter le piège. Si je connaissais les échecs, je parlerais de gambit, mais ce ne serait qu'un cliché de plus.

Tu as raison. N'importe lequel fera l'affaire.

– Plutôt habile de ta part. Tu étais au bord de la gaffe, pour varier la métaphore, mais tu t'es rattrapé à temps. Après t'avoir parlé de sa famille, il t'a interrogé sur la tienne. Quoi de plus naturel ?

Oh ! je comptais le régaler d'histoires sur mes immigrants, Zaïde et Bobe, mes oncles et mes tantes. Et sur l'East Side.

– Il t'a demandé si tu avais des frères et des sœurs. C'est surtout ça.

Je sais, oui. Tu vois le guêpier dans lequel je suis fourré ?

– Alors, qu'est-ce que tu vas faire ?

Ce que j'ai fait à l'époque. Oui, j'ai une sœur plus jeune que moi. Comme ça, sans insister.

– Quand vas-tu l'admettre dans le monde des personnages légitimes, la laisser jouer, agir et s'affirmer en tant qu'individu ?

Je ne sais pas. J'ignore si je serai un jour capable d'écrire sur elle avec toutes les dimensions émotionnelles qu'elle mérite. En tout cas, il faut, il faudra que je fasse quelque chose, au moment opportun, en passant... un court épisode de ce terrible, de cet innommable inter... inter... interlude. Chut, chut. Interpénétration, perpétration, perpétuation, perdition. Fait étrange, bien qu'elle ait été omise dans mon premier jet, je l'ai introduite, et arbitrairement, s'il te plaît ! (j'y reviendrai) sans trop de ménagement, pour autant que je m'en souvienne, ou sans trop de cérémonie, pour la seule raison que continuer sans elle devenait impossible. Tu tiens donc ta réponse, Ecclesias, du moins en partie.

CHAPITRE XVI

Le vendredi, Ira se contenta de ne pas assister à la réunion de l'équipe de tir. À quoi bon perdre son temps à inventer des excuses boiteuses ? Il se joignit au flot des élèves qui se précipitaient dans l'escalier en direction des portes qui, pareilles à des écluses, s'étaient ouvertes quelques instants plus tôt. Larry l'attendait déjà au coin de la rue.

Une fois hors des limites de la juridiction de l'école, ils étaient autorisés à fumer, et, forts de la solide intimité qui les liait dorénavant, et les invitait à la discussion, ils traversèrent la Dixième Avenue au milieu de la foule de leurs camarades, puis, contents d'être ensemble, ils se mirent à flâner dans la 59ᵉ Rue si bigarrée et bruyante. Est-ce qu'Ira avait déjà lu de la poésie moderne ? demanda Larry.

« Quoi ?
– De la poésie contemporaine ? »

Ira, pris de court, se sentit un peu perdu. À partir de quand la poésie devenait-elle moderne ? Où se situait la frontière ? Et puis, qu'est-ce qu'il entendait par là ? Il avait lu les *Idylles du roi*, un truc drôlement emmerdant du reste, et ce n'était pas considéré comme moderne. Il pensait sincèrement – non, en réalité, il ne le pensait pas, mais si on l'avait pressé de questions, eh bien, il aurait peut-être dit : comment pouvait-on avoir écrit un poème destiné à être étudié au lycée si on n'était pas mort ? Tennyson était mort. Et Leigh Hunt aussi avec son Abou Ben Adhem. Coleridge était mort, Coleridge, l'auteur du merveilleux *Vieux marin*. Et Shelley également était mort, aussi mort que son Ozymandias. Keats et sa « Belle Dame sans mercy » était mort de tuberculose. Byron – tout le monde savait qu'il avait cassé sa pipe à Missolonghi. Quant au *Lai du dernier ménestrel* – le laid, la laie, ha ! ha ! ha ! –, eh bien Walter Scott mangeait des pissenlits par la racine. Ils étaient tous morts. Longfellow et son marronnier, Fitzgerald et ses quatrains d'Omar sous la ramure – les poètes qu'on aimait ou qu'on n'aimait pas, dès qu'on les étudiait en classe, ils étaient morts et enterrés. C.Q.F.D. Alors, la poésie contemporaine, hein ?

« Edna St. Vincent Millay, cita Larry avant même qu'Ira lui eût réclamé des noms. Vachel Lindsay, Sandburg, Teasdale, Aiken, Robert Frost. »

Bon Dieu ! il ne voulait pas paraître trop ignorant, mais il devait admettre qu'il n'en connaissait aucun. Il ne savait pas quelle attitude il convenait d'adopter, contrite ou suffisante ?

« J'en ai jamais entendu parler, finit-il par avouer.

– Vraiment ? s'étonna Larry sans la moindre trace de condescendance. J'ai un exemplaire de l'*Anthologie de la poésie contemporaine* d'Untermeyer à la maison. C'est une excellente introduction à la poésie contemporaine.

– Ah bon ? Et où tu l'as trouvé ?

– Ma sœur Sophie me l'a offert pour mon anniversaire. »

Ce n'était pas tout à fait ce qu'Ira avait voulu savoir, mais...

« Je peux te le prêter, dit Larry. Si ça t'intéresse, ça me ferait très plaisir.

– Oui, peut-être. » Les gens achetaient, donnaient, possédaient des livres, était-il stupide au point de l'ignorer ? Ou de montrer qu'il l'ignorait ? « J'ai l'habitude d'aller à la bibliothèque, expliqua-t-il. C'est pour ça que je t'ai demandé.

– Je ne sais pas si les bibliothèques publiques ont les anthologies d'Untermeyer, mais il y a une chose que je sais, c'est que ça te plaira.
– Tu crois ?
– *"Gras dandys noirs dans une pièce tonneau de vin"*, récita Larry. C'est de Vachel Lindsay. *"Rois de la maison tonneau, aux pieds instables, qui s'écroulent, qui titubent, qui tapent sur la table, tapent sur la table, tapent sur un tonneau vide avec un manche à balai"*.. je ne suis pas sûr de la suite... *"boumbalai, boumbalai, boumbalai, boum !"*
– Waouh ! » Ira était fasciné. On aurait dit une incantation. « C'est contemporain ? C'est ça, la poésie contemporaine ?
– C'est beau, non ? Le rythme : *"Alors j'ai vu le Congo, qui rampait dans le noir, qui se frayait un chemin doré au travers de la jungle..."*
– Waouh !
– Je pensais bien que ça te plairait. »
Ira eut alors l'impression que le quotidien, le banal devenaient soudain mystérieux. La rue s'ouvrait devant lui et palpitait, comme s'il se trouvait devant l'extrémité évasée d'une immense corne, submergé par un brusque et troublant crescendo. Les bâtiments semblaient osciller. Des perspectives monotones se dépouillaient de leurs croûtes triviales. Qu'est-ce que ça signifiait ? On aurait dit Larry se métamorphosant de chrétien en Juif, sauf que là, c'était l'inverse. À quoi ça rimait d'entendre Larry réciter de la poésie contemporaine ? Comment pouvait-il traiter cela avec tant de naturel, paraître tellement à l'aise ? Comme si c'était une chose de tous les jours, à laquelle il s'intégrait parfaitement, dans laquelle il baignait ? La poésie moderne ! En ce moment même. Tout autour.
« *"J'ai vu Dieu ! Vous en doutez ?"* C'est un poème de James Stephens, et tu vas sûrement aimer, reprit Larry sur un ton grandiloquent. Il l'a appelé "Ce que

Thomas a dit dans un pub". Tu sais ce que c'est, un pub ? Un mot anglais pour désigner un bar ou un café.
– Ouais, ouais.
– *"Vous osez en douter ? J'ai vu l'Homme Tout-Puissant ! Sa main était posée sur une montagne ! Et Il considérait le Monde et tout ce qui L'entourait..."* »
De jeunes Noirs déguenillés qui, pareils à des étamines, faisaient cercle autour d'une adolescente maigre devant le perron d'un immeuble miteux sur le chemin de la station de métro de la 59e Rue pouffèrent de rire au spectacle de Larry scandant les vers avec de grands gestes de sa large main blanche.

Et Ira, ébloui par une nouvelle... une nouvelle quoi ?... l'impression d'une nouvelle signification, d'une nouvelle approche de l'existence et des sensations, presque comme s'il débouchait en pleine lumière d'un sous-sol labyrinthique. C'était ça : la lumière d'aujourd'hui !

« C'est ça ?
– Oui, répondit Larry avec un sourire ravi. Ça t'a fichu un coup ?
– Tu peux le dire ! Alors, tous ces écrivains – ces poètes –, ils sont vivants ? Je sais que ça peut paraître ridicule, mais c'est pas seulement ça que je veux dire. Je veux dire... » Après un long silence empreint de perplexité, Ira reprit, comme sous l'emprise d'une douloureuse révélation : « Ça continue. C'est ça que je veux dire. Maintenant, en ce moment.
– C'est vrai. Je sais ce que tu ressens. Les gens continuent à écrire de la poésie. Elle n'est pas morte avec Longfellow ou William Cullen Bryant. Ni avec "Thanatopsis" ou *Idylles du roi*. C'est tout le problème avec la littérature telle qu'on l'enseigne dans notre école. Dans tous les établissements publics, d'ailleurs.
– Ah bon ?
– Oui, tout le contraire de ce que j'ai appris à l'École de Culture éthique où je suis resté quelques mois. Tu symbolises parfaitement les lacunes de notre enseigne-

ment. Je ne plaisante pas. Il n'y a aucune approche réelle du contemporain dans aucun des cours que j'ai suivis à DeWitt Clinton. C'est ça l'ennui avec les professeurs comme le Dr. Pickens. Tu vois ce que je veux dire ? Pour eux, il y a une coupure entre ce qui s'est passé avant et aujourd'hui. Tu vois ? Je ne veux pas jouer les savants. Ni les intellectuels. Mais ça continue. Exactement comme tu l'as dit. La seule fois où j'ai eu cette impression de pertinence, c'est à l'École de Culture éthique. On faisait en sorte que tu te sentes en accord avec la vie quotidienne. Tu comprends ce que je veux dire ? Peut-être qu'on aura la chance d'arriver à quelque chose de ce genre au dernier trimestre. Tu sais qu'on pourra choisir parmi plusieurs options ? Moi, je prendrai le théâtre contemporain. Et toi ?

– Je ne sais pas. Je n'y ai pas réfléchi. Mais tu te comportes comme si tu vivais avec eux. Je crois que c'est ça que je voulais dire. »

Il chassa une envie de démangeaison en clignant des yeux et en plissant le front, puis il se gratta l'oreille. Il se sentait soudain sous pression. Toute cette poésie moderne lui procurait l'effet d'une avalanche de nouveautés. Larry écrivait des poèmes. Larry comprenait. Il était chez lui dans cet univers. Il… il écrivait quelque chose de personnel sur… sur… ses expériences, non, sur ce qu'il ressentait, non, ce n'était pas ça non plus. Ses poèmes avaient la forme de ce qu'il ressentait. Il écrivait seul, pour son propre… non, on ne pouvait pas dire pour son propre bien… il le faisait pour… non, pas par défi, non plus. Bon, mieux valait tout oublier, c'était bien trop dérangeant, rien que d'y penser, parce qu'en fait, il le faisait pour le plaisir de le faire, de chercher la forme qui convenait, un jeu de ce genre.

Ira se surprit à regretter d'avoir accepté de prendre l'El de la Neuvième Avenue avec Larry. Pour s'habituer à une perspective si neuve, pour la comprendre, pour savoir comment elle fonctionnait et comment elle vous changeait, il allait lui falloir beaucoup de temps – et de réflexion... à condition qu'il le veuille.

Peut-être devrait-il détromper tout de suite Larry. Bien sûr, il se sentait flatté d'être en sa compagnie, il dégageait une impression de richesse et de séduction qui rejaillissait sur lui. Mais Ira ne désirait pas continuer. C'était comme ça. Il identifiait en lui-même quelque chose d'involontairement complémentaire, de réceptif, non, plutôt de sensible à... à cet étrange et nouvel éclairage des extérieurs de tout, de panoramas figés, de perceptions usées pourrait-on dire. Or, c'était justement ce qu'il avait fait avec l'intérieur de lui-même, déchiré, pas exprès, mais par erreur, déchiré et coupé du normal, du coutumier, oh ! oui ! Et s'il faisait maintenant la même chose avec le monde extérieur, le monde contemporain que Larry lui ouvrait, s'il se laissait soumettre à ce processus inquiétant, à cette relation avec le monde extérieur qui modifiait celui-ci, il ignorait ce qui pourrait arriver. Mon Dieu ! il se rendait compte qu'il était trop impressionnable, trop facilement abusé par de nouvelles approches de ce qu'il percevait. S'il renonçait à la routine, bon Dieu ! il ne lui resterait plus rien, il ne serait plus rien. Au moins, maintenant il était un salaud. Sauter sa sœur, Minnie. Mais il appartenait à l'équipe de tir, il pouvait faire du canoë avec Billy, pagayer sur l'Hudson, s'adapter au monde de Billy, s'y accrocher, se sentir un peu... un peu mieux. La bonne santé américaine. Et merde ! il ne savait plus !

Ils s'arrêtèrent au pied de l'escalier du métro aérien. Ira espérait que Larry aurait oublié qu'ils devaient le prendre ensemble, qu'il lui demanderait simplement s'il voulait venir, lui laissant ainsi le choix.

Mais non. Larry se borna à déclarer :

« Attends, on ne va pas fumer. J'ai une idée.

– Ah bon ?

– Puisque tu prends l'El avec moi on continue jusqu'à la 125e Rue. Pourquoi tu ne viendrais pas dîner avec nous ?

– Moi ? fit Ira si surpris qu'il eut un brusque mouvement de recul.
– Oui. Et après, tu emporteras l'anthologie d'Untermeyer.
– Regarde l'allure que j'ai ! Je ne me suis même pas rasé ce matin.
– Mais non, tu es très bien. Je te prêterai mon nouveau Gillette, s'il n'y a que ça qui t'inquiète. De toute façon, ça n'a aucune importance. On ne fait pas de cérémonie à la maison. On ne s'habille pas pour le dîner, rien de ce genre, dit-il avec un sourire engageant.
– Oh ! non ! Mon Dieu ! non !
– Nous y revoilà. Pourquoi non ? » Cette fois, ses yeux marron exprimèrent l'amusement au lieu de la déception. « Ça ferait plaisir à ma mère que j'amène un invité. Je ne le fais jamais. Elle serait ravie. Elle se plaint toujours que je n'ai pas d'amis. Et c'est vrai. Aux Bermudes non plus, je n'en avais pas. C'est simplement que je n'ai trouvé personne d'assez intéressant.
– Parce que moi je le suis ? »
La lourde ironie qui perçait dans la voix d'Ira parut déconcerter Larry.
« Qu'est-ce qu'il y a de si étonnant ? Pourquoi pas toi, je veux dire ? Tu sais, je suis assez grand pour choisir mes amis.
– Je... j'aimerais, bafouilla Ira avec un geste de la main. Mais je...
– Je quoi ? Tu ne fais quand même pas un complexe d'infériorité ? Ou quelque chose comme ça ?
– Si, je crois que si.
– Allez...
– Si, insista Ira. Je le sens.
– Et pourquoi ferais-tu un complexe d'infériorité ? Je ne vois réellement pas. Qu'est-ce que tu aurais fait pour l'avoir ? demanda Larry qui, guère convaincu, semblait s'amuser.
– Ce que j'aurais fait ? Tu te rappelles, dans *Hamlet* : *verser dans les porches de mes oreilles* ? Moi, je pour-

rais me les boucher. En tout cas, je veux pas venir, na, dit-il en faisant le clown. Non, c'est pas ça. » Il décida de changer de tactique. « On est vendredi. Le soir du *gefilte fish* et du bouillon de poulet, et je n'ai pas prévenu ma mère. »

C'était un mensonge délibéré. Ma savait depuis longtemps que le vendredi soir, il pouvait fort bien partir avec Billy et qu'elle n'aurait pas à s'inquiéter de son absence pour *shabbes ba nakht*.

Comme ils montaient vers le quai, Larry reprit :

« C'est vrai, on s'y prend au dernier moment. Tiens, j'ai deux *nickels*. Non, non, c'est pas la peine, dit-il en refusant la pièce que lui tendait Ira et en passant le tourniquet après lui. Ta famille est religieuse ?

– Religieuse ? » Ira haussa les épaules. « Non. Ma mère se contente d'allumer les bougies le vendredi soir. Tu sais, elle met les mains devant sa figure et elle prie.

– Ah bon ?

– T'as jamais vu faire ça ?

– Non.

– Oh ? Je devrais peut-être t'inviter à la maison pour que tu voies. Si on n'habitait pas un taudis pareil, je le ferais avec plaisir.

– Tu n'as pas besoin de t'excuser, dit Larry. Ça n'a pas d'importance. Vraiment pas. En fait, j'aimerais beaucoup venir chez toi. J'ai si peu d'expérience – si peu de contacts avec tout ce qui touche l'orthodoxie juive. Je ne veux pas me vanter, mais je connais toutes sortes de juifs, libéraux, et riches... tu ne peux pas imaginer. Tu vois, leurs familles sont si fortunées que la mienne paraît très modeste en comparaison.

– Ah ouais ? »

Les sourcils touffus de Larry se rejoignirent en signe de déplaisir.

« Mais quels raseurs ! On peut presque prédire de quoi ils vont parler. Les bals. Les filles. Les voitures. Les clubs. En plus, ce sont des lèche-bottes, et je déteste ça.

– Ah bon ? ricana Ira. Tu sais, c'est drôle, je n'ai jamais invité personne à la maison. Comme tu viens de le faire, je veux dire. Pas une seule fois, pour autant que je m'en souvienne. C'est peut-être à cause de leur accent, je ne sais pas. » Il se mit à réfléchir cependant qu'il marchait aux côtés de Larry sur les planches grises et usées du quai exposé en plein vent. « On… on ne fait pas les choses comme ça.
– Non ?
– Un parent, peut-être. Tous les trente-six du mois. Et ta famille à toi ? Ils sont tous juifs ?
– Oui, mais on est tous agnostiques.
– Ah ?
– C'est pour dire qu'on ne sait pas.
– Oui, je sais. » À chaque pas qu'il faisait le long du quai, le trait de lumière avançait de concert sur les rails : agnostique. « Tu sais, à quatorze ans, j'ai dit à mon père et à ma mère que je ne croyais pas en Dieu. Mon père m'a traité d'*apikoïres*, d'épicurien. Le mot grec est passé dans la langue yiddish, tu te rends compte ? *Apikoïres*.
– Ah bon ? » Larry paraissait de nouveau avide d'apprendre. « *Apikoïres*. J'aimerais savoir mieux le yiddish. Comme je te l'ai dit, mon beau-frère Sam le parle un peu. Lui, c'est l'avocat. *Mitsva*. Tiens, tu vois, je me rappelle un autre mot. Sam sait aussi quelques prières en hébreu. Il a fait ses études à CCNY, je te l'ai dit, non ?
– Oui. Et toi, ça ne t'empêche pas d'enseigner à l'école du dimanche, dans ce temple sur la Cinquième Avenue, de ne pas savoir un mot d'hébreu ?
– C'est pas nécessaire.
– Non ?
– Non, non. Je te l'ai dit, j'adore les histoires. Elles me stimulent. L'autre jour, je me suis représenté la fuite d'Absalon. Est-ce que son père, le roi David, finirait par lui pardonner ? Ou bien resterait-il toute sa vie en exil ? Tu comprends ?

– Oui… Tu penses aux autres, à d'autres choses, c'est ça ?

– Qu'est-ce que tu veux dire ?

– Tu ne penses pas seulement à toi. À ce que tu ferais.

– C'est à travers eux que j'exprime ce que je ferais. C'est ça que tu veux dire ?

– Je crois, oui. »

Larry s'arrêta pile.

« Tu sais, je ne te suis pas tout à fait : ne pas penser à moi ? »

Ils revinrent sur leurs pas.

« Moi, je n'arrive à penser qu'à moi, confessa Ira. La moitié du temps, c'est à peine si j'écoute les autres. Sincèrement. Ça me rend idiot. »

Peut-être que cet aveu allait mettre un frein au désir de Larry d'évoquer des sujets littéraires qui le dépassaient – et à leur amitié par la même occasion.

Sa remarque sembla produire l'effet inverse :

« Je ne crois pas que tu n'écoutes pas, dit Larry. Je crois au contraire que tu écoutes tout le temps, sauf ce qui ne t'intéresse pas. Je voudrais bien faire comme toi. La politesse est parfois une perte de temps. Je commence à en avoir assez de ce petit jeu.

– Ah ouais ?

– Trop c'est trop. Et la plupart du temps, ça ne sert à rien. Peu m'importe que tu écoutes ou pas. Ce que j'aime chez toi, c'est que tu ne répètes jamais comme un perroquet ce que les autres disent. Tu tires tout de ta propre expérience. » Les grandes mains de Larry, décrivant des trajectoires expressives, appuyèrent ses paroles. « Tout vient de l'intérieur.

– Ah bon ? Et d'où voudrais-tu que ça vienne ? » La réplique facétieuse d'Ira amena un sourire sur les lèvres de Larry. « Tu sais, j'aimerais bien être comme toi, mais je n'y arrive pas. Tu peux échapper à toi-même : Absalon, le roi Saül, Custer. Moi, pas.

– Sérieusement, je pense que tu devrais essayer

d'écrire. Je suis sûr que tu te débrouillerais bien. Tu as déjà essayé ?
— Moi ? Oui, des rédactions. Enfin ! qu'est-ce que tu racontes ? Je veux devenir entomologiste, dit Ira.
— Je ne vois pas en quoi ça t'empêcherait d'écrire. Je voudrais que tu viennes à la maison pour que je puisse te lire deux ou trois de mes poèmes. Ou que tu les lises toi-même. Tu as compris l'idée : exprimer — donner forme à ce que tu ressens. Je ne peux pas l'expliquer, seulement en te montrant des exemples de ce que je fais. Et puis j'aimerais connaître ton avis.
— Mais comment je saurais ?
— Simplement en disant si ça te plaît ou non.
— C'est tout ?
— Comme tu l'as fait tout à l'heure, rien d'autre.
— J'ai juste fait "waouh !".
— Mais ça suffit, dit Larry dans un élan de bonne humeur. Et largement ! » Il inclina la tête avec un sourire de remerciement. « De plus, je ne me place pas sur le même plan que les poètes que j'ai cités et qui figurent dans l'anthologie. Ce sont pour la plupart des poètes confirmés, alors que je n'en suis qu'à mes débuts. Je crois que j'ai néanmoins quelque chose à dire. »

Quelque chose à dire ? Ira ne pouvait que s'interroger — et garder le silence.

« J'ai une autre idée, reprit Larry. Vendredi prochain, tu viens dîner et tu restes coucher à la maison.
— Hein ?
— Je t'invite pour vendredi prochain.
— Mais je ne resterai pas dormir. Même s'il n'y a pas de compétition de tir…
— Tu ne peux pas t'arranger ? Tu m'as dit que tu envoyais les invitations.
— Ouais, mais le samedi, je travaille au stade. Jusqu'à Thanksgiving. Samedi prochain, c'est au Yankee Stadium.
— Le nouveau stade ? Tu peux pratiquement y aller à pied de chez nous ! s'écria Larry avec un accent de

triomphe. C'est si près qu'on le voit du bout de notre rue. Tu pourras prendre une douche avant de te coucher. On a deux salles de bains. Je te prêterai un pyjama. Le matin, on prendra le petit déjeuner ensemble.

– Deux salles de bains...
– D'accord ? Marché conclu ?
– Non.
– Pourquoi non ? Tu pourras prévenir ta mère. Tu seras entre de bonnes mains. Je sais comment sont les mères.
– Non. Je viendrai dîner, c'est tout. Et c'est déjà beaucoup.
– Tu ne dérangeras personne. Tu seras le bienvenu. J'ai déjà parlé de toi à mes parents, et ils ne seront pas du tout étonnés. J'ai un divan dans ma chambre, tu seras très bien. Tu sais, on ne fait pas de manières à la maison. Irma, ma sœur aînée, sera peut-être là. Et aussi mon frère Irving, et Mary, notre bonne, bien entendu...
– Je viendrai dîner, répéta Ira, entêté et conscient de l'être. Rien de plus. Ce sera assez.
– Assez ? dit Larry, amusé par les réticences opiniâtres d'Ira. Tu es sûr ?
– Oui, je suis sûr. Tout à fait sûr. »

Le quai commença à vibrer à l'approche d'une rame.
« Bon. » Pas le moins du monde vexé, Larry se pencha pour regarder le train en bois au nez carré qui fonçait vers eux, dévorant les rails avec fracas. « Franchement, pourquoi tu ne veux pas rester coucher à la maison ? demanda-t-il en élevant la voix. J'ai un grand lit. Tu peux le prendre, si tu préfères. Je dormirai sur le divan.
– Non. J'ai dit non.
– C'est juste par timidité ?
– Non. Je mouille mon lit, répondit Ira d'un ton brusque. On appelle ça un *pisher*, en yiddish. Je suis un *pisher*. »

Larry éclata d'un rire spontané, chaleureux.
« Je viens d'apprendre un nouveau mot. *Pisher*.
– Ah ouais ?

— Maintenant, je me souviens d'un autre que Sam emploie parfois : *minyan*, pour désigner un groupe de dix hommes... Oh ! et puis *meguilah*, oui ! c'est ça ! *meguilah*. Ça m'en fait un de plus. *Meguilah*, *pisher* et *minyan*.

— Eh ben, mon vieux ! tu commences à te forger un sacré vocabulaire ! »

Le train s'arrêta en bringuebalant. L'employé en uniforme bleu actionna de ses mains gantées les poignées recouvertes de cuir qui commandaient l'ouverture des portes d'acier...

CHAPITRE XVII

Mécontent, Ira laissa retomber les bras le long de son corps, tandis que ses doigts arthritiques refusaient douloureusement de se plier. Tout en tapant, il demeurait conscient de la présence de minuscules notions qui surgissaient dans son esprit – puis disparaissaient comme au travers du tamis de ces mêmes neurones qui les avaient engendrées. Certaines étaient sans doute importantes, mais tant pis, après tout, chaque auteur de prose connaissait une expérience similaire. Certaines arrivent, d'autres partent, disait ce cher vieux machin de Longfellow, et inutile d'essayer de les attraper toutes. Oui. Mais ça allait bien au-delà de simples images fugaces, de simples pensées. Ah, en voilà une ! Comme s'il avait dû la bloquer avant qu'elle lui échappe. Il fallait qu'il retourne à lui-même. C'était primordial. Comme Antée, le géant, à sa mère la Terre. Une métaphore trop osée peut-être, mais qui évoquait l'idée centrale, le noyau, l'essentiel. Oui, il fallait qu'il retourne à lui-même. C'était fondamental. Jongler avec l'histoire dévastatrice de ses « relations » incestueuses avec Minnie, que d'ailleurs, au départ, il n'avait jamais eu l'intention de révéler, et qui était devenue une force déterminante, non, *la* force déterminante qui commandait les pensées et le comportement d'Ira, eh bien, pareille à l'influence d'une étoile noire sur l'étoile visible d'un système binaire, cela avait altéré son univers tout entier. Sa tâche se résumait désormais à jongler, à manier un élément prépondérant qu'il avait involontairement introduit dans son exposé des raisons pour lesquelles son personnage central avait choisi telle ou telle voie pour son avenir, et trébuché sur le seuil d'une carrière littéraire, aussi brève fut-elle. Il lui faudrait dorénavant incorporer ce nouvel élément au schéma global – d'une façon ou d'une autre.

Dans son premier jet, il avait laissé croire – bon sang ! oui ! – qu'Ira pouvait choisir entre deux Amérique qui se présentaient à lui : celle de Billy, tournée vers le plein air, active, aventureuse, grégaire, et celle de Larry, fortunée, cultivée, installée, conservatrice, clanique. Mais non, oh ! non ! À ce stade, le conflit dominant se trouvait bien éloigné de préoccupations de ce genre... et même dans le cas contraire, il se sentait incapable de dépeindre de manière convaincante semblables distinctions intellectuelles ou encore les délibérations qu'elles nécessiteraient de la part de son personnage principal dans la détermination du choix de son avenir. Non. Il était aveuglément attiré par ce qui procurait le plus de facilité dans la satisfaction de ses besoins, dans l'apaisement de son tumulte intérieur dépourvu de remords, et recherchait peut-être une voie, même étroite, pour s'en délivrer, ce que Larry paraissait offrir.

Ira se retrouvait donc (ainsi qu'il l'avait dit auparavant) devant une toile sur laquelle il devait peindre, et au travers de laquelle transparaissait l'œuvre originale, ou quelque chose d'approchant, il lui fallait écrire sur un palimpseste en partie effacé. C'est seulement si son personnage était un tant soit peu libre, libéré de sa continuelle et souvent insupportable corruption spirituelle, véritable déformation de la psyché, qu'il pourrait, lui, l'auteur, ne serait-ce qu'espérer continuer dans la ligne de son intention première, à savoir représenter Ira devant le choix entre l'Amérique de Billy et celle de Larry. Certes, il est en partie vrai que l'apparition de ce dernier sur la scène affecta Ira, mais ce ne fut en rien décisif. Un nuage le menaçait déjà, et le crâne de Faust jacassait sur la table. Les choix n'étaient pas dictés par des considérations sensées, mais par... par l'indicible, l'indicible et des préoccupations liées à des plans, des ruses, des tromperies qui permettraient de réaliser l'indicible. Comment amener Minnie à céder, il n'aspirait qu'à ça. Il le recherchait, le désirait avec d'autant plus d'obsession qu'il s'agissait d'un péché, d'une abomination ! Mon Dieu ! Quelle fureur, et ses protestations à elle, tour à tour tendres et ordurières face à l'essence du mal. Et il l'avait toujours à l'esprit. Toujours. Il ne l'aurait manqué, ni échangé pour rien au monde.

Et maintenant, compte tenu de ce nouvel élément qui souille la pièce, ou en tout cas, la corrompt, que dis-tu, Ecclesias, toi le gardien ? Suis-je dans l'embarras ou non ? Que penses-tu ?

– J'écoute.

J'ai besoin de conseils.

– Tu es trop imprudent pour qu'on te conseille, trop indiscipliné, trop têtu, trop malavisé.

Ah bon ? Alors, aie la bonté de me donner au moins un avis. Une recommandation. N'importe quoi. Je ne vais pas revoir cinq ou six cents pages. Juste un mot. S'il te plaît. Est-ce que je peux faire quelque chose ?

– Sauver.

Sauver ?

– Oui.

Sauver quoi ? Les résultats sont condamnés à n'être qu'un gâchis.

– Tu as réussi à le faire dans la réalité, alors pourquoi pas dans la fiction ?

Eh ! une minute !

Le vendredi soir suivant, chez Larry ! Mon Dieu ! s'efforcer de manger correctement assis à leur table ! Ça doit être le comble du raffinement chez eux. Ne *chompekh* pas, s'exhorta-t-il, comme Pa te reproche tout le temps de le faire. N'engloutis pas, ne fais pas claquer tes lèvres, ne suce pas tes dents. Est-ce qu'avant d'arriver, il ne faudrait pas qu'il dise à Larry : « Écoute, je suis un *fresser*. Tu sais ce que c'est ? » Larry l'avait déjà vu manger à la cantine, et pourtant il l'avait invité chez lui à souper – non, à dîner. Il mettrait donc son costume, son costume d'occasion que Ma avait fini par acheter en réussissant à faire baisser le prix d'encore un dollar. Quel *geshraï* que leur marchandage ! Oh ! là là ! Vas-y, tourne l'affaire en plaisanterie. Raconte-lui. Pas à table, avant. Ma qui brandit le fond du pantalon à la lumière et ridiculise le vendeur (en yiddish, ça n'a pas l'air aussi ridicule). Filou, voleur éhonté, vous osez qualifier de tissu ces fils tout minces et élimés ! Allez-y ! continuez à escroquer le monde ! Deux dollars et un *quarter*. Pas un *penny* de plus ! Pendant qu'Ira ne savait plus où se fourrer. Tout ça... et puis tâche de te conduire le mieux possible chez Larry. Dis « oui, m'dame » à sa mère. Dis « pardon, monsieur ? » à son père quand tu ne comprends pas, se répétait Ira dans sa tête. Tu sais bien : les bonnes manières, on appelle ça. Mais c'est la semaine prochaine. Ce soir, téléphone à Billy. Laisse tomber le match de football de demain au Polo Grounds. Va « canouiller » (comme Billy et lui s'amusaient à dire pour canoter) samedi, mais ne reste pas la nuit à camper. D'accord ? D'accord. Ça te laisse dimanche matin. Dimanche matin quand Ma sort faire les courses. Une occasion à ne pas rater. Indolent, un dollar, un clochard de lupanar. Et sa sœur qui dit : « Ne rentre pas trop tôt. » Ah ! ah !

Ses plans s'en allèrent à vau-l'eau dès le lendemain du jour où il avait pris l'El en compagnie de Larry. Il appela Billy de bonne heure, et ils se donnèrent rendez-vous au hangar à bateaux. Dans l'air vif, et sous un beau ciel bleu, ils « canouillèrent » sur l'Hudson, en direction de la rive rocheuse du New Jersey. Là, ils construisirent peu après un petit feu de camp et firent griller dans une poêle des sandwiches au fromage – confectionnés avec du cheddar et du pain en tranches que Billy avait achetés. Ira, qui n'avait jamais mangé un fromage aussi goûteux avant de connaître Billy, avait demandé à Ma de lui en procurer. Du cheddar, lui dit-il. N'oublie pas, cheddar, comme... mais il ne trouva rien en yiddish qui rimait avec, sauf, à la rigueur, *heder*. Quoi qu'il en soit, on n'en vendait pas dans les boutiques de Park Avenue. Ce n'était pas kasher. Cela se passait dimanche dernier, quand Minnie avait ses règles. Alors, à quoi bon tout ça ? En tout cas, après avoir lavé la poêle et la cafetière, ils jouèrent à taper dans le ballon que Billy avait lancé dans le canoë au moment de partir.

Et là, qu'est-ce qui avait bien pu lui prendre ? Sans doute le premier accroc, la première manifestation tangible de sa névrose naissante. Billy venait de donner un coup de pied mal ajusté dans le ballon qui roula presque jusqu'au bord de l'eau, si bien qu'Ira se mit soudain à lâcher un chapelet de jurons : « Enfin, bordel de merde ! tu peux pas taper dans cette putain de balle pour que je puisse l'attraper ? » Une pluie d'insultes et d'obscénités – contre Billy, son copain, son bienfaiteur en de si nombreuses occasions, et à qui appartenaient le canoë, les provisions, le matelas pneumatique, le ballon de football. « Putain ! t'es chiant ! Tu peux pas l'envoyer comme il faut ? »

Même de loin, il vit Billy, les mâchoires serrées, devenir tout pâle. Ira eut le sentiment qu'il était prêt à se battre, mais il ne dit rien. Ils auraient pu en venir à échanger des coups. Billy, pourtant, choisit de ne pas répliquer. Ils restèrent un instant plantés l'un en face de l'autre, seuls sur la berge de l'Hudson.

L'accès de colère retomba aussi brusquement qu'il était apparu. Billy fit une passe à la main au lieu de botter. La fureur, pareille à une bourrasque, frappait puis s'éloignait. Ira s'excusa. Plusieurs fois. « Je ne le pensais pas. Je ne sais pas ce qui m'a pris. Okay, Billy ? »

Celui-ci se montra ensuite enjoué, sympa, résolu, mais incapable de froncer le nez. D'une humeur égale, il parut oublier ce qui venait d'arriver. Il se comporta avec autant de naturel que d'habitude, le bras et le torse souples, attentif au ballon qu'il tenait à la main, mais en dépit des exhortations que lui adressait Ira sur le ton de la plaisanterie – « Vas-y, botte, Billy. Ça m'est égal que tu l'expédies dans l'eau, j'irai le chercher » –, il continua à jouer à la main. Ira comprit que les dégâts étaient faits, irrémédiables, à jamais. Il avait perdu l'amitié de son meilleur ami, il ne méritait plus son respect.

Oui, il avait permis à Billy d'entrevoir le cloaque à l'intérieur de lui-même, le hideux défigurement sous le masque, et il était devenu un être différent à ses yeux. Il ne pouvait plus rien y faire... il ne possédait aucun moyen d'effacer cette nouvelle impression, d'annuler le choc produit. Le mal était consommé...

Ils retrouvèrent une espèce d'équilibre dans leurs relations, maintenant empreintes de réserve, de politesse gênée. Ils pagayèrent en silence pour regagner l'autre rive. Ils portèrent le bateau, le posèrent sur le râtelier avec les autres, rangèrent l'équipement dans le casier, marchèrent ensemble jusque chez Billy, puis se séparèrent, avec gaucherie.

Ainsi, ses petits plans avortèrent. Et, plus tôt qu'il ne s'y attendait, d'une manière totalement imprévue, il se coupa le chemin de cette option ; il trancha les liens qui le rattachaient à cette Amérique-là. Une rupture intervenue sur le rivage du New Jersey... sur leur emplacement de camping favori, où il y avait le moins de rochers et de cailloux, entre le fleuve et les Palisades. Et, qui plus est, par une belle et vivifiante journée de novembre ! Un samedi qui s'annonçait si insouciant et joyeux, qui aurait dû laisser un souvenir tout aussi insouciant et joyeux, marqua donc le triste moment où leur amitié prit un tour irréversible. « Putain ! t'es chiant ! Tu peux pas l'envoyer comme il faut ? » Une vomissure, les saletés qui fermentaient en lui et qu'il avait crachées au visage d'un Billy Green tolérant qui, jusqu'à présent, ne se doutait de rien...

CHAPITRE XVIII

Ira redirait sans cesse que le trajet pour se rendre chez Larry le vendredi suivant après l'école fut plus venteux que Troie la venteuse. Comme l'employé chargé d'ouvrir les portes de l'El aux stations n'y voyait pas d'inconvénient, ils choisirent de faire le voyage en sa compagnie sur la plate-forme arrière, ou plutôt, selon le jeu de mots d'Ira, la plate-forme « à vent », le feutre bien enfoncé sur les oreilles, le pardessus boutonné jusqu'au col afin de se protéger du vent entre les gares. Ils devaient hurler pour échanger des bribes d'informations à propos de tout ce qui pouvait les intéresser. Quelles charmantes réunions de famille rassemblaient presque chaque week-end le clan des Gordon ! « *Gemütlich*, un mot allemand qui signifie "douillet", je crois, expliqua Larry. Mais il n'existe pas de mot qui en traduise exactement le sens. On pourrait dire aussi : confortable, agréable. »
Durant le trajet, le premier de cette sorte qui les menait vers le Bronx, Larry, criant pour couvrir le vacarme, gratifia Ira de nombre de commentaires humoristiques sur sa famille qu'à l'évidence il adorait. Il en aimait tous les membres, sans exception. Mon Dieu ! comment était-ce possible ? Ira sentait s'élever en lui des barrières presque physiques, destinées à l'empêcher de s'attarder sur le contraste qui existait entre eux deux. Voilà un sujet qui donnait matière à réflexion ! Il avait tant de nouvelles choses à apprendre.
Larry était l'ami idéal, un ami à cultiver, surtout main-

tenant qu'Ira pensait avoir brisé le lien précieux qui l'unissait à Billy. Avec Larry, il y aurait toujours une voie vers… vers un monde, vers un ailleurs. Non, il rêvait. Il avait détruit quelque chose au-dedans de lui, quelque chose de romantique. Car il ne pouvait pas être romantique, n'est-ce pas, lui qui, dans le lit sentant le sommeil, offrait un dollar à sa sœur. Et quand elle demandait : « Ce truc en caoutchouc, t'es certain qu'c'est bien ? », il répondait : « Bien sûr, qu'est-ce que tu crois ? » Romantique ? Pour lui, l'occasion inespérée l'après-midi, lorsqu'il rentrait de l'école, ça c'était romantique, oh ! oui ! Quand les murs verts écaillés tremblaient comme s'ils balbutiaient de joie, reflétant la sienne devant les paroles laconiques de Minnie : « Bon, d'accord, viens. » Ça, c'était romantique. Il ne s'en remettrait jamais, jamais. Le fantôme se dressait au-dessus de lui, au-dessus de l'image romantique de Larry, qui lui interdisait le chemin pour toujours, oui, pour toujours. Quand on lisait les *Idylles du roi* de Tennyson en classe, comme tout paraissait différent ! Le professeur leur expliquait que l'immense chevalier en armure noire qui barrait la route de sir Gawain était la mort, et qu'il ne fallait pas la craindre, parce qu'à l'intérieur, il n'y avait qu'un enfant (encore qu'il fût ridicule d'imaginer un enfant capable de soutenir une armure aussi lourde, mais…) : voilà ce que Tennyson voulait dire, ouais, ouais, et les élèves acceptaient cette interprétation. Pour Ira, en revanche, la parabole évoquait tout autre chose, mais quoi ? Eh bien, Minnie et lui, lorsqu'il avait douze ans et elle dix – une enfant aux petites fesses lisses et rondes. Et après, quand c'était arrivé, le mal, le mal avait triomphé. Et à présent, il était la mort, l'enfant en armure noire, celui qui avait tué le romantisme.

Tirant sur ses gants de cuir décolorés, le chef de train irlandais aux allures revêches sortit du wagon, enjamba l'espace entre les deux voitures, saisit les leviers d'acier poli situés de part et d'autre, puis attendit que la rame s'arrête.

« Tu vas faire bio, non ? demanda Larry.
– Hein ?
– À l'université, je veux dire.
– Ah ouais, bio. Plutôt entomologie. »

Les portes s'ouvrirent avec un claquement sec. Les deux garçons profitèrent des brefs instants de silence pour s'entretenir en *tête à tête*, adossés à la portière opposée à celle par laquelle les rares voyageurs descendaient ou montaient. À certaines gares que Larry connaissait, les portières s'ouvraient de l'autre côté, et ils devaient changer de place sur la plate-forme.

« La biologie, putain ! Qu'est-ce que j'aime ça ! reprit Ira. J'ai eu des "très bien" partout.
– Ça ne paye pas beaucoup. C'est le seul problème.
– Qu'est-ce que tu veux dire ?
– Tu envisages d'enseigner, non ?
– Ah ouais, au lycée. Ouais, je voudrais enseigner la bio. »

Les portes se refermèrent.

« C'est ça que je veux dire, expliqua Larry, tandis que le chef de train levait le bras pour actionner le cordon. Les profs ne gagnent pas lourd. »

Le train s'ébranla.

« Ah bon ? »

Ira se sentit inexplicablement déconcerté, comme si les préoccupations terre à terre faisaient irruption où il s'y attendait le moins et venaient ternir l'éclat, le lustre romantique de Larry. Et ces poèmes qu'il écrivait et qu'il devait lui montrer ? Pareils aux poèmes contemporains qu'il lui avait récités, qui libéraient les gens des contingences de la vie quotidienne, qui rendaient libres et vibrantes d'animation les rues crasseuses, et les remplissaient de promesses. Argent ? Gagner ? Cette liberté, cette liberté romantique et chatoyante qui semblait habiter Larry une seconde auparavant, se trouvait soudain étouffée. Quelque chose manquait, ne collait plus dans le tableau.

« J'ignore combien gagnent les profs de lycée, avoua Ira, gêné devant l'étalage de sa propre stupidité.
– Vraiment ?
– Oui, oui.
– C'est la première chose que tu devrais essayer de savoir. Si tu veux, je peux demander à ma sœur Sophie – ou à Wilma – quel est le salaire d'un professeur de lycée débutant. Mais elles, elles enseignent toutes les deux dans une école primaire, et puis elles ne sont pas soutien de famille, alors que toi, tu le seras peut-être.
– Moi ?
– Pas au début de ta carrière, bien sûr. Mais plus tard. Tu n'as quand même pas l'intention de rester célibataire ?
– Je... je ne sais pas. Je n'y ai pas réfléchi, je veux dire. » Soutien de famille ! Seigneur !

« Je suis persuadé que le salaire de départ d'un prof de lycée est supérieur à celui d'un prof d'école primaire, mais probablement pas de beaucoup.
– Ah non ? »

Ira eut une brusque illumination. C'était le pragmatisme qui restreignait l'univers enchanteur de la modernité de Larry, entravait sa liberté visionnaire, freinait le romantisme. Mon Dieu ! quel idiot ! Il ne comprenait décidément rien à rien.

« C'est pour ça que j'envisageais de passer le concours pour obtenir une bourse à l'université de Cornell, dit-il afin de tenter de justifier son imprévoyance, de se rattacher aux attitudes convenues. Je pourrais peut-être devenir zoologiste, un vrai zoologiste dans un labo ou je ne sais quoi, mais... » Il se réfugia dans la plaisanterie. « ... je suis un *melamed*, rien d'autre.
– Un quoi ?
– Un *melamed*, répéta Ira, criant pour couvrir le bruit du train et du vent. Tu sais bien, je t'ai déjà expliqué,

le type qui t'apprend l'hébreu. Mon père m'appelle comme ça.

— C'est une blague, ou quoi ? dit Larry sans pouvoir s'empêcher de rire. Un *melamed* ? C'est ça ? Il désire sérieusement que tu en deviennes un ?

— Oh ! non ! Il s'en moque plus ou moins. En fait... » Ira haussa les épaules. « ... c'est ma mère qui voulait que je fasse des études, et je croyais que l'enseignement serait le mieux. Tu sais ce que c'est, un *shlemil* ?

— J'ai déjà entendu ce mot-là. C'est drôle, Sam l'utilise aussi. Ça signifie pas très... pas très capable, pas très intelligent.

— Eh bien, je suis un *shlemil*. C'est ça que mon père veut dire.

— Simplement parce que tu préfères une carrière d'enseignant ? » Larry, ne recevant pour toute réponse qu'un geste vague, poursuivit : « J'aime bien l'enseignement. Si, si. Je t'ai raconté combien ça me plaisait d'enseigner à l'école du dimanche. Mais je n'en ferais pas mon métier. C'est le plus mal payé de tous. Dommage que...

— Ouais, mais faut pas oublier, l'interrompit Ira, que chez nous, dans ma famille, pour Ma et tous les autres, sauf Pa, mon père, et aussi dans notre quartier, c'est une profession très respectée. Tu vois ? Mon fils, il est professeur. *Oïsstudiert*. Tu sais ce que ça veut dire ?

— *Gebildet*, c'est de l'allemand. Ça signifie instruit, savant.

— C'est ça. Et puis, pour moi, enseigner dans un lycée, ça veut dire gagner plus d'argent que j'en ai jamais gagné – même si je ne sais pas exactement combien sont payés les professeurs, dit Ira avec un sourire penaud. En tout cas, je sais que c'est plus. Et il y a aussi les vacances. Sans compter que c'est facile. J'aurai l'impression de continuer à aller à l'école. Au lieu d'élève, je serai *melamed*. » Il regarda les traverses noires se rejoindre, se séparer, puis se rejoindre de nouveau – presque emblématiques de ce qu'il s'effor-

çait d'exprimer. « Tu sais ce que mon proviseur, Mr. O'Reilly, nous disait ? Les billes qu'il ne perdait pas, eh bien, les autres gosses les lui volaient. C'est pour ça qu'il est devenu professeur. Pour moi, c'est pareil.
— Ce n'est peut-être pas aussi facile qu'il y paraît, dit Larry. J'ai entendu mes sœurs en discuter. Il y a un tas de dossiers à tenir, les cours à préparer, et parfois des problèmes de discipline très épineux. Je préfère la dentisterie.
— La quoi ?
— La dentisterie. J'en ai parlé avec Victor, mon beau-frère, et je pense que...
— Tu veux dire que tu veux être dentiste ?
— Oui, exactement.
— Toi ! »
Le train ralentit de nouveau. Phénomène étrange, Ira eut l'impression de lui-même ralentir, comme si toutes sortes de chimères, d'illusions fugitives marquaient le pas, et puis la merveilleuse promesse, l'aspect virginal des choses, l'espoir d'un monde ailleurs... quelque part... peut-être... d'autant plus désiré que... qu'il était... oui ! cinglé. Larry, lui, n'avait pas à se tirer du piège dont il était prisonnier, de l'étau, la vis, le vice, les mâchoires du désir fou et du remords qui le rongeait. Au milieu du vacarme, Ira jeta un coup d'œil désespéré sur la rue en contrebas qui partait en diagonale. Peut-être que quand on était normal, on pouvait être à la fois romantique et dentiste, songea-t-il. Il regarda se succéder les minables petites vitrines.
Elles étaient déjà allumées dans l'ombre de la voie aérienne, dans le crépuscule précoce que jetait l'El, et devenaient de plus en plus distinctes à mesure que la rame décélérait à l'approche de la station. Les rues transversales s'ouvraient plus paresseusement et offraient leurs perspectives crasseuses avant que les tristes murs de brique, dont la monotonie ne se trouvait rompue que par les escaliers de secours et les fenêtres,

ne les engloutissent de nouveau. Dans le lent défilement des façades de sinistres immeubles de rapport, on apercevait çà et là un vieillard fatigué, une ménagère mal peignée ou un enfant, le nez collé au carreau. Ils paraissaient postés là au hasard, semblables à des pièces d'échecs découpées qu'on glisse dans les fentes d'un échiquier de poche. Lointains, perdus, engagés dans la morne attente de quelque chose qui, Ira en avait la certitude, ne se réaliserait jamais.

Il éprouva une intense pitié, pour eux, pour lui, qui, curieusement, paraissait tout englober et, comme le train entrait en gare, Ira se demanda si Larry avait remarqué les mêmes choses que lui, et ressentait des émotions identiques. Mais non, il racontait combien il aimait se servir de ses mains, lesquelles semblaient faites pour le métier de dentiste – et il écartait ses doigts puissants. L'esprit confus, envahi d'une impression étrange, Ira prit conscience d'un sentiment de supériorité qui naissait en lui, touchant ces mêmes sujets auxquels Larry l'avait initié peu de temps auparavant – quand déjà ? Une semaine ? Plusieurs semaines ? Le contemporain, l'âme du contemporain, son époque, ses latences, la manière dont celui-ci imprégnait les rues, les immeubles, et, oui, l'image affective – projetée hors de sa coquille déshumanisante. Bizarre, bizarre. Il n'y avait jamais pensé avant et qui ça pouvait bien intéresser ? En tout cas, pas quand il faisait partie du monde de Billy, celui de la vie en plein air, du club de tir. Mais ce maudit ballon, cette explosion de violence, grotesque certes, mais peut-être pas si grotesque que ça. Comme s'il s'agissait du prix à payer pour sa nouvelle forme de liberté, sa sombre liberté. Il était plus libre que Larry, voilà tout : pas de comptes à rendre, rien qui le retienne, ni famille ni foyer chaleureux, comment il appelait ça ? *Gemütlichkeit*. Confort. Bien-être. Cabinet de dentiste. Les dents. L'argent. Ça rimait. Bon Dieu ! lui – l'enfant en armure –, il avait brisé des barrières dont Larry ne soupçonnait même pas l'existence... il avait commis,

Seigneur !, des actes affreux, mélodramatiques – non de fou, actes de fou – et l'avait payé en termes de peur.

Le chef de train sortit de nouveau du wagon pour empoigner les leviers qui commandaient l'ouverture des portières. Lorsque la rame s'arrêta, des odeurs d'urine s'élevèrent des toilettes.

« Alors, tu n'as pas d'amis ? s'étonna Ira. Je veux dire, comment ça se fait que tu n'aies pas d'amis qui te ressemblent ?

– Je crois te l'avoir expliqué.

– Et voilà que je recommence à ne pas écouter ! C'est vrai, je me rappelle.

– Tu sais, la plupart – ceux de mon âge – sont beaucoup plus riches que moi, que ma famille, je veux dire, mais ce sont des arrivistes, et je déteste les arrivistes.

– Ah bon ? Je pensais qu'il fallait être plutôt pauvre pour être arriviste.

– Oh ! non ! Ce n'est pas toujours le cas. Ils sont vulgaires, c'est surtout ça. Ils manquent de classe, tu vois ce que je veux dire ? Presque tous ceux de mon âge que je connais – c'est clair, c'est évident, ils ne cherchent qu'à se placer. Ils sont juifs, mais prétentieux, et ils respirent le mauvais goût – et ils sont *tellement* bourgeois, dit-il avec un désespoir comique. Tellement conventionnels, tellement matérialistes. Ah ! je ne peux pas les supporter, la façon qu'ils ont de tout ramener à l'argent. Le dollar et le sexe ! » Il se redressa et poursuivit, emphatique : « Et je ne plaisante pas ! Et puis ils ont des voitures, un tas d'argent de poche. Murray, par exemple – il est en première année à Columbia –, il veut que je l'accompagne partout, mais bon Dieu ! tu deviens fou en l'écoutant parler de sa confrérie d'étudiants, de ses smokings, de ses bals, des héritières avec qui il est sorti, et combien ses parents payent de loyer pour leur appartement sur Central Park West, leur influence auprès de la mairie, les investissements de son père, la Packard de son père, et avec chauffeur en plus. Et puis le diplôme de droit qu'il espère obtenir et qui fera de lui un millionnaire à trente ans. Ça intéresse qui, tout ça ? N'empêche qu'il n'en reste pas moins vulgaire.

– Ah ouais ? »

Ira ne comprenait qu'à moitié. La bourgeoisie, qu'est-ce que ça signifiait ? Tous ces gens riches ? Mais ça allait bien au-delà, ils avaient l'eau chaude, le chauffage à la vapeur, comme la majorité de ceux qui habitaient Harlem à l'ouest de Park Avenue, les vrais « all-rightnicks » comme disaient les Juifs. Et puis, ils avaient des voitures. Des chauffeurs. Non, il devait y avoir autre chose. Il avait déjà vu le mot dans un livre, mais c'est seulement maintenant qu'il prenait une forme concrète. Ils ressemblaient davantage aux gens à qui il livrait de l'épicerie de luxe ou des corbeilles de fruits quand il travaillait chez Park & Tilford, qui habitaient Riverside Drive ou le West End, et dont il actionnait les monte-charge à l'aide de cordes. Mais pourquoi Larry les méprisait-il tant ? Qu'est-ce qu'il y avait de mal à appartenir à la bourgeoisie ? Est-ce que chaque habitant de la 119e Rue, chaque Juif, n'essayait pas d'arriver ? Ouais, des « arrivistes », comme les avait qualifiés Larry – arriver à s'extirper du dépotoir où ils vivaient, des appartements sans eau chaude comme le sien ? La réussite, eh bien, ouais, tous ceux de sa famille y aspiraient. Est-ce que c'était ça qui lui déplaisait chez eux ? Eux, ses parents, et puis Pa aussi. Et ses copains juifs occasionnels qui jouaient au billard, fréquentaient les delicatessen après le cinéma et y mangeaient des sandwiches au pastrami en buvant des jus de céleri. La bourgeoisie ? Leur seule ambition ? Réussir. Mon Dieu ! Et le père de Billy, l'ingénieur ? Est-ce que ce n'était pas un bourgeois ? Et le père de Farley, l'entrepreneur de pompes funèbres ? Ira laissa échapper un petit rire cependant que le train repartait.

« Bon sang ! il y a tant de choses que j'ignore ! »

Larry le regarda d'un air interrogateur.

« T'as parlé de la bourgeoisie, reprit Ira. Moi, tous

les gens que je connais veulent devenir des bourgeois. Y compris ma mère.
– C'est tout le problème.
– Pourquoi ?
– C'est justement ce que je cherche à éviter. Le mode de vie de la bourgeoisie. Ses valeurs. C'est pour ça que j'écris, je crois, et que j'essaye d'écrire des poèmes depuis mon passage à l'École de Culture éthique, avant même mon entrée au lycée.
– Mais tu veux devenir dentiste !
– Il n'y a rien de mal à s'assurer un revenu qui te permette de te consacrer à tes loisirs, tu vois ce que je veux dire ? Un environnement décent. Mais ce n'est pas pour ça qu'on doit penser comme les bourgeois. Et je peux te certifier que moi, je ne pense pas comme eux. Je le sais. Je n'ai pas les mêmes valeurs qu'eux, et les miennes, dont la plupart n'ont pas la moindre idée, me sont chères. La poésie. La peinture. Le théâtre.
– Là, tu me dépasses, dit Ira qui sourit, puis soupira sans trop savoir pourquoi. Ouais, ouais.
– Attends de voir ma famille, tu comprendras.
– Mais tu l'aimes, non ? Ils ne savent pas que tu écris des poèmes qui sont plus ou moins contre... contre ce à quoi ils croient ?
– Pas tout à fait contre, plutôt libérés de tout ça. Bien sûr, je ne pense pas qu'ils puissent tout comprendre. Et quand ils comprennent, eh bien, ils se disent que ce n'est qu'une phase, un passage lié à l'adolescence. Ils n'imaginent pas de paroles en dehors de celles qu'on peut entendre dans *Rose Marie*, *Le chant d'amour indien* ou n'importe quelle autre comédie musicale de Broadway. Mes sœurs peut-être un peu moins, mais mon frère et mes parents sont terriblement conventionnels. »
Conventionnels. Encore un mot qui prenait soudain vie, qui émergeait de l'abstrait pour venir le troubler. Il n'était pas habitué à réfléchir ainsi. Les catégories. Les classes sociales. Les gens conventionnels. Dans

l'Amérique de Billy, personne ne s'en préoccupait. Jamais il n'avait entendu ce dernier en parler autour d'un feu de camp ou pendant qu'ils se rendaient à une compétition de tir. Trop intangible. Billy n'abordait jamais le sujet de la société.

« Putain ! je sais ! s'écria Ira. Je sais ce que tu veux dire ! La bourgeoisie. La classe moyenne. Le manque de classe. Je commence à piger.
— Maintenant, tu vois ce que j'entendais par arriviste ?
— Ouais. Quand tu m'en as parlé, je me suis rappelé une soirée où j'ai fait irruption mon premier jour de travail chez Park & Tilford. Je devais livrer une corbeille de fruits – un truc très cher –, et je me suis trompé de porte. J'ai frappé à celle du haut au lieu de celle du bas. J'accumule les gaffes de ce genre. Alors là, vraiment le grand style, dit Ira avec un large sourire en se grattant l'oreille. Pas seulement le champagne servi par le maître d'hôtel, et les soubrettes – le luxe, quoi. Je suis reparti en me disant qu'il y avait autre chose que l'argent. La classe. »

Larry le considéra de ses doux yeux marron où brillait une lueur presque admirative.

« Tu en as des histoires passionnantes à raconter.
— Ah bon ?
— Tu rends tout si vivant, c'est réellement fascinant. »

Assez. Ira fit défiler les pages en arrière. Non, le voyage, le trajet en El, ne pouvait et ne devait pas être développé davantage. Intéressant peut-être, mais pléthorique. Alors, quoi faire ? Supprimer ? Tout ce qui suivait ? Quel dommage. Les mains sur les genoux, il réfléchit posément. Comment sauver son texte, où couper, où ajouter ? L'écran indiquait que soixante pour cent de la mémoire vive étaient déjà utilisés, et il n'osait pas aller trop au-delà, car en deux ou trois occasions, il avait eu du mal à récupérer son document, du moins à partir d'une disquette. Il est vrai qu'il pouvait compter sur le disque dur en cas de problèmes. De fait, ses inquiétudes étaient sans fondement. Fiona, sa secrétaire, experte en la matière, ne manquerait pas de le dépanner.

Est-ce qu'il avait pris son deuxième comprimé de diurétique, son furosémide, puisque tel était son nom générique ? Oui ou non ? En buvant sa tasse de thé pendant le déjeuner ? Non, non. Il avait oublié. Pourtant, il était assis là depuis un bon bout de temps, et il avait envie d'uriner. Bon, il pouvait toujours utiliser l'urinal accroché à son déambulateur à trois roues. Inutile de courir le risque d'aller jusqu'à la salle de bains de sa chambre. Autant sauvegarder, se lever et satisfaire sur-le-champ son besoin naturel. Et il ne risquait pas non plus de se retrouver dans une situation embarrassante. Diane, sa femme de ménage, était partie chercher sa fille à l'école. Il était donc seul à la maison.

Vieil enquiquineur, penseraient-ils – il avait rompu sa résolution de ne plus toucher au manuscrit corrigé, de ne plus inclure de détails accessoires ou quotidiens à son texte déjà revu. Mais, après tout, il avait quatre-vingt-six ans, et il pouvait bien se permettre d'envoyer promener des résolutions antérieures si ça lui chantait. Il éprouvait néanmoins un sentiment de culpabilité, un sentiment de péché en brisant ainsi la promesse qu'il s'était faite. Peut-être devrait-il également supprimer cette intrusion, ce morceau de verbosité nestorienne. En réalité, il s'agissait d'autre chose que d'un exemple de logorrhée sénescente. Ce passage apparemment décousu jouait un rôle clé. Sauf à effacer ce qui suivait, et, à l'évidence, il y répugnait, son sens de l'exactitude exigeait cet interlude. Bref, cette incursion, dans ce récit, au cours du mois de mai de l'année 1992, dans un texte considéré comme définitif deux ans auparavant, était indispensable s'il voulait, et il le voulait, intégrer ce qui allait suivre. L'équilibre, tant sur le plan figuré que littéral, du long dialogue déjà enregistré à bord de l'El appelait un répit, et il espérait l'avoir amené par son aparté. Quoi qu'il en soit – s'adjura-t-il –, ce n'est que dans des cas extrêmes comme celui-là, face au dilemme devant lequel le plaçait le choix entre l'addition ou la suppression d'un texte déjà accepté, qu'il se permettrait à nouveau de transgresser, de ne pas respecter le contrat solennel qu'il avait passé avec lui-même. Alors, amuse-toi bien, Stigman, entendit-il une voix lui souffler. Amuse-toi bien.

CHAPITRE XIX

En descendant, ils eurent l'impression de se retrouver en pleine campagne, au pied d'une colline ou d'une petite falaise qui surplombait la station et le quai exigu. Tout paraissait si tranquille. Ira ne reverrait jamais semblable enclave rurale, tellement inattendue sur le trajet du vieux métro aérien déglingué de la Neuvième Avenue. Une gare de l'El au pied d'une falaise brune !

Pour monter chez Larry, ils empruntèrent un couloir bien entretenu, puis un escalier recouvert d'une épaisse moquette qui étouffait les bruits de pas. L'appartement, situé au premier étage, était vaste et calme. Larry présenta Ira à ses parents et à sa sœur Irma, son frère Irving n'était pas là. Ira exprima poliment, et avec gaucherie, son admiration devant leur logement, puis une joie sincère et chaleureuse devant la chambre de son ami, assez spacieuse pour contenir un grand lit, un divan, un large bureau – avec une machine à écrire dessus ! –, des tapis éparpillés sur le sol, une belle commode à cinq tiroirs et une immense penderie. Et cela pour Larry tout seul ! Le motif du papier peint, il l'avait lui-même choisi quand il était « beaucoup plus jeune » : un vieux train qui s'essoufflait le long d'un fleuve et traversait un village d'autrefois entouré de fermes et d'étables dominées par le clocher d'une église.

Dans le salon trônait un fauteuil de chêne fort engageant dont on réglait l'inclinaison – une nouveauté pour Ira – à l'aide d'une tige de fer enfoncée dans une espèce de cliquet vissé derrière le dossier. Il y avait aussi, disposés au sol, ou plutôt sur la moquette, un grand canapé habillé d'un tissu vert foncé et deux profonds fauteuils de cuir noir sous lesquels s'étendait, d'une plinthe à l'autre, un riche tapis d'Orient orné de vignes qui s'entrelaçaient. Des appliques électriques éclairaient des reproductions accrochées au mur, qui rappelaient à Ira les Corot, les paysages bucoliques qu'il avait vus au Metropolitan Museum en compagnie de Jake Shapiro quelques années auparavant. Il remarqua aussi une saisissante reproduction d'un tableau de Maxfield Parrish intitulé *Dickie Bird*, qui représentait un groupe de châteaux de forme ronde et de hauteurs différentes qui, raides et attentifs, protégeaient comme un bastion une fille nue sur une balançoire à l'apogée de sa trajectoire. Dans le ciel de saphir, lisse et douce comme un crépuscule de paradis, la demoiselle nue se balançait, les seins tels des macarons. Waouh !...

Et puis le dîner : côtelettes d'agneau accompagnées de divins épinards à la crème comme il n'en avait jamais mangés, servies par Mary, la bonne hongroise sans charmes. Qui aurait imaginé qu'on pouvait à ce point métamorphoser des épinards ? Ira loua le plat avec les superlatifs les plus extravagants qui lui vinrent à l'esprit. Plus tard, il devait tant frapper l'imagination de Ma lorsqu'il répondit à ses questions sur l'appartement des Gordon, la nourriture, les meubles, leur personnalité, qu'elle entreprit de préparer le même plat en se fiant à sa description enthousiaste. Mais non ! ce n'était pas ça du tout ! rouspéta Ira, toujours aussi insupportable. Pauvre Ma. Elle en faisait pourtant, des efforts.

Ira n'arrivait pas à se sortir le tableau de Maxfield Parrish de la tête, tandis qu'après le repas, installés dans le salon, les deux jeunes gens écoutaient des disques sur le phonographe que Larry remontait consciencieusement. La fille blonde, nue, si mignonne, avec de si jolis seins ayant la forme de la cloche sur le bureau du professeur, qui se balançait, cernée de tourelles de différentes tailles, et s'élançait vers un ciel bleu éthéré. Que c'était beau ! Mais comme il avait l'esprit mal tourné ! *Dickie Bird*. Dickie Bite. Et les tourelles étaient des érections. Personne d'autre que lui ne les voyait ainsi, lui, si grossier, si vulgaire : *tukhes oïfn tish* – comme on disait en yiddish, le cul sur la table. Les immigrants juifs qui laissaient leur femme derrière eux, comme Pa, et baisaient debout une *nafke* à vingt-cinq *cents*, devaient demander *tukhes oïfn tish* avant de payer. Seulement là, c'était le cul sur une balançoire. Une balançoire… éjaculatoire. Pourquoi penser tout de suite à ça. Pourquoi ? Pourquoi ? Eh bien, parce qu'il avait autrefois négocié les « charmes » de Minnie en échange d'un stylo en argent, un stylo volé, alors qu'elle était couchée en travers de son lit dans la petite chambre minable. C'était donc pour ça ? L'un de ces après-midi où les murs verts frémissaient et où il rabattait le petit téton de cuivre de la serrure – et merde ! Que le ciel vers lequel s'élançait la jeune fille paraissait pur et serein. Supposons qu'il soit assis à côté d'elle sur la balançoire !

« Oh ! la vache ! c'est un vrai ciel azuréen ! s'écria Ira avec une admiration teintée de réticence.

– Un ciel quoi ? demanda Larry.

– Azuréen. Je ne le prononce pas comme il faut ?

– Si, si. Azuréen. C'est le mot juste. » Le beau visage de Larry s'éclaira d'un sourire approbateur. « Mieux que mon lapis-lazuli. J'ai trouvé le mot dans Browning. Et toi ?

– Tu te figures que je le sais ? »

Plus tard dans la soirée, après que Larry lui eut prêté l'anthologie d'Untermeyer, les deux jeunes gens partirent ensemble au métro qui était beaucoup plus éloigné que l'El, mais qui, une fois qu'il aurait changé à la 96ᵉ Rue, déposerait Ira plus près de chez lui. Un nouveau livre sous le bras, un nouveau livre d'un nouveau genre, et un nouvel ami. Voici ses impressions sur la famille de Larry : son père parlait avec un accent, son seul défaut, peut-être voulu, en effet il disait um-possible au lieu d'im-possible. Pas taciturne, mais peu loquace, plutôt grave, encore que, de temps en temps, son visage s'illuminât de plaisir aux propos de son fils qui, manifestement, était son préféré, l'enfant de ses vieux jours. La soixantaine, d'une taille au-dessus de la moyenne, ni mince ni gros, dépourvu de bedaine, Mr. Gordon avait le teint mat, une épaisse moustache grise et des cheveux drus argentés coupés court, à la manière militaire. Dans sa jeunesse, il devait ressembler davantage à sa fille Irma qu'à Larry.

Ira avait commencé à remarquer que les Juifs avaient des côtés caméléon. Par exemple, après deux ou trois générations en Hongrie, ils adoptaient des traits hongrois – tout comme Bobe, descendante de Juifs qui vivaient parmi les goys en Galicie, avait un air slave, les yeux bleus et le nez camus. Et comme Mamie aussi. Mais pas comme Ma avec ses cheveux bruns et son nez épaté, ni comme Moe qui avait le même nez que Ma, mais la peau claire, les yeux bleus et les cheveux blonds. Il y avait les exceptions, les mélanges, et d'autres qui, tel que lui, conformément à leurs origines ancestrales, portaient la carte de Jérusalem sur leur bobine.

La mère de Larry était belle, réellement belle. Bien qu'ayant eu cinq enfants, elle paraissait beaucoup plus jeune que son mari. Les cheveux bruns, sans le moindre fil de gris, elle avait le teint frais, le visage à peine ridé – et régulier (presque celui d'une goy) –, autre caractéristique surprenante qu'Ira croyait propre à nombre de Hongrois, un visage de proportion classique avec un nez trop finement dessiné, comme celui de Larry, pour être juif, et puis, la peau douce et des yeux marron qui brillaient de gaieté. Pourtant, elle n'était pas vraiment hongroise, mais juive. De plus, on disait que les Hongrois descendaient des Huns d'Attila venus d'Asie. Ira se sentait totalement dérouté. Quoi qu'il en soit,

Mrs. Gordon se montrait cordiale, pleine de sollicitude, volubile et hospitalière.

Et puis il y avait Irma, qui ressemblait à son père, et, dans une certaine mesure, à Larry, encore que son visage ne possédât pas la symétrie de celui de son frère. De même que son père, elle avait le teint mat et des lèvres si pulpeuses qu'elle avait la manie de les rentrer pour qu'elles aient l'air plus minces. Elle paraissait s'en préoccuper beaucoup.

Voilà pour les premières impressions d'Ira sur une partie de la famille de Larry. Qu'est-ce qui lui était arrivé pendant ces dernières vingt-quatre heures pour qu'il traverse une nouvelle période de léthargie après avoir écrit ce passage ? Eh bien, il avait modifié ses plans. Il avait eu l'intention de faire référence en passant, comme pour les parents de Larry, à l'anthologie d'Untermeyer – puis d'ajouter l'extrait de son journal qu'il n'avait pu inclure la veille. Cette fois, il, ou plutôt ce bon vieil Ecclesias, aurait assez de mémoire pour le caser, même s'il ajoutait quelque chose qu'il avait oublié, à savoir ses réflexions sur les déplorables manières d'Ira à table, sa façon de manger, de se jeter sur la nourriture et de bâfrer comme un cochon en dépit de ses efforts pour se maîtriser et se conduire avec un minimum de bienséance. Il lui semblait, même après soixante ans, revoir le tendre regard de Larry posé sur lui, son sourire hésitant, empreint de sollicitude. Il avait prévu de mettre tout ça en conservant de la place, ou plutôt de la mémoire, pour l'extrait de son journal. Or, après ces vingt-quatre heures, le collage envisagé avait perdu de l'intérêt. Son désir d'interrompre le cours du récit était passé.

CHAPITRE XX

Durant les derniers mois qu'Ira passa à DeWitt Clinton, au printemps de l'année 1924, les événements se précipitèrent, tandis que les problèmes s'accumulaient. Il y avait la vie de famille avec ses arrangements, ses combinaisons, ses questions en suspens, ses déchirements et ses conclusions perverses ; il y avait le club de tir, mélange de routine, d'ennui ou, parfois, passe-temps agréable ; il y avait les classes et les matières aimées : la géométrie dans l'espace sous la tutelle du Dr. McLarin, la passion d'Ira ; et puis, il y avait la deuxième partie du cours de Biologie, et, compte tenu de ses aptitudes et de son intérêt, il se sentait de plus en plus sûr que cette discipline, ou toute autre proche de celle-ci, constituerait le champ de sa vocation. Même la chimie, après un semestre de confusion, finit par prendre un sens. Par contre, son travail en lettres restait toujours aussi médiocre. Et, hélas, il continua à se traîner pour sa troisième année d'espagnol.

Larry et lui s'inscrivirent au cours d'Élocution 8 (tout en se gardant bien de s'asseoir l'un à côté de l'autre) qui se tenait sous les auspices de Mr. Staip. Physiquement, celui-ci était un gnome qui ne devait pas mesurer plus d'un mètre cinquante, et pourtant, il pouvait réduire ses élèves qui, pour la plupart, le dépassaient d'une bonne tête, à l'état de nains serviles et dociles. Eût-il existé un gendarme de la langue, il se serait appelé Mr. Staip. Face à sa prononciation parfaitement claire où chaque consonne, chaque voyelle se voyait rendre justice, les élèves découragés de qui il attendait, ou plutôt exigeait, la même chose ne semblaient plus être que des marionnettes bégayantes. Très peu parvenaient à répondre à ses exigences.

Au printemps, alors que la saison de base-ball battait son plein, Ira continua à vendre des sodas au Polo Grounds, au Yankee Stadium tout neuf et, de temps en temps, au Madison Square Garden à l'occasion d'un match de boxe. Le récit de ses aventures avait éveillé la curiosité de Larry. Ne serait-ce que pour la nouveauté de l'expérience, après qu'Ira lui eut assuré qu'il pourrait sans difficulté le faire embaucher, il se présenta un matin en compagnie de ce dernier à l'entrée principale du Yankee Stadium, situé tout près de chez lui. Ira se porta garant de son ami auprès de l'irascible Benny Lass, tout comme Izzy Winchel l'avait fait pour lui deux ans auparavant. Après un simple coup d'œil, Benny accepta de l'engager.

Ira, dépité, ne tarda pas à constater que pour Larry la réalité du travail correspondait bien peu aux descriptions amusées qu'il lui en avait données. À peine la première manche terminée, il s'indigna du pourcentage scandaleux accordé sur les prix de vente et de la rémunération honteuse versée en échange de la tâche qu'on réclamait d'eux. Pendant l'après-midi, ils se croisèrent à plusieurs reprises, et, au vu de son expression outragée et de son air de reproche teinté d'ironie, on ne pouvait plus douter qu'il se sentait déçu et trompé. Vers la fin de la journée, la mesquinerie et la rudesse du personnel ainsi que des autres vendeurs, de même que la grossièreté des supporters l'avaient rendu carrément furieux. Et de nouveau, comme dans l'El un an plus tôt, Ira éprouva un curieux sentiment de supériorité touchant le cadre même de l'univers de Larry, celui de la sensibilité, car il devinait que d'une manière ou d'une autre, afin, peut-être, de compenser le travail pénible, la brutalité et les affronts, le monde impitoyable du quotidien renfermait aussi des aspects positifs, même s'il ignorait exactement lesquels.

Ils devenaient siens, lui appartenaient peut-être à lui seul, et représentaient les signes reconnaissables de son environnement, une sorte de monnaie presque, qu'on ne pouvait échanger qu'en quantité limitée, mais fort prisée par des gens comme Larry. Enfin... En revanche, il savait que certaines perceptions l'affectaient lui, mais pas Larry – ce qu'il n'arrivait pas très bien à formuler. Larry s'irritait d'être si mal payé pour le travail qu'il fournissait, et aussi parce que son charme, son assurance et ses bonnes manières se trouvaient ignorés au milieu du tumulte et de l'excitation. Il aurait dû le prendre comme Ira, avec un brin de tolérance désabusée, considérer qu'il s'agissait d'un accès au monde de la violence, de la réalité, d'une occasion de voir, de se confronter au pouvoir brut de la foule, et ne pas laisser interférer la sensibilité ou la vanité blessée, ni même les considérations de justice. De quelle façon se serait comporté Billy à la place de Larry ? Comme ses réactions auraient été différentes : en beau joueur qu'il était, il aurait froncé son petit nez retroussé, et souri.

En effet, à l'inverse de Larry, Billy était beau joueur et accordait peu d'importance aux problèmes d'argent. Larry désirait écrire de la poésie, des nouvelles, mais pas au prix de son confort, pas au prix de renoncer à être dentiste – du moins Ira en avait-il l'impression. En outre, il n'était pas disposé à courir le risque de trop fréquenter le vulgaire, et encore moins celui d'en faire partie. Pourtant, sa séduction, l'attrait qu'exerçait son existence aisée de Juif cultivé étaient tels qu'Ira trouvait impossible d'y résister. Et puis, il était tellement généreux. Il adorait partager, éclairer les autres ; il prenait plaisir à initier Ira à des domaines entiers dont celui-ci ignorait presque tout sauf le nom, les ballets, le théâtre, la sculpture contemporaine, l'opéra, l'architecture, la musique symphonique. Larry aimait poser au guide, et Ira n'était que trop désireux de le suivre.

Billy était au courant de sa nouvelle amitié (Larry et lui s'étaient rencontrés depuis longtemps, poussés par un sentiment de curiosité après avoir entendu parler l'un de l'autre). Et même si Ira percevait un changement dans leurs relations depuis son éclat incontrôlé sur la rive du New Jersey, ils possédaient toujours des intérêts communs, l'équipe de tir, le canoë, le camping et le golf. Billy continuait à l'amener au golf de Van Cortlandt Park, à lui payer l'entrée et à lui fournir les clubs (comme l'hiver précédent, les patins pour le hockey sur glace).

« T'essayes toujours d'entrer à Cornell ? lui demandait Billy, stoïque, plein de tact.

– Ouais, bien sûr. »

De fait, il commençait à en douter. Il s'était inscrit pour le concours, et avait l'intention de le passer, mais est-ce qu'il irait vraiment s'il le réussissait ? Larry, quant à lui, s'était inscrit à NYU, l'université de New York, dans la nouvelle annexe située en face de Washington Square Park où il ferait deux ans de « prédentaire » comme on appelait l'enseignement préparatoire qui permettait d'entrer ensuite à l'École dentaire proprement dite. NYU était payante, alors que CCNY, une université publique, était gratuite à l'exception des livres et des fournitures. Ira s'y était inscrit d'office à cause de sa situation, de son indigence, considérant de surcroît qu'il s'agissait de son seul repli en cas d'échec probable au concours en vue d'obtenir une bourse pour Cornell. En réalité, il sentait déjà qu'il s'éloignait de son but premier, ou s'en détachait, tout comme s'était délitée la profonde amitié qui le liait à Farley. Il avait beau se répéter qu'il ne devait en aucun cas recommencer, qu'il lui fallait concentrer ses objectifs sur Cornell, sur une carrière future de biologiste, et se préparer de son mieux pour l'examen, la maxime de Ma lui revenait sans cesse en mémoire : *der viller iz mehr vi der kenner*, celui qui veut est plus fort que celui qui sait. Il n'en demeurait pas moins que sa résolution fléchissait. Il se mettait à ergoter, à s'interroger sans trop faire appel à la raison.

CHAPITRE XXI

Juin 1924. Son dernier mois de juin à DeWitt Clinton, le dernier mois du dernier trimestre de ses études dans cet établissement. Bientôt le diplôme de fin d'année, bientôt les « régents », les membres du conseil d'administration de l'université, bientôt les examens communs aux universités de l'État de New York, bientôt le concours de bourses pour Cornell. En Élocution 8, le cours qu'Ira et Larry suivaient ensemble, chaque élève, pour être reçu, devait prononcer un discours d'au moins cinq minutes sur un personnage éminent de son choix, et en utilisant un minimum de notes. Ira opta pour le poète anglais William Ernest Henley. Il n'oublierait jamais qu'il commença par opposer Poe et Henley, le premier mort à l'hôpital après qu'on l'avait retrouvé en état d'hébétude dans une taverne, et le second qui avait toute sa vie combattu la tuberculose qui le minait. Il conclut en récitant le vibrant poème « Invictus ». Après avoir déclamé les derniers vers :

« *Je suis maître de mon destin,
Capitaine de mon âme* »,

il eut la stupéfaction de voir les élèves applaudir spontanément – rejoints par Mr. Staip en personne ! Lequel accorda à Ira sidéré le privilège sans précédent d'être dispensé de cours jusqu'à la fin de la classe ! Radieux, la tête dans les nuages à la suite de son triomphe inouï, Ira se dirigea vers la salle d'études... pour y méditer sur les voies du destin qui, après lui avoir valu disgrâce et consternation en Élocution 7 au mois de septembre, lui permettait de connaître un honneur prodigieux en Élocution 8 neuf mois plus tard.

Lorsqu'il retrouva Larry, ce dernier lui parut réservé, et ses éloges semblèrent se limiter à de simples félicitations empreintes de circonspection. Ira ne savait pas trop ce qu'il attendait après son exploit oratoire : peut-être des paroles chaleureuses, une ou deux plaisanteries, une dépréciation moqueuse – C'est ainsi que Billy aurait sans doute réagi : « Hé ! t'en as du pot ! Qui est-ce qui t'a appris ce truc-là ? » Voilà ce que Billy aurait dit. Mais la façon dont Larry traitait ça par-dessus la jambe, comme s'il émettait un léger doute sur la valeur de sa performance, ne serait-ce pas simplement de la jalousie ? Aurait-il pris Larry par surprise ? Empiété sur un territoire qui n'était pas le sien, un territoire proche de la littérature ? Aurait-il contrarié Larry par la manifestation de talents insoupçonnés – ceux-là mêmes où celui-ci se considérait comme supérieur ?

Quelles qu'en fussent les raisons – il était probable que Larry n'approuvait pas le choix d'Ira quant au personnage, quant au poète ou au poème –, Ira se sentit blessé, et le cœur lourd de ressentiment. Penser qu'il avait envisagé de se faire un ami de Larry ! Et projeté de poursuivre des études de biologie, de plus à CCNY ! Ridicule : il replongeait dans la même erreur, celle de se laisser guider par des sentiments aveugles. S'il obtenait une bourse, il irait à Cornell, là où était sa place, là où Billy avait posé sa candidature. Les réticences de Larry venaient opportunément lui rappeler qu'il devait considérer son propre intérêt de manière aussi objective que possible.

« Qu'est-ce que t'as fait ce week-end ? demanda Ira à Billy quand il le rencontra à l'école.

– Du canoë. C'était génial.

– T'étais seul ? Le soir, t'as campé ?

– Ouais, j'étais seul, mais maintenant les jours sont plus longs et on peut pagayer pendant des heures. On a le temps de traverser l'Hudson et de revenir avant la nuit. Je suis quand même resté un moment assis sous les Palisades, et j'ai parlé à des types venus en canoë eux aussi. Deux ou trois avaient amené un véritable stock de nourriture : des hot-dogs, des petits pains, des tartes aux pommes et aux myrtilles, du fromage.
– Waouh ! vous avez fait un feu ?
– Un petit, et après on a raconté des histoires de camping. Un des types nous a dit qu'il s'était perdu trois jours dans la forêt, mais comme il avait à peu près tous les insignes récompensant les exercices de boy-scouts, il ne s'est pas inquiété. Tu te rends compte, il faisait encore jour à neuf heures !
– C'est là que t'es rentré ?
– Non, dit Billy avec un sourire béat. On voyait déjà quelques étoiles. Je suis resté jusqu'à presque onze heures.
– Ah ouais ? Tu vas avec quelqu'un, vendredi ?
– Non.
– Alors, on peut y aller ensemble ? Mais juste vendredi. Samedi, je veux aller vendre des sodas au match – faut que je me fasse un peu d'argent –, et dimanche aussi. J'ai pas besoin de me lever de bonne heure, mais faut absolument que j'y sois.
– Et ton copain Larry ? Tu le vois pas vendredi ?
– Non, pas ce coup-ci. »

Ils débouchèrent du métro à la station de la 160ᵉ Rue, dans l'atmosphère agréable d'un bel après-midi un peu frais. Dans le soleil et le vent ne se déroulait qu'une scène banale, des piétons et des véhicules à l'arrêt, le pas tranquille de ceux en mouvement. Si seulement il n'avait pas insulté Billy comme il l'avait fait au cours de ce terrible instant, cet instant de folie où la nature de Pa s'était comme emparée de lui. Non, il ne pourrait jamais reprendre ses paroles, défaire ce qui était fait, même s'il savait pourquoi, l'éclair de Van de Graaff généré par sa culpabilité, encore que rien d'aussi spectaculaire, juste un court-circuit incontrôlable à la racine de ses cheveux. Il savait pourquoi. Alors tout laisser, bien sûr, tout abandonner, se séparer de la source, de la maison, de Minnie, du tourbillon qui l'emprisonnait. Eh oui ! deux dollars pour dimanche. Les deux dollars qu'elle exigeait ! Dans quelle sale situation elle le fourrait !

L'Amérique de Billy, toutefois, l'appelait sous forme d'une multitude de signaux, des franges d'écume qui couraient au milieu de l'Hudson. Oublier tout, s'en aller, disparaître. Ira se contraignit à accélérer le pas pour descendre de Broadway vers la berge. Le bon sens, enfin. Accepter l'Amérique qu'on lui offrait. Il ne pourrait jamais être comme Billy, mais il se modèlerait sur lui, ou plutôt, se remodèlerait en quelqu'un qui lui ressemble. Il en avait la possibilité. S'il rejetait les « valeurs » de Larry comme il les nommait, il aurait accès au type d'existence de Billy, celui que, en réalité, il connaissait le mieux.

Les moutons sur le fleuve, blancs, ciselés, qui léchaient l'air pur comme autant de petites langues. Repartir de zéro, recommencer. Briser les chaînes qui l'entravaient. Un Richard Whittington juif mort en écoutant les cloches de Saint-Mary-le-Bow au bord du fleuve. Presque pareil. Tu te souviens quand tu étais sur le rocher au-dessus de l'Hudson ? Oh ! non ! il n'avait pas oublié ces moments de désespoir. Le fleuve t'avait fait une promesse alors. Mon Dieu ! un Richard Whittington circoncis – circon… con. Tu vas arrêter ? Oui, arrête ! Sincèrement. Lève-toi avant le petit déjeuner du dimanche, avant que Ma sorte. Tire-toi de la maison !

Dans le hangar à bateaux, ils prirent le canoë sur le râtelier pour le transporter dehors, puis le posèrent avec précaution sur le frêle ponton que le vent faisait osciller. Ensuite, ils retournèrent chercher les pagaies et les coussins dans le casier des vestiaires où ils se débarrassèrent de leurs cravates, de leurs chapeaux de feutre et de leurs cartables. Peut-être qu'il passerait la moitié de la nuit sur la rive opposée, se disait Ira. À piocher dans la boîte de crackers et le pot de beurre de cacahuètes de Billy, et, qui sait, à discuter avec d'autres types autour d'un feu de camp. Avec Billy, ils avaient déjà eu l'occasion de rencontrer des gens vraiment chouettes...

« Même si t'es pas reçu pour la bourse, dit Billy en cherchant la clé du cadenas dans sa poche, je parie que tu pourras te payer tes études à Cornell en travaillant. Mon père, c'est ce qu'il a fait. » Il continua à fouiller ses poches. « On lui a donné un tas de petits boulots à l'université, entretenir le stade, les allées du campus, tondre les pelouses. Pendant un trimestre, il a même été aide-serveur à la cafétéria. Et toi, ton père est serveur. » Billy sourit. « Alors, tu devrais pas avoir de problèmes. Zut ! qu'est-ce que j'ai foutu de cette clé ? Je l'avais ce matin.

– Tu l'avais à l'école ?

– Oui. Je l'avais dans la pièce des carabines. J'en suis sûr. »

Avec une détermination et une gravité croissantes, puis une contrariété telle qu'Ira ne lui en avait jamais vu manifester, il retourna ses poches, fouilla dans son portefeuille, dans son cartable, tâta les revers de son pantalon, feuilleta les pages de ses livres de classe. En vain.

« Zut ! pourtant je l'avais ce matin, répétait-il sans cesse.

– Tu l'as peut-être laissée dans la tanière ? suggéra Ira.

– Non, je l'avais après, à la cafétéria, quand j'ai payé mon déjeuner. »

Billy était certain d'avoir encore la clé en quittant l'école. Il l'aurait peut-être perdue à l'entrée du métro en cherchant de la monnaie. Le plus ennuyeux, c'est qu'il n'en possédait pas de double. Ils finirent par devoir renoncer à leur sortie. Ils allèrent reprendre le canoë, et Ira, la mine lugubre, eut l'impression de tenir les cordons du poêle, tandis qu'ils remontaient la passerelle en planches vers le hangar où ils remirent la petite embarcation sur son perchoir.

Ils récupérèrent à regret leurs vêtements de ville et autres possessions qu'ils avaient posés sur le fond des canoës retournés.

« Enfin, on peut toujours s'estimer heureux de ne pas avoir perdu la clé après, offrit Ira en guise de consolation, cependant qu'il nouait sa cravate. On a encore toutes nos affaires.

– Ouais, dit Billy en enfilant sa veste, les lèvres pincées sous le coup de la frustration. Le problème, c'est que le cadenas est trop bien.

– Qu'est-ce que tu veux dire ? »

Ils ramassèrent leurs cartables, puis s'immobilisèrent devant le casier. Billy souleva le cadenas en cuivre.

« L'arceau est en acier trempé, et je ne suis pas sûr qu'on puisse le couper, même avec une scie à métaux.

– Une scie à métaux ?

– Oui, une scie spéciale à lame très fine, expliqua Billy avec impatience.

– Ah bon.

– Ça marche pour l'acier ordinaire, mais là, je ne sais pas. Tu vois, c'est marqué "acier trempé".

– Attends, Billy, j'ai une idée. Je pourrais piquer un peu d'acide chlorhydrique au labo. Tu sais, prendre un petit flacon à la maison et le remplir là-bas. On arriverait peut-être à le dissoudre.

– Tu crois ?

– Ça agit sur le fer, sur tous les métaux, je pense. Tu veux qu'on essaye ?

– Maudite clé ! J'aurais préféré perdre n'importe quoi d'autre.

– J'ai chimie mardi. Je vais faucher un petit flacon, dit Ira, indiquant une taille approximative avec son pouce et son index. On passera chez toi chercher un verre, pas trop grand, juste de quoi contenir le cadenas, et on le laissera tremper. »

Le mardi après-midi, ils reprirent le chemin de l'Hudson. Ira versa l'acide chlorhydrique dans le verre apporté par Billy jusqu'à ce que le cadenas fût entièrement recouvert. Au lieu de la furieuse réaction qu'il escomptait, telle qu'il l'avait vue se produire sur des copeaux de métal ou de la limaille, seules quelques bulles se formèrent comme à regret sur le cuivre et l'acier. La réaction avait lieu, certes, mais si lente qu'elle interdisait tout espoir, ou, en tout cas, ne leur permettrait pas de demeurer plantés là, le verre dans la main, à attendre que le cadenas veuille bien se dissoudre. Quelques minutes plus tard, Ira dut reconnaître sa défaite :

« Bon, on dirait que mon idée n'est pas géniale.
— Je vais le faire ouvrir, déclara alors Billy, retrouvant son optimisme. J'en ai parlé à mon père, et il m'a dit que la meilleure solution pour venir à bout de ce satané cadenas, c'était d'appeler un serrurier.
— Ah bon ?
— La clé n'a rien de particulier, dit Billy, atténuant la déception d'Ira. Sinon, mon père pense que, s'il le lui demande, son garagiste acceptera de nous aider avec son chalumeau à acétylène. C'est peut-être le plus simple. »

Que ce soit grâce au serrurier ou au chalumeau, Billy réussit à se faire ouvrir son casier. Dans la pièce où l'on rangeait les carabines, et pour l'une des dernières fois peut-être où ils se retrouvaient, Ira félicita Billy avec, devait-il se souvenir plus tard, un côté étrangement impersonnel, un peu à la manière d'un spectateur amical mais réservé. Après avoir fini de nettoyer le canon des carabines et huilé la corde sur laquelle on allait accrocher les armes durant l'été en attendant la nouvelle équipe, et comme s'ils voulaient marquer la fin de quelque chose qui leur avait été cher à tous les deux, enhardis par ailleurs à la perspective de la liberté imminente dont ils allaient bénéficier, ils osèrent allumer une cigarette dans leur tanière sous l'escalier qui menait à la salle de réunion. Pouffant de rire, unis par la camaraderie née du sentiment d'interdit, ils se passèrent la cigarette, tirèrent quelques bouffées, puis soufflèrent la fumée dans un coin de la petite pièce sans fenêtre, présumant que l'atmosphère confinée empêcherait l'odeur de tabac de filtrer au-dehors.

CHAPITRE XXII

La date de la cérémonie de remise des diplômes approchait. On était à la fin du printemps, quand les trottoirs commençaient à miroiter sous les premiers assauts de la chaleur new-yorkaise.

« *Nou*, tu m'emmènes ? demanda Ma avec empressement. Ton père aussi, il viendra peut-être, mon parangon.

– J'y vais pas », répondit Ira.

Le cou plissé de Ma s'empourpra.

« Voilà que tu recommences ? Que la peste t'étouffe ! Et pourquoi ?

– Je travaille au Madison Square Garden ce soir-là. Y'a un grand match de boxe. Je pourrai me faire un peu d'argent.

– Je te donnerai moi-même les quelques *shmoulyaris* que tu aurais gagnés, dit Ma, dénigrant à la fois le mot dollar et sa valeur. Ce sera mon cadeau pour ton diplôme. Pourquoi tu tiens autant à gagner quelques sous juste ce soir-là ? Depuis quand tu es soutien de famille ?

– Je suis pas soutien de famille. Je veux gagner un peu d'argent, c'est tout.

– Combien ? Dis-le-moi. Tout de suite, je te les donne. Combien tu vas gagner ?

– Je sais pas.

– *Nou ?* Combien tu veux ? »

Il secoua violemment la tête.

« Je veux pas y aller, c'est tout.

– Rien que pour me contrarier, c'est ça ? » dit-elle avec amertume. Faire un petit sacrifice pour sa mère, il refuse ! Un tout petit sacrifice, une maigre consolation pour toutes ces années où il a fait souffrir sa pauvre mère, elle qui a versé toutes les larmes de son corps. Eh bien, non ! Je suis condamnée à subir les plus cruelles déceptions. *Oï ! vaï ! vaï !* poursuivit-elle en poussant un profond soupir. Puisses-tu un jour souffrir comme je souffre pour les malheurs que tu me causes !

– C'est rien que des discours, du laïus ! s'emporta Ira. On entre et on ressort, et puis c'est tout. Un vrai défilé.

– Alors, pourquoi tu laisses pas Ma venir écouter le laïus et te regarder entrer et ressortir ? intervint Minnie.

– Qui t'a demandé de mêler ton grain de sel ? T'auras qu'à l'inviter à ta remise de diplôme à toi !

– Parfaitement, je l'inviterai ! Qu'est-ce que tu crois ? Que je suis comme toi ? Que j'ai honte de mes parents au point de passer tout mon temps à traîner avec des goys ?

– Allez, ferme-la un peu.

– Je n'ai jamais assisté à une remise de diplômes, dit Ma d'une voix suppliante. Je voudrais en voir une, rien qu'une seule. Ira, mon trésor, une dernière fois, réfléchis, je t'en prie. Accepte. Pour l'amour de ta mère. »

Minnie jeta un regard furieux à son frère.

« T'es vraiment qu'un salaud ! »

L'air suffisant, Pa s'interposa, adoptant le ton d'un arbitre chevronné :

« Un brave jeune homme de nos voisins, Joey Schwartz, qui travaille chez Biolov depuis qu'Ira a lâché son emploi – il y a des années, non ? –, si on lui avait offert la même chance qu'à ce vaurien, la chance d'entrer au lycée – et d'être logé et nourri pendant la durée de ses études, pendant des années entières –, est-ce qu'il ne se serait pas agenouillé devant ses parents ? Est-ce qu'il ne leur aurait pas baisé les mains en signe de gratitude ? Est-ce que sa mère aurait eu besoin de s'aplatir devant lui, de l'implorer de l'emmener à son lycée pour assister à sa remise de diplôme ? Eh bien, non ! il aurait dansé devant elle tout au long du chemin. Je suis prêt à parier qu'avec un brave jeune homme comme lui, le métro n'aurait pas été assez bon pour conduire ses parents à son école, à son lycée Davitt Clinton. Il aurait fallu un taxi, pas moins. Comme s'ils se rendaient à son mariage. Un taxi pour aller… » Pa agita la main. « … et un taxi pour revenir. Qui sait ? Et puis, il aurait économisé sur son salaire pour inviter ses parents chez Ratner, pour épargner à sa mère d'avoir à préparer le repas ce soir-là – un dîner de gala. Ah ! qu'est-ce que je pourrais ajouter ? Oui, même Moe, un Moïshe, *a gruber ying*, que ton adorable père, Ben Zïon, le Juif si pieux, a envoyé trimer comme un goy dans la forêt au-dessus du Dniestr, non ? Un miracle qu'il n'ait pas attrapé une hernie !

— Moe est un *mensh*. Il est solide, répliqua Ma d'une voix lourde de sous-entendus. Il n'est pas *a gruber ying*.

— Alors, il n'est pas. Mais l'été, et l'hiver, combien de fois il a emmené ses vieux parents passer deux semaines ou un mois dans un hôtel de vacances *glatt* kasher ? Depuis qu'il est rentré de la guerre, combien de fois ?

— *Gaï mir in d'rerd !* Oh ! oui ! tu te fais du souci pour les autres, mais de mes tourments à moi, tu te réjouis. » Elle se tourna brusquement vers Ira. « Tu n'as pas honte ? Fils indigne ! Il y a quatre ans, quatre années entières, tu m'as fait la même réponse. Tu m'as privée d'une petite joie sous le même prétexte : les discours et le défilé des élèves, des discours et des défilés, rien de plus. Comment peux-tu le savoir ? Tu y as déjà assisté ?

— J'ai pas besoin d'y avoir assisté pour le savoir.

— Du moment que tu peux aller chercher ton diplôme le lendemain, c'est ça ?

— Espèce de salaud ! Ma devrait te flanquer dehors ! s'écria Minnie, folle de rage. Te foutre à la porte !

– Ah ! jubila Pa. Ce n'est pas ce que je dis depuis le début ?
– T'auras qu'à la faire venir à ta remise de diplôme à toi !
– Tu crois que j'ai besoin que tu me le dises ? Elle viendra, tu peux me faire confiance. » Minnie était au bord des larmes. « Mais toi, toi qui es tout pour elle ! Seulement, pour moi, tu es la honte de la famille, voilà ce que tu es ! Emmène-la.
– Fous-moi la paix ! »
Le regard assombri par le chagrin, Ma se balançait sur place.
« Il fuit sa *yiddishe mame*, voilà mon grand malheur. Tu es un Juif, toi aussi, non ? Et il n'y aura pas d'autres parents juifs, c'est ça ? Je me mettrai dans un petit coin, je me cacherai. Personne me verra, pas même toi. Tu ne me connais pas, tu n'as pas besoin de me présenter à tes amis. Laisse-moi juste regarder. Minnie me conduira et me ramènera à la maison. Du moment que je vois mon fils recevoir son diplôme. »

Hélas ! ma pauvre mère ! Elle me brise le cœur soixante ans trop tard, Ecclesias.
– Vraiment ? Tu peux plaindre toutes les mères de pareils fils. Les jeunes animaux traitent sacrément mieux les leurs que toi la tienne, mon ami. Mais, comme tu l'as dit, il est trop tard. La tombe est un obstacle à tous les regrets, à tous les pardons.
De même, mon absence de regrets et de pardons ne fait aucune différence aujourd'hui, tu ne crois pas, Ecclesias ?
– Arrête. Tu vas gâcher ta fable.

« Je veux pas y aller !
– *Oï ! vaï ! vaï !* qu'est-ce que je demande ? Une couronne ? Un triomphe ? Non, juste quelques misérables petites heures de satisfaction après toutes ces années

d'infortune. Je l'ai nourri, j'ai souffert pour lui – lui ! Et je n'aurais pas le droit de le voir recevoir son diplôme comme les autres mères ? *Oï ! gevald !* tu as vraiment un cœur de pierre. »

L'air désespéré, les yeux cependant secs, elle le considéra avec tristesse.

« Je veux pas y aller ! hurla Ira. Je viens de te le dire !
— Va donc au diable ! s'écria Minnie, pleurant des larmes de colère et de frustration. Maman, je t'en prie, ne te mets pas dans des états pareils pour ce cochon de bon à rien. Il... il ne pense qu'à lui. Sale égoïste ! Infâme salaud ! *Hint !* Je ne trouve pas d'autre mot. Sale bâtard ! Puisses-tu tomber raide mort !
— *Megstu take gaïn in d'rerd* », dit Pa, le maudissant à son tour.

Ma ne cessait de hocher la tête avec affliction, telle une Norne ou une Parque devant les présages d'une suite ininterrompue de malheurs.

« Oui ! va donc en enfer ! Le Tout-Puissant te le revaudra ! Et qu'Il me pardonne pour maudire mon propre fils, dit-elle en se frappant la bouche à plusieurs reprises. *Oï ! gevald !* Je t'en prie, *Gottenyou !* ne prête pas attention à mes paroles.
— Il t'écoute, ça tu peux en être sûre, railla Pa.
— *Gaï mir oïkh in d'rerd !* rétorqua Ma.
— La voilà qui fait ses prières, reprit Pa en pliant son journal yiddish. Pourquoi il est comme ça ton fils ? Pourquoi tu ne te poses pas la question ? Pourquoi ton fils, il n'est pas comme les autres enfants juifs, honnête, raisonnable...
— Tes explications, je ne les connais que trop bien, l'interrompit Ma. Et la sagesse que tu tiens en réserve, tu peux me l'épargner.
— Elle ne se demande pas pourquoi son *kaddish'l*, son Ira, est comme il est, dit Pa, continuant à enfoncer le clou. Il y a des millions de fils et des millions de mères, et tous les millions de fils, ils ne cherchent qu'à plaire à leurs parents. Ils mangent dans la main de leurs

parents, dans la main de leurs mères et de leurs pères. *Azoï ?* » dit-il, illustrant ses paroles en présentant ses paumes ouvertes.

Les traits de Ma se durcirent, tandis qu'elle répliquait avec mépris :

« Tu me l'as déjà dit, Chaïm. Va donc torturer le chat au lieu de moi.

— Telle mère, tel fils.

— Et les pères comme toi, ils peuvent pourrir dans la tombe !

— Ah ! ah ! on lui dit un mot de vérité, et elle s'emporte !

— Tu vois ce que tu fais ? C'est de ta faute, intervint Minnie, couvrant Ira de reproches. Un frère comme toi mérite l'enfer. *Shemevdick,* se moqua-t-elle en se recroquevillant pour feindre la timidité. Un voisin frappe à la porte, et il baisse aussitôt la tête. Ou il court se réfugier dans l'autre pièce. C'est ça le problème avec lui. C'est un stupide *shemevdick*. Il a fini le lycée, et il va se cacher dès que quelqu'un arrive.

— *Oï ! a veïtikdik iz mir !* se lamenta Ma. *Nou*, laisse-le tranquille. Finalement, ce n'est qu'un idiot.

— T'as un ami tellement chic, persifla Minnie. Lui, il va y aller à la remise des diplômes. Lui, c'est un *mensh*. Pourquoi il ne t'a pas appris à être un *mensh* ?

— Qui t'a demandé de ramener Larry sur le tapis ? Personne ? Alors, ferme-la ! »

Si l'occasion s'en présentait, pensa Ira, il aimerait vérifier le nom des boxeurs qui s'étaient affrontés lors du combat vedette le soir de la remise des diplômes. Il donnerait le renseignement dans une note en bas de page. Y avait-il Harry Greb ou Gene Tunney... ou les deux... ou ni l'un ni l'autre ? Bon, laissons quelque érudit que cela intéresse déterrer l'information. Il était certain d'une chose — non, de deux : que ses gains, prétexte pour lequel il avait privé Ma du plaisir de le voir sur l'estrade en compagnie de ses camarades, en robe et toque de location, ne pouvaient pas avoir excédé cinq dollars, si ce n'est trois. Et que l'inénarrable Joe Humphreys était là, trônant au milieu du ring, qui, avec force gestes de son chapeau de paille et d'une voix de stentor, faisait taire la foule bruyante pour annoncer le nom et le poids des adversaires au ravissement des supporters incultes qui guettaient son « eeeh... d'mi » prononcé sur un pompeux accent bostonien.

CHAPITRE XXIII

Ira perdit complètement la trace de Billy au cours de l'été de cette même année 1924. Il ne lui téléphona pas, ni ne chercha à reprendre contact avec lui. Il n'entendit plus parler de son ancien ami, et ne reçut de lui ni lettre ni carte postale. (Il se rappelait vaguement que Billy lui avait dit que son père devait lui procurer un boulot au sein d'un groupe d'études pour un nouveau barrage en Pennsylvanie.) Peut-être y était-il déjà, ou bien ailleurs, mais en tout cas, leur amitié prit fin après le lycée, après le club de tir, après les heures insouciantes des activités de plein air, d'une vie « à la dure », et après le fossé creusé par le violent accès de colère d'Ira – en réalité, surtout à cause de son attachement naissant pour Larry. Lorsqu'il regardait en arrière, il constatait que le hasard semblait jouer un grand rôle dans sa vie. Il n'en demeurait pas moins probable que, tôt ou tard, il aurait trouvé quelqu'un avec qui communiquer, à qui parler de toutes les nouvelles passions qui l'habitaient, de ses aspirations encore floues et de ses réflexions hésitantes. Comment savoir ?

Cet été-là, Larry resta à New York et donna un coup de main à Irving, son frère aîné, dans son affaire de robes d'intérieur. En deux ou trois occasions, Ira se rendit avec lui à l'atelier situé à quelques rues de chez les Stigman. Il occupait tout l'étage d'une fabrique classique, et une nuée de femmes, peut-être une centaine au total, assises sur des chaises, cousaient des robes d'intérieur. Le spectacle évoqua à Ira l'époque où, il y avait des années de cela, il vivait dans l'East Side et, petit garçon, accompagnait Pa dans sa voiture de laitier. Il lui arrivait alors de grimper les marches d'un atelier en portant un plateau de bouteilles de lait qu'on distribuait parmi les dizaines de femmes installées devant leurs machines à coudre et qui, pour ce qu'il en savait, étaient honteusement exploitées. Pourtant, elles paraissaient gaies, et, bien sûr, il s'agissait d'immigrantes, juives pour la plupart, qui blaguaient avec Pa, faisaient grand cas d'Ira, et riaient beaucoup. Là, par contre, les femmes étaient en majorité italiennes, encore des immigrantes, certes, auxquelles se mêlaient diverses nationalités, de blondes Polonaises ou de brunes Portoricaines, mais il ne semblait pas y avoir de Juives. Personne ne riait, ni même ne souriait. Quand ils entraient, Ira avait l'impression confuse que les visages qui se levaient vers eux étaient chargés d'animosité, sans doute parce qu'on les considérait, Larry et lui, comme des privilégiés – ce qui, du moins pour l'un d'entre eux, était bien loin de la vérité. Il ne pouvait s'empêcher de se sentir terriblement gêné parce qu'on le prenait pour ce qu'il n'était pas – et aussi parce qu'ils étaient juifs : des Juifs riches, une catégorie où on l'incluait, qui exploitaient de pauvres ouvrières. Par ailleurs, il ne manquait pas de remarquer l'expression de certaines des femmes parmi les plus jeunes lorsqu'elles regardaient Larry, leurs traits paraissaient refléter une sorte de cruelle avidité, de désir presque vengeur tel qu'il n'aurait jamais imaginé que les femmes pussent en éprouver ou en manifester. Jusqu'à ce jour, il pensait que seuls les hommes nourrissaient de pareils ressentiments.

Pour Ira, l'été avait débuté par la routine habituelle du stade, laquelle ne dura qu'une semaine ou deux. Izzy Winchel, celui-là même qui l'avait persuadé de venir vendre des sodas pendant les matches, cherchait maintenant à le dissuader de continuer. Le frère aîné d'Izzy, Hymie, après une courte période d'apprentissage, travaillait à présent avec son père, un plombier indépendant installé dans une étroite boutique minable située sur la partie crasseuse de Park Avenue. Marié, père d'un petit garçon, Hymie devait à tout prix se débrouiller. Il fallait qu'il se fasse son chemin en tant que plombier non syndiqué, comme l'expliquait Izzy, et il trouva à s'employer auprès d'un entrepreneur construisant ces nouvelles maisons à un étage qui commençaient à pousser partout dans le Bronx. Des logements tout neufs. Fini le travail pourri, les toilettes ou les éviers à déboucher, les canalisations obstruées par des saloperies, les installations rouillées avec lesquelles se bagarrer. Fini et bien fini, ce boulot dégueulasse. Parfaitement, m'sieur. Là, tout était impeccable, nickel.

« Ah ouais ? fit Ira, vaguement sur ses gardes.

– Hymie voudrait que tu viennes l'aider. Vingt-cinq dollars par semaine.

– Pourquoi moi ? T'es son frère, non ?

– J'aime pas ce boulot. Toujours le même truc à longueur de journée. Tu vois ce que je veux dire ? Bosser au stade, ça me plaît. L'excitation, tout ça. Gagner à peu près le fric que je veux. Toi, t'es pas comme ça. T'es différent. T'es pas fait pour être vendeur, c'est tout. » Les yeux bleus d'Izzy où brillait une lueur amicale se posèrent sur lui. « Hymie veut que ce soit toi. »

Ira hésita. Izzy n'avait que trop raison à son sujet : il était incapable de dominer sa nature, même dans la fièvre des rencontres sportives. Il ne cesserait jamais d'avoir honte de refiler un soda tiède à un supporter. À la fin de la journée, il se retrouvait à chaque fois en bas de la liste en ce qui concernait les gains. Et, sans pour autant prendre la moindre initiative, comme d'habitude, il commençait à réfléchir à d'autres emplois possibles, car, outre les raisons précitées, il détestait de plus en plus être vu affublé ainsi en petit vendeur de sodas et reconnu par d'anciens professeurs ou camarades de classe, lui qui espérait entrer bientôt à l'université. Il ne résista donc pas beaucoup à l'idée d'accepter le travail qu'Izzy lui faisait miroiter.

« T'as besoin de pratiquement rien savoir pour être aide-plombier. » Le nez crochu, les cheveux blond roux, Izzy vanta à Ira les avantages de sa proposition. « Hymie te montrera tout. Qu'est-ce que tu dois savoir ? Couper un tuyau, une conduite ? Faire un filetage ? Te servir d'un mètre ? Comment tu crois que moi, j'ai appris ? Eh bien, mon père m'a montré. Viens à la boutique, et en moins d'une demi-heure, je t'apprendrai comment on utilise une filière pour fileter le bout d'un tuyau. Je te dirai le nom des différentes pièces et à quoi elles servent. Allez, viens.

– Où ça ?

– À la boutique. Hymie s'est dégoté un boulot pour demain lundi, et il a besoin d'un coup de main.

– Oh ! là là ! »

Il suivit cependant Izzy.

Ainsi, il devint aide-plombier, un apprenti tout juste acceptable. Le métier n'était pas facile – au contraire de ce qu'Izzy aurait voulu lui faire croire –, mais à dix-huit ans, la joie intrinsèque de sentir jouer ses muscles tout en souplesse compensa en partie les aspects pénibles de sa tâche.

Il voyait très souvent Larry, parfois après le travail, mais surtout les week-ends. Larry admirait sa nouvelle vocation, et ses parents paraissaient amusés – mais dans le même temps, ils approuvaient ce garçon juif indigent qui acceptait n'importe quel travail, aussi pénible fût-il, afin d'être en mesure de poursuivre des études universitaires. Ils considéraient donc avec bienveillance l'amitié croissante qui liait les deux adolescents. Par sa persévérance apparente, son empressement à accepter toute forme de travail, même le plus dur, Ira donnait le bon exemple à leur fils. Respectueux, adoptant envers la famille de Larry l'attitude qui convenait, arrivant toujours rasé de frais et aussi bien habillé que possible, on l'accueillait chaleureusement. Il commença à se sentir un peu plus à l'aise, cependant que leur amitié leur devenait indispensable à l'un comme à l'autre. Ils éprouvaient le besoin profond d'être ensemble.

Un dimanche, après le dîner, les deux garçons allèrent s'affaler sur le canapé vert du salon. Se relayant pour remonter le Victrola, ils écoutèrent des morceaux choisis de *Shéhérazade* de Rimski-Korsakov. Existait-il chose plus effrayante sur le plan musical que ces coups de cymbales déchirants qui marquaient le naufrage du vaisseau de Sindbad ? Ensuite, ils passèrent à deux reprises les deux faces d'extraits de l'*Inachevée* de Schubert qu'Ira adorait. Puis, ils sortirent se promener dans l'air doux du soir jusqu'à un petit parc proche. Ils s'assirent sur un banc.

Larry évoqua de nouveau les nombreux voyages qu'il avait effectués aux Bermudes dès son plus jeune âge pour séjourner chez son oncle photographe.

« T'y allais toujours avec ta mère ? demanda Ira.
– Pas la dernière fois. Je suis parti seul. C'était l'été dernier.
– Oui, je me rappelle, tu m'en as parlé. »

Ira nota l'expression rêveuse qui, à ce souvenir, envahit le beau visage de Larry plongé dans la pénombre.

« Tu serais étonné du nombre d'institutrices américaines qui passent leurs vacances d'été aux Bermudes. Elles y débarquent par milliers.
– Comme miss Pickens, celle qui a pris un cargo pour rentrer ? plaisanta Ira avec un grand sourire.
– Oh ! non ! elle était en Europe. Je parle de *jeunes* institutrices, précisa Larry d'une voix qui annonçait une révélation imminente.
– Ah bon ? Je savais pas. »

Une histoire d'amour, sorte de terrible et mystérieuse confession, semblait déjà planer dans le ciel nocturne. Ira sentait le lourd secret se refermer autour d'eux, autour du parc désert et du lampadaire qui diffusait une faible clarté.

« Jeune, ça veut dire quoi ? reprit-il.

– Juste à la fin de l'école normale, c'est-à-dire deux ans après le lycée, du moins dans la plupart des établissements du pays.
– Pas plus ?
– Tu garderas pour toi ce que je vais te raconter ?
– Tu oses me le demander ? C'est comme... je ne sais pas... comme si je jurais de me taire. Tu vois ?
– C'est bien pour ça que j'ai confiance en toi. »
Une nuit d'été dans le petit parc intime et désert. Un dimanche soir qui apposait sur une belle histoire passée le sceau virginal du souvenir. L'expression grave, Larry raconta sa rencontre à bord du bateau avec une jeune et jolie institutrice originaire du Maryland. Elle venait d'avoir vingt et un ans, lui, dix-huit. Ce fut son initiation à l'amour, si divine, entamée sur le pont du navire sous un ciel étoilé où la crête des vagues brillait à la lueur d'un croissant de lune et où la douce brise marine caressait les joues et les mains enlacées, si divine, sembla-t-il à Ira, qu'on aurait cru que Larry se trouvait avec une princesse de conte de fées. Son ami assis à côté de lui sur le banc du parc, qui s'exprimait d'une voix égale, avait passé la nuit dans la cabine d'une belle femme, à lui faire l'amour, en pleine mer, à bord d'un bateau qui glissait sur les flots noirs de l'océan infini. Ira écoutait, fasciné par la magie du récit, par cette histoire d'amour qui allait au-delà de tout ce qu'il imaginait possible dans le monde de la réalité.
Transporté par la beauté du récit, ensorcelé, Ira n'éprouvait nul sentiment de jalousie. Ces choses-là n'étaient pas pour lui, les aurait-il désirées, il était exclu, ou plutôt, s'était exclu lui-même de tels plaisirs. La mer, le navire et les tendres caresses. Jamais il n'avait seulement approché quoi que soit de comparable, sauf, peut-être, le jour où il avait suivi une professeur célibataire depuis l'école publique 103 jusqu'à CCNY, alors qu'il était encore en primaire. Et aujourd'hui, il ne connaissait que... l'ignoble... dans une chambre minable... face à la paroi de brique criblée de

mortier du puits d'aération... pareille aux murs des constructions crasseuses où les Noirs, collés aux fenêtres, regardaient les matches qui se déroulaient sur la pelouse du Polo Grounds, ou à ceux du triste immeuble où, en l'affaire de moins de cinq minutes, il avait baisé Theodora, la fille maigre et moche, dans sa petite chambre étouffante mal éclairée aux murs tendus de *shmates*, et de surcroît frustré du plaisir de n'avoir pu posséder une jolie femme comme Pearl. Enfin...

Lorsque les deux garçons finirent par se séparer, après que Larry l'eut raccompagné à la station de métro, Ira descendit sur le quai, la tête comme dans un nuage. Au moins, il avait été autorisé à participer, à savoir grâce à un ami que cela existait, à prendre conscience de ce qu'on devait chercher, même quand on se sentait irrémédiablement perverti. Pouvait-on encore aspirer à cette rare et transcendante félicité quand on était déjà marqué par le sordide ? Il savait pourtant que c'était ce qu'il rêvait de conquérir, le monde de Larry, un monde d'amour, de raffinement et de tendre abandon. Mais inutile d'espérer.

CHAPITRE XXIV

Un jour de la mi-juillet, quand Ira rentra de son travail d'aide-plombier, une lettre l'attendait, et deux soirs plus tard, une deuxième. Les réprimandes de Mr. Sullivan avaient fini par porter leurs fruits. La première lettre émanait de l'université Cornell. Il était reçu vingt-troisième au concours qui offrait vingt-cinq bourses, ouvert à tous les étudiants de la ville. Il aurait donc droit à quatre années d'études gratuites. On lui réclamait une réponse rapide. La lettre contenait également l'assurance qu'il pourrait trouver du travail à temps partiel à l'université, et que la préférence serait donnée aux boursiers les plus nécessiteux. Ainsi, il parviendrait sans nul doute à gagner assez d'argent pour payer son internat et ses repas...

Oh ! Ecclesias ! Ecclesias ! les occasions manquées, les chances offertes et rejetées avec mépris, la vie décente que j'aurais pu mener.
– Eh oui, on voudrait tout avoir. Je te pose la question pour la millionième fois : sinon, comment aurais-tu rencontré M ? Comment aurais-tu écrit un roman remarqué ?
Du roman, j'aurais pu me passer, Ecclesias. De M, pas. Ce n'est pas seulement ce que je serais devenu sans M qui me préoccupe, mais aussi – et surtout – ce qu'elle serait devenue sans moi. Il ne s'agit pas de vanité de ma part. En effet, ses réticences et sa tendresse liées à son côté petite fille caché, sa sensibilité d'artiste, sa noblesse, ses exi-

gences dans la vie commune, exceptionnelles et cependant totalement dénuées de snobisme, tout cela contrastait avec une tristesse infuse née de ce qu'elle n'ignorait rien de l'hypocrisie et de la prétention de son éducation bourgeoise. Dans le même temps, sa retenue, son zèle, son sens de la propriété, tout cela pris ensemble l'aurait amenée à se replier sur elle-même. La fille passionnée et sensible en elle aurait été étouffée, et elle ne se serait jamais épanouie. Aussi ai-je l'impression, Ecclesias, la connaissant un peu, qu'une personne de valeur, ce n'est pas de moi mais de M que je parle, s'est trouvée libre de grandir et d'atteindre une maturité tardive qui, ensuite, s'est propagée à moi. Car, vois-tu, sans moi elle aurait survécu, tristement peut-être, mais survécu alors que moi, sans elle, non. À travers elle, je me suis vu accorder une part de croissance, et également une part de vie.

— Ainsi, tu es à présent réconcilié avec le cours des événements ?

Non. Pas réconcilié. Résigné, peut-être. Je veux que mes gaffes soient réparées, mes choix lamentables annulés, je veux avoir la vie que Cornell m'aurait valu, et M...

— *Va attraper une étoile filante, fais enfanter une mandragore.* Je pense que tu connais les deux ou trois vers qui suivent ?

Hélas ! oui ! Mr. Donne. Mais pourquoi n'aurais-je pas pu devenir zoologiste et avoir M pour épouse ?

— Tu as M pour épouse. L'affaire est close.

En effet. Close et enclose – quelle mutinerie éclate soudain dans l'enclos, dans la poitrine, Ecclesias, quelle rébellion stupide !

La seconde lettre provenait de CCNY. Sa candidature en vue d'une licence de sciences était acceptée. On lui précisait où et quand il devait se présenter pour s'inscrire.

La décision lui appartenait. À lui de choisir le chemin de son avenir. Pour une fois dans sa vie, tout avait tourné à son avantage. Comme son dernier cours avait été un cours de géométrie dans l'espace, matière où il excellait, il était persuadé d'être doué en maths. D'être un vrai crack. En biologie, sa deuxième option scientifique, il avait terminé son année à DeWitt Clinton sur un « Très bien ». En biologie aussi, il était un crack. Quant à la chimie, le déclic s'était produit au second semestre, il avait compris d'un seul coup les principes fondamentaux, et il débordait donc d'optimisme. D'autre part, même les difficultés qu'il avait connues en espagnol au lycée, si bien qu'il lui avait fallu quatre années pour achever le programme prévu en trois, se révélaient être une aubaine. Son espagnol, quoique insuffisant, demeurait en effet tout frais dans sa mémoire, alors que les autres postulants, n'en ayant pas fait depuis un an, avaient sans doute dû bachoter pour le concours. À tout prendre, il avait une sacrée veine.

Ira se rendait compte que son hésitation entre CCNY et Cornell avait en réalité symbolisé le conflit intérieur du jeune homme à propos du genre d'Amérique qu'il choisirait, celle qui prévaudrait. Il s'était efforcé de personnifier le débat, de l'imprégner de vraisemblance romanesque en relatant une correspondance imaginaire avec Billy où figureraient les bonnes nouvelles, ainsi que l'offre enthousiaste de celui-ci, suggérant qu'ils aillent tous les deux à Cornell et qu'ils partagent la même chambre.

Bien entendu, rien de tout cela ne s'était produit – mais dans ses spéculations, il avait été plus loin, beaucoup plus loin, si loin dans l'introspection que cela avait pris la nature d'un fait, d'un événement réellement intervenu dans le passé. Le combat dans l'arène de la mémoire était tel qu'il dut un jour se répéter avec force que tout n'était qu'invention.

C'était réel sans être jamais arrivé, sauf en imagination. Mais le choix, quoiqu'il s'agît sans l'ombre d'un doute du choix de l'Amérique à laquelle il unirait sa destinée, se fit au-dedans de lui, sans tension extérieure, ni suspense ni dénouement dramatique. Il était probable qu'il posait mal la question, ou l'alternative. Ce n'étaient pas deux Amérique qui s'ouvraient à lui, mais deux carrières possibles à ce moment-là. S'il n'avait pas choisi, et pas tout à fait au hasard, de partager en Élocution 7 le siège du bel adolescent qu'il croyait chrétien, son trajet aurait vraisemblablement été différent. La peur atroce, la violence de la sauvagerie qui semblaient lui avoir arraché à jamais les axones du cerveau, les avoir transformés en une folie meurtrière que seules la clarté et la rationalité tranquille de la géométrie plane avaient permis de contenir assez longtemps, auraient fort bien pu demeurer emmurées, étouffées par l'exercice de la zoologie. Une vie se serait déroulée, se serait développée sur une faille de l'esprit (quelque chose de ce genre, quelle que soit l'image employée). Mais avant, il y avait eu un facteur déterminant, un facteur crucial, ou, plutôt, un accident crucial. Il suffit ! car, une fois qu'on a commencé dans cette voie, on ne s'arrête plus. S'il existait une « cause première » responsable du dommage permanent infligé à sa personnalité, responsable de son angoisse omniprésente, névrotique (selon les termes d'aujourd'hui), ce serait le départ de sa famille du mini-État orthodoxe juif de l'East Side.

Au milieu de l'été, pendant qu'Ira réfléchissait à son avenir, Farley resurgit brusquement du passé, non pas en personne, mais, et cela de façon spectaculaire, dans les pages sportives des journaux. Il faisait partie de l'équipe olympique que les États-Unis devaient envoyer en France. Il avait terminé le lycée la même année qu'Ira, et la presse new-yorkaise ne parlait plus que de la petite merveille sélectionnée pour représenter son pays dans l'épreuve du 100 mètres où il rencontrerait le favori, le redoutable sprinter anglais Harold Abrahams, qui s'entraînait depuis des mois en vue du grand jour. La vie, décidément, réservait d'étranges coïncidences. En effet, Farley avait commencé par courir contre Le Vine, un Juif (Ira en avait la conviction) que, après un courte période d'apprentissage, il battait régulièrement. Et maintenant, l'événement majeur de sa carrière sportive allait être une confrontation avec un autre athlète juif.

Le côté ironique de l'histoire apparaîtrait plus tard. Abrahams (sur qui on devait tourner ultérieurement un film documentaire) s'était consacré à la course à pied afin d'être reconnu par l'aristocratie anglaise, un but qu'il atteignit sans doute, du moins dans une certaine mesure, à la suite de ses exploits, et, en particulier, de sa médaille d'or au 100 mètres des Jeux olympiques. Toutefois, il aurait très bien pu ne terminer que deuxième si l'entraîneur de l'équipe américaine, estimant que Farley, pourtant annoncé et entraîné en vue de cette épreuve, était trop jeune pour se frotter à un concurrent aussi chevronné et célèbre qu'Abrahams, n'avait désigné à sa place un coureur plus âgé, lequel se fit battre...

Quinze années passèrent. Ira était déjà marié à M, enceinte de Jesse, quand les anciens amis se revirent le temps de quelques heures, avant qu'Ira ne quittât définitivement New York en 1939. Il assurait un remplacement en lettres pour un cours du soir au lycée Haaren qui se trouvait maintenant dans les mêmes bâtiments que DeWitt Clinton où Farley occupait un emploi permanent au sein des services administratifs. Enchantés de se rencontrer ainsi par hasard, ils se donnèrent rendez-vous après la classe. Farley, accompagné d'un camarade, le conduisit dans un bar voisin. Ils burent de la bière, et s'efforcèrent de ressusciter le passé. Farley, le visage empâté, était devenu corpulent, comme cela arrive souvent chez les athlètes qui abandonnent l'entraînement. Ses mains, cependant, étaient restées fines, ses yeux bleus brillaient de la même lueur enfantine et sa voix haut perchée possédait les mêmes accents joyeux et juvéniles qu'à l'époque où Ira et lui fréquentaient le lycée et écoutaient les disques du grand ténor John McCormack.

Une parole que prononça Ira, sans doute imprudente, car elle révéla la profondeur de son engagement marxiste, provoqua de la part de Farley et de son ami une réaction brutale malgré des dehors désinvoltes. Sous leurs railleries et leurs insinuations, pointait – du moins Ira en eut-il l'impression – une sympathie pour les thèses antisémites pronazies, infâmes et stéréotypées du père Coughlin. Comme leurs chemins avaient divergé, constata Ira avec un choc, et pas seulement sur le plan politique ; leur amitié aussi, sous le coup d'une myriade de nouvelles inclinations, de nouveaux préjugés, avait éclaté en autant de morceaux que les liens qui, autrefois, les unissaient.

Il ramena la conversation en terrain neutre : les Jeux olympiques de 1924. Pourquoi Farley n'avait-il pas couru le 100 mètres, l'épreuve où il régnait en seigneur durant ses années de lycée ? C'est alors qu'Ira apprit dans quelles circonstances son ancien ami avait été éliminé de la compétition qui devait l'opposer au célèbre Abrahams – et pourquoi il avait couru à la place le relais 4 × 400 mètres. L'enjeu était trop grand pour qu'on laissât un athlète aussi jeune que Farley défendre les couleurs américaines. Par contre, le relais 4 × 400 mètres, encore qu'important en termes de médailles, l'était moins en termes de prestige. En dépit de tous les arguments et des prières de l'entraîneur personnel de Farley – persuadé que son élève pourrait s'imposer –, le responsable de l'équipe des coureurs, soutenu par le comité olympique, refusa de le présenter. Ils voulaient bien parier sur lui en tant que dernier relayeur du 4 × 400 mètres, mais pas prendre le risque de faire courir un petit lycéen contre le sprinter le plus rapide de toute l'Europe.

« Le lendemain, ils se sont aperçus de l'erreur qu'ils avaient commise, dit Farley dont les yeux bleus s'éclairèrent d'une lueur de souffrance et d'indignation. Et en particulier l'entraîneur principal. » Car, comble de l'ironie, le dernier relayeur de l'équipe britannique, qui reçut le témoin quelques mètres devant Farley, n'était autre qu'Abrahams qui, la veille, avait gagné le 100 mètres. Et le lendemain, il fut devancé par le petit lycéen. « Je savais que je pouvais le battre », affirma Farley. Et, au souvenir de l'adolescent franc et modeste qui avait été naguère son copain, Ira le crut. Lui aussi était persuadé que Farley aurait battu Abrahams, tout comme, des années auparavant, il avait été persuadé qu'il battrait Le Vine. Il avait laissé passer sa chance, et, malheureusement, pour toujours. Lorsqu'il consulta l'*Almanach mondial* à la rubrique des Jeux olympiques, Paris, 1924, Ira ne trouva pas le nom du dernier relayeur du 4×400 mètres, ni du reste d'aucun des membres du relais. Individuellement, ils étaient anonymes. Il s'agissait d'une épreuve collective. On mentionnait simplement que les États-Unis avaient remporté la médaille d'or.

Les Jeux de 1924 devaient marquer l'apogée de sa carrière de sprinter. Alors qu'on s'attendait à ce qu'une fois à l'université, et grâce à une plus grande maturité physique, ses dons de coureur atteignent de nouveaux sommets, ce fut l'inverse qui se produisit. Il sombra dans la médiocrité – et l'anonymat –, ne terminant jamais mieux que troisième, et ensuite plus loin. Ses talents avaient culminé à l'âge de dix-neuf ans, et à peine quelques années plus tard, il était « fini », comme on dit.

Fini ! Ira leva les yeux de l'écran. Quelle que soit la signification réelle du mot, sur le plan psychologique et physiologique, il savait comme tout le monde ce que cela voulait dire. Il pouvait l'appliquer à son propre cas. En tant que romancier, il était « fini », et lui aussi avait sombré dans l'oubli.

– Quel est le but de cette longue digression ? Une incursion dans l'homélie ?

La quête de la certitude. Qu'un nombre appréciable de mes contemporains, hommes de lettres de talent, ainsi que moi-même, puissent connaître l'angoisse d'être « finis » me paraît déjà assez singulier. Mais que la même chose soit arrivée à un jeune sprinter qui n'avait pas atteint sa majorité est tout simplement ahurissant, tu ne trouves pas ? Fini ! Il avait eu sa chance, Ecclesias, une chance unique, et qui ne se représenterait pas.

– À l'inverse de ce qu'il en est pour toi, la sagesse des ans n'aurait rien apporté à ses jambes.

Pas plus qu'aux miennes. Je suis curieux de savoir s'il vit encore. Plus que curieux. Je crois que la prochaine fois que j'irai à New York, si j'y vais, je chercherai dans l'annuaire le numéro de téléphone de l'Entreprise de pompes funèbres Hewin, à supposer qu'elle existe encore.

– N'hésite pas. En fait, il te suffit de décrocher ton téléphone et de le demander aux renseignements.

Oui. Mais je ne pense pas que je le ferai.

Peu de temps après sa sortie, quelque part dans le courant de l'année 1935, Ira laissa un exemplaire de son unique roman à la mère de Farley. Celui-ci était alors à Boston (il avait suivi des études à l'université de Boston, un établissement catholique, croyait Ira). Son père, cet homme aux manières brusques et à l'épaisse moustache brune, était mort, et l'entreprise de pompes funèbres, toujours située à la même adresse dans un quartier qui devenait rapidement à majorité noire, se trouvait maintenant entre les mains de Billy, le frère aîné de Farley. Sa mère, assise en haut dans le salon funéraire pour l'instant inoccupé, dans un fauteuil à bascule, sur la moquette couleur sable, toujours la même femme à la voix douce et aux allures de religieuse, portait les mêmes lunettes à monture en or, et l'épais duvet qui ornait sa lèvre supérieure avait viré au gris. Résignée. Elle prit le livre au nom de son fils absent. Ira n'osa pas penser au choc que lui en procurerait la lecture.

– Pourquoi tu ne l'appelles pas ?
Eh bien... Au bord de ruisseaux trop larges pour qu'on

les franchisse d'un bond, les filles aux lèvres roses...
J'efface ?
— Tu devrais.

Quelques semaines plus tard, Ira était assis dans le séjour de l'appartement de Harlem par un dimanche d'été, au début du mois d'août, une feuille de papier réglé posée devant lui sur la table recouverte d'une plaque de verre, l'un des nouveaux meubles élégants que Ma avait rachetés pour un prix dérisoire aux riches cousins Brancheh, simplement parce qu'ils commençaient déjà à se démoder. Il ne pouvait qu'offrir une résistance symbolique à ce qui était prévu d'avance. Eh oui, il s'apprêtait à envoyer une lettre à Cornell pour décliner la bourse. Il relut le paragraphe où on lui demandait une réponse rapide, puis celui précisant qu'il y avait des emplois disponibles à l'université qui lui permettraient de gagner de quoi payer ses repas et l'internat. Pa — Ira, bien entendu, cherchait à en rejeter la responsabilité sur quelqu'un d'autre —, avec ses bredouillements habituels, avait renié sa promesse généreuse et spontanée, faite sous le coup de la fierté devant l'extraordinaire succès de son fils, lequel l'avait autant surpris que sa largesse à lui avait surpris Ira. En effet, Pa s'était proposé de fournir à son fils une nouvelle garde-robe, de lui payer le train jusqu'à Ithaca ainsi que tous ses frais pendant ses six premiers mois à Cornell... Seulement, maintenant, il n'était plus très sûr de pouvoir assumer de telles dépenses. Il y avait une expression yiddish qui résumait fort bien ces bafouillages et donnait une image plus frappante de ce type de discours confus et évasif : *er fonfet shoïn*. Eh bien, Pa « fonfetait ».

Ira relut le brouillon de sa lettre, réfléchit, puis, le cœur lourd, prit le stylo entre ses doigts incrustés de crasse récoltée dans son travail d'aide-plombier, et fit ses corrections. Il peaufina sa lâche réponse. Car, lâche, elle l'était, formulée par un esprit qui se savait lui-même lâche, lâche et puéril, dénué de confiance en soi et d'initiative. Il regrettait beaucoup, écrivait-il, mais il devait refuser la généreuse proposition de Cornell. Comme le parasite qu'il était, à peine sorti de l'étreinte furtive de ce dimanche matin, de son infâme luxure assouvie sur Minnie, il préférait rester à la maison, rester accroché au tablier de Ma, qui offrait beaucoup plus de latitude qu'on ne l'aurait jamais imaginé, beaucoup plus de marge pour les plaisirs sordides. Pourquoi abandonner tout ça ? renoncer à sa confortable et béate dépendance vis-à-vis de Larry, le riche Larry, le charmant Larry ? renoncer à son amitié ? Non, non. Toutefois, malgré la bassesse et la pusillanimité rattachées à son refus de la bourse, il avait l'impression (ou était-ce une illusion ?) de deviner, de percevoir la direction qu'il devait emprunter, laquelle correspondait à son choix présent. Dans l'abîme, le bourbier de son sybaritisme, il lui semblait entrevoir une lueur, l'espoir que s'il voulait parvenir un jour à échapper à l'abject esclavage dans lequel était tenu son être méprisable pour gagner une espèce de liberté ou de dignité, il lui fallait se cramponner à Larry, donc demeurer à la maison et s'inscrire à CCNY.

Il déclina la bourse, coucha son refus fatidique en mots écrits sur une autre feuille de papier lignée de bleu, calligraphiés à l'aide d'un stylo à grosse plume. Il alla poster la lettre cachetée et munie d'un timbre à deux *cents* dans la boîte en fonte située au coin de la rue, en face de la pharmacie Biolov. Le couvercle muni d'un contrepoids émit un ricanement sec, cependant que la boîte engloutissait l'enveloppe blanche.

TROISIÈME PARTIE

CCNY

CHAPITRE I

Comme les deux premières heures passées aux abords de CCNY lui parurent glorieuses ! Vue de l'extérieur, l'Université ressemblait à une corne d'abondance de l'intelligence, si riche, si prometteuse qu'il se convainquit d'avoir effectué le bon choix. Cet après-midi d'automne sur le campus, en ce jour de 1924, se révélait être un enchantement. Attendant son tour de s'inscrire aux cours, il arpenta Convent Avenue dans le haut de Manhattan, foulant aux pieds le tapis de feuilles mortes qui crissaient sous ses pas, tandis qu'il marchait à l'ombre des bâtiments gothiques blancs et gris, gage de sagesse et de savoir qui lui permettraient de s'élever au-dessus de sa condition pour s'intégrer à une confrérie de gens sereins et méditatifs dont il deviendrait l'égal. Il éprouva un sentiment d'euphorie à la pensée des métamorphoses qui ne manqueraient pas de se produire en lui dans l'enceinte de ces constructions gothiques. Le changement, se dépouiller de son abominable soi, voilà ce qu'il désirait de toute son âme. Et le changement, il n'en doutait pas, s'opérerait dès l'instant où il s'inscrirait. Peut-être un nouvel avenir, noble et enchanteur, allait-il enfin s'ouvrir à lui.

Il espérait préserver dans son souvenir ces instants précieux. Derrière lui s'étendait l'enceinte ocre du vaste Lewisohn Stadium, le stade de l'université, et devant lui, la grille en fer hérissée de pointes noires séparant la butte sur laquelle se dressaient les bâtiments de l'université du petit parc en contrebas avec ses bancs verts, ses rochers gris, ses arbres et ses feuilles jaunies qui voltigeaient le long des allées. La ville paraissait se déployer à ses pieds, et son regard englobait trois quartiers entiers, Manhattan, le Bronx et Brooklyn, ainsi que le fouillis des toits, des cheminées et des flèches. De minces volutes de fumée striaient le dôme du ciel. Tous les auspices semblaient favorables, présages de grands succès futurs. Il passerait sa licence de biologie. Il pourrait encore devenir un scientifique de renom et, en temps voulu, se séparer de l'objet de sa honte, trouver un exutoire normal à sa libido, se racheter. D'ici une heure ou deux, il ferait les premiers pas qui verraient la réalisation des espérances que symbolisaient ces cloîtres, ces sanctuaires d'études abrités dans les bâtiments gris et blancs qui se découpaient contre l'azur limpide.

Peu après, un autre étudiant le rejoignit, un garçon venant d'un lycée du Bronx, à peu près de l'âge d'Ira, juif, naturellement, et issu à l'évidence d'un milieu plus aisé, un adolescent aimable, qui cultivait déjà une ombre de moustache. Pour passer le temps, il marcha aux côtés d'Ira, piétinant les feuilles tombées en sifflant et en chantonnant les derniers airs à la mode qu'Ira ne connaissait pas, ni ne se souciait de connaître, mais qui meublaient l'attente. De bonne disposition, l'adolescent lui confia ses ambitions et ses goûts, lesquels firent soupçonner à Ira que les connaissances dispensées à l'intérieur des murs gothiques n'étaient pas tout à fait telles qu'il se les imaginait. Le garçon parla de devenir membre d'une « frat » dès que possible, puis il expliqua qu'il entrait à CCNY uniquement pour obtenir une licence, condition préalable à son admission dans une école de droit. L'idéalisme et la fantaisie étaient absents, et seul régnait le pragmatisme. Son objectif se limitait à celui, si rebattu, de la réussite financière. *Makh'n geld*, la recherche d'une carrière lucrative par le biais de CCNY. Ira se dit qu'il devait s'agir d'une exception.

Cependant qu'ils déambulaient parmi les feuilles rousses, il l'écouta avec tolérance chanter :

« *Par ici, par ici, par ici, voilà ma chérie...* »

et puis :

« *Quand j'entends venir ma chérie,
les oiseaux font cui-cui...* »

ou encore :

« *Dou waka, dou waka, dou waka dou...* »

Ira sentit son euphorie fondre devant l'optimisme béat du garçon, devant la fraîcheur de fin d'après-midi qui envahissait l'atmosphère. Vint enfin le moment de se présenter au bureau des inscriptions.

Il se trouva alors confronté aux réalités de l'université, au mécanisme déshumanisant des inscriptions qui, d'un seul coup, fit s'envoler ses illusions. On lui demanda en effet d'établir un programme de cours, puis d'attendre son tour dans la queue qui s'étirait devant le bureau où trônait le professeur responsable – ou un étudiant qui lui servait d'assistant. À plusieurs reprises, comme par un caprice du destin, il vit quelques-uns des cours qu'il avait choisis être effacés du tableau, alors que parfois, il ne restait plus que deux ou trois étudiants devant lui. Son programme, si péniblement élaboré, se trouvait alors réduit à néant, et il devait retourner s'asseoir dans le grand amphithéâtre pour tout reprendre de zéro...

Lent, inefficace, dévoré d'incertitudes, il combinait un autre programme pour le voir peu après s'effondrer comme les précédents. Des heures s'écoulèrent. Des heures entières ! Ses programmes passèrent par-dessus bord, par-dessus le tableau... de bord. Fatigué et découragé, Ira maudissait son sort, sa sottise, son indolence.

Quant au cours de Biologie 1, l'élément clé de sa future carrière, il avait été pris depuis longtemps par des élèves plus doués que lui – ceux qui avaient les meilleurs dossiers pouvaient en effet choisir en premier –, et quasiment monopolisé par des étudiants de première et de deuxième année. On aurait cru que la majorité des élèves s'efforçait d'obtenir les diplômes exigés pour entrer à l'école de médecine ou à l'école dentaire. Biologie 1 avait disparu du tableau bien avant qu'Ira eût seulement été admis dans le vaste amphithéâtre où les étudiants planchaient sur leurs programmes. Biologie 1 était *a nekhtiger tug*, comme dirait Ma, aussi impossible à rattraper qu'un jour enfui. Mais pourquoi n'avait-il pas choisi Cornell ? La gueule de fer de la boîte aux lettres semblait de nouveau ricaner, tandis que, pareille à un prédateur impassible, elle refermait ses mâchoires sur l'enveloppe blanche qui contenait sa lettre de refus et scellait son destin...

Chacun pour soi, telle paraissait être ici la règle, et les laissés-pour-compte étaient les empotés comme Ira, les traînards et les indécis pathétiques. Neuf heures avaient déjà sonné, et la plupart des candidats étaient depuis longtemps repartis satisfaits, leurs vœux exaucés, quand Ira parvint enfin à concocter un programme accepté et acceptable, encore qu'établi à contrecœur. Français 1. Trigonométrie, une option qu'il aurait dû suivre au lycée, mais qu'il n'avait pas prise. Il avait perdu son année en s'inscrivant aux cours de la section commerce nouvellement créée à l'école publique 24. Philosophie 1, bien qu'il fût à peine plus à même qu'un enfant d'appréhender les concepts et les abstractions. Géométrie descriptive, ce qui semblait facile, mais se révéla ne pas l'être, projection et dessin industriel, des disciplines qui dépassaient ses aptitudes et sa dextérité manuelle. Sciences militaires 1, un cours obligatoire qui, lui apprit-on, se composait d'une sorte de gymnastique spéciale baptisée maniement d'armes, effectuée à l'aide d'un vieux fusil Springfield, ainsi que de vagues notions de tactique militaire. Là, il y avait toujours de la place. Et puis Éducation physique 1. Même Composition anglaise 1, le plus humble et le plus accessible des cours, était complet.

Tel fut son programme du premier semestre à son entrée à CCNY, un programme tronqué, cruellement insuffisant, et qui ne comportait pas le nombre d'unités de valeur nécessaire. Par la force des choses, il deviendrait donc un étudiant « conditionnel », de ceux qui demeurent à la traîne et doivent d'une manière ou d'une autre tenter de rattraper leur retard au risque de se faire renvoyer de l'université. Sur le moment, Ira s'en moqua plus ou moins. Découragé, affamé, mis de mauvaise humeur par l'épreuve qu'il venait de vivre, il grimpa à pas lourds la colline qui conduisait à l'arrêt du tramway d'Amsterdam Avenue, puis il franchit à pied la distance entre la 125e et la 119e Rue, longeant le trottoir de Park Avenue parallèle à la voie du métro aérien.

Il monta les marches du perron de pierre, puis l'escalier de l'immeuble miteux et pénétra enfin dans la cuisine aux murs verts. Les aiguilles du réveil Big Ben posé sur la glacière peinte en vert indiquaient dix heures moins dix.

« Ah ! le voilà, Ma ! s'écria Minnie en levant les yeux de son livre de latin.

— Ouais, me voilà, dit Ira, refermant la porte derrière lui.

— *Nou ?* Où étais-tu ? le gronda Ma. Ton père et moi, on commençait à s'inquiéter.

— Ah bon ? »

Pa leva ses petits yeux de chien de son journal yiddish.

« Et à juste titre.

— Oh ! là là ! » Ira ôta sa veste, la suspendit au dos d'une chaise, puis alla à l'évier se laver les mains. « Quelle université de merde !

— C'est pas une université de merde, riposta Minnie avec fougue. Les garçons juifs les plus intelligents y

vont ! Juste parce que c'est gratuit ? Ma, raconte-lui comment en Europe on interdit l'université aux Juifs...
— Crétine, comme si je savais pas ! Mais on n'est pas en Europe ici. Tu connais l'expression latine qui leur permet de refuser les Juifs ? Tu fais bien du latin, non ?
— Non, je ne sais pas. Alors, tu t'es inscrit ou pas ?
— *Numerus clausus*.
— Tu t'es inscrit ou pas ?
— Ouais, ouais, je me suis inscrit, répondit-il en lui lançant un regard où sourdait une animosité voilée.
— Pa, demande-lui. » Minnie, feignant de ne pas remarquer son agressivité, se tourna brusquement vers son père. « Papa, demande-lui, toi, s'il s'est inscrit ou non ?
— Bah, qu'est-ce que tu crois ?
— Quelle tristesse ! Mais enfin, qu'est-ce qui ne va pas chez toi ? » La voix de Pa se fit âpre sous l'effet de l'énervement et de l'appréhension, tandis que son menton fuyant se tendait par saccades. « *Nou, nou*, on t'écoute. Quelle nouvelle bêtise tu nous as faite ?
— Mais rien ! Bon sang ! j'étais là-bas jusqu'à maintenant, à essayer de combiner un programme d'études. Dans chaque foutue matière que je voulais prendre, les cours étaient complets. Plus de biologie, plus d'anglais, plus de chimie, rien de ce que je voulais.
— Ils t'ont quand même permis de t'inscrire ? interrogea Ma d'un air inquiet.
— Ouais, je te le répète. Maintenant, je suis un étudiant de première année de CCNY, voilà.
— Alors, où il est le problème ?
— C'est ce maudit programme. Les cours. Les horaires. Zut ! comment on dit ça en yiddish ?
— Il veut dire *vi men gaït, un ven men gaït her'n di professorn*, traduisit Minnie avec application et force gestes à l'intention de Ma. Par exemple, où il faut aller et à quelle heure, *tsu velkhe klasses*.
— Je comprends, dit Ma.
— Ils sont tous plus malins et plus rapides que moi,

expliqua Ira qui, après s'être essuyé les mains avec la serviette de l'évier, alla s'affaler sur une chaise, laissant pendre ses bras. Oh ! là là ! qu'est-ce que je suis crevé ! Bon Dieu ! je suis dégoûté.

— Mon pauvre frère. » Minnie ravala sa colère, et son visage pâlichon afficha un air de compassion. « Et il n'y avait personne pour t'aider ? Personne à qui demander ? Personne pour s'occuper de toi en voyant que ça te prenait si longtemps et que tu avais tant de difficultés ?

— Si, si. Quand les poules auront des dents.

— Chacun doit se débrouiller, c'est ça ? demanda Ma. *Nou, az men vaïst nisht ?*

— Oh ! ils t'expliquent bien ce qu'il faut faire. » Ira haussa les épaules. « Mais il y a tant de types ultra-rapides. La vache ! de vrais champions ! »

Minnie gloussa, manifestant sa compréhension.

« *Farstaïst*, mame ?

— *Ikh farstaï, ikh farstaï.* »

Bon Dieu ! si seulement Pa et Ma pouvaient disparaître sur-le-champ, comme il aimerait la lui fourrer, là, tout de suite, et il la regardait, soucieuse, les lèvres entrouvertes, compatissante, dans sa robe bleu satiné à col rond et manches courtes qui montraient... montraient combien sa peau était blanche. Putain ! il tirerait bien un coup vite fait. Waouh ! Il sentit une érection naissante tendre le tissu de son pantalon. Et merde ! aucune chance ! À moins que... demander à Ma quelque chose à manger...

« *Nou*, quand on est paresseux, naturellement on y passe la moitié de la nuit, dit Pa. Remue-toi donc un peu. Un garçon qui a obtenu une bourse pour Cornell ne serait pas capable de faire aussi bien que les autres ?

— Ouais, riposta Ira du tac au tac. J'ai obtenu une bourse pour Cornell; et à quoi ça m'a servi ? J'aurais préféré n'avoir jamais entendu parler de cette satanée université et n'avoir jamais posé ma candidature. Comme ça, je ne saurais pas ce que j'ai raté.

— N'empêche que t'aurais pu aller à Cornell, dit Minnie, enfonçant le clou avec un large sourire. Une jolie université en pleine campagne. Là-bas, on t'aurait aidé. Pas comme ici. Tu sais comment c'est à New York. »

Putain ! elle était mûre pour une baise ! Il en crevait d'envie.

« *Nou*, il a choisi, dit Pa. Comme on fait son lit…

– On le mange, le coupa Ira.

– Épargne-moi tes mots d'esprit. » Pa leva la main. « On se couche, oui. Comme Minnie, elle vient de le dire, tu aurais pu entrer à Cornell. Ils t'ont prié de venir. Qu'est-ce que tu voulais de plus ? Tu as gagné la bourse, alors tu n'avais qu'à y aller.

– Et de quoi j'aurais vécu ? Pour la pension. Hein, de quoi ?

– Je t'avais offert de t'aider pendant les premiers mois.

– Ouais, pour faire aussitôt marche arrière.

– Je te crache à la figure ! Tu oses rejeter sur moi la responsabilité de ta flemmardise ? Sale petit merdeux ! Qu'est-ce qu'il te fallait de plus ? Que ta mère, elle te prenne par la main pour t'y conduire ? Je t'avais dit, si tu y vas, je t'aide. Et si tu avais voulu y aller, tu y serais allé. Maintenant, ne viens pas me raconter que c'est ma faute. Tu es assez grand et assez fort. Plus fort que moi. On t'a proposé de travailler, de gagner quelques dollars, non ? Qui t'empêchait d'y aller ? Personne, sauf ta propre fainéantise.

– Papa, s'il te plaît, intervint Minnie. Il est fatigué. Toute une journée à attendre. Tu as bien vu à quelle heure il est rentré. C'est déjà presque le moment d'aller se coucher. »

Le désir bouillonnait en lui. Oh ! mon Dieu ! exactement ça : le moment d'aller se coucher. Sa concupiscence lui semblait si flagrante qu'il se retint à grand-peine de secouer la tête.

« Moi aussi, je suis fatigué, reprit Pa. Toute la journée à faire le service. Et pas seulement une seule journée. La journée entière, et tous les jours de la semaine à servir au restaurant. Avec quel argent il mange, avec quel argent il va à l'université ? Même à celle-là, CCNY ?

— Qu'est-ce que tu as après ton fils ? lança Ma. C'est moi qui paye. C'est le *quarter* que je lui donne tous les jours qui paye son métro et son déjeuner.

— Et ton *quarter*, tu le prends où ?

— Sur la maigre allocation que tu consens à m'octroyer. En me privant. Et puis qui est-ce qui fait le ménage ? Qui est-ce qui fait les courses ? Qui est-ce qui marchande avec les colporteurs pour économiser le moindre *penny* ? Tu n'as qu'à essayer, et on verra bien comment tu te débrouilles !

— Ah ! nous y revoilà !

— S'il te plaît, papa. Je sais combien tu travailles dur, s'interposa Minnie. Mais tu es un serveur expérimenté. Tu as l'habitude.

— L'habitude, tu parles ! J'ai l'habitude parce qu'il faut bien. Parce qu'il n'y a pas d'autre solution, *farstaïst* ? Un client, il arrive cinq minutes avant la fermeture et il s'assoit, alors il faut le servir. Pas moyen d'y échapper. Tu as mal aux pieds, mais tu es obligé. Tu as besoin de ses dix *cents* de pourboire comme moi d'un furoncle dans le cou, mais...

— *Nou*, tu ne peux pas arrêter, maintenant ? l'interrompit Ma, continuant à se dévouer à la cause de son fils. Il est épuisé après toutes les démarches qu'il a dû faire. Laisse-le donc un peu tranquille. Il est à l'université maintenant.

— C'est vrai. Je t'en prie, papa », ajouta Minnie.

Prenant avec passion la défense de son frère, elle glissa un doigt sous le col de sa robe pour faire passer un peu d'air frais sur sa peau brûlante.

Ira, la dévorant des yeux, serra les genoux comme les deux branches d'un compas. Puis son regard se perdit dans le vague, et il s'abandonna à la rêverie.

« Doux Jésus, murmura-t-il.

— Le voilà qui recommence avec son Jésus, le réprimanda Pa. C'est ça, couvez-le, dorlotez-le. Et regardez-moi la tête qu'il fait !

— Mais il va à l'université.

— Oui. Et vous voyez le résultat, comme il a l'air content ?

— S'il ne voulait pas quitter ses parents pour aller à l'autre université, s'il préférait rester, il aurait fallu que je le mette dehors ? Et s'il est aussi peu sûr de lui que toi — oui, oui, aussi mal à l'aise que toi parmi les goys... » Ma balaya d'un geste l'objection que son mari s'apprêtait à soulever. « ... qu'est-ce qu'on y peut ? Il n'a pas de *khutzpa*, c'est tout. Il aurait dû être un *Litvak* habitué à subir les insultes des Russkies et non un *Galitsianer* vivant dans un de ces villages assoupis de François-Joseph comme dit Louie ton beau-frère, et alors il aurait eu la témérité de tenter l'aventure, de partir de la maison pour aller à ce Cornell. » Puis, se tournant vers Ira qui avait ôté ses lunettes et se frottait les yeux, elle poursuivit : « Écoute-moi, mon enfant. Tous les débuts, ils sont comme ça. Difficiles et décourageants.

— Pas pour tout le monde.

— Pour toi, en tout cas. Il te faut plus longtemps qu'à d'autres pour t'habituer. Mais maintenant que tu es à l'université, tu verras, les difficultés, elles s'aplaniront. Crois-moi. Tu deviendras un homme instruit, et petit à petit, tu apprendras à vivre avec tes problèmes, et petit à petit, ils disparaîtront.

— Ah ouais ? fit-il d'un air sceptique.

— C'est vrai. Ma a raison, approuva Minnie.

— Tu me le promets par écrit ?

— Cette épreuve, ce n'est rien du tout, reprit Ma, comblant le silence de Minnie par des paroles réconfortantes. Tu verras, quand tu y repenseras plus tard, tu en riras.

— Ouais, j'ai un grand avenir derrière moi, comme disent les comiques. » Il pivota sur sa chaise pour faire face d'abord à Minnie, puis à sa mère. « En attendant, j'ai vachement faim.

— Il y a du veau en terrine, s'empressa de dire Ma. Un vrai parfum de paradis. Et du *kasha* avec la sauce.

— J'aime pas le *kasha*.

— Même quand tu meurs de faim ?

— Oui, persista-t-il, étalant sa mauvaise humeur.

— Alors sans *kasha*. »

Ma s'activa, alla chercher le couteau à pain et une assiette.

« Tu sais pas ce qui est bon, dit Minnie.

— Non, en effet. Je compte sur toi pour m'apprendre.

— Comme s'il n'y avait que ça qu'il ne savait pas ! lança Pa. Juste pour le *kasha* ? Mais est-ce qu'il sait seulement reconnaître le bien du mal ?

— Crois-moi, c'est un péché de refuser un aussi savoureux *kasha*, dit Ma en posant l'assiette devant lui. Un jour tu regretteras, tu auras la nostalgie d'un *kasha* comme celui-là.

— Peut-être. Mais entre-temps, je m'en passerai.

— Heureusement, je m'en doutais, dit Ma. Comme si je ne te connaissais pas, mon fils. J'ai préparé un *kugel* de pommes de terre.

— Ah ! c'est déjà mieux. »

Ira se jeta sur une tranche de pain de seigle et l'engloutit en deux bouchées en attendant la suite de son dîner.

Ainsi, une fois de plus, il avait bousillé ses chances. Il avala un autre bout de pain, prenant à peine le temps de mâcher. Être de nouveau détourné de son but, et cela de manière irrévocable, comme auparavant, par de stupides suggestions, des inconséquences, des légèretés, des crétineries, par sa paresse et sa propension à suivre la ligne de moindre résistance. Et aussi par... espèce d'imbécile, espèce de con, l'attente, la fièvre, le con, la lui fourrer dans le con, vite fait, le dimanche matin. Quelles claques il méritait ! Tiens, un claque, c'est bien là où on s'envoie les putes, non ? Il allait s'en assurer

– s'en assœurer ? C'est ça ? Pas mal, non ? Son claque à lui, c'était une sinistre petite chambre, la sienne, ou bien celle de Pa et de Ma, à côté du puits d'aération, au premier étage, un sombre clapier comme disait Ma, un remède contre la branlette. Qu'est-ce que t'en penses ? On abaissait le petit téton de cuivre après le départ de Ma, et le clapier se métamorphosait, promesse de monstrueux plaisirs, des éclairs aveuglants de culpabilité zébraient l'atmosphère étouffante. Le clapier exigu se mettait soudain à miroiter, envahi d'ondes hallucinantes de complicités, cernées d'un halo d'abomination. Oh ! mon Dieu ! Quelles alarmes se dissimulaient dans les transports alchimiques et pourtant si banals qu'il avait découverts par hasard, tel un nouvel Archimède dans sa grande baignoire en fer-blanc. Eurêka ! Ouais, mais voyez-vous, c'était un peu comme cette couronne en alliage qui ne flottait pas comme la vraie. Là, c'était l'alliage fille-garçon. Et puis, quel eurêka quand il avait joui ! Qui l'avait laissé comme pétrifié ! Waouh ! et après, plus rien ne devait jamais être pareil…

Eurêka, tu parles ! Le maudit truc lui avait révélé un monde dans lequel personne n'avait jamais osé s'aventurer, du moins jamais osé *admettre* s'être aventuré. Il était tombé sur des allusions, des plus légères, des plus indirectes, des allusions cachées, contraintes et prudes – mon Dieu ! quelqu'un de moins attentif, ça ne lui aurait même pas fait dresser… l'oreille. Il avait lu le passage en question, puis il s'était rendu à la bibliothèque pour emprunter le volume des poèmes de Byron, celui qui avait enfermé un Ira consentant dans la même prison que *Le Prisonnier de Chillon*. Ouais, mais celle de Byron était bien différente, lointaine, grandiose et ambiguë, avec des chœurs surnaturels, des abîmes effrayants. Qui en conserverait la trace ? Qui s'en souviendrait plus tard ? Non, Byron n'avait jamais été plus loin qu'esquisser le récit de la faute de Manfred, ce vieux Manfred qui se contentait de broyer du noir dans une fière solitude en haut d'une mystérieuse tour isolée et de méditer sur l'énormité de sa transgression. Hé ! Manfred ! viens un peu voir à quoi ça ressemble dans un appartement sans eau chaude de East Harlem !

N'empêche qu'il fallait quand même lui reconnaître d'avoir ne serait-ce que, dans un murmure...

« Waouh ! ça a l'air vachement bon, m'man ! s'écrit-il à la vue du veau et de la sauce *schmaltzik* que sa mère lui servait à l'aide d'une louche sur l'assiette blanche ébréchée posée devant lui. Et le *potateh kugel* aussi !

— Mange doucement, lui recommanda Ma.
— C'est bon ? demanda Minnie, rayonnante.
— Et comment ! Je veux la même chose pour fêter ma licence.
— T'entends, *mame* ? dit Minnie.
— *Take*. On vivra tous dans l'attente de ce jour béni. »

On entendit un bruit de froissement. De derrière le journal, jaillit la voix de Pa, lourde de reproche :

« *Chompekh !*
— Pardonne-lui, cette fois, intercéda Ma. Le pauvre garçon n'a rien dans le ventre depuis ce matin.
— Oui, p'pa, j'essayerai d'arrêter de *chompfen*. Mais qu'est-ce que c'est bon ! Tu sais, c'est dur de manger la bouche fermée avec ce *kugel* et la sauce. »

Sa faim un peu calmée, Ira s'enhardit. Il jeta de nouveau un bref regard à Minnie qui baissa ses yeux noisette comme si elle priait, plongée dans son livre de latin. Bon, il s'était planté dans son choix d'une université, mais comment aurait-il pu savoir ? Qu'est-ce que Solon avait dit à Crésus, déjà ? Pense à l'avenir, mon bel ami. Ici, c'est pareil. C'est moi qui me plante... et qui la lui plante. Vivement dimanche. Le manche, c'est moi, oui. Celle-là, il la lui ressortirait. Non, plutôt lui parler de l'avenir. Venir, oh ! oui ! venir. Ah ! ah ! Vivement dimanche matin. Après, il filerait chez Larry. Et alors ? Bien piètres compensations. Quoi d'autre ? Bon Dieu ! il avait la cervelle en compote. S'il donnait libre cours à ses fantasmes – putain ! aller à l'université avec une tête pleine de merde ! La seule image qui lui venait à l'esprit était celle du balayeur en uniforme blanc, le macaroni qui poussait son balai de crin le long du trottoir... Crevé.

Crevé, voilà son problème. Les lettres tracées à la craie sur le tableau noir au moment de l'inscription continuaient à danser devant ses yeux dans la cuisine éclairée. Qu'ils aillent tous se faire foutre, on bouffe, et il engloutissait, se rappelant sa promesse à Pa, engloutissait la bouche fermée. Qu'ils aillent tous se faire foutre, on bouffe... c'est ce qu'il les avait entendus dire dans la rue. Et, cherchant ses rimes, il chantonna intérieurement :

« *Qu'ils aillent tous se faire foutre, on bouffe.*
Et si tu baises ta sœur, que tu lui bouffes la touffe
Est-ce que ça t'étouffe ?
Et une licence à CCNY, *ça t'époustoufle ?*
Pouf, pouf, pouf. »

Bon Dieu ! il devenait abruti, complètement abruti, de plus en plus dégueulasse, et cependant plus réceptif, pris dans le filet de ses interminables associations d'idées. Pourrait-il un jour s'en dépêtrer ? Que pensait le hareng en voyant les mailles de la senne se refermer autour de lui ? Et celles qui l'emprisonnaient étaient semblables à de l'acier...

Ma pauvre M. Ira s'interrompit, détourna ses yeux expiateurs de l'écran. Ma pauvre femme, mon agnelle chérie. Combien tu prends sur toi, combien tu donnes ! Seul l'incorruptible – empruntait-il à saint Augustin ? –, pouvait comme elle posséder la grâce, et être demeuré aussi intelligent et pur durant toutes ces années où elle l'avait supporté. Il réprima un soupir. Oh ! mon Dieu !

CHAPITRE II

Les cours débutèrent deux ou trois jours plus tard. Ira ne tarda pas à patauger en trigonométrie, dépassé par une matière qui, pourtant, conditionnait l'obtention de son diplôme. Le rythme était tout bonnement trop rapide pour lui. D'un élève qui se préparait à passer une licence de sciences, on attendait des dispositions pour une discipline qu'il aurait dû aborder au lycée. À peine entamait-il ses études universitaires qu'il connaissait déjà un lamentable échec. En français, ça alla un peu mieux – au commencement, du moins –, en partie grâce à sa facilité pour imiter les accents. Par contre, le dessin en géométrie descriptive se révéla un véritable désastre. Là non plus, il ne parvenait pas à assimiler les principes fondamentaux, qui n'avaient pourtant rien de bien compliqué, de la projection de figures simples sur différents plans, lui qui avait été un crack en géométrie plane et en géométrie dans l'espace, ses anges gardiens, les domaines qui lui avaient permis de préserver sa santé mentale. Mais bon sang ! Qu'est-ce qui clochait chez lui ? Il n'y a qu'en philosophie qu'il éprouva, et encore dans une certaine mesure, les plaisirs intellectuels qu'il s'était plu à savourer à l'avance au moment de s'inscrire, tandis qu'il attendait dehors, piétinant les feuilles mortes sur Convent Avenue. Pendant les cours passionnants, décontractés et vivants du professeur Overstreet, illustrés par des descriptions et des expériences personnelles, il ressentait enfin ces joies de l'esprit tant espérées, par exemple lorsque le professeur leur expliquait la nature des assomptions en mimant la façon qu'avaient les Français de se curer les dents ouvertement après dîner, alors que les Américains se dissimulaient derrière leur main ou une serviette. Son cours lui procurait un vrai plaisir, de même que la lecture des brochures ronéotypées contenant une sélection des œuvres de divers philosophes qu'il distribuait aux étudiants. Les extraits les plus exaltants étaient de loin ceux de Bertrand Russell où celui-ci manifestait avec une modernité pleine d'audace la foi d'un athée, à laquelle s'ajoutaient la conscience et l'affirmation claire de l'insignifiance de l'homme au sein du cosmos aveugle et indifférent. Durant le premier semestre, rien ne fascina Ira à ce point.

Et les travaux pratiques, ah ! les travaux pratiques sous la houlette d'un jeune maître assistant, qui traitaient des idées majeures de Platon, Socrate, Aristote, Spinoza, Kant et autres grands noms de la philosophie. Les mots symbolisant les abstractions que les philosophes s'efforçaient de transmettre bouillonnaient autour de lui comme la marée autour d'un poteau délimitant un chenal. Leurs idées lui paraissaient nébuleuses, leurs concepts, pareils à une éphémère flottant sur l'eau, aussi flous et inconsistants qu'un nuage ou des effilochures de brume. Il essayait pourtant de comprendre, et plus il s'évertuait à le faire, plus ses tentatives devenaient soporifiques, et plus ses explications semblaient nées des fumées de l'opium.

Les semaines s'écoulèrent. L'été indien fit place à l'automne. Les cours prirent un côté routinier, de même que la vie universitaire, espèce de ronron qui se divisait en segments de temps égaux. Ses résultats dans les différentes matières variaient de façon déconcertante, sans raison apparente, sans cause rationnelle. En chimie, il obtenait d'excellentes notes – sans bien comprendre pourquoi. En trigonométrie, son échec était déjà irréversible. En philosophie, il lui suffisait de se laisser porter pour passer. Et en français, après un début digne d'éloges, le chef du département, un homme pédant et méticuleux, ne tarda pas à l'avertir qu'il constatait un fléchissement dans son travail. Apathique, nul, découragé, voilà comment il se sentait la plupart du temps, comment la vie le faisait se sentir, comme si un drap mortuaire séparait son esprit de ses études. De fait, c'est bien ce qui se produisait : un linceul l'enveloppait, duquel il refusait avec passivité de se dépêtrer.

Un *quarter* en poche, il quittait l'appartement de la 119ᵉ Rue et longeait Park Avenue dans l'ombre de la voie aérienne de la ligne de New York Central, en direction de la 125ᵉ Rue. Là, au coin, il attendait le tramway d'Amsterdam Avenue qu'il prenait jusqu'à la 137ᵉ Rue où, en compagnie d'autres étudiants, il marchait jusqu'au Lewisohn Stadium avant de traverser le petit carré du campus cerné d'édifices blancs et gris de style gothique pour pénétrer enfin dans le bâtiment principal – et, s'il en avait le loisir, traîner un peu dans la classe avant le début des cours. En deux ou trois occasions, et à titre d'expérience, il mit son uniforme de Sciences militaires pour se rendre à l'université, s'imaginant qu'il économiserait du temps, car cela lui éviterait d'avoir à se changer. Mais il se sentit gêné de sortir de chez lui ainsi habillé par un matin d'automne ensoleillé pour déboucher dans la rue pouilleuse, puis parcourir Park Avenue, tout aussi pouilleuse, jusqu'à la 125ᵉ Rue – en pantalon kaki de la Grande Guerre qui grattait, pareil à une couverture de cheval, en bandes molletières (qu'il ne parvenait jamais à rouler correctement), en chemise de laine rugueuse et en veste qui lui irritait la nuque. Il devait alors rester dans cette tenue jusqu'à la fin des cours et rentrer à la maison sans pouvoir enfiler d'autres vêtements. En fin de compte, il n'y gagnait pas grand-chose.

Dans l'ensemble, le premier trimestre se déroula au milieu d'une espèce de brouillard dont il eut à peine conscience tant il avait les idées confuses. Le peu de satisfactions qu'il retira, de ses résultats en chimie par exemple, ou de plaisir qu'il éprouva comme à écouter le professeur Overstreet, fut laminé, submergé par le désir omniprésent et obsessionnel engendré par l'exultation, et l'exaltation, qu'il ressentait en commettant un acte de glorieuse abomination. Qu'étaient les études comparées à cela ? Elles ne faisaient que mettre en contraste sa médiocrité, son absence d'ambition, son ennui et son manque d'attention avec la férocité et les ruses qu'il utilisait pour contraindre Minnie. Et opposer son inertie, ses atermoiements dans le cadre de ses études et de sa poursuite indolente du savoir, à l'ingéniosité qu'il déployait pour se concilier les faveurs de sa sœur. C'était ça qui comptait, la minute ou deux pendant laquelle la consommation de l'acte incestueux arrachait quelques cris à Minnie.

Telle était la nature de sa présence à l'université. Au lieu de susciter en lui des aspirations et des espoirs comme chez ses camarades, elle ne faisait la plupart du temps que lui rappeler la laide façade de son immeuble de la 119ᵉ Rue, le couloir imprégné de mauvaises odeurs, les trois pièces minables dans lesquelles ils vivaient et le réduit qui lui servait de chambre, métamorphosé par un éclat diabolique l'espace du court instant où Minnie venait s'allonger en travers du lit, la culotte accrochée à une cheville, pareille à un drapeau brandi en signe de capitulation. Comme tout cela tranchait avec l'atmosphère sérieuse, feutrée et intellectuelle des couloirs de la connaissance qui sillonnaient les bâtiments gothiques de CCNY. Et merde ! Il avait foutu sa vie en l'air. Bon, d'accord, c'est vrai, d'autres venaient d'environnements encore plus défavorisés, mais au moins ils ne se retrouvaient pas coincés dans une situation comme la sienne.

Bien sûr, il était cinglé, et il le savait. Complètement cinglé. Mais dans le même temps, il acceptait et cultivait sa folie exacerbée. Il aurait dû aller traîner du côté des quais de la North River, harceler le maître d'hôtel, le maître d'équipage, le second maître ou le maître je-ne-sais-quoi d'un paquebot pour qu'il lui donne un boulot, n'importe lequel, pourvu qu'il l'éloigne de chez lui, matelot, plongeur, graisseur, n'importe quoi. Seulement, s'il en avait été capable, s'il avait eu cet embryon d'initiative, il n'aurait pas été celui qu'il était, celui qu'à la fois il voulait et ne voulait pas être. À défaut, il aurait pu aller à Cornell avec Billy…

Larry, entre-temps, s'était inscrit à l'annexe de l'université de New York située Washington Square, en vue d'y poursuivre les deux années d'études nécessaires pour entrer à l'école dentaire, ses « prédentaires » comme il les appelait. Il n'avait rencontré aucune difficulté dans le choix de ses matières, et il prenait plaisir à toutes, s'intéressait à toutes, réussissait dans toutes, et notamment dans ses deux cours de lettres, l'un intitulé Composition anglaise, l'autre, Éléments de littérature anglaise. Le premier était dispensé par un jeune professeur originaire de la Nouvelle-Angleterre, un certain Mr. Vernon qui, entre parenthèses, était poète, auteur de vers libres, et avait déjà publié un recueil à ses frais. Quant au deuxième, celui de littérature, il était placé sous la responsabilité d'une jeune femme originaire, elle, du Nouveau-Mexique, une poétesse et critique, qui, comme deuxième discipline, enseignait l'anthropologie. Professeur passionnant, elle avait publié deux volumes de vers, des traductions de chants religieux navajos. Le respect pour la nature, la vie en harmonie avec elle, ce que l'homme blanc négligeait quand il ne le détruisait pas, elle l'avait rendu avec une grande sensibilité et une grande humanité. Les critiques l'avaient louée pour son talent et sa délicatesse de poète, et surtout pour avoir amené les lecteurs blancs à découvrir le respect exceptionnel que les Indiens portaient à tout ce qui touchait la nature, la conscience qu'ils avaient de sa beauté et, aussi, l'éloquence insoupçonnée avec laquelle ils exprimaient leurs sentiments sur ces sujets. Elle se nommait Edith Welles.

Il s'agissait de deux maîtres assistants, et c'était

d'abord son professeur de littérature anglaise qui captivait l'imagination de Larry.

Edith Welles, telle qu'il la décrivait, toute menue, dotée des plus petites mains et des plus petits pieds qu'il eût jamais vus chez une femme, avait une allure presque enfantine. En la voyant, personne ne se serait douté qu'elle était déjà titulaire d'un doctorat en lettres et en anthropologie. Elle était si sensible, si fine et si délicate que, à en croire Larry, c'était une honte de laisser quelqu'un d'aussi exceptionnel gaspiller son temps et son énergie à enseigner la littérature anglaise à une bande de « prédentaires » qui n'avaient strictement rien à faire de la littérature et de la poésie. Ils ne désiraient qu'une seule chose, du moins pour la grande majorité d'entre eux : passer l'examen qui leur permettrait d'accéder à ce qui les intéressait réellement, à savoir une profession qui leur assurerait une existence confortable.

« A-t-on jamais vu des types aussi insensibles et aussi obtus ? Des Juifs, j'ai honte de le dire, fit Larry avec une grimace.

– Ah ouais ?

– Il y en a bien quelques-uns, mais très peu, qui étudient sérieusement la littérature, et qui ont l'intention de passer leur licence puis leur doctorat, ou qui se préparent à une carrière dans le domaine de l'écrit, tu vois, le journalisme, le roman, la critique, et peut-être même la poésie. Certains d'entre eux sont déjà brillants. Vraiment brillants, je dois le reconnaître. Ils ne se passionnent pas du tout pour les valeurs de la bourgeoisie, tu sais, devenir médecin ou dentiste avec une bonne clientèle, des choses comme ça. Ils aspirent sincèrement à devenir des écrivains créatifs.

– Ah ouais ? Écrire leurs trucs à eux, tu veux dire ? Déjà ? Alors qu'ils ne sont qu'en première année ? Bon Dieu ! ça n'existe pas à CCNY.

– Oui, mais, tu sais, ils ne sont pas très, très nombreux ici. Par contre, on m'a dit qu'il y en avait beaucoup plus à l'autre établissement de l'université de New York, là-haut au bord de l'Hudson, un endroit prétentieux et snob où on admet tout juste les Juifs.

— Oh ? Je suis sûr que si t'avais voulu y aller, ils t'auraient accepté.

— Je suis ravi de ne pas y être. Il paraît qu'on s'y ennuie à mourir.

— Sans blague ?

— Sans blague. C'est marrant, non ? Ici, on n'a même pas de campus, à moins que tu considères que Washington Square en fasse office. C'est là que toute la bohème de Greenwich Village se retrouve.

— Ah bon ? Devant l'université ?

— En fait, c'est *à* l'université même qu'ils se donnent rendez-vous, dit Larry avec un sourire. Ils étaient là avant elle.

— C'est vrai ?

— Oui, oui. Ils habitent ces vieilles maisons de ville délabrées qu'on rencontre partout. Plutôt petites pour la plupart. Tu sais, avec les murs de grès brun et un perron devant. À moitié en ruine et bon marché. Ça leur permet d'être libres, libres de faire ce qu'ils veulent. Vivre avec une femme sans se soucier des conventions. Ne pas se marier si ça leur chante. Peindre, écrire, fainéanter. » Larry haussa les épaules avec humour. « N'importe quoi plutôt que d'être prisonnier d'un travail régulier. C'est ça le principal. Mais certains d'entre eux sont bidon.

— Waouh !

— Tout le coin est comme ça. Original, mais j'aime bien.

— L'université de New York, tu veux dire ?

— Non, Washington Square. Rien à voir avec l'atmosphère convenchionnelle habituelle.

— Convenchionnelle, répéta Ira, goûtant la plaisanterie.

— Oui, dit Larry, constatant avec plaisir qu'Ira appréciait. Là, pas d'esprit de corps. Pas de manteaux en fourrure de raton laveur. Du moins, je n'en ai pas vu. Pas de ces conneries d'universités de prestige. Pas de fraternités. En tout cas, s'il y en a, je ne suis pas au courant. C'est situé au milieu d'un tas de petites usines. Autrefois, c'était le quartier de l'industrie du vêtement, avec les ateliers où les gens trimaient comme des esclaves. Aujourd'hui, c'est devenu un quartier comme les autres.

– Drôle d'université ! Ça a l'air pire que CCNY.

– Oui. Le bâtiment principal, l'administration, la plupart des salles, tout est regroupé dans une usine réaménagée.

– C'est vrai ?

– Bien sûr. On m'a montré l'endroit où il y a eu l'incendie de Triangle Shirtwaist. Tu as dû en entendre parler quand tu étais petit ?

– Non. Quand on habitait le Lower East Side, mon père était laitier, et j'étais plutôt tenu à l'écart de toutes ces histoires de syndicats. Mais je l'ai lu dans les journaux. C'était horrible. Les femmes qui sautaient du neuvième étage. Mon Dieu !

– Eh bien, c'est juste à côté.

– Sérieusement ? » Ira secoua la tête. « Alors, qu'est-ce qui te plaît tant là-bas ?

– Il s'y passe tellement de choses. En particulier au département de lettres. On ne fait pas de cérémonie. On a l'impression de vivre quelque chose de vrai. » Larry leva sa large main. « C'est exactement ça. On ne sent aucune distance entre le professeur et les élèves. On parle littérature, on parle écriture, des trucs que tu fais peut-être toi-même. Et puis on évoque la poésie contemporaine, on échange des idées sur tout, presque comme des égaux.

– Ah ouais ? Je comprends, maintenant. C'est bien la dernière chose qu'on ressent à CCNY – même si j'apprécie le professeur Overstreet. Je t'ai parlé de lui, mais on n'a pas le sentiment d'être proche de lui, rien de tel. C'est simplement sa façon d'enseigner, sinon… » Ira laissa sa phrase en suspens. « Tu crois que c'est parce que tu payes pour tes études ?

— Non, je ne crois pas. Je pense que Columbia doit être du même style que CCNY. Guindée et formaliste. Et là aussi les études sont payantes. Le seul reproche que je pourrais formuler, c'est que miss Welles, dans son cours de littérature anglaise, part du principe que personne ne connaît Chaucer, Milton ou les Romantiques, si bien que son cours a tendance à être un peu trop élémentaire. Je veux dire qu'elle s'imagine devoir préciser un tas de points pourtant évidents. À la longue, ça devient un peu ennuyeux pour certains, tu sais.

— Eh bien ! j'ai jamais entendu qui que ce soit se plaindre d'une chose pareille à CCNY. Dans l'ensemble, on est plutôt contents d'aller en cours de littérature.

— Miss Welles est sans doute obligée de simplifier parce qu'elle s'adresse à une bande de "prédentaires".

— Ah bon ? »

Ira se sentait perplexe, un peu perdu. Qu'est-ce que Larry espérait ? Ou alors était-ce la règle ? Bien qu'étant lui-même un « prédentaire » comme il disait, il se permettait de critiquer l'enseignement de la littérature, et avec une telle assurance, une telle ardeur, qu'on pourrait penser que sa nouvelle passion prenait le pas sur sa future carrière de dentiste, comme s'il se dissociait des autres étudiants. Décidément, c'était déroutant.

Larry poursuivit. À l'intention de ceux qui souhaitaient approfondir et écrire des poèmes ou des nouvelles, Edith Welles et son collègue, John Vernon, venaient de créer un nouveau genre de société d'étudiants : un club des Arts. Tous ceux qui s'intéressaient à l'écriture, au roman, à la critique ou à la poésie, élèves comme professeurs, pouvaient s'y réunir afin de lire leurs œuvres et d'écouter celles des autres. On comptait inviter des écrivains de métier ou des auteurs reconnus qui viendraient lire leurs nouvelles, leurs essais ou leurs poèmes. Larry avait déjà soumis à miss Welles certains des siens. Elle les avait jugés prometteurs, très prometteurs, en vérité, et même remarquables pour un étudiant en « prédentaire ».

« Je débordais de bonheur, conclut-il tandis que son visage s'illuminait sous le coup d'une fierté teintée de modestie. Tu te rends compte, recevoir des compliments d'elle !

– Tu parles ! À ta place, j'aurais eu la même réaction.
– Elle m'a proposé de devenir membre du club des Arts.
– Oh ? Et tu vas le faire ?
– Bien sûr. Je ne laisserais passer l'occasion pour rien au monde. C'est un véritable honneur. Ce sera très stimulant. Il y a plein d'étudiants de troisième et de quatrième année. Je serai à peu près le seul à être en première année. »

Ira, qui écoutait avec avidité, sentit les regrets le tenailler. Comme NYU paraissait libre, intime, vivante et valorisante par rapport à CCNY si vieillotte, si morne et si stricte. D'un côté le contemporain et le dynamisme, de l'autre l'absence d'éclat, à l'exception d'une étincelle de vie qui jaillissait une fois par semaine : le cours du professeur Overstreet. NYU symbolisait l'image de l'université telle qu'il se la représentait lorsqu'il arpentait Convent Avenue jonchée de feuilles mortes. L'université répondrait à ses besoins, aiderait son esprit à s'ouvrir, le placerait devant toutes sortes de découvertes. Oh ! être sur un pied d'égalité avec les maîtres assistants d'anglais comme Larry le lui avait raconté, rencontrer des écrivains et des poètes qui avaient publié des livres. Quel privilège ! Comme si on accédait à un nouvel empyrée. Pour sa part, il n'avait même pas un cours de composition ou de littérature pour lui remonter le moral : les merveilles de la langue, la félicité – il la connaissait déjà, comme s'il s'agissait chez lui d'une seconde nature –, la pertinence d'un mot, d'une phrase, leur connotation. À CCNY, une espèce de vague fragmentation semblait marquer les études et les cours, un sentiment de futilité. Sur la foi de ses excellentes notes en chimie, dans la quête désespérée d'un autre but, d'une carrière peut-être, Ira alla demander à l'aimable professeur Esterbrook, responsable du département, s'il ne pourrait pas passer une licence dans cette discipline.

« Je regrette de devoir vous dire, lui répondit le professeur, qu'il n'y a guère de débouchés dans le domaine de la chimie pour les gens comme vous. »

Les gens comme vous ! En un sens, Ira fut secrètement soulagé, débarrassé de toute idée de lutte. La routine, continuer cahin-caha, se laisser porter, chasser son sentiment de médiocrité par un simple haussement d'épaules – et la lui fourrer le dimanche matin, dès qu'elle le permettait, la lui enfoncer dans sa fente violette enchanteresse avec un plaisir diabolique, moment de turpitude sauvage, loin en elle qui, à peine la chose terminée, redevenait sa sœur Minnie. Et alors ? Un *nickel* chaque matin éloigne le bambin. Un *nickel* par jour sur son allocation de vingt-cinq *cents* maintenant qu'il avait arrêté de vendre des sodas dans les stades, ça faisait un *quarter* par semaine, soit une boîte de deux capotes de la marque Troyens. Le midi, il fauchait donc un sandwich jambon pain blanc à dix *cents* à la cafétéria de l'université. Qu'ils aillent se faire foutre ! De toute façon, le sandwich ne valait pas ce prix-là.

Et puis, bon sang ! qu'est-ce qu'elle était bizarre, Minnie, vraiment bizarre, d'humeur tellement changeante. Des fois, elle était très bien réveillée quand Ma sortait, et pas seulement réveillée, mais elle l'attendait, et elle lui criait d'un ton presque péremptoire de se dépêcher d'aller fermer le verrou dans la cuisine. Il aurait aimé prendre le temps d'en profiter, de la caresser un peu – il savait qu'ils pouvaient s'autoriser quelques minutes supplémentaires. Mais rien à faire. De plus, il n'avait pas un sou à lui offrir en échange, encore que ça ne comptât plus vraiment – comme s'il l'avait en partie pervertie. Allongée sur son lit pliant, elle lui avait déjà ouvert les cuisses tout en le couvrant de reproches parce qu'il traînait. Comme il aimait ces moments-là !

« D'accord, tu peux venir. Grouille-toi. Enfile la capote, et vérifie qu'elle est en bon état. Je veux pas de ce truc blanc en moi.

— Je sais, je sais. Elle est toute neuve. Bon Dieu ! me bouscule pas. Laisse-moi le temps. »

D'autres jours, peut-être saisie de repentir, elle passait à :

« Oh ! t'es un vrai salaud ! Pourquoi tu me fiches pas la paix ? Je suis ta sœur. »

Et lui, se sentant offensé au point de risquer de gâcher l'occasion, il répliquait :

« Donc, je suis un salaud. Mais si t'es ma sœur, moi je suis ton frère. Alors toi, t'es quoi ?

— Tais-toi un peu. Des fois, je voudrais que Ma rentre et nous surprenne.

— Ah ouais ? Et pourquoi tu crois que j'ai mis le verrou ?

— Tu t'imagines qu'elle comprendrait pas ? Tu l'as pas vue nous regarder de temps en temps avec un drôle d'air ? Peut-être que non, parce que t'es toujours plongé dans un bouquin.

— Bon, et qui elle engueulerait ?

— Toi, espèce de salaud. Et il ose demander qui elle engueulerait !

— Peut-être que t'aimes pas ça, hein ?

— T'es plus vieux, c'est pour ça que c'est de ta faute. Et puis, qui est-ce qui a commencé ?

— Bon, d'accord. Maintenant tu me laisses venir ?

— La capote a rien ?

— Non, bien sûr.

— Ooh ! ooh ! mon pauvre frère, mon pauvre frère chéri. Oh ! c'est bon !

— Ah ouais ? Oh !

— M'embrasse pas. »

CHAPITRE III

Le premier semestre à CCNY s'écoula, monotone, lugubre. Ira ne s'animait qu'au récit des expériences de Larry à NYU, lorsque celui-ci lui parlait des activités du club des Arts, des réunions nocturnes qui se tenaient au cœur du quartier de la bohème, dans l'un ou l'autre des restaurants proches de l'université, le Repaire des Pirates ou l'Auberge des Bohémiens, ou encore quand il l'écoutait décrire de manière imagée les personnages excentriques qu'on croisait dans Washington Square Park. Explorant Greenwich Village en compagnie de son ami, Ira s'efforçait de ne pas ouvrir de grands yeux devant ces êtres bizarres aux cheveux longs qui posaient aux poètes sans paraître se soucier des conventions. En comparaison, sa vie lui semblait tellement terne – marquée cependant par les quelques minutes de folie du dimanche matin, auxquelles s'ajoutaient de rares aubaines lors d'après-midi de semaine, quand ils se retrouvaient par hasard seuls, des moments imprévus qui s'achevaient dans des déchaînements de fureur venant éclairer le morne horizon de son existence, sans parler des frayeurs qu'ils engendraient...

Incapable d'en déjouer les pièges, il abandonna la trigonométrie, ce qui lui valut la menace, notifiée par le doyen, d'être renvoyé de l'université, car il lui manquait maintenant des unités de valeur. Compensant cette débâcle, il y avait l'anomalie que représentaient ses brillants résultats en chimie. Quant à l'éducation physique, lui qui seulement quelques mois plus tôt avait été un solide aide-plombier et pouvait traverser sous l'eau la piscine de l'université dans toute sa longueur, il devait se contenter de notes médiocres. Restaient les Sciences militaires où on marchait au pas autour du stade, qu'il pleuve ou qu'il vente, et où on étudiait le manuel des armes dans le « tunnel » qui reliait les bâtiments de l'université, et où l'on chantait « *L'infanterie, l'infanterie, la crasse derrière les oreilles...* » tandis que le colonel corpulent, figure de *pater familias*, leur donnait la mesure, et que le sergent aux cheveux blonds s'efforçait de dissimuler sa gêne.

> *« L'infanterie, l'infanterie,*
> *La crasse derrière les oreilles,*
> *L'infanterie, l'infanterie,*
> *Elle n'a pas sa pareille... »*

Là, pour quelque raison incompréhensible, il récolta un « très bien ».

Bobe mourut à l'automne, environ six mois après Lénine. Elle agonisa longtemps, victime d'une « anémie pernicieuse », à l'hôpital Montefiore dans le Bronx, et demeura consciente jusqu'à la fin. Par affection pour sa vieille grand-mère, Ira accepta d'accompagner Ma lors d'une visite qu'elle lui rendit. Il pénétra dans une chambre claire et ensoleillée où se trouvait déjà réunie toute la famille. Le visage de Bobe émergeant du drap blanc était aussi racorni qu'une cosse desséchée, et sa peau toute plissée paraissait pigmentée par les petites ombres projetées par une myriade de minuscules rides. Une infirmière apporta le plateau du dîner, lequel avait l'air très appétissant : une épaisse entrecôte bien juteuse décorée d'un brin de persil, servie avec une montagne de purée de pommes de terre et des petits pois vert vif. Ira en eut l'eau à la bouche, il se vit en imagination planter ses dents dans la viande rose et succulente. Zaïde lui-même devait saliver, car sa pomme d'Adam ne cessait de monter et de descendre, tandis qu'il poussait sa femme à manger : « *Es, es,* Minkeh », insistait-il en déglutissant. Puis il la gronda, et l'exhorta avec une impatience grandissante : « *Es, es*, Minkeh. Comment on peut vivre sans manger ? »

Elle refusa d'une voix faible, elle n'avait pas faim : « *Ikh vil nisht, ikh ken nisht.*

— Au revoir, Bobe, dit Ira en s'avançant à côté du lit après avoir entendu Max proposer à Ma de la ramener dans sa nouvelle automobile. J'espère que tu vas aller mieux. »

Il se pencha pour embrasser le front creusé de rides de sa grand-mère dont la tête reposait sur l'oreiller, encadrée de longs cheveux grisonnants maintenant défaits.

« Que Dieu veille sur toi, mon enfant. Sois un bon fils pour ta mère, murmura-t-elle dans un souffle.

— Oui, Bobe, dit-il en se redressant.

— *Gaï gesund.*

— Merci, Bobe. Au revoir. »

Ira quitta la chambre au milieu des souhaits de rapide guérison. Il conserverait pieusement à l'esprit l'image de sa grand-mère mourante allongée sur un lit blanc, qui refusait de manger le moindre morceau d'un steak juteux que lui-même aurait englouti en deux bouchées sans qu'on eût besoin de le prier beaucoup.

Durant un peu plus d'un an, Zaïde habita l'appartement de la 115e Rue avec ses deux fils encore célibataires, Harry et Max. Puis, quand ce dernier se maria, un an après la mort de sa mère, Harry alla vivre chez lui et sa jeune femme Rosy dans la maison qu'ils avaient achetée à Flushing, à Long Island, cependant que Zaïde s'installait chez sa fille Mamie, laquelle, associée à Saul, l'oncle combinard d'Ira, avait acquis auprès d'une banque de quartier, et pour un prix inférieur au marché, deux immeubles contigus de cinq étages en pierres et briques grises, situés 112e Rue entre Lenox et la Cinquième Avenue, et qui comportaient, chacun, quatre appartements par étage. Mamie, qui gérait les deux immeubles, s'était vu offrir en échange la jouissance d'un appartement. Elle avait choisi un vaste six-pièces du premier étage, qui suffisait amplement à la loger en compagnie de son mari Jonas, de ses deux filles, Hannah et Stella, puis, plus tard, de Zaïde quand il se décida enfin à déménager au moment où le bail de l'appartement de la 115ᵉ Rue arriva à son terme. La condition *sine qua non* qu'il posa était que tout fût strictement kasher, ce qui, bien entendu, était le cas chez Mamie.

Ainsi, la famille Farb adopta une nouvelle configuration. Ella et son mari, Meyer, qui tenait toujours sa boucherie kasher, vivaient avec leurs deux enfants en bas âge dans un immeuble au coin de la Cinquième Avenue et de la 116ᵉ Rue. Tous les autres frères et sœurs étaient maintenant mariés, à l'exception de Harry, et tous étaient associés dans la restauration, à l'exception du mari de Sadie, Max S, qui préféra rester serveur pour éviter les « maux de tête » qu'entraînait la condition de propriétaire. Sur l'insistance de Mamie, Jonas avait abandonné le métier de tailleur pour dames qu'il exerçait depuis des années afin de s'associer avec ses beaux-frères. Moe, Saul, Max, puis Harry achetèrent à Flushing des maisons de bois à un étage adjacentes, situées non loin de leur affaire, une grande cafétéria sur Sutphin Boulevard à Jamaica.

L'année 1924 touchait à sa fin. Chez les Farb, on devait célébrer un *brith* pendant les vacances de Noël, un dimanche. Ida, la femme de Saul, la deuxième Ida dans la famille, venait d'avoir un fils. Naturellement, tous les parents étaient invités pour la circoncision et les festivités qui devaient suivre.

« Fais au moins acte de présence, supplia Ma. Tu fuis tellement la famille qu'on ne te connaît presque plus. Montre-leur que j'ai un fils à l'université. Ton père, il ne viendra pas, il est toujours fâché avec tout le monde. Accompagne-moi. Je n'ai personne.

— Y'a Minnie. Elle n'a qu'à t'accompagner, elle, répondit Ira.
— Cet après-midi-là, elle a un rendez-vous.
— Quoi ?
— Un rendez-vous, un bal. Une fête de Noël. Tu ne sais donc pas comment ils font les goyim ? Au lycée Julia Richmond, avec les jeunes gens de l'école *komertsiel* où, comme tu le sais, il y a beaucoup de garçons juifs. Peut-être qu'elle trouvera un bon prétendant parmi eux.
— Ah ouais ?
— Tu peux me croire, tout le monde t'admirera au *brith*. Mon fils, un si beau garçon, et un étudiant, comment on pourrait ne pas t'admirer ? dit Ma d'une voix câline. Et il y aura plein de choses à boire et à manger. Ils sont tous dans la restauration, non ?
— Et Minnie, elle sera absente tout l'après-midi ? demanda Ira, refusant de mordre à l'hameçon tout en évaluant ses chances dans un domaine bien différent. Elle va rentrer quand ?
— Tard dans la soirée, je t'assure. Pas avant que ton père, il soit rentré de son banquet à "Counaïlande". On sera peut-être même à la maison avant elle. Allez, viens avec moi. Sois un fils gentil et attentionné. Accompagne-moi, pour une fois.
— Je ne vois pas pourquoi. Tu peux très bien y aller avec Mamie.
— Je sais, je sais. Mais pour une fois, fais-moi plaisir. Qu'est-ce qu'une mère peut souhaiter d'autre que montrer à tout le monde son fils, son trésor ?
— Justement !
— Mes sœurs, elles amènent leurs enfants. Moi, je serai toute seule. Sans fils, sans mari. Pas de cérémonie des diplômes après le collège, pas de cérémonie des diplômes après le lycée. Je ne mérite donc rien ? Est-ce que c'est trop te demander ? fit-elle, toujours assise, patiente, ses lourdes mains posées sur ses genoux, les cheveux striés de gris, les yeux suppliants.

– Bon, d'accord, grommela Ira à contrecœur.
– Merci, mon fils adoré !
– Bon, bon. J'ai promis que j'irai, alors j'irai, dit Ira, coupant court aux effusions. Quelle barbe ! Qu'est-ce que je vais faire là-bas ? » Il secoua la tête d'un air dégoûté. « *Chibeggeh, chibeggeh, chibeggeh,* comme dit Pa. Un dimanche de foutu ! »

Il se sentait particulièrement mal dans sa peau, frustré. Minnie avait refusé ce matin. Elle avait ses règles.

« Mon fils chéri. »

Après le long trajet jusqu'à Flushing, ils durent encore marcher un bon moment depuis la station de Sutphin Boulevard pour arriver enfin à la maison toute neuve de Saul, déjà pleine de monde. Étant le plus âgé des petits-enfants de Zaïde parmi la nouvelle génération de cousins, et de surcroît un « *student* », Ira fut accueilli avec effusion et admiration par l'ensemble des invités. Abreuvée de compliments sur son fils, Ma rayonnait de fierté et de plaisir. Ainsi qu'il l'avait craint, Ira s'aperçut qu'il avait peu de choses à dire à ses oncles restaurateurs, et, fort gêné, il se contenta d'échanger un minimum de paroles sans guère chercher à faire d'efforts, de même qu'il ne parvenait pas à se passionner pour les désaccords apparemment innombrables qui les divisaient. S'ennuyant comme jamais, indolent, il ne feignit même pas de s'intéresser aux divergences d'opinions sur les perspectives de leur affaire de cafétéria qui opposaient Max, le naïf et le vantard, à Saul le sournois et le combinard d'une part, et Harry, personnage bien peu délicat, au robuste et candide Moe d'autre part. Seul ce dernier prit le temps d'interroger son neveu sur ses activités universitaires au milieu du brouhaha, mélange de yiddish et de « yinglish », qui régnait autour d'eux. Les études lui plaisaient-elles ? Combien d'années lui restait-il à faire ? Et est-ce qu'il avait déjà choisi une carrière ? « La pauvre Leah, ta mère, aura enfin un motif de se réjouir. »

Questions auxquelles Ira répondit de manière brève et superficielle, se bornant à reconnaître un lien de parenté ayant depuis longtemps perdu le peu d'influence qu'il avait pu autrefois exercer sur leurs existences respectives. Deux mondes qui, issus d'un univers identique, ne cessaient de s'éloigner l'un de l'autre.

« Et comment va le *gesheft* du restaurant ? demanda Ira avec une déférence teintée d'ironie.

– *Men makht a leb'n* », fut la réponse stéréotypée attendue.

Ils n'avaient plus rien de commun. Ira arrivait à peine à masquer son indifférence, si ce n'est son dédain, pour leurs histoires de cafétéria. Il lui était difficile de simuler l'intérêt – par politesse, par considération, en raison de cette occasion spéciale, ou quoi ? Une célébration, la naissance du premier fils de son oncle. Bon Dieu ! tu parles d'une corvée ! Qu'est-ce qu'il pouvait se raser ! Il se demandait à quoi la vie devait ressembler, réglée par la stricte orthodoxie, dans le village *galitsianer* endormi d'où ils venaient. Elle avait sans doute plus de sens, et les liens étaient plus étroits, même si tout cela pouvait paraître insignifiant vu de l'extérieur.

Comme ils s'étaient détachés les uns des autres depuis qu'ils avaient traversé l'océan – la pensée n'arrêtait pas de le tarauder. Était-ce... il se mit à réfléchir, oublieux de l'agitation de la fête... parce qu'il les avait précédés de quelques années en Amérique, ou bien parce qu'il était encore un petit enfant en débarquant et qu'il ne lui restait aucun souvenir d'Europe, ou alors quoi ? Il lui semblait à chaque fois tenir la réponse qui, aussitôt, lui échappait. Minnie était sacrément plus proche d'eux, elle qui, pourtant, était née ici. Il fallait chercher la réponse ailleurs. Leur départ de l'appartement de la 9ᵉ Rue dans le Lower East Side – toujours la même cause. « C'est la cause, mon âme », dit Othello. Cette impulsion irraisonnée qui l'avait poussé à boire l'eau de pluie qui ruisselait sur le flanc de la colline dans Central Park. Ou toutes ses lectures sur le monde des non-Juifs. Mais Minnie lisait autant que lui. Quand la Grande Guerre avait obligé à réduire de moitié les heures de classe, elle passait des après-midi entiers à la bibliothèque – et il se mettait tout le temps en colère contre elle parce qu'elle ne restait pas à la maison, ou rentrait trop tard. De quelles occasions elle le privait ! Bon Dieu ! et voilà que ça le reprenait ! Les tempes lui battaient. Il ne possédait pas de barrières, pas même un écran de papier pour contenir ses bas instincts…

Zaïde n'était pas venu au *brith*. Ira crut entendre quelqu'un dire qu'il continuait à porter le deuil. D'autre part, tous ses oncles n'étaient pas là en même temps. Ils devaient se relayer pour s'occuper de la cafétéria, en particulier de la caisse. Ida aussi était absente, la « première » Ida, la flamboyante Ida Link, la femme de Morris qui habitait à l'étage du dessus. Elle s'était querellée avec Sam, lui expliqua Ma à voix basse. Et elle ajouta : « Et puis, c'est aussi une *geferlekhe gamblerke* », se référant à la passion d'Ida pour les cartes.

Ira et les autres invités se rassemblèrent pour regarder le *mohel* couper le prépuce du nourrisson qui hurlait, puis le jeter par terre et le piétiner – avec des invectives en hébreu. Ensuite ce fut le festin : le *gefilte fish*, la fricassée, les *kreplekh*, les *kishkes*, les siphons d'eau de Seltz, le vin et le whisky, et enfin les desserts, fruits et gâteaux – le tout consommé dans le tapage juif rituel. Mamie, déjà grosse comme une barrique, se gava jusqu'à ce que les yeux lui en sortent de la tête. Quant à Ira, non seulement il s'empiffra, mais il picola, du whisky d'abord, avec bravade, puis de grands verres de vin doux pour accompagner les copieux plats de viande, si bien qu'à la fin du repas, il avait atteint ses limites. À moitié soûl, le ventre ballonné, l'esprit rendu brumeux par cette orgie de nourriture et de boisson, il alla s'affaler sur l'une des deux causeuses de la véranda, se maudissant d'avoir cédé aux prières de Ma. Bon Dieu !

mais pourquoi avait-il accepté de venir ? Pour se goinfrer ? Saloperie de bide qui lui faisait mal !

Le soir tombait. La véranda était plongée dans la pénombre, et le salon, pratiquement vide. La plupart des invités, après avoir mangé, étaient partis vaquer à leurs différentes occupations, et Ira leur avait dit au revoir pour la forme. Bâillant, plus ou moins assoupi, il attendait que Ma fût prête à s'en aller – avant d'être obligé de lui rappeler que lui, il était prêt, et plus que prêt, depuis un bon moment déjà. La maison paraissait maintenant très calme, presque déserte. De la cuisine brillamment éclairée lui parvenaient des bruits de vaisselle et le murmure confus des femmes en train de bavarder, auquel se mêlaient la voix de la plus jeune des filles de Mamie, la loquace Hannah, ainsi que celles plus aiguës des enfants de Sadie, cependant que leurs mères – et Ma – aidaient la deuxième Ida à débarrasser les restes du banquet. L'estomac plein, rassasié, Ira attendait, bercé par la rumeur en provenance de la cuisine... ses yeux se fermaient...

La porte de la cuisine s'ouvrit, laissant échapper un flot de lumière...

Sur le seuil s'encadra une petite silhouette qui, une seconde plus tard, projeta son ombre dans la salle à manger, tandis qu'elle refermait la porte derrière elle, puis effectuait quelques pas... Stella. Bon sang ! Quel âge avait-elle ? Quatorze ans ? Il se trompait ou quoi ? Elle s'approchait. Le désir, soudain, l'enflamma : une proie consentante ? Il remarqua quelque chose dans sa démarche incertaine, vacillante. Une approche innocente ? Non, plutôt inoffensive, une simple possibilité, une éventualité, quelque chose d'à la fois réalisable et improbable. Bon Dieu ! la fille aînée de Mamie, tout juste quatorze ans, petite, rondelette, blonde, les yeux bleus, sotte et qui, bien qu'à peine formée, dégageait déjà un parfum de sensualité, de soumission nubile. Ah ! s'il pouvait la coincer dans un coin ! Elle lui procurait l'effet d'un cordial lascif, d'un remède à sa gloutonnerie. Mais qu'est-ce qu'elle foutait à lambiner comme ça ? Qu'est-ce qu'elle attendait ? Oh ! elle était maligne, elle dissimulait, elle savait parfaitement ce qu'elle faisait. Louvoyer, arriver comme par hasard, ouais, ouais. La voilà ! Il le savait bien. Rusée, furtive, l'air de ne pas y toucher. Il sourit sans véritable raison.

Elle lui apparut très blonde au moment où elle passa de la pénombre à la quasi-obscurité qui régnait sur la véranda, et où, d'une voix traînante, elle lui demanda avec une banalité confondante : « Qu'est-ce que tu fabriques tout seul dans le noir ? »

Elle se tenait là, toute potelée, devant lui qui, à présent, brûlait, en proie à un rut prédateur, une furie de lubricité qui, s'imaginait-il, l'anéantirait s'il ne l'assouvissait pas sur elle.

« Assieds-toi, dit-il, désignant innocemment le fauteuil derrière lui. On est bien ici, c'est tranquille. »

Elle s'installa, vaguement complice.

Les yeux fixés sur la porte de la cuisine, il tourna la tête et chercha sa bouche. Elle ne se déroba pas et, au contraire, écarta les lèvres pour laisser sa langue fouiller... explorer. Oh ! non ! pas de doute, prête, toute disposée... Mais où aller ? Bon Dieu ! sa passion torride était capable de tuer cette... cette grasse génisse, mollasse, soumise, une invitation au sacrifice. Putain ! mais où ? Où pourraient-ils rester seuls quelques minutes sans éveiller les soupçons, où aller apaiser... baiser ? Réfléchis. En haut. Oui, peut-être.

Le signe de tête qu'il lui adressa en se levant se révéla superflu. Elle le suivit, comme au bout d'une laisse.

« Allons voir dans les chambres du premier.

— Le premier, c'est chez oncle Morris et Ida, dit-elle, entrant dans la conspiration. Oncle Morris tient la caisse ce soir.

— Ah bon ? » La précédant dans l'escalier, il s'arrêta en haut des marches. « Et Ida, tu sais où elle est ?

— Non. Maman a dit qu'elle était partie jouer aux cartes. »

Il tourna la poignée de la porte. Fermée à clé.
« Ils ne sont pas là. »
C'était risqué. Bon Dieu ! s'ils se faisaient surprendre sur le palier, on devinerait tout de suite. Qu'est-ce qu'il pourrait bien fabriquer là sinon chercher un endroit où tringler sa cousine ? Ils redescendirent.

Le cœur battant, il avait l'impression de marcher au bord du vide, lancé dans une quête sans cesse contrecarrée. Mais où ? bon Dieu ! Ils sortirent et se plantèrent un instant devant l'étroite allée qui séparait les deux maisons jumelles. Il faisait froid dans le noir, et puis ils ne manqueraient pas de se trahir. Non, pas possible. Et de toute façon, c'était fermé. Par Max qui habitait là. Si quelqu'un venait, ils seraient sur le pas de la porte. Et Ma ou Mamie se demanderait où ils étaient passés. Non, pas ici, pas ici. Bon sang ! il devenait cinglé ! Ils rentrèrent. Derrière la porte close, la cuisine éclairée, des bruits de vaisselle, de voix. Elles allaient probablement avoir fini d'une minute à l'autre, le temps de ranger les dernières assiettes, les derniers couverts. Fini. Et lui aussi, fini. Quelqu'un ouvrirait la porte, et... merde et merde ! Jamais vu une telle... une telle... Et elle était là, à côté de lui, qui attendait, qui minaudait, sa tête blonde lui arrivant à l'épaule...

Hé ! une seconde ! la cave !

Oui ! la cave ! la cave toute neuve au sol et aux murs de ciment que Saul avait fait si fièrement visiter à ses invités – après que Max se fut vanté de la sienne... Devait-il la conduire vers la maison de Max plongée dans l'obscurité, chercher l'entrée de l'autre côté de l'allée ? Ressortir ? Non. Bon Dieu ! le temps pressait. Alors, ici. Courir le risque, tant pis.

Il lui adressa un signe de tête. Elle le suivit, pareille à une marionnette privée de toute indépendance, guidée seulement par l'idée souveraine de dépravation. Un pantin. Bordel ! non. Juste déguisée en pantin. C'était vachement plus simple comme ça. Pas de bavardages inutiles...

Par là, oui, vers la cave. Normal qu'ils aient envie d'explorer la cave, qu'ils poussent la porte, qu'ils allument la lumière et contemplent les parois blanches en feignant la surprise. Puis qu'ils referment derrière eux, descendent... les six ou sept marches vers le sol en ciment qui brillait sous l'éclat de l'ampoule nue. L'ombre de la chaudière, le ballon d'eau chaude et le lavoir qui venaient rompre la blanche monotonie des murs.

« Vite », dit Ira, lui soulevant sa robe.

Stella abaissa l'élastique de sa culotte, révélant un fin duvet de fille à peine pubère. Et lui, l'outil déjà sorti, la brute dans toute sa splendeur, la bête qui possédait corps et âme, il demanda :

« Tu l'as déjà fait ? »

Elle hésita un instant, puis, par crainte de rater l'occasion, se résolut à avouer :

« Le peintre.
– Le peintre ?
– Quand on a emménagé. Les chambres toutes neuves... oh ! »

Ses yeux bleus et ternes demeurèrent grands ouverts et ne cillèrent même pas lorsqu'il la pénétra, complices de la perpétration de la pénétration. Minnie, elle, fermait ses yeux noisette, alors que Stella fixait son regard droit devant elle, un regard vague, vide. Ça marchait, marchait, ça marchait, marchait. Regarde ses yeux, sans profondeur, bleus, hébétés, abrutis, maintenant rivés sur lui, les yeux de sa proie, celle qu'il violait, qu'il chevauchait. La détruire, aah ! – larve informe et muette étalée par terre, la broyer sous le flot du geyser... la pilonner... Ooh ! Se retirer ! Vite ! aah ! juste au moment où...

C'était fini.

« Remonte », ordonna-t-il. Et, comme elle posait le pied sur la première marche, il reprit : « T'es pas trop chiffonnée ? »

Elle secoua sa tête blonde et juvénile.

« T'es sûre ? Bon, vas-y. »
Elle s'immobilisa une seconde devant la porte, et il vit ses mains lisser sa robe sur ses fesses rondes d'adolescente. Elle sortit, laissant la porte entrebâillée. Il resta un moment à la traîne... afin de rompre le lien, et d'écraser tranquillement sa semence sous son pied comme les Juifs le faisaient à la synagogue avec les crachats et comme le *mohel* l'avait fait avec le prépuce du nouveau-né après l'avoir piétiné. Ça sera bientôt sec. À présent, monter l'escalier en bois sur la pointe des pieds, éteindre la lumière, se glisser par la porte, regagner discrètement la véranda, se rasseoir dans la causeuse, et, pouvoir enfin reprendre son souffle.

– Tu l'as donc fait ?
Oui. Fait et refait. Plusieurs fois.
– Pourquoi ?
Pour alerter le monde sur la menace que représentent les peintres.
– Tu peux te dispenser de plaisanter. Pourquoi ?
Bonne question, Ecclesias. Je ne sais pas. Du moins, pas pour l'instant. La réponse se dessinera peut-être plus tard, prendra peut-être une forme cohérente, mais pour le moment, je suis perplexe. *Certes*, je ne me suis pas engagé dans une étude sociologique, mais dans le récit, ou plutôt, excuse-moi, une tentative de récit holistique de mon lamentable passé. Mais même ainsi, je suppose qu'on peut m'accuser de faire étalage de ma luxure. D'un autre côté, Ecclesias, je me sens obligé de ne rien dissimuler du comportement de ce vaurien aux goûts littéraires, et de le décrire aussi méprisable qu'il l'était. Bien entendu, comme je l'ai dit, j'aurais pu procéder autrement – en termes généraux, de façon clinique.
– Ou choisir de ne pas le faire. Pourquoi revivre cela est-il si important pour toi, un vieil homme plus proche de quatre-vingts ans que de soixante-dix-neuf en ce milieu du mois d'août ?

Difficile. De trouver la réponse, je veux dire. Ai-je franchi la frontière qui sépare l'érotique du pornographique ? S'agit-il des fumerolles d'une libido presque éteinte ? Probablement. Laissons les spécialistes en psychiatrie en décider. À propos, il y aura d'autres épisodes de ce genre, et je dois reconnaître que, pour ainsi dire, je me situe dans une orbite de bien plus grande force lorsque je me trouve au cœur d'une escapade ou d'une aventure sexuelle. Et pourquoi ? pourrais-je de nouveau m'interroger. Les élans animaux, l'instinct élémentaire d'un individu chez qui, hélas, la secousse sismique de la sexualité engendrait une libido d'une énergie anormale, au-delà de la raison.

– Tu crois ?

Oui, et je ne parviens à penser que, si j'ose dire, de manière figurée ou subjective : à savoir comment l'événement, l'épisode est-il ressenti. Sans doute que tout cela est intimement lié : ma subjectivité, ma faiblesse dans l'analyse objective, mon manque d'idéologie...

– Et d'idées.

Et d'idées, oui. Ça forme une seule zone, un zodiaque qui se modifie et réapparaît sans cesse : la personnalité, les inclinations, les vicissitudes, les actes, le caractère constituent un zodiaque perpétuel et rebelle.

– Est-ce que tu sais seulement de quoi tu parles ?

Franchement, non.

– Moi, je pense en avoir une petite idée, et qui permettra de percer le mur de ton verbiage.

À savoir ?

– De plus, non préméditée en l'espèce. Voilà : je pense que tu as écrit de façon aussi explicite parce que tu es toujours celui que tu étais. Et que l'emprise de celui que tu étais demeure en quelque sorte toujours aussi forte. Bien que ta sagesse durement acquise, ou peut-être ta prévoyance ou ta retenue, ainsi que tes appétits déclinants, puissent te rendre sinon immunisé contre les mêmes tentations, du moins plus résistant que par le passé. Et peut-être même jusqu'à ce que tu prennes tes distances par rapport à elles, que tu les fuies, comme saint Antoine qui a laissé son manteau entre les mains de la courtisane. Qui sait, peut-être que tu ne peux pas, que tu ne guériras jamais, que tu ne parviendras jamais à te débarrasser de la marque que tu t'es toi-même infligée au fer rouge.

D'où le côté explicite ?

– Je crois. J'en suis même presque certain.

Bon. Et qu'est-ce que tu me conseillerais, Ecclesias ?

– De t'en accommoder.

M'accommoder de quoi ?

– De ce que tu étais. Tu ne pourras plus jamais l'être.

Tu veux dire, risquer de redevenir celui que j'étais ?

– Oui. Et tu as déjà constaté qu'y résister ne servait à rien. Tu as commencé à rédiger un premier jet sans ta sœur, et, inéluctablement, elle a fini par s'insérer dans ton récit, aussi étrange, aussi bizarre que puisse paraître le fait de commettre un inceste sans mentionner l'existence d'une sœur, en tout cas au début. Tu vois dans quel pétrin tu es fourré maintenant que la vérité a éclaté. Tu as amputé le début de ton histoire, et il va falloir que tu fasses amende honorable. Une force qui a exercé une telle influence dans ta vie ne peut pas être étouffée.

J'avais espéré, une fois que j'aurais fini, après que j'aurais déballé toute cette misère, l'introduire sous la forme d'un autre personnage...

– Dans ce cas-là, tu te retrouvais avec une histoire boiteuse. Quoi qu'il en soit, pour conclure, ce serait folie de renouveler la même erreur. Décharge ta conscience. Il est évident que tu ne peux pas faire autrement, car tu n'es pas différent de celui que tu étais, encore que tu ne sois pas...

Bon, bon, bon.

– Ou alors, va te perdre dans je ne sais quels limbes surréalistes.

Bon, bon. Ainsi, maintenant je navigue en affrontant un double péril, une double bassesse, au sein d'un inceste et demi. *Soror. Sobrina.*

– Oui. Doublement fécond, doublement fertile. Et aussi doublement susceptible d'être accusé de viol.

Je te remercie, Ecclesias.

– De rien. Inceste *cum soror* – tu peux m'indiquer l'ablatif ?

Ainsi il l'avait baisée, et personne ne le remarqua, ni même ne le soupçonna. Elle alla rejoindre les autres dans la cuisine. Oh ! elle savait parfaitement ce qu'elle faisait, elle l'avait voulu, feignant d'être à moitié dans les vapes. Elle ne le dirait pas. C'est tout juste si elle lui avait parlé du peintre, sauf... comme si elle craignait que, devant l'idée de la déflorer, il recule. Ce salaud de peintre... Personne à la maison, et la petite chienne en chaleur qui frétillait autour de lui. On baisse la salopette, et on baise la poulette. Qu'ils attendent donc un peu, les murs, le temps qu'on cueille une fleur toute mûre... Bon. Ira s'efforça de mettre de l'ordre dans ses pensées. Bon Dieu ! à peine quatorze ans, et toute prête à t'encourager à défaire ton pantalon de golf d'occasion couleur de *kasha*. Et alors ? Minnie était plus jeune, chatouillis, entre les cuisses... jusqu'au jour où, brusquement, oooh ! Quand pourra-t-il revenir chez Mamie ? Dès que Zaïde se sera installé. Un prétexte louable. Merde ! tenir compagnie à ce drôle de vieux bonhomme, l'écouter disserter sur le Talmud, compatir à son veuvage, à ses maladies hypocondriaques.

En attendant, on verra bien.

CHAPITRE IV

La reprise des cours eut lieu juste après le nouvel an 1925. Lors de la première réunion de l'année du club des Arts, Larry lut une nouvelle qu'il venait d'écrire, aidé par Ira pour la construction de l'intrigue. Il en revint furieux du mépris avec lequel son œuvre avait été accueillie par les autres étudiants du club.

« Les imbéciles ! Les salauds ! fulmina-t-il. Ils n'ont pas saisi le sens qui se cachait sous l'histoire. Les cons ! Les crétins ! Toujours à s'enorgueillir de représenter l'avant-garde. Tu parles ! C'est des vantards. Ils sont aveugles. Il faut que tout soit ésotérique au point que personne ne comprenne, eux inclus, je parie. Tous des snobs, oui. Essayer de se mettre en valeur en éreintant un honnête travail littéraire !

— Bon Dieu ! j'arrive pas à le croire, dit Ira qui avait écouté d'une oreille compatissante. Les extraits que tu m'as lus m'ont pourtant paru très bien. » Il n'avait jamais vu Larry aussi abattu.

« Ils sont bien trop prétentieux pour apprécier un récit à la fois simple et vrai.

— Incroyable !

— Et tu veux que je te dise ? Il y a un type au club, Schneider, un bêcheur, la grande bourgeoisie, étudiant de dernière année, soi-disant fin critique littéraire, tu vois le genre ? » Larry fixa droit devant lui son regard étincelant de colère. « Tu sais ce qu'il a fait ? Il a plagié un essai sur Ezra Pound, et il l'a lu au club des Arts comme si c'était le sien.

– Qui ça ?
– Schneider ! Un chien, oui ! s'exclama Larry.
– Ah, Schneider. Ça doit être un bon poète.
– Mais non, Schneider, c'est le plagiaire. C'est Ezra Pound, le poète.
– Ah oui, je me rappelle maintenant. Le nom me disait quelque chose.
– Schneider l'a copié mot pour mot dans un petit magazine confidentiel qu'il s'imaginait que personne ne lisait. Eh bien, il se trompait. Boris G le connaissait. Je t'ai parlé de lui. Il est amoureux d'Edith. Et l'autre a été démasqué. Edith m'a raconté qu'il s'est répandu en pleurs à travers toute l'université.
– Waouh ! parce qu'il s'était fait prendre ?
– Oui. Et il avait eu le culot de dire que ma nouvelle n'était qu'un conte de bonnes femmes. Il plagie un article et il se permet de traiter par le mépris une nouvelle écrite avec sincérité. »

Ira, sentant qu'il devait attendre quelques secondes que la colère de Larry retombe, marqua une pause avant de demander :

« Et les autres, ils ont réagi comment ?
– Des chiens ! Comme Schneider ! Pleins de morgue. Prêts à n'importe quoi pour se mettre en valeur. Oh ! ils ont dit que ma nouvelle ne jetait aucune lumière sur la condition moderne, les complexités modernes. Les complexités, tu parles ! Et puis qu'elle ne reflétait pas les attitudes contemporaines, qu'elle aurait pu être écrite au XIXe siècle. Comme si elle n'exprimait rien d'universel et n'avait aucune valeur. Un tissu de conneries, oui ! » Il frappa le phonographe du poing. « Et en plus, il y avait une intrigue ! Le comble du péché. Tu te rends compte ? Alors que je m'étais donné la peine d'expliquer au début que j'avais cherché à construire une nouvelle très condensée.
– Ah ouais ?
– Je l'ai lue à toute la famille qui l'a trouvée très bien. Bon, d'accord, ce ne sont peut-être pas les meilleurs

critiques littéraires du monde, mais je l'ai fait lire à Edith, et elle aussi l'a trouvée très bien. Elle a vu qu'il s'agissait d'une sorte de symbole entre le passé et le présent. Mais aux yeux de ces super intellectuels, comme ils se piquent d'être, l'histoire était triviale. Ils seraient incapables d'en écrire une qui lui arriverait à la cheville, voilà la vérité ! »

Comme le jour où il avait vendu des sodas au Polo Grounds, Larry semblait refuser toute critique. Était-ce parce que cela rabaissait son ego, blessait sa vanité ? Ou bien parce qu'on ne reconnaissait pas son talent ? Difficile de le savoir. Ira s'apercevait qu'à l'inverse de Larry, il en était venu à accepter les humiliations presque comme un dû.

« Ce n'était qu'une pure manifestation de jalousie, rien d'autre. De la méchanceté et de la mesquinerie, tonna Larry.

– Ah bon ?

– Surtout de la part de Markowitz, ce Shelley au petit pied, avec ses poèmes expérimentaux sur la mer vert mer et la blanche gelée blanche. Des trucs à la Gertrude Stein. Il... », avec des gestes de ses larges mains, Larry prit alors une attitude empreinte de préciosité, « ... il a pontifié : "L'auteur de la nouvelle n'a pas lu T.S. Eliot. Il est évident qu'il n'a pas été influencé par la perte du sens, l'érosion du consensus." Quel sale poseur ! John Vernon lui-même a dit qu'ils s'étaient montrés gratuitement blessants, ignorant l'atmosphère bien rendue, la couleur locale, les images fraîches. Ils n'ont pas voulu voir le style et tout le côté allusif. Ni les touches d'humour. »

Ira se sentait coupable, mais avec une curieuse ambivalence. En effet, c'était lui qui avait rapporté à Larry l'histoire que Ma lui avait racontée à deux reprises, lui qui l'avait appâté – et se trouvait donc à l'origine de sa déconfiture, laquelle lui faisait éprouver une satisfaction secrète. Mais pourquoi ? *Schadenfreude ?* Comment pouvait-il être comme ça ? Un ingrat, doublé d'un traître. Inconsciemment, semblait-il, il avait sacrifié Larry comme, lisait-on dans les livres, les mineurs sacrifiaient un canari pour les avertir de la présence de gaz délétères. Ainsi les intellectuels avant-gardistes n'aimaient pas les intrigues classiques. Alors, qu'est-ce qu'ils aimaient ? Qu'est-ce qui était moderne ? Qu'est-ce qui éclairait la psyché contemporaine ? Comme on pouvait s'y attendre, de telles pensées le conduisirent à s'interroger sur le magma dont se composait sa propre personne. Ressentait-il le même sentiment hermétique de supériorité que dans le métro aérien le jour où il était allé pour la première fois chez Larry ? Le sentiment de posséder quelque chose de plus profond, une conscience plus grande, une sensibilité plus étendue, une imagination plus fertile, même si elle était un peu débridée, incontrôlée. L'idée le troublait tout en le réjouissant, le dérangeait par les contradictions qu'elle renfermait, et qu'il ne manquait pas d'apprécier.

Il n'était pas censé entrer en compétition avec Larry. Il était supposé suivre des études de biologie et non de lettres, étudier les organismes et non écrire des nouvelles. Mais Larry lui-même ? Censé préparer l'école dentaire, et cependant profondément blessé de n'avoir pas recueilli les louanges espérées pour son œuvre littéraire. Bon Dieu ! à quoi rimaient toutes ces aberrations ? Il les devinait chez Larry de même que chez lui. Elles étaient demeurées jusqu'à présent imperceptibles, mais le récit de la façon méprisante dont sa nouvelle avait été reçue au club des Arts les rendait soudain flagrantes, pareilles à un virage à quatre-vingt-dix degrés par rapport à un objectif annoncé, quelque chose de délibéré et non d'accidentel.

Ira avait favorisé cette volte-face. Mon Dieu ! de dentiste à écrivain, le naufrage d'une carrière, la perte des ambitions et des valeurs. Et si la même chose lui arrivait, un changement radical dans ses aspirations, analogue à celui que connaissait Larry, passer de la biologie à l'écriture, qu'est-ce qu'il ferait ? Il n'y avait pas de comparaisons entre Larry et lui. Entre ce qu'il avait fait et ce qu'il était capable d'imaginer : Minnie, Stella, le viol et le harcèlement, la frénésie et le danger – dans une atmosphère sardonique, n'est-ce pas ? Comme un hareng dans la sauce tomate. Foutre sa sœur en cloque, ou du moins l'avoir cru, au cours d'un après-midi infernal de géométrie plane. Oh ! là là ! qui d'autre que lui pratiquait ce mélange de bassesse et de sautes d'humeur ? Les boulots qu'il avait faits, le sordide de son environnement quotidien, le globule infect et ignoble qu'il était, cette chose amorphe, tout cela tournoyait dans sa tête.

« Putain ! je suis désolé, Larry, dit-il en baissant les yeux.

– Tu n'as pas à l'être. Ce sont de tels égotistes et de tels prétentieux qu'Edith n'en a même pas été affectée. Elle s'est contentée d'en rire. Elle a trouvé les images très belles : la "pelure" de lune au-dessus du cimetière – je t'en ai parlé. Je savais que ça lui plairait. C'était authentique.

– Tu lui as fait lire ?

– Oui, je te l'ai dit. Le soir du nouvel an. Samedi. Avant que Boris vienne la chercher pour aller à une soirée.

– C'est pour ça que je n'ai pas pu te parler au téléphone ?

– Il fallait absolument que je le lui montre. »

Ira contempla le dessin du tapis qui évoquait les courbes douces d'un violon, cependant qu'il se remémorait ce qu'il avait vécu ce même samedi. Ironique, non ? N'ayant pu joindre Larry, il avait décidé de faire un tour chez Mamie. Ainsi, peut-être au moment précis où Larry lisait à miss Welles l'histoire fondée sur celle que Ma lui avait racontée, Ira s'envoyait sa jeune cousine rondouillarde. Bon Dieu ! considérés séparément, l'un des événements était presque saint, pareil à une adoration, une offrande votive que Larry faisait à Edith à travers sa version de l'histoire de Ma, tandis que l'autre paraissait aussi impie que le premier digne de vénération : empaler assis la petite Stella sur son pieu. Il n'avait encore jamais essayé, et le résultat avait dépassé ses espérances. Que c'était bon de la faire rebondir, monter et descendre comme un marteau piqueur – waouh ! Mais les deux, ses actes et ceux de Larry, ne se produisaient pas séparément dans son esprit. Au contraire, ils se mêlaient, fusionnaient. Ils étaient plus... plus quoi ? Plus affreux pris ensemble ? Non. Plus vicieux ? Non. Ils prenaient un aspect sardonique, voilà tout. Bon sang ! depuis quand était-il comme ça ? Depuis quand avait-il appris à identifier et à aimer ce... ce mélange de pureté et de... de perversité ? Ouais, l'un *ou* l'autre au lieu de l'un *et* l'autre ? Peut-être comme une dissonance en musique, qui au début l'aurait rebuté, une dissonance perverse, comme dans Wagner, dans l'arrangement des *Maîtres chanteurs* qu'il avait entendu pour la première fois interprété par Misha Elman chez Izzy, et qu'ensuite il avait tant apprécié. Et alors ? Est-ce que ça répondait à sa question ? Ira continua à réfléchir un instant, après l'East Side, voilà. À dater de ce jour, tout était parti à la dérive. Enfin... n'empêche que c'était quand même quelque chose de réunir les deux. Sardonique ? Peut-être, mais ça voulait dire aussi nouvelle découverte, comme ce lointain samedi soir...

« Mon grand-père m'a donné des olives grecques un samedi soir à la synagogue, dit Ira avec un large sourire. Pour *havdala*, comme on appelle ça. La première fois que j'en goûtais, waouh ! Je ne savais pas trop bien si je devais les recracher ou les av-daler !

– Hein, quoi ? fit Larry, déconcerté.

– Rien. J'essayais juste de te faire penser à autre chose.

– Mais, non, ça va très bien. Tu ne t'imagines tout de même pas que cette bande de snobs a réussi à me saper le moral ? »

Larry secoua la tête, poussa un petit soupir, puis croisa les mains avant de reprendre :

« Ça ne m'intéresse absolument pas de recueillir leurs éloges. » Il pivota dans son fauteuil. « Je voulais écrire au moins une nouvelle classique, conventionnelle, certes, mais aussi dépourvue d'obscénités, possédant cependant un sens caché. Qu'on puisse lire en famille. » Il hocha la tête. « Comme quelqu'un – je crois que c'est Reuben Mistetsky – l'a dit en croyant faire une plaisanterie subtile : "C'est une chose très convenable, à lire le soir en famille." Eh bien, je ne regrette rien. Je n'ai pas à leur plaire. Que le diable les emporte ! » Il se leva pour remonter le phonographe. « Si j'avais écrit une nouvelle d'un autre genre, je devine ce qu'ils auraient dit : que j'imitais Sherwood Anderson ou je ne sais qui. En fait, je ne cherche à imiter personne. Ce n'était pas mon intention. Qu'ils aillent se faire voir ! En tout cas, elle a plu à Edith.

– Tu l'appelles tout le temps Edith ?
– Pas devant les autres étudiants, bien sûr.
– Je m'en doute.
– C'est plus simple comme ça. Moins formaliste. Tu comprends, ça devenait un peu artificiel de lui donner du miss Welles, et pareil pour Iola Reid, la femme avec qui elle partage un appartement sur St. Mark's Place. Elle aussi, elle est maître assistant de lettres. On rédigeait des cartes d'invitation pour la prochaine réunion du club des Arts en mangeant des petits gâteaux et en buvant du café. C'est elle qui m'a demandé de l'appeler par son prénom. On était tous les trois installés autour de la table, et ça m'a paru tout à fait naturel.

– Je vois.
– C'est une véritable corvée, tu sais.
– Quoi ?
– Les cartes d'invitation. On en expédie près d'une centaine. Aux membres de la faculté, aux étudiants et à un certain nombre d'invités. C'est beaucoup trop, et Vernon ne nous aide jamais. Le club a besoin d'un secrétaire général. Il y a toutes sortes de dispositions à prendre. Réserver le salon de thé pour la soirée, com-

mander les rafraîchissements et les petits gâteaux, ce genre de choses.

– Ah ouais, se contenta de dire Ira, redevenu passif.

– Je me suis porté volontaire pour le poste, reprit Larry.

– Oh ?

– Oui, oui. Il faudra encore que je pose ma candidature et que je sois élu lors de la prochaine réunion, c'est tout. Tu dois bien te douter que personne d'autre ne veut de ce boulot.

– Eh ben, tu vas être drôlement occupé.

– En effet.

– Oh ! là là !

– C'est juste une fois par mois. » Larry, si pensif et d'humeur si égale par rapport à Ira, se permit un petit sourire enjoué et séducteur. « Il y a quelqu'un sur qui je sais pouvoir compter pour m'aider.

– Qu'est-ce que tu veux dire ?

– Ne viens pas me raconter que tu me laisserais tomber ?

– Oh ? Et c'est quand ?

– Dans une semaine.

– Hein ? Moi ? Et où ça ?

– Ici.

– Ah bon ! Un instant, j'ai eu peur, dit Ira avec un soulagement visible.

– Pourquoi ?

– J'ai cru que... » Il laissa sa phrase en suspens et fit un geste vague de la main.

« C'est bien ce qui me semblait. De toute façon, Edith désire faire ta connaissance. Je lui ai parlé de toi.

– Pourquoi ? » Ira se sentait décontenancé. « Je vais à CCNY.

– Tu n'as pas envie de la rencontrer ?

– Je ne sais pas. Bon Dieu ! je fais de la biologie.

– Quelle importance ? Moi, je fais bien "prédentaire". L'atelier d'écriture est pour tous ceux que ça intéresse.

Si tu veux, tu peux assister à la prochaine réunion du club des Arts. Tu seras mon invité.

— Non. C'est pas ma place. Je t'aiderai à envoyer les cartes d'invitation, mais... » Il fit une grimace. « Pour le reste, fiche-moi lé pé, d'accord ?

— Bon, mais la prochaine fois, il y a une grande poétesse qui doit donner une lecture. Hortense L. Ça te plaira. C'est une excellente poétesse lyrique. De quoi as-tu peur ? » Larry changea de ton et d'attitude. « Allez, Ira ! Franchement, c'est une expérience passionnante. Et moi, je tiens à ce que tu fasses la connaissance d'Edith.

— Seigneur, non ! s'exclama Ira avec un mouvement de recul.

— Elle sait que tu es timide. C'est quelqu'un de très gentil, de très sensible et de très prévenant. Il te suffira de dire bonjour.

— Ah ouais ?

— Oui. Alors, c'est d'accord ?

— Mais enfin, pourquoi tu y tiens tant ? » Ira était sur le point de s'emporter. « Sérieusement. Je suis sincère. Bon sang ! je ne suis qu'un rien du tout. Merde ! tu sais combien tout ça m'est pénible. Combien je me sens emprunté. Pourquoi tu ne me laisses pas en dehors de ça ? Je suis parfaitement heureux comme je suis.

— Oui, mais elle trouve ça vraiment curieux — un ami proche, dont je parle tout le temps. Je lui rapporte tes commentaires. Elle pense que tu as l'air très amusant. Et Iola pense la même chose. » Larry haussa le ton. « Ira, tu deviens puéril.

— Eh bien, je suis puéril.

— Seulement, tu ne l'es pas !

— Alors, je suis juif.

— Oh ! arrête un peu ! Écoute, Ira, il faut que tu cesses avec cette histoire de... » Larry écarta les doigts de sa large main. « ... cette histoire d'être juif. Je pense que tu te sens simplement embarrassé à la perspective de rencontrer des gens.

– Bon, d'accord, mais pas cette réunion-là, la prochaine. Okay ? Quand j'aurai gagné mon entrée au club des Arts en t'aidant à écrire les invitations. »

Larry esquissa un mouvement d'impatience, puis il lança d'un ton brusque :

« Je te propose un marché.

– Lequel ? demanda Ira, à la fois inquiet et sur ses gardes.

– Tu te souviens de ma veste anglaise, couleur *kasha*, comme tu dis ?

– Ouais. Assortie à mon pantalon de golf.

– Bon, attends une seconde, je reviens tout de suite. »

Larry traversa la salle de séjour en trois enjambées et disparut dans le couloir.

Ira demeura assis. Il entendit soudain une voix indistincte de contralto qui chantonnait dans l'une des chambres au fond du couloir. La bonne hongroise ? Venait-elle de rentrer ou bien était-elle là depuis le début ? Le murmure continua, un peu plus fort. Bon Dieu ! on aurait dit une chanson américaine. C'était peut-être la sœur de Larry. Oui, probablement. Il avait dit que le reste de la famille était parti aux Bermudes. Waouh ! Ira soupira, c'est vrai, elle avait trois ou quatre ans de plus que son frère. Et après ? Imaginons que Pa et Ma s'en aillent pour une semaine et le laissent seul avec Minnie. À cette idée, le sang lui fit battre les tempes.

« C'est pas juste, lui parvint la voix de Larry.

– Qu'est-ce qui n'est pas juste ? demanda Ira. Dis donc, il y a quelqu'un dans l'appartement.

– C'est Irma, dit Larry qui entra avec sa veste anglaise grège sur le bras – tellement chic avec ses coudes en cuir. Elle travaille chez une modéliste. Ils ont été débordés ces derniers temps. Elle lisait ou dormait dans sa chambre. À moins qu'elle n'ait fait un peu de couture.

– Oh ! Et qu'est-ce qui n'est pas juste ?

– C'est pas juste, se borna à répéter Larry. Enfin, tout est juste dans l'amour et dans la guerre. Tu viens à la prochaine réunion du club des Arts, et elle est à toi.

Non, elle est à toi de toute façon. » Une rougeur envahit ses joues marbrées. « Essaye-la. »

Ira se leva.

« Bon Dieu ! Larry…

— Allez, enlève la tienne. Elle devrait t'aller. Les manches ont toujours été trop courtes pour moi. » Il passa la veste sur les épaules d'Ira. « Waouh ! regarde-toi. Encore mieux que je le pensais. Qu'est-ce que t'en dis ? »

Tous deux se tournèrent vers la glace murale.

« Putain ! une veste anglaise ! s'exclama Ira, le cœur gonflé d'émotion. Elle me va parfaitement ! » Il plia les coudes et les tendit vers le miroir, émettant un petit sifflement d'admiration. « Du vrai cuir !

— Elle est à toi. Je blaguais. » Les yeux marron de Larry étaient pleins de douceur, et son attitude tout entière dénotait l'affection. « Je suis ravi qu'elle t'aille aussi bien. Raccourcir un peu les manches… et ce sera impeccable.

— C'est pas grave. Putain ! t'es sûr que tu veux vraiment… t'en séparer ?

— Je pensais la garder jusqu'au printemps avant de te la donner, répondit Larry. Tu la mettras quand tu voudras. Je veux dire, oublions cette histoire de club. Elle est à toi, et sans condition.

— Non, non, je viendrai. » Le regard d'Ira allait de sa manche en tweed beige à l'image de celle-ci dans la glace. « Quand Ma va voir ça !

— Tu veux la mettre pour rentrer chez toi ?

— Oh ! non ! après la réunion du club des Arts. Avant, pas question, dit-il en commençant à ôter la veste.

— Attends, l'arrêta Larry. Irma ? cria-t-il en direction du couloir. Je sais qu'elle est réveillée. Irma ? » Il guetta une réponse. « Tu peux venir une seconde ? S'il te plaît… Ça ne te dérange pas qu'elle te voie avec ? demanda-t-il à Ira.

— Non, non pas du tout. Je parie qu'elle va se mettre à hurler : "Voleur, rends-la !" »

Irma, une jeune fille brune à la silhouette très féminine, ressemblait suffisamment à Larry pour qu'on se rende compte qu'il s'agissait de sa sœur, même si ses traits ne possédaient pas la régularité quasi parfaite de ceux de son frère, et que, au contraire de Larry, elle eût le teint plutôt mat. D'autre part, elle était beaucoup plus prosaïque et terre à terre que lui, avec un air de s'ennuyer et une expression quelque peu provocante. Elle évoquait toujours à Ira les mots *yiddisher bokher*, désignant un jeune homme, un soupirant. Elle ne paraissait du reste pas en avoir, et c'était peut-être là tout le problème. Néanmoins, comme il se trompait souvent, Ira se gardait bien de se fier à ses impressions. Et lui, qu'est-ce qu'il aurait fait s'il avait eu une sœur de trois ou quatre ans son aînée ? Et elle, aurait-elle accepté de se contenter de lui ? On ne pouvait jamais savoir. Le plus drôle, c'est que, aguicheuse comme elle semblait l'être... peut-être, d'ailleurs, qu'elle l'était trop, et peut-être trop exigeante aussi et maintenant qu'elle se trouvait devant lui, il se demandait ce qu'il ressentirait. Il préférerait de beaucoup entreprendre Stella – ça, il en était sûr. Et ensuite Minnie.

« Oh ! mais on a fière allure ! » Irma semblait cependant n'éprouver qu'un enthousiasme mitigé. Surprise de voir Ira dans la veste de Larry, elle en oublia de rentrer ses lèvres trop pulpeuses. « On a l'air très *distingué* !

– N'est-ce pas ?

– *Hic* jaquette, cita Ira, essayant de plaisanter pour dissimuler son embarras.

– Pardon ?

– Rien, j'essayais juste de me rappeler un passage de sir Walter Raleigh.

– Tu n'es plus du tout le même, dit Irma, posant deux doigts sur sa joue, comme si elle voyait Ira pour la première fois. Ça te donne un air beaucoup plus assuré.

– Ah bon ?

– Et prospère, aussi. Il ne te manque plus qu'un million de dollars pour aller avec. »

Ira rencontra un instant ses yeux marron, puis il détourna le regard avec gêne. Elle ressemblait tant à son frère tout en étant si différente de lui, à la fois collet monté et provocante. Le mot *bokher* s'imposa de nouveau à son esprit.

« Eh bien, fit-il en se tripotant l'oreille. Maintenant, je suis le gardien de ton frère.

– Il aura peut-être besoin d'un gardien, c'est ça que tu veux dire ?

– Non, non. J'ai dit ça comme ça. En guise de remerciements. Je... je lui dois fidélité. Protection, je suppose.

– Je crois connaître un excellent moyen de le prouver, dit Irma en jetant un coup d'œil vers son frère. En effet, il aura peut-être également besoin de protection. Je suis heureuse de constater que tu t'en es aperçu.

– Non, je voulais juste dire que je lui devais beaucoup, rien d'autre, protesta Ira qui sentait la tension monter.

– Irma, je ne vois vraiment pas pourquoi tu as besoin de mettre *ça* sur le tapis, intervint Larry avec une brusquerie inhabituelle. Je ne t'ai pas appelée pour ça. Tout ce que je voulais, c'est que tu regardes cette veste.

– En bien, je l'ai regardée. Ira est très beau dedans.

– Ma sœur se comporte parfois comme si je n'étais pas capable de prendre soin de moi, dit Larry d'un ton si exagérément uni qu'on ne pouvait pas manquer de déceler l'intention satirique. Toi, tu n'as pas de sœurs aînées. Tu ne connais pas ta chance. »

Irma, qui ne se distinguait pas par son sens de l'humour, ignora la remarque de son frère. Elle n'était pas de celles à se laisser détourner de son objectif.

« Tu es enfant unique ? demanda-t-elle à Ira.

– Moi ? Non, j'ai une sœur, plus jeune que moi.

– Ah bon ? Je ne t'ai jamais entendu en parler. Elle est beaucoup plus jeune ?

– Non, elle a environ deux ans de moins que moi,

mais tu sais ce que c'est, répondit-il négligemment pour éviter d'avoir à fournir davantage d'explications.

— Les petites sœurs ne comptent pas, c'est ça ?

— Oh ! non ! c'est pas ça. Mais une différence de deux ans à notre âge… elle va encore au lycée, alors que je suis à l'université. Il y a un fossé entre nous. Tu comprends ? »

Bon Dieu ! elle l'obligeait à faire attention, à avancer avec prudence.

« Dans quel lycée elle est ?

— Julia Richmond. Après, elle voudrait entrer à Hunter, l'école normale, dit-il, devançant sa question dans l'espoir de couper court à l'interrogatoire.

— Irma, tu veux bien me faire plaisir ? Je t'ai fait venir pour la veste, rien d'autre, lui rappela Larry.

— Eh bien, j'ai donné mon avis. Elle te va à merveille, Ira.

— Merci.

— Je suis ravie d'avoir entendu Ira déclarer qu'il te devait protection en échange de ce cadeau. C'est rassurant. Ça signifie que tu as un ami fidèle, et les amis fidèles veillent les uns sur les autres.

— Ce n'était pas ce qu'il voulait dire, riposta sèchement Larry.

— Non, en effet, et je le sais très bien. »

Le sourire provocant de la jeune fille déclencha la colère de Larry :

« Je voudrais tant connaître la joie de n'avoir qu'une sœur cadette au lieu de trois sœurs aînées qui me parlent de haut et m'abreuvent de leur sagesse. Ah ! je rêve de sœurs qui ne comptent pas ! » Il se tourna vers Ira. « Moi, mes sœurs ne cessent de peser sur moi depuis le jour de ma naissance !

— Heureusement pour toi », parvint à glisser Irma.

La virulence inaccoutumée des propos échangés entre le frère et la sœur finit par amener Ira à certaines conclusions : Larry envisageait d'abandonner ses études dentaires, et il en avait averti sa famille. La crise couvait. Ainsi… la charmante miss Welles comme l'avait qualifiée Larry. Qu'il appelait Edith. Son expression étrange, la rougeur ayant envahi son visage quand Ira avait dit, avec une feinte consternation, à titre de plaisanterie, maintenant, tu fais partie du club des Arts. Un truc comme ça. Qu'est-ce qu'il pouvait savoir ? Et qu'est-ce que les parents de Larry pouvaient soupçonner ? Ils s'inquiétaient, c'est tout. Il n'aurait jamais cru ça possible. Un changement aussi radical. Et pas seulement chez Larry, il sentait qu'il se produisait quelque chose de comparable en lui, un frémissement tout au moins.

Défaisant les boutons de cuir de la veste, Ira, l'espace d'un instant, contempla de nouveau son reflet dans la glace et s'adressa un sourire pour se féliciter de la pertinence de son analyse. C'était donc ça…

« Tu n'as pas besoin de prendre un air tellement suffisant ! lui lança Irma.

– Moi ? »

Ira, bouche bée, regarda dans la glace le visage crispé de la jeune fille. Jamais auparavant ni elle ni aucun membre de la famille de Larry ne lui avait parlé d'un ton aussi cinglant.

« Inutile de faire semblant. Je vois bien que tu te réjouis de la situation !

– Me réjouir ? dit Ira en pivotant. Je me réjouis de la veste, rien d'autre. »

Drôle de manière de briser la trêve, celle qu'il s'efforçait de conclure avec elle en son for intérieur. On aurait dit qu'elle l'avait surpris à penser à ce qu'il voulait à tout prix éviter de penser – tant elle se montrait violente et accusatrice. Nom de Dieu ! il avait envie de l'insulter, de lui jeter à la figure quelques-unes de ces épithètes bien senties qu'on entendait dans les rues de son quartier. Qu'est-ce qu'il avait à voir avec ça ? Qu'est-ce qu'il avait fait ? Peut-être qu'ils le croyaient responsable, peut-être qu'ils s'imaginaient qu'il avait influencé Larry, et, de quelque obscure façon, par des voies détournées, perverti la nature de leur fils. Comment savoir ? Après tout, c'était peut-être vrai. En fait, c'était Larry qui l'avait changé. Ira sentait sourdre la colère que lui inspiraient les regards noirs dont elle le gratifiait. Si foutrement protectrice ! Les insultes, les obscénités surgissaient dans son esprit, toute la panoplie des invectives de la 119ᵉ Rue. Soudain, sans qu'il y eût volonté délibérée de sa part, il se la représenta nue, qui marchait à quatre pattes, comme une jument, mais une jument au visage humain, les lèvres rentrées et, là, comme ça, elle aspirait, avec une expression si convenable. La prendre par-derrière puisqu'il ne voulait pas lui faire face, tellement il était furieux, elle l'avait humilié sans raison. Ou lui faire ce que les types de la 119ᵉ Rue racontaient tout le temps : son menton paraissait dessiné pour qu'il y presse ses couilles. Et puis la façon dont elle suçait ses lèvres. Exactement ça. Pompe-moi, salope. Bordel ! il n'avait jamais pensé à elle comme ça. Putain ! il était vraiment cinglé. Voilà le comportement bourgeois mentionné par Larry, ce comportement dont il ne connaissait rien, cerné de ténèbres menaçantes qui le submergeaient, pareilles à une eau noire. Qu'est-ce qui allait arriver dans cette maison ? *Hic* jaquette, il avait dit. Une blague. Non, ce n'en était pas une : ci-gît. Alors, c'est qu'il avait sans arrêt peur pour rien.

« Qu'est-ce que tu veux dire ? Je... je regardais juste... j'admirais la veste, s'obstina-t-il.

— Non. Et tu sais très bien de quoi je veux parler.

— Ça ne te dérangerait pas de te dispenser de tes accusations gratuites ? lâcha Larry avec une irritation croissante. Tu es odieuse ! Odieuse et insultante. Je t'en prie, laisse-nous.

— Et toi, tu es... tu es... tiens, je préfère encore me taire.

— Non, vas-y, ne te gêne pas.

— Un adolescent stupide et romantique ! acheva la

jeune fille, manifestement froissée. Si tu te figures que je n'ai pas surpris certaines de tes remarques.

– Quand ça ?

– Oh ! rien que le ton que tu adoptais. » Irma leva les yeux au ciel et posa sa joue sur ses deux mains jointes pour imiter la béatitude. « Ça m'a touché au plus profond du cœur.

– Une dernière fois, veux-tu nous laisser ! Avant que j'emploie un langage moins châtié. Laisse-nous ! Si tu savais comme je regrette de t'avoir demandé de venir.

– Ne t'inquiète pas, je vous laisse, et je vous laisse même l'appartement.

– Ça me convient parfaitement. »

Tendu, énervé, Larry attendit que sa sœur ait quitté la pièce, puis il fit signe à Ira de garder le silence jusqu'à ce qu'on entende claquer la porte d'entrée.

« Maintenant, tu as un aperçu de ce qui se passe, de l'atmosphère qui règne ici, s'écria-t-il alors. Irma, ma propre sœur ! Tu as déjà vu quelqu'un d'aussi hargneux ? Ça, pour une dispute, c'est une dispute. J'aurais dû y réfléchir à deux fois avant de l'appeler. Je suis désolé. Je ne voulais pas te mêler à ça.

– C'est pas grave. » Ira ôta la veste, et, la tenant sur le bras, demeura un instant silencieux avant de reprendre : « Tu sais, je ressens une impression de malaise, comme une espèce d'appréhension.

– Mais non. Ils sont dans tous leurs états... pour une chose imaginaire. Et même si c'était vrai, je suis légalement responsable de mes actes. Ils n'ont pas le droit de m'embêter comme ça.

– Je n'ai pas gaffé, si ?

– Bien sûr que non. Mon Dieu ! » Larry haussa les épaules. « Tu as pu constater... et eux aussi, que ma blancheur virginale commençait à foncer, et que je me transformais en mouton noir. La moindre déviation, ils l'amplifient – et en font quelque chose d'horrible. La ruine ! Le malheur ! Ce que je voulais devenir quand j'étais au lycée, c'est une chose, mais maintenant que je suis à l'université, je peux bien changer d'avis, non ? Tu as de la chance. Ta famille ne... » Il agita les bras. « Tes parents, ta sœur, ils ne t'assènent pas un tas d'idées préconçues, soi-disant pour ton bien, ou alors je me trompe ? Mon Dieu ! ils m'étouffent sous le poids des soucis qu'ils se font à mon sujet. Parle-moi donc du poids de cette cloche de plongée censée descendre dans... oh ! je ne me souviens plus du nom de cette fosse océanique. Les Mariannes, c'est ça ?

– Je ne sais pas. Tout ce que je peux te dire, c'est que pour ma mère... enfin pour Ma, je suis le centre de l'univers.

– Oui, mais suppose qu'elle apprenne que tu t'intéresses intimement, très intimement, à une femme plus âgée ? Grâce à Irma, tu as sans doute déjà compris. Je ne fais que répéter ce que tu as entendu.

– Si c'était une *shikse*, peut-être. Un peu, répondit Ira d'une voix légèrement hachée en raison des impressions contradictoires qu'il sentait se bousculer en lui comme en Larry. Mais seulement un peu. Ma ne s'inquiéterait pas vraiment, je veux dire. Bon, elle se ferait peut-être du tracas, mais tant que je passe mes examens, ma licence... Merde ! reprit-il, s'efforçant de soulager la tension. C'est tout le problème avec elle. Tu sais ce qui l'inquiéterait ? La réaction de mon grand-père si j'épousais une *shikse*. Le vieux bonhomme piquerait une de ces rages.

– Eux, ça les dérange à peine. Et encore. Victor, mon beau-frère, n'est qu'à moitié juif. Je crois que je te l'ai déjà dit. Non, c'est mon avenir qui les préoccupe. Tu sais, la profession, les conventions, la respectabilité, avoir des revenus assurés. Et plus important, Victor a déjà annoncé qu'il me voulait comme associé. Il possède une excellente clientèle. » Larry paraissait plus qu'agacé. « Le problème, tu vois, c'est qu'on forme une famille très unie, je ne peux pas vraiment t'expliquer, tout le monde se mêle de tout, et si tu fais le moindre écart, chacun se sent concerné. Tu vas à l'encontre des conventions, et tout le monde de prendre un air... » Il secoua la tête. « ... blessé et de se mettre à gémir : Oh ! mon Dieu ! Oh ! mon Dieu ! »

Le clocher de bois au sommet de la colline de Mount Morris Park, une vue qui marqua de manière indélébile la jeunesse d'Ira, semblait se dresser plus haut et plus imposant. L'espace d'un instant, l'édifice avec sa charpente et ses énormes poutres se dessina contre le ciel, comme à portée de main, tandis que la cloche de fonte étincelait en sonnant le glas.

« Mais comment ils ont su ? demanda Ira. Tu leur as raconté ?

— Oh ! non ! ce n'était pas nécessaire. Ils se sont mis à observer mes faits et gestes, et ils n'ont pas tardé à en tirer les conclusions. Je suis persuadé d'être maintenant le sujet de discussions sans fin. Tu comprends, ils ne sont pas naïfs, aussi bien ma mère et mes trois sœurs que mon frère aîné. Et puis il y a mon beau-frère, Victor, tu sais, le dentiste. Et Sam, un avocat. Ils me tiennent tous à l'œil. Je suis vraiment le bébé de la famille.

— Ah bon ? Pas étonnant alors que j'éprouve une espèce de trouille bizarre, dit Ira en commençant à plier la veste d'un air absent. La frousse, et aussi comme un sentiment de culpabilité.

— C'est à cause de ma sœur Irma. Elle ferait peur à n'importe qui. Mais ne te laisse pas démonter par elle. Attends, je vais te montrer comment on plie une veste. Tu prends les revers, puis tu ramènes les épaules vers l'intérieur. Tu vois ? C'est ce qu'on apprend à force de préparer ses malles pour les voyages en bateau. »

Ira le regarda faire. Avec ses larges mains blanches, il manifestait toujours cette même assurance, cette même confiance en soi qui dégageait une impression de compétence. Et compétent, il l'était. Il prenait les choses en charge sans rien trahir des hésitations et de la maladresse d'Ira. Il fit de la veste un paquet impeccable, puis déclara :

« Je sais où trouver un sac de la taille qui convient. »
Il quitta la salle de séjour.
   Et généreux, pensa Ira. Jamais condescendant, comme si la générosité était chez lui une seconde nature. Voilà comment il fonctionnait, comment il se comportait. Vous vous rendez compte, donner comme ça sa belle veste anglaise... Mon Dieu ! que la vie était étrange. S'être simplement assis à côté de Larry en classe d'élocution, et voyez ce qui en résultait : leur amitié, tout ce qui se passait aujourd'hui et qui se passerait demain. Comme le destin. Son amitié avec Larry avait-elle affecté celui-ci ? L'avait-elle transformé ? Et en quoi ? Peut-être en quelqu'un qui ressemblerait un peu à Ira avec son sentiment de non-appartenance, son indolence, son absence d'ambition, ses errements. Un réprouvé, un Juif, un paria dans Harlem qui, fou et cruel, utilisait des moyens de chantage, avec Minnie, avec Stella, un salaud rusé et dénué de scrupule qui menaçait une fille de quatorze ans pour la sauter. Peut-être qu'Irma avait raison de l'accuser. Peut-être qu'il portait effectivement une part de responsabilité dans le fait que Larry envisageait de renoncer à une carrière de dentiste pour se diriger vers l'écriture et s'attacher à sa professeur de littérature. Bon sang ! quel changement ! Larry était un type tellement différent à l'époque. La poésie, d'accord, on aimait bien, comme une chanson, un truc de ce genre. Devenir dentiste, voilà un but sérieux dans l'existence. Mais si, mais si. Quant aux professeurs, ils ne gagnaient pas beaucoup, n'est-ce pas ? Et maintenant, le torchon brûlait entre sa famille et lui. Il était métamorphosé. Devenu un autre type. Pas étonnant qu'Irma soit furax, son frère se détournait d'un avenir respectable, comme Ira, comme si ce dernier lui avait communiqué l'impulsion en ce sens, celle qui le conduisait à préférer aller chercher les mots au sein des transes les plus profondes, tel un pêcheur de corail, et à risquer son avenir pour les beaux yeux de miss Welles. Ouais, rien de surprenant à ce qu'ils aient si peur. Et lui,

qu'est-ce qu'il avait vu ? Rien, rien du tout. Finalement, il aurait dû aller à Cornell. Ça aurait sans doute été mieux pour tous les deux, et ils se seraient préparés à l'Amérique conventionnelle ainsi qu'ils se la représentaient. L'Amérique qui les aurait ensuite récompensés. Et au lieu de ça ? Bon Dieu ! on suit ces fils, ils se font de plus en plus ténus, et ils finissent par s'emmêler avant de vous ramener à votre point de départ. De quoi devenir cinglé !

Larry réapparut avec un sac de chez Macy's.

« Oublions toutes ces contrariétés. Je vais mettre un disque, dit-il en posant le sac sur un fauteuil. N'oublie pas de le prendre en partant.

– Oh ! non ! affirma Ira en riant… un peu jaune. Je ne sais pas. Tu crois que c'est la veste, la jaquette qui me flanque la trouille comme ça ? À cause de *hic* jaquette ?

– Je croyais que tu n'avais jamais fait de latin.

– Non, mais j'ai retenu ces deux mots parce qu'ils vont bien ensemble.

– Qu'est-ce que tu veux écouter ?

– Tu connais mon morceau favori, l'*Inachevée*.

– Va donc pour l'*Inachevée,* dit Larry qui fouilla dans le meuble en chêne sous le phonographe, puis en sortit le disque avec, comme toujours, un geste un peu théâtral…

– Tu sais, quand j'étais gamin, à Brownsville, dans Brooklyn, avant qu'on habite le Lower East Side, on avait un phonographe, fit remarquer Ira. Un tout petit appareil, c'est tout ce que je me rappelle. Et je l'ai cassé. Quelle raclée j'ai pris !

– Tu te souviens de ce qu'on passait dessus ? Tiens, je ferais bien de changer cette aiguille.

– Je crois que c'était "Hatikvah".

– "Hatikvah" ?

– Oui, mais je ne sais plus si c'était Ma qui le chantait ou le phonographe qui le jouait. Tu connais ?

– Non.

– Non ? dit Ira qui essaya de chantonner la mélodie avec les quelques paroles qu'il se remémorait. Malheureusement, je n'ai pas une aussi bonne oreille que toi.

– Ça ressemble à la "Moldau" de Smetana, dit Larry en fredonnant l'air à son tour.

– Ah bon ? C'est drôle. Ma ne pouvait pas connaître la "Moldau".

– C'est vrai. Smetana venait de Bohême, et toi tu es un *Galits*. Ce n'est pourtant pas très loin, si ? demanda Larry en posant l'aiguille sur le début du sillon. La Hongrie et la Tchécoslovaquie, ça faisait bien partie de l'Empire austro-hongrois ?

– Tu en sais plus que moi là-dessus. Je suis pas très sûr... Waouh ! ça c'est de la musique ! »

Larry alla s'asseoir dans le fauteuil en cuir. Après quelques accords, il ferma les yeux et soupira, les lèvres entrouvertes, les paupières closes, à la fois mur extérieur et écran intérieur, songeait Ira qui, immobile, la tête rejetée en arrière, ses fins cheveux noirs dégageant ainsi son front pâle, s'abandonna à ses réflexions. C'était donc ça l'amour, aimer ou être amoureux ? De quoi d'autre aurait-il pu s'agir ? Comme ça vous ennoblissait ! Vous transfigurait ! Quelqu'un comme lui, le désir perdu, coupé du rêve de pureté dans lequel Larry baignait à présent – coupé de l'amour, quelque chose de ce genre – pourrait-il jamais, jamais... ? Non. Comme haché menu. Foutu. Alors, au moins en être témoin chez Larry. L'observer. Pas moyen de faire mieux. Mais, bon Dieu ! c'est là que le sentiment de culpabilité se manifestait, et qu'Irma avait peut-être perçu. Tu t'imaginais en train de le guider par télépathie, de le contrôler à distance pour le soumettre à ta volonté. Voilà où t'a mené ta bassesse...

Au moment précis où s'élevaient les mesures familières de « *Tu es un rêve d'amour* » (un vol, un plagiat), la musique hésita, se mit à détonner.

« Je m'en occupe, dit Ira en se levant pour tourner la manivelle du phonographe.

– Je n'ai pas dû le remonter assez », constata Larry.

Oh ! l'homme et ses dix mille, ses dix millions de synapses qui frémissent, ses milliards de bribes de pensées, de lambeaux et de filaments d'idées. Oh ! les millions de milliards de fibres, d'atomes, de spirochètes...
Tout ce qu'il lui fallait balayer pour reprendre, dans une prose acceptable, dans une certaine prose, le fil de ce qu'il savait déjà, de ce qu'il ne savait que trop bien et que trop douloureusement, afin de s'évertuer à alimenter le modèle, le chef-d'œuvre qu'il espérait recréer.

CHAPITRE V

Le semestre d'automne s'acheva, ignominieux pour Ira, qui obtint une moyenne à peine passable, laquelle aurait été même franchement infamante sans son excellente note en chimie. Telle que la situation se présentait, ses deux « Médiocre » lui ôtaient un huitième du total de ses unités de valeur, de sorte qu'il se retrouvait déjà très en retard après seulement quelques mois d'université. Il se demandait avec une lucidité entrecoupée de réflexions stupides ce qu'il allait bien pouvoir faire, alors qu'il lui fallait se mesurer à tant d'étudiants juifs à l'esprit vif et pénétrant qui semblaient, eux, connaître toutes les réponses.

Eh oui, il aurait mieux fait de choisir Cornell, de se mêler aux étudiants non juifs si décontractés, et il aurait sans doute brillé par comparaison... On ne pouvait jamais savoir, à fréquenter les goys aux tempéraments accommodants. La compétition le minait. Et puis, loin de Minnie et des tentatives de persuasion de chaque dimanche matin – ainsi que des conséquences qui s'ensuivaient –, loin de Stella, mollassonne, rondelette, amorphe et toujours d'accord – ainsi que des autres conséquences qui en résultaient, tout aussi affligeantes –, loin des incitations qui apparaissaient en filigrane sur la page de n'importe quel livre de classe et le poussaient à tenter sa chance chez Mamie. Un soir de veine, peut-être, allons donc faire un petit tour là-bas. Loin de tout ça, de tout ça, de tout ça, et puis maintenant Larry et son Edith – de plus, en consacrant à ses études le temps ainsi perdu, il aurait peut-être obtenu de bons résultats à Cornell. Et puis, qui sait s'il ne se serait pas dégoté une fille, grâce au tuyau d'un de ses copains de classe peut-être, dont il aurait acheté les faveurs deux ou trois dollars à l'aide de l'argent gagné en travaillant dans la cas-fée-thé-ri-ah ou ailleurs. Être un *mensh* au lieu de... de ce qu'il était.

La fin d'après-midi s'étirait, terne et ennuyeuse, par un de ces dimanches de février où la faible lumière semblait s'accrocher aux fenêtres de la salle de séjour des Gordon, un après-midi enveloppé par le crépuscule glacial comme une cloche de plongée par l'océan. Larry et lui se trouvaient seuls. Irma et ses parents rendaient visite à de la famille, et c'était le jour de congé de Mary, la bonne. L'appartement représentait un îlot de confort, tandis que le moelleux du fauteuil trop rembourré paraissait accentué par les radiateurs qui sifflaient comme pour tenir à distance le froid humide du dehors qui cherchait à s'infiltrer. Pourtant, dans la tombée du jour, dans la conversation qui languissait, dans la grisaille de la pièce où les appliques n'étaient pas encore allumées, Ira sentait la présence de quelque chose d'énorme qui attendait, tapi dans la pénombre. Il lui suffisait d'être patient. La pâleur et le silence de Larry devaient avoir une cause. D'habitude, il se chargeait du phonographe, mais aujourd'hui, c'était Ira qui s'en occupait et en profitait pour mettre ses disques préférés, tandis que Larry restait dans son fauteuil à bascule en cuir, perdu dans une espèce de rêverie austère.

« On a tout le temps l'impression que l'un s'efforce de montrer à l'autre qu'il peut chanter plus haut ou plus bas que lui, dit Ira pour tenter de tirer Larry des sombres pensées où il s'abîmait. Caruso et Gigli : *"Solenne in quest'ora – Lo giuro, lo giuro."* Tu vois ce que je veux dire ? »

Silence... anormal... profond.

« J'ai quelque chose à te dire, finit par déclarer Larry. Quelque chose de... que je tiens à te dire.

– Maintenant ?
– Oui, maintenant. »
Ira souleva le bras du phonographe, puis poussa le petit levier qui permettait d'arrêter le plateau tournant.
« Je t'écoute.
– Quelque chose que j'aimerais garder secret.
– Pas de problème. Si tu préfères ne pas me le confier...
– Je veux absolument te le dire. »
Ira alla s'asseoir sur le divan habillé de vert.
« À qui je le répéterais, de toute façon ?
– Tu es le seul à qui je puisse en parler. »
Il paraissait si solennel, et ses pommettes étaient si pâles et saillantes que ses yeux semblaient plus profondément enfoncés dans leurs orbites que d'habitude. Il avait les traits tirés, l'air amaigri. Il prit une profonde inspiration, retint un instant son souffle comme pour l'économiser en vue de ce qu'il s'apprêtait à dire, puis lâcha :
« J'ai passé la nuit dernière chez Edith. »
Ira ne put que rester muet de stupeur. Manifester de la compréhension, ne rien trahir, ou le moins possible, de l'incrédulité qu'il éprouvait. Que dire à quelqu'un qui vous racontait qu'il venait de passer la nuit avec un maître assistant, sa professeur de lettres à l'université, titulaire d'un doctorat ? Réagir par quelque chose du genre : « Ah bon ? » Quand l'incroyable se réalisait, ça devenait de la magie, ça fonctionnait comme un charme jeté sur tout ce qui se trouvait à portée des sens : les appliques murales pas encore allumées, le nu sur la balançoire qui se fondait avec les tours dans le bleu qui s'assombrissait, les reproductions de Corot qui s'estompaient dans la pénombre, le parquet et les motifs du tapis turc qui semblaient fusionner. Mais ça ne l'aidait pas à trouver ses mots. Pareille situation ne pouvait se produire qu'une fois au cours d'une vie. Se taire. Laisser le sang bouillonner à l'intérieur de son crâne. Quoi de plus inouï ?

« Je l'aime, affirma Larry en croisant ses larges mains blanches. Je suis amoureux d'elle depuis longtemps déjà, et maintenant, je sais que c'est réciproque. »

Ira écoutait, comprenait, comme si les paroles tombaient d'un grand nuage gris, comme si le crépuscule d'hiver s'exprimait dans une salle de séjour familière, *gemütlich*, et formait des phrases qui dérivaient vers lui. Qui était là ? Mon Dieu ! il venait d'interrompre une aria de *La Forza del destino*.

« Je l'aime. Je veux l'épouser. Je veux m'occuper d'elle. Je veux qu'elle soit mienne. Mienne ! répéta soudain Larry. Lorsque je la vois qui se dévoue corps et âme pour enseigner à une bande d'étudiants obtus de "prédentaire", j'ai envie de la prendre dans mes bras pour la bercer et la protéger. Elle est si menue, si enfantine, si fragile, tu n'imagines pas. Et cette petite chose doit travailler si dur… »

Sa voix se brisa, et il renifla, tandis que ses yeux se mettaient à briller dans la pénombre. Il se leva, et, gêné, la gorge serrée, se dandinant sur place, il chercha en vain à terminer sa phrase.

Ira dut détourner le regard.

Le silence régnait dans la pièce, si total qu'il en paraissait gémir comme des cordages. Et puis, brusquement, Larry reprit la parole et soulagea son cœur dans un torrent de mots, racontant ses espoirs et ses désirs. Un flot merveilleux, puissant et rapide déferla alors sur Ira, tantôt compréhensible, tantôt incompréhensible, la multitude de sujets dont Larry et Edith avaient discuté, les impulsions de Larry, les conseils d'Edith, les projets d'avenir de Larry, les avis d'Edith sur son changement d'orientation. Au diable la carrière de dentiste ! La littérature, voilà sa véritable vocation. Et au diable les conventions bourgeoises ! Il devrait partir, quitter sa famille, braver leurs critiques et s'opposer à leur sale matérialisme – Ira se sentait si peu sûr de ce qu'il entendait et de ce qu'il ressentait qu'il n'osait se livrer au moindre commentaire, trop conscient d'ignorer ce que pouvait représenter ce genre de relation, ce genre d'engagement. C'était si loin de tout ce qu'il avait seulement rêvé, que son souci majeur était de se surveiller pour ne pas proférer une bêtise quelconque qui risquerait de révéler l'étendue de sa puérilité et de son manque d'intelligence. Dans une situation comparable, sachant qu'on n'avait rien de pertinent à dire... d'ailleurs, qui pourrait aspirer à une situation comparable ? Une noble liaison, un amour mythique ! On ne pouvait qu'hocher la tête pour indiquer qu'on comprenait, même si on n'avait pas la moindre idée de ce dont il s'agissait. Elle était plus âgée que lui, le fait parvint jusqu'à son esprit ; *ça*, c'était une différence ; encore que Larry ne semblât pas y prêter attention, pas plus qu'au fossé qui les séparait, leur rang et leur position sociale. Il était étudiant en première année, elle était détentrice d'un doctorat ; elle était chrétienne, il était juif. Seuls les violents contrastes apparaissaient. Bon, laisser tomber les études dentaires, passer une licence de lettres, et après ? L'essence, la réalité, l'aspect pratique de l'amour, balayer certaines pensées qui pourraient lui traverser l'esprit ; l'amour ne laissait pas de place, pas de prise au prosaïque ; balayer toute curiosité sur les choses de la chair, les désirs hors de propos, les fantasmes, les où, les quand et les...

« Elle a dit que ce serait folie de ne pas passer mes examens, poursuivit Larry. De ne pas obtenir ma licence.

– Mais si tu pars de chez toi... c'est bien ce que tu as dit ?

– Elle m'aidera.

– Et tu habiteras où ?

– Il faudra y réfléchir. Dans le Village, probablement. Près de chez elle. Et si on se marie, j'habiterai avec elle, bien sûr...

– Vous marier ! » C'était impossible. « Il faut vraiment que vous vous mariiez ? Je veux dire... » Incapable d'achever sa phrase, Ira ne put que se gratter le cou

avec frénésie. « C'est pas ce que je voulais dire. Mais, mais… comment vous pourriez vous marier ?
— Il sera sans doute préférable d'attendre un peu, le temps qu'elle ait un poste fixe et moi, ma licence.
— Ah ouais ? Mais, bon Dieu ! ça fait au moins trois ans à patienter, ou je me trompe ?
— Ce n'est rien. Je pourrai facilement gagner de quoi vivre pendant que je suivrai mes cours. Je sais vendre, ça j'en suis certain. Le principal, c'est que je ne dépendrai pas d'elle. Elle n'aura pas à me nourrir, si c'est ce que tu penses. De toute façon, je ne le permettrai pas. J'aurai de quoi subvenir à mes besoins – et même plus. Rien de ce genre ne viendra se mettre en travers de notre mariage. Je n'aurai pas à… à attendre d'avoir mon diplôme pour me marier. Mais pour elle, un poste fixe, ça représente autre chose. Donc, jusque-là, le mariage sera *sub rosa*. En d'autres termes, suspendu. Je lui ai dit que si elle voulait, on pourrait se marier à la fin du semestre – en secret. » Il pointa le doigt sur Ira. « Je ne suis pas *obligé* d'aller à NYU.
— Non ? Comment ça ?
— Je n'ai pas plus besoin d'y aller que toi. Et même si on était mariés, je n'y retournerais pas.
— Tu t'inscriras à Columbia, c'est ça ?
— Pas du tout ! À CCNY comme toi ! s'écria Larry. Naturellement. Il me faut une université où les études sont gratuites. C'est là que je passerai ma licence.
— Oh ?
— Et j'écrirai durant mes loisirs. C'est ça que je désire le plus au monde : écrire. Au diable les diplômes ! ces ridicules bouts de papier ! Mon Dieu ! on en a discuté pendant des heures et des heures ! Tout d'un coup, tu as envie de rompre tous les liens, tout ce qui te rattache à la famille, à *ta* famille. À la bourgeoisie, autant dire. Aux conventions, à la respectabilité, tout ce dont toi et moi avons parlé. Et même renoncer à l'idée de diplômes. C'est là où je ne suis pas d'accord avec Edith. Je n'ai pas besoin de diplômes pour écrire. Je pourrais me

faire embaucher à bord d'un paquebot comme steward, aide-mécanicien, matelot ou n'importe quoi. Bourlinguer. Déserter le navire au port. Tu sais combien il y a d'Américains, des expatriés comme ils se désignent eux-mêmes, aujourd'hui en France ? Eh bien, je ferai quelque temps partie du nombre. Pourquoi pas ? Une fois qu'on sera mariés, qu'on appartiendra l'un à l'autre, je me sentirai libre de me séparer provisoirement d'elle. D'autres l'ont fait. Être mariés, ça ne signifie pas, comme le prétendent les bien-pensants, qu'on soit condamnés à rester ensemble au même endroit. C'est de ça que je tiens à te parler. Tu t'es défilé pour la dernière réunion du club des Arts, mais si tu viens à celle de vendredi, tu verras Marcia Meede. C'est la femme de Luther. Elle a été faire son doctorat aux îles Samoa pendant que son mari séjournait en Angleterre grâce à une bourse quelconque. Une année entière. Tu vois ? Edith et moi, on pourrait se marier, et je serais quand même libre de faire tout ça. Au lieu d'être enchaîné à elle, je serai... je suis pratiquement libre, libéré de mon éducation bourgeoise, et c'est de ça que j'ai besoin. Il faut que je me dépouille de mes anciennes habitudes, de tout ce que j'étais avant. Et tu sais comment j'étais. » Il haussa les épaules avec violence. « Un membre de la bourgeoisie aisée et suffisante. Financièrement dépendant de ma famille qui m'octroyait une allocation. Élevé dans du coton, dorloté. Un prédentaire. Qu'est-ce que j'étais d'autre ? »

Il paraissait furieux contre lui-même et malgré l'obscurité qui gagnait la pièce, on distinguait son agitation et son trouble, alors que, mal à l'aise, il remuait sans cesse, lâchant des exclamations étouffées qui venaient ponctuer son discours :

« Pour ne rien te cacher, tu ne vas pas le croire, mais je tombe de sommeil... Nous n'avons presque pas dormi de la nuit, mais le problème n'est pas là. Je suis épuisé à force d'avoir ruminé tout ça... Quelle est la meilleure solution, pour moi, pour nous ? La meilleure chose à faire ? Annoncer que je quitte NYU ? Partir de chez mes parents ? Prendre un travail ? Ici, à New York ? Ou du genre de ceux dont je parlais : m'enrôler à bord d'un caboteur, ou d'un paquebot. Je sais que je réussirais à me faire embaucher comme steward. Tu m'écoutes ? » Le regard poignant, assombri par les questions qui le préoccupaient, manifestement en crise, il fouilla ses poches à la recherche de sa pipe qu'il prit entre ses larges mains avant de continuer : « Je suis à un important carrefour de mon existence. C'est évident, non ?

– Oh ! oui ! Bon Dieu ! je voudrais tant pouvoir t'aider, Larry, mais tu sais... », Ira eut un geste d'impuissance accompagné d'une grimace, « ... ça ne fait pas partie de mon monde, ou c'est moi qui ne fais pas partie de lui. Et en plus, tu es tellement en avance par rapport à moi dans ce qui t'arrive. Tu comprends, qui aurait pu imaginer qu'une chose pareille pourrait se produire, chez un de mes amis tout juste sorti de DeWitt Clinton ! Je ne trouve même pas mes mots. Tu vois bien, je ne peux t'être d'aucun secours.

– Et, naturellement, ceux vers qui je pourrais me tourner, mes proches, eh bien, tu as vu, dit Larry avec un petit rire de dérision. Irma, l'une ou l'autre de mes sœurs, mes parents, c'est la même chose, conclut-il en jouant avec sa pipe, l'air découragé.

– Je te l'ai dit, j'ignore tout de ces choses-là. Je ne la connais pas, mais c'est elle que tu dois interroger.

– Edith ?

– Ouais. À mon avis, en tout cas. Qui d'autre sinon elle ?

– Edith pense que je ne dois pas précipiter les choses. Tu sais, céder à mes impulsions, couper tous les ponts.

– Ah bon ?

– Oui. Elle veut que je passe ma licence. Comme je te l'ai dit, elle estime que ce serait folie de ne pas le faire.

– Ah ouais ?

– Oui.
– Alors, qu'est-ce que tu vas décider ?
– Eh bien, nous voilà revenus au point de départ. Qu'est-ce que je vais donc décider ?
– Tout ce que je peux te dire, c'est que le choix t'appartient, dit Ira, les yeux fixés sur le tourbillon de vide que les ténèbres semblaient avoir commencé à creuser. Et une fois que j'ai dit ça... »
Larry paraissait fasciné par le même vide.
« Ça les tuerait presque.
– Qui ? Tes parents ?
– Oui. Tu imagines, si je rompais tous les liens. Si je devenais une espèce de vagabond. Ou que je disparaisse. Le petit bébé choyé par sa famille. Élevé aux Bermudes. Et crois-moi, je n'ai pas beaucoup protesté. Ils seraient bouleversés. D'un autre côté, je veux être avec elle, avec Edith. Je ne sais plus quoi faire. Mon instinct me dicte de prendre une décision sans tenir compte de ce qui serait sage ou non. Qu'est-ce que tu en penses ? »
Ira leva les mains et secoua la tête :
« C'est à moi que tu le demandes ! »
Larry, un doigt au coin des lèvres, suçota sa pipe éteinte.
« Oui », fit-il, comme si l'instant critique était arrivé. Il soupira et, quelques instants plus tard, il prit un air résigné avant de déclarer : « Je crois qu'Edith a raison.
– Ah bon ?
– Je suis impétueux, romantique.
– Vraiment ?
– Bon, d'accord.
– D'accord, quoi ?
– Je ne vais pas bouger. Je suis fatigué de réfléchir. Peut-être qu'une meilleure idée me viendra plus tard. » Il se tassa dans son fauteuil. « Statu quo pour le moment. C'est tout. *Statu quo ante*. Tu sais ce que ça veut dire ?

– Fais ce qui est raisonnable, considère l'aspect pratique de la situation ?
– C'est ça, mais pas tout à fait. Plutôt, on laisse les choses telles quelles.
– Oh !
– *Wait and see*, comme disent les Anglais. Il est beaucoup trop tôt pour faire ce que je désire. On sera ensemble d'ici peu. Bien sûr, c'est ce que je veux, ce que je veux le plus au monde… Seulement, il y a mes parents et mes sœurs. Ce sont des gens bien, tu sais, gentils, généreux. Quoique, en ce moment, je me sente à des années-lumière d'eux, et que je me dise que je dois trancher dans le vif. Agir ! Une fois pour toutes. » Il tourna la tête, poussa un petit gémissement de frustration et recommença à s'agiter. « Bon, on ferait bien d'allumer la lumière, non ? J'ai l'impression que je vais bientôt perdre la boule, comme on dit.
– Tu veux que je le fasse ? Allumer la lumière, je veux dire, proposa Ira, se sentant idiot.
– Avec plaisir. Avant qu'on n'y voie plus rien. »
Ira se leva pour aller abaisser l'interrupteur. Le brusque flot de lumière inonda Larry installé dans le fauteuil en cuir. L'air sombre, épuisé, indécis, il se mordillait les lèvres tout en continuant à tripoter sa pipe de bruyère. Le noir du tuyau contrastait avec la pâleur de ses larges mains.

« Eh bien, voilà. » Ses traits et toute son attitude exprimaient la lassitude ainsi qu'une résignation empreinte d'une insatisfaction qui semblait avoir remplacé son énervement. « J'ai de la chance que tu sois là et que je puisse te parler, Ira, reprit-il, balayant d'un geste les protestations de celui-ci. Non, non, je sais très bien ce que tu allais dire. Mais je ne me suis jamais fourré dans un tel pétrin, et je suis content que tu aies été là, c'est tout… » Le découragement se lisait dans sa voix. Il soupira, puis continua : « Edith a raison. Tu vois ce qui s'annonce ? Tout va trop vite. Je l'adore, mais… je quitterai NYU l'année prochaine. J'ai pris ma décision, et elle est irrévocable.

– Et CCNY ?

– Devenir petit à petit moins dépendant de mes parents – sans les achever, en quelque sorte. Transférer les équivalences. Peut-être prendre un travail à mi-temps.

– Hé ! tu sais, je crois que je devrais te laisser te coucher de bonne heure. T'as l'air crevé.

– Je suppose qu'Edith l'est aussi. Bon, bientôt... En attendant, on va essayer de se trouver quelque chose à dîner. Voyons ce que contient le garde-manger. Il devrait y avoir des restes et de la soupe. Ça, il y en a toujours.

– Oui, oui, peu importe.

– *Soupe du jour*, dit Larry sans nulle trace de gaieté. Soupe du Juif.

– Je peux t'aider ?

– Non, non, je m'en occupe. Ça me fera du bien. Ça me ramènera au... au quotidien. Allons dans la cuisine. »

Ira le suivit, et le regarda verser le contenu d'un grand bol dans une casserole.

« C'est du goulash hongrois. » Larry posa la casserole sur le feu, puis retourna prendre un cœur de laitue dans la glacière. « On fait l'assaisonnement nous-mêmes. Vinaigre et huile d'olive, ça te va ?

– Oui, oui, parfait.

– Un toast ?

– Je veux bien. »

Larry mit la table comme il faisait tout le reste, c'est-à-dire avec compétence, et, en dépit de sa fatigue, prépara le repas d'une main de maître. Ira l'observa dans un silence bienvenu qui lui permit de tenter de réfléchir, de s'interroger en secret, de spéculer laborieusement, d'avancer à l'aveuglette dans un futur qui n'autorisait que les plus ténues des hypothèses, et de tâtonner au sein d'un labyrinthe inextricable. Bon Dieu ! que Larry lui demande des conseils *à lui !* Alors qu'il savait à peine ce qu'il fallait faire, qu'il était tout juste à même de lui désigner les possibilités qui s'offraient à lui. Voyons : pour favoriser sa liaison, son mariage avec Edith, Larry affirmait qu'il se sentait prêt à partir de chez lui, à devenir un vagabond, comme il disait, et puis à changer, à quitter Edith pour quelque temps, et ensuite sa famille et tout le confort, l'argent, son allocation ainsi qu'il l'appelait, les beaux vêtements, sa chambre. Et à quitter aussi son ami, son ami intime, Ira.

La pensée s'insinua en lui, celle des choix désastreux que lui-même avait effectués. Il avait renoncé au lycée qui l'attendait à cause de Farley, puis à un brillant avenir éventuel pour l'amitié de Larry, seulement lui, il n'entrait pas dans les préoccupations de Larry. Non qu'il en fût blessé. C'était une leçon, qui le faisait redescendre sur terre. Mais c'était dingue, complètement dingue ! Larry ne partirait pas, ne céderait pas à ses impulsions, surtout qu'Edith le lui déconseillait, il suivrait son avis. Que c'était déroutant ! Et, comme par le passé, la forme qui planait dans les ténèbres de son esprit adopta une silhouette étrangement annonciatrice de bon augure. Larry ferait ce qu'Ira s'était figuré d'avance, ce qu'Ira destinait à son profit. Et ça aussi, c'était dingue, non ? Oh ! combien ! La même chose, toujours la même chose. Est-ce qu'il avait déjà été amoureux ? lui avait demandé Larry dans le courant de la conversation. Est-ce qu'il avait connu un premier amour ? Bon Dieu ! tu parles d'une plaisanterie ! Il avait fait sauter des barrières qui ouvraient au-delà de l'amour, éprouvé une envie de meurtre, vu trembler les murs verts quand Minnie disait : « Bon, viens. » Et baisé son idiote et grassouillette de cousine dans la cave. Quand aurait-il eu du temps pour l'amour ? Il n'en avait pas besoin, il lui en restait tout juste assez pour tirer un coup dans une chatte offerte et méprisable. Waouh ! Putain !

y'avait rien de meilleur ! Le risque, le péril, gagner le jackpot de l'abominable et du transcendantal !

Non, il s'accrochait à Larry parce que là résidait son avenir, il ne pouvait que se le répéter, pour la centième fois. Un avenir dont il ignorait la nature, mais latent et… et florissant. Il était entre ses griffes, il se le représentait tout en n'y croyant pas et il n'y croyait pas tout en l'ébauchant. Il fallait que, d'une façon ou d'une autre, ses aspirations floues finissent par se solidifier, ce sentiment sans nom, impalpable, qu'il existait une fatalité, une situation désespérée, la sienne, des égarements hideux, fous et funèbres, bien au-delà de tout ce que Larry s'imaginait. Non, celui-ci, dût-il quitter la maison, ne pourrait jamais comprendre ni connaître les tourments infernaux et les souffrances qu'Ira s'était infligés à lui-même.

On en revenait au terrible événement de sa deuxième année à DeWitt Clinton, la perversion meurtrière qui le rendait unique, qui faisait de lui un élu, même si d'autres, comme Larry, étaient plus capables que lui, plus vifs d'esprit, plus adroits, et possédaient tous les attributs d'une plus grande intelligence, le bon goût, le jugement, n'empêche – était-ce illusion ? – que, oui, il le savait, c'était honteux et est-ce qu'il avouerait l'inceste à qui que ce soit ? Ou bien est-ce que soumettre sa cousine de quatorze ans à sa luxure lui conférait un destin tout tracé ? Quelle folie ! Il avait suggéré sa décision à Larry, lui avait suggéré de rester chez ses parents. Comme pris dans le sillage de son ami, tels ces cyclistes derrière les dernys, il allait être entraîné dans un avenir qui ne lui apparaissait encore que sous l'aspect d'une aspiration vague, d'un rêve qui, cependant, préfigurait la réalité, de la même manière que Michel-Ange disait que la statue était dans le marbre.

Bringuebalé, debout en plein vent sur la plate-forme arrière de l'El de la Huitième Avenue, il avait écouté le garçon dont il venait de faire la connaissance se vanter – peu après avoir claironné des extraits de l'anthologie de Louis Untermeyer, des vers de poésie contemporaine qui sonnaient comme une fanfare annonciatrice d'un monde nouveau – que plus tard il serait dentiste... et affirmer que les professeurs ne gagnaient pas assez d'argent. Il s'était alors rendu compte que quelque chose ne collait pas. Et aujourd'hui, Larry, le privilégié, le romantique, pris dans le tourbillon de son histoire d'amour avec Edith, avait tenté de restaurer son image en sacrifiant celui qu'il devait devenir, mais, *après réflexion*, sensible aux aspects matériels, il paraissait y avoir renoncé. Et là, devant lui, se tenait le beau Larry, en train d'assaisonner la vinaigrette avant de la goûter en connaisseur, qui aurait voulu devenir celui qu'Ira était déjà, et depuis si longtemps, un crétin inepte, dépourvu de tout esprit pratique, torturé – un imbécile incorrigible et incorrigiblement lucide. Le modèle auquel Larry se référait convenait davantage à Ira qu'à lui, et peut-être que cela scellait une grande amitié. À en croire le clapotis, le flux et le reflux de ses capacités de réflexion qui balayait son cerveau, se disait Ira, ce devait être ce qui avait commencé à se produire. Il possédait la vigueur, le registre nécessaires. Son imagination ne connaissait pas de freins, pas d'entraves. Il avait lutté contre la démence, souffert des plus horribles déchirements de l'âme. Tue-la ! Tue-la... Et pourtant, au milieu de sa folie, il résolvait des problèmes de géométrie plane, qui exigeaient raison et logique – comment était-ce possible ? –, et trouvait le réconfort dans l'application de théorèmes sur les tangentes et les sécantes, les apothèmes et les cordes.

Oh ! oui ! ça cadrait davantage avec lui, il considérait comme naturelles les lourdes façades qui défilaient sur le trajet de l'El, les figures collées aux fenêtres qui semblaient attendre des événements insignifiants et qui auraient pu être arrachées à son propre milieu. Écouter

Larry dire, répéter : « Je sais qu'elle se préoccupe de mon bien-être, mais il faut que je fasse l'expérience de la vie. En tout état de cause, je me dénicherai quelque chose dans le Village, une chambre bon marché, n'importe quoi. J'ai un peu d'argent sur un compte en banque – ma tante Lillian m'a laissé un petit héritage. Partir. Être indépendant. Il faudrait absolument que je le fasse. Que j'assume mes actes et leurs conséquences. » Et toujours la même question : « Qu'est-ce que tu ferais, toi ? »

On tournait en rond (on aurait dit *le Vieux marin*).

« Pour moi, ce serait quitter un taudis, qu'est-ce que tu crois ? Mais toi, tu quitterais – enfin, regarde autour de toi !

– Je quitterais une atmosphère bourgeoise étouffante !

– Une atmosphère étouffante ?

– Oui. » Larry, penché au-dessus de la planche à pain, leva brusquement la tête. « Tu aimes la baguette ? Tu comprends, je ne peux pas rester ici. Mes parents ne sont pas si mal, tu le sais, mais il faut que je parte. Que je coupe les ponts. Que je tranche les liens pour acquérir mon indépendance. Tous ces sentiments familiaux. Mon Dieu ! c'est terrible ! J'aime mes parents. Et même Irma, contrairement à ce qu'on pourrait croire. Et puis mon frère Irving, mes autres sœurs, ma nièce, mes beaux-frères. Les larmes et le chagrin que je causerais ! Tu imagines la somme de souffrances dont je serais responsable ? Et mon père qui n'a pas le cœur très solide. N'empêche que je continue à penser que c'est ce que je devrais faire. Mon Dieu ! que ce serait cruel ! »

Comme la tension le faisait paraître plus âgé ! Avec son visage creusé, ses traits tirés, on n'aurait jamais cru avoir affaire à un étudiant de première année. Il ressemblait plutôt à ces instantanés de jeunes athlètes saisis au moment de l'effort – des lycéens qui avaient l'air d'adultes.

« Ouais, ouais.

– Edith pense que je devrais attendre la fin du semestre. Je ne suis pas d'accord. Elle estime qu'il faudrait que j'essaye de prendre en considération l'ensemble du problème, mais je ne peux pas. Me connaissant, j'ai l'impression que si je veux devenir écrivain, je dois en créer moi-même les conditions. Tu comprends ? Maintenant, tout de suite. Pas le prochain semestre, ni, à plus forte raison, dans trois ans, après avoir passé ma licence. Non, non et non ! Il faut que je m'investisse ! conclut-il en servant le goulash à l'aide d'une louche.

– T'investir ? s'étonna Ira qui sentait l'eau lui venir à la bouche. Waouh ! ça sent vachement bon ! Qu'est-ce qui fait du goulash un plat typiquement hongrois ?

– Le paprika, l'épice nationale.

– Ah bon ? Je peux commencer à *fress'n* ?

– Vas-y. Il y en a encore.

– T'investir ? Qu'est-ce que tu veux dire par là ? demanda Ira, entendant les mots résonner en lui comme s'il s'efforçait de tirer leur signification des bouchées qu'il engouffrait bruyamment.

– Ne pas suivre les conseils d'Edith. Me fier à mon propre instinct. Mais une fois de plus, je me pose la question : et si je me faisais des illusions ? Quelques poèmes, une nouvelle dont l'intrigue n'est même pas de moi. Qu'est-ce que j'ai à mon actif qui me permette de continuer ? J'ai l'impression d'être sur le fil du rasoir. Et si je me trompais… ? » Il fit volte-face. « Le Village, ce ne serait pas assez loin de mes parents. Irma viendrait me voir, mes autres sœurs aussi, et ma mère, sûrement, pour me supplier de revenir, sans compter mes beaux-frères avec leurs arguments et leur logique à eux – je les entends déjà. Je ne tarderais pas à faiblir. Et je ne le supporterais pas. C'est là-dessus que j'ai insisté. Si je pars, je disparais complètement. Comme un vagabond, comme un matelot qui s'embarque à bord d'un caboteur. Mais je ne peux pas. Je ne me sens pas le droit de les faire souffrir à ce point.

– Ah non ?… Tu veux bien me passer encore un bout de baguette ?

– Tiens, sers-toi. J'en coupe encore ?

– Non, je crois que ça suffira. Putain ! Qu'est-ce que j'aime le pain ! À la maison, on en mange avec tout. Des fois, même avec la compote de Ma.

– Mes parents en perdraient la tête si je disparaissais, dit Larry en poursuivant son idée, le visage sombre. Quelle peine ils auraient ! » Il leva sa fourchette d'une main qui tremblait. « Je ne peux pas faire n'importe quoi. Je suis coincé, c'est ce que je commence tout juste à comprendre. Pas étonnant qu'Edith ne cesse d'insister pour que je passe d'abord mon diplôme.

– Et toi, tu devrais continuer à manger.

– Oui, tu as raison. » Larry posa sa fourchette et ferma un instant les yeux avant de s'emparer des couverts à salade. « Je prendrai un peu de salade. Et toi ?

– Pas tout de suite. Chez nous, on la mange toujours après.

– Trois ans, reprit Larry, en mâchant une feuille de laitue d'un air méditatif. Et encore, avec un maximum de cours pendant l'été – à NYU. Et elle, elle sera à Silver City ou à Berkeley. Sa mère et sa sœur y habitent. Je crois qu'elles sont toutes les deux divorcées. Sa sœur ambitionne de devenir violoniste, mais elle n'a pas assez de talent. Et puis, tu sais, Edith aide financièrement sa mère – elle lui paye ses primes d'assurance-vie, quelque chose comme ça. Et elle aide même son père, un politicien ruiné, et qui en plus a des problèmes de santé. Il boit. J'ai déjà dû te dire que l'ensemble de l'État du Nouveau-Mexique avait voté républicain en 1920. Tout ça me fend le cœur. Ce petit être, si généreux, si dévoué. Je ne peux pas m'empêcher d'avoir envie de la protéger. Et je sais que je le pourrais…

– La protéger ? Mais elle a un travail ! l'interrompit Ira. C'est ton professeur. Excuse-moi, je ne voulais pas me mêler de ce qui ne me regarde pas… Je peux reprendre un peu de goulash ?

– Oui, bien sûr. Ça ne te dérange pas d'aller te servir dans la casserole ?

– Non, non, pas du tout, répondit Ira en se levant. Je t'écoute.

– Elle a tant d'obligations, et on exige tant d'elle. C'est là que je voudrais l'aider. Apporter ma contribution financière. La soulager de ce fardeau, de toute cette tension nerveuse. Elle arrive à peine à la supporter, et ça lui provoque un tas de troubles digestifs.

– Ah bon ?

– Je pourrais la conseiller, lui donner une partie de mes commissions ou de mon salaire.

– Tu crois ? Je vois pas très bien comment tu pourrais, et passer en même temps ta licence en trois ans. Ça me paraît difficile. »

Ira se rassit. Perdu dans ses pensées, il n'écoutait déjà plus. Ses yeux se contentaient de bouger pour feindre un semblant d'attention. La protéger. Est-ce que ça faisait partie de l'amour ? Il n'avait jamais éprouvé le désir de protéger qui que ce soit – à part lui-même. Protéger Minnie ? Tu parles, la seule protection qu'il offrait, c'était surtout pour lui, pour lui épargner l'angoisse, peut-être moins forte à présent, la crainte de la foutre en cloque. Et pareil pour Stella. Lui dire de raconter que c'était un autre qui l'avait baisée. Il était passé maître dans l'art du subterfuge. Un grand gars – un grand goy la lui avait fourrée. De force, peut-être. Donner des conseils, d'accord. Mais protéger ? Il ne voulait qu'une seule chose : tirer son coup.

Voilà ce qui n'allait pas chez lui. Et qu'est-ce que ça voulait dire ? – même si Larry n'était pas très dégourdi de ce point de vue. Qu'il n'était pas assez vieux, c'est ça ? Ouais. Mais bon Dieu ! tu vois le tableau : tringler ta petite sœur, par habitude maintenant – ce n'était plus tellement une gamine –, tringler ta cousine Stella. Ça formait une sorte d'univers clos : on ne se développait plus, on ne s'intéressait pas aux problèmes des adultes, à leurs préoccupations. Putain ! quelle image : une chose agrippée aux mailles d'un filet impalpable – qui hurlait sans jamais tenter pour de bon de s'en échapper. Et comment pourrait-il s'en échapper ? Ooh ! les dimanches matin ! Ooh ! Stella empalée sur son pieu les jours de semaine ! Putain ! S'il la trouvait une fois seule ! Il rêvait de la prendre par-derrière, cette petite salope ! La lui enfoncer jusqu'à la garde ! Et te revoilà, furieux contre toi-même, en train d'écouter malgré toi.

« Tu sais, tu te répètes, dit-il en s'efforçant de dissimuler son irritation.

– Oh vraiment ? fit Larry, décontenancé.

– Pas tout à fait, se hâta de reprendre Ira. Disons que tu tournes plus ou moins en rond.

– Ça n'a rien de surprenant, dit Larry, de nouveau abattu.

– Non, non, vas-y, continue. Je pensais à autre chose. J'étais plongé dans... je ne sais pas comment appeler ça... une espèce de rêverie.

– J'ai remarqué. Tu préfères que j'arrête d'en parler ?

– Non, non, pas du tout. Je... je me sens un peu perturbé, je suppose.

– Par quoi ? »

Il fallait qu'il se sorte de ce piège – et en vitesse !

« Par un tas de doutes... au sujet de ton... du pétrin dans lequel tu es fourré, je veux dire. Waouh ! ta salade est formidable, s'exclama-t-il en se resservant.

– Je n'aime pas trop les assaisonnements tout préparés. Ce que tu viens de dire, c'est un euphémisme.

– Comment ça ? Tiens, reprends-en un peu. Sinon, il ne va plus te rester que la peau sur les os.

– Tu vois, la solution la plus simple, c'est qu'Edith et moi on se marie. Ça... » Son couteau s'immobilisa en l'air. « ... ça justifierait tout. Mon départ de la maison, mon transfert à CCNY. Être totalement indépendant. Ça leur ferait de la peine, mais ce serait encore un moindre mal. Qu'est-ce que tu en penses ?

– Oui, peut-être.

– Et une fois mariés, eh bien... ils seraient placés

devant le fait accompli. Mes parents, ma famille seraient bien obligés de l'accepter, voilà tout. C'était l'objet de ma discussion avec elle. » Larry se détourna en secouant la tête. « Elle a dit que j'étais très gentil, très mignon. Peut-être, mais ça n'avance à rien et ça ne résout rien. Je pourrais l'épouser tout de suite. Personne n'a besoin de savoir. Mes parents seraient atterrés. C'est ça qui me fait mal au cœur. J'ai dix-huit ans, presque dix-neuf, et elle, trente. Si c'était l'inverse, ça ne poserait pas de problèmes. Ah ! il faudrait demander au *Maître du Temps* de nous rapprocher. Il y a un poème là-dessus dans le *Précis de littérature anglaise*. Je ne me souviens plus. De Cartwright, je crois. Oui, Cartwright. Plus ou moins sur le même thème : la différence d'âge. » Il se mit à chercher sa pipe.

« Hé ! mange quelque chose, tu veux ? Bon sang ! tu vas me transformer en *yiddishe mame. Es, es, maïn kind.* Au secours !

— Non, non, j'en ai eu assez. Tu peux finir, si tu veux.

— Vraiment ? Bon, merci. Il y a encore du goulash.

— Ma mère sera ravie qu'on ait tout liquidé.

— Ah ouais ? Et tu sais pourquoi ? Elle s'imaginera que tu l'as mangé. En tout cas, je suis content de t'avoir aidé. Et je suis content aussi de ne pas être amoureux, dit Ira en allant se resservir. T'es sûr que t'en veux pas ?

— Oui, oui. Tu sais, son salaire de maître assistant ne lui permet pas de faire tout ce qu'elle se croit obligée de faire – en particulier pour les autres. Elle épluche le *Times*, le *New York Trib*, le *Nation*, le *New Republic* pour découper les critiques de livres. Ça me rend malade de la voir se surmener à ce point – et là aussi, c'est pour les autres. Je commence à me rendre compte des désavantages qu'il y a d'être une femme dans le département de lettres, de même que dans les autres départements, d'ailleurs. Normalement, elle aurait déjà droit à un poste de professeur. Elle a un doctorat et elle a publié deux ouvrages sur les chants religieux des

Navajos, salués par des poètes *et* des anthropologues. Oui, mais ce sera un homme, simplement parce qu'il porte un pantalon, qui obtiendra le poste avant elle. Ça la rend furieuse. Et moi aussi.
– Ah bon ? »
Ira dut cacher son agacement. Il en avait marre d'entendre toujours la même chanson. Nom de Dieu ! pouvoir dire, comme les Juifs : bon, bon, assez c'est assez. En attendant, *fress, fress*. Sa gloutonnerie passerait inaperçue.

Ennuyé, Ira croisa les mains devant le clavier. Ce n'était pas dans le texte, il s'éloignait, s'écartait de la pelure jaune, son premier jet. Ça lui cassait les pieds. À lui-même plutôt qu'à son personnage, ou plus exactement à l'avance par rapport à son personnage – de fait, il projetait son ennui sur ce dernier. Et pourquoi ? Eh bien, parce qu'il y avait encore tant d'informations à donner, à introduire. Mon Dieu ! quelles ficelles, quelles nouvelles ruses employer ? Il avait utilisé à peu près tous les stratagèmes qui lui venaient à l'esprit. Il était en rupture de stock, comme disaient les commerçants du Maine : on est en rupture de stock de bacon.

C'est John Vernon, se souvenait Ira, le maître assistant aux tendances homosexuelles, qui avait tout déclenché par ses avances auprès de Larry, lesquelles, semblait-il, avaient éveillé l'esprit de compétition d'Edith. Et on parle des hommes qui portent le pantalon et prennent le pas sur les femmes ! Elle n'avait pas voulu que Larry tombe dans les filets d'un homosexuel – du moins pas avant d'avoir connu l'amour normal. Bon, tu l'as dit, songea Ira avec irritation. Efface tout le reste, bon Dieu !

Eh oui, à dire vrai, en tant que praticien du roman, il recourait à différents stratagèmes. Quelqu'un entre dans la pièce, de nouveau Irma, par exemple, mettant ainsi fin aux confidences. Ou bien Ira a délibérément engagé le récit sur une autre voie en posant l'une de ses questions obtuses habituelles. Ou mieux encore – dis donc, vieux, quel était le jargon juridique ? –, mû par la pulsion de luxure, il aurait pu reculer le moment fatidique, écrivant qu'il avait eu l'intuition que ce soir-là la chance serait avec lui. Baiser deux filles dans la même journée. Et de dire : « Tu sais, faut que j'aille voir ma tante Mamie. Ça fait une éternité que je lui ai pas rendu visite. » Ou bien aurait-il dû raconter que son grand-père comptait s'installer bientôt chez elle ? Ou alors qu'il s'y trouvait déjà. Seigneur ! non. Il fallait garder quelque chose d'honnête, et aussi quelque chose en réserve. Il se servirait de cet artifice plus tard. De toute façon, ce n'était qu'une idée. Quelques heures après ses rapports quasi conjugaux avec Minnie, il se sentait toujours de nouveau excité. En général, le soir venu, il se branlait, ce qui lui permettait de tenir le reste de la semaine – ou, avec un peu de veine, la moitié de la semaine, quand une visite nocturne chez Mamie se révélait payante. Mais en réalité, une seule chose avait de la valeur, assez éloignée de l'information pure, un détail narratif intéressant en soi, qui possédait une touche de violence, ce mélange d'absurde, de jeunesse et d'imbécillité teintée d'érotisme. Ira fit défiler le texte ambré sur l'écran.

« Elle habite pas seule, tu m'as dit ? demanda Ira, se croyant obligé de montrer à Larry qu'il l'écoutait. Elle partage son appartement avec quelqu'un, c'est bien ça ?
– Oui. Avec Iola Reid. Elles sont toutes les deux maîtres assistants au département de lettres. Elles ont chacune leur chambre, et la salle de séjour et la cuisine sont communes.
– Ah bon, ça marche comme ça. »
Ce n'était pas trop mal, se dit Ira pour s'encourager. Il se sentait mieux maintenant qu'il avait donné libre cours à son impatience trop longtemps contenue.
Larry entreprit de débarrasser la table.
« Tu veux que je t'aide à faire la vaisselle ?
– Il n'y en a pas beaucoup. Je vais juste laver les

assiettes. Je laisserai la casserole à Mary. Ça ne me gêne pas, tu sais, qu'il soit à l'origine de tout. C'est comme ça que tout a commencé. Je lui parlais de John Vernon. C'est un brave type, mais il est homosexuel.
– Hein ?
– Il me faisait du gringue.
– Oh ?
– Oui, oui, je t'assure. Je ne t'ai pas raconté tous les détails, mais Edith était au courant.
– Bon Dieu ! à l'université aussi ! C'est vrai, je me rappelle que tu m'as parlé d'homosexuels. Bon, bon, il va falloir que je me fasse à cette idée.
– Eh oui. Ça n'a plus rien d'exceptionnel. Il écrit des vers libres, et il a lu quelques-unes de ses œuvres lors de la première réunion du club des Arts à laquelle j'assistais, expliqua Larry en inclinant la tête avec une grimace. Il les a fait éditer à compte d'auteur.
– Un livre ?
– Oui. Tu payes l'impression et la reliure. Je ne considère pas que ça en vaille la peine. Surtout ses trucs à lui ! Ou je suis fou, ou c'est juste de la prose morcelée en fragments de différentes longueurs. Edith pense la même chose. Il s'imagine qu'il finira par être compris.
– Tu veux dire… » Ira hésita, faisant de grands gestes. « … être reconnu ? Acclamé ?
– Il en est persuadé.
– Ah ouais ?
– Il m'a invité chez lui. Lumières tamisées et tout. On fumait, et il a posé sa main sur ma cuisse.
– C'était quand ?
– Oh, il y a environ une semaine. Je me disais : tu t'approches de ma braguette et je t'écrase ma cigarette sur le dos de la main.
– Il l'a fait ?
– Non. Il a dû s'en douter.
– Bon Dieu ! s'exclama Ira, essayant de sourire. Qu'est-ce que… » Il s'interrompit, perplexe. « Ça… ça me fait penser à plusieurs choses à la fois, à ce qu'une

fille doit ressentir quand un type qu'elle n'aime pas lui fait du plat. Qu'est-ce qui peut rendre les types comme ça ? J'arrive pas à imaginer. Être excité par un autre homme ?

— Eh bien, c'est ça qui inquiétait Edith, dit Larry en vidant dans la poubelle le goulash qui restait dans son assiette. Je l'ai mise au courant.

— Pour Vernon ?

— Oui. Elle m'a dit que ça lui faisait peur. Qu'il réussirait à me séduire avant que j'aie eu la possibilité de connaître une relation amoureuse normale avec une femme. »

Ira eut un petit rire.

« Mais tu en avais déjà connu une. À bord du bateau. C'est ça ?

— Oui, mais peu importe. On a tous cette tendance, affirma Larry.

— Qu'est-ce que tu veux dire ? En nous ?

— En nous, oui. On a tous un côté féminin et un côté masculin. En général, l'un prend le pas sur l'autre. Et c'est vrai chez tout le monde, même chez les hommes les plus virils. Des fois, tu te laisses abuser. Le type a l'air d'un malabar, se comporte comme un malabar, et en fait il aime les hommes. Edith m'a appris que les cow-boys étaient souvent homosexuels.

— Les cow-boys ! ricana Ira. Adieu, mon vieux cheval pie, je quitte Cheyenne, yeah ! je quitte les hommes... les homos... Excuse-moi.

— C'est le portrait de Vernon tout craché, dit Larry. Il a grandi dans une ferme de la Nouvelle-Angleterre. Il a épousé une noble, une Russe qui avait fui la Révolution, les bolcheviks, tu sais. Il a un fils. Maintenant, il est divorcé. En réalité, il est bisexuel.

— Bisexuel ? Avec les hommes et avec les femmes, c'est ça ? C'est lui qui te l'a dit ?

— Non, c'est Edith. Elle m'a répété qu'elle avait une peur terrible que je me fasse prendre dans ses filets. Elle a vu trop de jeunes gens prometteurs gâcher ainsi leurs chances. Elle ne voulait pas que ça m'arrive, parce qu'elle pense que l'homosexualité n'est pas un mode de vie normal.

– Oui, mais s'il est bisexuel, il a droit au meilleur des unes comme des autres, dit Ira avec un large sourire. N'empêche que je ne vois toujours pas ce qu'on peut trouver aux autres !

– Je lui ai expliqué qu'il y avait bien peu de risques qu'il parvienne à ses fins, dit Larry en glissant une assiette rincée entre les arceaux habillés de caoutchouc de l'égouttoir.

– Waouh ! faudrait que ma mère en achète un pareil ! s'exclama Ira.

– J'ai continué en lui disant que j'étais trop amoureux d'elle pour m'intéresser à qui que ce soit d'autre, homme ou femme. Homme surtout. Je lui ai avoué que je l'aimais, que je l'adorais, que je voulais l'épouser. »

Pourquoi Ira éprouvait-il un sentiment de gêne devant le récit de cette déclaration d'amour qu'il avait déjà entendue ?

« Tu me l'as raconté, fit-il.

– Elle a dit que j'étais très mûr pour mon âge. Équilibré et sérieux. Que je faisais preuve de bien plus d'assurance dans mes rapports avec les gens et devant les réalités de la vie qu'elle-même à mon âge. Et qu'elle m'aimait beaucoup. Mais que j'étais encore un gamin – c'est le mot qu'elle a employé. Je ne devrais pas m'enchaîner par un mariage, même secret, avant d'avoir ma licence. Que je passe d'abord mes diplômes, et on verra. On sera alors en meilleure position pour décider. »

Bon Dieu ! l'heure n'était-elle pas venue de dénicher un prétexte pour partir ? Juste le temps d'attraper le métro à la station de la 110e Rue et de Lenox Avenue pour arriver au moment idéal chez Mamie, après le dîner, pendant qu'elle serait occupée à laver la vaisselle. Fait chier avec son histoire d'amour ! Il fallait pourtant qu'il reste encore un peu, pour ne pas montrer qu'il en avait plein le dos et cherchait à se défiler. Le moment idéal ! Oh ! là là ! Amour. Toujours. Bonne bourre.

« On retourne dans le living écouter un disque ? "La chanson arabe" ? proposa Larry en s'essuyant les mains dans le torchon.

– Pas ce soir, merci. Je pense que tu devrais te reposer un peu. Après tout ce que tu viens de vivre.

– Ça va, je me remets, dit Larry qui parut retenir son souffle l'espace de quelques secondes.

– Quand même, je crois vraiment que tu devrais aller te coucher. C'est toi qui m'as dit que tu tombais de sommeil. Tu as de grands cernes sous les yeux.

– C'est à cause de la crise que je viens de traverser. Maintenant, ça va mieux. Rien n'est résolu, mais le pire est passé.

– Ah bon ? Je suis content pour toi. De toute façon, faut que je me tire.

– T'as quelque chose à faire ce soir ?

– Non, mais tu devrais te pieuter.

– Bon, d'accord. En tout cas, ça va. J'ai l'esprit plus tranquille.

– Eh bien, tant mieux. Et merci pour la bouffe.

– De rien. C'est toi qu'il faut remercier d'avoir été là.

– Mais non, mais non. Un peu de goulash, *amico, fidate nel cielo,* dit Ira, s'efforçant de retrouver la mélodie de l'aria de *La Forza del destino* si souvent écoutée. Où j'ai mis ma vieille pelure ?

– Tu l'as laissée dans ma chambre. Tu as déjà porté ta... celle couleur *kasha,* comme tu dis ? demanda Larry en l'accompagnant dans le couloir. La veste anglaise ?

– Oh ! non ! pas avant la grande occasion », répondit Ira par-dessus son épaule.

Comme il s'apprêtait à entrer dans la chambre de Larry, il entendit celui-ci pouffer de rire avant de déclarer :

« Ce n'est qu'une lecture de poésie. Tu n'as pas

besoin de te mettre sur ton trente et un. Et puis Edith sait tout de toi.
— Ouais, ouais. »

Bon, se dit-il, après tout, il n'était qu'Ira Stigman. Plus il en faisait, plus, hélas, il avait conscience de ses énormes lacunes, de ses défauts. Alors pourquoi le faire, pourquoi même essayer ? Il s'était posé de nombreuses fois la question, et continuerait sans nul doute à se la poser. Ce désir était quelque chose d'inné – peut-être que « chronique » conviendrait mieux –, le désir d'un octogénaire, ou presque. Il avait encore à l'oreille les intonations d'antan, le discours des immigrants juifs depuis peu débarqués – « Qu'est-ce que tu veux de moi ? » Hier, au cours de sa plus longue promenade depuis des mois, traversant les sept ou huit rues qui séparaient l'optométriste de l'hôpital, il avait eu envie de composer quelque chose qui ressemblait à un poème en prose, destiné à révéler l'individu qu'il était, le même que celui à présent installé devant son traitement de texte à taper sur des touches qui appelaient des lettres jaunes sur l'écran.

Mais il n'y a rien...

... qu'un vieil homme qui vacille un peu sur le trottoir de Central Avenue, qui jette sa canne derrière lui, comme un batelier sa perche, pour s'y appuyer, à deux ou trois pas du bord, en attendant que le feu change.

Ses lèvres se tordent sous l'effort, cependant qu'il se rappelle le gamin qu'il était, si enjoué et si vif, et qui aurait traversé la rue en quelques enjambées, d'une démarche élastique...

Et les larmes qui lui montent aux yeux ne sont pas les siennes, mais celles que le gamin verse sur lui...

CHAPITRE VI

Bon Dieu ! où en était-il ? Où s'était-il arrêté ? Après toutes ces journées, toutes ces semaines passées au Presbyterian Hospital où on l'avait opéré de la vésicule biliaire, un séjour qui se traduisait par une note d'hôpital de plus de six mille dollars, sans compter les honoraires du chirurgien et des autres médecins, ainsi que ceux de l'anesthésiste, de son assistant et de l'interne. Oh ! là là ! pourvu que son assurance paie la différence avec ce que la sécurité sociale remboursait. Il s'était tenu trop longtemps éloigné de son long récit. Un jour, durant son épreuve, il avait repensé à Zaïde qui, par le biais d'une de ses relations, sans doute un fidèle de la synagogue, s'était fait recommander un bon dentiste, un certain Dr. Veinig, qui lui avait confectionné un *vunderbar* dentier à un prix très, très raisonnable. Naturellement, il pourrait soigner Ira à un tarif tout aussi raisonnable et mettre une fois pour toutes un terme aux épouvantables rages de dents dont il souffrait, et qui, parfois, le faisaient gémir et sangloter la nuit entière – dans une maison dépourvue ne serait-ce que du moindre cachet d'aspirine – et mordre le coin de son oreiller pour essayer en vain de soulager sa douleur. Zaïde le conduisit donc chez ce dentiste qui accepta de plomber ses trois dents cariées pour une somme totale de dix dollars.

Les séances se déroulaient essentiellement sous les auspices d'une machine qui se trouvait dans le cabinet du monsieur-docteur Veinig, un engin muni d'une pédale actionnée au pied, semblable à celle des machines à coudre Singer, et le monsieur-docteur, tirant sur sa pipe incurvée, appuyait sur la pédale qui faisait tourner la fraise destinée à creuser la dent pour en ôter la partie abîmée. Le rythme, se dit Ira en écrivant, lui évoquait la liturgie de la Pâque : *Khad gadia,* un enfant, un enfant que mon père a acheté pour deux *suzi*. La porte de l'appartement restait fermée à clé et, précaution supplémentaire, était équipée d'une lourde chaîne qui permettait au monsieur-docteur de l'entrebâiller pour examiner le visiteur avant de l'introduire. Ira apprit, peut-être par Ma, que ce monsieur Veinig, bien que n'étant pas titulaire des diplômes requis pour exercer, gagnait suffisamment d'argent grâce à sa pratique illégale pour payer à sa femme des études de dentiste, laquelle, en retour, lui enseignait les dernières techniques de son art.

Des semaines et des semaines passèrent, au cours desquelles la roulette continuait à évider ses dents, jusqu'à ce que, enfin, on arrive au nerf et qu'on l'extirpe, cependant que le patient gémissait et se tordait de douleur sur le fauteuil. Chaque séance durait au minimum dix minutes après lesquelles on ressortait du « cabinet » du monsieur-docteur, et l'odeur de tabac imprégnant les mains du dentiste vous accompagnait tout au long du chemin qui, à la nuit tombée, vous ramenait de la 113e Rue, près de Lexington Avenue, chez vous. À quoi rêvait le gosse lymphatique, à l'époque ? Le gosse qui, devenu vieux, se souvenait du monsieur-docteur avec son visage sévère de *Litvak* qui, la pipe à la bouche, scrutait son patient par-dessus la lourde chaîne de la porte de la cuisine avant de lui ouvrir. Une apparition datant de soixante-cinq ans, le décor : la cuisine-salle d'attente, le vieil équipement dentaire dans la chambre à coucher...

Peu d'années après, alors qu'Ira était à DeWitt Clinton, l'une à la suite de l'autre, ses dents plombées commencèrent à lui faire terriblement mal. On dut les lui arracher toutes les trois, et chaque opération, outre le goût du sang, lui laissa un horrible relent de pourri dans la bouche.

On était au début de l'hiver, quand, dans le vieux bâtiment de brique qui abritait la piscine de DeWitt Clinton, située en face du lycée, après avoir batifolé, il ressentit une douleur dans la dernière de ses trois dents. Drôles d'associations d'idées, mais inséparablement liées. Avec quelle indignation un autre dentiste en blouse blanche entreprit de lui extraire la molaire ! Ira accepterait-il de lui donner le nom et l'adresse du « confrère » qui avait effectué le travail ? Ira ne se le rappelait plus. Et ensuite, au fil des années, que la raison en fût ou non les trois trous ainsi creusés si tôt dans sa mâchoire, toutes ses dents devaient petit à petit se déchausser, souffrir d'abcès et être arrachées l'une après l'autre. Si bien qu'avant même d'avoir atteint l'âge de Zaïde, Ira dut acquérir son premier dentier, sans toutefois réaliser une aussi bonne affaire que son grand-père.

Il lui fallait maintenant revenir à Ira Stigman avant qu'il ne se désintègre sous l'impact de tant de préoccupations accessoires.

Un soir de week-end, Ira se trouvait chez Larry. Les parents de celui-ci étant sortis, de même qu'Irma, les deux garçons devaient être seuls, à moins que la bonne hongroise ne fût là. Entre eux, sur la table de la cuisine, s'entassaient des cartes timbrées à quinze *cents* ainsi que plusieurs feuilles où figuraient, écrits à la main ou à la machine, les noms et adresses des gens à inviter pour la prochaine lecture de poésie qui aurait lieu, comme d'habitude, au Village Inn Teahouse sur Mac-Dougal Street, dans Greenwich Village, à vingt heures précises le samedi suivant. En tant que secrétaire du club des Arts, et pour épargner cette corvée à Edith, Larry se chargeait de l'envoi des invitations, et Ira n'était que trop heureux d'avoir été coopté pour l'assister.

« Qu'est-ce que ça peut être barbant ! dit Larry en défaisant l'élastique autour du paquet de cartes. J'écris les adresses, et toi, tous les renseignements de l'autre côté. Tiens, voilà le modèle, l'heure, la date, l'endroit, le nom du poète : Margaret Larkin. Okay ? Dès que j'ai fini les adresses, je te donne un coup de main pour le reste. Ça ira peut-être plus vite que si on remplissait chacun une carte à la fois.

– *Take, take*. Comment on va appeler ça : du travail à la chaîne ?

– Qu'est-ce que ça veut dire, *take* ? demanda Larry, ravi comme toujours d'entendre un nouveau mot de yiddish et désireux d'en connaître le sens.

– Tic-tac, plaisanta Ira en commençant à écrire au stylo sur la première carte. Non, ça veut dire "en effet".

– *Take*, répéta Larry.

– *Take èmes*, comme ils disent. C'est la vérité vraie, même s'ils mentent comme ils respirent. » Ira eut la satisfaction de voir Larry sourire. « C'est qui, Margaret Larkin ?

– Oh ! elle écrit une poésie facile, presque légère. Charmante, la plupart du temps. Féminine. Je l'ai rencontrée chez Edith. Belle, encore jeune. Je crois qu'elle aussi est originaire de la côte Ouest, dit Larry en tendant à Ira une carte sur laquelle il venait d'inscrire l'adresse. Le genre de vers que j'aime bien. Elle glisse parfois son nom écrit à l'envers dans ses poèmes : Nikral.

– Ah ouais ?

– Elle en a composé un sur des cigarettes plantées comme des cierges devant le portrait de son amant. Ingénieux.

– Hmmm. » Ira soupira sans raison. Ah ! la vie de bohème, toute cette fantaisie, la connaître ne serait-ce qu'une fois !

« Quand ils deviennent trop cérébraux, comme T.S. Eliot, ou trop obscurs – justement, comme dans *La Terre Gaste* –, je jette l'éponge. Je n'ai plus de plaisir à lire, expliqua Larry en poussant une carte vers Ira. Ne la retourne pas tout de suite, l'encre n'est pas encore sèche.

– Non, non. Eliot est obscur ?

– Oui, de manière délibérée, et ça me déplaît. Je crois être assez sensible aux images, à celles des autres dans leurs poèmes, mais quand ça devient à ce point sym-

bolique, et par pure affectation, je n'éprouve pas le besoin de gratter et de creuser pour déterrer toutes les allusions. Qu'ils aillent au diable ! s'écria Larry, exprimant clairement son aversion.
— Ah bon ?
— Si je t'en lisais des passages, tu serais d'accord avec moi. Il n'y a pas… » Larry leva son stylo en gesticulant. « … je ne vois aucun lien entre les différentes parties, ni parfois entre un vers et le suivant. L'ensemble forme une espèce de capharnaüm où on trouve de beaux vers et d'autres… enfin…
— Où est-ce que t'as lu T.S. Eliot ?
— Chez Edith. Elle doit avoir la plus belle collection de poésie contemporaine de toute la ville.
— C'est vrai ?
— Wallace Stevens, Millay, Genevieve Taggard, Ezra Pound, Robinson Jeffers, A.E. Robinson, Léonie Adams, William Carlos Williams, Cummings, Frost, Elinor Wylie…
— Waouh !
— Elle n'hésite jamais à acheter un recueil de poèmes quand elle le croit bon. Wilfred Owen, Yeats, Sassoon, Sitwell – elle ne pense pas nécessairement du bien de tous, mais elle en a besoin pour son cours.
— Ah ouais ?
— Tous ceux qui le suivent le jugent formidable.
— Oh ?
— Oui, oui, et c'est l'une des choses que je regretterai de quitter… Voyons, dit Larry en reprenant la carte qu'il venait de passer à Ira. Je ne voudrais pas en envoyer deux à la même personne. Berry Burgoign, poursuivit-il en consultant la liste. Bon, la prochaine, c'est pour Madge Thompson – elle aussi enseigne dans le même département qu'Edith. Spécialisée en vieil anglais, *Beowulf*, ce genre de trucs. Moche, mais gentille. Elle n'arrête pas de papillonner et de pouffer de rire comme une adolescente.
— Ah bon ? Et tu connais tout le monde ?

– Il me semble. Sauf le professeur Watt.
– Qui est-ce ?
– Le responsable du département.
– Oh ? fit Ira en secouant une carte pour faire sécher l'encre. Moi, je n'ai rencontré personne à CCNY. Je connais juste Mr. Dickson, le type dont je suis les cours. » Il prit une nouvelle carte. « Et seulement dans le cadre de sa classe, ajouta-t-il avec un air abattu. Et tes parents ? Encore des problèmes ?
– Non. J'ai l'impression qu'ils ont décidé de laisser courir. On joue un peu au chat et à la souris. Chacun attend que l'autre bouge.
– Et toi, qu'est-ce que t'as décidé ?
– Oh ! je vais rester jusqu'à la fin du semestre, bien sûr. Pour l'instant, ça les satisfait. Et après... eh bien, ça dépendra. Je pense que j'irai à CCNY, mais ce n'est pas la peine d'en parler avant que... que la situation se soit un peu décantée.
– Ouais, je comprends. »
Ira regarda Larry enfoncer le capuchon de son stylo, un nouveau modèle Waterman, robuste, rien à voir avec le sien, si vieux et en mauvais état. Il pourrait raconter : tu sais, un stylo m'a valu de sacrés ennuis, un jour. Ouais, il pourrait le raconter. De même qu'il pourrait raconter... Il eut soudain devant lui l'image du visage de Minnie illuminé de plaisir tandis qu'il lui agitait un stylo volé sous le nez – en guise d'appât. Il pourrait dire aussi, ouais, qu'il avait une cousine, Stella... Il déchiffra le prochain nom sur la liste. C'était celui de la femme dont Larry venait de parler, celle qui se comportait comme une adolescente. Aux yeux de Larry, en tout cas. Inutile de s'y intéresser. Chez Ira, au contraire, ça réveilla le prédateur.

« Moche ? fit-il en retournant la carte pour vérifier le nom. Dr. Madge Thompson, c'est ça ?
– Moche comme une haie de troènes, fit Larry avec un sourire indulgent. C'est ce que dit Edith. Jolie expression, non ?

– Une haie de troènes ? Ouais, pourquoi pas ? dit Ira avec une note de regret dans la voix. Tu sais, tu vis dans un autre univers que moi. Tu as eu une éducation tellement différente. Toi, tu dis : "moche comme une haie de troènes." Et pourquoi une haie de troènes ? » Tous deux avaient cessé d'écrire. « Pour moi, ça serait plutôt beau. Une haie, la campagne… », il écarta les bras, « … large, taillée, tu sais, avec de petites feuilles vertes. Moche comme une haie de troènes ! Moi, ça me séduirait plutôt. »

Larry eut un petit rire cependant que son beau visage prenait une expression pleine d'indulgence, un peu comme s'il se demandait si Ira voulait ou non plaisanter.

« Pour ne pas être belle, elle n'est pas belle, tu peux me croire, dit-il en secouant la tête afin d'appuyer ses paroles. Et toi, comment tu dirais ? Pour laide, je veux dire.

– Moi ? Eh bien, ce que j'ai l'habitude d'entendre, répondit Ira en haussant les épaules. Dans le quartier où j'ai grandi. "Elle a une gueule de cul", et encore dans la 119e Rue ce serait considéré comme relativement poli, s'empressa-t-il d'ajouter.

– C'est donc ça ce que tu dirais ?

– Oh non, bon Dieu ! non. » Ira se tut un instant pour réfléchir. « C'est autre chose, Larry, tu comprends. Tu vois, c'est pas seulement… pas seulement une expression, c'est tout le foutu environnement qui va avec. Et puis, qu'est-ce que je fabrique ici, tu peux m'expliquer ? demanda-t-il avec davantage d'agressivité qu'il n'en avait eu l'intention. Je suis assis là, en train de t'aider à remplir des cartes d'invitation pour une lecture de poésie, chez toi, dans ta cuisine… » Il se maîtrisa : ce serait folie que de poursuivre.

« Et alors ? s'étonna Larry. Qu'est-ce que ça a de bizarre ? Tu es à l'université, et c'est normal pour un étudiant de faire ce que tu fais.

– C'est justement le problème. Ça ne me paraît pas normal du tout. »

Il n'arriverait jamais à le lui dire. À certains moments, il avait l'impression de léviter, comme s'il se trouvait soumis au pouvoir de quelqu'un d'autre. Non, décidément, il n'y arriverait jamais.

« Rien, reprit-il. C'est que... je ne sais pas.

– Moi, en tout cas, je sais que tu viendras avec moi chez Edith.

– Ah bon ?

– Oui, affirma Larry en se penchant sur la carte posée devant lui. Pourquoi tu secoues la tête comme ça ?

– Tu sais ce que c'est, un palimpseste ?

– Oui, bien sûr, un parchemin dont on a effacé l'écriture, répondit Larry.

– Eh bien, c'est ce que je ressens en regardant une de ces cartes. Je ne vois pas l'écriture. Je vois ce qui a été effacé.

– Allez, attends de faire la connaissance d'Edith.

– Bon, bon. *Lo giuro, lo giuro.* »

Quelques secondes de silence suivirent, au cours desquelles Larry, l'air amusé, inscrivit l'adresse sur la carte.

« Comment tu t'en sors ? demanda-t-il, imitant l'accent écossais.

– Ça va, comme ça ? » Ira lui montra quelques cartes. « Mes pattes de mouche ?

– Oui, oui, c'est parfaitement lisible. »

Nouveau silence. Ira songeait qu'il avait déjà trop parlé.

« Tu n'imaginerais jamais qu'elle ait autant de cran, finit par dire Larry.

– Qui ? questionna Ira tout en devinant par avance la réponse.

– Edith.

– Ah bon. »

Larry sourit à un souvenir.

« Elle est vraiment déterminée, tu sais. On ne s'y attendrait pas de la part de quelqu'un d'aussi menu et d'aussi doux. Mais gare à toi si tu plaisantes ou dénigres le fait que les femmes ne jouissent pas du même traitement que les hommes, elles qui vivent dans un monde d'hommes. Je le sais par expérience.

— Toi ? fit Ira, incrédule.

— Oui, j'ai été assez idiot pour m'y risquer.

— Qu'est-ce que t'as dit ?

— Oh ! quelque chose du genre : "À quoi bon se presser, tu finiras par y arriver."

— Arriver à quoi ?

— À obtenir un poste de professeur.

— Et comment elle a réagi ?

— Violemment. Ça a fait des étincelles. "Si tu étais une femme, tu ne te permettrais pas de dire ça. J'en ai assez de voir les hommes gouverner le monde, et des hommes stupides par-dessus le marché." Elle n'avait pas tort, et je l'ai admis. Je me suis excusé. C'est vrai, et on ne peut pas le nier... Ça va, tu t'en tires ?

— Oui, oui, je crois.

— Encore un petit effort. Tu ne peux pas savoir combien je te suis reconnaissant de consacrer du temps à me donner un coup de main. Et Edith le sera aussi quand je le lui raconterai. » Larry jeta un regard sur la pile de cartes prêtes à être expédiées. « On a drôlement avancé. Il me reste encore quelques adresses à faire, et ensuite je t'aide. Une Camel ? Mustafa Kemal ne sera pas de trop pour ce boulot.

— Ouais, je veux bien. Mais c'est pas si pénible que ça. »

Ils allumèrent leurs cigarettes... Les mots qu'Ira inscrivait sur la surface jaune des cartes, et qu'il connaissait maintenant presque par cœur, dansaient sous ses yeux. Des palimpsestes, comme il avait dit à Larry, des parchemins dont on avait gratté la première écriture afin de les utiliser de nouveau. Quels étranges mirages miroitaient sous les lettres et semblaient l'appeler. Sa route croisait ces cartes pour pénétrer dans l'univers qu'elles annonçaient, comme s'il apposait son sceau chaque fois qu'il en rédigeait une, comme s'il ouvrait une fenêtre sur les scènes d'un avenir qui pourrait être le sien s'il le désirait du plus profond de son être, et sur les chimères qui n'attendaient que lui pour se concrétiser, prix de sa folie et de sa souffrance.

Ce n'était pas un don du ciel, c'était plutôt un destin entr'aperçu lorsqu'il avait pris pour la première fois l'El de la Huitième Avenue en compagnie de Larry, installé sur la plate-forme arrière tandis que défilaient les rangées de tristes immeubles semblables les uns aux autres, conscient d'être le seul à les voir ainsi. C'était ça. Mais les voir comment ? Leur nature intrinsèque : les Noirs assis sur les perrons, qui riaient quand Larry passait devant eux en chantant. Et puis des choses. Non, en effet, ce n'était pas un don du ciel, c'était un spectre qui planait au-dessus du problème de géométrie que tu avais invoqué. Pense à la manière dont on tordait les cordes des catapultes, à la limite de leur résistance, à la limite de la rupture – et dont on se risquait néanmoins à les tordre encore –, son lot en échange du meurtre : cette torsion...

Il avait simplement envie de fumer sa cigarette, et sa main qui tenait le stylo reposait, inerte, sur sa cuisse. Lui dire ça, à l'autre. Dans quel monde étais-tu ? Dans quel monde étais-tu prisonnier ? « *Ooh ! qu'est-ce que j'en avais envie la nuit dernière !* » Voilà comment elle l'avait remercié ce matin. « *Si j'avais le feu aux fesses ? Si j'en avais besoin d'une grosse après le bal ?* » Lecture de poésie : Si j'avais le feu aux fesses ? Si j'en avais besoin d'une grosse après le bal ?

« Bon Dieu ! lâcha-t-il à haute voix.

– Qu'est-ce qu'il y a ? demanda Larry.

– La lecture de poésie, dit Ira avec un petit ricanement. Si seulement je pouvais écrire un peu plus vite, comme toi, d'un geste plus délié, plus libre – tu bouges tout le bras, et moi, je me contente de tortiller les doigts.

– Tu n'as jamais pu t'habituer à faire autrement ?

– Non, répondit Ira qui se permit un sourire narquois. Je ne te l'avais pas dit ?

— Edith te votera quand même des remerciements. Une dernière adresse et je vole à ton secours.
— Ce sera pas de refus.
— Tu te débrouilles très bien, affirma Larry. Et cesse donc de te plaindre, ajouta-t-il d'un ton taquin.
— Je m'inquiète pour un rien, tu sais bien.
— Voilà, j'arrive. »

CHAPITRE VII

… mythique, comme les mythes qu'on découvrait dans les livres au cours de l'enfance, comme les gravures de personnages classiques dans *Le Siècle des légendes* de Bulfinch, la beauté et l'enchantement figés, la passion qui tendait à l'immaculé, voilà à quoi ressemblait pour Ira l'histoire d'amour de Larry et d'Edith Welles. Quel contraste avec ses rapports sordides et furtifs, ses manœuvres cyniques chez Mamie, son rituel du dimanche matin avec Minnie.

« Quand est-ce que tu vas me *shenken* un dollar, mon *kapts'n brider* ? »

Quand on se surveille, c'est ce qui arrive avec les abominations lorsqu'elles deviennent coutumières. En de rares, de très rares après-midi, quand ils prenaient un risque énorme, ignorant le moment où Pa ou Ma pourraient rentrer – waouh ! c'était là que les murs verts tremblaient. Le danger ! et sa contagion ! Ça gagnait Minnie aussi, comme si le bruit sec du petit téton en cuivre du loquet l'enflammait. Elle se tenait déjà sur le pas de la porte de sa chambre et le regardait enfiler une capote sur son sexe dressé. Bon Dieu ! si jamais Pa surprenait son fils en train de baiser sa sœur allongée en travers du lit… Ouh ! là là… Et puis qu'il aille au diable ! Marrant les plaisanteries qui lui venaient à l'esprit : *ça reste dans la famille*. Et quand Mamie lui dit qu'ils allaient reformer le cercle de famille de Veljich, il éclata de rire. Ravi par cette idée, pensa Mamie, alors que lui, il se voyait tirer dans le mille, en plein cœur de la cible. Quel cirque ! Il détestait se branler, et ne cessait de reculer le moment. Encore un jour, et demain il pourrait retourner chez Mamie sans que ça paraisse trop tôt. Et merde ! tiens le coup ! Fais pas comme ce salaud, ce vagabond pervers dans Fort Tryon Park…

Et tant que ça marchait, rien d'autre ne comptait – sinon ce frisson de peur à la pensée que quelque chose pouvait mal se passer, et aussi le sentiment corrosif de révulsion qu'il ne parvenait pas à dissiper : sa conscience qui le rongeait.

Alors pourquoi l'histoire d'amour de Larry ne pourrait-elle pas être aussi belle que dans les légendes ? Elle était pure – était-ce le mot juste ? Non, ça avait un côté pédant et il ne voulait pas dire ça. Convenable, oui, décent, sans péril, sans gloire, sans culpabilité, sans cul habilité, et puis pas pressé, pas stressé. Pas comme lui – des copulations, voilà à quoi ça se résumait, dépravées et monstrueuses.

Et puis l'autre était si beau, si doué, si équilibré, si charmant, et, au contraire d'Ira, sans la moindre souillure, sans rien de sournois, sans arrière-pensées. Pas étonnant que ses parents rayonnent de fierté à la vue de leur fils. Ira lui-même, fasciné par l'éclat séraphique de son ami, le dévorait tout le temps des yeux.

Non, il n'existait pas de comparaison entre eux, et nulle idée de compétition n'habitait l'esprit d'Ira (sauf au milieu des remous de son imagination exacerbée). Par leur éducation, leurs perspectives d'avenir, ils appartenaient à des univers opposés. Bien qu'incapable de les définir, il savait qu'ils étaient tellement différents que l'histoire d'amour de Larry et d'Edith échappait – ou presque – à la jalousie, car elle se trouvait au-delà de toutes comparaisons possibles. Se conduire avec Edith comme avec Minnie ou Stella ? Impensable !

Quoi qu'il en soit, n'arrivant toujours pas à surmonter sa terreur à la pensée d'assister à la lecture de poésie du club des Arts pour laquelle il avait aidé Larry à rédiger les invitations, Ira renia une nouvelle fois sa promesse et se défila. Larry lui adressa de violents reproches. Il ne lui pardonnait pas de ne pas être venu, nom de Dieu ! Ira était son invité, celui du secrétaire du club, et d'ailleurs, il pouvait revendiquer le droit d'être admis pour services rendus.

« Tu promets de venir, tu le jures ? demanda Larry un mois plus tard quand ils se retrouvèrent autour de la table de la cuisine devant une nouvelle pile d'invitations à rédiger.

– Je le jure sur ta tête.

– Cette fois, je ne plaisante pas !

– Bon, bon, bon. »

Ainsi, portant sous son manteau d'occasion, et avec quelque ostentation, sa veste de tweed, cadeau généreux de Larry, un vêtement « qui ne pousse pas dans ton jardin » comme le lui rappela Ma, Ira partit pour la réunion du club des Arts. Il faisait déjà nuit. Selon les indications de Larry, il suivit les rails du tramway depuis la bouche de métro de Christopher Street jusqu'à la 8e Rue couverte de plaques de neige. Après la fin de l'El de la Sixième Avenue, la rue s'animait, pleine de monde, de vitrines allumées, de delicatessens, de librairies et de petites galeries d'art. Il tourna en direction de Waverly Place, puis longea Washington Square Park enneigé d'où l'on apercevait le petit arc de triomphe et la statue équestre du général en personne, située à mi-chemin des lumières de l'usine reconvertie en annexe de l'université de New York, et s'engagea enfin dans MacDougal Street. Le quartier, à en juger par les apparences – et les bruits –, était en majorité italien, typiquement mal éclairé et sale. Près du carrefour, toutefois, brillait une enseigne qui proclamait en larges lettres lumineuses : VILLAGE INN TEAHOUSE.

Intimidé, mal à l'aise, Ira attendit que quelqu'un arrive pour pouvoir entrer avec lui. Un petit groupe de jeunes étudiants approcha, écharpes à carreaux un peu trop voyantes nouées autour du cou, et pénétra joyeusement dans le salon de thé. Ira les suivit, puis resta en arrière cependant qu'ils versaient leur contribution à la soirée dans une boîte de cigares posée sur le comptoir derrière lequel se tenait Larry – beau, épanoui – qui, assumant son rôle à la perfection, accueillait avec chaleur les nouveaux arrivants. Ira eut le temps d'englober du regard la salle déjà bien remplie de spectateurs installés autour de petites tables rondes simplement éclairées par une bougie fichée dans une bouteille sillonnée de coulures de cire, et dont la flamme qui vacillait chaque fois que s'ouvrait la porte jetait sur les visages une lueur surnaturelle. Atmosphère magique, lourde de fumée de cigarettes, de bourdonnement de conversations. Voilà donc à quoi ressemblait une lecture de poésie, une assemblée de poètes...

Un cri de joie interrompit les réflexions d'Ira. Larry fit le tour du comptoir pour venir à sa rencontre.

« Ira ! Je suis si content de te voir ! Finalement, tu ne m'as pas laissé tomber. Je commençais à m'inquiéter, s'écria-t-il en le prenant par le bras.

– Je me sens un peu angoissé, dit Ira qui, un sourire contraint aux lèvres, rentra comiquement la tête dans les épaules.

– Pourquoi ?

– Tu me demandes pourquoi !

– Je t'ai dit que tu n'avais aucune raison de l'être.

– Ouais, je sais.

– Ce ne sont pour la plupart que des étudiants, presque tous en deuxième ou troisième année. Tu as rédigé les invitations avec moi. Où est le problème ? Tu t'assois et tu écoutes comme tout le monde. Oh ! mais je vois que tu as mis ta veste en tweed !

– Ouais. Hé ! et toi, qu'est-ce que tu portes ? s'étonna Ira en désignant la large ceinture de couleur qui ceignait la taille encore presque enfantine de Larry.

– Une sorte d'obi.

– Une sorte de quoi ?

– D'obi. En fait, c'est une ceinture comme en portent

les Hindous. Je l'ai achetée aux Bermudes. Là-bas, les Anglais la mettent pour le soir. Ça te plaît ? Très élégant, non ?

– Peut-être, oui. Tu n'y vois pas d'inconvénient si je vais m'installer discrètement sur cette chaise vide là-bas dans le coin ?

– Oh ! que si ! Il faut d'abord que je te présente à Edith.

– Écoute, Larry ! » Ira fit la grimace et essuya ses paumes moites sur son manteau. « Pourquoi pas après ?

– Après aussi tu la verras. Il y a longtemps qu'elle désire faire ta connaissance. Tu n'as plus d'excuses. Allez, viens, dit-il, fronçant les sourcils et feignant une résolution inflexible. Suis-moi.

– Mon Dieu ! je m'en doutais. »

L'air d'un chien battu, luttant contre lui-même, Ira suivit Larry au milieu des nuages de fumée et du murmure des conversations en direction du fond de la salle où l'on avait dressé une petite estrade avec un lutrin. À côté se trouvait une table marquée RÉSERVÉ près de laquelle une femme, tournant le dos, paraissait présenter une nouvelle arrivante à des personnes plus âgées que le reste de l'assistance, probablement des membres de l'université. La conversation s'engagea, et lorsque l'inconnue se retourna, Ira, à travers le voile de sa timidité, et avant même que Larry n'eût prononcé un mot, sut que c'était elle.

Impossible de se tromper. Cette petite femme au teint olivâtre, à l'allure conquérante, au visage souriant et expressif, semblable à une source sombre qui diffuserait des rayons de générosité et de sympathie, et dont les yeux marron, tristes et proéminents, contrastaient avec le sourire, ne pouvait être qu'Edith Welles. Elle portait de minuscules boucles d'oreilles, serrait dans son poing un tout petit mouchoir et jouait avec un fin collier en or. Après que Larry eut effectué les présentations, elle adressa un regard rempli de bienveillance à Ira qui, soudain muet, ne parvenait pas à dissimuler son embarras. Il crut surprendre dans ses yeux une lueur de complicité – était-ce une impression, ou bien était-ce lié au fait qu'il était au courant de sa liaison avec Larry ? Dans son esprit naquit la vague notion que la confiance qu'elle paraissait placer en lui créait entre eux un lien immédiat et implicite destiné à le rassurer, ce qui, néanmoins, ne contribua pas à lui rendre la parole. Un groupe d'invités entra, et Larry les laissa pour aller les accueillir.

« Larry m'a dit que vous vous passionniez pour la littérature, mais que vous aviez décidé de devenir biologiste, déclara la jeune femme avec un sourire engageant. Naturellement, l'un n'empêche pas l'autre.

– Non, m'dame. Enfin... ouais, je serai biologiste si j'arrive à m'inscrire au cours. Y'a pas de place.

– C'est ce que Larry m'a raconté. Je considère ça profondément regrettable.

– Ouais...

– Larry a beaucoup appris de vous.

– Je... je sais pas. Moi aussi, j'ai beaucoup appris de lui.

– De quand date votre intérêt pour la littérature ?

– Je savais pas que c'était de la littérature. Pour moi, c'était juste des livres. »

Elle sourit de nouveau, mais dans ses yeux qu'elle fixait sur lui sans ciller, on lisait une lueur de gravité. Il aurait tant voulu que son regard soit aussi perçant et dans le même temps aussi innocent que celui de la jeune femme. Lui, il jetait des coups d'œil en biais sur les gens – un peu comme Pa.

« Vous avez déjà essayé d'écrire quelque chose ?

– Moi ? Oh ! non, m'dame. Rien que mes devoirs, je veux dire. »

Elle avait un petit nez mutin, des cheveux foncés, mais pas noirs, ramenés en chignon sur sa tête, et le physique d'une adolescente alors qu'elle était maître assistant... dans une université... et titulaire d'un doctorat. Il baissa la tête, l'air gêné. Quels pieds minuscules elle avait, chaussés d'escarpins vernis ! Et des chevilles fines. Des cuisses fines... ce qui amena une pensée qu'il n'aurait pas dû avoir. Comment Larry pouvait-il ? Une fille, mais une fille professeur d'université. Un autre univers, si délicat, si raffiné...

Les yeux marron le sondaient, brillants de sympathie.

« J'espère que vous pourrez venir avec Larry la prochaine fois qu'il nous rendra visite – à Iola Reid et à moi, dans notre appartement de St. Mark's Place.

– Dans le Bowery, ouais, je sais. J'arrivais pas à le croire.

– Et pourquoi ?

– À New York ? Dans le Bowery ? C'est un endroit dangereux, non ? »

Un petit sourire creusa deux fossettes sur les joues d'Edith.

« Nous sommes dans une espèce de havre. Un havre de respectabilité comme on pourrait le qualifier.

– Ah bon ? Tout le monde se respecte ? »

Amusée par sa remarque, elle eut un rire candide.

« C'est très gentil d'avoir assumé une partie de la corvée des invitations. J'espère que Larry vous a dit combien j'appréciais. C'est l'une de ces tâches ingrates auxquelles on ne peut malheureusement pas échapper.

– Oh, vous savez, on... on bavarde beaucoup en le faisant. Ça aide à passer le temps. Finalement, c'est pas si terrible que ça.

– Je suis heureuse d'apprendre que ça ne vous pèse pas...

– Non, non. Non, m'dame.

– Avant que j'oublie, je voudrais vous inviter à une rencontre avec ma classe de poésie contemporaine. Larry sera là, de même que d'autres étudiants. Je suis persuadée qu'il vous aurait proposé de l'accompagner, mais je tenais à vous le demander moi-même. Vous serez le bienvenu. »

Ira déglutit.

« Moi ? Merci. C'est le soir ? questionna-t-il d'une voix qu'il aurait souhaité moins étranglée.

– Oui. Le premier vendredi d'avril. Vous êtes libre, ce jour-là ? »

Il se gratta la tête.

« Oui, m'dame, je crois. C'est encore loin, et je le suis sûrement. Vendredi, d'accord.

– J'ai invité mes élèves à prendre le thé et à manger des petits gâteaux, précisa-t-elle avec un charmant sourire. Je serais ravie que vous soyez des nôtres.

– Du thé et des petits gâteaux ? fit Ira, gloussant bêtement. Oui, m'dame. » Allait-il oser risquer une plaisanterie ? « Même des petits gâteaux sans thé. Merci. Mais j'y connais rien en poésie. »

Sa réflexion provoqua l'amusement de la jeune femme.

« Vous n'êtes pas le seul, loin de là. Un nombre étonnant de gens n'y connaissent rien.

– Ah bon ? Qui est-ce qui s'y connaît, alors ? »

Elle rit.

« Eh bien, les poètes, ou les futurs poètes. En grande partie, du moins.

– Ah ! maintenant, je vois.

– En tout cas, j'ai du mal à le croire, venant de vous.

– Ah ouais ? Je sais surtout ce que Larry m'a appris. Pour les poètes contemporains, je veux dire. »

Elle détourna ses yeux graves qui étaient demeurés rivés sur lui, et fit couler entre ses doigts menus son fin collier en or.

« Je suis tellement contente d'avoir enfin fait votre connaissance, Ira. Maintenant, si vous voulez bien m'excuser, j'ai des gens à voir.

– Oui, oui », dit-il en reculant d'un pas.

Elle lui tapota le bras.

Il la regarda s'approcher, gracieuse et chaleureuse, de deux personnes qui venaient d'entrer, deux femmes que Larry escortait vers elle, conscient du privilège dont il jouissait. Toutes deux respiraient la distinction. L'une, mince, les cheveux gris, l'allure aristocratique, affichait une expression curieusement voilée, mélange de savoir et de modestie, tandis que l'autre, plutôt trapue, le visage banal mais intelligent, avançait d'un pas décidé, ce qui faisait tressauter et étinceler ses lunettes posées sur son nez camus cependant que, engagée dans une discussion animée, sa bouche semblait former les mots avec force.

Ira se faufila sur le côté. Il les entendit échanger des salutations :

« Marcia, Anne, je suis enchantée que vous ayez pu venir. »

Et la grande femme aux cheveux gris de déclarer :

« Pour rien au monde nous n'aurions manqué miss Léonie lisant elle-même ses poèmes. Elle a exactement la voix qui convient.

– Par contraste, vous voulez dire ?

– En effet, approuva Edith. Une voix enrouée qui met en valeur la douceur des syllabes.

– Et en même temps si dépourvue d'affectation, dit la femme trapue. Ah ! la voilà ! »

Et Larry, transporté de bonheur, Ganymède rougissant et resplendissant, d'intervenir :

« Je vous ai réservé la table de devant. Pour vous et vos invités. »

Ravie de la façon dont il s'occupait d'elles, sensible à la séduction de la jeunesse, l'air affairé, la femme prénommée Marcia s'écria :

« Oh ! c'est parfait, parfait ! Merci infiniment... Léonie ! Comment allez-vous, ma chère ? Anne, je vous en prie, asseyez-vous. Ainsi, vous projetez de vous installer dans le Village ? Nous, nous trouvons toute la stimulation intellectuelle nécessaire autour de Columbia, vous ne croyez pas, Anne ? Peut-être pas le même genre de bouillonnement artistique, mais... »

Mon Dieu ! qu'elles étaient intelligentes, et si assurées, si vives... Ira s'enfuit honteusement, à la recherche d'une chaise dans le coin le plus reculé. Intelligentes ! et des femmes, en plus ! Oh ! là là ! à côté, il se sentait... comment ? Il ne savait pas vraiment. Un *grobi'ann* comme on dit en yiddish, un rustre, un sot. Et c'est bien ce qu'il était, non ? Il n'aurait pas dû se trouver là, il n'était pas à sa place. Tous paraissaient vouloir le rabaisser par leurs... leurs bonnes manières, leur éducation, ouais, le rabaisser au niveau de la rue, du petit peuple auquel il appartenait. Et alors ? Chez lui, c'était un taudis, un immeuble crasseux, un appartement tout en longueur, en « wagon de chemin de fer », comme on les appelait, habité par Pa et Ma à qui il arrivait, l'été, par beau temps, de se pencher par la fenêtre pour regarder passer les trains Pullman, et lui aussi il faisait pareil. De même... quel étrange courant de sauvagerie le parcourut à cette pensée, de même, ouais, que Minnie.

Alors, qu'est-ce qu'il foutait là ? Il fouilla la salle du regard pour essayer de trouver un siège le plus à l'écart possible. Ça avait encore moins de sens que son amitié avec Farley. Lui, quelle que puisse être la vitesse de ses jambes, son esprit fonctionnait au même rythme que celui d'Ira. Nous y revoilà : qui donc ici avait une imagination aussi folle que la sienne ? Rien que des *drek*, rien que du petit bois pour alimenter le feu, les débris d'une caisse de pommes piquée devant l'épicerie – et, comme Weasel ce soir-là, il laissait la patate cuire dans la boîte de conserve. Il ne savait pas être poli, mais il connaissait un tas de mots. Là, il était riche, un millionnaire, un gentleman propriétaire d'un vaste domaine où les trésors abondaient. C'est ce dont Mr. Sullivan, son professeur handicapé, s'était rendu compte quand il l'avait accusé de faire l'idiot pour amuser ses camarades. Et c'est ce qu'Edith Welles cherchait lorsqu'elle le scrutait de ses yeux ronds et graves qui ne cillaient pas : des mots. Des mots indomptés, un torrent impétueux de mots. Les coursiers du char d'Apollon lancés au galop – et non pas Icare, cet imbécile.

Il ne parviendrait pas à la tromper, et, il en avait de

plus en plus la conviction, même au cours de ces quelques minutes de conversation, il s'était montré incapable de dissimuler le chaos qui régnait en lui – ses tâtonnements, son agitation, son côté mal dégrossi, tous ces traits de caractère qu'il se reconnaissait – et auxquels il ne pouvait rien –, sa judéité dont il était si conscient, son sourire stupide, doucereux, elle avait tout remarqué sans rien en laisser paraître, ses sentiments étaient étouffés, muets comme une cloche sonnant dans le vide ainsi qu'ils en avaient fait l'expérience en physique dans le passé, sauf une chose qui émanait d'elle, son approbation devant ce qu'elle avait découvert enfoui au plus profond de son esprit, comme si cela seul comptait pour elle...

« Il y a un portemanteau derrière toi, lui lança un jeune étudiant moustachu assis à la table près de laquelle il s'était arrêté.

– Ah oui ! » Ira s'empressa d'ôter son manteau. « Je vais le garder. »

Il le plia sur ses genoux, puis posa son feutre gris par-dessus. Et maintenant, exposée à la vue de tous, un peu voyante à cette époque de l'année en raison de sa teinte claire, comme l'avait fait observer Larry, la veste de tweed couleur *kasha* attirait sur celui qui la portait une attention dont il se serait volontiers passé. Ira s'efforça de prendre un air décontracté.

« C'est la première fois que tu viens ? demanda le jeune étudiant pour engager la conversation.

– Ouais.

– Je m'appelle Nathan. Et voici Tamara, Leonard et Wilma.

– Ira. Ira Stigman, se présenta-t-il en hochant la tête avec une expression embarrassée.

– Tu fais lettres ?

– Non, bio.

– Tu écris ?

– Non. J'accompagne juste un ami. Je vais à CCNY.

– Ah, le City College ?

– Ouais.
– Ça te plaît ? Les cours sont bons ?
– En lettres, tu veux dire ?
– Oui. Ou en philo. Les humanités. »

Ira ne savait pas très bien ce qu'étaient les humanités, mais, trop conscient de son ignorance, il ne désirait pas entamer une discussion qui risquerait de révéler l'étendue de son manque de connaissances.

« Je fais Composition anglaise, et c'est tout », déclara-t-il d'un ton brusque.

Sa réponse produisit l'effet escompté. Après un instant de surprise, ils le gratifièrent d'un regard désapprobateur, puis se désintéressèrent de lui. C'était aussi bien comme ça. N'ayant plus rien à communiquer, il n'en ressentit que davantage son isolement, et, avec quelque perversité, préféra se cantonner dans le rôle de l'auditeur obtus et indolent. Le groupe d'étudiants à côté de lui et les occupants des tables voisines continuèrent à échanger des propos. Il ne prêta l'oreille qu'une seule fois, lorsqu'une vive polémique éclata au sujet d'un poète du nom de Jeffers.

« Il est fou ! affirma l'un.
– Pas du tout !
– Après son *Tamar*, *L'Étalon rouan*. Tu l'as lu ?
– Oui, bien sûr.
– Et ensuite, ce sera quoi ? Pasiphaé donnant naissance au Minotaure ?
– Pacifier ? Pacifier quoi ?
– Allez, arrête ! Tu sais parfaitement ce que je veux dire. Le sexe avec les animaux et l'inceste ont une autre signification pour lui. Il est malade.
– Eh oui, l'homme est malade. Et Jeffers est malade.
– Oh ! non ! il parle de l'homme, l'homme introverti.
– Est-ce qu'on ne l'est pas tous ?
– Non. Seulement en général. Et en général, je suis d'accord avec lui. L'homme est de plus en plus étranger à la nature. Il est condamné. Il s'agit d'une sorte d'aliénation.

– Je ne pense pas. Plus il s'éloigne de la nature, comme tu dis, mieux c'est. Il ne devient homme qu'en prenant ses distances vis-à-vis de celle-ci. C'est pour ça que je dis que Jeffers est fou.

– Ta démonstration paraît peut-être habile...

– Mais elle l'est ! Être civilisé, qu'est-ce que ça veut dire d'autre, selon toi ?

– Au moins, il ne ramène pas toujours les Juifs sur le tapis comme Eliot, intervint la jeune femme nommée Tamara. Jeffers se sert de mon prénom qui se trouve être hébreu.

– Ah bon ? Et pourquoi ? Il y a une raison particulière ?

– Ça signifie "datte", le fruit, mais également autre chose – pour Jeffers, en tout cas. C'est très clair.

– Quoi ?

– Dans la Bible, Tamar est violée par son frère.

– Je ne vois pas le rapport. Vous, les sionistes, vous connaissez toutes les réponses apportées par la Bible.

– On n'a pas besoin d'être sioniste pour ça. C'était la fille du roi David, et toute l'histoire cadre avec le symbole de l'inceste tel que Jeffers le représente. »

Le symbole de l'inceste. Ils en parlaient sans savoir... un symbole ? Glisser un journal, *Der Tug,* sous Minnie quand elle saignait, puis le jeter par la fenêtre du puits d'aération pour effrayer les rats qui se débandaient. Ça, c'était le vrai truc. Et Ma qui, ensuite, cherchait à grands cris le journal à cause du « roman » qu'elle n'avait pas encore lu à Mrs. Shapiro. Un symbole ? Alors, va pour un symbole. Toutefois, les symboles se référaient à autre chose. À l'aliénation, comme ce type avait dit. L'aliénation ? S'éloigner de quelqu'un... introspection malsaine... peut-être. Alors qu'est-ce que tu vas faire, toi, l'aliéné ? Ouais. « Où est *Der Tug,* ne cessait de brailler Ma d'un ton accusateur. Tu l'as vu, *Der Tug* de vendredi ?

– Moi ? Non, pas du tout. Qu'est-ce que je ferais de *Der Tug* ? »

Ira ne pouvait s'empêcher de jeter des coups d'œil furtifs en direction d'Edith qui, de temps en temps, accrochant son regard avant qu'il ait pu détourner la tête, lui adressait un sourire rassurant et empreint de sympathie.

La jeune femme avait pris place sur l'estrade quelques minutes plus tôt en compagnie de son invitée. Elle se leva et sourit pour attirer l'attention de l'assistance. La poétesse qu'ils avaient l'honneur d'accueillir ce soir, déclara-t-elle, était bien connue de tous, ou de presque tous. Elle figurait parmi les auteurs de poésie lyrique les plus éminents du pays, célébrée pour la richesse et la beauté de ses images, sa maîtrise de l'outil poétique et son talent qui lui permettait de condenser le sens poétique sans pour autant négliger la sonorité des vers. Léonie Adams. Et, sans plus de cérémonie, elle allait lui céder la parole. Elle conclut en exprimant la certitude que cette soirée demeurerait gravée dans leur mémoire à tous.

Après quelques applaudissements, Léonie Adams se leva à son tour, puis s'avança vers le lutrin, deux minces volumes à la main. Elle ouvrit le premier, un petit livre bleu, tourna les pages et, arrivée à celle qu'elle avait choisie, se mit à réciter sans regarder. Larry n'avait pas tari d'éloges à son sujet pendant qu'ils rédigeaient ensemble les invitations. « Ses poèmes chantent véritablement. Tu ne vois pas souvent des images aussi belles et aussi originales ! Elle est géniale. Dommage que je n'ai pas ici des poèmes d'elle à te montrer. Elle est bien meilleure qu'Edna Millay. »

Et maintenant, elle se tenait là, devant tout le monde, une vraie poétesse, en chair et en os, qui lisait ses propres vers. Ira écoutait de toutes ses oreilles, comprenant par instants, par bribes, sans jamais saisir le sens global. Pourtant, ne serait-ce que de manière sporadique, il se sentait ému. Les fragments de l'œuvre possédaient une richesse qui le conduisait à se demander, au cas où il s'absorberait dans le recueil posé devant lui, s'il finirait par pénétrer le sens d'un poème dans sa globalité, un peu comme il avait compris « Ce que Thomas a dit dans un pub » de James Stephens quand il l'avait lu dans l'anthologie d'Untermeyer. Ou comme il avait essayé de découvrir la nature profonde de « Ici repose la plus belle des femmes » de Walter de la Mare, des *Cargœs* de John Masefield, encore qu'il s'agisse à peine de poèmes, ou de « Brouillard » de Carl Sandburg... oh ! que l'image que venait d'évoquer Léonie Adams était belle : « *Le rêve de voler soulèverait un oiseau de marbre.* »

Lorsque l'attention fléchissait, le visuel prenait le relais. Ira étudia la poétesse. Elle était jolie, plutôt petite, d'âge mûr mais jeune d'allure, avec un visage étroit encadré de cheveux bruns coupés court. Elle était cependant curieusement bâtie, un peu comme si sa silhouette se trouvait en conflit avec elle-même. Son visage et son buste délicats, séraphiques, contrastaient en effet avec ses hanches larges et fortes et ses grosses jambes, des poteaux comme on disait, telles qu'on les voyait quand elle s'éloignait un peu du lutrin. Avec ses yeux bleus très écartés qui semblaient perdus dans un au-delà éthéré et sa voix à la fois douce, prenante et rauque, elle avait l'air, au-dessus de la taille, d'un véritable poète, détaché de ce monde et inspiré, et en dessous, de la première ménagère venue. Se pourrait-il, songea Ira, que le poète eût en quelque sorte emprunté au centaure ?

Des murmures louangeurs accueillirent la fin de chaque poème. Bien que saisissant tout juste la beauté de certains passages, Ira, par courtoisie à l'égard de Larry qui l'avait invité, et également au cas où Edith regarderait dans sa direction, veillait à manifester son intérêt et à adopter une expression extatique. Oui, mais il avait l'esprit lent, irrémédiablement lent – il attribuait sa déception au fait qu'il était incapable de comprendre. Peut-être qu'après avoir tourné et retourné les vers dans sa tête, se disait-il pour se consoler une fois de plus, il parviendrait à en appréhender le sens ou à lier entre elles les magnifiques métaphores pour en découvrir l'unité. Écoutez : « *Comme les terreurs salines nous ont fait dévier de notre cap...* » Ça s'appliquait à lui. Une juxtaposition de mots, frappante, unique, musicale et labyrinthique dans ce qu'elle évoquait. Si seulement il pouvait percevoir la signification de l'ensemble. Non, pas le message. Ou quoi que ce soit. L'allusion. Ouais, ouais. Quand il lisait le poème de Robert Frost qui parlait de s'arrêter dans la forêt en hiver, l'allusion à la mort et au devoir ne lui échappait pas, il la sentait dans les mots eux-mêmes. Mais là, rien. Bête comme il l'était, qu'est-ce qu'il y pouvait ?

La lecture terminée – et saluée par des applaudissements prolongés –, de jeunes étudiantes transformées en serveuses improvisées servirent des gâteaux et du café. Les conversations reprirent. Les discussions d'une table à l'autre faisaient vaciller les flammes des bougies à moitié fondues, qui semblaient ponctuer les paroles comme autant de petites langues jaunes. Pendant que les spectateurs se restauraient, Larry s'approcha d'un pas nonchalant, puis il se pencha pour murmurer à l'oreille d'Ira d'un ton lourd de sens :

« Je ramène Edith ce soir. Okay ?

– Oui, oui, bien sûr », dit Ira en hochant la tête.

Et Larry reprit, à voix haute cette fois :

« Alors, ça t'a plu ?

– Les gâteaux ?

– Ne fais pas l'idiot, Ira. Je parle de l'art. »

Larry lui tapota l'épaule et poursuivit *sotto voce* :

« Il y a quelqu'un qui s'intéresse à toi. Qui t'a trouvé très naturel.

– Ah ouais ?

– Je t'en dirai plus tout à l'heure.

– Merci. »

Il aurait été si facile d'exprimer son agacement et de s'en tirer par un « Merci, merci à toi, ami prolixe » (pour parodier Longfellow), mais il se retint, et ne manqua pas de s'en féliciter.

Larry se baissa de nouveau et lui souffla :

« Viens dire bonsoir. »

Ira tressaillit et ferma les yeux.

« Tu ne peux vraiment pas le faire pour moi ? »

Son ami lui adressa un long regard faussement menaçant, et il ne consentit à partir que quand Ira eut acquiescé à contrecœur.

« Tu le connais depuis longtemps ? »

La question émanait de Nathan, l'étudiant à la moustache châtain qui l'avait interpellé tout à l'heure avant de lui présenter ses camarades.

« Des ââânnées et des ââânnées », répondit Ira, plutôt content de sa réplique. Il lui était en effet venu à l'esprit qu'il y avait bien peu de différence entre un âne et lui.

« Tu ne parles pas comme un étudiant de CCNY, mais plutôt de Columbia. » Nathan, ayant constaté de quelles amitiés jouissait Ira, cherchait apparemment à se rattraper.

« Je ne sais pas comment parlent les étudiants de CCNY. »

Mais l'autre avait la repartie facile, plus facile qu'Ira, comme d'habitude.

« Je sais que tu dois avoir au moins une mention bien pour te faire immatriculer.

– Ah bon ? Alors, je devais être sur la liste d'attente. » Une nouvelle fois, et sans qu'il l'eût voulu, une note d'agressivité perçait dans sa voix. *Immatriculer. Mon Dieu ! quel style prétentieux !* Il s'éclaircit la gorge. « Et à NYU, on parle comment ?

– Tu nous a entendus ce soir.

– Oui, oui, je t'ai entendu. » Il se sentait mécontent. Bon, mais ce n'était guère l'endroit où manifester de la mauvaise humeur, il était l'ami de Larry. Il se contenta de baisser la tête.

« Tu connais aussi miss Welles ? »

Décidément, on le soumettait à la question.

« Pas très bien. »

Il remarqua que les autres étudiants installés autour de la table éclairée par la bougie écoutaient attentivement, en particulier la jeune beauté juive plutôt mince et aux gestes déliés, occupée à jouer avec l'une de ses boucles d'oreilles qui, soudain, lui échappa des mains et roula par terre en direction d'Ira. Il se baissa pour la ramasser, et la lui rendit. Elle ne prononça pas un mot, se bornant à le considérer avec dédain. Qu'elle aille se faire voir ! Qu'est-ce qu'elle se croyait, avec ses airs supérieurs ? La prochaine fois, il laisserait cette saloperie où elle était. Seulement, il n'y aurait pas de prochaine fois.

« Merci, fit-il d'un ton sarcastique tandis que la colère lui mettait le feu aux joues. C'est toi, Tamara ?
— Oui, consentit-elle à répondre.
— Qu'est-ce qui est arrivé à ce type ?
— Je ne comprends pas. Quel type ?
— Tu dois être comme Tamar, expliqua Ira. La vraie, je veux dire. Celle de la Bible. »

Il jouait les malappris. Arrête ! Arrête ! s'exhorta-t-il.
« Je ne vois pas où tu veux en venir.
— Elle devait être très jolie, non ? »

Et cette Tamara l'était aussi, élancée, le teint soyeux, ses traits chauds et harmonieux de Juive comme éclairés de l'intérieur. Et futée. Trop futée pour lui, se rendait-il déjà compte, émettant des jugements si sûrs et définitifs. Tout le contraire d'une jeune cousine docile, celle-là, ou d'une sœur cédant à ses appétits.

« Merci, fit-elle en clignant des paupières de manière convenue pour indiquer qu'elle désirait garder ses distances.
— Je peux te redemander ce qui est arrivé à ce type ?
— Mais enfin, quel type ? »

Les autres avaient cessé de bavarder pour s'intéresser de plus près à la conversation. Ira luttait contre le butor qui sommeillait en lui et s'était brusquement réveillé.
« Celui qui l'a violée. C'était bien son frère, non ?

– Son demi-frère, Amnon.
– Ah ! seulement son demi-frère.
– Seulement ?
– Ouais. Ce n'était donc qu'un demi-mal.
– Pour l'amour du ciel ! s'écria-t-elle après une fraction de seconde d'un silence curieusement chargé d'électricité. En venant ici ce soir, je ne m'imaginais pas que j'allais entamer une discussion sur les différents degrés d'inceste.
– Celui-là devait être du troisième degré. » Ira, bien que se trouvant face à une jeune fille aussi séduisante, se sentait étrangement loquace dans la mesure où aucune notion amoureuse ne venait interférer. Soudain, son cœur cessa de battre. « Je sais, je sais. Mais qu'est-ce qui lui est arrivé ?
– Absalon l'a tué.
– Qui ça ? Absalon ?
– Je t'en prie ! » Offensée et hautaine, elle laissait clairement voir que la conversation lui déplaisait. Elle détourna la tête, puis se remit à jouer avec la boucle d'oreille qu'Ira lui avait ramassée.
– Tu es bien tombé, intervint Nathan avec un sourire en coin. C'est la petite-fille de Sholem Aleikhem.
– Ah bon ?
– S'il te plaît, Nathan, ça n'a rien à voir et tu sais combien je déteste qu'on en parle.
– C'est pas grave, je sais pas qui c'est », dit Ira.

Un nouvel instant de silence s'ensuivit. Il avait vraiment foutu la pagaille, et au passage enfoncé quelques clous pour la punir de son dédain. Finalement, il s'était plus ou moins vengé d'eux tous. Quel beau salaud il faisait ! Ouais, ouais. Bon, autant se tirer en vitesse. Il récupéra son manteau et son chapeau, puis se leva et leur tourna aussitôt le dos. Peu importe qu'ils le croient cinglé !

Bon Dieu ! il ne se sentait à sa place nulle part, et surtout pas ici au milieu de... de ces étudiants bien élevés, bien nantis, pareils au gamin maintenant grand à qui il avait fauché le stylo en filigrane d'argent. Pas plus qu'il ne se sentait à sa place à CCNY parmi tous ces Juifs qui s'efforçaient désespérément de paraître assimilés. Il aurait pourtant dû « se couler dans le moule », mais non. Ah ! si ses parents étaient restés dans l'East Side – au moins jusqu'à sa bar-mitsva, peut-être. Et pas davantage à sa place 119ᵉ Rue dans le Harlem goy, ça va sans dire. Non, il n'était à sa place nulle part. Il était l'ami de Larry, et c'est tout.

À présent, la dernière épreuve. Car pour lui, c'en était une. Mal à l'aise, inquiet, il s'avança vers la table la plus proche de l'estrade. Si les premiers moments de sa rencontre avec Edith avaient été pénibles, ceux-là s'annonçaient pires. Que Larry aille au diable ! Elle s'entretenait avec un petit groupe composé d'un type plutôt grand, au visage lisse et régulier et aux cheveux blond cendré, sans doute un professeur d'université (s'agissait-il de Mr. Vernon, celui qui copatronnait le club des Arts, et dont Larry lui avait parlé, l'homosexuel ?), d'un homme de petite taille à l'air empressé, au rire bref et fréquent et au visage marqué de petite vérole (était-ce celui qui, comme l'avait raconté Larry de façon quelque peu désobligeante, était follement amoureux d'Edith ?), de la poétesse Léonie Adams et enfin des deux femmes distinguées arrivées les dernières. Non, il ferait mieux de foutre le camp. Il fit un discret signe de la main à Larry, tordit une moitié de son visage pour ce qui se voulait un sourire destiné à prendre congé, mais miss Welles se tourna vers lui, toujours avec la même attitude à la fois conquérante et pleine de sollicitude. Pas moyen d'y échapper, il fallait qu'il dise quelque chose :

« Je viens vous dire adieu, miss Welles.

– J'espère que ce ne sera rien d'aussi définitif.

– Non, non, bonsoir, je voulais dire. J'avais demandé à Larry de vous dire bonsoir pour moi.

– Une deuxième fois n'est pas de trop. La soirée vous a plu ?

– Ouais. En partie. » Sourcils froncés, troublé, Ira secoua nerveusement la tête. « Peut-être que j'ai pas bien entendu, vous comprenez ? Pas assez vite, je veux dire. »

Elle lui adressa un petit sourire de consolation.

« Vous savez, c'est le cas pour la plupart d'entre nous. Seulement, on ne l'avoue pas. J'espère que ça ne vous aura pas découragé de revenir...

– C'est que je... je suis pas à ma place ici, m'dame... miss Welles. Aider pour les invitations, je veux bien, mais... » Il détourna les yeux avec gêne et essaya de cantonner l'ampleur de son haussement d'épaules dans ce qu'il estimait être les limites de la politesse.

« Oh ! non ! il ne faut pas que vous pensiez ça. Vous apprécierez peut-être davantage la prochaine réunion. J'en suis persuadée. Les étudiants liront certaines de leurs œuvres. Et il y aura aussi quelques professeurs, corrigea-t-elle. On mélangera la prose et la poésie.

– Ah bon ? C'est peut-être une bonne idée. Parce que pour la poésie, je ne saisis pas tout de suite. Larry, oui. Il est drôlement doué !

– Probablement parce qu'il en écrit lui-même, je vous le répète. Mais tout ne vous a quand même pas échappé ?

– Non. Les mots, m'dame, pas les mots, je veux dire. Quand elle a parlé de questionner son idole, c'est bien ça ? "Quelle étrange et barbare illusion cela peut entretenir." Bon Dieu ! Ça, j'aime !

– Vraiment ? » Elle l'étudia avec un regain d'intérêt. « Vous suivez des cours de littérature à votre université ?

– Moi ? J'ai fini par m'inscrire en Composition anglaise », répondit-il avec une sombre ironie, voulant amuser la jeune femme.

Elle ne sourit même pas et se contenta de secouer la tête en tortillant entre ses doigts son fin collier en or.

« J'espère que vous viendrez avec Larry.

– Vous voulez parler de la soirée au début du mois ?

– Non, avant. Un soir.
– Merci.
– Vous ne devriez pas être aussi timide, jeune homme.
– Moi ? Je… je… enfin… vous savez. »
Elle lui tendit la main :
« Bonne nuit, Ira. »
Comme sa main qu'il serra un court instant dans la sienne était menue !
« Bonne nuit, miss Welles.
– Merci encore d'être venu.
– Ouais. Merci à vous aussi », dit-il avec un léger signe de tête.
Il sortit, et déboucha dans l'air frais de MacDougal Street.

CHAPITRE VIII

L'université, un monde derrière la façade gothique grisâtre de CCNY, qui s'éloignait déjà des vagues espérances d'épanouissement pour se réduire au simple espoir d'obtenir ne serait-ce qu'une seule unité de valeur – la moyenne à n'importe quelle interrogation orale ou écrite. L'université était un métier sur lequel il fallait quatre années pour tisser un diplôme. Le tramway de la 125e Rue en constituait la navette, pareille à une passerelle reliant le triste appartement sans eau chaude de la 119e Rue aux petites salles et aux amphithéâtres où se pressaient les étudiants, cernés par les murs gothiques de Convent Avenue, un pont entre – devait-il appeler cela la *yiddishkeit* adultérée ? – et le monde américain gouverné par des professeurs parfois aimables, parfois sympathiques, parfois distants, mais jusqu'à présent jamais juifs.

Aux yeux d'Ira, le monde extérieur broyait l'université et tout ce qu'elle signifiait, non seulement à cause des cruels empiétements de ses appétits impitoyables et dégradants, mais aussi à cause de leur contraire : l'intrusion dans le sien de l'univers merveilleux de Larry... L'université devenait un satellite, ou plutôt un yo-yo, commandé à la fois par le beau et l'ignoble, par l'érotisme sordide et l'amour apparemment céleste. Dans l'esprit d'Ira chargé de mythes, Edith Welles aurait très bien pu, tant elle paraissait délicate et inaccessible, être la reine des Elfes ayant jeté son dévolu sur Tom Rimer, une reine des Elfes qui, en vertu ou en dépit de son doctorat, avait appelé auprès d'elle cet étudiant de première année. Est-ce que ça ne ressemblait pas à un conte de fées ?

L'université devenait une épreuve cependant que le destin déroulait son fil. Si ce n'était pas un métier à tisser, alors c'était une prison où l'on purgeait une peine de quatre années. Les bonnes notes le réjouissaient – un peu, avec un côté désabusé – presque autant que le décourageaient les mauvaises qu'il accueillait avec un haussement d'épaules en prévision des inconvénients qu'elles lui vaudraient. Il devrait suivre des cours de rattrapage durant l'été. Les notes n'avaient pas tellement d'importance dans la mesure où il passait. Et pourquoi ? Eh bien, parce qu'en son for intérieur il savait, mais ne pouvait pas le révéler, qu'un dessein s'accomplissait, que la succession des mornes journées d'université, des semaines et des mois d'études était destinée à faire mûrir une promesse encore floue. Si Larry éprouvait parfois des scrupules à abandonner une carrière de dentiste pour une carrière littéraire beaucoup plus problématique, Ira, dans ses réflexions fumeuses, encore qu'il lui arrivât de temps en temps de s'irriter en raison de l'ennui qui s'abattait sur lui, ne ressentait que peu de craintes au sujet de son avenir de zoologiste ou de professeur de biologie qui ne cessait pourtant de s'assombrir. Tout semblait jouer un rôle dans ses aspirations troubles : les difficultés qui l'assaillaient, ce qu'il ne pouvait ni ne voulait arrêter de faire, ce qui le rongeait et le salissait, tout participait de ce dessein, de même que ce qu'il avait pensé en haut du rocher sur l'Hudson après avoir volé le stylo en filigrane d'argent. La fatalité, si tel était le mot qui convenait.

Ses pensées, incorrigiblement, dans l'intervalle où ses appétits le laissaient tranquille, empiétaient sur le temps dû à l'université, à ses études... Il réexaminait – et approfondissait – chacune des bribes d'information que Larry lui livrait à propos d'Edith. Il complétait les observations de son ami et réfléchissait sur celles qu'il avait faites lui-même, certaines glanées plus tard ou quand il connaîtrait mieux la jeune femme. Il les analysait, presque comme un détective, pour y découvrir des indices sur son caractère afin d'essayer de la reconstruire dans le but de se familiariser avec elle, de connaître ses réactions, ce qu'elle aimait et ce qu'elle n'aimait pas, de savoir à quoi s'attendre *et de s'adapter à ses goûts*. Et pourquoi ce désir ? Eh bien, en partie parce qu'il était poussé par une sorte de volonté inconsciente de s'améliorer selon les critères définis par quelqu'un qu'il considérait avec tant de respect et d'estime, mais surtout parce qu'il éprouvait la nécessité de se mettre en harmonie avec elle pour se préparer à elle, étrange désir subliminal de répondre à son attente, d'affirmer qu'il lui serait soumis, loyal et indispensable au cours d'un moment imaginaire où elle aurait besoin de lui. Il vivait des instants de divination, comme dans un conte de fées, où il prenait conscience que ses intentions confinaient à l'invraisemblable, heurtaient le bon sens. Les aspects intermittents de la réalité, de l'état réel des choses, le fruit improbable de ses rêves le tempéraient souvent, le refrénaient et provoquaient l'écroulement de ses illusions. Et pourtant, il continuait à les entretenir. Elles prévalaient envers et contre tout, car elles constituaient un prolongement, l'érection d'un édifice dont les bases lui étaient déjà familières – depuis l'âge de huit ans et demi, lorsque ses parents s'étaient installés 119e Rue dans le Harlem irlandais. Elles prévaudraient grâce à son aptitude précoce à s'adapter, à son pouvoir d'insinuation. Le chemin sur lequel il s'était engagé des années auparavant, maintenant bien tracé dans son esprit, semblait l'inviter à le suivre jusqu'au bout, et avec la même application : tâcher de s'adapter à la nature de la jeune femme et apprendre à la connaître en se gagnant ses faveurs. Paradoxalement, ce mode de survie qu'il avait adopté naguère parce que son soi originel de Juif de l'East Side avait été emprisonné et étouffé, se transformait en un vague espoir qui dépassait l'instinct de préservation, celui de se réaliser, d'acquérir sa liberté.

Larry lui avait raconté qu'elle venait de Californie, de Berkeley où elle avait obtenu son doctorat avant d'y enseigner la littérature anglaise. Toutefois, elle n'était pas née en Californie, mais au Nouveau-Mexique, à Silver City, une bourgade qui méritait à peine le nom de ville (aux yeux d'un New-Yorkais), perdue au milieu de ce territoire à la population clairsemée où des duels au pistolet continuaient à se dérouler en plein jour dans les rues. Comme elle décrivait son père de façon précise et amusante ! Un homme qui ne portait jamais d'arme et s'aplatissait sur le trottoir pendant que les balles sifflaient autour de lui. Après avoir passé son diplôme de droit à l'université de Pennsylvanie, il avait émigré dans l'Ouest pour s'établir à Silver City. L'un des rares avocats de la ville, membre du parti démocrate, il n'avait pas tardé à entrer en politique. Au début, tout lui avait souri, et il promettait de devenir l'une des figures politiques marquantes de la région. Lorsqu'en 1912 le territoire entra dans l'Union en tant qu'État du Nouveau-Mexique, le père d'Edith, William Welles, en fut le premier représentant élu au Congrès des États-Unis. Réélu en 1916 sous le mandat de Woodrow Wilson, il resta au Congrès jusqu'en 1920. Hélas, la fin de la Grande Guerre amena une réaction contre la guerre, contre le président Wilson qui n'avait pas respecté sa promesse d'en tenir le pays à l'écart et contre les massacres insensés qui en avaient résulté – si bien que le Nouveau-Mexique fut emporté par un raz de marée républicain. Le père d'Edith, candidat de son parti au poste de sénateur, une élection qui, dans cet État à prédominance démocrate, semblait acquise, perdit cependant le siège et avec lui presque toute sa fortune personnelle qu'il avait investie dans sa campagne. Il ne se remit jamais de sa défaite. Sa stature d'homme politique ébranlée, il sombra petit à petit dans l'anonymat et la boisson.

Sa carrière politique brisée, son mariage prit bientôt le même chemin. Sa femme, qu'Edith décrivait comme une Scientiste chrétienne pudibonde, fondait en larmes chaque fois qu'il voulait avoir des rapports sexuels avec elle. Ils avaient déjà trois enfants – le dernier était le frère d'Edith –, lesquels percevaient souvent les échos des reproches véhéments que leur père en état d'ébriété adressait à sa femme suppliante et sanglotante. Ensuite, il se produisit la chose la plus inouïe qu'Ira eût jamais entendue : le père d'Edith noua une liaison avec une pensionnaire de l'une des maisons closes du coin et, sans même chercher à se cacher, en fit sa maîtresse et l'installa dans ses meubles. Sur ce, sa femme le quitta, demanda le divorce et, après l'avoir obtenu ainsi que la garde des enfants et le versement d'une pension alimentaire, elle partit pour Berkeley où elle s'établit professeur de piano. Pendant ce temps-là, la santé du père d'Edith commença à décliner, de même que sa clientèle. Il tomba dans le dénuement, abandonné de tous, sauf de Mildred, la femme qu'il avait tirée du bordel, et qui lui restait fidèle jusqu'au bout.

Edith avait un frère et une sœur, tous deux plus jeunes qu'elle. Son frère, William Welles Jr., dès le lycée fini, alla travailler dans une entreprise de revêtement d'aluminium préfabriqué. Quant à sa sœur, Lenora, dont elle n'avait pas très haute opinion parce qu'elle manquait totalement d'esprit pratique, qu'elle était très conventionnelle et en plus scientiste chrétienne, Edith la décrivait comme « grosse, énorme ». Par décret maternel, elle dut se consacrer au violon – l'instrument dont Edith désirait jouer. Mais non, madame mère considérait que le piano lui convenait mieux (il faut garder cela à l'esprit, le poids de ces antagonismes). Edith jugeait sa sœur dépourvue de toute sensibilité musicale en dépit de ses années de travail, et ses ambitions, entretenues par sa mère, de devenir concertiste, prête à faire ses débuts à New York, elle les trouvait absurdes. Edith, pour sa part, abandonna le piano, non qu'elle manquât de sens musical, mais parce qu'elle préféra renoncer aux longues heures d'exercices astreignants qui l'auraient préparée à une carrière de concertiste, estimant qu'elle avait des mains trop petites pour espérer devenir une pianiste professionnelle.

Elle utilisa néanmoins ses talents pour jouer après l'école dans des cinémas au temps du muet et, plus tard, en compagnie d'autres musiciens dotés de talents divers, pour participer à ce qu'elle appelait – avec un sourire – des « shivarees ». Qu'est-ce qu'ils ne faisaient pas dans l'Ouest ! Le mot fascina Ira... Il évoquait les plaines sauvages et les cow-boys, la rusticité. Déformation du mot français *charivari*, lui apprit son dictionnaire : fausse sérénade de bruits discordants... Dès sa plus tendre adolescence, elle avait appris à être indépendante, raconta-t-elle avec un geste du menton qui ne laissait guère de doute sur la détermination qui l'habitait. Ira dissimula son embarras à l'idée qu'une frêle jeune fille à peine sortie de l'enfance puisse être indépendante, tandis que lui, le grand dadais, un *farleïgt*, comme on disait en yiddish, constituait encore une charge pour ses parents. Lenora était déjà mère d'un enfant dont elle avait obtenu la garde après *son* divorce. Elle vivait également à Berkeley – dans des conditions précaires, à en croire l'opinion tranchée d'Edith – d'une pension alimentaire qui aurait été suffisante « si Lenora avait un peu de jugeote ». Criblée de dettes, elle appelait sa mère à son secours, ou plus souvent encore Edith qui, au prix de son propre confort, pestant contre « sa gourde de sœur », lui venait néanmoins en aide pour le bien de l'enfant...

Sa carrière musicale hypothéquée, Edith passa sa licence *summa cum laude* à l'université de Berkeley, ce qui lui valut de faire partie de la société d'honneur Phi Beta Kappa. Puis, tout en gagnant sa vie comme auparavant, elle prépara un doctorat interdisciplinaire, le premier de ce genre décerné par l'université de Californie. Sa thèse, qui jetait un pont entre la littérature et l'anthropologie, consistait dans une analyse des rythmes et de la structure des chansons et des chants religieux navajos, dans leur translittération en caractères romains avec indication scrupuleuse des accents et de l'organisation syllabique, et enfin dans leur traduction en vers, non pas mot pour mot, mais en les recréant de manière à rester fidèle à l'esprit de la langue navajo. À la suite de ses travaux tout imprégnés des paysages du sud-ouest des États-Unis qui évoquaient le lien primitif entre l'homme et la nature, Edith publia deux recueils de poèmes, lesquels furent très bien reçus et loués par les critiques pour avoir réussi à capturer l'esprit noble et les communions mystiques d'un peuple tribal dont la culture avait été longtemps ignorée et méprisée par ceux-là mêmes qui l'avait spolié de ses terres et de son héritage.

Ses poèmes attirèrent également l'attention d'une jeune anthropologue qui portait un grand intérêt à la poésie, la brillante Marcia Meede – il s'agissait de la jeune femme aux lèvres énergiques et aux lunettes étincelantes que, le soir de la lecture de poésie, un Larry rayonnant de fierté avait escortée jusqu'à sa table en compagnie de son énigmatique amie plus âgée. Elles avaient entretenu une correspondance pendant qu'Edith se trouvait encore à Berkeley, si bien que lorsqu'elle vint s'installer à New York pour y enseigner, Edith trouva rapidement à nouer des relations et des amitiés grâce à Marcia.

Edith se confiait si facilement, et si librement, d'abord à Larry, puis aux deux garçons, qu'en dépit de son désir de graver une image d'elle dans son esprit – et de se pénétrer d'elle –, Ira se sentait parfois gêné, tout comme Larry, par la franchise et les détails explicites de ses révélations : sa mère pensait que les rapports sexuels devraient cesser après cinq ans de mariage. Edith, par pur altruisme et défi aux conventions, avait épousé un certain Kurt Finklepaugh (pouvait-on imaginer nom teuton plus ridicule ?) afin de lui permettre de rester aux États-Unis le temps d'obtenir son doctorat. Seulement, après la cérémonie, il avait réclamé plus que ce qui avait été convenu, à savoir son corps, ce qu'elle ne tenait pas du tout à lui céder.

« Ni envie ni désir, rien. » Elle éclata de rire et ajouta en guise d'explication qu'elle s'était consacrée si totalement à ses études qu'elle n'avait pas encore été « éveillée », de sorte que leur mariage avait connu une fin brutale et déshonorante : atmosphère de récriminations et livres – entre universitaires, n'est-ce pas – qu'on se jetait à la figure. Le mariage n'ayant pas été consommé, il avait été légalement annulé. Le récit de ses brèves relations conjugales modifia cependant l'impression qu'Ira se faisait d'elle, et amena une note de méfiance et d'aigreur, telle une ombre venant recouvrir sa douceur et sa gentillesse apparentes. Toute frêle et menue qu'elle était, elle ne fuyait pas, les joues sillonnées de larmes, ni ne cherchait à échapper à son poursuivant pour se réfugier auprès d'amis ou de parents. Oh ! non ! elle l'attendait de pied ferme et rendait coup pour coup. Ses grands yeux tristes vous fusillaient, sa main minuscule lançait des projectiles – un volume de dictionnaire, peut-être. Il fallait bien comprendre que sous sa bonté et sa bienveillance se cachait une espèce de ressort qui, à la moindre provocation, pouvait déclencher de redoutables représailles. Oh ! oui ! Son agressivité quand elle parlait des ouvrages de poésie que l'on confiait à d'autres pour qu'ils en fassent la critique, non pas en raison de leur faculté d'analyse supérieure, mais simplement parce que c'étaient des hommes – ou bien les chouchous du rédacteur en chef des pages littéraires de la *Tribune* ou du *Times* – constituait aussi un trait de caractère dont il valait mieux être averti. Derrière le charme, la générosité et la tolérance d'Edith se dissimulait la militante, la féministe. La manière dont elle avait blâmé la légèreté de Larry en ce qui concernait son avancement au sein de la faculté de lettres prenait un nouvel éclairage. Attention à cet aspect de sa personnalité, attention à ne pas la provoquer sur ce terrain ! Montre-toi compréhensif…

Ira continuait cependant à se demander pourquoi elle dévoilait tous ces détails intimes. Son objectif semblait être d'édifier son jeune amant, et dans le même temps l'ami de ce dernier, de lui apprendre la marche du monde, ses chagrins, ses méchancetés et ses aberrations. Pourtant, ses récits, toujours un ton en dessous, produisaient un autre effet – sur Ira, du moins. Elle paraissait jouer un rôle, suggérer modestement un personnage tragique, une héroïne accablée de malheurs, victime innocente de la cruauté et de la dureté des autres – ou bien victime de sa propre générosité, laquelle se manifesterait toute sa vie durant. Son premier mariage, né d'un beau geste, s'était achevé dans l'ignominie. Elle fut sexuellement « éveillée » par la force, et par quelqu'un en qui elle avait confiance.

Après quoi, toujours à Berkeley, elle eut une liaison avec un Juif sioniste objet de nombreuses tracasseries, un agronome du nom de Shmuel Hamberg qui étudiait à l'université les techniques agricoles en pays aride. C'était un homme tourmenté, un paria, un idéologue frénétique qui exprimait ses idées socialistes avec tant de force qu'une bande d'étudiants nationalistes chauvins l'enduisit un jour de goudron et de plumes. Edith le traita en ami, et il chercha refuge et réconfort auprès d'elle. Venu à Berkeley afin de se familiariser avec les principes d'irrigation à large échelle pour les appliquer ensuite à la coopérative qui l'avait envoyé étudier en Amérique dans l'espoir que, grâce à lui, les terres de l'ancienne patrie retrouveraient l'abondance biblique, il ne retourna jamais en Palestine. Les déserts de Californie fournissaient de si belles occasions de s'enrichir que son idéalisme n'y résista pas. La mise en valeur des terres désertiques autour de Los Banos était une idée neuve pour l'époque, et obtenir des prêts de la part des banques de la région pour financer ses projets ne semblait pas devoir être tâche aisée, mais son enthousiasme visionnaire et son pouvoir de persuasion se révélèrent à la hauteur du défi. Même les banquiers les plus réalistes et les moins judéophiles finirent par succomber et lui consentir des prêts. Il s'occupa quelque temps de vastes étendues de terres auparavant désertiques qui, dès qu'elles reçurent de l'eau (tirée de puits artésiens par l'intermédiaire d'énormes pompes), devinrent immensément fertiles, à même de produire de considérables quantités de coton, de melons, de légumes et de céréales.

Edith aimait à le décrire. Dénué de la plus élémentaire des courtoisies, Juif russe, sans doute un *Litvak*, pensa Ira, il était tendre, compatissant et toujours stimulant sur le plan intellectuel. Dans le même temps, il paraissait totalement dépourvu de tact et incapable de se maîtriser dans le feu d'une discussion. Il ne tardait pas à se mettre à bafouiller et à postillonner. Son manque de politesse était tel que lorsque les gens l'ennuyaient ou qu'il estimait le moment venu pour eux de partir, il s'emparait sans cérémonie de son réveille-matin qu'il entreprenait de remonter et de faire sonner.

Néanmoins, Edith s'attacha beaucoup à lui ; elle l'aurait même épousé malgré sa goujaterie et sa folie, seulement lui, il ne pouvait pas envisager d'épouser une non-Juive. Il n'en était pas question ! Ainsi repoussée, meurtrie, Edith décida qu'il était grand temps de quitter Berkeley, seule façon pour elle d'échapper à l'emprise intellectuelle et émotionnelle qu'il exerçait sur elle. Elle posa sa candidature pour un poste à l'université de New York et, heureusement, le professeur Watt, responsable du département de littérature, quoiqu'il s'agît d'un monsieur digne, rigide et vieux jeu sous de nombreux aspects, croyait aux bienfaits de l'hétérogénéité. On racontait qu'il allait jusqu'à projeter d'embaucher un Coréen auteur d'un ouvrage sur la vie dans son pays, et on ne savait pas s'il ignorait ou non que Boris G, un maître assistant de son département, fût juif. Il semblait de même feindre d'ignorer les critères d'admission imposés par l'association des parents d'élèves, mais comme ses effectifs augmentaient considérablement tandis qu'ils diminuaient dans l'université plus académique du nord de la ville, ses supérieurs ne pouvaient qu'approuver la manière dont il assurait sa charge.

Edith se vit donc offrir un poste de maître assistant à la rentrée d'automne 1924, l'année où Larry s'inscrivit à son cours.

Hmmm…

Il n'avait pas à penser à ça, se dit Ira. À sa liaison, comme elle l'appelait, avec Shmuel Hamberg, au fait qu'ils avaient dormi ensemble selon l'euphémisme consacré. Pourquoi avait-elle accepté ça ? Pourquoi était-ce admis ? Elle aurait dû se rendre compte qu'elle n'était qu'une *shikse* à ses yeux. Alors, qu'est-ce qu'elle pouvait espérer ? Il allait lui falloir réfléchir, interpréter toutes les bizarreries qui intervenaient dans le comportement de la jeune femme. Ce qu'elle acceptait, ce qu'elle n'acceptait pas. Même si ça avait suffi, elle aurait refusé de se convertir au judaïsme pour plaire à son amant. Ce qui mettait l'accent sur son indépendance d'esprit. Hmmm… Au diable son livre de chimie et l'interrogation de demain ! Avogadro et la molécule-gramme. Il s'en tirerait. De toute façon, ce n'était pas sa voie. Réfléchissons : le type était juif, et elle ne voyait aucune objection à l'épouser. Alors que lui, il en voyait ! Un sioniste. Un socialiste, de surcroît. Bon Dieu ! tout libre penseur qu'il était, il ne valait pas mieux que Zaïde sur ce point. À moins que ça lui ait servi d'excuse, qui sait ? Peut-être, après tout. Mais n'oubliez pas, elle attachait de l'importance au mariage. Ah ! alors dans ce cas, qu'allait devenir son histoire d'amour avec Larry ? Il avait dix, onze ans de moins qu'elle. Qu'est-ce qui pourrait en résulter ? Il voulait l'épouser, affirmait-il. Mais dans trois ans, sa licence en poche, il aurait vingt-deux ans et elle, trente-trois. Ainsi… ainsi… on était bohème, libéré, d'avant-garde ; on raillait les Babbitt et les parvenus, on méprisait la bourgeoisie, mais il fallait bien revenir sur terre, non ? et en particulier Larry, habitué au luxe... allez, bon Dieu ! fais donc quelques exercices de chimie, équilibre deux ou trois des équations les plus difficiles !

Pas maintenant... Elle faisait du cheval, disait-elle. Elle était bonne cavalière. Elle parcourait les pistes de l'Ouest, traversait les réserves indiennes, passait devant les « hogans », comme elle les appelait, et s'enfonçait dans les montagnes qui, racontait-elle, changeaient sans cesse de couleur à mesure que les ombres s'étendaient sur elles. Et puis, elle avait montré aux deux amis un de ses poèmes publié dans le magazine *Poetry*, que Larry avait compris et pas lui. Crétin, ignare ! D'ailleurs, pourquoi ils n'écrivaient pas comme... comme un tas de ceux qu'il comprenait : Aiken, A.E. Robinson, Robinson Jeffers, Teasdale et Millay, même s'il n'en raffolait pas, il préférait A.E. Housman. Pourquoi se sentaient-ils obligés de cacher la signification de leurs poèmes comme derrière un écran ou une colline ? De temps en temps, il devinait l'idée qui se dessinait. Quel était déjà ce poème dont il n'avait saisi le sens que longtemps après l'avoir lu, et à sa grande joie ? Robert Frost, une nouvelle fois : « J'ai cueilli trop de pommes : je suis accablé par la grande récolte que j'avais tant désirée. » Encore qu'Edith l'ait sans le savoir aidé un peu en expliquant : « Vous remarquerez qu'il y a toujours une compression du rythme quand il en arrive au point principal. » Bon sang ! comme elle exprimait les choses clairement !

Bien... dans une solution de 2,24 litres... quelle est la normalité d'une solution d'acide orthophosphorique contenant 270 g de H_3PO_4 ?... Et Edith pouvait... mais non ! on te donne les moles, les moles, espèce d'âne ! Alors multiplie 1,3 mole par la masse moléculaire de Na_2SO_4...

CHAPITRE IX

Edith ne refusait pas la présence d'Ira, même pour rester seule avec Larry, si bien que pendant que Iola était sortie, tous trois, Edith, son jeune amant et Ira un peu étonné, se retrouvaient dans le living, une pièce peinte en blanc, spacieuse et bien aérée dont les fenêtres donnaient d'un côté sur la rue et de l'autre sur le cimetière de St. Mark's-in-the-Bouwerie. Comme l'appartement était clair ! Aussi discrètement que possible, Ira s'efforçait d'isoler de ce qui l'entourait les éléments qui conféraient une espèce de charme insouciant à l'ensemble. Il n'avait jamais vu des murs d'un blanc aussi pur, et puis si simples, si nus, ornés juste de trois tableaux, des reproductions, dont des fleurs dorées assez grossières qui paraissaient déborder du cadre et une charrette de ferme bleue. De qui étaient-ils l'œuvre ? Et il y avait aussi quelques tapis navajos gris, blancs et noirs figurant des motifs primitifs qui évoquaient des pointes de flèches.

Tenant sa tasse de thé entre ses mains toutes menues, Edith raconta l'histoire d'une tribu indienne qui semblait avoir totalement disparu de son habitat au milieu des forêts de Californie. On ne connaissait pas leur langage que nul ne s'était soucié d'apprendre, de même que nul n'avait étudié les vestiges abandonnés par la tribu, à l'exception d'un certain Dr. Wasserman, un professeur d'anthropologie dont Edith avait suivi les cours à Berkeley. Mais tenez-vous bien, poursuivit-elle à l'intention de Larry et d'Ira qui buvaient ses paroles, un membre de la tribu avait survécu. Il s'appelait Zaru. Dans un état lamentable, décharné, mourant de faim, le dernier Indien sauvage de Californie s'était rendu. Il était sûr que les hommes blancs allaient le tuer, tout comme ils avaient tué les autres membres de sa tribu. Il implora ses « ravisseurs » de l'abattre sur-le-champ et de ne pas le torturer, mais personne, aussi bien parmi les profanes que les spécialistes, ne comprenait ses supplications, ni le moindre mot de ce qu'il disait, jusqu'à ce qu'on pense au Dr. Wasserman. Celui-ci avait acquis les rudiments de leur langage grâce aux traces laissées par les derniers Indiens de Californie, et élaboré à partir de là un dictionnaire élémentaire qui lui permit d'établir un début de communication avec l'Indien terrifié (qui, enfermé dans la prison du comté, avait refusé toute nourriture, s'imaginant qu'on voulait l'engraisser avant de le sacrifier). Le Dr. Wasserman l'assura que personne ne désirait le tuer, puis il réussit petit à petit à gagner sa confiance et à le persuader de se nourrir, de se soigner, d'apprendre certaines des coutumes de l'homme blanc dans le domaine de l'hygiène et enfin de porter les vêtements de l'homme blanc, ce qui lui permit de recouvrer un semblant de confort et de confiance en soi.

Comment avait-il pu survivre et ne pas se faire prendre si près de la civilisation, dans une zone qui était à peine plus qu'une enclave cernée par les habitations de l'homme blanc si redouté ? Edith tenait son petit auditoire en haleine. Des chasseurs en quête de gibier, de même que des pêcheurs, des campeurs et des gardes forestiers sillonnaient le territoire servant de refuge à Zaru qui, en compagnie de sa sœur lorsque celle-ci vivait encore, et grâce au savoir et aux traditions de ses pères, avait subsisté en pêchant des poissons à la lance, en prenant de petits animaux au piège et en chassant des oiseaux sauvages à l'aide de son arc et de ses flèches. Toujours en alerte, ils avaient réussi à survivre ainsi, utilisant toutes les ruses qu'on leur avait enseignées pendant leur enfance au sein de la tribu. Zaru avait perdu le compte des lunes, et les années s'étaient écoulées pendant lesquelles sa sœur et lui avaient mené une existence clandestine...

Il est temps, songea Ira, d'interrompre ce récit. Oui. Il appuya sur la touche F7. Autant essayer d'abord, remplacer ou insérer, tant que le texte restait à l'état d'ébauche, pour voir s'il s'intégrait à ce qui précédait et à ce qui suivait. Si cela lui convenait, il pourrait le glisser à l'endroit désiré. Sinon, effacer. Finalement, l'histoire de Zaru, le nouveau départ, lui plaisait. Les miracles de l'âge de l'ordinateur. Il pressa de nouveau la touche F7. En s'efforçant de décrire les nombreux avantages que la machine procurait à son utilisateur, il avait déclaré à d'autres gens, sans savoir exactement ce qu'il voulait dire – une notion d'ordre général, ou peut-être parce qu'il s'agissait d'un cliché commode –, que le traitement de texte ajoutait une nouvelle dimension à son écriture. Il plaçait aux côtés de l'écrivain un ami fidèle et un soutien, Ecclesias par exemple. Ira sourit. Le fait est, et il eut de nouveau recours à un semi-cliché, que l'outil permettait à l'écrivain d'effectuer un bond quantique en termes de communication et d'universalité. Il lui permettait de faire des choses qu'il n'aurait pas pu faire autrement, des opérations sinon trop importantes, dépassant ses capacités, sa patience, encore qu'il se considérât plutôt patient pour ce qui était de l'écriture.

Sa vitalité était si amoindrie qu'il n'aurait pas pu accomplir aujourd'hui ce qu'il avait accompli hier, pendant sa jeunesse – quand il avait écrit son seul et unique roman –, sans l'assistance de cette merveille de technologie électronique. Il était loin de penser au panégyrique lorsqu'il avait entrepris de rédiger ces remarques, mais s'il ressortait quelque chose de cette longue, très longue œuvre, quelque chose de valable, il le devrait pour une large part à la multitude d'hommes et de femmes qui, sans fanfare, de manière prosaïque, avaient parachevé et assemblé cet instrument (et continué à l'améliorer). C'étaient les libérateurs de l'esprit...

« C'est vrai ? demanda Larry. Ça paraît pourtant incroyable.
– Oui, c'est vrai, confirma Edith en souriant à son jeune amant. Ça s'est passé en 1912. Wasserman a écrit ensuite un livre sur le sujet, intitulé *Zaru*. Il y en a peut-être un exemplaire à la bibliothèque de l'université. En tout cas, il devrait y en avoir un.
– Combien de temps ils ont vécu comme ça ?
– Le frère et la sœur ? Des années, je présume. Comme je vous l'ai raconté, Zaru a dit à Wasserman qu'il avait perdu le compte des lunes. Il n'aurait pu en conserver la trace qu'en faisant des marques sur un bâton ou quelque chose de ce genre, mais je ne crois pas que ça l'intéressait. Il ne se préoccupait que de survivre.
– Je pensais à quelque chose, dit Larry avec timidité. On les appelle des Indiens, mais en fait, ce ne sont pas des Indiens.
– Non, bien sûr, répondit Edith en lui lançant un regard plein d'indulgence. Les anthropologues ont essayé divers autres noms, dont "aborigène", mais certains, et parfois les Indiens eux-mêmes, ont soulevé des objections. Ils avaient l'impression qu'on les considérait comme des créatures sauvages, et, naturellement, ils sont tout sauf ça. Ils ont – ou plutôt ils avaient – une culture très développée. "Autochtone" conviendrait mieux, mais les Américains cent pour cent, nos superpatriotes de la quatrième ou cinquième génération, s'y opposent. Ils estiment être les seuls vrais Américains, ce qui est absurde. On a aussi envisagé le terme "Amérinde".
– Comme tamarin ? dit Larry en riant. C'est un arbre, non ?

– Oui, oui. Mais je ne sais pas exactement de quelle espèce.

– Un Indien de bois, plaisanta Larry.

– Tout aussi inapproprié que "Amérinde". Je ne crois pas que le nom restera. Et toi, Ira, tu en as un autre à proposer ?

– Non, répondit-il d'un air gêné. C'est-à-dire si, je pensais à "indigène".

– Indigent ou indigène ? blagua Larry.

– Ça peut être les deux.

– En effet, la plupart sont indigents, approuva Edith.

– Il faudrait peut-être créer un mot », suggéra Ira en se grattant la joue.

Larry lui sourit.

« Ira se comporte comme un écureuil avec les mots. Il en fait provision pour l'hiver.

– C'est un peu vrai, fit Ira avec un petit sourire d'excuse. J'ai cette mauvaise habitude.

– Elle n'est pas mauvaise du tout, corrigea Edith. Ton sens des mots est remarquable, j'ai déjà eu l'occasion de le noter.

– Si seulement je pouvais me rappeler les choses importantes aussi bien que je me rappelle les mots. Vous... tu vois, les choses pratiques, utiles, comme Larry. Mais j'y arrive pas.

– Sa sœur est donc morte, dit Larry, désireux d'en revenir au sujet. Je suppose que c'est la solitude qui l'a poussé à sortir de sa cachette ?

– La solitude et la faim. Imaginez l'épreuve que ça devait être : tenter de survivre et de se cacher dans un espace qui ne cessait de se réduire. Je suis persuadée qu'il désirait mourir.

– Je me demande combien de temps il est resté seul.

– Beaucoup de lunes. Et encore beaucoup de lunes, comme il l'a dit pour expliquer combien de temps sa sœur et lui avaient vécu ensemble.

– Ah bon ? »

Beaucoup de lunes, songea Ira. Zaru et sa sœur

devaient avoir passé un grand nombre d'années ensemble à échapper à l'homme blanc...

Et la nuit, avec Minnie à côté de lui, se surprit-il à rêver, un rêve si proche de la sinistre réalité – et qui sait, semblable peut-être à celle que connaissaient le frère et la sœur, les indigènes –, il n'oserait pas allumer un feu dans leur cachette au milieu des bois, mais il avancerait la main vers sa chatte, et elle comprendrait aussitôt. C'était leur seul plaisir. Qu'est-ce qu'ils auraient pu faire d'autre ? Et si elle ne cédait pas, il la giflerait. À qui irait-elle se plaindre ? À l'homme blanc ? Et puis, le plaisir, elle le partageait, non ? Peut-être même qu'elle en redemanderait, comme Minnie le faisait parfois quand elle était plus jeune : tendre son petit cul blanc sous les couvertures – seulement celui de la sœur de Zaru devait être brun. Et s'il la foutait en cloque ? Bon Dieu ! on peut pas laisser un môme brailler dans la forêt. Un pauvre petit bonhomme tout nu. Qui aurait le cœur d'abandonner comme ça un nouveau-né ? D'autant que quelqu'un pourrait le trouver. Alors le tuer ? L'enterrer ? Oh ! non ! Peut-être qu'ils avaient des moyens contraceptifs à eux, des capotes indigènes ? Ou alors juste se retirer une seconde avant de jouir, avec le risque de laisser en elle un peu de ce « truc blanc », comme disait Minnie, la semence, et de lui faire un gosse. N'empêche que ces putains de Cananéens tuaient leurs enfants, leurs premiers-nés. Oh ! là là ! heureusement qu'Edith et Larry ne pouvaient pas lire dans ses pensées ! Soir après soir, la possibilité de baiser sa sœur ! Est-ce qu'on s'en lasserait jamais ? Dans le silence de la forêt touffue, on entendrait, venant de sous les branches : « Ooh ! ooh ! C'est bon ! C'est bon ! Ooooh ! » qui irait crescendo, surtout la première fois qu'elle partirait comme ça. Et l'oreille tendue, toujours, à cause de ce salaud d'homme blanc qui pénétrait dans la forêt, et peut-être juste au moment où il allait jouir – ou bien elle. Nom de Dieu ! c'était pas tellement différent quand il fourrait Minnie, tout le temps dans la crainte du retour inopiné de Ma ou de Pa ; ou quand la fenêtre du puits d'aération demeurait ouverte et qu'ils avaient peur que les voisins les entendent ; ou encore quand il était dans la cuisine de chez Mamie en train de faire sauter Stella sur sa queue, le cœur battant à l'idée que Mamie qui se trouvait au fond du couloir pourrait les surprendre – oh ! et pauvre Ma, avouant à l'oncle Louie qu'elle avait brûlé de désir à trois heures du matin pour Moe et sa tour de chair – « Regarde ce que j'ai, Leah. » –, seule avec lui, pendant que Pa entamait sa tournée et livrait les bouteilles de lait. Moe le costaud qui ronflait et Ma qui brûlait de désir, « *Es hot mir gefehlt liebe* », pendant que le pauvre petit Pa, tout seul, franchissait les murets sur les toits des immeubles crasseux, surmontés de chapeaux de cheminée en céramique vernie marron. Oh ! Ira les connaissait bien, les toits... Sacrifier un nouveau-né, bon, mais on ne baise pas sa sœur. C'est un péché, un grand péché. Seulement, il avait franchi le pas, envoyé promener les principes de la religion, brisé le tabou ou ce qu'on voudra. Presque sans s'en rendre compte. Et maintenant, il le payait, il le payait, et... Arrête ! Arrête ! Écoute ce qu'elle dit, écoute de toutes tes oreilles, comme Larry. Sors-toi tout le reste de l'esprit. Demande-lui si Zaru et sa sœur se faisaient parfois cuire quelque chose...

Lorsqu'un store, comme actionné par une détente ultrasensible, s'était défait et enroulé tout seul, ainsi que cela se produit parfois, Zaru avait déclaré : « Grande magie ! »

Rien d'autre que ce store capricieux ne l'impressionna dans le monde de l'homme blanc. « Grande magie ! » Le Dr. Wasserman avait acquis une renommée internationale en publiant le récit de l'adaptation de Zaru à la civilisation du XXe siècle. Edith en fut si intriguée qu'elle décida de s'inscrire à son cours d'anthropologie. Suivit alors la révélation la plus personnelle qu'elle leur eût jusqu'à présent confiée. Un soir, alors qu'elle participait à une étude sur le terrain dirigée par le même professeur Wasserman, celui-ci l'avait invitée à s'éloigner un instant du feu de camp autour duquel son groupe d'étudiants se détendaient, et aussitôt qu'ils s'étaient trouvés hors de portée de voix, il l'avait pratiquement violée. « Je me suis débattue, mais il savait s'y prendre pour m'amener à céder... » Et le pauvre Larry ne put que tressaillir à l'évocation de cette image on ne peut plus explicite.

La jeune femme s'exprimait devant eux avec tant de liberté et de franchise qu'Ira avait parfois envie de rentrer dans sa coquille. Et s'il confessait ce qui se passait dans sa famille à lui, quelle serait leur réaction ? Toujours est-il qu'il écoutait, et continuait à composer un portrait d'Edith à travers la vie et les combats que cette titulaire d'un doctorat aux allures d'adolescente avait menés.

CHAPITRE X

Quelle superbe bague en argent portait Larry !
Edith avait envoyé une lettre à sa tante de Silver City pour lui décrire avec précision le genre et la taille de la bague qu'elle désirait, lui demandant de l'expédier ensuite à New York. Elle avait été fabriquée par un artisan navajo à partir d'une vieille pièce d'un dollar en argent, une « roue de charrette », comme on les appelait, dans laquelle était enchâssée une turquoise brillante et mouchetée. Massive, insolite, la bague s'ajustait sur le petit doigt de la large main de Larry où elle paraissait d'autant plus voyante. Oh ! là là ! qu'est-ce qu'elle était belle !
Ira n'avait jamais rien vu de plus distingué, de plus précieux. Qu'était l'or, qu'étaient les diamants en comparaison ? Même le platine semblait une platitude. D'accord, les riches pouvaient s'en payer une du même style, car on en vendait dans toutes les bijouteries, mais celle-là... Ira était comme ensorcelé. Pas envieux, encore que... Ah ! être l'objet d'une telle affection, mériter un tel cadeau qui évoquait le Nouveau-Mexique, ce territoire lointain d'où venait Edith, les grands espaces, les vastes ciels, les poses alanguies, la solitude, les sentiments généreux – il fallait aimer le métal blanc façonné par un artisan indien plutôt que l'or des bijoux standardisés, aimer la discrète couleur turquoise plutôt que l'éclat des diamants. Et puis, il fallait changer et s'efforcer de se rapprocher d'elle – de ses valeurs : apprendre à reconnaître le génie artis-

tique qui s'exprimait dans les endroits les plus inattendus, adapté aux plus humbles matériaux, et aussi apprendre à percevoir l'aura des objets créés par les mains de l'artiste. Quelle bague magnifique !

Mais quel *tum'l*, quel tumulte elle souleva chez les parents de Larry lorsqu'ils la virent à son doigt ! En présence d'Ira, ils essayaient de masquer leur inquiétude et leur désapprobation, quoiqu'ils fussent convaincus qu'il était de mèche avec lui. Il devinait leur réserve à son égard, les reproches muets qu'ils lui adressaient. Certes, en secret, il soutenait Larry, mais en tant que partisan, qu'acolyte en quelque sorte. Il n'était pas complice de Larry, pas plus qu'il ne l'avait incité à abandonner ses études de dentiste pour entrer dans la carrière littéraire. Qu'est-ce qu'il y pouvait si Larry était tombé amoureux d'Edith ? Il n'était qu'un témoin, au mieux un confident.

Bien sûr, au fond de lui, il se réjouissait que Larry eût pris la décision de quitter NYU pour CCNY à l'automne 1925 – qui ne désirerait pas voir son copain dans la même université que lui ? Seulement, Larry ne venait pas à CCNY pour être avec lui, mais pour moins dépendre de ses parents. En effet, il n'aurait plus à se tourner vers eux pour l'argent de ses études dans la mesure où, à CCNY, elles étaient gratuites. Apparemment, tout ce qu'il leur demandait à présent, c'est le gîte et le couvert. Son petit héritage lui permettait de couvrir ses frais annuels, argent de poche, dépenses occasionnelles et vestimentaires et, de surcroît, il pourrait travailler pendant les vacances d'été, ce qui lui éviterait de prendre un emploi de vendeur de robes d'intérieur dans l'affaire de son frère Irving et d'avoir recours à sa famille. Plutôt que d'être moniteur dans un camp de vacances pour garçons, il espérait se faire embaucher cet été pour un boulot qui payait bien et convenait à merveille à son tempérament et à ses talents, animateur dans le « bortsch-circuit » comme on appelait alors les hôtels de villégiature des Catskill fréquentés par les Juifs.

Ce serait le meilleur boulot qu'il puisse trouver. Il possédait un don naturel pour la comédie, inventer des sketches et raconter des histoires – sortir des blagues, cabotiner. Sinon, il pourrait probablement gagner autant comme « serveur-chanteur ». Les pourboires étaient généreux, il avait une belle voix, et il savait déchiffrer la musique. Non seulement il ramènerait à la maison une somme rondelette, mais en plus cela constituerait un excellent marchepied pour un futur engagement d'animateur. Et peut-être même mieux. L'expérience engrangée dans les Catskill lui permettrait d'accéder au monde de la scène, du divertissement et du théâtre. Pas de doute, il tiendrait sa chance de se dégager des liens familiaux et d'acquérir la liberté nécessaire pour entamer une nouvelle carrière. Il avait des relations et des amis dans le milieu du tourisme et des divertissements. Il lui suffisait de cultiver ceux qu'il avait plus ou moins négligés dans le passé. Il en avait déjà parlé à Ira. C'est vrai, ils étaient plutôt barbants, mais tant pis. Il les utiliserait. Leur consacrerait un peu de temps et en prendrait son parti dans la mesure où ils représentaient un moyen d'atteindre un objectif plus important et d'assurer son avenir. Donner quelques coups de téléphone, accepter quelques invitations à dîner, amener danser la fille du propriétaire d'un célèbre hôtel de vacances juif qu'il connaissait. Et si ses manœuvres échouaient, il pourrait toujours, comme il l'avait dit, obtenir un emploi de serveur-chanteur. D'accord, ce ne serait pas l'idéal, mais ça lui rapporterait quand même une jolie somme. En tout cas, il ferait bien de commencer tout de suite à se renseigner en vue de décrocher un bon job pour l'été.

Ira approuvait. Pour sa part, il n'aurait pas cherché un boulot d'animateur, ni de serveur-chanteur, mais uniquement parce qu'il ne possédait pas les dons de Larry. Un emploi plus subalterne, un emploi de *shlepper*, serait plus dans ses cordes – et dans ses goûts, du reste. Il n'avait aucun talent. De toute façon, en ce moment, ce n'était pas le genre de travail que Larry pourrait obtenir qui comptait, mais le fait qu'il avait l'intention de l'utiliser pour acquérir son indépendance, briser le lien sentimental qui l'unissait à ses parents et élargir le fossé qui se creusait entre eux.

Et c'est précisément ainsi qu'ils le ressentirent. Lorsqu'il leur annonça son intention de chercher un travail qui l'éloignerait de chez lui pour presque tout l'été, les Gordon s'affolèrent. En d'autres circonstances, si leur fils n'avait pas été amoureux d'une femme de dix ou onze ans son aînée, et une non-Juive par-dessus le marché, s'il n'avait pas manifesté la détermination de poursuivre cette liaison jusqu'au mariage, leur réaction aurait sans doute été différente. Ils étaient en effet habitués aux longues absences de Larry quand celui-ci se rendait chez son oncle aux Bermudes, mais là, ils prenaient sa décision pour ce qu'elle était, le désir de couper les ponts avec sa famille, et peut-être de quitter la maison. Et, comble des horreurs, peut-être d'épouser Edith à son retour. Il avait beau leur certifier le contraire, affirmer qu'il n'envisageait rien d'aussi radical pour l'instant, ils demeuraient convaincus que telle était bien son intention et qu'il s'engageait sur la voie qui le conduirait à sa perte. Un garçon de dix-neuf ans si beau et si doué, épouser une femme qui deviendrait une vieille rombière d'ici quelques années, qui aurait bientôt quarante ans alors que lui n'en aurait pas encore trente ! (*An alte klafte*, une vieille mégère, aurait dit Ma, mais les Gordon ne parlaient pas yiddish.) Il n'aurait eu qu'à lever le petit doigt pour se trouver une riche héritière, une jeune fille distinguée et de bonne famille, très belle, et avec un léger accent anglais pour rehausser son charme, la fille de Juifs allemands, parmi l'élite des millionnaires, des riches marchands ou des financiers. Ou, à défaut d'une héritière, ou même d'une Juive, au moins quelqu'un de son âge. Et puis elle n'avait pas besoin d'être belle non plus. Mais au moins jeune. De la folie, éclata son père, de la pure folie, ce qu'il avait l'intention de faire ! Et elle – à savoir Edith –, elle aussi était à blâmer, accusa sa mère, soutenue par ses filles.

« Là, je me suis fichu en rogne, raconta Larry. Et surtout quand ma sœur Irma, toujours aussi zélée, a suggéré que Sam, en tant qu'avocat, devrait peut-être aller trouver Edith pour avoir une petite conversation avec elle. Je leur ai répliqué tout net que ça ne les regardait pas. »

Edith, comme il l'avait répété avec insistance, serait absente pendant presque toutes les vacances. Elle avait déjà organisé son voyage en Europe, si bien que le désir de Larry de prendre un boulot d'animateur ou de serveur-chanteur ne cachait pas un subterfuge destiné à partir vivre avec elle, à s'enfuir ou quoi que ce soit que ses parents pourraient inventer et qu'ils ne se privaient d'ailleurs pas d'inventer à en croire leur comportement ainsi que Larry le décrivait. Ils semblaient parfois perdre complètement la tête, en particulier son père. Ce n'était qu'un travail pour l'été, s'acharnait-il à leur dire. Un travail et non le premier pas vers la catastrophe.

À sa grande surprise, Sam lui donna raison. S'opposer à leur liaison ne pouvait que rapprocher les deux amants, tel était l'un de ses arguments, ce que Larry déduisit de quelques phrases lâchées par Irma et de l'interrogatoire auquel il soumit la bonne hongroise dont il était le chouchou. En outre, passer une licence à CCNY n'était pas la pire chose qui puisse lui arriver, avait ajouté Sam. Lui-même y avait fait ses études, et ça ne l'avait pas empêché de devenir avocat. Et puis, qui sait ce qui pourrait se produire d'ici trois ans, les changements susceptibles d'intervenir en lui – et en elle, cette Edith. Après tout, elle paraissait être une femme intelligente, elle avait dû réfléchir aux conséquences qu'entraînerait leur différence d'âge. Larry finirait peut-être même par admettre qu'il serait sage de reprendre ses études de dentiste. La meilleure solution, conseilla-t-il, serait de conclure une espèce de trêve. Que Larry vive sa vie. Pour l'instant, il était éperdument amoureux. À un moment ou à un autre, il reviendrait à la raison. Ou ce serait elle. Il restait toujours cette possibilité. *Laisser faire*...

Ils suivirent l'avis de Sam, quoique de mauvaise grâce. La colère et l'inquiétude continuaient à couver en eux, et ils parvenaient à peine à dissimuler leur opposition aux agissements de leur fils. Et le pire, c'est qu'ils s'imaginaient qu'Ira avait joué un rôle dans le projet désastreux de Larry qui le détournait de ce qu'ils jugeaient être son intérêt. Ou du moins croyaient-ils que par son exemple, sa pauvreté, son indifférence aux questions commerciales et financières, son manque d'ambition, il avait contribué à écarter leur fils du droit chemin. Il ne se sentait plus le bienvenu chez les Gordon, de sorte que, sauf en l'absence des parents de Larry, il déclina les invitations à dîner, et proposa d'autres lieux de rendez-vous, parfois une cafétéria, parfois Washington Square Park.

Après son tout premier entretien – avec le directeur de Copake Lodge dans les Catskill –, et comme tous les animateurs avaient déjà été engagés, Larry se vit offrir un emploi de serveur-chanteur, bien que, lui précisa-t-on, il prît la place de quelqu'un à qui on l'avait plus ou moins promise. Il sauta aussitôt sur la proposition. Pressé par Larry, Ira accepta d'assister à une espèce de soirée d'adieu organisée pour son départ. Les Gordon ne manifestaient plus à son égard qu'un semblant de cordialité, et toléraient tout juste sa présence.

Pourtant, chose étrange, quoiqu'il affirmât avec une bonne foi convaincante n'être pour rien dans les nouvelles orientations de Larry, Ira ne pouvait s'empêcher d'avoir mauvaise conscience et d'éprouver un vague sentiment de culpabilité l'amenant à penser qu'il méritait les accusations mal déguisées que portaient contre lui les parents de son ami. Il avait l'impression que, d'une manière ou d'une autre, il influençait et pervertissait Larry. Dans son imagination débridée, il allait même plus loin. Il méritait qu'on lui reproche de dévoyer un être qui leur était cher, car, non seulement il approuvait tout ce que Larry faisait, mais, pareil à une sorte de doublure, il ne cessait de l'imiter. Tout cela était très bizarre. Et confus. Oui, il se sentait coupable. Non, il n'y était pour rien. Oui, il profitait de son ami – et l'utilisait. Mais, bon Dieu ! comment pourrait-il en être autrement ? Larry lui-même avait insisté pour le mêler à tout ça.

Comme les conversations qu'il entendait dans l'appartement d'Edith étaient enrichissantes ! (Et encore une fois, pourquoi fallait-il qu'il soit là ? Pourquoi y tenaient-ils ?) Des conversations auxquelles il participait rarement, en tout cas au début, qu'il comprenait à peine les premiers temps, et dont lentement, très lentement, il saisissait l'importance, les significations abstraites, ce qu'il ne parvenait à faire qu'en les étayant d'exemples et de références spécifiques : la bourgeoisie. Ses valeurs. Son matérialisme, son sens de la propriété, sa soif de biens matériels, manteaux de vison, derniers meubles à la mode, adresses prestigieuses. (Mon Dieu ! comme s'ils ne connaissaient pas la 119e Rue ? Comme si tout le monde n'aurait pas envie de foutre le camp de ces taudis sans eau chaude ?) La bourgeoisie, sa soumission abjecte aux conventions, son désir servile de ne pas se trouver en reste avec les voisins. La bourgeoisie qui étouffait l'Art et l'Artiste. Voilà son crime le plus impardonnable. Dans son exigence de conformité, elle ne laissait aucune latitude à l'Artiste et le condamnait à la médiocrité. Alors qu'il fallait que l'Artiste soit libre de s'exprimer, et surtout de crier son indignation devant les valeurs creuses de la bourgeoisie, ses prétentions à la moralité, son hypocrisie, ses impostures, sa crasse. Et de temps en temps, les Gordon eux-mêmes en personnifiaient les défauts les plus affligeants, les vices et les limites – Edith ne cessait de mettre Larry en garde contre les dangers que représentaient ses parents, les pièges et les tentations qu'ils sèmeraient en travers de sa route, leurs appels à la solidarité familiale, à sa tendresse naturelle, et cetera.

Que faire ? demanda Larry. Il avait déjà franchi le pas. L'automne prochain : CCNY. Et ensuite ? C'était à lui de décider, répondit Edith. Ça dépendrait de la façon dont ses parents réagiraient face à ses nouvelles aspirations, les pressions et les tentations auxquelles ils le soumettraient. Ils avaient déjà dévoilé leur jeu en proposant de l'envoyer aux Bermudes chez son oncle jusqu'à la prochaine rentrée universitaire, et après de l'inscrire à Columbia. En tout cas, s'il choisissait de couper les ponts, elle était prête à l'aider, à payer le loyer d'une chambre, à veiller à ce qu'il ait assez d'argent pour vivre pendant qu'il poursuivrait ses études à CCNY...

Oh ! non ! Il s'en chargerait, protesta-t-il aussitôt. Il était doué pour la vente, et il travaillerait après les cours. Il trouverait sans problème un boulot à mi-temps. Il valait mieux éviter une rupture aussi brutale avec sa famille. La transition devrait se faire en douceur. Il fallait tenir compte de l'état de santé de son père en particulier. Après tout, ses parents avaient son bien-être à cœur, même s'ils se trompaient sur la nature de celui-ci. Il leur devait bien ça. Qu'ils voient d'abord qu'il était capable de passer une licence à CCNY (c'était au demeurant ce qu'elle lui avait conseillé), même si elle ne le préparait pas à la carrière de dentiste, mais à celle d'écrivain. En premier lieu, il espérait les habituer à ce qu'il suive ses cours à CCNY tout en continuant à habiter chez eux, ça calmerait leur inquiétude. L'année d'après, il pourrait passer à l'étape suivante et s'installer dans un petit studio, d'ici là, ils seraient peut-être réconciliés avec cette idée. Edith approuva. Ce serait se montrer inutilement cruel à l'égard de ses parents que de quitter NYU, de renoncer à une carrière professionnelle et de partir de la maison en même temps. Ça causerait des chagrins inutiles, tant à ses parents qu'à sa famille proche.

Tout cela était fascinant, promesse de sombres perspectives, d'aventures futures, de suspense et d'un avenir enivrant, et avait le pouvoir de faire oublier pour un temps à Ira ses autres préoccupations – et même ses études. « Vous aviez commencé le trimestre par d'excellents résultats. » Le Dr. Laine, le professeur de français, un homme pédant et précis, leva son beau visage délicat de son cahier de notes pour mettre Ira en garde à l'aide de mots bien ciselés. « Mais ces derniers temps, vous vous laissez considérablement aller. »

CHAPITRE XI

Edith avait aidé Iola Reid à obtenir un poste de maître assistant à NYU. Mince et élancée, celle-ci avait cependant une allure sculpturale qui trahissait ses origines scandinaves. Tout juste âgée de trente ans, comme Edith, elle avait des cheveux blond paille qu'elle portait en nattes nouées au-dessus de sa tête, un visage fin et un grand nez aquilin que soulignaient son air cultivé et ses traits distingués. Par ailleurs, elle était toujours vêtue en vert (comme pour contrebalancer la large gamme de couleurs qu'utilisait Edith), robes vertes, boucles d'oreilles vertes, pendentifs verts.

Toutes sortes d'histoires fascinantes et parfois sensationnelles jalonnaient son passé, qu'Edith racontait d'un ton égal à son jeune amant et à l'ami de ce dernier (à leur grand étonnement à tous les deux). Iola, l'aînée des enfants, avait été élevée en compagnie de ses frères et sœurs dans une pauvre ferme de l'Idaho. Après la mort de sa mère, son père, sous le coup d'une crise de fureur ou de folie sexuelle, l'avait pourchassée avec une hache à travers les champs de pommes de terre. Ce terrible épisode continuait à hanter les cauchemars de Iola qui se réveillait souvent la nuit en criant.

Elle était pratiquement fiancée à un étudiant de l'université de Rhodes, Richard Scofield, qui préparait en ce moment une maîtrise de littérature anglaise à Oxford, cette prestigieuse institution vénérable, modèle d'érudition feutrée ! Oxford ! Que pouvait-il exister de plus extraordinaire ? de plus olympien ? Peut-être Ira avait-il naguère rêvé que CCNY lui ressemblerait. Edith décrivait Richard comme un jeune homme distingué, charmant et très beau. Au cours d'un séjour à Paris, il s'était fait violer dans un taxi par un ami homosexuel. Violé par un homosexuel dans un taxi ? Un adulte ? Et pas le gamin des rues de neuf ou dix ans qu'Ira était quand ce sale vagabond l'avait entraîné dans Fort Tryon Park. Et, comme pour répondre à sa question muette, Edith laissa entendre que ce n'avait peut-être pas été tout à fait un viol – que Richard, elle avait des raisons de le penser, inclinait, ne serait-ce que légèrement, dans cette direction. « Bisexuel » est le terme qu'elle employa à son tour. John Vernon, qui patronnait avec elle le club des Arts, homosexuel déclaré, se « léchait les babines », comme le disait Edith, à la perspective de son retour. Et toute l'histoire, l'intérêt de John Vernon pour Richard ainsi que l'aventure parisienne, avait naturellement éveillé les craintes de Iola qui, tenaillée de doutes, se demandait si elle pouvait compter sur Richard pour l'épouser.

Ira n'avait-il pas noté d'infimes inflexions dans la voix d'Edith, si légères qu'il se figurerait par la suite qu'elles ne reflétaient que ses propres soupçons ? Non, Edith ne pouvait pas laisser la moindre intonation trahir une jalousie, il paraissait impensable qu'elle en éprouve. Elle était trop bonne, trop gentille, impossible qu'elle se réjouisse à l'idée de voir les espoirs de Iola déçus, elle était au-dessus de ça. Pourtant, qui sait s'ils ne prenaient pas le chemin de l'être ? Et puis, où avait-il pris que Iola encourageait délibérément une espèce de symétrie qui l'incluait, lui, une symétrie par rapport à Edith, afin de contrebalancer sa liaison avec Larry ? Ira ressentait comme un désir, une rivalité, un discret encouragement. Et ces faibles signaux, cette ébauche de complicité l'incitant à conclure une alliance avec elle, non par dérision vis-à-vis de l'autre couple, mais destinée à l'attirer sans heurt dans l'orbite qu'elle décrivait... Peut-être que s'il n'était pas aussi obtus, aussi peu sûr de lui, il verrait clair sous l'apparence imperturbable de Iola, et accorderait l'importance voulue aux signaux millimicrométriques, comme les aurait appelés Ivan, le crack en physique, qu'elle émettait. Mais vous vous rendez compte à quel point il se couvrirait de ridicule s'il se trompait ! Et il ne pouvait que se tromper. Sinon, quoi ? Et de toute façon, pour faire quoi ? Edith leur avait déjà expliqué, à Larry et à lui, qu'après avoir été poursuivie par son père, Iola, devenue frigide, avait perdu tout intérêt pour les choses de la chair. Alors, qu'est-ce qu'il allait imaginer ? Qu'elle était comme Stella, prête à céder à la moindre caresse ? Ou comme Minnie, tout de suite excitée et lubrique, fouettant son sexe dressé avec une capote ? Ou bien Edith cherchait-elle à rendre la monnaie de sa pièce à Iola, parce que, comme elle le prétendait, cette dernière enviait sa réputation grandissante au sein de l'université, d'autant que le Dr. Watt se montrait favorablement impressionné par le programme de son cours de poésie contemporaine et le grand nombre d'étudiants qui y assistaient ? Ou pire : à l'en croire, Iola était jalouse de sa liaison, de son béguin, comme elle le qualifiait afin de le déprécier, pour son étudiant de première année.

Regardez-moi ça : toutes deux titulaires d'un doctorat, et elles se conduisaient pratiquement comme n'importe qui, sinon que leurs piques étaient si acérées qu'elles blessaient sans déchirer, à l'inverse des Juifs qui, eux, se jetaient les invectives à la figure de la même façon que les autres occupants des clapiers de la 119ᵉ Rue. Et si enrobées de politesses qu'on ne s'apercevait que plus tard qu'elles avaient ouvert une plaie. Ira lui-même les sentait à peine. Ou alors s'abusait-il ? Tout ce qu'il percevait parfois dans les conversations entre les deux jeunes femmes, c'est une sorte de... de faible rumeur. Était-ce ainsi qu'on s'en rendait compte ? Parce que ça pouvait très bien se passer à l'intérieur de son propre crâne...

Non, il s'égarait...
L'après-midi, Ira avait cherché en vain des explications, et le soir venu, découragé, abattu, pareil à un aveugle qui tâtonne, mais pire encore, désespéré, comme si le fond de l'affaire lui échappait, il se trouva désemparé, sans énergie.
« J'ai perdu d'un seul coup tout mon entrain », avoua-t-il à M, sa M si fidèle et équilibrée, toujours prête à consoler.
Oh ! il connaissait bien les symptômes de son malaise, même si ça ne lui était pas d'un grand secours, ceux qui indiquaient le début d'une grave dépression. Une vieille histoire. Pourtant, il n'était pas sûr de ne pas en être responsable. Il s'était exclu, ou plutôt enfermé, acculé lui-même dans un coin, comme on dit, le coin du solipsisme. Il avait commencé par se sous-estimer ; il n'était pas niais à ce point, et puis, le leitmotiv de la stupidité, il l'utiliserait par la suite. Mais surtout, la faute, le blocage incombait au solipsisme, à ce croisement de sa vie, ce n'était pas ce qu'il éprouvait lui qui comptait le plus, mais ce qu'éprouvait, faisait ou vivait Larry, et il avait perdu cela de vue. Il devait poursuivre son récit, il le savait, mais poussé par le besoin de décrire ses propres sensations et ses propres émotions, il avait presque oublié les âpres querelles qui éclataient entre Larry et ses parents à propos des heures tardives où il rentrait, des nuits qu'il passait dehors, du fait qu'il ne mangeait pas assez, qu'il maigrissait, et tout cela avant même qu'il leur eût annoncé son intention de renoncer à sa carrière de dentiste pour se consacrer à la poésie et à l'écriture. Les chapelets de reproches que lui adressaient ses parents ou ses sœurs – toutes les trois – pendant les réunions de famille, ainsi que les reparties irritées et désespérées de Larry, voilà ce qui importait.

Car, en vérité, le fossé qui s'était creusé entre Larry et ses parents semblait tel qu'Ira craignit un moment que leur inquiétude pour leur fils et le profond ressentiment qu'ils nourrissaient à l'égard d'Edith ne finissent par causer sa perte à elle. Ils pourraient aller se plaindre auprès du responsable de son département, le Dr. Watt, fustiger sa conduite honteuse avec un étudiant de première année, dénoncer sa liaison avec Larry, ce qui risquerait d'entraîner la résiliation du contrat qui la liait à l'université de New York et d'hypothéquer ses chances d'obtenir un poste ailleurs. Qu'ils ne l'aient pas fait, il fallait le mettre à leur crédit. Ils devaient sans doute penser qu'il existait d'autres approches du problème, que le temps, ainsi que Sam l'avait suggéré, jouerait peut-être pour eux.

Ira avait laissé tomber. Saisi de léthargie, il avait dormi ; la triste journée s'était écoulée ainsi. Il y avait autre chose, mais il avait oublié, et maintenant, ça le contrariait. Où était son maudit stylo à bille, et son empressement à satisfaire son besoin de noter ces idées volatiles, si on pouvait les appeler ainsi ? Réveillé, il alla se promener le long de Manhattan Street, à deux rues du parc de mobile homes, les deux rues qui marquaient les limites actuelles de ses possibilités.

Il songea à Israël, à son peuple d'Israël. Ses presque quarante ans d'existence en tant qu'État avaient permis de forger une nation, et les Israéliens la défendraient, même s'il fallait pour cela recourir à l'arme nucléaire – et risquer la destruction en représailles. Il restait pourtant un problème à résoudre au niveau mondial, celui sur lequel reposait l'avenir de l'humanité. Ils avaient bâti une société de leurs propres mains. Les Israéliens étaient différents des croisés, se dit-il. Et ses sombres certitudes se renforcèrent plus tard, après que M et lui eurent lu leurs quelques pages nocturnes racontant les aventures d'un certain Shulem faisant son *alyah*, ses privations et ses épreuves ne serait-ce que pour arriver à Eretz Israël, et une fois là-bas, le sang et la sueur, les pluies, la peau brûlée par le soleil et les vies emportées par la malaria. Abandonner le pays ? Jamais. Et puis lire la photocopie d'un article du *New York Times* envoyée par Barney B, au sujet du film de Claude Lanzmann, un monument de neuf heures et demie sur l'holocauste, la *shoah*. Jamais, jamais, jamais ! Et avant de se coucher, régler leurs montres électroniques, celle de M et la sienne, pour passer de l'heure d'été à l'heure légale, puis écouter ses dernières bandes. La vie sans but, sans écrire, sans recréation en vue d'un objectif, d'un dessein, était tout simplement insupportable. (C'était peut-être ça qui lui avait effleuré l'esprit et qu'il avait oublié : la frustration d'aujourd'hui contribuait à la résolution de demain. Mais pour le moment, ça ne lui offrait pas le moindre réconfort.)

Alors… continue. Assez parlé d'échec. Il devait rejoindre le courant, et avec quelque chose de gai pour une fois…

Ce soir-là, Larry et lui se débarrassèrent des étudiants en poésie contemporaine qu'Edith avait invités à sa soirée petits gâteaux et café grâce à une ruse audacieuse issue tout droit de Robert Louis Stevenson. Après avoir adressé un clin d'œil à Ira, et avec une attitude théâtrale destinée à attirer l'attention de l'ensemble des jeunes gens, Larry annonça sur le ton d'autorité nécessaire que, compte tenu de l'heure, il lui semblait plus que temps de partir. Présentant à Edith leurs excuses pour avoir abusé de son hospitalité, Ira et lui enfilèrent leurs pardessus, agitèrent leurs chapeaux pour prendre congé, et entraînèrent ainsi les autres dans leur sillage. Certes, la ruse était aussi vieille que la naissance de la vie urbaine, mais elle fonctionna. Percey s'interrompit au milieu de sa péroraison sur e.e. cummings, et tous sortirent dans la nuit. Larry n'emprunta pas le chemin logique que prirent les autres, à savoir celui du métro, mais, prétextant un rendez-vous tardif, et sur un au revoir résolu, il partit dans la direction opposée, suivi par Ira. Les deux conspirateurs se bornèrent à faire le tour du bloc, puis ils regagnèrent l'appartement où ils pénétrèrent en riant. Quel stratagème magistral !

Et quand, radieux, le cœur gonflé d'un sentiment de camaraderie, il finit par quitter Larry qui prit le métro de la 42ᵉ Rue pour le West Side, Ira eut l'impression d'être sur un petit nuage pendant tout le trajet de retour, la 116ᵉ Rue, la marche jusqu'à chez lui, refrénant son envie de sauter de joie, puis monter le perron du sinistre immeuble, l'escalier mal éclairé, entrer dans la lugubre cuisine. Pa et Ma couchés et... sur son lit pliant à côté d'eux, Minnie, qui dormait elle aussi, inaccessible... et tant mieux, malgré un petit pincement de regret et de désir. Ça lui permettrait de méditer sur le Grand Amour. Seul, assis à la table recouverte de toile cirée verte, dans la cuisine déserte et silencieuse, sentir le pouvoir transfigurateur du Grand Amour qui le baignait de son éclat, qui planait au-dessus de lui, dans la lumière d'une aube de tendre ferveur où un cafard rampait sur le lino éraflé pour aller se réfugier sous le tablier rose accroché près de l'évier, comme investi d'une mission dans une étrange géodésique.

Mais tout est foutu pour toi, mon vieux, oui, oui, foutu – et comment contrecarrer le solipsisme, Ecclesias, quand la limace de demain, de dimanche matin, a laissé sa trace gluante sur le beau rêve de ce soir ? Hein ?

Ouais... planté là comme un rocher... l'esprit vide, comme celui d'un rocher, dans la cuisine morne et silencieuse au rideau blanc sale tiré...

Comment pourrait-il tout recréer, limité qu'il était par ses modestes talents ? Il aurait fallu ceux de Shakespeare pour rendre justice à la recréation, être doté de quelque chose de plus défini, qui l'obligerait à parler ou à écrire.

Les examens dans un mois, et mai qui s'achevait ; le départ de Larry pour Copake Lodge après les derniers partiels ; Edith qui avait déjà acheté des billets en pullman pour son bref séjour en Californie et au Nouveau-Mexique. L'approche de l'été 1925.

CHAPITRE XII

Doux était l'air, expansive la jeunesse, colorés les espoirs. Même dans la misère des taudis, même au milieu du désastre des études, même dans les tristes plaisirs et la dépravation obsessionnelle, les dernières semaines de printemps parvenaient encore à insuffler à l'adolescent de dix-neuf ans le sentiment précieux d'être en vie, élu, et de baigner dans l'euphorie du moment.

Un dimanche matin, fin mai. Dès l'aube, avant que Ma aille faire les courses sur Park Avenue, car les provisions pour cette journée particulière avaient été achetées la veille, Edith et Iola accompagnées de Larry et d'Ira partirent en excursion pour Bear Mountain. Pris dans la bousculade, ils montèrent à bord du large bateau à aubes, le *Henry Hudson*, et réussirent à trouver quatre fauteuils sur le pont supérieur. À peine le vapeur se fut-il éloigné du quai parmi les remous qu'une brise printanière se leva, si bien que les jeunes femmes portèrent une main à leur gorge nue, et l'autre à leur coquin petit chapeau de paille. Celui d'Edith était bordé d'un tissu noir, et celui de Iola, de velours couleur de jade. Ira n'oublia pas de noter une fois de plus que les blondes aimaient le vert. Stella aussi ? Il n'avait pas remarqué… Pense donc à autre chose.

Au-delà du bastingage, les Palisades se dressaient devant eux, tandis que le fleuve à la surface sillonnée de rides s'élargissait. Stimulé par l'air frais, ravi de la nouveauté, chacun admirait le paysage changeant des berges bordées d'arbres, cependant que le bateau creusait derrière lui un sillage crémeux dans les flots verts et que l'étrave soulevait deux vagues qui semblaient ne jamais retomber. C'était si beau sous le ciel sans nuages ! Jamais Ira n'avait été à ce point conscient du bonheur que pouvait apporter une journée comme celle-là. Le vapeur paraissait maintenant glisser sur le fleuve dont les rives tout à l'heure distantes de plus d'un kilomètre n'étaient maintenant séparées que par quelques dizaines de mètres. L'euphorie qui jouait sur le temps et les distances aurait pu les étirer indéfiniment, rythmés par le battement des roues à aubes qui brassaient les eaux de l'Hudson.

Ils atteignirent Bear Mountain, le terminus, après un voyage d'un peu plus de deux heures. Là, ils débarquèrent et escaladèrent la pente jusqu'à ce qu'ils trouvent un endroit tranquille ombragé par un bouquet d'arbres où ils déplièrent la couverture que Larry avait emportée, puis sortirent du panier les sandwiches et la Thermos de thé glacé pour pique-niquer. La journée s'annonçait pleine de joie et de regret, une joie qui aiguisait le regret, et un regret qui mettait la joie en relief, celle d'être là, d'avoir le privilège de participer à une petite fête traditionnelle, innocente et paisible, de faire quelque chose de raffiné, de passer une journée en compagnie de deux femmes cultivées, de partager avec elles un plaisir rare et de voir combien elles appréciaient la nature, l'air chaud et parfumé, le soleil et l'ombre projetée par les branches feuillues alors qu'elles se prélassaient tout en servant les sandwiches et le thé et le regret devant sa naïveté, sa timidité de garçon de dix-neuf ans, ses jugements et ses notions des convenances, ses doutes quant à ce qu'il imaginait que les autres aimaient ou n'aimaient pas – et l'opinion qu'ils risquaient d'avoir de lui lorsqu'il exprimait ses idées, manifestait ses réactions...

Là, je deviens muet, Ecclesias, inerte et immobile, car je me trouve transporté soixante années en arrière. Et bien que je croie maintenant savoir quoi faire, quoi espérer, reconnaître le signal et interpréter le message, en un mot, savoir comment me conduire, le temps a depuis une éternité embaumé celui qui aurait pu en profiter.

– Tu portes en toi une sorte de momie lucide, c'est ça que tu veux dire ? Mais tous tes souvenirs ne sont-ils pas ainsi ? Même ceux qui ne datent que d'un quart d'heure ?

Si, je suppose. Il y en a que je porte en moi avec allégresse, mais très peu. Celui-là en fait partie.

– La plupart, dirait-on, plutôt que les porter, tu dois les supporter.

En effet. Dans le cas présent, il semblerait que nous ayons choisi le bon endroit pour pique-niquer.

– Mes félicitations.

Ma avait préparé les sandwiches de bonne heure ce matin-là, contribution d'Ira au festin – des sandwiches pour lesquels, cédant à une soudaine et périlleuse audace gustative, il avait demandé à Ma d'acheter la veille les ingrédients : du bon salami juif en tranches épaisses et des *bulkies* tout frais coupés en deux. Impressionnée, de même que Minnie, par le caractère exceptionnel de cette sortie, Ma s'était exécutée et, tandis qu'Ira dormait encore, elle avait confectionné les sandwiches et fini de les emballer dans un sac en papier pendant qu'il prenait son petit déjeuner. Après avoir embrassé Ma pour lui dire au revoir, il prit le sac qui l'attendait sur la planche recouverte d'une toile cirée posée sur la lessiveuse, puis dévala l'escalier miteux, traversa d'un bond le sinistre couloir, passa à toute allure devant les boîtes aux lettres cabossées, déboucha sur le perron et enfin dans la rue sale et déserte à cette heure matinale. D'un pas jeune et élastique, il fila vers le métro.

Des effluves de salami et d'ail l'accompagnèrent tout au long du trajet, d'une station à l'autre, jusqu'à ce qu'il descende du métro, puis monte les marches qui donnaient sur la rue, saisi d'un sentiment croissant de doute. Les mêmes effluves l'entourèrent alors qu'il se dirigeait vers l'Hudson, de plus en plus forts comme l'air se réchauffait – du moins se l'imaginait-il –, et qu'il approchait de l'endroit du rendez-vous, l'odeur d'ail surtout. Plus il reniflait le sac, plus son inquiétude grandissait. Un immigrant juif, un rustre, voilà ce qu'ils penseraient de lui, un butor, un Juif des taudis. Il avait enfreint de manière flagrante les règles les plus élémentaires du savoir-vivre. Personne sinon un imbécile grossier, un crétin ignorant, n'oserait outrager ainsi le palais délicat de deux jeunes femmes de bonne famille en leur proposant de la nourriture qui empestait l'ail à des kilomètres à la ronde. Heureusement, il arriva le premier sur la berge de l'Hudson. Il lui fallait saisir cette seule et unique chance qui s'offrait. Il se précipita, et balança sac et sandwiches dans l'étroit espace entre le quai et le vapeur amarré. Disparu l'ail, disparue l'odeur. Ouf ! quel soulagement !

Dis-moi, est-ce bien le lieu où exprimer des regrets, Ecclesias ?
– Disons que c'est le lieu pour tout : les regrets, les confessions, les confusions, le découragement et l'allégresse.

Car je me suis demandé, vois-tu, Ecclesias, et pas pour la première fois, avec mon esprit pusillanime, dans la mesure où Larry était étendu à côté de son aimée, pourquoi la symétrie ne jouerait-elle pas et ne ferais-je pas de même avec Iola ?
– D'abord, les choses ne fonctionnent pas ainsi. Et ensuite, même si l'exemple d'Edith et de ton copain avait produit le même effet sur Iola que sur toi, jusqu'à, disons, l'amener à consentir, qu'est-ce qui en aurait résulté ? Tu étais déjà hors jeu.

C'est très gentil de ta part de te montrer aussi explicite.
– De rien, mon vieux. Tu étais déjà frappé d'incapacité

en ce qui concerne les rencontres de passage avec les femmes mûres. C'est la vérité, non ? Avec des femmes comme Iola, par exemple. Tu vivais, ou tu te croyais, dans un monde imaginaire par rapport à elles, et tu étais incapable de réaliser tes rêves. Et pourquoi ? Eh bien, comme je viens de le dire, parce que tu étais frappé d'incapacité, effrayé, timide, puéril. Je me risquerais à hasarder que ton scénario imaginaire, comme on dit aujourd'hui, possédait peut-être un fond de réalité et que, si tu avais réagi aux encouragements que Iola semblait t'adresser, selon toute probabilité en raison de ta puérilité, et si au lieu d'être aussi handicapé, tu avais été quelqu'un de masculin, de viril et d'assuré, ton hypothèse se serait vérifiée et ton rêve matérialisé. Lui proposer d'aller se promener le long du sentier qui serpentait à travers la forêt (une idée qui t'avait juste effleuré l'esprit, comme mort-née). Je présume que compte tenu de la façon dont elle te percevait, et jugeant que tu ne représentais pas une menace, elle aurait accepté. C'est une question d'intuition, bien sûr, une simple conjecture. Quoi qu'il en soit, elle coïncide avec la tienne. Ou, hypothèse moins farfelue, pour la bonne raison que c'était une femme, un être humain, qui n'avait pas fait vœu de célibat, une jeune femme de trente ans privée de sexe depuis un an sinon plus, et qui vivait avec une amie qui en goûtait, ou paraissait en goûter, les plaisirs. Feindre d'avoir le courage que tu n'avais pas, faire appel à ta franchise perdue, te représenter dans la peau du jeune Steve V dont tu feras la connaissance plus tard : « Iola, laissons les deux amoureux ensemble, et allons nous balader dans la forêt. » Et si les deux autres avaient percé tes intentions à jour ? Eh bien, elles n'avaient rien d'anormales, et de toute façon, on ne pouvait pas deviner ce qui s'ensuivrait, il aurait très bien pu n'en résulter qu'une innocente promenade... Mais supposons que tu lui aies pris la main, un acte suffisamment parlant, et qu'elle t'ait rendu la légère pression que tu avais exercée, qu'est-ce que tu aurais fait ? Qu'est-ce que tu aurais dû faire ? Oh ! maintenant tu le sais, des décennies, des générations plus tard. Et elle, qu'est-ce qu'elle aurait fait de son coquin petit chapeau de paille au ruban couleur de jade dissimulant ses nattes blondes ? Ta veste, la grège, cadeau de Larry, maintenant si usée, dont les plis au creux du bras étaient devenus permanents – la veste de Larry, couverture improvisée. Mais tu n'as rien fait de tel, n'est-ce pas ?

Non. Je ne suis pas revenu de la promenade avec, l'inverse de la petite chanson de la dame dans le tigre, c'est-à-dire que j'aurais pénétré dans la dame, enlevant les feuilles et les brindilles collées sur ma veste couleur *kasha*, l'air de rien, comme si je n'avais écarté que des ronces. Eh bien, non.

– Le Prufrock des bas quartiers, extérieurement si conformiste, irréprochable, un parangon de vertu.

Mon conformisme avait un côté pathétique ; c'était tout ce qui me restait, et tu le sais parfaitement.

– Bon, je te l'accorde. Tu es abandonné sur les rivages déserts des chimères, désirant les talents de celui-ci, les compétences de celui-là. Dommage : ton *de rigueur* était *mortis*.

En effet. Combien de fois n'ai-je pas pensé que s'il s'était agi de Stella, ou de Minnie, la moindre suggestion, le moindre signe, eût été suffisant. J'ai fait la même chose plus tard avec une autre femme…

– On perd notre temps. Tu as jeté le salami et les *bulkies* dans le fleuve, et il te les a ramenés, non pas après plusieurs jours, mais après quelques heures. Pendant le pique-nique, encore bourrelé de remords devant l'énormité de ta faute consistant à avoir ainsi gaspillé de la bonne nourriture, soudain conscient de la fausse idée que tu te faisais du raffinement, comme si la politesse était dépouillée de naturel, de désirs, fuyant la diversité et le piquant, tu as confessé ton acte. Quels violents reproches les autres t'ont alors adressés, n'est-ce pas ? Et en particulier Iola. Elle adorait le salami juif. Elle en adorait la saveur et la consistance, il était si épicé, si substantiel. Mais pourquoi avais-tu fait ça !

Oui, pourquoi ?

– Ce n'est sans doute pas très gentil de ma part de te le dire, mais parfois, ton besoin de défaire ce qui a été fait devient lassant. En résumé, si tu avais été un homme, tu aurais copulé avec elle...

Copulé, tu parles ! Si j'avais été un homme, je l'aurais baisée, oui. Baisée, sinon à quoi sert un traitement de texte ? Baisée, dussent les quasars aux confins de l'univers en rougir. Fornication avide, impromptue et ignoble. Tu sais comment sonne « ignoble » en yiddish ? Le son le plus proche est *knob'l*, le mot yiddish pour « ail », ce que j'ai jeté dans le fleuve de ma vie, avec tout l'attachement aux biens de ce monde dont j'avais hérité...

– Inutile de te mettre en colère, de tempêter, d'être grossier, de vaciller au bord de la cohérence. Le fait est que si tu avais été un homme, tu n'aurais pas été là.

Plus qu'étonné par lui-même, Ira demeura assis, immobile, les mains jointes, le regard fixé sur le pied de la lampe en forme de vase posée sur son ordinateur. Le « vase » était en métal plaqué, une imitation de cuivre, mais qui remplissait sa fonction, éclairer le clavier. Dans le feu du récit, cependant qu'il tentait de produire un clone littéraire de la réalité, il nota qu'il avait oublié de régler la petite horloge électronique (qu'il mettait toujours sur 33 :33) destinée à l'avertir qu'il était temps de SAUVEGARDER. Avec quelque retard, il pressa les boutons de caoutchouc permettant d'effectuer l'opération. « Mais quand je suis devenu un homme... » Les paroles de saint Paul lui vinrent soudain à l'esprit. « ... je me suis défait de tout ce qui tenait de l'enfant. » Certes, et n'était-il pas grandement temps ?

Ah ! la belle journée ! Pour Larry, ç'avait dû être la félicité. Et, quels qu'eussent été les regrets d'Ira, pour lui aussi elle resterait l'image de la lumière et de la paix. Lorsque la sirène du bateau retentit, ils rassemblèrent leurs affaires. Ils marquèrent par un soupir leur accord avec la remarque d'Edith, à savoir qu'on jouissait du temps au prix du temps, et Iola ajouta que, heureusement, c'était vrai aussi pour la tristesse, puis ils descendirent la colline au pied de laquelle le vapeur à aubes était ancré, et embarquèrent à son bord. Le fleuve s'élargit et on approcha bientôt de New York et du petit embarcadère où se trouvait le hangar à bateaux qui rappela à Ira l'époque où il faisait du canoë avec Billy Green.

L'excursion terminée, le vapeur de nouveau amarré à son quai de Manhattan, Larry et Ira raccompagnèrent les deux jeunes femmes par le tramway et le métro jusqu'à leur appartement de St. Mark's Place. Il faisait encore jour. Elles les invitèrent à entrer. Une fois installés, ils se sentirent une petite faim. Edith et Iola leur servirent du café et des toasts au raisin. Du café et des toasts au raisin ! Pas du cake, non, du pain avec des raisins dedans, juste du pain. Et, comme à cause de la chaleur on ne pouvait pas conserver le lait sur le rebord de la fenêtre – et qu'il n'y avait pas de boîte dans le placard –, Ira, pour la première fois de sa vie, but du café noir. Quel goût bizarre ça avait sans le lait frémissant, comme à la maison, souvent recouvert d'une pellicule de crème, un goût hermétique mais pas désagréable. Et, également pour la première fois de sa vie, il mangea des toasts au raisin saupoudrés de sucre roux et de cannelle. C'était délicieux. La lumière de fin d'après-midi tombait sur les murs blancs et le couloir qui conduisait à la chambre de Iola, et conférait à la peau olivâtre et aux cheveux bruns d'Edith d'insaisissables reflets cuivrés.

Une discussion s'éleva pour savoir si, comme le prétendait un spécialiste, la poésie navajo rimait – une théorie qu'Edith réfutait avec indignation. Après avoir été chercher sa thèse de doctorat, elle leur lut des vers extraits d'un chant navajo.

« Vous voyez bien, il n'y a pas plus de rimes que... » Elle chercha une analogie.

« Que de raison », lâcha étourdiment Ira.

Au grand amusement de tous, et en particulier de Iola.

Quand ils eurent fini de manger, Iola alla prendre sur l'étagère un recueil de poèmes de Rudyard Kipling, et, un petit sourire d'excuse aux lèvres, tandis que le jour déclinant jouait sur ses tresses blondes et son visage pâle et osseux, elle récita à voix haute quelques-uns de ses poèmes préférés, dont elle émailla la lecture de commentaires narquois.

La lumière se retirait petit à petit des murs blancs du living-room qui, pareil à un sanctuaire, baignait dans une chaude clarté dorée, rares heures bénies que rien ne venait troubler, une récompense, un répit par rapport à soi, mais non par rapport au temps qui précipitait la journée vers sa fin.

Le soir venu, l'amant et l'ami se préparèrent à partir. Larry prit Edith dans ses bras, ils s'embrassèrent. Ensuite, les deux garçons souhaitèrent bonne nuit aux deux jeunes femmes, puis ils descendirent l'escalier silencieux et sortirent dans la rue calme. Le crépuscule, encore inviolé, s'attardait au bout de la rue, comme si la tache rose ne devait jamais s'effacer du cratère de pierre qui s'ouvrait au loin.

CHAPITRE XIII

La dernière semaine de sa première année d'université approchait, et Ira songeait de plus en plus aux liens qui unissaient Larry à Edith. L'histoire d'amour qui, peu de temps auparavant, semblait encore avoir un côté miraculeux, prenait de nouveaux aspects, tandis qu'une sorte de rigidité paraissait petit à petit la gagner. Ou bien était-ce lui, se demandait-il, qui, pour la première fois de sa vie, commençait à exercer plus ou moins consciemment ses facultés critiques. Non qu'il eût jusqu'à présent évité de le faire, mais plutôt que ses tentatives se perdaient auparavant dans les méandres de son esprit. Maintenant, en revanche, il identifiait la fonction critique à un processus mental distinct. Il avait déjà vu et entendu ces deux termes associés à l'analyse critique, aussi bien en cours de littérature que de philosophie. Une connaissance fumeuse et superficielle. C'est en compagnie d'Edith que les concepts, de même que tant d'autres abstractions qu'elle lui apprit à identifier, commencèrent à se définir, étayés de connotations et d'exemples. Les idées se mettaient à bouillonner en lui tout en se démarquant et en acquérant une certaine indépendance. Dans *Sambo le petit Noir*, un livre qui l'avait tant amusé durant son enfance, les tigres qui couraient en rond, dans l'ardeur de la poursuite, se fondaient en une masse de beurre. Eh bien, l'analyse critique retransformait le beurre en tigres, stoppait leur mouvement et permettait de se pencher sur des impressions, si bien qu'on pouvait en tirer des conclusions, exprimer des jugements. Voilà à quoi cela ressemblait.

Nanti de cette objectivité nouvelle, s'impliquant davantage, Ira se surprit à analyser le comportement de Larry, à tenter de prévoir les effets de son caractère, de sa nature – par rapport à Edith. La tendance qu'il avait à prolonger et à détailler à l'extrême une anecdote, au point qu'Ira avait le sentiment qu'Edith la subissait plutôt que de s'en divertir, venait-elle de ce qu'il cherchait à se mettre en valeur ? Et il y avait aussi quelque chose qu'Ira, en dépit de l'attention grandissante qu'il portait au comportement de son ami vis-à-vis d'Edith, n'arrivait pas encore à nommer, le fait qu'il paraissait ne pas désirer approfondir, il ne s'efforçait pas de résoudre les dilemmes, ni ne ressassait ses malheurs. Étrange, peut-être, mais ça ne conviendrait jamais à quelqu'un comme Edith, n'atténuerait jamais le profond désenchantement qu'il percevait en elle et qui lui évoquait une espèce d'accommodement avec la défaite, une propension au désespoir. Elle se débattait dans des difficultés inextricables, s'installait dans la tristesse. Larry, à l'inverse, était enclin à l'optimisme et soucieux de son bien-être. Il y avait là comme une dissonance fondamentale. Et, chose curieuse, les souffrances qu'Ira s'était imposées et s'imposait à lui-même, les désillusions et les dépravations qui l'avaient privé des joies de l'enfance contribuaient à le rapprocher d'Edith. Drôle de conclusion. Ne s'agissait-il pas en réalité de l'expression d'un désir informulé ?

Par ailleurs, il avait commencé à remarquer, élément discret, porteur de ses propres conséquences, et qui déterminerait les relations futures entre les deux amants, qu'Edith avait obtenu de Larry qu'il cède à la sagesse et reste chez ses parents, même si elle lui avait offert de l'aider dans le cas contraire. Et c'était cela qui semblait laisser soupçonner la possibilité d'une divergence entre leurs deux tempéraments. En effet, bien que désapprouvant avec force la liaison de leur fils, les parents de Larry continuaient à être à moitié gâteux devant le plus jeune, le plus doué, le plus charmant et le plus amusant des enfants. Pour le spectateur qu'était Ira, il paraissait clair qu'Edith ne goûtait guère les plaisanteries éculées et les fadaises. La famille de Larry le flattait, le récompensait par ses rires, faisait de lui le centre de son admiration, et lui, il se contentait d'accepter comme un dû l'adoration qu'on lui manifestait. Son incomparable beauté physique ne suffirait pas à retenir indéfiniment Edith. (Ira ne savait pas s'il le devinait ou bien seulement le souhaitait.) Considérant l'évolution future de leurs relations du point de vue de Larry, et quoique cela parût difficile à croire, il était presque impossible de ne pas tenir compte de la pression qu'exerçait sa famille, tant elle s'opposait à sa volonté d'épouser Edith, et d'imaginer qu'elle ne finirait pas par produire des résultats, aussi optimiste et déterminé que fût Larry.

D'un autre côté, il se représentait Edith sous les traits de Bobe, sa grand-mère décédée, voûtée, chancelante et chevrotante face à Larry, de onze ans son cadet, dynamique, beau, énergique, séduisant. Est-ce que ça ne se passerait pas ainsi ? Et pour Edith devenue vieille et toute ridée, est-ce que le jeune Endymion dont elle était follement amoureuse n'aurait pas disparu ? Eh bien, si. « La beauté passe », comme le disait Walter de la Mare dans l'anthologie d'Untermeyer. « La beauté se fane, aussi rare soit-elle », et cela s'appliquait également à Larry. Et alors ? Son amour pour Edith devrait résister aux désillusions de cette dernière, à sa gravité, à sa peur de l'échec et de la solitude, de la vieillesse et de la mort. Toute relation durable avec elle exigeait une personnalité marquée par les doutes, les blessures et les chagrins, et cela quelle que soit la manière dont on l'avait acquise. Celle de Larry, heureuse et égale, était tout sauf ça. Il semblait que pour lui l'avenir serait toujours le même, un joyeux prolongement d'aujourd'hui. Il n'était pas habitué au chagrin, au doute, aux blessures qui ne se cicatrisaient pas, à l'adversité, aux privations. Mon Dieu !

Son cahier à feuilles mobiles, son stylo, son crayon et son bloc-sténo posés devant lui sur la table recouverte d'une plaque de verre, élément de l'élégant « ensemble » en noyer de la salle à manger, Ira contemplait le bric-à-brac de Pa installé sur le manteau au-dessus de la plaque de la cheminée. La collection consistait en un petit chien de berger en porcelaine de Saxe, deux moutons et une bergère pittoresque. Elle devait rappeler au vieil enfant son pays natal, se dit Ira. Nostalgique. Touchant. Il se demandait si quelqu'un comme Edith trouverait ces figurines de bon goût. Mais quelle importance ? Il avait beau se poser sans arrêt ce genre de question, c'était quand même de jolis petits objets, charmants, innocents, pleins de couleurs vives. Au-dessus, sur le mur, il y avait les portraits des parents de Pa disparus, le visage on ne peut plus sévère, en sépia : grand-mère avec sa *shaïtl*, sa perruque, et grand-père avec sa barbe et ses *payes*, ses boucles. Ma lui avait raconté que pendant l'année qu'elle avait passée auprès d'eux, après la naissance d'Ira, elle avait pu vérifier qu'ils étaient aussi sévères que leur portrait le laissait croire, toujours distants, jamais un sourire. Elle attendait que Pa eût économisé assez d'argent pour payer la traversée à sa femme et à son fils. Ira les avait donc connus. Il les avait vus et entendus, et pourtant il ne se souvenait pas d'eux – pas plus qu'eux, ils ne se souvenaient de lui dans leur tombe en Galicie. Il avait un an et demi quand Ma était partie pour l'Amérique, le portant dans ses bras. Ses grands-parents paternels n'étaient plus que deux visages stricts en sépia dans un cadre d'ébène. Ma se plaisait à répéter que le vieil homme, Saul le *Shaffer*, Saul le Directeur, comme tout le monde l'appelait par respect, appuyé sur sa canne, avait longuement regardé sa bru et son petit-fils la veille de leur départ pour l'Amérique. « Et tu as si bien dansé ce soir-là, que les larmes sont venues aux yeux du vieil homme. » Et plus tard, Ira avait répliqué en plaisantant : « Ah, vraiment ? C'est pour ça que j'ai les jambes arquées ? »

Il avait un devoir à faire en Composition anglaise, pour Mr. Dickson, le maître assistant. Et, comme d'habitude, il s'y prenait au dernier moment. Il lui avait fallu patienter jusque-là avant de pouvoir s'inscrire dans cette discipline obligatoire pour obtenir une licence, aussi bien en lettres qu'en sciences. L'automne précédent, lors de la désastreuse après-midi des inscriptions, il avait trouvé complets tous les cours qu'il désirait prendre, mais après le premier semestre, la plupart offraient des places aux étudiants, sauf en biologie où les élèves inscrits depuis la rentrée avaient la priorité.

Composition. Le cours se déroulait donc sous l'égide de Mr. Dickson, un personnage longiligne et anguleux à la Ichabod Crane, sérieux, sec et académique. Préparant à l'évidence son doctorat, il approchait de la trentaine, et avait des cheveux bouclés couleur rouille ainsi que la drôle d'habitude de tordre son visage en un sourire narquois tout en passant son long bras derrière sa tête afin de se gratter l'oreille. Comme à l'accoutumée, Ira s'en tirait tout juste avec un « Passable ». Demain lundi, c'était le dernier jour pour rendre son travail, et la note compterait pour moitié dans le résultat définitif. Alors… il ferait mieux de se mettre au boulot.

Le printemps explosait dans la 119ᵉ Rue, et l'air embaumé qui pénétrait par les fenêtres ouvertes gonflait les longs rideaux blancs de dentelle qu'on ne tarderait pas à décrocher et à ranger pour l'été. Les cris des gamins noyaient le bourdonnement apathique de la ville.

Dimanche après-midi. Tout le monde était parti : Ma chez sa sœur, Ella Darmer, laquelle habitait maintenant en compagnie de ses deux enfants et de son mari, Meyer, au coin de la 116ᵉ Rue et de la Cinquième

Avenue. Pa faisait un « extra djop », un autre « binquet » à « Counaïlande ». Et... oh ! Minnie était allée à un rendez-vous avec Lucy Goldberg qui logeait en face. Elle grandissait, commençait à fréquenter les garçons. Bah ! elle pouvait faire ce qui lui chantait, du moment que lui, il avait ce qu'il voulait. Et si un type sérieux se pointait, la demandait en mariage avec bague de fiançailles et tout ? Eh bien, Stella aussi grandissait.

C'était bien la pire des vacheries qu'un photographe puisse faire ! Songeur, Ira laissa son regard errer sur le portrait de lui à trois ou quatre ans, l'air si triste. Pourquoi l'avoir fait poser comme ça ? Il secoua la tête. Pour ce qu'il en savait, maintenant qu'il avait acquis des rudiments de Freud, il se pouvait que le germe de sa fixation eût été implanté à ce moment-là, son obsession sur le sexe – oui, ça venait peut-être de là, l'abomination ou plutôt *les* abominations. Mon vieux, jadis, et même il n'y a pas si longtemps, on t'aurait lapidé pour moins que ça. Pendu, écartelé, roué, jeté dans l'huile bouillante – *Oï ! vaï'z mir !* Et comme si ça ne suffisait pas, Stella. Quel âge elle avait aujourd'hui ? Près de quinze ans. Ouais, tu peux bien les appeler des abominations à présent que tu t'es calmé avec l'abomination du dimanche matin... pas tellement d'ailleurs... et puis combien de capotes les rats pouvaient-ils bien piétiner au fond du puits d'aération ? Et quand c'était pas ça, quand t'obtenais pas ce que tu désirais, tu filais chez Mamie. C'est ça, hein ? Ouais. *Hic jacet...*

Ouais, *hic ejaculet...* pouah !

Et l'autre fichu crétin derrière l'appareil photo sous son drap noir qui – regardez-moi ça – l'avait mis debout sur une chaise au dossier arrondi muni de barreaux verticaux, mais celui du milieu, le barreau ornemental, était coupé dans sa partie inférieure, et au lieu de descendre jusqu'en bas, il pendait entre les jambes de l'enfant, semblable à une molle érection comme on en a après avoir pissé. Quand il était petit, Ira éprouvait un sentiment de terreur chaque fois qu'il contemplait la photo. L'appareil avait saisi l'horrible culpabilité qui le rongeait, et dont lui seul avait conscience.

Phobie ridicule, pas de temps à perdre. Demain lundi, date limite pour rendre son devoir, un essai sur le thème suivant : comment construire quelque chose de complexe, conduire une expérience scientifique élaborée, organiser une exposition scientifique ou rédiger le compte rendu d'une opération compliquée. Pas question d'un truc aussi simple que réparer une bicyclette ou changer un pneu. Non, non. Il fallait que la dissertation fasse au moins six pages, ce qui impliquait une entreprise délicate, destinée à tester les facultés de l'étudiant à présenter les choses de manière claire, compréhensible et méthodique. Ira se mit à griffonner distraitement. Une grille de morpion. Un profil. Une mouette.

Son choix s'était réduit à deux sujets qu'il possédait bien. D'abord, l'espèce de cage à l'époque où il faisait partie de l'équipe de tir de son lycée, et qu'il se rappelait dans tous ses détails : la cible miniature correspondant à celle, grandeur nature, qui se trouvait de l'autre côté du gymnase, la visée alignée sur le cran de mire de la fausse carabine, le mécanisme de la détente, ce qu'il fallait faire ou ne pas faire pendant qu'on visait, respirer, presser la détente, les différents types de mires, de bretelles... tout ça mêlé au chaud souvenir de Billy et des jours où une autre voie, une autre carrière, une autre Amérique semblaient s'offrir à lui...

Il chercha le passage suivant sur le manuscrit. Et puis non, vrai ou pas, il allait le supprimer. Mrs. Goldberg, la mère divorcée de Lucy, de l'autre côté de la rue, dans sa petite robe grise en coton écru, appuyée, inconsolable, sur son balai – quel symbole graphique !

Oh ! proprement stimulé, il parviendrait bien à rebander. Après tout, ça remontait à ce matin de bonne heure, son abomo… son abumo… du dimanche. Et s'il traversait la rue, personne ici, personne là-bas, prêt pour le rodéo, Roméo ? Demander : ma sœur n'est pas là ? Ah bon, je croyais. Je voulais qu'elle me tape quelque chose. Le demander à Mrs. Goldberg appuyée tristement sur son balai. Qu'est-ce qu'elle ferait ? Qu'est-ce qu'elle dirait ? Leo Dugonicz, son copain hongrois, lui revint à l'esprit, le jour où il lui avait parlé des deux tasses de café noir qu'avait servies l'amie de sa mère avant de lui caresser l'épaule. Ainsi… une tasse de café noir, pas de tasse… pas d'abomo… d'abumo…

Efface. Efface. Là. « Il est là ! » « Là ! » « Il est parti ! » conclut le garde dans *Hamlet* en empoignant sa hallebarde. Pas mal. Ça résumait assez bien la vie. Il est là ! Là ! Il est parti…

Dis donc, viens pas me raconter que tu ne connais pas l'abruti dont tu aperçois le reflet dans l'épaisse plaque de verre qui protège la table. Tu le vois, ce crétin, qui te rend ton regard à travers ses lunettes cerclées de fer, le front en demi-lune plissé, surmonté d'une touffe de cheveux noirs crépus. Ce foutu photographe qui faisait poser le gamin, l'enfant familier, en armure noire, le bâton entre les jambes. Regarde-toi, à hésiter, à t'agiter. Non, ces trucs de stand de tir sont dépourvus de vie, morts comme tes espoirs de lycéen, très loin de toi – aussi loin que Billy Green aujourd'hui.

L'autre sujet lui plaisait davantage, lui paraissait beaucoup plus stimulant. Vivant. L'été dernier. Tout l'été. Celui de sa dix-huitième année. Le soleil qui chauffait dur, presque en pays rural, divisé depuis peu en lotissements par les promoteurs immobiliers. Il lui faudrait du cran. Et pourquoi pas ? Il ne s'imposait pas de traverser la rue pour aller frapper chez Mrs. Goldberg. Bonjour, madame. Juste elle, lui, moi. Quel pronom utiliser ? Une prépo... une propo... son cœur commençait déjà à cogner dans sa poitrine... Non, c'était juste une histoire entre la feuille de papier et lui. Tu pourrais quand même foirer, idiot. Mais pourquoi ? pourquoi foirerait-il ? Le sujet, c'était bien comment construire quelque chose, non ? Et pas abomo ou abumo chez une amie de sa sœur. Ni comment manœuvrer pour obtenir ce qu'il désirait de sa cousine Stella dans le dédale de chez tanta Mamie. Non, c'était comment construire quelque chose ! Voilà qui convenait à merveille, l'installation de la plomberie dans une maison neuve. Qu'est-ce qui pourrait ne pas coller avec ça ? Gonflé, hein ? Original, audacieux... tant que tu veux, ouais, ouais. Entre la feuille de papier et toi. Il poussa le bloc-sténo sur l'image grimaçante qui le contemplait – le diable qui ricanait sous la plaque de verre pouvait encore obtenir son dû. Minnie le taperait pour lui – si elle avait le temps. Mais ce serait trop tard. Il n'avait même pas encore écrit le premier mot. Quand il aurait fini, pourquoi il ne le taperait pas lui-même ? Il lui restait de vagues notions de dactylographie remontant à l'époque du lycée. Pas besoin d'écrire au stylo, le crayon suffirait pour le brouillon. Allons-y. En haut de la page, avec une capitale au début de chaque nom, il inscrivit : « Impressions d'un Plombier ».

Puis il s'interrompit pour réfléchir. Impressions ? Ça n'allait pas. Ce n'était pas ce que Mr. Dickson demandait. Il ne voulait pas des impressions, mais un processus, une méthode, quelque chose de concret. Sinon, s'il devait se contenter d'une impression, pourquoi le réveille-matin sonnerait-il ? Pourquoi se lèverait-il et prendrait-il le métro avec les autres voyageurs debout ? Ce n'était pas « comment ceci, comment cela ». Et merde ! il fallait pourtant qu'il en trouve, qu'il mette assez de précisions pour satisfaire Mr. Dickson, oui ou non ? Comment monter les tuyaux en fonte pour l'aération des toilettes, comment couper et fileter les raccords, visser les robinets chromés sans les abîmer, installer des valves, faire un joint d'écoulement d'évier à l'aide de plomb fondu, un tas, un tas de « comment ». Et puis toutes les pièces dont il pouvait parler, et leur usage : un coude, un raccord, un manchon, un té. Et les outils de la profession : clé à molette, à crémaillère, clé plate, clé universelle, filière, et tellement, tellement d'autres. Il devait cependant le faire à sa manière : *comme un tout*. Mr. Dickson comprendrait, non ?

Le doute continuait néanmoins à s'insinuer en lui. S'il rendait son récit intéressant, coloré, s'il éveillait chez Mr. Dickson le même genre de... de plaisir que lui-même ressentait à l'évocation de sa brève carrière d'aide-plombier, le professeur passerait sur les petits écarts, les libertés qu'il prenait par rapport à ce qu'on lui demandait. Bien sûr. Espérons toujours.

« Le réveil sonne avec une violence effrayante, commença-t-il. Il est six heures et demie. J'ouvre les yeux à contrecœur, j'arrête la sonnerie et je bâille. Il fait un peu froid, même par ce matin d'été, et mon lit est bien chaud... »

Les mots coulaient avec aisance quand il évoquait ainsi ses propres sensations et ses propres expériences. Il avait la matière de son sujet sous la main, et cela ne réclamait, et encore, qu'une mémoire fidèle. Il lui suffisait de se rappeler l'environnement, les activités, l'humeur de l'instant, puis d'appliquer l'ensemble à lui-même, pas seulement pour l'illustrer, mais pour l'unifier dans le cadre d'une journée de travail ordinaire. Il devait effectuer un tri parmi les détails qui lui revenaient à l'esprit, choisir les éléments les plus aptes à rendre l'atmosphère d'une journée de labeur. Il sélectionna ceux qui lui plaisaient le plus.

Facile. Il était la source d'où tout irradiait, le centre de perception auquel tout et tout le monde se rattachait, les vendeurs, les charpentiers, les électriciens, les couvreurs, les vitriers. On procédait donc ainsi ? Il s'interrompit de nouveau pour réfléchir. Non, voilà comment, lui, il allait faire. S'il essayait de considérer les choses du point de vue de quelqu'un d'autre, du maçon qui posait les briques au pied des cheminées du toit, ou du plâtrier, autant renoncer sur-le-champ et revenir à la pratique du tir à la carabine dans le gymnase de DeWitt Clinton. Ceux-là parlaient des salaires insuffisants pour le travail spécialisé qu'on exigeait d'eux, et puis pas de congés payés, pas d'heures supplémentaires, pas de samedis. Ils parlaient du coût de la vie, du prix élevé de tout ce qu'ils devaient acheter, depuis les côtelettes de porc jusqu'aux chaussures de travail. Et puis ils parlaient de syndicats, de l'union des travailleurs, même le maçon italien : « Oignon. Oignon, pas bon. » Hymie, qui s'était fait passer pour un ouvrier plombier qualifié, était content d'avoir du boulot, et il n'en aurait jamais obtenu si les entrepreneurs n'avaient embauché que des ouvriers syndiqués. De même, Ira n'aurait jamais pu devenir apprenti plombier.

Toutefois, il ne s'intéressait pas aux questions de cet ordre, et se donnait tout juste la peine d'écouter quand on les abordait. Où ces types habitaient, dans quel genre de maisons, leurs préoccupations, leurs loisirs – pêcher le colin ou le carrelet dans la baie, les sorties du samedi soir – ou encore le montant des cotisations au syndicat des tourneurs. Non, ça manquait de couleur, et il ne se sentait pas à sa place. Il se cantonnait dans le rôle de spectateur, ses préférences le portaient vers l'individu plutôt que vers le collectif : son réveil au petit matin, le trajet dans l'El comme le soleil se levait, au milieu de la foule bruyante des ouvriers qui bâillaient et rouspétaient. Et arrivé sur le chantier, ne rien perdre des vannes que lui seul appréciait pleinement, le poseur de parquet qui jurait : « Cette putain de règle est pas la mienne ! » Et lui, avec toute l'exubérance de ses dix-huit ans, qui coupait trois quarts de pouce de tuyau galvanisé, le filetait, ou bien allait tirer de la pile que le camion avait déchargée devant la maison en construction des bouts de conduite en fonte rouillée qui brûlaient après être restés des heures sous le soleil. Waouh ! tout de suite sur l'épaule à moins d'avoir un chiffon pour se protéger les mains. Les images se bousculaient dans son esprit au point qu'il devait parfois noter en marge un mot ou une phrase pour ne pas les oublier le moment venu. Attention aux incises ! Mr. Dickson ne les aimait pas beaucoup. Hé ! déjà cinq pages...

Ma rentra à la maison, dans sa tenue sombre de sortie, corpulente et digne comme chaque fois qu'elle se montrait en public, engoncée dans son corset, un renard argenté autour du cou. Elle demanda à Ira s'il avait faim.
« Non, répondit-il.
— Si tu veux manger quelque chose, je te le prépare. Après, je ressors.
— Ah bon ?
— On va sur la tombe de Bobe dans le New Jersey. Ça fera bientôt un an qu'elle est morte.
— Ah bon ?
— Je vais te faire frire un peu de saumon fumé avec des œufs.
— J'en veux pas. Faut que je finisse mon devoir.
— Alors, quoi d'autre ?
— Rien.
— Je vais te laisser quelques *bulkies* dans un sac avec le pain de seigle. Le saumon, il est dans la glacière entre deux assiettes, dit-elle en ouvrant son sac à main pour vérifier qu'elle avait ses clés. Au cas où tu aurais faim.
— Qui est-ce qui y va ?
— Nous, les quatre sœurs. *Aï !* c'est là que notre mère repose, dans la terre du New Jersey. On a eu de la chance d'acheter la concession au moment où on l'a fait. Le prix des emplacements pour les Juifs ne cesse pas de monter. » Elle s'arrêta à la porte. « Je serai rentrée pour le dîner, mais tu n'as pas besoin de m'attendre. Mange quand tu auras faim.

— D'accord. Mamie vient aussi ?

— Bien sûr. Toutes les quatre, je t'ai dit. Une promenade, dit Ma, risquant quelques mots en anglais. Une jolie promenade dans la campagne, on va s'amuser. Pendant que notre mère, elle pourrit dans la terre, poursuivit-elle en yiddish, nous, on va aller la voir dans le *katerenke* de Moe. C'est la vie ! »

Le *katerenke* était un orgue de Barbarie, et Ma appelait ainsi l'automobile de Moe à cause de la manivelle qui servait à la faire démarrer. Son naturel, sa façon de transformer le macabre en comique, était décidément digne d'admiration. Un *katerenke* ! Sans doute un mot d'origine polonaise ou russe que le yiddish s'était approprié.

« Bon, j'y vais.

— Zaïde aussi ?

— Oh ! non ! dit-elle sur un ton de reproche devant son ignorance. Un *koyen*, c'est. Un *koyen* dans un cimetière ? un prêtre ? Il deviendrait impur à marcher au milieu des morts. Demande-lui la prochaine fois que tu rendras visite à Mamie.

— Comment, lui demander ? Je peux très bien deviner. Un *koyen* doit être un Cohen, c'est ça ? » Il s'interrompit un instant. « Mais pourquoi je lui demanderais chez Mamie ?

— Il a déjà déménagé de l'ancien appartement de la 115e Rue. Il a passé le shabbat chez elle. Je te l'ai dit. Toi, Minnie et ton père ! Ach ! » Elle eut un geste d'impatience. « Ta tête, elle est ailleurs aujourd'hui. Je t'ai raconté qu'il avait déménagé parce qu'il n'avait pas confiance dans la femme qui lui faisait la cuisine. Elle n'était pas assez kasher pour lui, il s'imaginait. Une bonne Juive, c'est, mais il a une cataracte aux deux yeux, et il ne voit presque plus. Alors, il soupçonne tout et tout le monde. Mamie, elle tient une maison kasher, et il le sait.

— Et le bail de la 115e Rue ?

— Harry le reprend. Bon, je pars.

— Alors, il est là-bas maintenant ?
— Où veux-tu qu'il soit ? Va le voir. Tu apprendras un peu sur la *yiddishkeit*.
— Comme si j'en avais besoin !
— Oh ! oui ! tu en as besoin. Tu connais encore moins la *yiddishkeit* que ceux qui sont dans la vallée de l'enfer.
— Ah ouais ? Eh bien, tant pis.
— Au revoir, mon trésor. N'oublie pas de manger quelque chose. »

Ira regarda la lourde silhouette s'éloigner, puis il entendit claquer la porte de la cuisine. Solitude. Ainsi Mamie serait absente. Mais Zaïde serait là. Et Stella ? Un dimanche ? Non. Ou peut-être que oui, avec Hannah et leurs amoureux, les danseurs de charleston. Zaïde le permettrait-il ? Bon Dieu ! quel cirque ça allait être maintenant ! Et tout ça pour une petite baise grasse et suintante en rab, pendant que le poste de radio Stromberg Carlson diffusait tout bas la musique d'un orchestre de danse. Impossible de monter le son, car il fallait guetter le moindre bruit de pas en provenance de la cuisine. Heureusement pour lui, il s'était soulagé ce matin de sa pression de pécari. Merde ! c'était quoi un pécari ? Une sorte de cochon sauvage, non ? Oui, oui, un cochon sauvage ! Pas kasher. Peccant, pécari, peccable !

Il se pencha sur ses gribouillages. On griffonne un monde à l'aide de mots, et en retour, le monde qu'on a griffonné vous donne la vie. Puis, relisant, on rayonne, un peu comme après avoir résolu un problème de géométrie. Et pour ce faire, il faut trouver la lumière. Ensuite, lorsque la lumière s'affaiblit, on se demande ce que c'était, et comment on l'a résolu.

Il se leva pour aller dans la cuisine, davantage dans le but de prolonger sa rêverie que dans celui de chercher à manger, mais lorsqu'il trouva le sac avec les *bulkies* et le « pain de maïs » comme l'appelait Ma, un pain dense et consistant, il s'empressa de couper le croûton pour le grignoter. C'est drôle, il ne contenait pas le moindre grain de maïs, mais était composé de farine de seigle. « Le maïs était le blé de l'Orient… » Larry avait attiré son attention sur les vers magnifiques de Thomas Traherne cités dans l'*Anthologie de la littérature anglaise*. « Je croyais qu'il était là depuis l'éternité. » Tout comme lui le jour où il s'était tenu au coin de West Harlem par une journée d'été, quand il avait eu l'impression qu'on venait de lui faire une promesse dorée. « Je croyais que cela durerait toujours. » Un artiste – était-ce la promesse née de cet étrange instant si précieux ? Quelle idée ! Edith vénérait les artistes, disait-elle. Maintenant, ne t'écarte pas de ton sujet. Ne laisse pas le flot de… de… enfin, de ce qui t'emporte comme un bout de papier – l'image lui semblait pertinente – ballotté par le torrent de pluie qui ruisselle dans le caniveau. Non, mais c'était vrai, il fallait être capable de conserver cet état d'esprit du début à la fin, le garder là, devant soi, et plus encore que si on le contemplait dans un miroir, parce qu'il possédait tant de facettes, et être ensuite à même de les examiner sans craindre que les autres s'altèrent pendant ce temps-là.

Continuant à grignoter la croûte dure, pareille à la coque couleur d'écorce d'un bateau, esquif de croûte, vieille coque brune au pont gris tout piqueté, pain de maïs, il regagna la salle à manger et se remit à écrire…

Ainsi Bobe vivait autrefois, et maintenant elle est morte, Ecclesias. Et j'écris sur l'époque où j'étais apprenti plombier dans le premier quart du XXe siècle, moi qui vis à présent pratiquement dans le XXIe, encore que je n'y appartienne pas, et pas seulement parce qu'il ne me reste que si peu d'années à vivre.

– Tu parlais d'un état d'esprit à maintenir.

Et c'est ce que j'ai fait. Mais tu sais aussi bien que moi que mon état d'esprit est un miroir fêlé qui n'est plus ni entier ni continu. Bref, pas fiable, et incapable de résister aux tensions extrêmes, c'est un bon fac-similé de l'original, rien de plus.

– Pourquoi as-tu brisé ainsi la pensée, le flot, alors qu'il coulait, à l'évidence parfaitement canalisé ? Je crois deviner la réponse.

Oui, et je ne l'ai pas fait uniquement par perversité. Soupape de sécurité, Ecclesias, soupape de sécurité. Ma femme m'a invité à prendre le thé – accompagné d'un yaourt –, une invitation qu'elle est venue me faire vêtue d'une jupe rose et d'un chemisier bleu, une combinaison de couleurs dont nous avons tous les deux ri ce matin, puis je suis revenu te trouver en traversant le couloir qui sépare la cuisine de mon bureau. Et me voici de nouveau, Ecclesias, en ce deuxième jour de novembre de l'année 1985, à parler une fois de plus de l'apprenti plombier que j'étais au cours de l'été 1924.

– Il n'empêche que je ne comprends toujours pas tout à fait les raisons de tes associations d'idées fâcheuses et hors de propos, alors qu'il me semble que tu pourrais facilement t'en dispenser. Tu poses la question, mais tu connais très bien la réponse. Il est naturel que, un an après l'enterrement de sa grand-mère, son vigoureux petit-fils, étudiant de première année, jette un regard indigne sur lui-même pendant qu'il raconte ses expériences (choisies) d'aide-plombier dans le contexte, inique devrait-on dire – encore que je ne pense pas que ce soit le mot qui convienne –, où il envisage d'aller baiser Stella, la deuxième petite-fille de feue Bobe... Est-ce que tu te rends compte de ce que tu as fait ? ou plutôt de ce que tu faisais ?

Pas jusqu'à cet instant précis. Ça procède d'une certaine logique, non ? L'aide-plombier et sa cousine germaine qu'il trouverait peut-être seule, la prochaine sur sa liste maintenant qu'il avait plus ou moins assouvi son désir sur sa sœur un peu plus tôt dans la journée. Le tout, sans jeu de mots, jaillit de la mémoire, la petite chanson cochonne, « *je suis pas plombier, mais ton petit trou...* », tu connais la suite. Sois donc un peu patient avec moi.

Il termina vers le milieu de l'après-midi, un brouillon exécrable, à peine lisible, en particulier les deux dernières pages griffonnées à la hâte. Il se détendit dans sa chaise, puis se laissa aller à un sentiment d'exultation. Il fallait absolument taper son texte à la machine – pas seulement par souci de lisibilité, mais parce qu'il le méritait. Il se sentait si fier, si content de son travail qu'on ne pourrait lui rendre justice qu'en le dactylographiant. Il ne pouvait demander ce service qu'à Minnie, et il ne faisait pas de doute dans son esprit qu'elle accepterait, mais où était-elle ? Hors de portée de voix. Il aurait pu lui dicter. Seulement, lorsqu'elle rentrerait, il serait trop tard. Alors, autant recopier à l'encre, de sa plus belle écriture, qui était en tout état de cause déplorable, mais il n'y avait pas d'autre solution, sinon de supplier Dickson de lui accorder un jour supplémentaire, et perdre peut-être ainsi quelques points à titre de pénalité. Tant pis, pourvu que ce soit lisible. Tapé à la machine, sa lecture ainsi facilitée, le devoir échapperait peut-être à certaines critiques de la part du professeur, ce qui pourrait lui valoir quelque indulgence pour ne pas avoir suivi les règles à la lettre. Il s'était en effet permis de petits écarts par rapport au sujet. Et si en plus il ne respectait pas le délai... aïe aïe aïe ! tape-le ! Tape-le ! Fais quelques corrections. Quelle heure ? Trois heures moins dix. Il se leva. Bon Dieu ! tape-le toi-même. Va chez Mamie et sers-toi de la vieille Underwood pesant une demi-tonne avec laquelle Stella tape les résiliations de bail pour sa mère ou les menus que les associés du restaurant de Jamaica polycopient ensuite. Bouge-toi le cul ! Vas-y à pinces. Tu peux encore y arriver à temps.

Devait-il l'inclure, le supprimer ? Ira étudia son manuscrit. Écrit quand ? Confié quand au double jaune familier ? Il leva les yeux sur le morceau de tissu grenu couleur d'ombre que M avait rajouté à la tringle à laquelle pendait l'habituel rideau blanc afin d'atténuer l'éclat de la lumière qui tombait de derrière le moniteur et lui arrivait droit dans les yeux. De quand datait-il ? Il remonta les années, à l'évidence du temps où il pouvait encore se servir, même mal, d'une machine mécanique, lorsque ses doigts aujourd'hui faibles et arthritiques supportaient encore l'impact des touches de l'Olivetti portable qu'il utilisait alors.

Et quand cela devint-il trop dur pour lui ? En... vers 1980 ou 81. Il était donc encore capable de taper – jusqu'à ce que M insiste pour qu'il achète une Olivetti électronique (ce qui ne constitua qu'une demi-mesure). Quoi qu'il en soit, en 1980, il y a cinq ans, il tapait encore à la machine, il avait alors soixante-quatorze ans. Qu'est-ce que ça peut bien foutre, comme aurait dit Frank Green, son vieux copain irlandais des années 30, âgé à l'époque de cinquante ans. Oui, qu'est-ce que ça peut bien foutre ? Eh bien, juste pour voir la différence entre le Ira Stigman d'il y a cinq ans et celui d'aujourd'hui, la tonalité de sa différence littéraire. Et pourquoi pas ? Il faudrait en outre considérer le rôle que jouait Ecclesias, lui attribuer pour une grande part le mérite – indéniable, pensait Ira – des idées approfondies, de la prose améliorée. Lui, il était d'ordinaire si bienveillant, si peu caustique, toujours prêt à pardonner. « *Tolle, lege* », voilà ce que saint Augustin, retiré dans le calme et la solitude de son jardin, entendit une voix lui crier. « *Tolle, lege* », prends, lis. Cela se passait bien avant les disquettes.

Cette prose datant de cinq ans qu'il s'apprêtait à retranscrire était importante pour une autre raison, maintenant qu'il avait mentionné saint Augustin. Il venait en effet de se libérer d'une formidable inhibition, et d'intégrer une sœur à son récit, qui ne figurait pas dans son premier jet posé à côté de lui sur le bureau. Il y avait été contraint dans la douleur, et il l'avait fait tardivement, à contrecœur, malgré lui. Avant, comme la raison d'être du récit devait avoir été différente – et « raison d'être », il ne le savait que trop bien, était un terme bien faible. Une fois Minnie incluse dans l'histoire, tout devenait différent, radicalement différent, non, il serait plus conforme à la vérité de dire scandaleusement différent, si révélateur par l'approche, le traitement du récit. Comme il lui avait fallu longtemps pour s'arranger de la vérité, pour ne plus se dissimuler derrière des subterfuges !

« Homère, Virgile, Dante, Milton [ainsi commençait le manuscrit original], ainsi que plusieurs dizaines de poètes de moindre envergure invoquaient la Muse au début de leurs grandes envolées épiques, afin qu'elle leur accorde le pouvoir de l'imagination et la force poétique nécessaires à accomplir leur noble œuvre. L'invocation à la Muse ne se fait plus de nos jours, de même que ne retentissent plus le *"O muse, o alto ingegno, or m'aiutate"* de Dante, ni le *"Chante, muse céleste"* de Milton, ni le *"aeide, thea"* d'Homère. Nous ne croyons plus aux muses. Je continue cependant à ressentir le besoin de recourir à une source de renouveau spirituel qui me permettra de poursuivre le récit de la vie indécente, confuse et contradictoire qui est la mienne. Dans l'un des chants de *l'Enfer*, Dante décrit avec tout l'horrible réalisme et la couleur qui caractérisent son génie l'épouvantable métamorphose que subissent l'homme et le serpent, tous deux symboles d'âmes damnées (pour un péché que j'ai oublié). Tandis que l'un mord l'autre, leur rôle, leur forme et leur fonction s'intervertissent, et la bête devient homme, pourchassée par l'homme devenu bête, paradigme de l'interaction entre l'environnement de dépravation et l'individu qui y cède : *De me fabula narratur.*

« À la recherche de l'inspiration et d'un sens du renouveau, je me suis tourné vers le Lower East Side plutôt que vers les muses – encore que, Dieu sait combien je m'en étais déjà éloigné. Je m'y trouvais pourtant chez moi, comme amarré, attaché par des principes que j'imaginais appartenir à la nature des choses. Je me sentais enraciné, donc, et tout ce que je faisais, y compris mes mauvaises actions, me paraissait en quelque sorte endémique, indigène, intégré au schéma global, de même, du reste, que les corrections insensées que Pa m'administrait. (J'avais l'impression d'une farce, et c'est de mon propre chef que j'ai laissé tomber la louche à lait sur le rail du milieu du tramway – il est vrai que j'avais été initié à ce jeu par quelques gamins goys.) Je le répète, je m'y sentais enraciné, et par conséquent, rien de ce que je faisais ne venait à l'encontre des normes admises, même lorsque j'étais coupable de les enfreindre. Les frasques et les punitions, intimement liées, procédaient du consensus du Lower East Side. D'une certaine manière, je ne pouvais rien faire qui vînt troubler ma normalité, et l'inclusion au sein de la normalité équivalait à une espèce d'absolution, elle-même aussi solide que le sentiment de regain d'innocence qui courait dans mes veines comme de l'ichor, et me rendait prêt à relever n'importe quel défi.

« Que sont ces fragments que j'évoque et que je rassemble, afin de me communiquer un nouvel élan en vue du long et sinistre voyage qui m'attend ? Eh bien, des chutes, des conclusions, en un mot, des restes : des portraits et des tableaux que, pour une raison ou pour une autre, j'ai, volontairement ou non, négligés dans mon premier roman qui traitait de l'enfance d'un immigrant dans le Lower East Side. À moins que, comme cela se produit si souvent, ils aient été opposés à la conception que je me faisais de l'esprit de l'ensemble, ils ne collaient pas, se révélaient rebelles (peut-être que si je leur avais accordé le poids réel qu'ils représentaient, un modèle plus viable de l'enfance dans le Lower East Side en aurait résulté, viable dans le sens où il aurait peut-être valu à l'auteur une carrière littéraire plus féconde, un véritable avenir professionnel). Mais – à quelque chose malheur est bon, comme on dit – les fragments et les restes autrefois mis de côté me sauvent aujourd'hui de la redondance.

« Tel que je m'en souviens, je suis assis dans le noir en

compagnie de mes petits camarades de classe dans la salle des fêtes de l'école primaire, celle que je fréquentais quand on habitait au coin de la 9ᵉ Rue et de l'avenue D. Je devais avoir environ sept ans, et on était en 1913 (l'année située entre le naufrage du *Titanic* et le déclenchement de la Grande Guerre). Dans le cadre éclairé d'un théâtre miniature installé sur l'estrade, se déroulait un spectacle de guignol. Et pendant que la salle résonnait des rires aigus des enfants, qui sinon moi y allait de ses sanglots déchirants ? Je braillais si fort qu'on dut me faire sortir de la salle. Je me rappelle encore l'une des institutrices installée au bout de la rangée qui se penche vers moi et, avec patience et gentillesse, me fait signe de venir la trouver. "Il la frappe ! disais-je, pleurant comme un veau, tandis qu'elle me conduisait dehors. Il la frappe !"

« Moi seul voyais les choses sous cet angle, et je me demande pourquoi. Je ne crois pas que c'était la compassion qui avait provoqué de ma part cette réaction anormale – j'étais un gamin plutôt agressif. En réalité, la marionnette qui rouait l'autre de coups évoquait bien trop fidèlement les raclées que Pa, hors de lui, me flanquait. Bien sûr, je devais lui en fournir tous les jours des raisons. Mais ce petit homme pathétique, profondément perturbé, frustré par sa médiocrité, hanté par la peur du ridicule, sans nul doute lui-même un enfant rejeté, perdait toute maîtrise de soi quand il s'agissait de punir. Il devenait fou furieux, saisissait la première arme qui lui tombait sous la main, tisonnier, manche de fouet ou cintre en bois. Ma ne cessait d'affirmer que si j'avais le petit doigt de la main gauche tordu, c'est que je me l'étais cassé en essayant de parer un coup. Et quand il ne trouvait rien pour me frapper, alors que je rampais à ses pieds, il me soulevait par les deux oreilles, puis me projetait de nouveau à terre avant de me piétiner. Ou bien s'en prenait-il à lui-même à travers moi, petit homme effrayé, rancunier et instable ! J'ai déjà mentionné, dans mon roman, comment je me plaçais devant le grand trumeau dans son cadre noir, celui qui nous a suivis du Lower East Side à Harlem, pour admirer les marques bleu indigo qui zébraient mon dos. Je suis certain que je dois à Ma de ne pas être devenu infirme, et qu'elle m'a peut-être même sauvé la vie en plus d'une occasion grâce à son intervention purement physique, se battant avec Pa de qui elle a dû elle aussi recevoir nombre de coups. C'est pourquoi j'ai hurlé de terreur pendant le spectacle de guignol. »

Voilà donc ce qu'écrivait Ira il y a seulement cinq ans. Il aurait pu ajouter que la violence exercée par l'une des marionnettes sur la scène du petit théâtre lui avait peut-être également rappelé les querelles parfois violentes entre Ma et Pa, quand ils en venaient aux coups, qu'ils se lançaient le contenu de leur tasse de café à la figure – et qu'Ira et sa petite sœur Minnie se réfugiaient sous la table, pleurant et tremblant de peur. La marionnette qui flanquait une torgnole à celle qui l'injuriait ; Pa qui allongeait une claque à Ma ; Pa qui rossait Ira. Et il s'était mis à sangloter devant l'effrayant rappel de la réalité. C'est ce qu'il avait écrit, ce qui, pensait-il, représentait une image crédible de l'enfance, bien avant qu'il eût seulement rêvé pouvoir, ou vouloir, admettre la véritable nature de sa propre adolescence, laquelle avait été sans aucun doute, et pour une grande partie, façonnée par la violence de son enfance.

C'est dans cette interprétation qu'un changement intervint, à cause d'une réorganisation de l'ethos qui modifia la personnalité et le point de vue. S'il avait chialé devant le spectacle d'une marionnette frappant l'autre, ce n'était pas tant – il en était à présent convaincu – que cela lui rappelait les corrections que lui infligeait Pa ou les horribles disputes qui opposaient ses parents, surtout pendant les premiers temps marqués par la misère noire dans leur logement sur Essex et Henry Street, mais plutôt qu'il manquait déjà de la faculté qu'avaient la plupart des enfants de distinguer le virtuel du réel. Il devait bien y avoir dans la salle des fêtes de l'école d'autres gosses ayant reçu des raclées aussi sévères que lui, ou ayant été témoin chez eux de scènes aussi navrantes, et pourtant ça ne les empêchait pas de rire sans retenue aux bouffonneries de guignol. Était-ce en raison d'une absence de sensibilité qu'ils ne s'identifiaient pas aux petits personnages ridicules qui s'agitaient sur la scène ? Ou bien parce qu'ils savaient mieux faire la distinction entre le réel et l'imaginaire ? Ira était maintenant sûr de détenir la vérité. Tout simplement, dans l'esprit des autres enfants, l'équilibre entre l'émotion et la réflexion commençait déjà à se produire, à l'inverse de ce qui se passait chez lui qui, incapable d'analyser de manière rationnelle ce qu'il percevait, manquait de jugement objectif.

Il lui était donc pour cette raison difficile de se désavouer, d'aller à l'encontre de ce qu'il avait écrit cinq ans plus tôt. Mais l'eût-il accepté sans faire l'effort d'expliquer quel nouveau regard il portait sur lui-même, cela aurait signifié qu'il se considérait toujours semblable à l'enfant dépeint dans son roman, victime passive des forces pernicieuses qui l'entouraient, impressionnable, victime innocente des blessures et des ravages spirituels que lui infligeaient un père névrotique et un environnement dur et hostile. Non, il n'était *pas* innocent, non, l'environnement n'était *pas* dur et hostile, et il ne pouvait plus se le cacher. La différence entre le Ira d'il y a cinq ans et celui d'aujourd'hui, qui révisait l'opinion du premier pour exprimer un point de vue qu'il estimait plus juste, découlait de cette négation, laquelle s'accomplissait par un lent et douloureux rejet d'une métaphore *holistique* employée auparavant. Le labeur nécessaire à forger la plausibilité et l'holisme de la métaphore a également forgé les menottes qui emprisonnent l'esprit de l'artisan. Il fallait les briser. Et pas autrement qu'en rompant avec ce qu'on approuve et ce qu'on applaudit, ou en le reniant. La négation de la négation marxienne-hégélienne. À tout prix, seule solution pour parvenir à un renouveau du soi. Et dans son cas – songea-t-il sinistrement –, la révision et le renouveau eurent lieu non en acquérant de plus grands pouvoirs d'analyse, un don d'abstraction plus étendu, encore qu'au fil des années cela ait pu dans une certaine mesure se produire, mais en apprenant à sublimer ses émotions en sensibilité, jusqu'à ce qu'elles deviennent un juge de la réalité plus digne de confiance et plus perspicace que lui avec ses raisonnements douteux.

« Et Pa [Ira se reporta au manuscrit de 1979] – la mémoire recèle aussi quelques tendres souvenirs de Pa, rares mais précieux. On monte sur le toit de notre immeuble de la 9e Rue, lui et moi. On débouche sous la voûte limpide d'un ciel d'octobre, puis on repère la cheminée du poêle de la cuisine où Pa a allumé un feu, qui crachote un filet de fumée. Pa a déjà acheté deux pieds de veau à la boucherie kasher, avec les petits sabots encore dessus, et attachés par un bout de fil de fer par lequel il les accroche dans la cheminée pour les fumer. Je ne me rappelle plus combien de temps il fallait les laisser (jusqu'à ce que les sabots se détachent, je crois), ni comment Ma les préparait ensuite. En yiddish, on appelait ce plat *fislekh* : des pieds de veau en gelée, masse tremblotante au goût de fumé, assaisonnée d'épices, et servie sur des toasts de *khalé* rassis frottés d'ail. Dont nous nous régalions tous : le *fislekh*, savoureux témoignage *galitsianer* de rares moments de camaraderie paternelle.

« Un autre, quoique le souvenir soit presque trop vague : Pa et moi, en été, assis sur la balustrade en bois au bout du quai surplombant l'East River. Dans un sens, cet endroit constitue le prolongement de la 9e Rue qui se jetterait dans le fleuve, et dans un autre, la fin de la 9e Rue Est et le début d'une boucle pavée qui donne sur l'avenue D. La journée a été torride, et c'est seulement maintenant, après le dîner, comme apparaissent les premières ombres du crépuscule, qu'une brise rafraîchissante souffle du fleuve. Des immigrants récents ou arrivés depuis un peu plus longtemps dans le Nouveau Monde, des habitants du voisinage, sont sans doute vautrés autour de nous, mais je n'ai conscience que d'être avec Pa, du plaisir inhabituel de partager avec lui des minutes agréables, un bref interlude de gentillesse et de détente. Être assis près de lui sur les poutres massives, pleines d'échardes et usées par les intempéries, à contempler l'horizon bas et brumeux de Brooklyn qui s'étend sur l'autre rive, un remorqueur gris-vert qui passe dans un halètement de moteur, fendant les eaux vertes et soulevant des lames de houle qui courent vers nous, avec quel bruit sinistre elles viennent clapoter contre les pilots ! D'où nous sommes, on aperçoit l'usine à gaz à quelques blocs de là, avec ses réservoirs couleur chamois qui se dressent, pareils à d'énormes grosses caisses, au pied d'une haute cheminée se découpant contre le ciel qui s'assombrit. À de rares intervalles, tel un feu d'artifice tiré à notre intention et qu'il ne faut surtout pas rater, un torrent de flammes jaillit de la cheminée vers le lapis-lazuli poussiéreux du crépuscule qui rougeoie et s'embrase... "Regarde, p'pa. Regarde !..." »

« On se dit que tout cela doit disparaître, le bon comme le mauvais, ce qu'on aime comme ce qu'on déteste, mon héritage, mon identité, disparaître avec moi, hormis d'insignifiantes évocations, quelques distillations occasionnelles d'éloquence préservées en caractères d'imprimerie, tout le reste doit disparaître. Et finalement, cela aussi. Depuis des temps immémoriaux, depuis que l'univers a pris conscience de lui-même sous la forme de l'*homo sapiens*, le tribut à payer pour ce "privilège" suprême a été la conscience de la mortalité et de tout ce qui s'ensuit. Le cri de chaque être humain a toujours été : "Et quand je me désagrégerai, qui se rappellera ?" J'ai souvent imaginé la pluie lavant le souvenir, le vent s'en amusant, le ver consommant avec application un trope abstrus – ou, d'ailleurs, quelque élégante formule : $E = mc^2$, ou $e^{i\pi} = -1$, ingérée par de joyeux helminthes...

« Et tous ces souvenirs ne remontaient qu'à soixante-dix ans ! Au cours de ce même été, nous sommes sortis en masse de nos terriers de brique, criant, levant la tête et désignant du doigt la première escadrille que nous ayons jamais vue, des biplans qui survolaient les toits...

« Ai-je terminé ? Suis-je suffisamment rétabli par la vertu de mon retour antéen vers mes origines de l'East Side pour m'attaquer à ce qui m'attend ?

« Reste cependant l'épisode du tricycle. Ma, Moe et moi qui gambade devant, nous nous rendons au magasin où l'on encaisse les "tickets", en réalité des espèces de bons d'achat. Grâce à ceux que Moe a amassés en échange de ses innombrables visites à la confiserie, plus un peu d'argent comptant, on va chercher un tricycle – pour moi ! Je me rappelle très bien, comme si cela était intimement lié à l'impatience de l'enfant d'arriver au dépôt, avoir perçu de manière presque subliminale que les deux adultes qui m'accompagnaient dans les rues bondées en bavardant gaiement auraient dû être Ma et Pa. Mais la situation engendrait comme une image persistante qui me donnait en outre l'intuition que Pa et Ma auraient dû se comporter ainsi quand ils se trouvaient ensemble, calmes, détendus et souriants. Aujourd'hui, ce n'est pas tant le vol du tricycle, intervenu le jour même, qui importait, que le fait poignant de constater à quel point l'enfant aspirait à des relations sereines avec ses parents et combien cela lui manquait, de la même façon qu'il éprouva plus tard un sentiment identique quand, un soir, Ma et oncle Louie se promenèrent côte à côte le long de Mount Morris Park.

« Et puis il y avait Johnny-sur-son-perchoir, comme on le surnommait, le cocher du vieux cab qui, furieux, abandonnant au milieu de la chaussée son cheval placide à la robe blanc moucheté, sautait à bas de son siège et, le fouet à la main, en chapeau haut de forme, poursuivait une bande de gamins juifs qui lui avaient lancé une volée de pierres et qui s'égaillaient dans la 9ᵉ Rue… Et ma première rencontre inattendue avec une automobile. Oui, je descendais du trottoir sur le passage du véhicule, et je me suis reculé si brusquement que mes côtes m'en ont fait mal pendant des jours. Je me souviendrais toujours des visages amusés du conducteur et de son passager aperçus de profil tandis que l'automobile passait devant moi…

« Deux œufs coûtaient un *nickel*. Ma m'envoyait descendre quatre étages pour les acheter et, un œuf dans chaque main, je remontais aussitôt. Elle m'envoyait de même chercher en face une livre de miel, du miel couleur bronze, cristallisé, que, dans le fouillis de son petit magasin, l'épicier puisait dans un tonnelet de bois. Ma préparait alors un *honig lekekh*, une sorte de pain d'épice noir et dense assez consistant pour permettre d'affronter n'importe quel shabbat...

« Oh ! comme il avait le cœur léger et le pied agile celui qui dévalait jadis les quatre volées de marches en grès et les grimpait en courant !

« Oui, et tu te rappelles la fessée que son père a administrée à Yettie, une fille d'environ douze ans, parce qu'elle avait balancé un petit gosse entre ses jambes et montré ainsi sa fente à travers sa culotte déchirée ?

« Je me rappelle. »

Hélas, mes amis – Ira étudia le manuscrit –, la version de 1979, l'ancienne, ne conviendrait pas. Et merde ! et merde ! Les subterfuges auxquels il avait dû recourir, et les modifications qui en résultaient, lui donnaient l'impression de jongler avec des objets incongrus, une orange, un poêlon, un pinceau. Il y avait un autre élément dont il fallait tenir compte et qui, il le prévoyait déjà, entraînerait pour lui de multiples conséquences. S'éloigner du manuscrit signifierait en effet s'éloigner de son synopsis, et exigerait de revoir non seulement les détails de l'épisode, mais aussi la façon de le traiter, en un mot réclamerait tout un réagencement. Mais s'il était obligé de s'aventurer trop loin dans la recréation de l'épisode, quand pourrait-il reprendre le fil confortable d'une œuvre déjà largement entamée ? Le fil de son récit ? Et le pourrait-il jamais ? C'était pour le moins décourageant.

L'objet qui se trouvait à côté du manuscrit depuis des jours et des jours, dépourvu jusque-là de signification particulière, prenait maintenant tout son sens : le presse-papier (en tout cas, il l'utilisait comme tel), le relief en bronze de Townsend Harris, la médaille reçue de CCNY pour « Travail éminent » (alors qu'il n'avait même pas eu droit à une mention « Passable » pour ses résultats de l'année, mais là n'était pas la question). La médaille qui rappelait le déjeuner donné en son honneur par le président de l'université et les membres de la faculté des lettres, le discours de remerciements qu'il leur adressa, le moment où il écoutait distraitement le commentaire de Mr. Dickson sur la qualité des devoirs, et le tour surprenant et inattendu que prirent ensuite les événements, rien de tout cela ne figurait dans le manuscrit original, et il songeait à présent qu'il devrait l'inclure. Pourquoi ? Eh bien, parce que ces détails qu'il avait auparavant jugés accessoires acquéraient une importance nouvelle à la lumière du regard plus neuf et plus détaché qu'il portait sur ses écrits.

Le dernier jour de classe, Mr. Dickson, après avoir corrigé les dissertations de fin de semestre, s'apprêtait à les rendre aux étudiants. Elles étaient étonnamment bonnes, et certaines, excellentes, ajouta-t-il. Et l'une, si remarquable même, qu'en tant que professeur conseiller à la rédaction, il avait recommandé qu'on la publiât dans la revue trimestrielle du City College, le *Lavender*. Qui était donc ce crack, se demanda Ira, d'abord négligemment, puis, soudain, sans qu'il sache pourquoi, son attention fut éveillée. Se pourrait-il qu'il y eût un fondement à cet élan, cet enthousiasme, qu'il avait ressenti en rédigeant son devoir, en dehors des louanges extravagantes de Minnie, aussitôt rejetées d'un air air condescendant, quand, le lendemain au petit déjeuner, il lui avait accordé le privilège de lire les pages tapées à la machine ? Le travail que Mr. Dickson avait conseillé au dernier moment de faire paraître dans le *Lavender* s'intitulait « Impressions d'un Plombier » et son auteur était Ira Stigman.

« Waouh ! » s'exclama Ira.

Les étudiants se tournèrent vers celui qui venait de se voir ainsi distingué.

« C'est toi ? demanda l'un de ses voisins avec une incrédulité flatteuse. C'est vraiment toi ? »

Et un autre de renchérir :

« C'est vraiment toi qui l'as écrit ? »

Ira affichait un sourire ravi : il avait berné tous ces petits malins comme il avait berné les gamins dans la classe de Mr. Sullivan.

Mr. Dickson, manifestant son mécontentement devant ce manquement à l'étiquette universitaire, fit une grimace de désapprobation et, de peur qu'on ne la remarquât point, l'appuya en passant son bras par-dessus son chef couronné d'une touffe de cheveux couleur de feuilles mortes pour se gratter l'oreille.

« Vous vous rendez compte, n'est-ce pas, Mr. Stigman, que, pour une raison que j'ignore, vous avez jugé bon de ne pas vous conformer aux instructions très précises que je vous avais données quant à la rédaction de votre travail ?

– Oui, monsieur.

– Une impression, une approche impressionniste du sujet, constituait précisément ce que je vous avais demandé de ne *pas* faire. Je réclamais au contraire un exposé simple et direct. Vous préparez bien une licence de sciences, n'est-ce pas ?

– Oui, monsieur.

– Vous devrez donc vous contenter de la mauvaise note que je vous mets pour votre dissertation de fin de semestre. De même, je le crains, que pour votre travail en classe. »

Mais nulle critique, aussi virulente fût-elle, nulle menace de punition, ne parviendrait à étouffer le sentiment d'exultation qu'Ira éprouvait. Il allait être publié dans le *Lavender* ! Lui ! Un rien du tout ! Waouh ! Quelle justification pour son insignifiance ! Les années, les jours et les heures à supporter le *shlemil* qu'il était. Pire : un *shlemil* et un criminel. Un sursis. Un mince sursis. Vivement qu'il puisse l'annoncer à Ma, à toute la famille – le cœur de Ma se gonflerait de joie. Et Pa ? Il serait bien obligé d'admettre que son fils était autre chose que le *kalieke* qu'il semblait être. Et Larry. Et

Edith et Iola ? Le magazine devait paraître pendant la semaine des examens, mais il ne pouvait pas attendre de le leur dire ! Waouh ! Minnie rayonnerait : mon frère, mon prodigieux frère ! Et, bien sûr, exploiter son adulation pour ce qu'elle valait. Oh ! là là ! Et Stella... elle était trop bête, trop malléable, et on n'avait pas besoin de la pousser davantage. Admire-moi, vas-y, admire-moi. Puis, avec gratitude, avec cynisme, accepter ensuite le dollar de récompense que lui tendrait Mamie : « Tiens, petit "student" indigent. Prends. » Putain ! le monde n'était-il pas merveilleux ?

Plein d'espoir, il contempla le manuscrit posé près de son coude. Où trouver une ouverture, un accès au bloc de prose, un endroit où commencer ? Il n'y en avait pas vraiment. Alors... prendre le premier point de départ susceptible de convenir.

Au début, chaque fois qu'il racontait l'histoire de « Impressions d'un Plombier », il insistait sur les conséquences. Et quelles étaient-elles ? Eh bien, il avait eu droit à la mention « Médiocre » pour son travail du semestre. Quel savoureux contraste, se disait-il, entre le fait de voir sa dissertation de fin d'année publiée dans la revue trimestrielle de l'université, le *Lavender*, pour sa valeur littéraire ou, en tout cas, sa valeur narrative, et le honteux « Médiocre » qui sanctionnait le cours de Composition anglaise. Mais maintenant, aussi risible et paradoxal que puisse paraître l'épisode, il ne lui semblait plus tellement intéressant.

Non. Avec le recul, cette histoire, de même que tout ce qu'il envisageait à l'époque – et qui devait pour une grande part se réaliser –, lui donnait au contraire l'impression d'être totalement anodine. En vérité, les conséquences avaient été doubles. D'abord, et peut-être le moins important, la peine, et non pas la rancœur, que Larry parvenait difficilement à dissimuler, un sentiment d'humiliation peut-être, et qu'Ira percevait dans l'attitude de son ami à son égard. Trop bon et généreux pour être réellement envieux ou dépité, il se montra cependant distant, et se contenta de lui adresser des compliments et des félicitations de pure forme. Son comportement rappelait à Ira leur dernière année de lycée à DeWitt Clinton, quand ils suivaient ensemble le cours d'Élocution et que, en récompense de son exposé sur le « Invictus » de William Ernest Henley, le professeur, Mr. Staip, l'avait dispensé de cours. Larry avait alors paru déconcerté par l'incursion soudaine et inattendue d'Ira dans un domaine qu'il estimait être le sien.

Oh ! il était facile, et injuste, Ecclesias, pour quelqu'un comme moi, ployant sous le poids de la culpabilité et de la haine de soi, d'imputer à Larry des pensées qu'il n'avait peut-être jamais entretenues, à savoir que j'étais une espèce d'apparition venue des taudis qui débarquait avec talent dans le royaume de la culture.

Il aurait pu se borner à dire que l'événement avait eu un double effet, le premier étant la réaction de Larry, et le second... ah ! Non pas l'empressement flatteur d'Edith à s'emparer de l'exemplaire du *Lavender* quand il parut dans les derniers jours de l'année universitaire, ni l'impatience peut-être plus grande encore de Iola pendant qu'elle attendait son tour de le lire – et lui qui rayonnait de plaisir et de fierté, presque, anticipant le jugement de la jeune femme, comme si son texte préludait à un talent latent appelé à se développer sous son égide, et qui entrerait en compétition avec le patronage qu'Edith accordait à Larry. Et pas non plus les transports de joie de Ma, ni le simple haussement de sourcils de Pa – oh ! non ! La seconde conséquence, autour de laquelle tout le reste tournait, devenu accessoire, fut l'élan que cela lui communiqua, le changement qui se produisit en lui, engendré par la publication de pages écrites de sa propre main.

C'était délicat, et peut-être même inutile à dire, mais il se rendait compte à présent qu'il ne pourrait faire qu'une seule chose dans sa vie. S'il devait avoir une carrière, un avenir, il savait dorénavant que ce serait dans les lettres, dans l'art de l'écriture. La publication de sa dissertation révélait, en tout cas à ses yeux, qu'en dépit de la négligence de son auteur, de son incapacité à se conformer à des instructions claires, il n'en avait pas moins produit un texte qui méritait considération et témoignait d'un talent littéraire naissant. Une marque d'approbation avait été apposée sur une œuvre en prose rédigée non pas en suivant les directives de Mr. Dickson, mais ses propres impulsions. Que criaient déjà les marins espagnols du haut des nids-de-pie – et aussi les soldats, les conquistadors, du sommet d'une colline – lorsqu'ils apercevaient la terre ? « *Albricias ! Albricias !* » Réjouissons-nous ! Alors, *albricias* pour la découverte qu'Ira venait de faire.

À dater de ce jour, c'en fut terminé de la biologie et de la carrière de zoologiste. Voilà donc ce qu'il avait cherché à tâtons durant toutes ces années, depuis son départ du Lower East Side, avec amertume, dérouté par la manière dont, au fil des années, sa destinée se faisait – ou se défaisait. Se défaire et se faire pour aboutir à cela, et il ne s'en était jamais rendu compte. Les années, semblait-il, l'avaient ainsi façonné à partir de rien. Une fois privé de tout sens des convenances, de tout respect de soi, quoi d'autre aurait pu lui permettre de s'accomplir ? Seule l'écriture serait peut-être capable de lui apporter la réhabilitation – sans réclamer le pardon ou l'absolution, mais à travers ce qu'il était. Mon Dieu ! Puisqu'il avait détruit, ou sapé irrémédiablement, les fondements de ce qu'il était, il ne lui restait plus que l'écriture pour justifier ce qu'il était devenu. Quelle étrange découverte à effectuer sur soi-même ! Parce que – en rejeter le blâme sur le hasard, ou sur quelque obscure influence primitive – d'autres forces, d'autres vertus, d'autres qualités, il ne croyait pas en avoir, et les aurait-il eues, il les avait perdues. C'était un choix qui n'en était pas un, un choix dépourvu d'alternative, son seul recours. Et heureusement qu'il existait, car sans cela, le crime et la perversion auraient triomphé. Il ne serait qu'un pensionnaire de plus dans une institution.

Écrire symbolisa donc l'espérance d'une carrière, peut-être pas un véritable engagement, mais une aspiration naissante, confuse. Quoi qu'il en soit, elle fournit une sorte de havre temporaire à la psyché blessée, un enclos de haut style, de style haut (quel mauvais jeu de mots !), jusqu'à ce que l'occasion de canaliser son trouble intérieur se présente.

Ainsi, la voie littéraire, aussi ténébreuse fût-elle, devint-elle son « choix », non pas dicté par l'espoir de la réussite matérielle, un objectif cependant légitime et une marque de professionnalisme, mais qui procédait de la même intuition aveugle sur laquelle, plutôt que l'intelligence et la réflexion, il se reposait pour l'aider à survivre. Il avait d'autre part la chance que cette voie existe, toute tracée dans son esprit, qu'il aurait dû abandonner bien plus tôt qu'il ne l'avait fait – mais, grâce au ciel, il avait persévéré –, un chemin pavé de milliers de mythes, de légendes et de ces contes de fées qu'il aimait tant.

Et le vieil homme se rappela soudain les vers de Henley, apparus de l'autre côté d'une ligne de faille qui semblait bien plus large que les soixante années qui le séparaient de son adolescence...

Pourtant, la menace des années
Me trouve et me trouvera sans peur.

GLOSSAIRE

A bis'l nakhes : un petit peu de bonheur.
A brukh oïf dikh : qu'une catastrophe t'arrive !
A gantser hunderter : toute une centaine. Dans ce contexte : cent dollars.
A gruber ying : un type fruste, mal dégrossi.
A nekhtiger tug : un jour nocturne. Une chose impossible.
A proster arbeter : un simple travailleur, un ouvrier.
A yiddisher kopf : une tête juive. Très intelligent.
Abi gesund : tant qu'on a la santé.
Aïn hara (hébreu) : le mauvais œil.
Alyah (hébreu) : montée. Depuis l'avènement du sionisme, l'alyah est à la fois l'immigration dans la Terre promise et la participation de l'immigrant à la construction de l'État juif. La première alyah a été lancée par le mouvement *Bilou*, composé de Juifs russes qui se nommaient les « amants de Sion ».
An alte klafte : une vieille garce.
Apikoïres (Épicurien) : hérétique, libre penseur.
Aza kopf ! : quelle tête ! Intelligent.
Aza leb'n oïf dir ! : je te souhaite la même vie ! Qu'il t'arrive la même chose.
Azoï : ah bon ? vraiment ? c'est ainsi.
Baïgel : petit pain rond au pavot en forme de couronne. Ce mot est entré dans la langue anglaise sous la forme de *bagel*.
Bist take meshugge : tu es vraiment fou.
Bokher : jeune homme.
Bortschs : jus de betteraves rouges sucrées.
Boulke/boulkès : petit pain, brioche.

Brakha : bénédiction.
Brider : frère.
Brider'l : petit frère.
Brith Milah : rite sacré de la circoncision effectuée sur les enfants mâles huit jours après leur naissance, et qui constitue le signe de l'Alliance conclue par Dieu avec Abraham.
Bulkie (yinglish) : de *boulke*, petit pain.
Chatran : le marieur.
Chibeggeh : mot inventé, onomatopée signifiant blablabla.
Chompekh (yinglish) : mot formé à partir de l'anglais *to chomp* : manger bruyamment. Celui qui mange salement.
Chompfen : manger la bouche ouverte en faisant du bruit.
Cohen/cohanim (hébreu) : descendants des prêtres aaronites dont la présence est indispensable à certains rites. Les cohanim disent la bénédiction trois fois par jour. Les prescriptions les concernant sont très nombreuses (la Loi interdit au cohen tout contact avec les morts).
Davenen : prier.
Der tsaïnd'l : la petite dent.
Der viller iz mehr vi der kenner : celui qui veut est plus fort que celui qui sait.
Dibbouk : dans la tradition hébraïque, mauvais esprit d'un mort venant posséder un vivant.
Dreïdl : toupie de Hanuka portant sur ses faces les lettres hébraïques *noun, gimel, heï, chin*, acronymes de *nes gadol haya cham*, c'est-à-dire : un grand miracle a eu lieu là-bas, à savoir le temple de Jérusalem.
Drek : merde.
Dumkopf : idiot.
Emet (hébreu) : vérité. Se prononce *èmes* en yiddish.
Er fonfet shoïn : de *fonfen* : parler d'une voix nasillarde, bafouiller. Et voilà qu'il bafouille.
Es : mange !
Es hot mir gefehlt liebe : l'amour m'a manqué.
Es, es, maïn kind : mange, mange, mon enfant.
Farbissener hint : chien enragé. Au sens figuré : têtu.
Farleïgt : laissé-pour-compte.
Farstaïst ? : tu comprends ?

Fehlen : manquer.
Fislekh (ou *gallè*) : pieds de veau en gelée.
Fraïtug oïf der nakht iz yeder yid a melekh : le vendredi soir (c'est-à-dire le soir du shabbat) chaque Juif est un roi.
Fress'n : bouffer.
Fresser : péjoratif : celui qui mange beaucoup, un bouffeur.
Froï : femme.
Gaï gesund : utilisé pour prendre affectueusement congé. Va en bonne santé.
Gaï mir in d'rerd : va sous la terre ! Crève !
Gaï mir oïkh in d'rerd : que toi aussi tu ailles sous terre. Que tu crèves aussi.
Galitsianer : issu de Galicie (en Pologne).
Gamblerke (yinglish) : mot formé à partir de l'anglais *gambler* : joueur.
Ganef : voleur.
Gans gelernt : tout à fait instruit, éduqué.
Geferlekh : terrible, dangereux.
Gefilte fish : carpe farcie qu'on mange traditionnellement, chez les Juifs observants issus d'Europe de l'Est, le soir de shabbat.
Geharget zollstu ver'n : que tu sois tué ! Crève !
Geld : argent (monnaie).
Gemütlich (allemand) : confortable, agréable.
Genug : assez.
Gesheft : une entreprise, un magasin, une affaire.
Geshraï : un cri.
Git oïg : bon œil. Dans ce contexte, et par dérision, le mauvais œil, *aïn hara*.
Glatt kasher : de *glatt* : lisse, et de *kasher*. Strictement kasher. Le *shokhet* – le sacrificateur rituel – vérifie que les poumons de l'animal abattu sont lisses et non percés, c'est-à-dire que l'animal est sain, donc propre à la consommation.
Gott's nar : idiot du bon Dieu ! Crétin.
Gottenyou : notre Dieu. Dans ce contexte : mon Dieu !
Goyishkeit : par dérision, manière d'être goy.
Grobi'ann : grossier, obscène.

Gurnisht : rien du tout.
Haggadah (hébreu) : récit de la sortie d'Égypte lu le premier soir de la Pâque.
Hanuka : fête religieuse célébrant la victoire des Maccabées contre Antiochos IV Épiphane.
Hatikvah : l'espoir. Hymne de l'État d'Israël dont la mélodie a été inspirée par la « Moldau » de Smetana.
Havdalah : prière célébrant la fin du shabbat.
Heder : école religieuse pour les garçons avant leur bar-mitsva.
Hint : chien.
Honig : miel.
Honig lekekh : pain d'épice.
Ikh farstaï : je comprends.
Ikh vil nisht, ikh ken nisht : je ne veux pas, je ne peux pas.
Kaddish : prière à la gloire de Dieu récitée par l'officiant pendant les trois cultes quotidiens à la synagogue. Elle est également dite en l'honneur des morts, sauf les jours de fête. Désigne aussi l'héritier mâle.
Kaïn aïn horè : « Que le mauvais œil s'éloigne ! »
Kalieke : infirme.
Kapts'n (hébreu) : pauvre.
Kapts'n brider'l : mon pauvre petit frère.
Kasha : gruau de sarrasin.
Kasher : nourriture propre à la consommation, obéissant aux règles alimentaires énoncées dans le Deutéronome et l'Exode.
Katerenke : orgue de Barbarie.
Khad gadia : « L'Agneau ». Chanson allégorique chantée par les enfants à la fin du *Seder* de *Pessah*, indiquant que la justice de Dieu s'exerce dans tout ce qui arrive, bien que nous ne nous en rendions pas toujours compte.
Khalé (hébreu) : pain natté cuit et consommé pendant le shabbat.
Khomentash : oreille de Hamam. Pâtisserie triangulaire à la graine de pavot qu'on mange pendant la fête de Pourim.
Khutzpa : culot monstre.
Kinderlekh : (petits) enfants.

Kishkes : tripes.
Koïen : prononciation yiddish de Cohen.
Knob'l : ail.
Komertsiel sokhrich : école de commerce.
Komets aleph o – komets beït – komets gimel. Le komets désigne le signe situé sous la lettre *aleph* (première lettre de l'alphabet hébraïque, muette en hébreu et vocalisée en « a » en yiddish). Le komets transforme la lettre aleph en voyelle « o ». D'où « komets aleph o » comme disait autrefois le *melamed* à ses petits élèves pour leur apprendre à lire. *Beït* : deuxième lettre de l'alphabet hébraïque dont la sonorité équivaut au « b ». *Gimel* : troisième lettre de l'alphabet hébraïque qui équivaut à notre « g ». Référence à une célèbre chanson yiddish où sont chantées les lettres de l'alphabet hébraïque, et où le refrain reprend : « komets aleph o. »
Kopf : tête.
Kreplekh : sorte de ravioli à la viande.
Kugel (allemand) : gâteau de pâtes confectionné avec des œufs, du sucre, de la cannelle, des raisins secs, des pommes, du citron et de l'huile.
Kushnirke : bonne femme qui marchande minablement.
Laïde : souffrance.
Landsleït : compatriote. Généralement issu de la même ville ou du même *shtetl*, bourgade juive d'Europe de l'Est avant la shoah.
Lekekh : gâteau.
Lemekh (hébreu) : personnage biblique antédiluvien. Selon une tradition sacerdotale, fils de Seth. Selon une seconde tradition, fils de Mathusalem et père de Noé. Dans ce contexte : idiot.
Liebe : amour.
Litvak : Juif lituanien.
Loksh : nouille. Pauvre type.
Lokshn treger : porteur de nouilles, serveur (ironique).
Maïn kind : mon enfant.
Makh shnel : fais vite.
Makh'n geld : faire de l'argent.

Matse/matses (de l'hébreu *matzot*) : pain azyme.
Mazl : chance.
Mazl tov (hébreu) : félicitations, bonne chance.
Megstu take gaïn in d'rerd : que tu ailles réellement sous terre. Que tu crèves vraiment !
Meguilah : rouleau de parchemin. De nos jours, seul le livre d'Esther dont on fait la lecture pour *Pourim* se présente ainsi.
Melamed : professeur d'hébreu et de Torah. Par extension : professeur.
Men makht a leb'n : prendre du plaisir, faire la vie, jouir. Dans ce contexte, les affaires vont bien, et on profite.
Mensh : homme. Également homme de grande vertu.
Meshugas : folie.
Meshugge : fou (adj.)
Minyan (hébreu) : assemblée de dix hommes, quorum nécessaire à la célébration publique du culte juif.
Mishnah : compilation des enseignements et des décisions d'un certain nombre de rabbins interprétant la *Torah*.
Mitsva : bonne action.
Mohel : le circonciseur.
Nafke : une pute.
Nar : idiot.
Nosh'n : s'empiffrer de sucreries.
Nou : alors ? bon !
Nou, az men vaïst nisht ? : alors, quand on ne sait pas ?
Nou, kinderlekh : alors, mes petits enfants.
Nudel (allemand) : nouille.
Oï ! a brukh oïf dir : qu'une catastrophe t'arrive !
Oï ! a veïtikdik iz mir : comble de la douleur.
Oï ! gevald ! : exclamation pouvant marquer la peur, l'étonnement, la surprise. Peut signifier aussi un appel au secours, une protestation.
Oï ! s'iz git kalt : oh ! il fait assez froid.
Oï ! vaï ! : exprime une profonde détresse. Oh ! douleur.
Oï ! vaï'z mir ! : Oh ! pauvre de moi !
Oïf maïne pleïtses ! : sur mon dos !
Oïkh : aussi.

Oïsstudiert : éduqué, instruit.
Payes (de l'hébreu *péot*) : les boucles des Juifs religieux.
Pessah : la Pâque juive.
Pisher : celui qui pisse au lit.
Potateh (yinglish) *kugel* : *kugel* de shabbat aux pommes de terre.
Pourim : fête religieuse célébrant la victoire d'Esther sur Hamam, le ministre du roi des Perses, Assuérus.
Prost : vulgaire, grossier, fruste.
Rugelekh : petit gâteau sec en forme de demi-lune.
S'iz azoï shver : c'est si dur.
S'iz take gold ? A bisl nakhès ! : c'est vraiment de l'or ? Un petit peu de bonheur (en général donné par les enfants aux parents).
Schadenfreude (allemand) : se réjouir du malheur des autres.
Schmaltz : gras.
Schmaltzik : graisseux.
Seïkhl – du host nisht kaïn seïkhl : dans ce contexte : tu n'as pas de tête, pas de cervelle.
Shabbat ouvent : le soir de shabbat. Vendredi soir.
Shabbes (de l'hébreu shabbat) : repos hebdomadaire du vendredi soir au samedi soir. Aucune activité n'est théoriquement permise.
Shabbes ba nakht : le soir du shabbat.
Shaffer : dans ce contexte : patron, directeur.
Shaïtl : perruque portée par les Juives mariées orthodoxes, issues de l'Europe de l'Est.
Shéhékhyanou vékimanou véhygyanou lezman hazé (hébreu moderne) ou *shékhiouni vékyimouni véhigiouni lizman hazoh* (yiddish populaire) : fragment d'une bénédiction inaugurant les fêtes (Pessah, Souccoth, Shavouot) et prononcée chaque fois qu'on fait ou qu'on mange quelque chose pour la première fois dans l'année.
Shemevdik : timide. Dans ce contexte : sainte nitouche, hypocrite.
Shenken : offrir.
Shidukh : projet de mariage arrangé par un *chatran*.
Shiker/shikerim (hébreu) : ivrogne.

Shikse : fille non juive.

Shiva : les sept jours de deuil comptés à partir de l'enterrement d'un proche parent, pendant lesquels il est interdit de travailler. L'affligé déchire un morceau de son vêtement, ne se lave pas, ne se coupe ni les cheveux, ni les ongles, ni la barbe dans le cas d'un homme.

Shlemil : encore moins doué que le *shlimazl*. Rien ne lui réussit. On dit que le *shlemil* renverse sa soupe sur le pantalon du *shlimazl*.

Shlepper : un minable qui attend que les choses lui tombent toutes rôties dans le bec.

Shlimazl (de l'hébreu : *che lo mazal*, qui n'a pas de chance ; ou de l'allemand et de l'hébreu : *schlim – mazal*, mauvaise chance). Personnage familier du monde yiddish, malchanceux ou malheureux chronique. Il est le frère jumeau du *shlemil*. On peut traiter quelqu'un de *shlimazl* avec tendresse.

Shmates (du polonais *shmata* : ordure) : les chiffons. Par extension, désigne les métiers du textile, de la confection.

Shmoulyare/shmoulyaris : argot yiddish de la pègre des Juifs polonais américains. Le fric, l'oseille. Désigne aussi, par extension, les dollars.

Shmues'n : bavarder.

Shoah : destruction, désolation. Désigne le génocide des Juifs par les nazis pendant la Seconde Guerre mondiale.

Shoïn : déjà.

Shoïn ferfalen : tant pis ! c'est foutu !

Shtraïml : chapeau à bordure de fourrure porté les jours de fête et le shabbat par les Juifs hassidiques.

Shul : synagogue.

Suz/suzi : monnaie avec laquelle a été acheté L'Agneau, le *khad gadia*.

Take : en effet, certes.

Take èmes : c'est vraiment la vérité.

Torah : le Pentateuque. Par extension, la Loi.

Tsimes : douceurs qu'on mange à la fin du repas.

Tsu velkhe klasses : dans quelles classes.

Tsures : soucis, ennuis.

Tukhes oïfn tish : le cul sur la table.
Tum'l : bruit, rumeur.
Vi men gaït, un ven men gaït her'n di professorn : comment on va et quand on va écouter les professeurs.
Vieder : de nouveau.
Vunderbar : magnifique, sensationnel.
YAVEH ou encore *IHVH* : acronyme des attributs de Dieu : éternité, toute-puissance. Nom propre du Dieu de la Bible révélé à Moïse dans l'Exode, III, 15 et VI, 2. Il correspond à l'hébreu *yihveh* : « il est. »
Yenems : leurs (pronom personnel).
Yente : femme vulgaire, sentimentale, mémère.
Yeshiva : académie où l'on étudie la littérature talmudique et rabbinique.
Yiddishe mame : mère juive.
Yiddisher kopf : tête juive. Très intelligent.
Yiddishkeit : désigne la manière d'être dans le monde de culture yiddish.
Yold : imbécile.
Ysgadal veyiskadach shémé rabo (araméen) : début du *Kaddish*.
Zeï hobn gemakht a gitn shidukh : ils ont fait un bon mariage.
Zol er gehargget ver'n : qu'il soit tué ! Dans ce contexte : qu'il crève !
Zollstu gebensht ver'n : que tu sois béni.
Zollstu shoïn nisht elter ver'n : que tu ne vieillisses pas, c'est-à-dire : crève !

DU MÊME AUTEUR

L'Or de la Terre Promise
Grasset, 1989

A la merci d'un courant violent, I
Une étoile brille sur Mount Morris Park
Éditions de l'Olivier, 1994
Seuil, coll. « Points », n° P320

COMPOSITION : IGS CHARENTE-PHOTOGRAVURE À L'ISLE-D'ESPAGNAC
IMPRESSION : BUSSIÈRE CAMEDAN IMPRIMERIES À SAINT-AMAND (CHER)
DÉPÔT LÉGAL : FÉVRIER 1998. N° 33415 (98654/1)